KB269367

열풍 · 형관 · 푸른치마

1. 암울했던 대구 피난 시절, 시간만 나면 근교 농촌이며 사찰을 찾았다. 1952년 여름.
2. 대구 근교 팔공산. 등산모와 운동화가 등산장비의 전부였다. 1952년.
3. 모교인 연희대학교에서 국어와 현대문학 등을 강의하기 시작했다. 가운데가 필자. 1954년 겨울.
4. 연희대학교가 부산 피난 시절을 떨치고 수복하면서 대구에 있는 필자를 불러올렸다. '모교에서 나를 불렀다.' 하며 어린아이처럼 좋아했다. 1955년 여름 경회루에서.

① / ② | ③
④

1. 필자만큼 산을 좋아하는 작가도 드물다. 시간만 나면 산행을 했다. 1955년 강화도에서.
2. 소설가 이무영씨를 늘 선배로 대했다. 1955년 여름, 이무영씨와 작가 4~5명이 명암약수터를 찾았다.
3. 평생에 딱 한번 아니었을까? 한강 상류에서. 1956년 여름.
4. 교수로 재직하던 연희대학교의 1955년 겨울. 이 해 사랑하던 모교를 떠나 한양대학교로 잠시 자리를 옮겼었다.

만우 **박영준 전집 ❾** /중·장편

열풍 · 형관 · 푸른치마

동연

『박영준 전집』을 내며

만우(晩牛) 박영준(朴榮濬) 선생이 가신 지 30년이, 그리고 단편집 전6권이 발간된 지도 5년이 지났다. 선생이 돌아간 동안(1976~2006), 그처럼 지식인들이 두려워 떨던 군사독재 정권도 무너졌고, 민간인 정권도 세 번째나 돌아와 있다. 우리는 선생의 생애가 일제의 가열한 민족 침탈기로부터 시작되었음을 기억하고 있다. 일제의 폭력이 혹독했던 1930년대에 문필활동을 시작하여, 가장 민감했던 청년 시절에 글쓰기의 어려운 현실적 상황이 어떤 것인지를 몸소 체험하였다.

1934년 연희대학교 문과를 졸업하던 해에 《조선일보》 신춘문에에 「모범경작생」(模範耕作生)이, 같은 해 《신동아》에 장편소설 『일년』(一年)과 꽁트 「새우젓」이 동시에 당선되어 일약 문단의 화제를 일으켰던 만우 박영준은 평생을 작품 쓰기와 모교 연세대학교에서 문학 가르치는 가운데 생애를 마감하였다. 1911년 3월 2일에 태어나 1976년 7월 14일 돌아가기까지, 66년 생애를 산 그는 일제 식민체험은 물론이고 해방정국에서의 좌우익 대립의 스산한 처신, 6·25 전쟁, 군사독재의 심란한 정국 등 소용돌이치는 역사의 현장에 놓여 있었다.

66년 그 생애의 시간 도막 위에는 지울 수 없는 국내외적 회오리바람들이 있었다. 유아기로부터 소년기에 이르는 기간은 일제 폭력의 억압 속에 있었고, 광복이 된 청년기에는 6·25 동족 전쟁이 그를 괴롭혔다. 전쟁이 끝나고 난 해로부터 모교인 연세대학교에서 후진들을 기르며 작품활동을 하던 시기가 그에게는 황금기였다. 글쓰고 가르치는 동안 틈틈이 등산과 낚시, 운동경기 관람 등으로 비교적 여유 있는 생활을 누리던 시기에 그는 갔다. 그는 일생 동안 자신의 작품 속에서 인간의 윤리적 관계 거리 조절에 관한 긴장의 눈길을 멈추지 않았다. 제자들에게도 그는 엄격한 윤리적 규범을 글쓰기의 핵심이라고 가르쳐 왔다. 그러한 그의 원칙은 여러 편으로 남긴 작품 속에 고스란히 살아 있다.

문학 교육에 관한 한 엄격하고도 자상한 스승으로서, 때로는 어버이 같은 자애로움으로 그는 제자들을 가르쳐 왔다. 이제 그가 남긴 필생의 문학작품을 모아 뒤늦게나마 전집으로 묶어 후생들에게 보이고자 하는 뜻은 그의 문학적 발자취와 함께, 우리에게 보인 그의 사람에 대한 치열한 애정을 드러내 보여주고자 함에 있다. 살아 있는 것에 대한 치열한 애정 없이는 문학 할 생각을 말라고 가르쳤던 분이신 박영준 선생께 우리 제자들은 그 동안 전집 발간에 관한 마음을 짐을 지고 살아왔다.

마침 선생과 너무도 닮은 모습으로 살아가시는 선배이며 만우 선생의 큰 자제인 승렬 형이 우리에게 마음의 빚을 탕감할 방도를 알려주며 격려함으로써 이 전집 간행의 빛을 보게 되어 기쁘기 한량없다. 그의 재정적인 뒷받침이 없었다면 아직도 우리는 그 많은 분량의 전집(단편집 전6권, 중·장편집 전7권) 간행을 꿈도 못 꾸었을 것이다. 이것은 또한 우리의 부끄러움이기도 하다.

출판 사정이 여러 면에서 어려운 시기에 단편집 출간 후 수년의 과정을 거치면서, 각 선집이나 잡지에 실린 글들은 물론이고 신문에 실려 있어 읽기가 여간 어렵지 않았던 글들을 꼼꼼히 읽고 잘못 인쇄된 철자법을 바로잡고 인멸될 처지에 있던 작품들을 찾아내어 깨끗한 인쇄에 붙이도록 만들어준 동연출판사 백규서 사장에게도 우리는 여러 면에서 여간 고마운 게 아니다. 이 자리를 빌어 깊은 고마움의 뜻을 표하는 바이다.

2006년 3월 1일
만우 전집 편집위원

차례

일러두기

1. 『만우 박영준 전집』은 박영준이 발표한 모든 작품을 대상으로 하여 단편소설 전6권(1차분), 중·장편소설 전7권(2차분) 총 13권으로 엮는다.

2. 『만우 박영준 전집』은 박영준이 발표한 모든 문학작품을 총망라하여 일반 독자에게 소개하는 것은 물론 문학사적인 연구·정리에 목표를 둔 것이지만, 단편소설 가운데 찾을 수 없는 일부 작품과 중·장편소설 가운데 일부 작품은 제외하였다.

3. 『만우 박영준 전집』에 수록된 작품의 배열순서는 발표 연대순에 따랐다.

4. 각각의 작품 말미에 발표년도와 발표지를 밝혀 놓았으나 정확하지 않은 작품은 따로 표시하였다.

5. 『만우 박영준 전집』에 수록한 모든 작품은 발표 당시 신문·잡지의 원문을 그대로 옮긴다는 원칙에 따랐으나, 단 작가가 직접 퇴고하여 단행본으로 간행하였을 경우에는 개작본을 정본으로 삼았다.

6. 맞춤법과 띄어쓰기는 현행 규정에 맞게 고쳤으나 대화에 나오는 구어체와 사투리는 그대로 살렸다.

7. 현대 독자가 이해하기 힘든 낱말은 편집자 주( )로 설명하였다.

8. 외래어는 현재의 외래어 표기법에 맞도록 고쳤으며, 과도하게 쓰인 생략부호(……)나 장음 표시(——)는 읽기 편하도록 조절하였다.

9. 부호는 아래와 같이 사용했다.

대화	" "
인용과 강조	' '
단편 작품	「 」
책명(단행본)과 장편	『 』
신문, 잡지	《 》
영화, 노래제목	< >

열풍(熱風)

금의환향

부산 상공을 한 바퀴 빙 돌고 난 C54 여객기가 속도를 죽이며 수영 비행장 활주로를 달리기 시작했다. 프로펠러가 넷씩이나 달린 육중한 비행기가 공중에서부터 땅에 바퀴를 대는 순간 어쩌면 그렇게도 가벼울 수가 있을 것인가. 창 밖만 내다보던 경옥은 비행기가 공중에서 완전히 내려 땅위를 달리고 있음을 보자 차라리 동체의 반동으로 엘리베이터의 출발 때와 같은 쾌감을 주었으면 생각했다. 창 밖을 내다보지 않기만 했다면 아직 공중에 있으려니 생각하고 있을 만큼 육체적 반응을 조금도 느끼지 않은 채 비행기가 멈춰 버린 것이 싱거운 것 같았기 때문이었다.

그러나 비행기는 이미 속력을 죽이고 '팔로우—미'(나를 따르라)라 써 붙인 지프차의 뒤를 따라 멈출 자리를 찾고 있었다. 얼마 안 있어 비행기는 기차보다도 더 슬며시 서 버렸다.

비행기가 서자 경옥은 누구보다도 먼저 일어나 문이 열리기를 기다렸다. 문이 열리자 또 누구보다도 먼저 앞장을 서서 문 밖을 나섰다. 문 밖을 나서자 그는 마중 나온 사람들이 몰려 서 있는 곳으로 눈을 돌렸다. 자기만을 마중 나온 사람들이라 해도 그리 많다고 할 수 없는 수였지만 그래도 그 속에서 꽃다발을 들고 자기 편을 바라보고 있는 언니를 찾자 경옥은 한 손을 내저으며 층계를 내리기 시작했다. 만약 자기가 아는 사람의 얼굴을 하나도 찾지 못했다면 자기 뒤에 내린 사람들이 자기를 어떻게 생각하든 얼마든지 문턱에 있었을지 모른다.

경옥은 뛰다시피 내려 언니 쪽을 향해 달려갔다. 언니도 경옥에게로 달려오다가 서로 부딪치고는 쓸어안았다.

"언니."

"경옥아."

그들은 서로 등을 두들기다가는 악수를 하고 손을 잡았다가는 어깨를 두들기는 것이 그야말로 미칠 듯한 기쁨의 발작 그대로였다.

"경옥아."

뒤에 따라온 경옥의 동창생 영애가 경옥의 이름을 부를 때까지 그들은 어린애들처럼 말 한 마디 못하고 감격의 웃음만 웃고 있다가 영애가 경옥의 눈앞에 멈칫 서고 손을 내밀 때야,

"이거 누구야?"

하고 경옥의 몸이 언니 경순에게서 떨어졌다.

"그래 재미를 얼마나 봤니?"

"넌 조금두 달라지지 않았구나……."

그들도 손이 떨어지자 서로 잡고 흔들었다. 그들도 말 대신 서로의 감격을 표정으로만 나타내었다.

"참 이걸 잊었었네."

경순이가 가지고 왔던 꽃다발을 경옥의 품에 안겨 줄 때야 그들은 제 정신으로 돌아온 듯 영애도,

"나두."

하고 꽃다발을 내밀었다.

두 개의 꽃다발을 받아 들고 자동차 있는 데까지 걸어오는 동안 경옥은 조금도 변함없이 경쾌한 어조로 지나간 삼 년이 십 년보다도 더 길었다는 둥 역시 고향이 사무치게 그리웠다는 둥 말을 그치지 않았으나 자동차에 몸을 실으려는 순간 그는 넓은 비행장을 한 번 뒤돌아보았다. 차 위에 올라앉

아서도 창 밖을 유심히 둘러 보았다. 그것도 경순이나 영애가 눈치채지 못할 정도의 민활한 동작이었다. 언니도 반갑고 영애도 반가웠으나 그보다도 더 반가워할 사람이 있어야 할 것인데 그림자도 보이지 않았기 때문이었다.

있어야 할 사람 하나가 없기 때문인지 경옥은 세 사람만을 태우고 달리는 자동차 안이 너무나 허젓한 것 같음을 느꼈다. 꼭 나오리라고 생각했던 최충림(崔忠林) 이외에도 미국을 떠나기 전 출발의 편지를 낸 곳이 몇 군데나 있었다. 설사 편지를 내지 않았다고 해도 삼 년 동안의 음악공부를 하다가 해외로부터 돌아오는 자기를 맞이해 주는 사람이 한국 안에 겨우 두 사람밖에 없는가 생각할 때 섭섭하지 않을 수 없었다.

그러나 경옥은 그런 태를 조금도 나타내지 않았다. 두 사람만이라도 나왔다는 것이 반가운 것임에 틀림없는데 일부러 나온 사람들에게 섭섭한 기색을 보일 수는 없었던 것이다. 그래서 경옥은 일부러라도,

"언니! 그래두 살기는 괜찮우?"

하고 다른 생각이 없는 듯이 경순의 아래위를 보며 물었다. 서울서 피난 와서 혼자 살고 있는 언니의 옷차림이 도리어 서울서보다도 화려한데 놀랐다는 표정까지 지었다. 사실 경옥은 언니의 생활이 비참하리라 생각하고 있었다. 요새 다방을 내고 근근이 지난다는 편지를 받기는 받았지만 6·25 때 남편이 괴뢰군에게 총살을 당한 슬픔이 언니의 살을 여읠 데로 여위게 했으리라고 생각했던 것이 상상 이외로 살이 찐데다가 미국서도 그리 흔하지 않는 고급천 오버를 멋지게 지어 입은 데는 놀라지 않을 수 없었다.

"그럭저럭 살지. 산 놈의 입에 거미줄이 쓸겐."

언니의 대답에는 무척 여유가 있었다. 그리고 점잖은 여자가 쓰지 않는 말까지 천연스럽게 쓰는 것이 생활에 대한 태도가 약간 달라졌다는 것을 암시해 주었다.

경옥은 조금만 있으면 언니의 생활을 자기 눈으로 직접 볼 수 있으려니 하는 생각에 뒷말을 듣지 않고 문득 영애에게 고개를 돌린 뒤 동창생들의 소식을 묻기 시작했다.

영애는 누구는 어디 취직을 해 있고, 누구는 어떤 남자와 결혼을 했고,

누구는 6·25 때 이북으로 넘어갔고, 누구는 남편이 6·25 때 죽어 어린애를 데리고 살 수가 없어서 달러 장사를 하며 살고 있다고 자기들끼리 가깝던 동창생들의 이야기를 열심히 들려 주었다.

"딸라 장사라니?"

경옥은 달러 장사라는 것이 무슨 뜻인지를 몰라 물었다.

"딸라를 야미루 사구 파는 장사야. 길목에 서서 몰래 장사하는 건데 오늘이라두 거리에 나가기만 하며 얼마든지 볼 수 있어."

"잽히면 야단나는 장사냐?"

"그럼, 통째루 뺏기지."

이 말에 경옥은 소리를 내어 웃었다.

자기의 동창생이 그런 장사를 하노라고 길목에 서 있을 것을 생각만 해도 우스웠던 것이다.

자동차가 어느새 부산진을 지나 정거장 앞을 달리고 있었다. 앞과 뒤로 무수히 계속되고 있는 하이야(택시)와 찝차(지프차)가 눈 안에 들어왔다.

'전쟁을 하는 나라에 웬 자동차가 이렇게 많을까.'

경옥은 놀랐다기보다도 오히려 마음의 든든함을 느꼈다. 많은 것은 언제나 좋은 것이니까. 창 밖을 내다보며 이런 것을 생각하고 있을 때 경순이가 자동차 운전수에게 ××그릴로 가자고 지시했다. 그러나 경옥은 깜짝 놀란 듯이,

"언니, 난 집으루 갈 테야. 이걸 들구 어딜 가."

하고 꽃다발을 내밀어 보였다.

"나 하라는 대로만 해. 계획이 다 서 있으니까……."

언니는 무슨 계획이 있는지 눈을 흘기며 말했다.

경옥은 다시 꽃다발을 내밀며,

"언니, 이걸 들구 다니면 내가 신부 같지 않아? 집에 들렸다가 나와두 될 텐데……."

하고 다시 거절을 했다. 신부같이 보일 것이 싫다는 것은 거짓말이었다.

꽃다발을 들고 다닌다는 것이 창피한 노릇은 아니었으나 마음이 피곤하

다는 말을 차마 할 수가 없기 때문에 꾸며낸 말에 지나지 않았다. 경옥은 충림이가 비행장까지 나오지 않았다는 사실을 잊어버릴 수가 없었다. 미국에 있을 때에도 보내는 편지에 회답도 잘 하지 않는 충림이를 수상하게 생각해 오고 있었지만 고국에 발을 디디는 첫날에도 충림이를 볼 수 없다는 것은 슬픈 일에 속하지 않을 수 없었다. 무슨 사고가 생겼다거나 그렇지 않으면 마음이 변했다거나 했을 것이지만 어느 편이든 경옥에게는 슬프지 않을 수가 없었다. 그래도 언니나 영애에게 그러한 감정을 손톱만큼이라도 보이기가 싫었다. 경옥은 비밀을 가지고 싶어하고 또 비밀을 잘 지킬 수 있는 성격의 여자이었다. 미국을 떠나기 전 충림이와 짧지 않은 동안 서로 사랑을 해왔지만 그것을 언니에게나 영애에게 한 번도 말한 일이 없다. 말만 아니했을 뿐 아니라 눈치도 채지 못하게 했었다. 지금도 자기의 슬픔을 감쪽같이 속이고 있는 것이다.

"이리 줘. 내가 한 번 신부처럼 되어 보게."

언니가 꽃다발을 뺏었다. 그러니까 꽃다발 때문에 못 간다는 소리는 못한다는 말이다.

"참 신부 같은데. 너울만 쓰면."

경옥은 소리를 내어 명랑하게 웃었다.

그럴 수밖에 없었던 것이다.

어느덧 자동차가 어떤 집 현관 앞에 멈춰 섰다. 경순, 경옥, 영애의 순서로 자동차에서 내리자 영애가 자기만은 집으로 가 봐야겠다는 말을 했다. 볼일이 있다고는 했지만 사양하는 눈치가 뻔했다.

"애두 그런 법이 어디 있니? 예의란 걸 알아야지."

경옥이가 영애의 손목을 잡아끌면서 경순의 뒤를 따라 걸었다.

깨끗한 홀 안에 들어서자 경순이가 뽀이를 불러,

"김명구 선생 안 오셨어?"

하고 물었다.

말이 떨어지기가 무섭게 뽀이는 굽실거리며 '넷' 소리를 하고 앞장을 섰다. 과연 경순은 미리부터 계획을 세운 모양이었다. 경옥은 '김명구' 하고 미리 와서 기다리고 있다는 사람의 이름을 속으로 불러 보았다.

'언니가 사랑하는 사람일까.'

이렇게도 생각해 보았으나 설사 언니가 사랑하는 남자라 해도 놀랄 것은 없다고 생각했다. 남편이 죽은 지 거의 삼 년이 된 오늘에 이르러 언니에게 그런 사람이 안 생겼으리라고는 생각할 수 없는 일이니까. 앞장을 서서 걷던 뽀이가 기다란 복도 한가운데서 발을 멈추고 노크를 했다. 그 뒤에는 문을 열고 세 사람을 안으로 들어가라고 손짓을 했다.

"많이 기다렸죠."

경순의 인사였다.

"비행기가 제 시간에 도착했구먼요?"

응접실 소파에 앉았다가 일어선 중년신사는 팔목시계를 들여다보면서 세 여자를 맞아들였다.

"잠깐 여기 앉았다가 방으로 들어가지요."

김명구는 제 집 응접실을 쓰듯 손님들에게 의자를 권했으나 경순이는 앉기 전에 인사부터 시키었다.

"이 애가 제 동생입니다."

경옥의 등을 미는 듯이 명구 앞에 내세우고 인사를 시킨 다음,

"이 분은 무역회사를 경영하시는 김명구 선생님이다."

하고 경순이가 명구 옆으로 가서 비켜 섰다. 명구와 경옥은 서로 이름을 말하며 고개를 숙이었다. 그러자 명구가 악수를 청하려 손을 내밀었다 남자와 악수하는 것쯤 아무렇지도 않은 일이지만 경옥은 악수를 하면서도 그 능숙한 명구의 태도가 쳐다보여졌다.

"고생 많이 하셨겠습니다."

악수를 하며 말하는 명구의 말소리도 젊지는 않았으나 사십이 되었을까 하는 나이에 오십 이상의 태를 보이는 것이 도리어 부자연할 정도였다.

"남 못 가는 미국에 가서 잘 먹구 잘 놀다 왔는데 고생이 무슨 고생입니까."

점잖을 피우는 사람 앞이 되어 그런지 경옥은 까불어 보고 싶어졌다. 말

하자면 점잖음을 무시해 보려는 심술이 발동했던 것이다.

"아무래두 타향에 나가면 고생이지요."

명구는 느릿느릿한 어조로 허허 하고 너털웃음까지 웃었다.

"제 나라에서 산다 해두 깡통을 들구 나서거나 보따리를 들구 거리루 나서야 하는 사람들이 더 고생 아닐까요?"

"그렇기는 하지요."

명구는 무안을 당한 것처럼 양담배 한 개를 꺼내어 물고 불을 붙이었다. 그러면서도 불쾌한 표정은 보일 수가 없었다. 속으로는 상당한 여자라는 생각이 들기는 들었지만 얼굴 표정 하나 달리하지 않고 천연스럽게 말하는 경옥의 말을 악의로 해석할 수가 없었기 때문이었다. 그래서 경순이가,

"그 애하군 말루 끝을 못 낼걸요."

하고 경옥의 성격을 설명하듯 말할 때 명구는,

"허허 참 그러신데요."

하고 웃었다.

"그럼 내가 실례를 했나요?"

하고 경옥이 도리어 이해할 수 없다는 듯이 물었을 때,

"아니오, 천만에……."

명구는 천만의 말씀이란 듯이 다시 웃어 버리고는 초인종을 눌렀다. 일 분도 안 되어 흰 윗저고리를 입은 뽀이가 들어왔다.

"어떻게 됐어? 준비가!"

"네 네, 다 됐습니다. 가시지요."

뽀이는 초인종이 울지 않았었어도 모시러 오려든 참이라는 듯 굽실굽실하며 대답했다.

그들은 방을 옮겨 식탁이 있는 아담한 방으로 들어갔다. 네 개의 네커치프가 보기 좋게 말려 식탁 위에 놓여 있는데 그 옆에 놓여 있는 포크와 스푼은 은으로 만든 것들이었다. 맑은 냉수가 들어 있는 글라스와 조그만 양주 글라스가 쌍을 지어 각 사람 앞에 놓여 있었다. 가운데는 마개를 열지 않은 고급 양주병이 서 있기도 했다.

그들이 식탁에 둘러앉기가 바쁘게 수프가 들어 왔다. 명구는 양주 마개를 열고 술잔에 조금씩 붓고는,

"자, 경옥 씨의 금의환향을 축하하는 동시에 장래의 음악생활에 성공이 있기를 빌면서 축배를 드립시다."

하고 먼저 잔을 높이 들었다. 세 여자도 거기 따라 술잔을 들었다. 경옥과 영애만은 입에 대는 체하고 술잔을 그대로 식탁 위에 놓았으나 명구와 경순은 단숨에 술잔을 비웠다.

경옥은 술을 마실 줄도 모르지만 마실 생각도 안 했다. 그 대신 식탁 위를 자세히 살펴보다가 갑자기 손뼉을 치기 시작했다.

손뼉 소리에 지체함이 없이 뽀이가 들어 왔다. 모두들 웬일인가 하고 경옥의 얼굴만 바라보고 있을 때 경옥은,

"김치가 없는데……."

하고 뽀이를 쳐다보았다.

"없는뎁쇼. 양식이니까요."

뽀이가 손바닥을 부비며 대답할 필요도 없다는 듯이 나가려 했다.

"양식밖에 팔지 않수?"

재차 물을 때에도 뽀이는,

"그렇지요."

하고 당연하다는 듯이 대답했다. 그때 경옥은 몸을 뽀이에게서 돌리고,

"언니도 머리가 나쁜데. 삼 년 동안 김치를 못 먹은 사람을 대접하는데 하필 이런 곳을 고를게 어디 있담……."

하고 앞으로 나올 요리에 대하여 실망을 느낀 것처럼 말했다.

"참 그렇군. 깜박 잊었었는데……."

경순이가 말하자 금시,

"어디 가서 구하기라두 해 와야지."

하고 명구가 뽀이에게 명령했다.

"네, 구해 보지요."

뽀이가 나가자 경옥은,

“돈은 쓰면서두 효과 있게 쓰두룩 머리를 써야 하지 않아요?”
하고 명구의 동의를 구했다.

“예, 옳은 말씀입니다.”

명구로서는 이렇게 대답하지 않을 수 없었다. 그때 명구 옆에 앉았던 경순이가 명구의 팔을 툭 치며,

“또 넉 아웃이구려. 어젯밤 꿈을 잘못 꾸신 모양인데.”
하고 호호 웃었다.

“할 수 없지.”

명구와 같이 모두 웃으면서 식사를 시작했다. 김치도 들어 왔다. 디저트 까지 합하여 대여섯 가지의 요리였다. 거의 삼십 분을 걸려 식사를 끝내자 경순이가 경옥에게 자기 다방으로 가서 커피를 마시지 않겠느냐고 물었다. 경옥은 다방도 봐야 하겠지만 우선 집으로 가서 좀 누워야 하겠다고 대답했 다. 댓 시간 이상 비행기를 탔기 때문에 몸이 피곤했던 것이다.

“그럼 집까지 데려다 주구 올 테니 먼저 가서 기다리세요.”

경순은 명구에게 다방으로 먼저 가라 하고 집으로 떠나려 했다. 그때 경 옥이가 명구에게,

“실례가 많았죠?”
하고 질문하듯이 물었다.

“천만의 말씀입니다. 매우 유쾌했습니다. 앞으루 독창회가 열릴 때만을 기다리겠습니다.”

“그때 와 주시겠어요?”

“그럼요.”

“고맙습니다.”

경옥은 먼저 손을 내밀어 명구와 악수를 했다. 명구와 헤어지자 그들은 비행장에서 올 때 타고 온 자동차를 다시 타고 염주동 집으로 떠났다. 자동 차가 엔진을 걸고 떠나려 할 때 경옥은,

“언니, 나 거리 구경 좀 시켜 줘. 임시수도 부산 거리를 좀 봐야지……”
하고 말했다. 그래서 자동차는 속력을 죽이고 서대신동을 지나갔다가 남포

동으로 해서 송도를 돌아 광복동을 지나서야 정거장 앞으로 나왔다. 그러니까 거리도 거리려니와 송도 높은 언덕에서 부산을 한눈 아래 내려다보기까지 했다.

"궤짝 집이 많구 거리의 장사꾼이 많구 그 대신 자동차두 많아진 게 부산이로군……."

차가 집 앞에까지 이르렀을 때 경옥은 이렇게 혼잣말 비슷하게 중얼거렸다.

"정말야 그게 부산야."

옆에 있던 영애가 옳다는 듯이 대꾸를 했다.

대문 안에 들어서자 경옥은 우선 놀랐다. 큰집 사랑채인 것만은 틀림없었으나 방 두 개와 부엌이 달린 기다란 안채가 있고 뜰아랫방과 같은 방이 또 하나 따로 있었다. 대문도 따로 달린데다가 그리 좁지 않은 뜰도 있었다. 웬만한 독챗집이 부럽지 않았다. 이러한 집을 언니가 혼자 쓰고 있으니 언니의 수입이 얼마나 되리라는 것은 고사하고 혼자서 무엇 때문에 그렇게 큰 집을 쓰고 있을까 하는 의심이 들지 않을 수 없었다. 대문 소리에 뛰어나온 식모도 깨끗한 옷을 입고 있었다. 그러나 경옥은 자기 방이라고 문을 열어 보여 주는 뜰아랫방을 기웃하고 들여다본 뒤,

"도배두 장판두 새루 했네."

하고 놀란 표정으로 말했다.

"그럼 누가 계실 방인데 한국의 일류성악가가 아냐."

경순이가 경옥의 등을 탁 치며 웃었다.

"그래두 한국의 소프라노 이경옥 선생이 계실 방으룬 좀 초라한데……."

경옥이도 웃었다.

경옥이가 방으로 들어가자 경순은 바빠서 가 봐야겠다면서 방에도 들어오지 않고 그냥 가 버렸다. 그 대신 밤에나 일찍 들어오라고 부탁은 했지만 열 시 전에는 들어올 수가 없다고 딱 잘라매는 언니가 전과 달리 냉정해졌다고 생각을 갖게 했으나 돈을 벌려면 그런 것이려니 혼자서 마음을 돌렸다. 그 대신 영애가 충림에 대한 소식을 알고 있지나 않을까 해서 그는 옷도

갈아입기 전에 요새 음악계의 동향을 묻기 시작했다. 단도직입적으로 충림의 이야기를 묻는다면 혹시 영애가 눈치를 채지 않을까 해서 우선 요새 음악회가 자주 열리는가를 물었고 그 다음에는 가장 인기 있는 음악가가 누구인가를 물었다. 이북으로 넘어간 음악가는 누구며, 음악회는 어떤 극장에서 열리는가 하는 것도 물었다. 그 다음에 가서야 음악가의 이름을 부르며 누구누구도 잘들 있느냐고 묻기를 시작했다. 영애는 아는 대로 대답을 해 주었다. 음악과를 졸업하고도 음악보다 문학을 좋아하는 영애이기 때문에 지금은 어떤 종합잡지 기자로 취직해 있으나 그래도 음악에 대한 관심만은 버리지 못하고 있어 경옥이가 만족할 만한 대답을 할 만큼 충분한 지식을 가지고 있었다.

"최충림이란 사람두 아직 피아노를 치나……."

이 물음에도,

"가끔 보이기는 해두 아주 타락한 모양이야."

하고 대답했다. 경옥은 가슴이 뜨끔했다. 자기에게 편지도 안 했을 뿐더러 비행장에 마중까지 안 나온 이유를 영애의 한 마디 말로 알 수 있었기 때문이었다.

그러나 그 말하는 투로 보아 영애가 충림에 대한 이야기를 좀더 자세하게 아는 듯 했지만 경옥은 더 물으면 익심 살 것이 두려워,

"것두 전쟁 덕분이겠지."

하고 흘려버리려 했다.

"그렇기야 하겠지만 예술가까지 양심을 잃어서야 어떻게 해. 파티의 악사루 팔려 다니구, 티룸 피아니스트루 팔려 다니는 것두 음악가니? 참 그 자가 바루 너의 언니네 다방 피아니스트란다. 한 번 가 봐라."

영애는 잡지기자의 정의감에서 저 혼자 흥분하여 묻지도 않는 말까지 이야기했다.

"참 썩었는데. 그렇게까지 썩어서야 어떻게 해. 그래두 촉망받던 사람인데……."

경옥은 영애의 말에 맞장구를 쳤으나 가슴은 아플 대로 아팠다. 사랑하던

충림이가 얼마나 타락을 하였기에 영애와 같은 여자의 홍분까지 사고 있는가 생각하니 정말 그 자리에서 울기라도 하고 싶었다.

"우리 언니에 대한 평은 어떠니?"

경옥은 갑자기 화제를 돌려 버렸다. 그렇지 않고서는 마음의 움직임을 얼굴에 안 나타내고 배길 수가 없을 것 같았기 때문이었다. 경옥은 그래서 상대방의 오해를 사는 때가 많다. 무엇을 생각하고 있는지를 알 수 없도록 자기를 감춘다는 것은 상대방을 경계한다는 인상을 주기 때문이다. 경계를 당한다는 것은 언제나 불쾌한 것이니까. 그래서 경옥에게는 가까운 친구가 없는지도 모른다. 그러나 경옥에게는 그것이 하나의 성격처럼 되어 버렸기 때문에 어찌할 수도 없는 일이었다.

갑자기 경순에 대한 이야기를 묻자 영애는 머뭇머뭇하며 대답을 못했다.

"솔직하게 말해 줘. 내가 언니에 대한 것을 모르면 어떡해. 대개 짐작은 되지만."

경옥은 음악계에 대한 이야기는 완전히 잊어버린 듯이 영애를 독촉했다.

"차차 알지 뭐 그리 바빠……."

영애는 알기는 아나 대답하기가 곤란하다는 눈치였다. 그래서 경옥은 유도심문을 하듯이 말문을 돌렸다.

"난 아무래두 언니와 같이 살아서는 안 될 것 같아……."

말하자면 자기의 근심을 의논하는 듯한 말투였다.

"왜."

"그렇게까지 타락한 사람과 같이 살면 나한테 오는 영향이 얼마나 클 것 같어."

"애두 별소릴 다 한다. 모두가 다 그런 세상인데 어디 가면 난 줄 아니. 저만 정신 채리면 되는 거지."

"그래두 겁이 나는데……."

"하기야 네 언니는 좀 유명하지. 부산에 다방이 수백 개가 있어두 네 언니 다방만한 데는 없으니까…… 피아노가 있는 것두 유별하지만 가끔 파티두 있는 모양이더라. 한 시간 빌려 주는 데 뭐 삼백만 원(지금 삼만 원)이라든가……."

"누가 그런 돈을 내구 빌리니?"

"미국 사람들이지 누구겠니……."

경옥은 경순이가 미군까지 상대하며 장사를 하고 있다는 사실을 알자 더 듣기가 싫어졌다.

"그래두 우리 언니 사람은 좋지?"

경옥은 자기의 서글퍼지려는 마음을 감추기 위하여 다시 태도를 돌변시켰다.

"그럼 얼마나 마음이 좋던 사람인데. 사람이 좋기 때문에 유혹에 빠지기 쉬운지두 몰라. 그리구 남편이 그렇게 죽자 너무나 큰 슬픔의 반동이 없을 수두 없구……."

영애도 경옥의 태도에 경순을 옹호하는 것처럼 말했다. 그러나 말투로 보아 경순이가 건지기 힘든 곳에 아주 빠져 버렸다는 것을 알 수 있었다.

"내일부턴 인사를 다녀야겠는데 길을 알아야지. 너 하루만 나와 같이 다녀 줄래."

경옥은 완전히 화제를 돌려 버렸다. 그 뒤에는 모교(母校)의 선생들에게도 이야기가 돌았고 맨 나중에는 동창회 이름으로 경옥의 귀국환영 음악회를 열 것을 이야기했다. 경옥은 바쁠 것 없다고 사양했으나 영애는 자기가 중심이 되어 열고야 말 테니까 내버려 두라고 말했다.

날이 어슬어슬했을 때 영애는 내일 다시 오겠다는 약속을 남기고 자리를 일어섰다. 경옥은 영애의 뒤를 따라 대문 밖까지 배웅을 나갔다. 영애를 보내고 대문 안으로 들어올 때였다 갑자기 어린 거지 하나가 나타나 손을 내밀었다. 경옥은 못 본 척 들어가려 했으나 어린 거지는,

"아주머니. 돈 한 푼 없으세요"

하고 경옥의 얼굴을 뚫어지게 바라보았다.

이제 열아문 살밖에 안 되어 보이는 어린애였지만 유난히도 똑바로 쳐다보는 것이 불쾌해서,

"돈 없어."

하고 대문 안으로 뛰어들어갔으나 경옥은 그 거지애가 아씨라는 대신 아주머니란 말을 썼고 '돈 한 푼 줍쇼.' 대신에 '돈 한 푼 없으세요.' 하고 물었다는데 조금 다른 생각이 들었다. 보통 거지 애들 같으면 으레,

"아씨 돈 한 푼 줍쇼."

하는 것이 예사다. 그리고는 고개를 끄떡 끄떡하는 것인데 이 애는 고개도 끄덕이지 않고 자기 얼굴만 뻔히 쳐다보았다. 아무래도 거지로 나온 지가 며칠 안 되었거나 특별한 사정이 있거나 한 것이 분명했다.

사실 경옥은 이때까지 거지 아이에게 돈을 주어 본 일이 없다. 하나씩 주어 버릇하면 한이 없기도 한 일이지만 사회에서 구제의 손을 뻗쳐도 미꾸라지처럼 피해만 나가는 애들을 동정할 필요가 없다고 생각했던 것이다. 그뿐 아니라 인자한 동정으로 자선(慈善)을 했다는 마음을 가진다는 것이 하나의 건방진 행동이라 생각해 왔던 경옥이다. 그러나 이 날 자기 집 대문 밖에서 만난 거지에게는 자기도 모르게 마음이 끌렸다. 그는 방 안으로 들어와 핸드백 속에서 미국돈 오십 전짜리 한 장을 꺼내 들고 대문 밖으로 뛰어나갔다. 한국돈은 아직 바꾸지를 못했고 또 오십 전짜리보다 적은 돈은 마침 가지고 있지 않았기 때문에 적지 않은 돈을 들고 나갔지만 그래도 아까운 생각이 들지 않았다.

거지 애는 아직까지 자기 집 대문을 향해 그대로 서 있었다. 그래서 경옥은,

"이걸 가지구 시장에 가서 바꾸어 써라."

하고 돈을 내밀어 주었다. 애는 서슴지 않고 돈을 받았으나 그래도 고맙다는 말을 안 하고 경옥을 다시 쳐다보기 시작했다.

"자, 이젠 빨리 가."

경옥은 딴 데로 가 보라고 어린애 머리를 가볍게 밀었다. 그때였다. 거지 애는 돌아갈 생각을 하지도 않고 자리에 주저앉아 소리를 내어 울기를 시작했다. 경옥은 울기는 왜 우느냐 하고 어린애를 일으켜 보내려 했으나 거지 애는 발버둥을 치며,

"엄마."

하고 더 높이 울기를 시작했다. 경옥은 남보기에 자기가 거지를 울린 것처럼 오해받을 것이 불쾌해서,

"별꼴을 다 보겠네. 돈을 주었는데 울기는 왜 울어."

하고 대문 안으로 들어가 버렸다.

다음날도 또 다음날도 경옥은 모교 선생님들과 음악계의 선배들에게 인사를 하러 다니기에 저녁때가 되어서야 집에 돌아왔지만 그때마다 그 거지 애는 대문 옆에 섰다가,

"아주머니."

하고 인사를 했다. 그것은 돈을 달라고 구걸하는 것이 아니었다. '돈 한 푼 가지셨어요.'라는 말도 안 했고 손을 내민 것도 아니었다. 옆집 아는 여자를 보고 범연하게 하는 그런 인사였다. 그러나 경옥은 매일 저녁 천 원짜리 한 장씩을 집어 주었다.

그러니까 처음 본 지 나흘째 되는 날 저녁때였다. 그 날도 늦게야 돌아오는데 거지 애가 또,

"아주머니."

하고 인사를 했다. 경옥은 돈을 주는 대신,

"네 이름이 뭐지?"

하고 이야기를 건네었다.

"심완석이에요.

거지 애는 뜻밖에도 쉽사리 자기 이름을 말해 주었다.

그래서 경옥은,

"밥을 줄게 들어가자."

하고 앞장을 서서 따라오라고 했다.

어쩐지 그 애의 이야기가 듣고 싶었던 것이다. 어린애도 아무 생각 없이 따라왔다.

경옥은 완석을 데리고 부엌으로 가서 식모에게 밥을 좀 주라고 한 뒤 밥을 먹는 완석 옆에서,

"너 서울서 내려 왔니?"

하고 물었다.

"네."

완석은 묻는 대로 대답하겠다는 듯한 명랑한 얼굴이었다.

"언제 왔지?"

"이태가 다 됐어요."

"아버지 어머니는 언제 돌아가셨니?"

"아버지는 일선에 가서 죽구 어머니는 서울서 오다가 잃었어요."

"그럼 며칠 전 처음으로 돈을 주었을 때 왜 울었지?"

그 말에만은 완석이가 선뜻 대답을 못했다.

"왜 말두 않구 울기만 했어 응?"

하고 독촉할 때야,

"아주머니가 꼭 우리 엄마 얼굴과 같아서요."

하고 빙그레 웃었다.

"지금은 달라 보이니?"

"이 집 큰아주머니두 꼭 같았던걸 뭐."

완석은 보아 나서 이제는 아무렇지도 않다는 듯이 밥만 열심으로 먹었다.

경옥은 완석이가 자기 집 대문 밖에 와 있는 이유를 알았다. 밥을 먹자 완석은 입을 쓸면서 나가 버렸으나 나가는 뒷모습을 볼 때 경옥은 눈물이 핑 돌았다. 전쟁으로 말미암아 그러한 애가 얼마나 많이 생겼을까 생각하니 가슴이 답답하기도 했다.

저녁을 먹고 일찌감치 자리에 누운 경옥은 미국에 있는 동안 자기는 무엇 때문에 조국을 그리워했던가 하는 것을 생각해 보았다.

미국에 있는 동안 경옥은 얻어 온 애처럼 자기의 존재가 너무나 적은 것을 슬퍼했었다. 한국 여성이라고 해서 특별한 관심을 가져 주는 듯했으나 그것은 결국 하나의 동정밖에 아무것도 아니었다. 어디를 가거나 압박감 같은 감정에 사로잡혀 자연스러운 행동도 할 수 없었다. 한국에서는 꿈에도 생각할 수 없는 커다란 건축물이나 도시의 가지가지 시설에 대해서도 일종의 압박감을 느껴야 했다.

그래서 경옥은 하루도 고국을 그리워하지 않은 날이 없었다. 가난해도 자유스럽게 살 수 있는 고국이기 때문이었다. 그러나 막상 돌아와 보니 자기의 마음을 어루만져 주는 것이 하나도 없다.

그렇게도 그리워하던 마음을 기특하게 여겨 주는 이도 없다.

그저 고독하기만 했다. 이렇게 고독한 가운데서 자기는 어떻게 살아야 할 것인가 하고 자기의 장래까지를 걱정하고 있을 때,

"경옥이 들어왔니?"

하고 언니의 말소리가 들렸다. 그러나 경옥의 방을 들여다보지도 않고 자기 방으로 들어가 버렸다.

경옥이도 누운 채 대답만 하고 내다보지를 않았다. 언니도 그리 반갑지가 않던 것이다. 그 동안 며칠이 지나면서 6·25 때 이야기를 듣노라고 몇 시간 마주 앉았을 뿐 다정한 이야기를 해 본 적도 없었다. 누운 채 자기 생각만을 하고 있다가 변소에 다녀가서 잠을 자리라 문을 열고 뜰로 나서려 할 때였다. 대각선으로 바라보이는 언니의 방에서 옷을 벗고 있는 남자와 이미 잠옷을 갈아입은 언니의 두 그림자가 커튼 드리운 창문에 나타나고 있음을 보자 경옥은 화석처럼 몸이 굳어져 버렸다.

애정의 치욕

스토브에 손을 쪼이며 그 날 아침의 무역통신을 읽고 있던 김명구가 문득 손에 들었던 통신을 옆의 책상 한편에 놓고 눈을 지그시 감아 버린다. 한참 동안 무엇을 생각하다가 눈을 뜬 명구는 천천히 일어서서 초인종을 누른다.

소녀가 들어와 허리를 굽히고 경례를 하자 그는 판매과장을 불러 오라 했다.

나이 지긋이 들어 보이는 판매과장이 사장실로 들어와 굽실 절을 했다. 명구는 판매과장의 얼굴도 보지 않으며 삐뚜름히 앉아 혼자 중얼거리듯 말을 했다.

"종이 쿼터를 좀 올리라구 했더니 올리지를 않았구만. 할 수 없지. 동진 무역에 전화를 걸어 가지구 있는 종이를 전부 팔라구 그래. 아마 종이 재고 가 있는 집은 우리와 그 집뿐일 거니까…… 그러면 그 집에서두 눈치를 채 구 물건을 내놓지 않을 걸세. 정부가 물가를 내린다구 내려지나 참……."

판매과장은 네 하고는 굽실 하고 나가 버렸다. 더 설명을 안 해도 알 수 있다는 뜻이었다. 그도 아침에 통신을 보았다. 나온다고 벌써부터 말이 있던 종이의 쿼터가 의외로 값이 눅은 것을 보자 그도 어떤 술책을 써야겠다고 생각하던 참이었다.

판매과장이 나가자 명구는 다시 초인종을 눌러 사환 애를 불렀다.

소녀가 들어왔을 때 이번에는 수입과장을 불렀다. 말쑥한 양복에 안경을 쓴 젊은 친구가 나타나자 명구는,

"무역국에 다녀왔나?"

하고 물었다.

"이제부터 가겠습니다."

"빨리 다녀와야지 크리스마스가 멀지 않았으니까 빨리 풀어 헤쳐야지 않아?"

"설탕만은 허가하지 말라구 위에서 명령이 내린 것 같던데."

"벌써 들어와 있는 걸 어떻게 해. 별소릴 다 하는군, 크리스마스에 설탕이 없으면 어떡허구…… 오늘 상공장관을 만나서 말할 테니 무역국장만 틀어 놔."

"네, 알겠습니다."

이렇게 해서 수입과장을 내보내자 명구는 신문을 뒤적거리기 시작했다. 한참 동안 신문을 읽던 명구가 이번에는 사원들에 대한 크리스마스 프레젠트에 대해 의논해야 할 것을 생각하고 서무과장을 부르려고 할 때였다.

소녀가 들어와 경례를 하고 여자 손님이 왔다는 전갈을 했다.

명구는 누구냐고 물었다.

소녀는 처음 보는 여자라고 대답했다.

"들어오시래."

소녀를 내보낸 뒤 명구는 처음 오는 여자가 누굴까 하고 생각해 본다. 그러나 깊이 생각하려고는 하지 않았다. 금시 자기 방으로 나타날 것이니까.

노크를 하고 들어온 여자는 뜻밖에도 경옥이었다. 경옥이가 자기를 찾아왔다는 데는 약간 놀랐다는 듯이 명구가 앉았던 자리에서 일어나,

"웬일이십니까?"

하고 빙긋이 웃었다.

그러나 경옥은 인사할 생각도 하지 않고 방 안을 한 바퀴 빙 둘러보고 나서야,

"사장실이 근사한데요."

하고 웃음 섞인 말을 했다.

"앉으시지요."

명구가 소파를 가리키며 앉기를 권하자 경옥은 서슴지 않고 앉아서,

"제가 다 찾아오는 것을 보니 선생님이 과연 위대하신대요."

또 농조였다.

"고맙습니다. 좌우간 찾아 주셔서."

명구는 그래도 사장의 위신을 잃지 않으면서 경옥의 뒷이야기를 기다렸다.

"선생님 한 달에 수입이 얼마나 되세요?"

경옥은 불쑥 이런 것을 물었다. 명구가,

"그건 왜 물으세요?"

하고 묻는 의도를 모르겠다는 듯이 반문을 해도,

"돈을 다 쓰시지 못해 곤란하실 것 같아서요."

하고는 대답도 기다리지 않고,

"세상에서는 선생님 같은 분들을 모리배라구 욕을 한다지요?"

하고 또 딴 말을 꺼냈다.

명구는 어리둥절해서 무엇이라 대답할지를 몰랐다.

"그렇게들 욕하지요."

결국 이렇게밖에 대답을 못했다. 그랬더니 경옥은,

"욕을 먹어두 상관없어요?"
하고 따지듯 물었다.
"할 수 없지요."
이렇게 대답했을 때 경옥은 말을 맺을 생각도 않고 또 딴 말을 꺼냈다.
"선생님은 아시는 분두 많으시겠지요?"
명구는 경옥이가 대체 무엇을 말하러 온 것인가를 의심하지 않을 수 없었으나 또,
"꽤 있지요."
하고 간단히 대답했다.
"저 취직을 시켜 주세요."
경옥은 정말 어떻게 해석해야 할지 모를 말을 꺼내고야 말았다.
"무슨 말씀인지 모르겠는데요?"
"아니 취직을 시켜 달라는데 모르긴 무얼 모르세요?"
경옥은 자기의 말을 못 알아듣는 명구가 도리어 이상스럽다는 말투였다.
"취직두 음악가의 취직을 내가 어떻게 시킵니까?"
"취직하면 월급을 얼마나 주시지요?"
"직장에 따라 다르겠지요……."
"아니 선생님 회사에서 말이에요."
"우리 회사에서는 음악가가 필요하지 않은데요."
"음악가는 음악만 팔아먹어야 하나요. 음악을 팔아먹기가 싫어서 선생님한테 취직을 하러 온 건데."
"글쎄요."
"급사만 빼 놓구는 무슨 일이라두 할게요. 영문 타이프를 치래두 칠 줄 알구 어디 심부름을 가라 해두 얼마든지 다닐 수 있어요."
"글쎄요."
"글쎄요가 아니에요. 얼마씩 주시겠어요?"
"취직 안 해두 살 수 있지 않아요? 언니가 동생 하나쯤……."
"언제부터 나올까요. 나와두 좋지요, 네."

경옥은 명구의 말 같은 것은 완전히 무시해 버리고 혼자의 말만을 성립시키려 했다.

명구는 자기의 위치가 어떻게 돌아가고 있는지를 몰라서,

"월급이라야 삼사십만 원밖에 안 되는데요."

하고 그저 어름어름하는 수밖에 없었다.

"그 밖엔 수입이 없나요?"

"포켓머니로 좀더 드릴 수는 있지요."

"그런 건 싫어요. 월급을 올려 주세요."

"글쎄요."

"참 선생님두…… 그만큼 일을 많이 해 드리면 되잖아요."

"글쎄요."

명구는 '글쎄요.' 소리밖에 달리 할 말이 없었다. 어디서 어디까지를 정말로 들어야 하고 어디서 어디까지를 거짓말로 들어야 할지 통히 알 수 없었기 때문이었다.

"내가 나의 천직을 버리고 하나의 비즈니스 걸이 되겠다는 것이 재미있지 않아요."

이렇게 자기 취직에 대한 태도를 설명하는 말에도 명구는 도무지 이해할 수가 없었다.

취직하려는 것만은 사실처럼 들렸으나 그것도 무엇 때문인지를 알 수가 없었다. 음악가라고 몇 명 안 되는 한국에서 더구나 미국까지 갔다 온 지 며칠도 안 되어 사회의 기대를 독차지하듯 차지하고 있는 경옥이로서 하필 음악과 하등 관계가 없는 회사에 취직하겠다는 이유가 도저히 이해할 수 없었다. 그래서 명구는 한 마디나마 진실된 말이 듣고 싶어,

"경옥 씨 언니하구두 가차운 사이이니까 묻는 것을 용서하십시오. 왜 음악을 멀리하구 이런 데 취직을 하시렵니까? 경옥 씨 한 사람쯤 취직 못 시킬 것은 아닙니다만 이유를 좀 알고 싶은데요?"

하고 정중하게 물었다. 그랬더니 경옥은,

"선생님이 모리배라구 욕을 먹지 않두록 해 드리려구요. 그리구 선생님

의 그 점잖은 태를 없애 드리려구요."
하고 웃어넘겼다.
　"내한테 그런 관심을 가지실 필요가 어디 있지요?"
　"언니하구 가까우시니까……."
　"그러시지 말구 똑바루 말씀해 보십시오."
　그때야 경옥은 약간 머리를 숙이고 대답을 머뭇거리다가,
　"그걸 아셔야 하겠어요? 모르셔도 제 취직 하나쯤 시켜서 안 될 일 없잖
아요?"
하고 정색을 한 뒤,
　"며칠 뒤 제 독창회가 있으니까 그것만 끝난 뒤 곧 일하러 오겠어요. 정
말 취직시켜 주세요."
하고 애원하듯이 말했다.
　명구는 그만 승낙해 버렸다. 말하지 못하는 가운데 경옥의 진실이 숨어
있는 것 같음을 느꼈기 때문이었다. 사실 경옥의 말은 전부가 거짓 같으면
서도 또 한편 거짓이 아닌 것 같기도 했다.
　경옥은 고맙다고 깍듯이 인사를 하고 돌아갔다. 경옥을 돌려 보낸 뒤 명
구는 곧장 경순에게로 달려갔다. 취직을 승낙하기는 했으나 경순을 만나 내
용을 알아보아야 할 것 같았기 때문이었다. 더구나 경순을 사랑하고 있는
자기로 그의 동생을 맡으면서 한 마디의 말이 없을 수가 없었다.
　다방 한편 모퉁이에서 경순과 마주 앉은 명구는 대뜸,
　"경옥 씨가 왜 취직을 할려구 그럽니까?"
하고 물었다.
　"벌써 찾아갔습디까? 그래 뭐라구 말씀하셨어요?"
　경순은 이미 알고 있는 일이기 때문에 결과부터 먼저 듣고 싶어했다.
　"뭐라긴 뭐래. 의논해서 하자구 그랬지."
　명구는 명구대로 결과보다는 취직하려는 동기가 더욱 중요한 일이라는
듯한 얼굴로써 질문의 대답을 독촉했다.
　"나두 잘 몰라요. 제가 취직하구 싶대니 마음대루 하라구 그랬지요. 세상

이 모두 자윤데 그 애의 자유를 내가 꺾을 수 있어요?"

사실 경순은 그 전날 밤 경옥에게서 경옥이가 취직하겠다는 말을 처음으로 들었다. 그때 경순이도 놀라서 그 이유를 물었다. 그러나 경옥은 음악으로 일생을 먹고 살 수 없다는 것 그리고 자기가 인기(人氣) 장사를 할 수 없다는 것을 절실히 깨달았다는 것을 말할 뿐 그 밖의 이유는 조금도 말하지 않았다. 아무리 물어도 그 말뿐이었다. 경순은 미국까지 가서 공부하고 돌아온 것이 아까워 그러지 말라고 권해도 보았으나 자기 자신이 진실된 생활을 못하고 있다는 사실은 자기 스스로 아는 이상 더 권하지도 못했었다.

"그러면 취직을 시킬까요?"

명구가 물었다.

"좋두록 하세요."

경순이가 대답했다.

그래도 어쩐지 이야기가 미진한 것 같아 명구는,

"경옥 씨에게 무슨 고민이 있지 않나?"

하고 또다시 경옥의 이야기를 꺼냈다.

"모르지요. 그 애가 생전 가야 무슨 이얘길 하나요. 또 김명구 씨를 속으루 사모하구 있는지두 모르지……."

경순은 질투 같은 것을 느끼는 듯이 명구를 한 번 빤히 쳐다보았다.

그러나 금시 해쓱 웃어 버렸다. 명구는 탁자 밑으로 경순의 고무신을 꼭 눌러 주고는 눈을 흘겼다. 그러나 명구도 금시 웃음을 띠고,

"참, 경옥 씨 성격은 정말 모르겠는데 조금두 상식적이 아냐."

하고 자기가 겪은 가지가지 일을 회상했다.

"악의는 절대루 없는 앤데 숨길 것은 죽어라 하구 숨기구, 숨길 필요가 없는 것은 경우 같은 건 가릴 새 없이 말해 버리니까 곤란하지요. 그래서 연애두 잘 못할 거예요."

"좀처럼 연앤 못하겠던데."

이렇게 경옥에 대한 이야기도 끝나 가려 할 때였다. 경순이가 목소리를 낮추어,

“오늘밤 딱터 허네 집에서 파티가 있대요. 가시죠?”
하고 말했다.
“몇 시부터지?”
“여섯 시 반.”
“그럼 그때 자동차루 오지.”
명구는 저녁 약속을 하자 다방에서 돌아갔다.
명구를 보내자 경순은 레지 앞으로 가서 그새 누가 아는 사람이나 오지
않았나 하고 방 안을 한 번 둘러보았다. 단골손님이 적지 않기는 했으나 별
로 찾아가서 따로 인사를 해야 할 손님들이 아니어서 그냥 서서 있을 때 어
떤 젊은 남자가 손질을 하며 그를 불렀다.
가까이까지 갔더니 피아노를 한 번 들려 달라는 것이었다.
“이때까지 쳐서 악사가 좀 피곤한가 보지요. 가서 말을 해 보겠습니다
만.”
이렇게 대답을 하자 경순은 다방 맨 뒷구석에 있는 피아노를 향해 걸어갔
다. 피아니스트는 피아노 앞에 앉아 고개를 들고 담배연기를 높이 뿜어 올
리고 있었다.
“미스터 최, 한 곡조 들려 달라는데요.”
경순은 피아니스트 옆에서 손님의 주문이 있다는 것을 알렸다. 그러나 피
아니스트는 뒤도 돌아보지 않고,
“조금 쉬게 해 주시지요.”
하고 말했다.
“그럼 그럴까요.”
경순이도 깍듯한 경어로써 대답을 하고는 금시 주문한 손님에게로 가서
잠깐 동안만 기다려 달라고 부탁을 했다. 그리고는 다시 피아노 옆에 서 있
을 때 피아니스트 최가 역시 고개를 돌리지 않고 경순을 불렀다.
“네!”
하고 경순은 그의 곁으로 다가섰다.
“나 오늘밤 좀 할 이야기가 있는데…….”

최충림의 음성은 몹시 무거운 것 같았다.

그러나 경순은 자기의 입을 최충림의 귀에다 대고 아주 가벼운 어조로 말했다.

"오늘밤엔 동생을 데리구 어델 가기루 약속했어요."

그 말에 충림은 대답도 아니하고 고개를 숙여 버렸다.

그때였다. 다방 문을 열고 두리번거리며 사면을 살펴보던 젊은 여성이 경순에게로 향해 뚜벅뚜벅 걸어왔다.

경옥이었다.

경옥은 언니 앞에까지 와서 발을 멈추자 자기도 모르게 피아노를 향해 앉은 최충림의 뒷모습으로 시선을 돌렸다가 얼굴을 새빨갛게 붉히었다.

그러나 경옥이가 얼굴을 붉힌 것은 시간적으로 보아 극히 짧은 순간이었다. 번갯불이 번쩍 하는 순간 어둠을 잃었다가 다시 어둠의 고요함을 도로 찾는 검은 밤처럼 경옥은 금시 자기의 얼굴을 찾고야 말았다.

미국서 돌아오는 날도 충림의 이야기를 듣고 경옥은 혼자서 슬퍼했다. 충림이가 언니의 다방에 있다는 말을 들었기 때문에 한 달이 거의 되는 오늘까지 다방 구경도 나오지 않았었다. 충림이가 아무리 타락을 했다 해도 그날 밤의 풍경을 자기 눈으로 보지 않기만 했다면 그렇게까지 슬퍼하지는 않았을 지도 모른다.

그 날 밤의 일을 생각한다면 지금도 온몸에 소름이 끼쳤다. 변소에를 가다가 언니 방에서 옷을 벗는 남자의 그림자를 보고 언니가 정말 타락의 길을 걷는 것이라 밤새 슬퍼했다. 남편이 죽고 없으니 누가 책망할 사람도 없을 것이나 책망할 사람이 없다고 해서 자기의 지켜야 할 길을 지키지 않는다는 것은 인간으로서 가장 추악한 일이 아닐까 생각되었다. 윤리감(倫理感)에서 오는 하나의 의무감에 인간이 속박되었다고 극단의 말을 하는 이도 있기는 하지만 책망하는 사람이 없다고 해서 죄악을 무감각한 상태에서 짓고 있다는 것은 결국 인간의 포기 이외에 아무것도 아니다. 슬픔과 괴로움에서도 어쩔 수 없는 자기, 그리고 누가 무엇이라 해도 바꿀 수 없는 자기의 바탕이란 것이 있어야 할 것이 아닌가. 남편이 죽고 살 길이 어둡다고 해서 자

기란 것을 버린 생활에 빠져 동생인 자기를 옆방에다 놓아 두고까지 불륜의
행동을 하는 언니.

세상 모든 여자가 그렇다 해도 언니만은 아름다움을 지켜 주었으면 하는
것이 경옥의 욕심이라면 욕심이었다.

그 욕심이 그릇된 것이 아니라고 생각되었기 때문에 경옥은 슬펐다.

그러나 그 슬픔이 다음날 아침에는 슬픔에 그친 것이 아니라 아픔으로 변
했다. 아침에 다시 변소를 가려고 문을 여는 순간 맞은편 언니의 방문이 열
리는 것을 보았다. 문이 열리자 고개를 내밀고 나오는 남자의 얼굴이 보였
다. 그 순간 경옥은 그만 문을 도로 닫고 방 안에 쓰러져 버렸다. 언니가 불
륜의 밤을 만들고 있는 것이 다른 사람이 아닌 바로 최충림이란 것을 자기
눈으로 보았기 때문이었다. 세상에 하두 많은 것이 남자련만 언니는 무엇
때문에 그 속에서 하필 최충림을 골랐을까?

최충림이가 그새 편지를 안 했고 비행장에도 나오지 않은 이유를 확실히
알았다.

경옥은 오직 운명의 장난이란 것이 미웠다. 그러나 무엇보다도 언니의 집
을 나가야 할 것을 생각했다. 떠나지 않고는 불쾌한 지붕 밑을 바라볼 수가
없었던 것이다. 그새 경옥은 여러 가지로 생각했다. 생각하고 생각하던 끝에
오늘 명구를 찾아가 취직을 결정했던 것이다. 그리고 돌아오는 길에 영애를
만나 당분간이라도 영애와 같이 있기를 의논했다. 그래서 그 결과를 언니에
게 보고하고 오늘 안으로 이사까지 하려는 경옥이었다. 그 결심도 결심이려
니와 그 동안의 시간적 거리로 충림을 만나도 얼굴을 붉혀야 할 만큼 감정
이 절정에 서 있지는 않았으나 역시 처음으로 대한다는 것이 범연할 수가
없었던 모양이었다. 그러나 금시 자기로 돌아온 경옥은 충림에게,

"오래간만입니다. 언니를 위해서 수고를 해 주셔서 고맙습니다."
하고 천연스럽게 인사를 했다. 그러나 충림은 화끈한 얼굴로 말을 꺼내지
못했다.

경옥은 인사나 할 정도의 안면이 있는 사람에게 대하듯 형식적인 인사를
끝낸 뒤 언니에게 몸을 돌려 자기가 찾아온 용건을 말하려 했다. 그때 경순

이가,

"참 같은 음악가들이니까 서루 알겠구만……."

하고 벌써 인사를 시켜야 할 것이지만 소개할 필요도 없는 것이 차라리 잘 되었다는 듯 말했다.

"알구 말구요."

경옥이도 소개 같은 것은 필요도 없다는 듯이 대범하게 받아넘겼다. 그러나 충림에게 말할 기회를 주지 않으려고 경옥은 곧,

"언니, 나 오늘 이사를 할래. 영애가 갑갑하다구 자기 집에 와서 같이 있자구 그래서. 그리구 김명구 씨를 찾아가 취직두 결정됐어……."

하고 찾아온 용건을 말했다.

"이사까지야 안 하문 어떻니?"

경순이가 너무하지 않느냐는 듯이 섭섭해 하는 표정으로 말했다.

"언니는 너무 바뻐서 같이 있으나마나 한걸, 뭐. 차라리 떨어져 살다가 가끔 만나는 게 반갑지 않아요. 안 그래, 언니……."

경옥은 직업까지 결정했는데 이사 가는 것쯤 예사가 아니냐는 듯이 이사 가는 이유의 설명보다도,

'안 그래, 언니.'

에 힘을 주어 승낙을 요구했다

경순은 잠시 말을 않고 혼자서 생각을 했다. 경옥은 자기의 생활에 불만을 품고 이사까지 하려는 것이 분명하지만 그렇다고 해서 언니 된 자기가 그것을 내버려 둬야 할 것인가. 그렇지 않으면 자기의 심경을 숨김없이 말하고 양해를 구하여야 할 것인가.

사실 경순에게 괴로운 순간이었다. 동생에게 배반을 당하고 말았다는 생각을 아니할 수 없을 때 전기에 감전이 된 것처럼 가슴이 찌르르 했다. 하나밖에 없는 동생에게서 침을 뱉기다니, 그는 경옥이가 자기 얼굴을 향해 침을 뱉는 장면을 눈에 그려 보았다.

그러나 그 순간 경순은,

"마음대루 하렴. 너 좋도록 하는 게 제일이지."

하고 간단하게 승낙을 해버렸다. 그것은 동생에게서 받은 굴욕에 대하려는 순간적인 반항이었다. 투쟁적인 반항이 아니고 거부(拒否)를 의미하는 반항이었다. 떳떳하지 못한 양심이 그래도 자존심만은 요구할 때에 가지는 반항이었다. 경옥에게 경멸을 받느니 차라리 보지 않는 것이 나을 것이 아닌가. 경순이가 이렇게 절연을 의미하는 승낙을 하자 경옥은,

"언니, 잘 있수!"

하고 얘기했던 대로 일이 잘 되었다는 듯이 경순을 떠나려 했다.

"자주 놀러나 오너라."

경순은 가도 좋다는 듯이 아니 어서 빨리 가라는 듯이 경옥을 멀거니 바라보았다.

그때 충림이가 벌떡 일어나 금시 경옥에게로 달려가기나 할 듯이 경옥의 뒷모습을 바라보았으나 그도 힘없이 주저앉아 버렸다. 그 대신 십 분도 안 되어 충림은 경순에게,

"오늘은 몸이 좀 불편해서 일찍 나가 보겠습니다."

하고 다방을 나가 버렸다.

원망하는 말은 직접 안 하나 자기를 못마땅히 여기고 나간 경옥의 뒤를 이어 충림 역시 우울한 표정으로 나가는 것을 보자 경순은 갑자기 외로움을 느꼈다. 그래서 조금 전 충림이가 할 말이 있다고 할 때 그것을 들어주지 않은 자기가 후회되기도 했다. 그리고 충림이도 자기를 아주 떠나 버리려는 것이나 아닌가 걱정을 했다.

경순은 사업 관계상 김명구와도 가깝다. 다방을 개업하기까지의 모든 비용을 담당해 준 명구이기 때문에 자주 만나지 않을 수 없었으며 따라서 자주 만나는 사이에 육체까지 허락하는 경지에 들어간 것도 숨길 수 없는 사실이었다. 그렇다고 해서 김명구를 이용하기 위해서만 그와 접촉하는 것이라고는 말할 수 없었다. 생활을 향락하기 위해서는 버리려야 버릴 수 없는 존재다. 그리고 지금의 경순에게 있어서는 생활의 향락이란 것이 또한 뗄 수 없는 불가결의 것으로 되어 있다. 사회의 모모한 인사들이 모이는 파티라든가 연회 같은 곳에 참석 아니할 수 없게 된 지금의 경순은 그런 곳에

나갈 때마다 또한 명구가 절대로 필요했다. 그 반면 경순에게 있어서는 충림이도 또한 불가결의 존재다.

호화로운 생활의 향락을 위해서 김명구가 필요하듯 향락적 생활이 진정한 자기의 생활 같지 않게 느껴질 때에는 돈도 없고 지위도 없는 충림이가 반드시 필요하다. 충림을 대하고 그와 이야기를 하고 있으면 자기는 악몽 속에서 깨어나 진정한 자기로 돌아온 것 같은 행복감을 느낀다. 말하자면 그의 양면 생활을 모두 만족시키기 위해서는 김명구나 최충림이나 두 사람 전부가 필요 불가결한 것이다. 김명구에게서 환멸을 느끼면 최충림을 생각함으로써 자기 위안을 삼을 수 있었고, 최충림에게서 가난한 냄새에 싫증을 느낄 때에는 김명구를 생각함으로 생활의 의욕을 느끼기도 했다.

그러한 최충림이가 자기를 떠나 아주 가 버린다면 그것은 자기 마음 한 구석을 깎아 버리는 것과 마찬가지의 일이다. 다만 충림이가 오늘 침울해 하는 이유와 또 경옥에게 이상한 표정을 했는가 하는 그 이유를 모름으로 해서 과대한 신경까지는 쓰지 않으나 그래도 경옥이가 자기를 배반하고 나갔다는 야릇한 심정이 사라지지 않은 때 충림이가 아무 말 없이 침울하게 나갔다는 것은 모른 척할 수 없는 일이었다.

'경옥이가 충림을 만나 충동질이나 시키지 않았을까?'

이렇게도 생각해 보았다.

'나의 내면생활을 고치지 못한다고 해서 슬퍼하는 짓이나 아닐까?'

이렇게도 생각해 보았다.

충림은 자기에게 여러 번 충고를 했다. 다각적인 생활을 버리고 호화스런 생활에서 손을 떼라고 진심으로 권고했다. 그것을 한 번도 들어 주지 않은 자기이기 때문에 충림은 그것을 슬퍼할 것이 사실이다.

그러나 경순에게 있어서는 충림의 충고를 받아드리지는 않는다 해도 자기를 그렇게 걱정해 주는 충림이가 역시 좋았다.

그래서 경순은 충림의 침울을 단순히 자기에 대한 하나의 슬픔이라 단정했다. 경옥이가 충림을 충동시킬 만큼 그렇게 마음이 악한 애가 아니라는 것을 경순은 잘 알고 있다. 그리고 경옥의 말투로 보아 경옥이가 충림을 자기 모르게 만난 것 같지도 않았다.

'내일 만나서 이야기하면 알겠지…….'

경순은 충림의 마음을 도루 잡아 세울 자신도 있었다.

경순은 이러한 생각들을 하며 혼자 앉아 있다가 마음의 정리가 끝났다는 듯이 그득 모여 앉은 손님 자리로 발을 옮겨 놓았다. 그리고는 피아노를 들려 달라던 사람 앞에 가서,

"미안하지만 피아니스트가 오늘은 병으로 일찍 돌아갔습니다."

하고 피아노 못 치는 변명을 할 때 김명구의 운전수가 다방으로 들어와 빨리 나오라고 말을 했다.

경순은 곧 나갈 테니 기다리고 있으라고 운전수를 내 보낸 뒤 레지 곁으로 가서 화장을 고쳐 했다. 그리고는 레지에게 좀 늦게 돌아올 테니 잘 부탁한다는 말을 하고는 종종걸음으로 다방 현관까지 나왔다.

다방 현관 앞에는 김명구의 자가용 자동차가 그를 기다리고 있었다. 경순이가 나타나자 명구가 문을 열고 눈으로 맞이해 주었다.

"늦어 미안합니다."

경순은 차 안에 들어가 앉자마자 명구의 무르팍에 손을 엊어 놓았다. 명구도 어느새 손을 경순의 손 위에 가져다가 경순의 부드러운 손을 꼭 쥐었다.

경순은 또 하나의 손을 가져다가 명구의 손을 위로 감싸 쥐었다. 그리고는 일부러 힘을 주어 꼭 쥐었다. 그러다가는 손톱으로 명구의 손등을 꼬집기도 했다. 그것은 마치 충림에게서 받은 모든 잡념을 이제부터는 완전히 잊어버리고 향락 속으로 기어들어간다는 자기 자신에 대한 신호(信號) 같기도 했다.

눈은 달려가는 자동차 정면에 두고도 눈과 거리가 멀리 떨어져 있는 무릎 근처에서는 손장난이 계속되는 동안 그들은 서로가 다른 마음속의 세계를 손끝에서 연결시키려 노력하는 것처럼 말이 없었다.

한참 동안 지난 뒤에야 명구가,

"형제면서두 경옥은 경순 씨와 성격이 너무나 달라. 혹시 이복동생은 아

니시우?”

하고 물었다.

“실례의 말씀두. 동복형제면 성격두 같아야 하나요? 얼굴이 다른 것처럼 마음두 다른 게 보통이지 뭐…….”

경순은 일부러 눈을 흘겨 뜨고 손등을 아프도록 꼬집었다.

명구는 손을 빼면서,

“좌우간 경옥은 이해할 수 없는 성격을 가진 여자야. 그렇다고 해서 인상이 나쁘거나 불쾌감을 주거나 하지두 않구. 찔러두 아픈 게 아니라 통쾌한 것 같아…….”

하고 경옥의 인상을 웃으면서 말했다.

“그래서 경옥을 꼬여먹으려고 취직까지 시켰구먼요?”

경순은 명구 곁에서 몸을 떼어 앉고 샐쭉한 얼굴을 지었다.

“천만에.”

명구는 몸을 경순이 옆으로 당겨 앉아 그의 손목을 잡았다.

“나두 할 수 없이 취직을 허락했지만 앞으로 걱정이 여간 아닌데. 그런 여잘 어떻게 부려먹어. 모두 당신 덕택이란 걸 알아야 해…….”

“핑계는 내한테 두지만 어디 두고 봅시다. 품행이 방정하신 김 선생이니까…….”

이러한 이야기를 주고받을 때 자동차가 허 박사 병원 옆에 이르렀다. 병원 현관으로 해서 진찰실과 제약소의 낭하를 거쳐 이층으로 올라가니 허 박사 부부와 어떤 고관 한 사람과 그의 파트너가 그들을 기다리고 있다가 반가이 맞이해 주었다. 우선 삐루(비어)를 조금씩 마시고 환담을 하고 있을 때 어느새 측음기에서는 블루스의 레코드가 돌아가기 시작했다.

세 쌍의 남녀는 음악에 맞추어 방 안을 쓸기 시작했다.

명구의 품에 안겨 미끄러지듯 발을 끌면서 모든 신경을 발끝에다 모은 듯 신묘한 얼굴을 하고 있던 경순이가 두 쌍의 남녀에서 조금 떨어진 위치에 이르렀을 때 갑자기 명구의 뺨에 자기 뺨을 스치고는 만족한 듯이 웃음을 웃어 보였다. 명구도 말없는 웃음을 빙그레 웃었다.

"오늘밤엔 어디루 가지요?"

경순은 현재의 만족에만 그칠 수가 없는 모양이었다.

서글픈 대화

언니의 다방에서 돌아오자 경옥은 짐을 싸기 시작했다. 아무 생각 없이 옷을 트렁크 속에 챙겨 넣은 경옥은 갑자기 문을 열고 식모를 불렀다. 식모가 나오자,

"저 대문 밖에 나가 섰다가 거지 아이가 오거든 안으로 데리고 와요. 그 매일처럼 오는 애를 알지."

하고 밖으로 내 보낸 뒤에도 역시 혼자서 짐을 계속해서 꾸렸다. 잠시 동안에 짐을 꾸려 놓은 경옥은 트렁크를 한편에 밀어 놓고 이부자리를 바라보았다. 그것을 가져가야 하는 것인가 가져가지 말아야 하는 것인가를 생각하면서,

'까짓 것 새로 하나 사지.'

경옥은 우선 이렇게 생각하고 눈을 이불에서 떼어 버렸다. 언니가 사 준 것이기는 하지만 말 한 마디 안 하고 그대로 가지고 간다는 것이 마음에 꺼렸기 때문이었다. 앞으로 언제 만날지 모르는 언니에게 께름칙한 생각을 남겨 놓고 간다는 것은 불쾌한 일이 아닐 수 없다. 더구나 언니를 떠나는 것이 언니에게 마음의 이별을 고하는 일일진대 손톱만한 것이라도 마음에 남기는 것이 있어서는 안 될 일이었다. 그러나 오버를 입고 나갈 준비를 하던 경옥은 문득 속주머니에서 만년필과 종이를 꺼내어 트렁크 위에서 글을 쓰기 시작했다.

"언니께! 나는 언니를 원망치 않습니다. 도리어 마음 가볍게 떠나보내는 언니에게 감사를 드립니다. 언니는 언니의 길이 있을 것입니다. 나의 힘으로 돌릴 수 없는 일입니다. 돌리려고 생각할 필요도 없을지 모릅니

다. 악을 설명하기에는 선(善)이 너무나 숨어 있는 것 같습니다. 선을 설명하기에는 지나친 방종이 그것을 방해하고 있습니다. 악은 자기 스스로 깨달음에서 비로소 선을 부러워하게 되는 것이지만 지금의 현실은 악에게 그러한 기회를 주려고 하는 것 같지가 않습니다. 언니 용서하십시오. 마치 언니를 설교하려는 언사를 감히 썼습니다. 그러나 나의 언니는 진정 아름다운 언니라고 생각합니다. 앞으로도 그렇게 생각하겠습니다. 다만 내가 간직하고 있는 언니의 모습에 흠집을 만듦으로 해서 오는 나의 슬픔을 갖지 않기 위하여 떠나가는 나의 마음을 알아 주십시오. 그리고 동생을 책망하시지도 말아 주십시오. 음악을 버린다는 것 —— 이것은 확실히 언니에게 대하여 죄악에 가까운 행동입니다. 그러나 그것은 언니에게 언니의 길이 있듯이 나에게도 나의 길이 있는 것이니까 내버려 두어 주십시오.

마지막으로 언니가 빌려 준 이불을 마음대로 가져가는 것을 용서하십시오. 두어서 해로울 것이 아닐 것을 알고 있지만 당장에는 언니에게 보다 나에게 더 필요할 것 같고 언니도 그것을 아쉽게 생각하지 않을 것 같아 가지고 갑니다."

동생 경옥 드림

편지를 쓰고 난 경옥은 이불보에 이불까지 쌌다. 이불을 싸 놓았을 때 식모가 완석을 데리고 들어왔다.

"응! 완석이! 왔구나. 너 가서 지게꾼 하나 불러 올래?"

경옥은 친한 사람을 시키듯 완석을 심부름 보냈다. 나간 지 얼마도 안 되어 완석은 지게꾼을 데리고 와서 이불보와 트렁크를 지게에 싣게 했다. 짐을 다 싣자 경옥은,

"완석아, 나 오늘 이사 가는데 같이 가서 집을 알아 두어야 하잖아."

하고 완석을 앞세운 뒤 언니의 집을 떠나 걷기를 시작했다.

언니의 추악한 생활을 눈으로 보지 않을 것을 생각하니 마음이 가벼운 것 같기도 했으나 자기가 없어도 그 생활을 그대로 계속할 언니를 생각할 때

언니의 집을 한 번 뒤돌아보지 않을 수 없었다.

어렸을 때 양친을 차례로 잃은 뒤 많지는 않으나 얼마의 유산을 가지고 먼 친척집에 기식을 하면서 근근이 공부를 마친 뒤 결혼을 하자 혼자 있는 자기를 외롭겠다 하여 시집으로 데려다 미국 떠날 때까지 어머니처럼 시중 들어 준 언니였다. 언니라고 하기보다는 정말 어머니라고 말하는 것이 알맞을 만큼 경순은 경옥을 끔찍하게 생각해 주었다. 그것은 경옥에게뿐만이 아니었다. 결혼 생활 사오 년이 지나는 동안 어린애를 낳지 못해서 그런지 남편에게도 어머니와 같은 태도로 대했다. 한 번도 부부 싸움을 하는 일이 없이 한결같은 마음씨로 남편을 섬겼던 것이다. 그러한 언니가 남편이 죽고 집이 폭격에 불타 그야말로 알몸 하나밖에 남은 것이 없다고 해서 현실 생활을 빙자하여 자기의 품성까지를 잃어버릴 수가 있을 것인가? 언니는 정말 여자의 품성을 잃어버리고 말았다. 여자란 어머니가 그 자식에게 부끄럼이 없이 마음에 떳떳함이 있을 때 비로소 여자로서의 품성을 지닐 수 있는 것이다.

피와 살을 나누어 낳은 자식은 가지고 있지 않다 해도 자식 비슷하게 애정을 아끼지 않던 동생 자기에게마저 떳떳한 마음을 가질 수 없게 된 언니를 생각하니 여자로서 최대의 불행과 비극 속에 젖어 있는 그를 버리고 뛰어나온 자기가 너무나 잔인한 것처럼 생각되기도 했다.

사실 경옥은 그 날 아침 언니 방에서 나오고 있는 충림의 얼굴을 보지만 않았다면 언니의 집을 떠나려는 결심을 않았을는지 모른다. 오랫동안 두고 두고 충고를 하며 또 직접 언니의 생활에 간섭을 해서라도 옛날의 언니로 돌아오도록 노력했을지 모른다. 그러나 다른 사람 아닌 충림을 동거생활도 아닌 일시적 남성으로 농락하고 있는 언니를 보았을 때 그것이 설사 충림에게 책임이 있다 해도 경옥으로서는 참을 수 없었다. 그때 자기만이 충림의 얼굴을 보고 얼핏 문을 닫아 버렸기 때문에 충림이가 자기를 보지 못한 것만은 다행한 일이었다. 만약 그때 충림이가 자기를 바라보기만 했다면 세 사람의 입장은 수습하지 못할 곳에서 표현화해 버렸을 것이다.

그러나 그 뒤 약 한 달 동안 경옥은 언니에게 자기의 괴로움을 말하려고 망설였다. 충림을 돌려 달라는 것이 아니라 자기도 충림을 단념했으니 언니도 충림을 비롯하여 현재의 생활을 청산함으로 서로가 떳떳하게 살아가도록 하자는 애달픈 하소를 하려는 것이다. 그러나 언니의 생활 속에 충림이가 한몫 끼어 있다는 자기의 약점 때문에 마음속으로 망설이기만 할 뿐 한 달이 지나는 동안 끝내 언니의 생활에 대하여 한 마디의 간섭을 못하고 결국 자기가 퇴각해 버렸다.

앞으로 걸어가던 완석이가 갑자기 뒤를 돌아보며 경옥에게,

"큰아주머니와 싸우셨수?"

하고 이사 가는 이유를 물었다. 그때 경옥은,

"아니, 싸우기는 어른두 싸우나?"

하고 대답했다. 정말 경옥은 언니와 싸운 것이라고는 생각지 않았다. 싸우기 전에 자기가 졌다고는 할지 몰라도 언니를 미워하거나 원망하는 마음을 가지지 않았기 때문이다.

"어른은 쌈 안 하나요? 뭐 우리 아버지 하구 엄마 하구는 가끔 싸웠는데요. 내가 막 울문 멎기는 해두."

완석은 또 자기의 부모를 생각하며 말했다. 언젠가 경옥이가 내복 한 벌을 사 주었을 때도 완석은,

"우리 아버진 군인이니까 군대 내복을 타 입겠지요."

하고 아버지 생각을 했다. 무슨 말에나 부모를 연상하는 완석의 말을 듣자 경옥은 자기의 생각에서 떠나,

"참, 신문에두 광고를 내구 군인한테두 부탁해 놨으니까 며칠 안 가서 무슨 소식이 있을 게다. 그땐 완석이가 좋아서 죽을걸. 아주머니한테 한턱 단단히 내야 한다. 응."

하고 그새 신문광고를 내는 한편 영애를 통하여 군인에게 완석 아버지 소식을 알아달라 부탁한 이야기를 설명해 주었다.

"정말요?"

완석은 금시 눈물을 뚝뚝 흘렸다. 자기의 아버지와 어머니를 멀리 바라보는 것처럼 걸음도 걷지를 못했다.

"정말야. 이제 완석은 옷두 남처럼 입구 학교두 남처럼 다니게 됐어. 며칠만 참아, 응…….."

경옥은 완석의 텁수룩한 머리를 더러운 줄도 모르고 쓸어 주었다.

완석은 눈물을 주먹으로 닦으며 다시 물었다.

"울 아버지가 오문 어떡할라구 아주머닌 이살 하세요?"

"그건 다 알두록 해 놓았어. 그런 걱정은 말아."

그래도 완석은 미심하다는 듯이 묵묵히 말을 못했다.

그러니까 한 시간 쯤은 걸었을 게다. 짐꾼을 앞세우고 대신동 영애의 집에 이르렀을 때는 이미 날이 어두웠다.

"추운데 고생했구나…….."

영애가 손수 짐을 받아 방 안에 들여놓으며 경옥을 반겼다. 짐을 풀고 짐꾼을 보낸 뒤 영애는 그때야 발견한 듯이 우두커니 서 있는 완석에게로 눈을 돌리고,

"이 애가 바로 그 애냐?"

하고 물었다. 이미 말을 많이 들었으며 아는 군인을 통해 그 아버지의 소식까지 부탁하고 있기 때문에 영애는 첫눈에 완석을 알아볼 수가 있었다.

"그래 바루 완석이야."

경옥은 이렇게 말하자 곧 이어 완석에게,

"참 아주머니 동문데 인사해. 이 아주머니두 네 아버지 찾는 데 애써 주고 있다."

하고 영애에게 인사를 시키었다.

완석은 고개를 끄떡 인사를 하고는 그 자리에서 쏜살같이 어디로 달아나 버렸다.

"왜 도망갈까. 애두 이상한데 저녁이라두 먹일까 했더니…….."

영애는 완석이가 달아난 곳을 멍하니 바라보며 말했다.

"그 애가 동냥질은 해두 그렇게 얻어먹는 걸 좋아하는 줄 아니? 저녁이라두 줄까 봐 미리 도망갔을 거야."

그들은 방 안에 들어가서 영애의 가족들에게 인사를 한 뒤 영애 방으로

올라 왔으나 거기서도 이야기는 그대로 완석에 대한 것이 계속되었다.

영애는 완석이가 정말 귀엽게 생겼다고 하면서 그 애 아버지를 찾을 때까지라도 자기 집에 데려다 두었으면 좋겠다고 말했다.

경옥은 자기도 그러고 싶은 생각이 있으나 완석이가 절대로 말을 듣지 않을 것이라 말했다.

둘은 똑같이 애두 이상한 애라고 말을 했다.

"한국에 그런 고아가 다 해서 몇 명이나 될까?"

영애가 문득 이런 말을 꺼냈다.

"글쎄, 며칠 전 신문을 보니까 서울시에만 오천 명이 있대. 그것두 고아원에 수용된 고아만도 그렇다니까 거리의 고아까지 합치면 상당히 많을 거야. 그것을 전국적으로 계산하면 근 십만 명이 되지 않을까?"

경옥은 멀리 높은 하늘을 바라보듯이 눈을 천장 한 곳에 멈추고 말했다.

"그 수많은 애들이 완석이와 꼭같이 자기 부모들을 그리며 마음을 졸이구 살겠지?"

영애도 경옥을 따라 좀더 커다란 무엇을 생각하는 듯했다.

"그래서 나는 완석을 볼 때 한국의 모든 소년의 모습을 보는 듯해서 아니 한국의 모습을 보는 듯해서 정말 못 견디겠어. 미국에서 잘 사는 애들만 보던 눈이 돼서 그런지 완석을 보기만 하면 가슴이 메어지는 것 같아. 그 녀석이 말을 듣지 않아서 그렇지만 정말 내 동생처럼 기르구 싶어."

그러나 영애는 경옥의 말에 반기를 들고 나섰다.

"난 네가 그런 줄 몰랐더니 상당한 쎈치멘탈리스트로구나……. 십만이 넘을 고아들 가운데 완석 하나만 구해 준다구 그래 문제가 해결되구 네 맘이 만족해질 것 같으니?"

"천만에 쎈치멘탈이란 사치스러운 주관적 감정을 말하는 게 아냐? 난 절대루 사치스러운 감정에 도취하지는 않았어. 완석을 생각함으로 민족 전체를 생각하고 싶다는 것이 어째 사치스런 생각이냐. 내가 음악을 버리려는 것두 결국 비참한 민족 속에서 나만이 명예의 눈이 어둡고 싶지가 않기 때문이야. 어느 것이 진실인진 몰라두 민족 전체를 생각할 수 있는 환경 속에서 살라면 호화스런 무대를 버려야 할 것 같아."

"그래 민족을 생각하기 위해 모리배 회사에 취직을 한 거냐?"

"너 말 잘 했다. 나두 김명구란 사람을 만나고 돌아온 뒤 하루 종일 생각했는데 내가 확실히 잘못했다는 것을 알고 맘을 돌렸으니까 안심해."

"그건 그렇다 치구 음악에 전력을 다하는 것이 민족을 위하는 일이란 건 모르냐."

"그것두 알기는 해. 그래두 예술이란 개인의 공명심을 빼고 있을 수 없는 것이기 때문에 공명심이란 게 싫은 걸 어떡해."

"그럼 귀환 음악대회두 그만둬야 할 게 아니니?"

"그건 미국까지 공부를 갔다 온 내가 음악회두 열지 않는다면 무어라 오해들을 할지 모르니까 그게 겁이 나서 하는 거지. 음악 공부 간다구 가서 음악 공부를 안 하구 딴 노릇만 하다가 왔다구 말해두 할 수 없지 않아. 네가 주동이 돼서 서둘기 때문에 거절할 수도 없기는 하지만 사실은 그런 오해가 무서워 나갈려구 생각을 한 거야."

영애는 그 이상 더 추궁하지 않았다. 경옥이의 성격을 잘 알기 때문이었다. 학창시대였다. 음악 콩쿠르에 나간 경옥이가 예선을 마친 뒤 자기가 우승한 게 틀림없다는 여러 사람의 말을 듣자 결승전 날 극장도 나가지 않아 선생과 학생들 사이에 수수께끼 같은 화제를 던졌던 일을 영애는 지금도 기억하고 있다.

그 다음날 학교에 나온 경옥에게 결승전에 참가 안 한 이유를 동무들이 물었으나 그는 천연스럽게,

"어머니 산소에 갔댔어."

하고 대답했었다.

알 듯하면서도 알 수 없는 것이 경옥의 성격이지만 그렇다고 해서 영애는 그를 경멸하지 않았다. 알고 보면 누구보다도 많이 생각하는 것 같고 누가 봐도 남다른 것을 생각하는 것 같았다. 그렇기 때문에 영애는 누구보다도 경옥을 좋아하는지 모른다.

밤이 깊어 그들은 자리 속에 들어갔다. 이불 속에서 서루 얼굴을 마주 보

며 누운 그들은 서루의 얼굴을 빤히 바라보기만 하다가 같이 웃어 버렸다.
아무런 까닭도 없는 웃음이었다. 눈싸움을 하다가 서루가 못 견딜 것 같을
때의 웃는 웃음 같기도 했다. 그러나 순식간의 웃음이 끝나자 경옥이가,

“넌 연애하던 남자가 있었지, 왜? 그 사람 어디 있지?”
하고 물었다. 영애는 대답하기 전에 한 번 더 웃었다. 쓴웃음이었다. 쓴웃음
을 웃고 나서야,

“저 갈 데루 갔지.”
하고 대답했다.

“저 갈 데라니?”
경옥이가 캐어 물었다.

“알구 보니 부인이 있지 않아. 참으로 기가 맥혀서……”
영애는 한숨까지 가볍게 내쉬었다. 추억조차 괴로운 모양이었다. 그러나
경옥은 영애의 한숨을 이해하려고도 하지 않고,

“결혼하기 전에 그걸 알았으니 차라리 잘 됐구나.”
하고 말해 버렸다.

“잘 되기는 했지……”

“잘 되기는 했는데 무에 또 어떻단 말이냐?”

“몰라.”

영애는 더 설명하려 하지 않았다. 비록 아내가 있는 남자였지만 그것을
알기 전까지는 진심으로 사랑했고 육체관계까지를 가졌다. 그렇다고 그 남
자가 자기를 속이기 위해서 숨겼던 것도 아니고 또 남을 속일 만큼 불량한
사람도 아니었다. 부모가 시켜 준 결혼을 처음부터 불만하게 생각해 왔으나
그것을 고백할 용기가 없었을 뿐이었다. 그런 만큼 헤어지기는 했다고 해도
아주 잊어버릴 수 없는 사람이건만 경옥은 그런 것을 알려고 하지 않았으며
말하고 싶은 흥미도 가지지 않았던 것이다.

경옥은 경옥대로 아내가 있는 남자와 헤어졌다는 것은 당연 이상의 당연
한 일로 생각했을 뿐 그 이상 더 이야기할 흥미를 느끼지 않았다. 자기도 충
림이를 잊어버리는 데 조금도 괴로움을 느끼지 않고 있음을 생각했다. 자기

를 잊어버리고 언니와 육체관계까지 계속하고 있는 남자에게 대하여 조금이나마 미련을 가질 필요가 없다고 생각하고 있었다. 충림이가 자기의 언니인 줄 알고 그랬든지 모르고 그랬든지 그것은 문제가 아니었다. 예술가로서의 생활이 타락했고 또 다른 여자에게로 마음이 옮아간 이상 괴로워하며 못 잊어할 아무것도 없다고 생각했다.

사실 언니의 집을 나오려고 결심할 때까지는 불쾌와 더불어 모욕을 당한 듯한 괴로움도 없지는 않았으나 결심이 선 뒤로부터는 마음이 가벼워졌던 것이다. 차라리 자기가 그 집에 살고 있는 것을 충림이가 알게 된다면 언니와의 관계가 부자연하게 진행될 것을 걱정하기까지 했다. 그래서 언니 다방에서 충림을 만났을 때도 아무렇지도 않다는 태도를 보이려 했고 또 그런 태도를 가지는데 성공했다.

잊어버려야 할 사람을 생각한다는 것은 하나의 치욕으로밖에 생각되지 않았던 것이다. 그래서 경옥도 그 뒤의 이야기나 듣고 싶어,

"그래 요새는 연애를 안 하니?"

하고 물었다.

"안 하는 게 아니라 못 한다, 얘."

영애는 쓸쓸하면서도 그러나 명랑하게 웃었다.

"왜 못 해?"

"연애할 만한 남자가 있어야지."

"그래? 그럼 난 절망이게. 한 사람 소개해 달라구 부탁할랬더니 내 차례는 아직 멀었구나."

경옥은 웃지도 않고 말했다. 정말 진담인 것 같았다.

"너야 미국까지 갔다 왔으니 앞으로 얼마든지 있을지 모르지……."

"미국 갔다 왔다구 해서 몰려드는 남자래문야 뭐 쓸 만한 게 있겠니. 그런 쓸개 빠진 친구들은 명함두 못 내놀걸, 에헴."

경옥은 큰기침까지 했다.

"그래두 사람 나름이지 뭐니? 얘 우리가 며칠 안 있어 스물일곱이다. 처녀는 스물한 살이 환갑이래지 않아. 너두 속 좀 채리구 결혼할 생각을

해.”

“그럼 넌 시집 못 갈까 봐 벌써부터 걱정이냐?”

“거기서 더 큰 걱정이 어디 있니? 그래 허리가 꼬부라지두룩 혼자 살 것 같니?”

“정 없으문 늙은 홀아비라두 하나 데리구 살지 뭐 걱정야.”

두 처녀는 또 웃었다. 경옥의 태도는 자기네와 아무런 관계가 없는 남의 이야기처럼 웃어버리려는 것 같았다. 그러나 웃음이 채 가시기 전 영애가,

“사실 결혼을 할려구 생각하니 마음에 드는 남자가 정말 없어. 미혼 남자는 전부가 어려 뵈구, 괜치 않을 듯한 사람은 모두 결혼을 한 남자구…….”

하고 경옥의 얼굴을 빤히 바라보았다. 그 말에 경옥이도 잠시 눈을 깜빡이다가 자기도 동감이란 듯이 말했다.

“결혼할 상대가 없어. 예술가는 돈이 없구, 의사는 이중 삼중의 생활면을 가졌구, 관리는 속없이 허세만 부리구, 실업가는 지적(知的) 수준이 얕구, 교수는 융통성이 없구 그러니 누구와 결혼을 해?”

“우리의 이상이 높아서 그럴까?”

“그럴는지두 모르지만 세상이 너무 가난하구 진실이 껍데기까지 잃어서 그럴 거야. 미국 여성들은 그런 고민을 하는 것 같지 않아.”

“그렇다구 결혼을 부정할 수두 없구…….”

“그러니까 결혼은 골라잡을 게 아니라 걸리는 대로 잡아채야 할거야. 하하…….”

경옥의 말에 영애도 소리를 내어 웃었다.

“그럼 내일부턴 올개미를 하나 차구 다닐까?”

그들은 서로의 얼굴을 보면서 웃었다. 웃음이 그칠 만할 때가 되면 다시 서로 시선을 부딪치고는 또 웃었다. 밤이 새도록 웃기만 할 것 같았다. 그러나 한참 동안을 웃고 난 경옥이가 갑자기,

“내일 한 번 더 알아봐. 완석이 아버지 소식 말야.”

하고 웃음을 그쳤다. 영애도 그 말에 웃음을 그치고,

“대구 육군본부에 조회해야 한다니까 며칠 걸릴 거야. 더구나 소속 부대

와 군번(軍番)을 모르기 땜에 시일이 걸릴 것 같애."

하고 대답했다. 그러나 경옥은 무엇 무엇보다도 그 문제가 가장 중요하다는 듯이 걱정을 했다. 영애는 그런 걱정보다도 음악회에 대한 걱정이나 하라고 충고를 했으나 경옥은,

"내일부터 연습을 시작할 테니 걱정 말아."

하고는 영애의 팔을 꼭 쥔 뒤,

"완석의 부모를 찾아 주는 것만이 나의 운명 겸 의무 같아."

하고 말했다.

마왕(魔王)의 노래

다음날 경옥은 독창회 준비를 하려고 모교의 임시 교실이 있는 영도(影島)로 나갔다.

준비래야 반주할 사람과 노래 부를 곡목(曲目)을 결정짓는 일뿐이었다. 그 밖의 모든 준비는 주최자 측인 동창회와 모교에서 전부 맡아 하게 되었기 때문에 경옥이 걱정할 바가 아니었던 것이다.

말하자면 독창회 날 경옥은 무대에 나가 노래만 부르면 그만이게끔 되어 있었다.

경옥은 우선 모교의 음악 과장인 R여사를 만났다. 지금은 나이가 사십이 넘어 무대에 나서는 일이 없지만 한때는 성악가로 명성이 높았던 여자다. 특히 경옥의 재학 시절에는 그를 특별히 사랑해 주었고 그가 미국에 유학 가는 데도 남다른 노력을 해 준 여자다.

"그새 왜 통 나오지 않았니? 얼마나 궁금했는데……."

R여사는 무척 기다렸다는 듯이 나무라는 인사로 경옥을 맞이했다.

"좀 바뻐서 못 나왔어요. 미안합니다."

경옥은 그야말로 선생님에게 대하는 학생처럼 머리를 숙이고 사과를 했다.

“독창회가 바쁘지 그보다 더 바쁜 일이 무어 있니?”

R여사가 이렇게 두 번째 나무람 할 때는,

“왜요? 독창회보다 더 중요한 일두 있지 않아요.”

하고 경옥은 약간 항의하는 태도로 말했다.

“너는 그 성격을 버려야 해. 중대한 일이 있으면 다른 일은 제쳐 놓구 그 것부터 해 놔야 하지 않아.”

이 말에 경옥은 다시 잘못했다고 사과를 했으나 속마음으로는 노처녀란 인생을 그렇게도 간단히 생각하는 것인가 하고 의심을 했다.

“참 할 이야기가 많다. 독창회두 독창회지만 이제부턴 모교의 일두 봐 줘야 하지 않니. 또 여기저기서 노래를 불러 달라구 청탁 온 것두 있고…….”

경옥이로서는 처음 듣는 말이었다. 처음 듣는 말이라고 해서 놀랄 것은 없었다. 능히 있을 수 있는 일이기 때문이었다. 그러나 경옥은,

“선생님두 방금 중대한 일부터 처리하라는 말씀을 하시구두 그런 말씀을 또 하셔요?”

하고 그런 것은 그야말로 생각할 때가 아니란 듯이 말했다.

“그것두 중대한 일이야. 좌우간 학교에는 독창회가 끝난 뒤부터 나오기루 하구. 우선 연습 삼아 ××교회에 가서 하룻밤 노래를 불러 줘라. 제임스 목 사라구 우리 학교를 위해 힘써 주시는 선교사의 부탁이니까.”

“것두 독창회가 끝난 뒤에 하지요.”

“내 말을 들어. 시키는 대루 해서 해롭진 않을 테니까.”

R여사는 강압적인 태도였다. 노처녀의 신경질일지도 모른다. 경옥은 그 신경질이 싫었다. 그래서 더 반대를 하지 않고 이삼 일 뒤에 나가기로 승낙 했다.

그 이야기를 끝내자 경옥은 독창회 때의 반주자를 누구로 하는 것이 좋겠 느냐고 물었다. R여사는 즉시로,

“B여사가 어떠니?”

하고 한국에 하나밖에 없는 여자 피아니스트를 추천했다. 그러나 경옥은,

“아니 선생님두 여자가 독창하는데 여자 반주가 무슨 재미있어요.”

하고 거절을 했다. 그러나 R여사는 이상한 눈으로 보는 대신,

"넌 미국까지 갔다 왔어두 그저 그대루구나."

하고 어이가 없다는 듯이 웃었다.

"왜요?"

도리어 경옥이가 R여사의 말을 이해할 수 없다는 듯이 반문했다.

"그래 넌 남자가 그렇게 좋으니?"

R여사가 그대로 웃으며 말했다.

"남자가 좋다는 것보다두 남자만의 세계 그리구 여자만의 세계—— 이런 것을 생각해 보세요. 사막 같지 않아요. 선생님은 무슨 재미루 혼자 사세요?"

R여사는 대답을 못했다. 독신을 지키고 있는 자기의 신념이 흔들려서가 아니라 자기의 제자인 경옥에게 그러한 비판을 노골적으로 받았다는데 그저 어안이 벙벙했기 때문이었다. 무어라 대꾸도 할 수가 없어서,

"그럼 좋은 사람을 택해 보렴."

하고 반주할 사람을 마음대로 선택하라고 했다.

"전 생각한 사람이 없어요."

R여사는 그럴 리가 없을 것이니 말해보라 했으나 경옥은 정말 없다고 대답했다. 충림이가 자기를 떠나지 않았다면 서슴지 않고 그의 이름을 댔을 것이지만 그 밖에는 마음속으로 반주해 주었으면 좋겠다고 생각할 만한 사람이 정말 없었다.

그래서 R여사는 경옥의 독창에 능히 반주할 만한 남자 몇 명의 이름을 불러 보고 그 중에서 가장 나이도 많고 점잖은 K씨가 어떠냐 물었다.

"아무라두 좋아요."

이래서 반주할 사람을 결정짓고 그를 내일부터라도 학교에 나오게 해서 연습을 시작하게 했다.

노래도 R여사와 의논하여 서양노래 절반에 한국노래 절반으로 하고 곡목까지 결정지었다.

이렇게 용건을 끝내고 돌아오려 할 때였다. 서무계에서 일보는 사람이 R

여사 앞으로 와서,

"경찰서 사찰계에서 왔다는 사람이 이경옥 씨의 주소를 알려 달라구 하는데요."

하고 경옥을 힐끔 쳐다보았다.

경옥보다도 놀란 것은 R여사였다. 얼굴이 파랗게 질려서 잠시 동안은 말도 못했다.

"무슨 일인데요?"

경옥이가 이렇게 물을 때야 R여사는 경옥에게 그대로 앉아 있게 하고 자기만이 밖으로 나갔다.

한참 후에야 돌아온 R여사가,

"참 기가 맥힌다. 어떤 놈이 널 빨갱이라구 투서를 했다누나. 6·25 때 이북으로 간 Y씨와 가까웠다구……."

하고 말했다.

"뭐요?"

경옥은 오직 놀랄 뿐이었다. 무엇이라고 달리할 말이 없었다. 빨갱이 단체에 가입했던 일도 없고 빨갱이 사상을 가져 본 일도 없는 자기다. Y씨는 6·25 때까지 절대로 빨갱이가 아니었다. 그러나 R여사는 할 수 없다는 듯이 그런 투서가 온 이상 조사는 해야 한다는 형사의 말을 전하고 같이 가 보라 했다.

"안 갈 테예요. 내가 왜 가요."

경옥은 정확하게 말했다. 가야 할 이유가 전혀 없다고 생각했기 때문이었다.

"학교에서 보증을 한대두 가기는 가야 한다니까 가 봐라. 일이야 무슨 일이 있겠니. 일이 커지면 내가 운동을 해 볼 테니까 걱정 말구 가 봐라."

이렇게까지 말하는데 안 간다고 그대로 뻗칠 수는 없었다. 데리러 온 형사의 책임도 있으니 가지 않을 수 없으리라는 생각도 들었다.

그러나 형사 앞에 서서 경찰서를 향해 걸어가기를 시작할 때 경옥은 울고 싶어졌다. 가슴이 터져 오는 것도 같았다.

비록 범인이란 취급을 받지 않았지만 생전 처음으로 가는 길이라 지옥의 길을 걷는 것처럼 느껴지지 않을 수가 없었다. 더구나 그러한 지옥의 길이 할 일 없는 사람의 투서에 의한 것이라 생각할 때 하나님이 무심한 것처럼 생각되기도 했다.

형사와 같이 가는 자기를 누가 보기나 한다면 어떻게 할 것인가 하는 생각을 하니 머리가 조금도 들어지지 않았다.

더구나 경찰서에 들어설 때에는 가슴이 철렁 내려앉았다. 땅 속으로 쑥 들어갔으면 하는 생각밖에 아무 다른 생각이 들지 않을 만큼 가슴이 떨리기도 했다. 데리고 간 형사가 주임에게 보고를 하고 돌아와 부드러운 목소리로 의자를 가리키며 앉으라고 하는 것으로 보아 중한 범인으로 취급하는 것 같지 않기는 했으나 그래도 죄인 취급을 받는다는 생각에 눈물날 만큼 슬프기도 했다.

"아까 음악과장 선생님한테 자세한 이야기는 들었지만 일단 보고를 해야 하니까 묻는 대루 대답하십시오. 절대로 의심해서 묻는 건 아닙니다."

형사가 이렇게 안심은 시켜 주었으나 그래도 묻는 것을 대답하고 대답한 것을 글로 써서 보고한다면 자기는 영원히 죄인이 되고야 말 것 같은 생각이 그대로 가슴을 떨리게 했다.

형사는 경옥의 본적 주소 연령 등 이력에 관한 것을 물은 다음 Y씨와의 관계를 묻기 시작했다.

"언제부터 그를 아시지요?"

이것이 그가 죄인으로의 첫 심문을 받는 것이란 생각이 들 때 경옥은,

"언제부터 알았다구 해야 죄가 안 됩니까?"

하고 반문을 했다.

"그 사람이 빨갱이가 아닐 때 알았다는 것이 죄 될 건 하나두 없으니까 걱정 마세요."

"그럼 그런 걸 물어서는 뭣 합니까?"

"일단 보고를 해야 하니까요."

"그럼 적당히 죄가 안 되두룩만 해 주세요. 나는 절대루 빨갱이가 아니니

까요."

"그걸 몰라서 묻는 건 아닙니다. 내가 책임을 질 테니까 걱정 말구 대답
이나 하세요. 빨리 말해야 빨리 나가지 않아요."

"그럼 물을 걸 전부 물으세요. 한꺼번에 전부 말할 테니까."

그 말에 형사는 웃으면서 언제부터 알아서 어떻게 친했으며 또 사상에 대
한 이야기는 어떤 말을 했느냐고 물었다. 그 물음에 경옥은 학교 선생이었
으니까 대학에 입학하던 때부터 알았고 알고 난 뒤에 허물없이 집에까지 찾
아갔으나 사상에 대한 이야기는 별로 한 것이 없노라 대답했다.

그가 선생 노릇 할 때부터 빨갱이였느냐고 물을 때에는 그것은 자기보다
도 경찰서에서 더 잘 알 것이라 대답했다.

이런 것들을 묻자 형사는 조금도 오해 말라고 말했다. 세상에는 싱거운
친구들이 많아 남이 잘 되는 것을 시기해서 투서를 하는 사람이 많기 때문
이라는 것까지 덧붙였다. 그러고 나서는,

"조금두 낙심 말구 독창회를 그냥 열두룩 하십시오."
하고 권고까지 해 주었다.

"왜 독창회를 안 해요. 그런 사람이 있을수록 더 할걸요."

경옥은 흥분해서 대답했다. 죄인의 취급을 더 받지 않게 되었다는 안도심
과 더불어 잠시나마 죄인 취급을 받은 그 억울함에 대한 분풀이로 몸부림이
라도 치고 싶었다.

억울하다는 생각보다도 그렇게까지 악한 인간이 세상에 살고 있던가 하
는 슬픔이 더 컸는지도 모른다.

경옥은 돌아가도 좋다는 형사의 말에 고맙다는 말을 남기고 뛰다시피 경
찰서를 나왔다. 그러나 현관 앞까지 나왔던 경옥은 다시 안으로 뛰어들어가
자기를 심문하던 형사 앞으로 갔다.

"뭐 잊으신 게 있나요?"

형사가 물을 때 경옥은 서슴지 않고,

"저 그런 투서를 하는 사람이 한 달에 몇 명이나 되지요?"
하고 물었다.

형사는 빙그레 웃었다.

"그건 알아서 무엇 하세요?"

"그저 알구 싶어요."

"통계숫자는 몰라두 적지는 않지요."

"고맙습니다."

경옥은 다시 뛰어서 경찰서를 나왔다. 경찰서에서 학교로 걸어가는 동안 경옥은 참으로 세상이 무서운 것이라 깨달았다. 자기의 소질과 자기의 노력으로 살아가는 사람을 깎아 내리려고 한다면 그것은 깨끗한 노력을 방해하는 결과가 되고 말 것이 아닌가?

인간이란 남의 노력에 협력은 못할망정 그것을 인정은 해 주어야 할 것이며 자기는 남보다 더 큰 노력 속에 자가발전을 도모해야 할 것이다. 남을 망하게 하기 위한 질투와 시기란 인간을 어떠한 한계 속에서만 저울질하여 그 한계 속에서도 일정한 양(量)의 인간만을 뽑아내는 다시 말하면 인간성의 발전을 극도로 제한하는 공산주의 사회에서나 인정할 수 있는 일이다.

인간성의 자유스런 발전을 촉구하는 민주주의 사회에서 그러한 질투와 시기가 성행한다는 것은 결국 민주주의를 해득하여야 할 인간들의 지식과 노력이 부족한 때문이 아닐 것인가.

경옥은 미국에서 투서란 말을 들어 본 기억이 있는가 생각해 보았다. 그러나 그러한 기억이 있다고 생각되기 전에 공산주의 사회에서는 가족끼리가 서로 스파이의 행동을 한다는 말을 생각했다. 결국 한국 민족은 공산주의와 비슷한 일제(日帝)의 강압되고 제한된 사회제도 밑에서 너무나 큰 제물이 되었던 것이라고도 생각되었다.

한국의 자유스런 발전을 위해서는 하루 빨리 일제의 제물에서 완전한 해탈이 있어야 할 것이라 뼈아프게 생각되기도 했다. 학교에 이르러 음악과장에게 아무 일 없이 돌아왔다는 것을 보고하자 R여사는 경옥의 손목을 두 손으로 끌어 쥐며 그럴 줄 알기는 했지만 마음이 놓인다고 반가워했다. 그리고는,

"아무 일두 없었던 것처럼 잊어버려라."

하고 위안 겸 충고의 말을 해 주었다.

"그런 걸 어떻게 잊어버려요. 선생님 같으면 잊어버릴 수 있겠어요?"

경옥은 적이 불만인 듯 항의를 했다.

"잊지 않으면 그럼 어떡하겠니? 나쁜 건 잊어버리는 게 제일이야."

"어떻게 하지는 않아두 잊어버리지는 않겠어요."

"그건 너한테 손해야."

"왜 손해가 돼요. 잊지 않구 그런 일이 없두록 해야지요."

"글쎄 내 말을 들어 내 말을 들어야 해롭지 않다니까."

그때 경옥은 갑자기 여사의 품에 얼굴을 묻어 버렸다. 발작과 같은 행동이었다. 그리고는,

"선생님 전 외로워요."

하고는 뜨거운 눈물을 떨어트렸다.

"울기는, 경옥이두 울 때가 있나. 용기를 내라구 응. 경옥이……."

R여사는 경옥의 등을 쓸어 주며 위로를 했다. 그래도 경옥은,

"왜 저는 이렇게 외로울까요?"

하고 울음을 그치지 않았다.

R여사는 한참 동안 경옥을 마음대로 울게 내버려 두었다. 그러다가 경옥이가 저절로 울음을 그쳤을 때에야,

"오늘은 집에 돌아가 편히 쉬라구. 참 이런 땐 극장 구경 같은 게 좋을 거야. 구경이라두 하구 며칠 동안 푹 쉬는 게 좋겠지만 연습은 계속해야 할 테니까 내일은 나오구. 내 말을 잘 알겠지? 그리구 그런 말은 아무한테두 말하지 말어. 독창회에 지장이 있을지두 모르니까……."

하고 그를 돌려 보내려 했다. 그러나 경옥은 또다시 흥분한 얼굴로 항의하듯 말을 꺼냈다.

"그 말을 한다구 독창회에 무슨 지장이 있습니까? 지장이 있다면 저는 악을 써 가면서라두 더 하겠어요."

"그래 잘 생각했어. 지장이 있을 것두 없지만 참 조금 전에 제임스 목사님이 오셨댔는데 예배당에서 노래를 불러 달라구 그랬지만 예배당보다두 어

떤 고아원엘 먼저 가 달라구 부탁을 하더라. 그건 내가 좀 연기하두록 말해서 차차 가두 괜치 않을 테니까 독창회 준비나 열심히 해."

이런 말을 듣자 경옥은 갑자기 냉정한 표정으로 돌아가,

"고아원이요? 가겠어요. 내일이라두 가게 해 주세요."

하고 애원하듯이 말했다.

"다음에 천천히 갈 수도 있으니까 딴 생각을 말어."

여사가 말렸으나 경옥은 종시 듣지를 않았다. 그것도 하나의 연습이 될 수 있으며 또 그런 것이라도 해야 마음이 안정될 것 같다고도 말했다.

"그럼 내일 오전에 연습을 하다가 오후에 가렴."

여사의 승낙이 내리자 경옥은 집으로 돌아왔다.

영애는 벌써 돌아와 있었다.

경옥은 영애에게 침울한 표정을 보이지 않으려고 경찰서에 갔던 이야기는 꺼내지도 않았다. 그러나 어쩐지 영애도 다음에 빨갱이가 되어 자기를 다시 경찰서에 가게 하는 화근이 되지나 않을까 하는 그야말로 당치도 않은 생각이 자꾸만 머리에 떠올라,

"넌 빨갱이가 되지 않지?"

하고 밑도 끝도 없는 말을 불쑥 물었다.

"애가 미쳤나……."

영애로서는 이렇게 대답할 수밖에 없었다. 너무나 돌발적인 심문이었기 때문이었다.

"죽어두 빨갱이는 되지 않지?"

경옥은 그래도 정색을 하고 또다시 물었다.

"애가 미쳤어. 갑자기 그건 무슨 소리니?"

영애가 놀란 표정으로 물을 때 경옥은,

"세상에서 빨갱이처럼 단순하구두 어리석은 사람은 없을 거야. 네가 그런 바보가 되문 나는 어떻게 될 것 같으니? 외로울 거야 자꾸 울기만 할거야."

하고 또 딴 소리를 했다.

영애는 영문을 몰라 화제의 동기를 몹시 궁금하게 물었으나 경옥은 오늘

길가에서 경찰에게 붙들려 가는 빨갱이를 보았기 때문이었노라 둘러대고 말았다. 그때야 영애도 조금 안심을 했는지.

"계집애두."

하고 웃어 버렸다. 그리고는 독창회 포스타를 인쇄소에 넘겨 이삼 일 내에는 거리에 내걸게 되었다는 보고를 했다.

경옥은 그 말을 듣자 영애에게 수고를 했다는 인사성 있는 말을 하고 무엇을 생각하다가 갑자기,

"참 완석이가 왔댔니?"

하고 물었다.

"난 못 봤는데……."

영애는 보지 못한 것은 고사하고 생각조차 하지 않았던 것처럼 대답했다.

경옥은 무슨 생각에 사로잡힌 사람처럼 아무 말도 없이 방을 뛰쳐 나왔다. 밖으로 나와서는 이 골목 저 골목 기웃거렸다. 완석을 찾기 위함이었다. 한참동안 기웃거리던 경옥은 골목길을 힐금힐금 뒤돌아보며 큰 거리로 나가 어떤 과자점으로 들어갔다. 빵 몇 개를 사 들고 나온 경옥은 그때 혹시나 왔다 가지나 않았을까 걱정하며 총총걸음으로 돌아왔다. 그래도 완석은 보이지가 않았다.

경옥은 약속한 연인이나 기다리듯 십 분 이십 분 날이 어두워질 때까지 어정거리며 완석을 기다렸다. 영애가 나와서 알 수 없는 일이란 듯이 빨리 들어가자고 말했으나 경옥은 대답도 안 했다. 자기 동생을 대신으로 내세울 테니 저녁이나 먹자고 말해도 경옥은 조금만 더 기다려 보겠다고 하며 말을 듣지 않았다.

그러나 완석은 끝내 보이지 않고 말았다.

경옥은 또다시 울고 싶어졌다. 세상에 자기 편이 되어 줄 사람이라고는 완석이 하나뿐이었던가 하는 서글픈 마음이 가슴에 치밀어 올라왔기 때문이었다. 사실 경옥은 세상에서 만나고 싶은 사람이 완석 하나밖에 없는 것이나 아닌가 생각했다. 그러나 완석을 이 날처럼 기다린 일은 별로 없었다. 불쌍하다는 동정감과 민족적인 정의감 같은 데서 완석을 거짓 없는 마음으로

대하기는 대해 왔으나 이렇게 그리움으로 기다려 보지는 않았다. 애정이란 자기 공허가 강하게 느껴질수록 강하게 요구되는 모양이다.

다음날 경옥은 영애 어머니에게 사두었던 빵을 맡기며 자기가 없는 새 완석이가 오거든 그것을 주어 달라 부탁한 뒤 학교로 나갔다.

K씨는 벌써 와서 기다리고 있었다.

경옥은 독창의 준비는 제쳐놓고 오후에 부를 노래 연습만 우선 하기로 했다. 여러 책을 뒤적이며 어린애들에게 불러 줄 노래를 고를 때 경옥은 마음에 드는 노래가 너무도 없음에 놀랐다.

"무슨 노래를 찾습니까?"

K씨가 혼자 기다리기가 지리하다는 듯이 물었다.

"멋진 노래를요."

이렇게 대답하고도 역시 혼자서는 악보를 뒤적이던 경옥은 한참 뒤에야 세 개의 곡보를 K씨 앞에 내 놓았다.

하나는 <클레멘타인> 하나는 <나의 친구> 그리고 또 하나는 슈베르트의 <마왕>이었다. 그것을 보자 K씨는 못마땅하다는 듯이 모두가 슬픈 노래만이 아니냐고 물었다.

그리고 <마왕>이란 슈베르트의 리드(歌謠曲) 가운데서도 가장 힘든 노래가 아니냐고 말했다. 그러나 경옥은,

"내가 어렸을 때 부모를 그리워하며 부르던 노래니까 그걸 부를 테예요. <마왕>두 내가 부르고 싶은 노래예요. 자기를 죽이려고 가까워 오는 귀신을 보면서 공포에 떨고 있는 어린애. 그러나 귀신이 보이지 않아 아버지가 어린애를 업은 채 그냥 앞을 뛰어가다가 아들을 죽여 버리는 괴테의 그 시를 생각해 보세요. 내가 부르고 싶어하지 않을까……."

K씨는 마음대로 하라는 듯이 아무 말도 않고 악보에 맞추어 피아노를 치기 시작했다.

경옥은 반주에 맞추어 노래를 불렀다. 한 번 두 번 세 번까지 부르고도 또 한 번 연습을 했다.

그때였다. 제임스 목사가 자동차로 경옥을 맞이하러 왔다.

제임스 목사는 오십이 넘은 미국 선교사였다. 첫눈에 보기에도 무척 깨끗해 보였다. 신뢰할 수 있는 사람 같은 인상도 주었다. 교회를 맡아보면서 한편 고아원까지 도와주고 있다는 것은 사업욕에서가 아니라 어떤 신념 밑에서 움직이는 일이라고 해석해도 틀림이 없을 만큼 그 인품이 높아 보이기도 했다.

더구나 인사가 끝나자마자,

"우리 고아원 매우 좋습니다. 특히 원장 선생 매우 훌륭합니다. 요새 괴로운 일 많으나 잘 참고 일합니다. 전쟁에 나가 병신이 되었어도 나라를 위해 일하려는 마음 변함없습니다. 그 사람 도와주시는 것 매우 좋은 일입니다."

하고 익숙한 한국말로 고아원 원장을 칭찬하는 것으로 보아 그는 자기의 명예만을 높이려는 사람도 아니란 인상을 주었다.

경옥은 그러한 선교사를 위하여 노래를 불러 주러 간다는 것이 유쾌하게 생각되었다. 우리 나라 사람을 위해서 일하려는 그러한 외국인을 위해서는 정성껏 도와주어 좀더 많은 일을 하도록 해 주고 싶은 생각도 들었다.

어쨌든 K씨와 경옥은 제임스 목사의 자동차로 송도에 있는 고아원을 찾아갔다.

까만 색안경을 쓴 원장 같은 젊은 사람이 자동차 소리를 듣고 현관 앞까지 마중을 나왔다. 경옥이가 자동차에서 내리기가 바쁘게 제임스 목사가 원장 앞으로 가서,

"미스터 심 인사하시오. 한국의 넘버원 소프라노 미쓰입니다. 참 고맙습니다. 미스터 심을 도우려구 일부러 왔습니다."

하고 경옥을 소개해 주었다. 제임스 목사는 참으로 고마워하는 표정이었다. 원장 되는 사람도 감격한 듯이 그러나 매우 침착한 어조로,

"바쁘실 텐데 일부러 나와 주셔서 고맙습니다. 전 심제삼(沈濟三)입니다. 누구보다두 어린애들이 반가워할 겁니다."

하고 경옥을 안내하여 사무실로 데리고 들어갔다.

넓지는 않으나 깨끗한 사무실이었다. 모든 것이 쓸쓸해 보이리라고만 예

상했던 선입감이 있었던 때문인지는 몰라도 보기에 명랑해 보이는 사무실이 신기스러워 경옥은 한참 동안 사방을 유심히 살펴보았다.

더구나 열두어 살 먹어 보이는 소년이 들어와 심제삼에게 경례를 하고,

"전부 모였습니다."

하고 군대식으로 명랑하게 보고하는 것을 보자 경옥은 자기가 고아원에 대한 지식이 너무나 박약했다는 것을 깨달았다.

"응, 알았어. 가서 기다리구 있어."

원장이 그 소년을 내보냈다. 그랬더니 다시 또 한 소년이 주전자를 들고 와 컵을 테이블 위에 놓고 차를 부으려 했다. 일반 가정에서 보는 소년과 조금도 다름이 없었다. 그러나 경옥은 다른 애들 전부 보고 싶은 마음이 조급했다. 완석이처럼 슬퍼하면서도 고집이 센 고아들이 얼마든지 많을 것이라 생각되었기 때문이었다. 그래서,

"차는 조금 있다 나와서 마시지요. 애들이 기다리는데 우선 가 봐야지 않아요."

하고 먼저 일어섰다. 원장은 이왕 들어온 것이니 마시고 나가자 했으나 결국은 경옥의 앞을 서서 강당으로 안내하고야 말았다.

칠팔십 명의 고아들이 조용히 앉아 경옥의 얼굴을 기다리고 있었다. 노래가 시작되기 전부터 긴장하고 있는 것이었다.

경옥과 원장과 그리고 K씨와 제임스 목사가 교단에 올라서자 맨 뒤에 앉았던 소년의 호령으로 기립과 경례가 끝났고 뒤이어 원장으로부터 경옥에 대한 소개가 있었다. 경옥을 칭찬하는 소개가 끝나자 경옥만이 교단 앞으로 나가,

"내가 미국서 돌아와 여러분 앞에서 맨 먼저 노래를 부르게 된 것을 참으로 기쁘게 생각합니다. 나도 어려서 부모를 잃고 자라났습니다. 그래서 오늘은 내가 어렸을 때 부르던 노래 두 개와 또 세계에서 유명한 노래 하나를 부르겠습니다."

하고 벌써 피아노 앞에 앉은 K씨를 보며 반주를 시작하라고 고개를 끄덕이었다.

침을 삼키며 노래가 나오기를 기다리는 소년들—— 비록 옷은 그리 남루한 것들을 입지 않았으나 경옥의 눈에는 어쩐지 찌그러진 얼굴들로만 보였다. 경옥은 어린애들의 얼굴을 하나하나씩 살피며 노래를 부르기 시작했다.

"사랑하는 나의 친구 언제나 돌아오려나 일구월심 오래도록 나의 맘은 외로워 죽은 나무 가지에서 꽃이나 필 때 오려나……."

경옥은 어렸을 때 어머니를 그리워하던 그 심정으로 노래를 불렀다. 어린애들이 울면 자기도 같이 울려니 하는 마음이기도 했다.

다음에는 <클레멘타인> 노래를 불렀다. 역시 슬프게 불렀다. 과연 여기저기서 코를 마시는 소리들이 들렸다. 경옥이도,

"늙은 애비 혼자 두고 너는 영영 갔느냐."

하는 대목에서 눈물을 떨어트렸다. 눈물을 떨어트리면서도 그대로 노래를 부르는 경옥을 보자 한편 구석에서는 애들이 흑흑 느끼며 울기를 시작했다.

<클레멘타인>을 끝내자 경옥은 잠시 쉬었다. 자기도 울음을 멈추고 애들도 울음을 그치게 하기 위함이었다.

장내가 조용해지자 경옥은 <마왕>을 부르기 시작했다.

업고 가면서도 귀신을 보지 못하는 아버지 그래서 아버지 등에서 생명을 뺏겨버리는 어린애를 시로 그린 연극과 같은 노래였으나 애들은 그 뜻을 이해하지 못하고 음정의 변화와 높은 음성에 입만을 벌렸다.

노래가 끝나자 경옥은,

"너무 슬픈 노래만 불러서 미안합니다. 다음번에는 재미있는 노래만 불러드리겠습니다."

하고 교단에서 내려왔다.

노래를 끝내고 나니 자기의 마음만을 생각하고 고아들의 마음을 생각지 않은 자기가 문득 잘못했다는 것이 후회되었다.

그러나 그 후회는 교단에서만 그친 것은 아니었다. 사무실로 돌아왔을 때 심제삼이가,

"왜 그런 노래만을 부르셨습니까? 애들을 울려 달라구 오시란 것은 아니었을 게 아닙니까?"

하고 정색한 뒤 항의를 했다. 눈이 빨개진 것으로 보아 그도 상당히 눈물을 흘린 모양이었다.

"미안합니다."

경옥은 사과를 할 수밖에 없었다. 사실 미안했다. 고아들의 심정을 생각하는 것과 그들의 마음을 위로하는 것과를 구별하지 못했던 자기였기 때문이었다. 옆에 있던 제임스 목사가,

"우리 심 선생 6·25 사변으로 부인과 어린애를 잃어버렸습니다. 매우 가슴 아픕니다. 오늘 노래 더욱 가슴 아픕니다."

하고 심제삼의 심경을 설명해 주었다.

제임스 목사의 말을 듣자 경옥은 마음이 더욱 안되었다. 원장이 눈이 빨개지도록 울었다는 그 마음도 알 수가 있는 것 같았다.

그러나 경옥은 한참 동안 아무 말도 안 했다.

경옥이뿐만 아니라 방 안에 앉은 사람 전부가 그러했다. 노래를 부르기 전에 차를 부으러 왔던 소년이 다시 들어와 차를 따러 놓았으나 그것마저 마시려는 사람이 없었다.

한참 뒤 경옥은 말없이 일어섰다. 그러나 오버를 입고 장갑을 끼다가 원장을 바라보며 불현듯,

"선생님 아들이 심완석 아녜요?"

하고 물었다.

고개를 숙이고 있던 제삼이가 그 말에 얼굴을 들고 경옥을 쏘아보았다.

"그걸 어떻게 아십니까?"

말에 적의가 숨어 있는 것 같았다.

"성두 같구 얼굴 모습두 같아서 물어 본 것입니다."

경옥은 대수롭지 않은 것처럼 대답을 하고는,

“안녕히 계십시오.”

했다. 그리고는 문 밖으로 나가려 했다.

그때 제삼은 자리에서 벌떡 일어나며,

“그래 완석을 어떻게 아십니까?”

하고 경옥의 뒤를 쫓아 왔다.

“내일 데려다 드리지요. 아니 오늘 저녁으루 데리구 오지요.”

경옥은 낭하로 해서 현관을 향해 그대로 걷고 있었다.

“그래 완석이가 부산에 있단 말씀입니까?”

제삼이가 뒤를 따라오며 안타까이 물었다. 안타깝게 물었다기보다 제 정신을 잃은 사람처럼 물었다. 경옥의 앞을 가로막고 그의 몸을 쓸어안을 듯이 손을 벌벌 떨었다. 손만을 떤 것이 아니었다. 얼굴의 모든 근육이 파들파들 떨고 있는 것 같았다. 성이 뿔 위에까지 오른 황소처럼 씨근덕거리기도 했다.

경옥은 제삼의 얼굴을 빤히 쳐다보았다. 얼마나 흥분했는가를 보기 위함이 아니라 완석과 어디가 같은가를 보기 위함이었다. 까만 안경을 썼으나 왼쪽 눈이 움푹 들어간 것을 안 볼 수가 없었다. 그러나 경옥은 금시 눈에서 시선을 떼고 코에다 초점을 대었다. 콧잔등이 불룩한 것이 완석의 코와 꼭 같았다. 그 뒤에는 넓적한 이마로 눈을 옮겼다. 이마도 완석과 꼭 같았다.

“완석이하구 어쩌면 그렇게 같을까……..”

경옥은 혼자서 웃었다.

제삼은 점점 미친 듯이 경옥에게로 다가서며,

“어데 있는지 아시면 같이 가 주시지요.”

하고 애원을 했다.

“어디 있는지는 모르지만 저녁때가 되면 만날지도 모릅니다.”

“그럼 같이 가서 기다리게 해 주십시오.”

“그러실 필요는 없습니다. 저두 심 선생을 찾으려구 여간 애를 쓰지 않았으니까 만나는 대루 데려다 드리겠다는 것을 약속하지요.”

그러나 제삼은 제발 같이 가 달라고 애걸을 했다. 아무리 애걸을 해도 경옥은 그럴 필요가 없다고 말했다. 이상스런 환경 속에 있기 때문에 아버지가 직접 가면 애가 도망갈지도 모른다고 거짓말까지 꾸몄다.

사실은 어제 저녁 완석을 기다렸으나 만나지 못하고 만 것을 생각지 않을 수 없었다. 무슨 사고가 있어 오늘 저녁에도 오지 않는다면 제삼의 실망을 크게 할 것이 겁났던 것이다.

숙명의 사람

그래도 제삼은 경옥을 따라 자동차에까지 올라타고야 말았다.

6·25 사변 이후 죽었으리라고만 생각하고 있던 오직 하나의 자식이 죽지 않고 살아 있다는 소식을 듣고 나서 어찌 경옥이가 데려다 준다는 말만을 믿고 기다릴 수가 있을 것인가?

경옥이도 그렇게까지 따라오려는 제삼을 그 이상 더 물리칠 수가 없었다.

"그래두 만날 시간이 아직 못 되는데요……."

경옥은 가기는 가나 금시 만날 수 없다는 것만은 말해 두지 않을 수 없었다.

그러나 그러한 말은 전혀 사정을 모르는 제삼에게 답답한 재료밖에 되지 않았다.

"완석이가 어디서 어떻게 살구 있습니까?"

제삼은 정말 울상을 하고 가슴을 쥐어뜯을 듯이 안타까운 얼굴로 물었다.

"그렇게두 안타까운 걸 왜 엽때까지 찾아보시질 않았습니까?"

경옥은 제삼의 마음을 풀어 줄 생각은 안 하고 도리어 그 속을 긁어 주었다.

"왜 찾지를 않았겠습니까? 찾을 길이 없어서 못 찾았지요."

"그럼 신문광고까지 냈는데 왜 그걸 안 보셨어요?"

"신문광고를 내셨어요? 언제요?"

"벌써 며칠이 지났을걸요."

“그래요. 미안합니다. 며칠 동안은 신문도 못 봤습니다. 그럴 일이 있었어요.”

“어쨌든 저는 아버지의 성의가 부족했다고 보는데요. 안 그래요? 미국서 돌아오던 날루 나는 심 선생님의 아드님을 만났는데.”

“⋯⋯⋯⋯”

제삼은 대답을 못했다. 신문광고를 냈다는데도 그것을 보지 못한 것은 자기의 불찰일지 모르지만 그렇다고 해서 초면인 경옥에게 무성의하다는 비난까지 들어야 할 것 같지는 않았기 때문이었다.

“완석의 어머니는 어디 계신가요?”

경옥은 제삼의 마음은 알 생각도 아니하고 자기가 알고 싶은 말만을 꺼내었다.

“그건 묻지 말아 주십시오. 말하기가 곤란합니다.”

“왜요? 완석은 아마 아버지보다두 어머니가 더 보고 싶을 걸요.”

“차차 알게 되겠지요.”

“건 기분 나쁜데요. 있으면 있구 없으며 없다구 솔직하게 말할 수 있는 일이 아녜요?”

“간단치가 않은 일이 생겨서 그렇습니다. 나를 괴롭히지 말구 완석의 일이나 말씀해 주십시오.”

“싫습니다. 아버지를 모시고 가면서 어머니는 모른다구 말할 수가 있어요. 제 입장두 생각해 주셔야지.”

제삼은 참으로 딱한 모양이었다. 차마 입은 벌어지지가 않으나 그렇다고 해서 약점이 자기에게 있는 이상 대답 안 할 수도 없는 것이니까⋯⋯ .한 참동안 눈을 껌벅이기만 하다가 제삼은 드디어 입을 열었다.

“완석이와 같이 나의 아내도 죽은 줄만 알았습니다. 그리던 것이 며칠 전에 아내두 살아 있다는 소식을 들었습니다만 그새 딴 남자와 결혼을 했다는 이야기를 들었습니다.”

제삼은 이 말을 하자 머리를 푹 수그렸다. 자기 입으로 한 말이 자기의 가슴을 아프게 한 모양이었다.

"그래요?"

그때야 경옥이도 제삼이가 단순한 환경 속에 사는 사나이가 아니란 것을 깨닫고,

"세상에 그런 여자두 있어요?"

하고 제삼을 동정하는 어조로 말했다.

어느덧 자동차가 영도 다리를 건너려 했다. 자동차를 운전하던 제임스 목사는 경옥을 학교로 바래다 주려는 모양이었다. 그래서 경옥은 갑자기 자동차를 스톱시키고는 제삼을 독촉하여 자동차에서 내리게 했다. 그리고는 K 씨에게 오늘은 바쁜 일이 있으니까 내일 아침부터 독창 연습을 시작하자고 약속한 뒤 제삼이와 같이 걸으려고 할 때였다. 제임스 목사가,

"심 선생 아들 곧 만납니까? 대단히 반갑습니다. 만나면 내 차로 같이 가는 것 더욱 좋지 않습니까?"

하고 자동차를 더 써도 좋다는 뜻의 말을 했다. 그러나 경옥은 만날 시간이 아직 멀었으니까 걱정 말라고 제임스 목사를 먼저 보냈다. 자동차를 돌려보내고 시내로 발길을 옮겨 놀 때야 경옥은 완석의 이야기를 궁금해하는 제삼의 마음을 알겠다는 듯이,

"완석이가 아버지를 찾으려구 얼마나 애를 썼는지 아십니까? 아직 거리의 소년으루 떠돌아 다니구 있습니다. 행여나 길에서라두 아버지나 어머니를 만날까 해서지요. 나를 매일 만나는 것두 내 얼굴이 제 어머니 얼굴과 비슷하기 때문이래요."

하고 완석의 이야기를 시작했다. 그리고는 자기가 저녁때에 집으로 들어가니까 저녁때만 자기 집 앞에 와서 기다리고 있었다는 말과 그러나 어제는 어쩐 일인지 자기가 기다렸어도 오지를 않았다는 말까지 했다.

제삼은 완석이가 어떤 옷을 입었으며 또 얼굴은 얼마나 파리했는가를 물었다. 경옥은 제삼이가 듣기 나쁘지 않게 거지 애라는 말을 듣지 않으려고 노력하면서 얼굴도 토실토실한 것이 세수만 하면 아주 보기 좋을 것이라구 대답했다.

제삼은 알 것을 다 알았다는 듯이 얼굴을 푹 수그리고 걷기만을 했다. 그

의 두 눈에서는 눈물방울이 떨어지고 있었다. 경옥이가 한 마디만 더 하면 소리까지 내며 울 것 같았다.

그래서 경옥은 어떤 다방 앞에서,

"아직 시간이 있으니까 좀 이야기나 하다 가시지요."

하고 제삼의 의견을 들을 생각도 않고 다방으로 들어가 버렸다.

다방에 마주 앉아 경옥은 제삼의 슬픔을 잊게 해 주려고,

"정말 선생님 부인 얼굴이 제 얼굴과 비슷해요?"

하고 웃으며 물었다.

"글쎄요. 좀 같은 데가 있는 것 같습니다."

제삼이도 대답 안 할 수 없는 듯이 무거운 입을 열었다.

"기분 나쁜데요. 내가 그런 여자와 같아요."

경옥은 항의하듯 말했으나 정말로 기분이 나쁜 것 같지는 않았다. 그러기에 그는 제삼이가 말을 하기 전에 다시,

"부인이 그래 어디 있습니까?"

하고 물었다.

"대구에 있습니다.

"만나 보셨어요?"

"아니요."

"어떡허실 작정이십니까?"

"아직 모르겠습니다."

"모르다니요?"

"만나야 할지 만나지 말아야 할지를 모르겠단 말입니다. 한 일주일 동안 그것 때문에 괴로워하고 있었습니다."

재삼은 자기의 진심을 속임 없이 말했다. 그러나 경옥은 그 말을 듣자 공격적인 태도로 말을 했다.

"그건 선생님이 잘못입니다. 왜 만나지를 않아요? 만나서 이야기를 들어 보지두 않구 혼자서만 괴로워한다는 것은 죄악에 가까운 일입니다."

제삼은 경옥의 말이 옳다고 생각해서가 아니라 남의 마음을 그렇게도 몰

라주는 사람이 어디 있느냐 하는 태도로,

"상대편 남자가 나의 친한 친굽니다. 그러니 어떻게 만납니까?"
하고 말했다.

경옥은 한참동안 무엇을 생각했다. 그러고 나서는 다시,

"괴로우시겠군요. 그래두 만나시기는 해야죠. 안 만나시면 두 분의 문제
가 언제까지나 끝나지 않지 않아요."
하고 신중하게 말했다.

"그래서 나는 우선 내 아내를 용서하려구 생각하고 있습니다. 제임스 목
사도 용서하구 다시 맞아드리라 말하구 있지만 그것이 대단히 힘든 일 같습
니다. 완석이두 만나게 되었으니까 이젠 찾아가 보지요."

제삼은 어느 정도 마음의 안정을 얻은 듯이 고개를 들어 경옥을 바라보
았다.

인사한 지 몇 시간도 안 되었지만 자기의 비밀을 알고 있는 사람이란 생
각에서인지 경옥이가 무척 가까운 사람처럼 보였다. 그리고 무슨 말을 다
해도 괜찮을 사람 같은 생각도 들었다. 그래서 제삼은,

"이젠 가 보시지요. 기다려도 가서 기다리십시다. 혹시 그새 왔다 가기나
하면 어떡합니까."
하고 제발 자기의 마음을 알아달라는 듯이 말했다.

경옥도 제삼의 마음을 모를 리가 없었다. 그래서 제삼의 말대로 자리를
일어서서 다방을 나왔다.

두 사람은 어깨를 나란히 하고 사람과 자동차가 길을 빼곡히 메운 피난의
도시 부산거리를 말없이 걷기 시작했다. 앞사람의 발뒤꿈치를 밟지 않으려
고 서로가 노력하며 길을 걸을 것이나 제삼의 발은 초조한 가운데 떨고 있
었다. 잃었던 자식을 찾으려 가는 아버지의 마음이라 발끝에만 아니라 털끝
엔들 어찌 초조가 숨어 있지 않을 수 있었을 것인가.

그러나 자기의 의무처럼 생각하면서 찾아 주어야 하겠다고 마음먹었던
완석의 아버지를 뜻밖에도 쉽게 찾았다는 경옥의 마음은 상상 이외로 경쾌
했다. 그래서 그는 불쑥,

　"부인하구 아들하구 누굴 더 생각하셨어요?"

하고 농담 비슷한 말을 꺼내기도 했다.

　"글쎄요……."

　"남자들은 아버지가 되기만 하면 부인보다 자식을 더 사랑한대면서요?"

　"그건 여자가 더 그렇지 않을까요."

　"그럼 선생님은 아들보다 부인을 더 생각하셨단 말씀이죠?"

　"그렇지도 않겠지요."

　"아이 선생님두 선생님은 군인이셨대문서 어째 그러세요. 그랬으면 그랬
다구 솔직하게 말씀을 못 하시구……."

　그래도 제삼은 똑똑한 대답을 안 했다. 따지고 보면 어느 편이 더 중하다
고 말할 수 없었지만 또 그런 말이 그리 중한 말 같지도 않았다.

　경옥이도 대답을 추궁하지 않고,

　"완석을 만나시면 무엇을 먼저 사 주실 생각이십니까?"

하고 딴 말을 물었다. 제삼은 어쩐지 구두시험을 당하는 듯한 생각도 들었
지만,

　"무엇보다두 옷을 사 줘야겠지요."

하고 먼 하늘을 바라보며 대답했다.

　"그럼 왜 옷을 안 사 가지구 가세요?"

　이 말에 제삼은 얼굴이 붉어졌다. 가지고 나온 돈이 없기도 하려니와 자
기 마음속으로는 고아원에 있는 구제품을 입히리라 생각했던 것이 아버지로
서 애당초 잘못된 생각이라 공격받은 것 같았기 때문이었다. 그래서,

　"데리구 가서 맞는 걸 입혀 보구 사야지 않아요."

하고 자기도 생각이 있다는 듯이 말을 했다.

　그 뒤 그들은 서로가 말없이 걷기만 했다. 그렇게 걷는 새 어느덧 대신동
경옥이가 있는 집 근처까지 왔다.

　"이리루 오세요."

하고 경옥이가 앞장을 서서 조그마한 골목길로 들어섰다. 집 앞까지 다 왔
을 때엔,

"남의 집이 돼서 같이 들어갈 수가 없으니까 여기서 기다리세요. 완석이가 오거든 완석이를 시켜서 저를 불러 주시구."

하고 경옥이가 냉큼 집안으로 들어갔다. 사실 영애도 없을 때 한 번도 와 본 적이 없는 남자를 데리고 들어간다는 것이 경옥이로서 도저히 할 수 없는 노릇이었다. 그러나 경옥은 대문 안에 들어서기가 무섭게 영애 어머니에게 그새 완석이가 오지 않았느냐고 물었다.

영애 어머니는 방 안에 앉은 채 지나가는 말처럼,

"조금 전에 다녀갔지. 왜?"

하고 대답했다.

"뭐요?"

경옥은 허둥지둥 구두를 벗고 방 안으로 뛰어들어갔다.

"언제 왔다 갔어요?"

"한 이십 분이나 됐을까. 네가 주라든 빵은 주어 보냈다."

"어젠 왜 안 왔대요?"

"그걸 누가 아니? 얼굴이 푸성푸성 하구. 다리를 쩔름거리드라. 누구한테 매를 맞지……."

"다리를 절어요?"

"글쎄 잘 걷질 못하는 것 같던데……."

경옥은 그 이상 더 물어야 새로운 말이 나오지 않을 것을 깨달았든지 간다 온다 말도 없이 방을 뛰쳐 나왔다.

혼자서 우두커니 서서 앞 골목만 내다보고 있는 제삼에게로 달려오다 경옥은 제삼의 소매를 끌면서 완석이가 조금 전에 왔다 갔으니 뒤따라 가 보자고 말했다.

그 표정이란 제삼이보다도 더 당황해하는 태도였다. 당황히 몇 걸음을 걸어가던 경옥은 다시 뒤돌아 집으로 뛰어갔다. 잠시 뒤 집에서 나온 경옥은 다시 제삼의 앞장을 서며,

"혹시 그새 다시 와두 해서 주인 아주머니에게 부탁을 해 뒀어요."

했다. 그리고는 거지 애들이 모여 있을 만한 곳을 찾아 헤매기 시작했다. 부

듯가에도 가 보았고 다리 밑을 찾아 돌아다니기도 했다.

그러나 약속 없는 사람을 거리에서 만난다는 것은 우연을 바라는 것 이외에 아무것도 아니다. 우연이란 그렇게 쉽게 오는 것도 아니었다. 날이 저물어 전등 밑이 아니면 얼굴을 알아볼 수 없을 만큼 어두울 때까지 헤매었으나 완석을 찾아내지 못했다.

"가 보십시다."

더 다녀야 아무 소용이 없을 것 같았는지 제삼이가 절망에 쌓인 어조로 말했다.

"그럴까요. 혹시 집에 와 있을지도 모르니까……."

또 하나의 요행이 남아 있다는 듯이 경옥도 곧 동의를 했다. 그러나 집에까지 돌아온 경옥은 제삼에게 완석이가 얼굴이 붓고 다리를 절더란 말을 아니 들려 준 것만을 다행으로 생각했다.

완석이가 집에도 와 있지 않은 것을 보자 제삼은 슬픔에다 의혹까지 섞은 표정으로 경옥을 대했다. 왜 자기를 속이었느냐고 노려보는 것 같기도 했다. 그러한 제삼에게 완석의 부상까지 이야기했더라면 그의 슬픔은 얼마나 더 컸을 것인가.

경옥은 그래도 내일을 약속하고 무거운 걸음으로 돌아가는 제삼의 뒷모습을 바라보며 혼자서 눈물을 흘렸다.

경옥은 웬일인지 제삼이가 미리부터 슬프게 마련된 사람같이 생각되었다. 저녁때가 되어서야 들리던 완석이가 오늘 따라 일찌감치 왔다 갔다는 것도 우연한 일이 아니라 제삼의 숙명 때문인 것 같았다. 부인을 친한 동무에게 뺏겼다는 일이라든가 아들을 옆에다 두고도 찾아내지 못했다는 것 전부가 제삼이가 그렇게 되지 않으면 안 되게끔 미리부터 마련되어 있기 때문인 것 같았다.

경옥은 제삼에 대한 생각만이 머리에 그득 차 있었다. 그래서 영애에게도

"글쎄 오늘 같이 다니며 들었는데 부인 소식도 통 모르다가 며칠 전에야 들었대지 않아. 그러나 알구 보니 친한 친구와 결혼을 했대. 참 비극적인 운명을 타구난 사람야."

하고 혼자의 독백처럼 말했다.

"그런 일이 하나밖에 없는 줄 아니? 얼마든지 있어. 모두가 전쟁 덕택이지 뭐야."

영애는 냉정하게 말했다. 새삼스런 문제가 아니라는 듯이…….

"얼마든지 있는 문제라구 해서 너는 그런 것을 냉정하게 생각할 수 있니?"

"그럼 어떡허니? 남의 일을 생각할 수 있는 것은 그만큼 마음의 여유가 있어야 하는 것인데 그런 여유를 가진 사람이 어디 있어."

"그래?"

경옥은 놀랐다. 마음의 여유가 없어서 남의 일을 모두 냉정하게만 본다면 세상은 도대체 무슨 재미가 있을 것인가. 산다는 재미란 결국 남을 생각함으로서 자기를 생각할 수 있을 때 비로소 있는 것이 아닐까?

"참 재미없는데."

경옥은 혼자서 중얼거렸다. 그러나 영애는,

"무슨 재미가 있어 사는 줄 아니? 죽지 못해 사는 거지."

하고는 핸드백을 뒤적이다가 편지 한 장을 꺼내어 책상 앞에 놓았다.

"참, 그 작자가 어떻게 알구 나 있는 회사루 찾아와서 이걸 전해 달래드라."

경옥은 봉투의 앞뒤를 읽었다. 확실히 자기한테 온 것이지만 뜻하지 않은 최충림이가 보낸 것임을 알 때 가슴이 섬찍했다. 그러나 서슴지 않고 뜯어 읽었다.

"경옥 씨

붓을 들 용기도 없습니다. 용기라기보다 면목이 없습니다. 내게 살아야 한다는 너무나 큰 부담이 없었다면 이러한 슬픔을 만들지 않았을는지도 모릅니다. 무슨 변명의 말을 하려는 것도 아닙니다. 다만 이제나마 내 마음의 생명을 살려 볼까 합니다. 모든 생활을 청산하렵니다. 경옥 씨만이 용서를 하신다면 나에게도 살길이 있으리라고 생각됩니다. 전처럼 사랑해 달라는 욕심도 가지고 있지 못합니다. 나의 과거를 용서한다는 말 한 마디만 해 주시면 만족하겠습니다. 세상 모든 사람의 경멸도 다 받을 수가 있습니다. 그러나 경옥 씨 한사람의 경멸만은 나의 생명을 영원히 이지러지게 하고야 말 것입니다.

　끝으로 한 마디만 변명을 하겠습니다. 경순 씨가 경옥 씨의 언니라는 것은 정말로 알지 못했었습니다. 물론 언니고 언니 아니고가 문제될 것도 없겠지만 어쩐지 죄 가운데도 더 무거운 죄를 진 것 같습니다."

　편지를 읽자마자 경옥은 그것을 찢어 버리려고 양 손 사이에 넣었다. 그러나 영애가 어느새 날아오듯 다가와서 경옥의 손에서 편지를 뺏어 버리고 말았다.

　경옥은 기겁을 해서 편지를 뺏으려 했으나 영애가 손을 뒤로 돌리고 몸을 뱅뱅 돌리는 바람에 뺏을 도리가 없었다.

　"그건 실례야."

　경옥은 화를 낼 것처럼 말했다.

　"남의 편지를 그렇게 찢어버리려는 비여성적인 행동을 삼가라. 찢어두 남이 안 보는데서 찢어야지, 안 그래."

　영애가 훈시를 하듯 말할 때야 경옥은 조금 안심한 듯이,

　"그래 찢지 않을 테니 돌려 줘."

하고 손을 내밀었다. 영애는 선선히 편지를 내주었다. 그러나 경옥은 편지를 받자마자 날쌔게 그것을 두 동강이로 찢고 또 그것을 겹으로 해서 찢었다. 조그만 네 조각으로 찢은 뒤에도 그래도 마음이 안 놓인다는 듯이 글자 두 자가 연거푸 보이지 않을 정도로 갈기갈기 찢었다.

　"애두 편지가 불쌍하지 않니?"

　옆에서 바라보고 있던 영애가 너무 한다는 눈초리로 말했다.

　"불쌍해두 좋아 어때……."

　경옥은 얼굴살 하나 움직이지 않고 말했다.

　"참, 내일 오전 열 시부터 다방 영(嶺)에서 기다리구 있겠다더라. 그저 그

렇게만 말해 달라구 그러는데 어쩐지 풀이 하나 없는 게 보기 안됐더라. 아
마 너의 언니하구 무슨 트러블이 생긴 모양이지……."

영애가 이렇게 말했으나 경옥은 한참 동안 정신 나간 사람처럼 멍하니 앉
아 있다가 한참 뒤에야 혼자 말을 하듯이,

"아마 그런가 봐……."
했다.

차라리 자기를 아주 잊어버려 주었다면 얼마나 다행할 것인가. 이제 와서
자기에게 용서를 해 달라면 그래 어떻게 하란 말인가? 또 용서를 받아서는
무엇 할 작정이란 말인가.

경옥은 충림의 마음을 알 수가 없었다. 용서를 한다고 해서 다시 사랑할
사이는 되지 못한다. 다시 사랑할 사이가 못 된다면 무엇 때문에 용서를 구
할 것인가.

충림이로서도 그런 것을 모를 리가 없다. 모르지 않으면서도 그런 편지를
보냈다는 것이 더욱 모를 일이었다.

모를 일이라는 것은 숙제를 다 하지 못한 때처럼 꺼림칙하고도 불쾌한 마
음을 만들어 주는 것이다.

그러나 편지의 사연을 전혀 모르는 영애는 궁금한 나머지,

"말을 좀 해라. 꿰온 보리자루처럼 앉아 있지만 말구……."
하고 나무라듯이 물었다.

"차차 알게 될 거야."

경옥은 편지의 내용을 말할 수가 없었다. 충림과의 애정 문제를 전혀 모
르는 영애에게 새삼스럽게 그런 이야기를 말하기도 싫었지만 자기도 모르는
자기의 마음을 무엇이라 말할 도리가 없었던 것이다. 그러나 그렇다고 해서
아무 말도 없이 그저 그런 줄만 알아달라고 말하기는 영애가 미안스러워,

"그 사람두 아마 제 정신으루 돌아올려는 모양이야. 언니한테 그런 심정
을 전해 달라구 그랬어. 그렇지만 그런 걸 왜 내한테 부탁하는 거야, 건방지
게……."
하고 사뭇 불쾌한 어조로 말했다.

"그렇다문야 좋은 일이 아니니. 네 언니한텐 미안할지 몰라두……."

"다 쓰레기야 쓰레기."

경옥은 더 말하기도 싫다는 듯이 자리를 깔고 전등불을 꺼 버렸다.

다음날이었다.

충림은 영애를 통하여 부탁한 바가 있기 때문에 아침부터 다방 '영'으로 나갔다. 경옥이가 꼭 나오리라고 믿어진 것은 아니지만 반드시 안 나오리라고도 생각되지 않아 그는 출입문을 정면으로 바라볼 수 있는 위치에 자리를 잡고 앉았다. 그리고 눈을 출입문에서 잠시도 떼지 않았다.

약속시간 열 시가 지났다. 쌍방이 합의를 하여 지은 약속이 아니기는 하지만 그래도 설마 하는 생각에 약속시간 한 시간이 경과하는 동안은 몹시 초조했다. 만약 자기를 만나러 경옥이가 찾아온다면 자기는 무슨 말부터 먼저 꺼내야 할 것인가 하는 것부터가 생각나지 않을 만큼 가슴은 조여들기만 했다.

설사 찾아온다기로서니 경옥이가 과연 자기를 용서하기 위해서 올 것인가. 그것도 알 수 없는 일이었다.

그래도 와 주기만 했으면 하는 생각에 가슴은 조여지기만 했다. 문 열리는 소리가 날 때마다 가슴은 철썩 내려앉곤 했다.

그러나 약속시간이 두 시간이나 지났을 때 충림은 안 오는 것이 틀림없다고 생각했다. 미국에 가 있는 동안 계속해서 보내온 편지에 회답도 아니한 자기로서 안 온다고 해서 그를 원망할 수도 없는 처지이지만 그래도 충림은 과거야 어쨌든 한 번쯤 만나는 줄 수 있을 것이 아닐까 하고 혼자 생각해 보았다. 더구나 자기는 과거를 뉘우치는 편지를 보냈다. 그렇다면 어째서 자기가 그러한 과오를 범했는가 궁금해서라도 만나러 올 것이 아닌가.

경옥의 성격으로 보아 한 번의 실수쯤 용서 못할 것 같지도 않게 생각되어 충림은 하루 종일이라도 기다릴 마음을 먹었다.

얼마 전 경순의 다방에서 만났을 때 자기를 완전히 무시해 버린 태도로 대하던 경옥의 표정이 눈앞에 나타날 때는 번쩍이는 비수를 보듯 가슴이 써늘해지기도 했으나 충림은 전부를 나쁘게 생각하다가도 한 가지만 마음에 들면 의외로 쉽게 마음을 돌리는 경옥이를 알고 있기 때문에 안 오리라 결심을 했다가도 순식간의 변동으로 마음 내키는 시간이 올지도 모른다는 생각이 들었든 것이다.

그러나 오후가 지나자 충림은 혹시 영애가 약속시간을 잘못 전하지나 않았을까 하는 의심을 했다. 그런 의심을 하게 되니 어쩐지 자기를 못마땅히 보는 듯하던 영애가 편지마저 전하지 않지나 않았을까 하는 의심을 품게 되었다.

충림은 그것만은 참을 수가 없었다. 가서 따지고 만약 전하지 않기만 했다면 분풀이라도 해야 할 것 같았다. 그래서 충림은 그 자리에서 일어나 영애의 사무실을 찾아갔다.

영애는 원고지를 펴놓고 글을 쓰고 있었다. 옆눈도 팔지 않고 글을 쓰고 있는 영애에게로 간 충림은 댓자로,

"어제는 실례했습니다. 그런데 그 편지는 틀림없이 전해 주셨습니까?"
하고 물었다.

영애는 깜짝 놀랐다는 듯이 충림을 쳐다본 뒤,

"틀림없이 전했습니다. 그러구 약속시간과 장소까지 말씀 드렸습니다."
하고 냉담하게 대답했다.

"네!"

충림은 풀이 죽을 수밖에 없었다. 분풀이는 고사하고 다시 물어 볼 말도 없었다. 어쩔 줄을 몰라 어리둥절하고 있을 때 뜻밖에도 부드러운 어조로 영애가 반문했다.

"경옥이가 거길 안 갔지요?"

어족(魚族)의 습성

묻는 투가 안 갔을 것을 뻔히 알고 있는 것 같은 눈치여서 충림은,

"안 왔던데요?"

하고 다음 말을 기다렸다.

"안 갔을 겁니다. 중요한 일이 있어 바쁜 모양이던데요."

영애는 어느 정도 충림을 동정하는 태도까지 보였다.

"무슨 일이 생겼나요?"

잘 알지도 못하는 영애에게 그런 말을 묻는 것이 쑥스럽기는 했으나 충림은 알 수 있는 데까지 알고야 견딜 것 같았든 것이다.

"자세히는 몰라두 좌우간 무슨 일이 생긴 것 같습니다. 오늘 돌아가거든 선생님이 오셨더라는 걸 전해드리지요."

"고맙습니다. 일생일대의 일이니까 잘 좀 부탁하겠습니다. 내일두 거기서 기다리겠습니다."

충림은 발길을 돌렸다. 무슨 일인지는 몰라도 일이 생겼다고 하니 오늘은 자기를 찾아올 것이 아닌 줄 알면서도 그래도 다방 영으로 돌아갔다. 오지 않을 줄 알면서도 오려니 하는 기다림만은 아주 버릴 수가 없는 모양이었다.

정신 나간 사람처럼 멍하니 앉아 한길만을 내다보고 있으려니 충림은 새삼스러운 슬픔에 기다란 한숨을 지었다.

경순이가 경옥의 언니만 아니래도 좋을 것 같았다. 그렇기만 하다면 경옥이가 자기를 용서 못할 인간이리고 생각지는 않을 것 같았다.

1·4 후퇴 이후 늙은 부모를 부양하기 위하여 음악을 하나의 생활수단으로 팔지 않을 수 없었다는 사실을 이해하지 못할 경옥이가 아니다. 따라서 생활로 말미암아 자기도 모르는 동안에 유혹을 받아 돈 있는 여성에게 끌려 갔다고 하면 어느 정도의 경멸은 피하지 못할지 모르나 그래도 용서받을 여지는 있을 것 같았다.

그러나 다른 여자가 아닌 바로 경옥의 언니라는 데는 무엇이라 변명할 도리마저 아주 막혀 버린 것 같았다.

월급을 달라는 대로 시원스럽게 선불해 주면서 호감을 사다가 자기 집으로 초대를 해서는 술을 먹이고 나중에는 반나체의 몸뚱아리로 자기를 부여안고 돌아가지 못하게 하던 경순이가 급기야 자기를 망치고 말았다는 생각

이 들면서 치가 떨리기도 했다. 그리고 한 번은 그랬다 할망정 두 번 다시는
그 속에 빠지지 말았어야 할 것을 그 뒤부터는 도리어 그러한 유혹을 기다
리게까지 되었던 자기가 정말로 추물처럼 생각되어 스스로가 흥분되기도 했
다. 누구를 탓하기보다는 자기가 미웠던 것이다.

충림은 악몽에서 깨어나려고 할 때처럼 그러한 생각을 물리치기 위하여
자리를 벌떡 일어났다.

그러나 한 걸음도 떼어 놓기 전인 바로 그 순간에 출입문이 열리며 경순
이가 나타났다. 그는 첫눈에 충림을 발견하고 그 앞으로 오자,

"여기 계셨군. 그런 걸 종일 찾아다녔지. 차나 한잔 드십시다."
하고 충림의 앞자리에 앉았다. 충림은 아무 대답도 안 하고 악몽의 주인공
이 대체 어떻게 생겼더냐 하는 듯이 경순을 노려보기만 했다.

"사람들이 보는데 빨리 앉으세요. 앉아서 말하문 되지 않아요."

경순은 아무런 말도 감수하겠다는 듯이 그러나 많은 사람 앞에서는 교양
있는 사람답게 행동을 해야 한다는 듯이 얼굴을 약간 붉히고 말했다. 그래
도 앉을 생각을 안 할 때 경순은,

"빨리요. 남들이 보네."
하고 충림의 손을 잡아끌어 앉혔다.

충림은 드디어 앉고야 말았다. 앉고 싶은 의사가 있은 것이 아니라 자기
도 모르는 사이에 그저 앉지 않을 수 없게 되었던 것이다. 앉아서는 안 될
곳이었지만 그래도 앉아 버리고야 말았으니 충림으로서는 싫으나마 그 자리
를 피할 수 없었다.

다시는 만나지 않으리라 또는 만나도 말을 하지 않으리라 마음먹었던 만
큼 그가 경순에게 할 수 있는 말이란 오직 원망과 저주와 증오의 말뿐이었
을 것이다.

그러나 충림은 그러한 말을 목소리 대신에 눈으로 말했다. 즉 무엇 때문
에 자기를 찾아왔느냐고 독기가 가득한 눈동자로 경순을 노려보았다. 경순
의 태도 여하에 따라 무슨 일이 터지고야 말 듯한 무서운 눈초리였다.

그러나 경순은 그러한 눈초리는 보지도 않았다. 볼 필요도 없다는 듯이,

"무얼 드실까요?"

하고는 레지를 불렀다. 젊은 여자가 옆에 와서 주문하기를 기다렸다.

"난 레몬 티, 선생님은 무얼 하시지요."

"………"

"그럼 레몬 티 둘 주세요."

경순은 혼자서 결정지어 버렸다. 그러고 나서는 아무 일도 없다는 듯이 바프(분첩)를 꺼내 들고 화장을 하기 시작했다. 거울을 들여다보며 루즈 칠한 입술을 새끼손가락으로 한참 동안 문지르고 난 뒤 다시 거울을 이리 저리 들여다보다가 화장도구를 핸드백 속에 차근차근 집어넣었다.

그러고 나서 할 일을 다 했다는 듯이 충림을 한 번 쳐다보았다. 그럴 때 차가 나왔다. 경순은 스푼으로 찻잔을 소리 안 나게 저으면서,

"제가 나쁜 여자죠?"

입을 열었다. 자기 자신이 나쁘다는 것을 충분히 알고 있으며 동시에 충림에게 어떠한 말을 들어도 할 말이 없다는 그러한 말투였다.

그러나 충림은 잡아먹어도 시원치 않겠다는 듯이 뻗치고 앉아서 말했다.

"이젠 만나지 않겠다구 말하지 않았어요?"

"만나지 않는 건 좋아요. 그래두 무슨 원수라구 불쾌하게 헤질 것까지는 없지 않아요. 최 선생에게 연인이 생겼대두 나는 질툴 하지 않을 테예요. 도리어 축복을 해 드리지. 안 그래요."

"그런 이얘기두 할 필요가 없어요."

"자기 행동에 대해서 그 책임을 상대편에게만 돌릴 수는 없지 않아요. 나는 그런 비겁한 행동은 안 해요. 이얘기할 건 다 하구 청산할 건 청산하는 게 마땅하지."

"듣기 싫다니까……."

"당초부터 우리는 결혼을 목적하구 사랑한 게 아닙니다. 그런 만큼 언제든지 헤질 수는 있어요. 그래두 난 아직 그럴 시기가 아니라구 생각해요. 최 선생이 무엇에 분격하구 있던 나는 동의할 수가 없습니다. 최 선생님의 희망대루 내 생활을 고치겠어요. 두구 보세요. 고치나 못 고치나……."

“나는 그런 유희는 하구 싶지가 않아요. 싫증이 난 것을 어떡해요.”

“유희라구요? 나두 내 청춘을 소모시키며 하는 행동입니다. 생명을 깎아 먹으며 하는 행동이 어째 유희예요.”

“결혼을 생각지 않는 애정이 어디 있단 말이오?”

“결혼하게 될 땐 결혼하지요. 왜 못 해요. 그래 최 선생이 결혼생활을 지향해 나갈 능력이 있어요?”

“능력이 없으니까 그만두려는데 왜 자꾸 이러는 거요?”

이까지 말하자 경순은 핸드백에서 찻값을 꺼내 탁자 위에 놓고 그만 일어서 버렸다.

경순이가 일어서자 충림은 잘 되었다는 듯이 따라 일어섰다. 그러나 다방 문을 나서자 경순은 팔목을 끼듯이 충림의 곁에 다가서서,

“마지막 청입니다. 다른 말은 다시 안 할 테니까 집으루 가서 마지막 저녁이나 먹읍시다. 그것마자 거절하신다면 나는 최 선생을 경멸해 버리고 말 테야. 나두 오늘루 내 생활을 고칠 결심이니까 내 장래를 축복하는 뜻으로라두 가십시다.”

하고 말했다.

그래도 충림은 마음이 움직여지지 않았다. 그 집을 다시 찾아간다는 것부터가 불쾌하게 생각되었다.

“볼일이 있어 가봐야겠어요.”

“한 여자가 최 선생 때문에 타락 속에서 구원을 받았다면 그것은 참으로 뜻있는 일일 겁니다. 구원받는 여자의 새 출발을 위해서 마지막 저녁두 못 잡숫겠어요?”

“못 먹을 건 없지만 좀 바빠서……”

어떤 것이 진정한 말인지 판단하기가 힘들었지만 그래도 새 생활을 시작하겠다는 말에 야박한 말을 할 수가 없어 충림은 어느 정도 누그러진 듯한 태도로 말하지 않을 수가 없었다. 그런 눈치를 채자 경순은 때마침 지나가는 택시를 불러 세웠다. 그리고는 충림을 떠다밀다시피 하며,

“한 시간만 이야기하다 가세요.”

했다.

충림은 어쩔 수가 없었다. 자동차가 옆에서 기다리고 있는데도 가지를 못하겠다고 한다면 결국은 노변의 구경거리를 만드는 연극을 연출해야 할 것이 틀림없었다.

충림은 할 수 없이 자동차에 올라탔다. 자동차에 올라앉은 충림은 만일 자기가 경옥을 사랑한다는 말을 경순에게 할 수가 있기만 했다면 경순이도 이렇게까지 자기를 괴롭히지는 못할 것이라 생각하고 머리를 저었다.

자동차안의 두 사람은 정말 아무런 관계도 없는 사람들처럼 말이 없었다. 그러나 자동차에서 내려 경순의 집에 들어서자 그때부터는 경순이가 충림의 행동에 일일이 앞장을 섰다. 집안에 들어갈 때는 손수 문을 열어 충림을 먼저 들어가게 했다. 방 안에 들어서서는 충림의 오버를 벗겨 벽에 걸었으며 오버를 벗은 뒤에는 꽃방석을 내놓고 그 위에 앉게 하였다. 자리에 앉자 경순은 책상을 가운데 놓고 양담배를 뽑아 충림의 손에 쥐어 주었다. 그 다음에는 곧 라이터를 켜서 불을 붙여 주었다. 담뱃불을 붙여준 뒤에는 찬장 속에서 영국제 진을 한 병 꺼내어 글라스에 부었다. 그리고는 미국 과자를 꺼내 놓고 자기도 한 잔을 든 뒤 충림에게 잔을 권했다.

충림은 술잔을 들어 한 모금 마시었다. 술을 한 모금 마시는 것을 보자 그때야 경순은 입을 열었다.

"슬픈데요. 이별주란 말은 들었어두 내가 이별주를 마실 줄야 누가 알았어요."

말씨가 침통했다. 그 대신 충림은 술잔에 입술만 대고 앉아 있었다. 그때 경순은 혼잣말 비슷하게,

"그래두 내가 방탕에서 꿈을 깼으니까 고맙지 뭐예요."

하고는 혼자서 웃었다. 충림은 경순의 말이 정말인지 거짓인지 분간하기가 힘들었다. 그러나 전부가 거짓 같지도 않아,

"정말입니까?"

하고 물었다.

"두구 보세요. 말만 가지구 신용해 달랄 수가 있어요."

경순은 이렇게 말하자 무슨 생각이 났는지 갑자기 일어서 찬장으로 갔다.

찬장으로 가자 경순은 찬장 속에 있는 고급 양주병 세 개를 집어들고 들어와 그것을 충림 앞에 놓았다.

"이제부턴 술두 필요 없으니까 이걸 가지고 가세요."

충림은 어찌할 줄을 몰랐다. 아무래도 헤어지기는 헤어져야 할 사람이지만 진실된 생활로 돌아가겠다는 것을 떠나는 유일한 이유로 내세웠던 자기인 만큼 경순의 그러한 태도에는 자기가 어떠한 말을 해야 할지 도무지 생각이 나지 않았다. 그래서,

"뒀다 팔지 왜 내가 가지구 가요."

하고 경순의 마음만은 고맙게 알았다는 듯이 말했다.

"깨끗하게 없애는 게 좋지 않아요. 그리구 최 선생한테 마지막 선물두 되구."

경순은 충림을 빤히 쳐다보며 말했다. 마음속 한 구석에 슬픔이 깃들여 있는 듯한 얼굴이었다. 그는 식모를 불러 중국요리를 시켜 오게 했다.

그러고 나서는 충림과 자기의 술잔에 술을 부으며,

"마지막으로 마시는 거니까 좀 취하도록 마셔두 괜찮지요?"

하고 물었다.

"그럴 필요가 어디 있어요."

"최 선생은 너무 용질해서 남자답지가 못해요. 왜 실컨 먹어 보라구 못하시는 거예요."

경순은 충림의 말에 항거하면서 혼자 따라 혼자 마시었다. 충림이도 술잔을 부지런히 입에 대었다. 어느 정도 거나하게 취했을 때였다. 경순이가 갑자기 책상 위에 엎드리며 눈물을 억지로 참는 듯한 어조로 말했다.

"충림 씨 나는 누구 땜에 다시 고생을 하며 살아야 한단 말입니까."

충림은 어리둥절해서 술만을 마셨다. 다시는 오지 않겠다고 굳게굳게 결심했던 집이지만 이왕 와서 술까지 마시게 되니 경순을 끝까지 공격해 주는 태도만을 가질 수가 없었다. 더구나 진심으로 슬퍼하는 듯한 경순에게 그렇게까지 잔인할 수가 없었던 것이다. 그러나 갑자기 태도를 바꾼다는 것도

계면쩍은 일이어서 그는 술만을 마셨다. 그러나 경순이가 어깨를 들썩이면서 슬프게,

"난 어떻게 삽니까? 무엇 때문에 살아야 해요."

하고 말할 때 충림은 자기도 모르게 경순의 어깨에다 손을 대고 위로를 했다.

"울지 말아요. 울기는……."

그러자 경순은 소리까지를 내며 울었다. 나중에는 방바닥에 쓰러져서 누워버렸다. 내버려 두면 언제까지라도 울 것 같았다. 그래서 충림은 경순에게로 가까이 가서 어깨를 흔들며 울지를 말라고 했다. 세상에는 불행한 사람이 얼마든지 많다는 말도 했다. 그러나 경순은 격정에 숨이 막히는 듯 흑흑 느끼며 충림에게는 대답도 안 했다. 그래도 울지를 말라고 달래자 그때는 충림의 손을 잡아다가 자기의 가슴을 문지르며,

"아이 가슴야."

하고 오직 가슴만이 아프다는 시늉을 했다. 충림은 차마 자기의 손을 빼 내지를 못했다. 그랬더니 그 뒤에는 충림의 목을 끌어다가 얼굴에 얼굴을 부비며,

"충림 씨 날 죽여 줘요. 그게 행복스럽겠어……."

하고 울음 섞인 목소리로 말했다.

"죽기는 왜 죽어."

그러면서도 충림은 한 손으로 경순의 등을 쓸어 주고 있었다.

충림은 술에 취했기 때문인지 그렇지 않으면 경순의 연극에 정신이 혼몽해졌기 때문인지 어쨌든 그 날 밤 또다시 경순의 이불 속에서 한밤을 지내고 말았다.

다음날 아침 채 밝기도 전에 눈을 뜬 충림은 경순의 잠을 깨우지 않으려고 혁대소리도 안 나게 바지를 입었다. 그러나 떨어지게 잠이 들었던 경순이가 어느새 충림의 바짓가랑이를 붙잡았다.

"조반두 안 잡숫구 가시면 어떡해요?"

"가야 돼, 나."

충림은 경순의 손에서 바짓가랑이를 빼려 했다. 그러나 경순은 끝내 놓지를 않고,

"그럼 하룻밤만 점령하고 도망가시려는 거예요?"

하고 비난조로 나왔다. 충림은 할 말이 없었다. 경순의 비난 말에 반박할 말을 찾아낼 수가 없었던 것이다. 다만 바쁘다는 핑계밖에 댈 수가 없는데 그 것도 이른 새벽에 무슨 바쁜 일이 있느냐고 따질 때 그는 어물어물 하지 않을 수 없었다.

"그러지 마시구 어서 들어와요."

하고 끄는 바람에 충림은 다시 이불 속으로 들어가지 않을 수 없었다.

술이 깬 말뚱말뚱한 눈으로 경순을 본다는 것은 참으로 계면쩍은 일이었다. 영영 만나지 않기로 하고 그렇게까지 비난공격을 해 오던 경순에게 얼굴을 들 면목이 없는 것 같았다.

그러나 경순이가,

"절 그냥 버린다면 정말 죽구 말 테예요."

하고 그의 손을 이불 속에서 꼭 쥘 때 충림은 경순에게서 외면을 하지 않았다. 될 대로 되라는 그러한 표정이었다. 할 수 없었다. 죽이면 죽고 살리면 사는 도리밖에 없었다. 그에게는 자기의 의사를 고집할 권리가 없어졌던 것이다. 남아 있는 자유라면 오직 자기 자신을 미워할 수 있는 것이었다.

그는 천장을 향해 똑바로 누워 어떻게 해서 그 집을 뛰쳐 나가지 못했는가를 생각하려고 했다. 그러나 생각의 실마리를 찾기도 전에 경순이가,

"절 보구 누세요. 그런 건 싫어."

하고 그의 손으로 충림의 얼굴 방향을 돌리키었다. 달아나는 배의 키를 돌리는 것과 마찬가지였다. 충림은 또 할 수 없이 경순을 보며 모로 눕지 않을 수 없었다.

그러자 경순은 충림의 뺨을 만지작거리기 시작했다. 마치 어린애가 장난감을 만지듯이 손바닥으로 충림의 뺨을 살살 쓸며,

"어쩌자구 나를 떠나시려는 거예요. 내가 충림 씨 하라는 대로 다 하면 되지 않아요. 이제부터 다방에 나오시지 않아도 제가 부모님 생활비까지 전

부 드릴게요. 그리구 충림 씨두 직업적이 아닌 순수한 음악가의 생활을 시
작하세요."

하고 진정한 마음을 고백하듯이 말했다. 충림은 그래도 대답을 못했다. 모든
생활을 청산하겠다 하고도 돈 모을 장사만은 그대로 계속하겠다는 뜻의 말
이었지만 그것을 탓하지 못했다.

"그래요, 네?"

하고 대답을 독촉할 때에도,

"응."

하고 자기는 어디까지나 피동적이라는 의사만을 표시했다.

"그래도 며칠 만에 한 번씩은 꼭 찾아오셔야 해요."

이러한 명령조의 말에도 충림은 그저 묵묵부답이었을 뿐이었다.

날이 밝아 자리에서 일어난 뒤 조반을 먹자 경순은 돈 백 만원과 양주병
세 개를 내놓았다. 그러나 충림은 그것도 사양하는 정도의 거절을 했을 뿐
큰소리를 못 하고 그대로 가지고 그 집을 떠나는 수밖에 없었다.

충림은 보자기를 들고 집으로 돌아갔다.

어떻게 번 돈이냐고 캐서 물어 볼 사람이 있다면 그는 거짓말을 꾸며대기
위해서 한참 동안 궁리를 해야 했을 것이지만 그럴 필요가 없다는 것만이
충림에게는 한결 마음 가벼웠다.

어머니는 적지 않은 돈에 그저 입을 벌렸을 뿐이었다. 아버지는 돈과 술
병을 번갈아 보면서도 그래도 술병에 마음이 더 당기는지 병에서 눈을 떼지
않고 웬 술이냐 물었다. 그러나 충림이가 한 병에 십만 원이 넘는 것이란 말
을 하자 침을 꿀떡 삼키면서도,

"그럼 팔아야겠군. 그걸 먹을 수 있나……."

하고 먹을 생각은 차마 못했다.

충림은 어머니를 밖으로 나오라 해서 안주를 따로 만들고 약주를 넉넉히
사다 드리라고 부탁을 했다. 그렇게도 좋아하는 술을 눈앞에 보면서도 그것
이 값비싼 것이라 해서 자실 생각도 못하는 아버지가 너무나 처량하게 보였
던 것이다.

경순의 다방을 비롯하여 모든 상업적인 악단에서 발을 끊은 뒤 그것이 얼마 오랜 것은 아니라 해도 늙은 부모들의 걱정을 걱정하지 않을 수 없었던 충림이다. 앞으로 들어올 수 있는 수입이란 약간의 개런티 정도일 것이지만 그것만으로서는 양친의 최소한도 식생활이 보장되지 않을 것을 잘 알고 있다. 학교에 취직을 하는 길이 있을지도 모르지만 빈자리가 있을 리 만무할 뿐더러 시간에 얽매이는 직업을 가진다는 것을 본래부터 싫어하는 터라 그런 것은 생각해 보지도 않고 있다. 피아노와 방이 있으면 피아노 개인교수를 하는 것이 가장 쉬운 일일지 모르나 충림에게 또한 그러한 것들이 있을 리가 없다.

그래서 충림은 생활에 대한 것은 생각을 하지 않는 수밖에 도리가 없다고 혼자 마음먹고 있었다. 그것을 심각하게 생각하려다가는 결국 이때까지의 길을 다시 또 걸어야 하는 수밖에 없다는 것을 잘 알고 있기 때문이다. 그러한 결심을 가지고 있으면서도 술을 먹고 싶어하는 아버지와 찬거리가 없어 걱정하는 어머니를 막상 보게 되면 또 가슴이 언짢아지는 것도 숨길 수 없는 사실이었다.

그런 만큼 아버지에게 술을 사 드릴수 도 있고 어머니에게 쌀값을 내어놓을 수 있다는 것은 그 돈의 출처가 어딘가를 생각할 나위 없이 즐거운 일이 아닐 수 없었다. 따라서 그러한 즐거움을 베풀어 준 경순에게 대하여 적의(敵意)를 품을 수가 없는 충림이었다.

그러나 충림의 발길은 다방 영으로 향해져 있었다. 기다리겠노라고 한 자기의 말을 지키기 위해서가 아니라 금시 그리운 것은 경옥이었기 때문이었다. 경옥에게 모든 것을 이야기하여 용서함을 받는다면 그때 경순에게로 가서 자기가 경옥을 사랑한다는 말을 하여 경순이로 하여금 다시는 자기를 꼬이는 일이 없도록 할 수가 있을 것도 같았다. 문제는 경옥을 만나야 하는 일이다.

충림은 하루 종일 경옥을 기다렸다. 그러나 경옥은 종일토록 나타나지를 않고야 말았다.

그래서 그는 다섯 시가 되기 조금 전 다방을 나와 다시 영애를 찾아갔다.

영애 이외에 경옥을 만날 수 있는 길을 찾을 수 없었기 때문이었다.

그러나 충림의 얼굴을 보자 또 왔느냐는 듯이 사뭇 귀찮아하는 영애를 보자 충림은 자기도 모르게 귀밑을 붉히었다.

귀밑을 붉히고도 충림은,

"미안합니다. 바쁘신데 자꾸만 찾아와서…… 그런데 경옥 씨의 주소를 알으켜 주실 수 없을까요."

하고 물었다. 다른 말을 묻거나 또 달리 부탁할 수도 없기 때문에 자기가 찾아가 보겠다는 뜻이었다.

영애는 대신동 몇 번지라는 것을 간단히 대답해 주고는 찾아가거나 말거나 아랑곳 할 것이 없다는 듯이 자기의 일을 다시 계속했다.

충림은 고맙단 말을 하고 도망치듯이 영애의 사무실을 나왔다. 영애를 만나기 전까지는 주소만 알면 즉시로 경옥을 찾아가리라 마음먹었던 것이지만 막상 주소를 알고 나니 어쩐지 발길이 내치지가 않아 충림은 어떻게 할 것인가 혼자서 망설이었다.

영애나 경옥이가 지난밤의 자기 일을 알 리가 만무하련만 충림은 그래도 그것 때문에 영애의 태도가 냉정한 것이 아니었던가 생각되었다. 자기 마음이 남의 뜻이어서인지는 몰라도 경옥을 대한다는 것이 부끄러운 것 같기만 했다. 지난밤에는 딴 여자를 품에 안았다가 오늘은 경옥을 찾으러 다닌다는 것은 결국 자기에게 양심이 없다는 것을 스스로 인정하는 일밖에 되지 않는 것 같았다.

두 개의 심장을 가진 사나이―― 충림은 자기를 이렇게도 생각해 보았다.

세상에는 심장을 두 개 아니 몇십 개라도 가지고 다니는 사람이 적지 않다. 그러나 경옥을 사랑하는 마음에는 심장이 두 개 이상 있을 수 없을 것 같았다.

충림은 자기의 길을 결정지었다. 비록 며칠 뒤에는 경옥을 찾아갈 수가 있다 할지라도 오늘만은 찾아가지 말아야 한다는 마음이 들었던 것이다. 그는 초장동 산마루를 향해 부산극장 앞을 힘없이 걷고 있었다.

경옥이가 자기를 찾아오지 않는다 해도 자기가 찾아가기만 하면 만날 수가 있는 길이 틔었는데도 불구하고 이번에는 자기가 찾아갈 수 없는 사람이 되고 말았다는 것이 슬프지 않을 수 없었다.

그렇다고 해서 경순이를 원망할 수도 없는 충림이다. 미워한다면 오직 자기 자신뿐이었다.

깊은 생각에 잠겨 고개도 들지 못하고 있을 때였다. 갑자기 뒤에서 자동차 클랙슨 소리가 들렸다. 충림은 뒤도 돌아볼 여유가 없이 몸만을 옆으로 피하려 했다. 그러나 어느새 앞에서 오던 자동차가 급정거를 하고 클랙슨을 울렸다. 이리 갈 수도 저리 갈 수도 없었다. 선 자리에 그대로 서 있는 수밖에 없었다.

충림은 자기도 모르게 죽여 주었다면 자동차에게 고맙다는 말이라도 했을 걸 하고 생각하며 자동차를 피하여 천천히 길가로 걸어 나갔다. 자기 때문에 자동차 사고를 일으킬 뻔한 미안한 마음에 자동차를 정면으로 볼 수가 없었으나 자동차들이 아무 말도 없이 떠나갈 때에는 도리어 자동차가 괘씸하다 생각이 들어 그것을 흘겨보게 되는 법이다.

충림이도 떠나가는 자동차를 힐긋 뒤돌아보았다. 그 순간이었다.

충림은 어떤 남자와 단둘이 앉아 있는 경순의 옆얼굴을 보았다. 충림은 자기도 모르는 새 두 주먹을 부르르 떨었다. 그럴 여자란 걸 모르지는 않았으나 어젯밤에도 자기가 고스란히 속아 넘어갔다는 생각이 가슴을 떨게 했던 것이다.

그러나 다음 순간 충림은 구정물 하나 고이지 않은 진흙탕 속을 뚫어 몸을 감추려는 미꾸라지의 습성이 경순에게뿐만 아니라 자기에게도 있지 않는가 생각되었다.

애정의 대결

심제삼은 사흘 동안 완석의 곁을 조금도 떠나지 않았다. 자기가 곁을 떠나지 않을 뿐 아니라 완석도 자기 곁을 떠나지 못하게 했다. 다리에서 떨어진 상처가 그리 대단하지는 않았지만 그래도 걸음을 걸으려면 새큰거린다고 하며 다리를 절룩이면서도 완석은 갑갑하다고 누워 있기를 싫어했다.

그러나 제삼은 완석이가 일어 나가기만 하면 상처가 도지거나 그렇지 않으면 새로운 상처를 얻고야 말 것 같은 생각에 자리를 조금도 떠나지 못하게 했다. 그 대신 완석이가 먹고 싶어 할 음식이란 무엇이나 사다 주었다. 과자, 호콩, 엿, 능금, 배 할 것 없이 먹음직한 것을 모조리 사다가 머리맡에 놓아 주었다. 게다가 제임스 목사가 가져온 미국과자와 과일통조림까지 벌려 놓고 자꾸만 먹으라 했다. 먹다가 체할 것 같은 것은 생각지도 않았다. 몇 해 동안 먹지 못하고 굶주렸던 배니까 보충을 시켜야 할 것 같은 생각만이 들었다.

완석도 놀랄 만큼 많이 먹었다. 배가 부르기는 해도 거리를 헤매고 다니던 때 눈으로 보기만 하면서 먹고 싶은 것을 먹지 못하던 것을 생각해서인지는 모른다.

어쨌든 입을 놀리지 않고 먹었다. 그리고는 위가 피곤한지 스스로 눈을 감고는 잠을 잤다. 완석이가 이렇게 잠이 들면 제삼은 방에서 나가 고아원 일을 조금씩 보았지만 그래도 완석이가 잠에서 깨기 전에 다시 돌아오지 않고는 배겨내지 못했다. 잠들었다 해도 완석이 옆에 있지 않을 수 없었던 것이다. 눈을 꼭 감고 잠자는 그 얼굴을 보면 그새 부모를 잃고 혼자서 얼마나 애썼을까 하는 불쌍한 생각이 들어 완석의 과거를 회상해 주어야 하는 의무감을 느끼기도 했다. 그러나 그러한 의무감보다도 제삼에게는 잠든 완석을 바라보는 것이 무엇보다도 즐거웠다. 마음을 푹 놓고 평화스럽게 잠든 완석은 완전히 자기 아들로 돌아온 것을 말해 주는 것 같기도 했다. 그래서 그는 잠든 완석의 뺨을 가만히 쓸어도 주었고 잠들려는 어린애를 재울 때처럼 어깨를 톡톡 두들겨도 주었다. 잠이 깨지 않고 더욱 오래 자도록 자장가도 불러 주었다.

이렇게 완석의 옆을 떠나지 않던 제삼이가 사흘째 되는 날엔,

"너 이젠 학교엘 다녀야지?"

하고 완석에게 말했다. 그것은 완석이가 상처를 입은 것도 결국은 학교에

다닌 애들에 대한 질투심 때문이었다는 것을 안 데서 온 마음이었다 .아직 제대로 걷지를 못할 뿐 아니라 학교에 보내려면 간단치 않은 수속도 있을 것을 모르는 바 아니지만 우선 완석의 마음을 안심시켜야 하겠다는 마음에 서이기도 했다.

완석은 책보를 끼고 다니는 애들이 함부로 까부는 것이 제일 보기 싫다고 했다. 그래서 공연히 트집을 잡아 싸워 맞고 나중에는 다리에서 떨어지기까지 했다는 것이었다. 그러니 얼마나 학교가 가고 싶었을 것인가? 그러나 놀라지 않을 수 없었다.

"천천히 가죠, 뭐."

어떻게 들어야 할지도 모를 말을 완석이가 했다.

"왜 천천히 가? 몇 해나 쉬었는데."

제삼이가 의아스러운 눈으로 물어도,

"뭐 바쁜가요?"

하고 완석은 어른처럼 말했다.

제삼은 그제야 완석의 말을 알았다. 아버지는 찾았지만 어머니를 만나지 못한 서글픔이 가슴속에 남아 있는 것이었다. 그래서 제삼은,

"엄마를 빨리 오두룩 할까?"

하고 완석을 끌어 힘있게 안아 주었다.

힘껏 껴안긴 완석은 눈물을 뚝뚝 떨어트렸다. 잃었던 행복의 절반이라도 찾은 지금이 도리어 그것을 하나도 못 찾은 지난날보다 몇 배 더 슬픈 것 같은 눈물이었다.

제삼은 완석을 찾아 놓은 뒤 아내마저 만날 수 있다면 얼마나 행복스러울 까 하는 생각을 안 하지도 않았지만 완석이가 소중한 나머지 아내에 대한 것을 잊어버렸던 것이 사실이다.

완석이도 어머니가 대구에 있기는 하나 남의 어머니가 되었다는 말을 듣고 어머니가 보고 싶어도 보고 싶다는 말을 차마 못했다는 듯이,

"내가 살아 있다는 걸 엄마한테 알렸어요?"

하고 물었다.

“아니, 이제 알리지. 엄마도 기뻐서 뛰어올걸.”

이것은 완석을 위로하기 위한 말이었다. 그러나 완석이가,

“그런데두 아버진 왜 알리지두 않았수?”

하고 물을 때는 대답에 궁해 버리고 말았다. 사실은 아내가 기뻐서 달려올지 안 올지 제삼이도 확실치가 않았다. 다만 완석을 위해서라도 찾아가서 다시 돌아오도록 말해야겠다는 것만을 생각하고 있는 제삼이었다. 그런 만큼 제삼은 완석이를 만나자 왜 그 소식을 어머니에게 알리지도 않았느냐고까지 말하는 데는 무엇이라 대답할 수가 없었다. 사실은 완석의 소식을 아는 날까지 약 일주일 동안 제삼은 잠을 못 자며 어떻게 해야 할지를 몰라 고민을 했다. 고아원 강당에 들어가 혼자서 밤을 새우면서 아내를 용서하는 마음이 우러나고 그를 사랑할 수 있는 마음이 돌아오기를 밤마다 기도했다. 그러나 아무리 신의 마음을 마음속에 앉히어 보려 해도 그것이 뜻대로 되지 않을 때 제삼은 눈을 뜬 채 죽어 넘어졌으면 하고 바라기까지 했다. 신의 힘을 빌어서까지 자기의 마음을 붙잡을 수 없다면 자기는 일생 동안 불 속에서 지글지글 타는 자기의 육체를 보면서 살아야 하는 그러한 괴로움과 치욕을 참고 견딜 능력이 없을 것 같았던 것이다.

아내를 그리워하는 정과 아내를 원망하는 마음의 대립. 그 모순을 조화시킬 수 없을 때 제삼은 오직 죽음만을 생각하였다. 제삼은 인간에게 그러한 모순된 감정을 만들어 준 신까지를 원망하고 싶었다. 극과 극의 대립을 조화시킨다는 것은 오직 거짓으로 눈을 가릴 수가 있을 때에만 성립되는 것 같았다. 거짓으로 조화시켜야만 하는 모순을 신은 무엇 때문에 만들어 놓았을까. 그러나 제삼은 자기도 모르게 거짓이라는 것도 좋은 것이라 생각했다. 완석을 위해서는 억지로라도 자기 마음의 모순을 조화시켜야 할 것이라 생각했던 것이다. 그렇다고 해서 제삼은 완석에게,

“이제라도 데려 오마.”

소리를 못하고 그 대신,

“아버지가 나빴어!”

하고 대답했다. 그리고는 마음속으로 내일로라도 대구에 가리라 생각하고

있을 때였다.

경옥이가,

"안녕하셔요?"

하고 찾아왔다.

경옥은 방 안에 들어서자마자 완석에게로 가서,

"아주머니한테 인사도 안 해!"

하고 볼을 꼬집어 주었다. 바로 그때였다. 고아원에서 선생 노릇 하고 있는
청년이 노크를 하고 들어와,

"조범종 씨라는 분이 와서 좀 뵙겠다고 하는데요."

하고 대답을 기다렸다.

조범종이란 이름을 듣자 제삼은 그 자리에서 얼굴이 새파랗게 질렸다. 평
화스럽게 보이던 얼굴이 갑자기 살기를 띠기도 했다. 말은 물론 못했다.

"어떻게 할까요? 들어오랄까요?"

두 번째 물을 때도 제삼은 대답을 못하다가 한참 뒤에야,

"사무실로 모셔."

하고 사뭇 침착한 어조로 말했다.

청년을 내보내자 제삼은 냉정한 태도를 가지려고 비상한 노력을 하다가
벌떡 일어서서 나가려 했다. 그때 경옥이가 제삼의 앞을 막아서며,

"누구지요."

하고 물었다.

그 말에도 제삼은 대답을 안 하고 그대로 나가려 할 때 경옥이가,

"말씀하세요. 누구예요?"

하고 사뭇 명령조로 물었다. 그때야 제삼은,

"내 아내와 결혼했다는 사람입니다."

하고 대답을 했다. 그 말을 할 때야 제삼은 냉정을 약간 회복한 것 같았다.

그래도 경옥은 안심이 안 된다는 듯이,

"흥분 말구 이야길 하세요. 아시겠어요? 될 수 있는 대루 그 사람의 말을
듣기만 하구요. 네."

하고 말했다. 경옥은 흥분한 제삼의 얼굴이 무슨 일을 저지르고야 말 것 같은 예감을 느낀 모양이었다.

"네."

제삼도 생각이 있다는 듯이 대답했을 때 경옥은,

"부인을 빨리 돌아오두록 하세요."

하고 한 번 더 다졌다.

제삼이가 사무실에 들어가 앉자마자 조범종이가 들어왔다.

"아, 이거 얼마만인가?"

범종은 제삼과 달리 명쾌한 말로 악수까지 청했다.

제삼은 그것이 싫었다. 아무리 옛날 친구라 해도 아무런 양해도 없이 남의 아내를 데리고 살면서 우정을 그대로 계속하고 있는 것처럼 악수까지 청한다는 철면피 같은 심장이 미워졌던 것이다. 제삼은 악수에 응하지 않았을 뿐 아니라 범종의 가슴속을 꿰뚫으려는 듯 노려보기만 했다. 그래도 범종은 흥분하는 눈치를 보이지 않고 세련된 태도로,

"필수라구 있지 않나. 우리 동창 말일세. 어젠가 아니 그저껠세. 그 사람이 볼일을 보러 부산 내려 왔다가 자네를 만났단 말을 해서 자네 말을 첨으루 들었군……."

하고 말을 꺼내었다. 그 말하는 투가 그야말로 질서 정연했다. 조금도 거리낄 것이 없다는 태도 같기도 했다. 그러나 제삼은 그러한 범종을 보자 더욱 가슴이 뛰었다. 입이 열 개가 있기로소니 제가 무슨 할 말이 있을 것인가 하는 생각도 들었다. 이렇게 생각하며 대꾸도 안 하는 제삼에게 범종은 그래도 제삼의 흥분을 안정시키고야 말겠다는 듯이,

"그래 어떻게 된 셈인가. 난 자네가 전사한 줄만 알았는데."

하고 또 말을 계속했다. 그때였다. 제삼은 그 무서운 눈을 가지고 범종 앞으로 달려가,

"이 자식아 무슨 말이 그렇게 수다스러우냐?"

하고 뺨을 한 차례 갈겼다. 한 번 갈긴 뒤에는 주먹으로 안면을 함부로 두들겼다. 두들길 뿐만 아니라 발길로 차기까지 했다.

"이 개만두 못한 자식아."

이렇게 숨이 가쁘고 떨리는 목소리로 호령을 칠 때에는 범종이가 마룻바닥에 쓰러져 있었다. 범종은 죽은 사람처럼 쓰러진 채 말이 없었다.

쓰러졌던 범종이가 일어나 앉았다. 그러나 조금도 반항하려는 태도를 보이지 않고 옷을 툭툭 털면서 의자에까지 앉으며,

"자네가. 나를 우정의 배반자라구 오해하는 모양이지만 그건 자네의 지나친 속단이야. 자네가 부산에 있다는 말을 듣자 자네를 찾아왔다는 것만 봐두 알 수 있을 게 아닌가. 숙경 씨를 동정한 것은 결국 자네를 생각했기 때문이었어……."

하고 말했다. 매우 침착한 어조였다. 그러나 제삼은 그때까지도 흥분을 가라앉히지 못하였다.

"잔말 말어. 다 듣기 싫다. 가서 빨리 숙경이나 돌려 보내."

"숙경 씨를 돌려 보내는 건 문제가 아냐. 그것보다두 우선 자네가 우리 둘이서 동거생활을 하게까지 되었다는 마음의 동기를 알아야 할 거야. 그걸 알려구 하지 않는다면 숙경 씨가 돌아온대두 자네는 불행할 걸세. 안 그렇겠나 생각해 봐."

범종이가 이렇게 말하고 제삼에게 동의를 구하듯 그의 얼굴을 바라볼 때였다. 경옥이가 들어와 제삼의 옆에 섰다. 그리고는,

"심 선생님. 그러시지 말라구 안 그랬어요. 침착하세요. 침착하게 이야기를 해야 부인이 돌아올 수 있잖아요. 화만 내시면 부인이 무서워서두 못 오실 텐데…… 안 그래요?"

하고 타이르듯이 말했다.

제삼은 아무 말도 못했다. 경옥의 말이 옳다고 생각되어서가 아니라 자기가 너무나 흥분했던 것을 그때서야 깨달았던 것이다.

적을 마주 볼 때 적을 죽이지 않으면 자기가 죽는다는 절박한 경험을 여러 번 가져서 범종을 하나의 적처럼 보았던 자기를 반성하게 될 때 제삼은 도리어 머리까지 수그러졌다. 그러나 갑자기 비굴한 태도로 사과할 마음도 생기지 않았다. 행동의 책임을 지라고 하면 그 책임은 얼마든지 질

수가 있다. 그러나 범종이로서는 한 번 저지른 일에 몇 번 맞은 것쯤 그리 원통한 일이 아닐 것 같았다. 그래서 언성은 조금 낮추었으나 역시 날카로운 어조로,

"잘 생각해서 숙경일 돌려 보내. 나두 생각이 있으니까!"
하고 범종에게 말했다.

"나두 생각할 테니 자네두 잘 생각해 보게. 자네가 전사한 줄 알았기 때문에 자네 부인을 모른 척할 수 없었던 것이구 또 자네 부인두 나를 의지했던 것이니까 그것만 알아 줘."

범종은 할 말을 다했다는 듯이 일어나 문밖으로 나가려 했다. 그때 경옥이가 그 앞으로 달려가,

"심 선생님이 살아 계시구 또 완석이두 기다리구 있으니까 부인두 오시구 싶어하실 게 아녜요. 빨리 보내 주세요, 네."
하고 조르듯이 범종에게 말했다. 그러나 범종은,

"누가 안 보낸다구 그랬어요. 보내두 서루 오해가 풀려야 할 게 아닙니까?"
하고 마치 자기에게도 감정이 있다는 듯이 말하고 나가 버렸다.

범종이가 돌아가자 경옥은 제삼을 끌고 완석이가 누워 있는 방으로 들어왔다. 그리고 만나러 온 사람을 때리는 법이 어디 있느냐고 꾸중을 했다.

"분한 생각이 먼저 드는 걸 어떡해. 잘 했다구는 말하지 못하지만 괘씸한 걸 내버려 둘 수 있어야지."

"그 사람은 뭣 하는 사람이지요?"

"대학교 교수지."

그 말을 듣자 경옥은 깜짝 놀랐다. 대학교수라면 자존심이 가장 강한 사람이다. 사람에게 손질을 했다는 것은 일을 잘못 저지른 것이라 아니할 수 없었다.

더구나 범종이가 무엇보다도 서로의 오해를 풀어야 한다고 하던 말을 생각할 때 그 말이 심상치 않은 말 같기도 했다. 그래서 제삼에게,

"내일이라두 대구엘 가 보세요. 가서 그 사람에게 사과를 하구 또 부인두

만나 보셔야지 않아요."

했다. 그러자 제삼이도 자기의 잘못을 뉘우친 듯이 말했다.

　"가 봐야겠는데요."

　그러나 제삼은 곧 뒤를 이어,

　"아냐. 어떻게 그 얼굴을 다시 본담. 난 죽을 때까지 그 자의 얼굴을 안

볼 테야."

하고 얼굴을 돌려 버렸다.

　"그럼 어떡해요?"

　경옥이가 걱정을 했다.

　"어떡허긴 뭘 어떡해요. 보기 싫은 걸 안 봄 되지. 죽을 때까지 한시도 잊

지 않고 미워해야 할 사람을 어떻게 내 발루 찾아가서 만난담. 증오 이상의

증오를 해야 할 사람이 아녜요?"

　제삼은 흥분에서가 아니라 진정한 괴로움 속에서 말하는 것 같았다.

　"그럼 부인은 어떡해요?"

　"올 사람이라면 아무때라두 오겠지요. 내가 찾아가야만 올 사람이라면

오지 않아두 좋구."

　"완석이두 생각하구 하시는 말씀이죠?"

　"글쎄요."

　"글쎄요가 아녜요. 완석일 생각하세요. 완석일 생각해야 합니다."

　경옥은 사뭇 명령하듯이 말하고는 완석에게 돌아앉아 그의 머리를 쓸면

서,

　"그렇지. 완석아. 네가 제일 아니야?"

하고 재롱하듯이 웃었다.

　완석은 두 얼굴을 번갈아 보며 눈치를 살피다가

　"난 엄만 보구프지 않아."

하고 고개를 숙여 버렸다. 그러자 완석이가 자기 편이란 것을 처음으로 발

견했다는 듯이 완석의 말을 뒤받아,

　"그럼 아버지 완석인데 뭐……"

하고 제삼이가 완석에게 웃음을 보냈다. 그때 경옥은 완석의 턱을 쳐들며,

"그래 아버지만 있구 엄만 없어두 좋아?"

하고 대답을 기다렸다. 그러나 완석은,

"응."

하고 끝까지 아버지 편을 들었다.

"봐요, 완석이가 누구 아들인데."

제삼은 승리감에 잠긴 사람처럼 말했으나 그래도 그것이 길게 끌 말이 못된다는 듯이,

"가기는 가야겠는데……."

하고 혼자의 걱정을 했다.

그 말을 듣자 경옥은 참으로 이해할 수가 없다는 듯이 가야 할 길을 무엇 때문에 못 가느냐고 물었다.

"의지가 가장 강해야 된다고 생각할수록 약해지는 경우가 있지 않습니까? 그것이 강하다고 자처하는 사람에게 더 많을 겁니다."

제삼은 자기의 본심을 토로하며 말했다.

"그것이 사람의 아름다운 정일지두 모르지요. 그러나 우리에겐 행동이 가장 중요하지 않을까요. 행동이 없으면 아무것두 없는 거나 마찬가지니까요."

"심 선생님의 일은 행동으로서만이 해결지어야 할 문제라구 생각합니다. 옳다구 생각하시는 대루 해 보세요. 주저할 게 뭡니까?"

경옥이가 이렇게까지 말했으나 제삼은 고개만 끄덕일 뿐 대답을 못하다가,

"암만 해두 못 가겠는데요……."

해 버렸다. 그 말을 듣자 경옥은 제삼의 마음을 알 수 있다는 듯이,

"그럼 제가 가 보지요."

하고 말했다.

경옥은 자기가 가는 것이 도리어 제삼이가 가는 것보다 효과가 있으리라 생각했다. 아내를 용서하리라 결심을 했다 해도 범종의 얼굴을 보면 마음이

또 어떻게 돌변할지 모르는 제삼이다. 그리고 한 번 때려까지 준 범종에게 사과를 하고 타협을 얻고자 제삼이가 간다는 것은 그의 자존심을 위해서도 그리 좋을 것 같지가 않았다.

그래서 경옥은 자기가 내일로라도 떠나리라 생각했다.

제삼이도 그래 주었으면 하고 속으로는 바라는 것 같았으나,

"그래두 독창회가 며칠 안 남았는데 어떻게 가요?"

하고 독창회 걱정을 했다.

경옥은 독창회가 사오 일 뒤에야 있을 뿐더러 대구를 가면 내일 갔다 모레로 돌아올 수 있지 않느냐고 말했다.

"그새 준비는 없구요?"

"준비랄 게 있나요. 연습을 해야지만 그건 어떻게 되겠죠."

"안됩니다. 그럴 바엔 내가 가지요."

"선생님이 가시는 것보다는 제가 가는 게 나요. 좌우간 내일 떠날 테니까 그리 알구만 계세요."

경옥은 제삼의 만류도 뿌리치고 자기의 결심을 말한 뒤 고아원을 뛰어나왔다. 고아원을 나서자 경옥은 학교로 발을 옮겼다. 독창회 연습을 하기 위함이었다. 그러나 바다를 멀리 바라볼 수 있는 지점에 이르렀을 때 바다로 향해 몸을 멈추었다. 바다와 더불어 해야 할 이야기가 있는 모양이었다. 그는 바다 맨 끝에다 시선을 보내었다. 바다와 하늘이 하나가 된 그것만이 보고 싶은 모양이었다.

영원히 합칠 수 없는 두 평행선이 아무런 장애도 없이 합쳐진 곳—— 이러한 것을 바라보던 경옥은 가는 한숨을 내쉬고,

"제삼 씨가 그 아내를 용서해야 된다면 나는 충림이를 용서해야 하지 않을까?"

하고 속으로 생각했다. 그리고는 제삼이를 위하여 대구로 떠나는 바에야 그 전에 충림을 우선 용서해야 할 것이 아닌가 하고 생각했다. 자기는 남을 용서하지 못하면서 제삼에게만 그 아내를 용서해 주라는 말을 할 수가 없을 것 같았다. 우연한 일이기는 하지만 제삼과 자기는 그 환경이 비슷하다. 도

리어 용서하기 힘든 것은 자기보다도 제삼이가 아닐까?

사실 이 날 경옥이가 제삼을 찾아간 것은 특별한 볼일이 있기 때문이 아니었다. 조반을 먹자 뜻밖에도 충림이가 찾아와서 잊어버리려고 하는 문제를 다시 쑤셔 놓았기 때문이었다. 충림은 하나에서 열까지를 사과했다. 그리고는 모든 것을 뉘우친 나머지 새로운 결심을 굳게 가졌으니까 자기의 미래를 위해서라도 용서를 해 달라고 애원했다.

경옥은 자기에게 용서를 구할 필요도 없다고 끝까지 아는 체를 안 했다. 이미 아무 상관도 없는 사람이 되었으니까 빨리 돌아가기나 하라고 말했다. 마음의 움직임을 조금도 보이지 않고 충림을 돌려 보내기는 했으나 충림이가 돌아간 뒤 경옥은 자기도 모르는 새 마음의 움직임을 받았다. 당연한 일을 했다고는 생각되면서도 자기의 용서를 그렇게까지 바라는 충림을 생각할 때 자기가 어쩐지 악마의 마음을 누구보다도 더 많이 가지고 있지 않나 하는 시름이 생겼던 것이다. 그렇지 않고서야 어찌 사랑하던 사람에게 그렇게까지 냉정할 수가 있을까 하는 생각이 들었다. 그래서 경옥은 자기의 슬픔을 잊어 보려고 제삼을 찾아갔던 것이지만 이제 하늘과 바다가 하나로 된 곳을 멀리 바라보니 슬픈 것은 제삼이가 아니라 자기인 것 같은 생각이 들었다.

스스로 용서를 하려고 노력하는 사람보다는 청해 오는 사죄를 용서 못하는 자기가 더 괴로워야 할 것 같았다. 제삼의 경우 그것은 선이 앞서는 것이고 자기의 경우 그것은 악이 앞서는 것 같기도 했다. 그렇다면 응당 괴로움을 받아야 할 사람은 제삼이보다도 자기여야 할 것이다. 그럼에도 불구하고 자기의 괴로움은 어디다 내버려 두고 제삼의 괴로움만을 쳐들고 나서려는 자기가 우습기도 했다.

경옥은 시선을 옮겨 갈매기가 날아드는 부둣가를 보았다. 거기는 하늘과 바다가 절대로 맞붙어 있지를 않았다. 아무런 물체로도 메울 수 없는 지극히 높은 공간이 놓여 있었다.

경옥은 혼자서 머리를 살래살래 흔들었다. 그리고는,

"용서라는 것 자체가 죄악이 될 경우도 있겠지."

하고 혼자 중얼거렸다.

다른 사람과의 관계였다면 용서할 수 있을지도 모르지만 언니와 맺었던 관계를 용서한다는 것은 도리어 그것이 죄악에 가까운 일인 것 같았던 것이다.

경옥은 마음의 결론을 얻기나 한 것처럼 다시 걷기를 시작했다. 그러니까 자기의 행동을 정당한 것이라고 마음먹은 것이지만 그래도 충림의 얼굴이 눈앞에서 사라지지 않는 것만은 어쩔 수 없었다. 울듯 울 듯한 그 얼굴! 어떠한 모욕이라도 달게 받겠다는 그 서글픈 얼굴!

경옥은 돌을 구두로 차서 바다 속에 집어넣듯 충림의 얼굴을 눈앞에서 사라져 없애게 하려 했으나 바다에 빠진 돌의 파문을 수면에서 없애 버릴 수까지는 없었다.

침울한 그림자가 마음을 어지럽게 하는 그 속에서도 발걸음을 옮겨 시청 앞 근처에까지 왔을 때였다.

낯익은 자동차 한 대가 보도 옆에 멈추어 섰다. 그러자 어떤 사람이 그 안에서 나와,

"미쓰 리."

하고 경옥을 불렀다.

경옥도 발을 멈추고 뒤를 돌아보았다.

"오래간만입니다."

하고 가까이 걸어오는 사람은 무역회사 사장 김명구였다.

경옥은 조금도 반갑지가 않았다. 그렇다고 해서 귀찮게 생각한 것도 아니었다. 그저 만났으니 인사를 하고 이야기도 하는 태도로,

"안녕하셨어요?"

하고 인사를 했다. 그러나 명구는 몹시 반가운 모양이었다. 어디를 가느냐고 묻고 나서 학교에 노래연습을 간다는 대답을 듣자 그는 점심을 같이 하자고 청했다. 경옥은 취직을 부탁해 놓은 일이 있기 때문에 혹시 그 이야기를 하자고 그러는 것이나 아닌가 걱정했다. 며칠 동안 경옥은 직업에 대한 것은 생각하지 못했다. 모교의 선생이 학교에 나와야 한다고 했지만 그것도 가야

하는 것인지 가지 말아야 하는 것인지를 결정짓지 못했다. 그만큼 그는 바빴던 것이다. 그래서 명구가 갑자기 그 문제를 꺼낸다면 대답할 말이 없을 것 같아 그는 바쁘다는 것을 핑계로 명구의 청을 거절했다. 그러나 명구는,

"아니 점심 잡술 시간두 없어요?"

하고 경옥의 바쁘다는 말을 이해할 수 없다는 눈으로 경옥을 바라보았다. 그리고는,

"모리배가 산다고 해서 거절하시는 겁니까."

하고 사뭇 불쾌한 표정을 지었다.

경옥은 그런 것이 싫었다. 그렇게까지 심각하게 생각할 필요가 무엇인가.

"가십시다."

경옥은 도리어 앞장을 서서 걸었다.

그들은 어떤 중국요릿집으로 들어갔다. 들어가자 명구가 알지 못할 요리를 몇 가지나 주문할 때 경옥이가,

"요리 전람회를 하세요? 짜장면 한 그릇 하구 탕수육 한 그릇임 될걸."

하고 자기는 고등요리를 먹을 팔자가 못 된다고 말했다.

"미국요리는 많이 잡쉈을 테지만 중국요리두 한 번 맛을 보시지요."

명구는 요리를 그대로 가져오라 시켰다. 경옥은 내버려 두었다. 그만한 돈을 쓴다고 해서 조금도 자리가 나지 않을 사람이라면 구태여 사양할 필요도 없었기 때문이었다.

차가 들어오고 물수건이 들어오자 명구가 수건으로 손을 닦으면서 말을 건네었다.

"독창회가 며칠 안 남았으니까 바쁘시겠군요?"

"네, 좀 바쁩니다."

"그 날은 내가 꽃다발을 보내두 실례가 되지 않을까요?"

"왜 말씀을 그렇게 하세요. 축하해 주는 것을 마달 사람이 있어요?"

"그래두 이 세상은 원체 힘이 들어서요."

명구가 빙그레 웃었다. 자기는 비할 데 없이 깨끗하지만 세상 사람들은 쓸데없는 말을 부질없이 한다는 뜻의 웃음이었다.

경옥은 그 말을 그대로 받아들이기가 싫었다. 그래서 화제를 갑자기 돌려 버렸다.

"요새두 우리 언닐 자주 만나시겠죠?"

"네, 일이 있으니까 가끔 만나지요. 그런데 참 언니 집에서 이살 가셨다면서요?"

명구도 자기에게 불리한 이야긴 줄 알고 화제를 돌리려 했다. 그러나 경옥은 그 말에는 대답을 안 하고,

"참 언니가 보면 김 선생님을 불쾌하게 생각할지두 모르니까 꽃다발을 삼가시는 게 좋겠군요."

하고 침을 놓았다.

"그럴 수가 있습니까? 동생을 위해 꽃다발을 준다면 언니는 도리어 기뻐해야 할 일인데."

명구가 넌지시 대답했다. 그때 경옥은 조금 전에 한 명구의 말을 받아,

"세상은 원체 살기가 힘드니까요……."

하고 웃어 버렸다.

명구도 향기롭지 못한 말을 더 끌고 싶지가 않았던지,

"참 책상까지 준비해 놓구 기다리구 있습니다. 언제부터 출근을 해 주시지요?"

하고 화제를 돌렸다.

경옥은 예상했던 말이 나오고야 말았다고 생각했지만 예상을 하고도 대답할 말을 준비하지 못했기 때문에,

"잠깐만 기다려 주세요. 조금 생각해서 대답을 해 드릴게."

하고는 혼자서 궁리를 했다. 학교의 선생과 무역회사원이 어떤 편이 나을 것인가를 비교해 보는 것이었다. 평범한 생활에서 탈선을 하지 않는 점으로 보아서는 학교가 좋을지 모른다. 그러나 수입면으로나 생활의 자유라는 관점에서 볼 때에는 회사가 나을지도 모른다.

그래도 무역회사에 다닌다면 남자를 모리배라고 하듯이 황금부인이란 말을 들을 것이 싫었다. 그렇다고 해서 학교엘 나가게 되면 싫건 좋건 음악을

계속해야 한다. 어쩐지 음악을 직업으로 가지고 싶지는 않았다.

"며칠만 기다려 주세요. 긴급한 일이 있어서 내일 대구에 좀 갔다 와야겠는데 돌아와서 대답을 해드리죠."

경옥은 이렇게 말하지 않을 수 없었다. 아무래도 더 생각해야 할 것 같았기 때문이었다. 명구는 그 말을 듣자 어처구니가 없다는 듯이 쓴 얼굴을 지었다.

자기가 급하다고 해서 억지로 결정을 짓게 해 놓고 이제 와서는 다시 기다려 달라는 말이 명구로서는 이해할 수가 없을 것이다. 그러나 명구는 그 말을 따지는 대신 얼굴 표정을 고치고,

"내일 가세요? 나두 내일 대구에 가는데."

하고 동행하게 된 것을 반갑게 말했다.

"그래요? 참 대구행은 몇 시에 있죠."

경옥도 동행이 생겨 다행하다는 듯이 물었다.

"아침 여섯 시 차밖에 없습니다. 차표는 사셨나요."

"아뇨. 차표는 미리 사야 하나요."

"미국 양반이 돼서 잘 모르시누만요. 그럼 차표는 내가 사 드리지요. 내일 다섯 시 오십 분까지 정거장으로 나오시기만 하십시오."

"차표 얼마죠."

"놔두십시오. 그까지 건……."

"싫어요. 뭣 땜에 그저 사."

경옥은 화를 발칵 냈다. 그리고는 핸드백을 열고 돈을 끄집어냈다.

"내려거든 한 백만 원 내십시오."

"이 양반이 왜 이러셔. 아모때나 농담을 하실래나 봐."

경옥은 돈뭉치를 꺼내어 세 보지도 않고 절반을 떼 주었다. 오만 원인 셈이었다. 명구는 까닭 없이 화를 내는 경옥에게 그 이상 더 농담을 할 수가 없어서 돈을 받아 이만 원만을 주머니에 넣고,

"이등차표가 이만 원입니다."

하고 나머지 돈을 도루 내주었다.

"그래요."

경옥은 화를 냈던 사람 같지도 않게 말을 하고는 나머지 돈을 핸드백 속에 집어넣었다.

"상당히 신경질이시군요?"

명구가 웃으며 말했다.

"무에 신경질예요. 당연하지!"

경옥은 입을 쌜쭉 했다. 그때 요리가 들어오기 시작했다. 그래서 그들은 다행하게도 말을 중단하고 요리를 먹는 데만 정신을 집중시킬 수가 있었다.

경옥이는 처음 보는 요리들뿐이었다. 닭고기를 구어서 기름에 튀긴 것도 있었고 버섯은 버섯인데 즘생고기 맛이 나는 요리도 있었다. 조개 냄새가 나도 조개의 어떤 살인지 모를 요리도 있었으며 입에 넣자 녹아 버리는 과자와 같은 요리도 있었다.

경옥은 요리를 먹다 말고 젓가락을 놓은 뒤,

"선생님은 밤낮 이런 것만 잡수세요?"

하고 물었다.

"천만에요. 좋은 친구나 있어야 먹지요."

명구는 천연스럽게 대답했다.

"선생님은 돈을 참 잘 쓰셔."

"돈이란 쓰자구 모는 게 아닙니까? 나는 쓰는 맛으루 삽니다."

"그럼 사회사업두 좀 하시죠."

"것두 할 수 있죠. 아직 그런 자격이 없는지 일이 눈에 뵈지가 않누만요. 좋은 사업이 있으면 아르켜 주십시오. 결국 돈이란 쓰는 사람한테 모이는 법입니다."

명구는 너털웃음까지 웃었다.

경옥은 문득 심제삼이가 경영하는 고아원을 생각했다. 심제삼이가 돈을 가지고 그 사업을 시작한 것이라고는 볼 수 없는 일이기 때문에 그리로 돈을 내게 하고 싶었던 것이다.

그러나 당장에 돈을 내라고는 말하기가 힘들기 때문에 내일 기차간에서

천천히 야기하며 그 말을 다시 꺼내려고 생각하고 이 날은 그만 헤어지기로
했다.

요릿집에서 나오자 명구는 경옥을 자기의 자동차로 학교에까지 바래다
주었다.

다음날 새벽 명구와 경옥은 서울행 이등 찻간에서 서로 마주 앉았다. 자
리를 잡고 앉아 그들은 서로가 상대편의 여행목적을 물었다. 경옥은 명구가
육군에 댈 건빵공장을 창설하기 위하여 육군본부와 타협차 대구로 간다는
말을 듣고 나서야 자기 용건을 말했다. 있는 이야기를 그대로 했다. 다만 심
제삼을 외편 친척이라고만 꾸미어 말했다. 그것은 아무 관계도 없는 사람을
위하여 발을 벗고 나선다면 공연히 이상스런 눈으로 볼 것이 싫었던 까닭이
다. 이야기를 다 듣고 난 명구가,

"참 이번 전쟁 통에 불쌍하게 된 사람이 수없이 많을걸요. 별별 이야기가
다 있습니다."
하고 감개무량하다는 듯이 말했다.

"그래두 이런 일은 드물지요."

경옥은 아무리 비참한 일이 있다 해도 심제삼이보다 더 비참한 일은 없으
리라고 생각했다. 그것은 목숨을 잃고 죽었다는 것보다도 더 슬픈 일일 것
같았다.

"왜요. 그런 일두 적지 않을 겁니다. 밀구 밀리구 하는 통에 행방불명이
되었다가 다시 살아서 나타난 군인두 적지 않으니깐요."

따지고 보면 그런 일이 또 있을는지도 모른다. 그러나 경옥에게는 그러
한 일이 있을 때 당사자들은 어떻게 해야 할 것인가 명구의 의견이 듣고 싶
었다.

"만약 선생님이 그런 경우를 당했다면 어떡하시겠어요?"

"글쎄요. 둘이서 잘 살라구 내버려 두지요. 여자가 세상에 하나밖에 없다
구……."

명구는 웃으며 대답했다. 경옥이도 그렇게 대답하리라 예상했던 말이
었다.

“그럼 부인에 대한 애정 같은 것은 생각할 필요두 없구만요?”

“필요가 있어두 할 수 없지 않아요. 이미 딴 사람의 물건이 되구 말았는데…….”

“부인이 다시 돌아온다면…….”

“돌아올 게 어디 있어요. 그대루 살겠지. 여편네를 바꾸었다 물렸다 할 수 있는 건가요?”

“글쎄 돌아오구 싶어한다면 말예요.”

“오구 싶어두 못 올 겝니다.”

“글쎄 돌아온다면 어떻게 하겠나 말씀예요.”

“오지 말라구 그러지요.”

“왜요?”

“한 번 받은 상처를 두 번 세 번 받을 게 어디 있어요. 죽을 때까지 괴롭기만 하게.”

경옥은 명구가 애정 세계에서까지 주판을 놓는 상인이라고 생각하였다. 자기에게 이익이 없는 장사는 당초에 할 생각부터 하지 않는 것은 그의 직업적 본능일지도 모른다. 한 번 주고받은 애정에 대해서는 그것이 즐겁건 괴롭건 생명을 바쳐 가면서까지라도 책임을 져야 할 것이 아닌가. 애정의 영원성을 부정해 버린다면 인간이란 사막의 모래알처럼 아무 맛도 없을 것이다. 명구는 그런 의미에서 애정이란 것을 알지 못하고 사는 사람일지도 모른다.

“선생님은 괴로움이란 것을 느껴 보지 않았겠군요? 사랑 때문에 말입니다.”

“괴로움이란 건 느끼지 않습니다. 불쾌란 건 느끼지요. 그래두 불쾌할 때는 잊어버리구 마니까 문제가 안 되지요. 여자란 새것이 더 좋으니까, 하하!”

“아마 짐승두 그럴걸요. 본능이 하나밖에 없으니까!”

경옥은 더 이야기하고 싶지가 않아 그만 욕설을 해버렸다.

그러나 명구는,

“또 독설이시군요.”

하고 허허 웃으며 경옥의 무릎을 자기 손으로 탁 쳤다.

“아이 여보시오.”

경옥은 무릎을 내뻗치며 명구를 홀겼다. 참으로 불쾌했던 것이다. 짐승이라고 욕설까지 했건만 그래도 징글맞게 남의 무릎을 치는 명구가 경멸해 버리고 싶기까지 했다.

“그래두 내가 그렇게 나쁜 사람은 아닙니다. 두구 보십시오.”

명구는 불쾌한 어조로 말했다.

남에게 불쾌한 언사를 될 수 있으면 안 써오는 명구였지만 특히 경옥에게는 한 번도 듣기 싫은 말을 안 해 왔다. 뿐 아니라 정성껏 대하노라고 대해 주기도 했다. 그렇다고 해서 경옥에게 다른 야심을 가진 것은 아니었다. 경순이의 동생이라는데 친절감을 느꼈으며 더구나 미국까지 가서 음악을 전공하고 온 여자라는데 흥미를 가졌을 뿐이었다.

그런데도 불구하고 경옥이가 자기를 그렇게까지 대해 주는 것은 너무나 심한 것이라 생각하지 않을 수 없었다.

그들은 아무 말도 아니하고 서로 창 밖만을 내다보고 있었다. 얼마 동안을 모르는 사람들처럼 서로 얼굴도 보지 않고 있을 때였다. 사과장사 애가 옆에 서서 사과를 팔아 달라고 했다.

경옥은 실그물에 든 사과를 지어 들고 돈을 내주었다. 그러나 명구는 그런 것도 본 척을 안 했다. 경옥이가 사과 한 알을 집어,

“하나 잡수세요.”

하고 내밀 때도,

“고맙습니다.”

하고 정중하게 인사를 한 뒤 받으려 하지 않았다. 불쾌한 감정이 좀체로 풀리지 않는 모양이었다.

명구가 그럴수록 경옥은 미안함을 느꼈다. 그의 인생관이 어떻든 그의 면전에서까지 그를 불쾌하게 했다는 것은 자기의 경솔을 말하는 것 같기도 했다. 그래서 경옥은 태도를 고치어,

"칼은 없으시죠?"

하고 부드러운 어조로 말을 붙이었다.

"없는데요."

"칼이 있으면 깎아 드릴 텐데 제가 깎아 드리면 더 맛이 날 게 아녜요"

"그대루 먹지요."

명구는 할 수 없이 사과를 받아 종이로 몇 번 문지르고는 껍질째 사과를 먹기 시작했다. 경옥이도 수건으로 사과를 닦아 통째로 먹기를 시작했다.

한참 동안 사과를 씹어 먹다가 경옥이가,

"선생님."

하고 명구를 불렀다.

"네?"

"노하셨어요?"

"아니오."

"저는 애정이란 생명이라구 생각해요. 애정 없이 어떻게 살 수가 있어요. 그래서 선생님과 같이 타산적인 애정은 싫어해요."

"그래두 니체는 사랑을 주려는 것은 자신에 권태를 느낄 때요, 사랑을 받으려는 것은 자기를 발견하고 싶은 때라고 말하지 않았어요?"

"그게 타산적 애정 아녜요. 어쩌면 애정을 상품처럼 계산을 할 수 있습니까? 인간이 가진 최고의 감정이 애정이라면 그것은 보다 높은 자리에 놓여 있어야 할 게 아녜요?"

이 말에 명구는 한참 동안 대답을 안 했다. 경옥이가 침울한 분위기를 돌리려고 꺼낸 화제인 줄 알면서도 자기 생각에 잠기지 않을 수 없었던 것이다. 한참 뒤 명구는 정색한 얼굴로,

"나는 애정관이란 것이 없습니다. 그저 되는 대루 살아가는 거지요. 내게두 복잡한 이야기가 좀 있지요. 그걸 말해 볼까요."

하고 다시 창 밖을 내다보았다. 경옥이가 처음 보는 명구의 침울한 표정이었다.

명구는 창 밖을 내다보다가 얼굴을 돌이켜 혼자의 생각에 잠긴 표정으로

말을 이었다.

　"나는 십여 년 전에 결혼을 했습니다. 지금의 아내가 바로 그 사람이죠. 그러나 결혼하는 날부터 나는 아내에 대한 애정을 잃었습니다. 결혼하기 전에는 서로 연애를 했지만 결혼을 하는 날부터 멀어졌지요. 우스운 이야기 같지만 부부의 애정이란 이상한 것입니다. 아내도 집안이 넉넉하다든가 성격이 쾌활했더라면 벌써 떠나갔을 겁니다. 아직까지도 같이 산다는 건 오직 기적 같은 일입니다. 만약 내가 그를 버린다면 그는 죽는 길을 택할 것뿐이라고 생각합니다. 그래서 나는 될 수 있는 대로 그를 위로하며 살아가지요. 그러나 만족하지 못하는 부부생활에서 내가 어찌 애정을 느끼겠습니까. 그래서 가정은 파괴하지 않을 정도의 애욕생활을 밖에서 구하구 있지요."

　"아니 무엇 땜에 애정을 느끼지 못하세요."

　"말하기가 거북합니다."

　"남자들이란 공연히 자기만을 표준 삼고 애정을 논하기 때문에 과대망상증에들 걸렸어요. 부부생활을 계속하면서두 아내에게 만족한다는 사람은 하나두 없으니까……."

　"그런 건 아닙니다. 그럼 말씀드리지요. 내 아내의 육체는 흠집투성입니다. 어렸을 때 불장난을 하다가 옷에 불이 닸대나요. 옷을 벗을 수가 없어서 온몸이 화상(火傷)을 입었답니다. 얼굴은 아무렇지도 않지만 몸은 끔찍할 정도입니다."

　이렇게 말을 한 명구는 얼굴을 다시 창 밖으로 돌렸다.

　"한 번두 남에게 이야기해 본 적이 없는 말입니다."

하고 한숨을 길게 내쉬었다. 그러나 금시,

　"벌써 밀양이로군요. 대구까지 절반입니다."

하고 화제를 돌려 버렸다. 생각하고 싶지 않은 이야기를 공연히 꺼냈다고 후회하는 태도 같았다. 그렇지 않아도 경옥은 명구의 슬픈 이야기에 자기로서 할 말을 찾아내지 못해 걱정하던 참이었다. 위로의 말도 할 수가 없었지만 비난하는 말은 더구나 할 수가 없었던 것이다. 그런 만큼 명구가 화제를 돌려 버린 것을 다행으로 생각할 수밖에 없었다.

다만 명구의 모든 것을 알 수 있다는 것이 하나의 수확처럼 생각되어 그 다음부터는 정말 친밀한 사람을 대하듯 부드러운 말을 쓸 수가 있었다.

기차가 대구역에 도착한 것은 열한 시나 거의 되어서였다. 아마 한 시간쯤 연착이 된 모양이었다.

대구역에 내리자 그들은 문화극장 근처 다방에서 차를 한 잔씩 마신 뒤 간단한 점심을 먹고 오후에 만날 시간을 약속한 다음 서로의 일을 보기 위하여 헤어졌다.

학교로 범종을 찾아가서 그를 데리고 남산동에 있는 범종의 집까지 이르렀을 때는 오후 한 시가 훨씬 지나서였다. 경옥은 숙경에게 인사를 한 뒤 자기가 찾아온 동기를 말했다. 그리고 오해를 없이 하기 위하여 자기가 완석이를 찾다가 제삼에게 돌려 준 사람이라고 설명까지 했다.

그러고 나서는 단도직입적으로 숙경에게 제삼한테로 돌아갈 의사가 없느냐고 물었다. 숙경은 고개를 숙이고 눈물만을 흘렸다. 대답할 생각을 안 했다. 그러나 옆에 있던 범종이가,

"빨리 대답하구려."

하고 신경질을 내면서 쏘아붙이듯 대답을 독촉했다.

숙경은 그래도 대답을 못했다. 하고 싶어도 할 수가 없었는지 모른다. 범종이가 빨리 대답을 하라고 독촉한 것은 숙경의 자유스런 의사를 말하게 하려는 것이 아니라 강요된 의사를 똑바로 말해 보라는 그러한 명령과 같았기 때문이었다.

경옥은 두 사람의 분위기를 짐작할 수 있었다. 범종과 숙경 사이에는 어떤 마찰이 생기고 있음이 틀림없었다.

그래서 경옥은 범종에게로 향하여,

"선생님은 어떻게 하실 작정이십니까?"

하고 범종의 의사부터 알아보려 했다.

"내가 압니까. 갈 사람의 마음에 달린 것이지……."

말하는 태도로 보아 범종이가 그 문제에 대해서 유쾌한 생각을 가지고 있지 않음이 분명했다.

"아니 선생님의 생각이 어떤가 그것이 무엇보다두 중요할 것 같은데요."
"천만의 말입니다. 본인이 가면 가는 거구 안 가면 안 가는 거지 내 의사
가 중요할 게 어디 있습니까?"
"그럼 제가 물어 보겠습니다. 만약 이런 일이 선생님이 아니고 다른 사람
에게 일어난 것이라면 선생님은 어떤 방법으로 그걸 해결해 주시겠습니까?"
"내 일두 처리를 못하는데 남의 일까지 어떻게 압니까?"
범종은 어디까지나 자기의 본심을 말하지 않으려 했다. 말하지 않은 것이
결국은 숙경을 보내기 싫다는 뜻을 말하는 것이라 해석할 수밖에 없었다.
그래서 경옥은,
"어떤 오해가 있는 게 아닙니까? 심제삼 씨에 대한 감정이 숨어 있는 것
같이 보이는데 실례지만 그러시지는 않으신가요?"
하고 솔직한 대답을 요구했다.
"그런 것은 없습니다. 있을 수두 없는 거구요."
"그럼 심제삼 씨를 찾아가셨던 것은 무엇 때문이었나요?"
"살아 있다는 말을 듣고 반가워서 갔던 거지요."
"반갑단 마음은 결국 양보를 전제로 한 마음이 아니었을까요."
"모릅니다."
"그러시지 말구 숙경 씨를 돌려 보내드리시지요."
"글쎄 본인의 마음이라니까요. 나는 가란 말두 못하구."
"왜 못하십니까?"
"왜 가라구 말을 해야 합니까?"
"그것이 당연한 일이 아닙니까? 우리는 당연이란 것을 무엇보다두 존중
히 생각해야 할 것 같습니다.
"누가 정한 당연인데요."
"누구도 정한 것이 아니기 때문에 당연할 것이 아닐까요."
"그럼 나는 당연치가 못하단 말씀입니까?"
"그럼 왜 숙경 씨를 돌려 보내시지 않습니까?"
"내가 당연하기 때문입니다. 제삼은 나의 진실을 거부했으니까 진실을 알

려구두 안 하는 사람과 타협 안 하는 것은 당연 이상의 당연입니다.”

“제삼 씨가 살아 있다는 것을 모르고 두 분이 결혼을 하신 게 아닙니까? 그렇다면 몰랐다는 과오가 드러났을 때 과오를 범하기 이전의 행동은 청산해야 하는 것이 당연이 아닐까요.”

“문제는 과오 이전이 아니라 그 이후일 겁니다. 좌우간 본인의 의사가 무엇보다두 중요한 것이니까 본인하고 말씀하십시오.”

범종은 끝까지 굴하지를 않았다. 뿐만 아니라 조금도 양보할 수가 없다는 듯이 그만 밖으로 나가 버렸다.

분열된 화염

범종이가 나가자 경옥은 숙경이와 마주 앉아 제삼이가 격분 끝에 범종이를 때리기는 했지만 숙경이를 기다리고 있다는 것과 완석이 또한 눈이 빠지게 기다리고 있다는 사실을 설명했다.

제삼이가 범종이를 때린 것은 그가 숙경이를 그만큼 사랑하기 때문이라는 것 그리고 제삼이도 지금은 그것을 후회하고 있다는 것까지 말했다. 그러고 나서는 숙경이가 하루빨리 돌아가야만 제삼이와 완석이가 잃었던 행복을 다시 찾고 정상적인 생활로 돌아갈 수 있다고 말했다. 그러나 숙경은 돌아간다거나 안 간다는 말을 하기 전에 제삼이와 완석이가 어떻게들 다시 살아났는가를 물었다.

그래서 경옥은 제삼이가 이북으로 진격을 할 때 초산(楚山)까지 들어갔다가 그만 후퇴하지 않으면 안 되게 되었던 이야기와, 후퇴할 때 적들에게 포위를 당해서 이십여 일이나 죽을 고생을 하다가 겨우 살아서 돌아왔다는 사실을 말하고 그렇기 때문에 국군에서도 그를 전사한 것이라고만 알았다는 이야기를 들려 주었다. 그리고 완석은 숙경이와 같이 서울을 떠나 수원까지 들어왔으나 비행기 폭격으로 피난민들이 대혼잡을 이루었을 때 그만 숙경이를 잃어버리고 혼자서 부산까지 내려와 며칠 전까지도 아버지를 만나지 못

해서 거지생활을 하다가 자기의 중간 역할로 말미암아 겨우 최근에야 서로 만나게 되었다는 말을 들려 주었다.

그때 숙경은 다시 눈물을 홀리며,

"수원서 완석이를 잃어버리고 며칠 동안을 헤맸는지 몰라요. 나는 그것이 폭격에 맞아 죽지 않았으면 굶어서라도 죽었을 줄 알았어요."

하고 혼잣말 비슷하게 하고 나서는,

"결국 내가 죽일 년이에요. 내가 몹쓸 년이 아니구서야 이런 형벌을 받을 수가 있나요."

하고 치맛자락으로 얼굴을 가리고 울었다.

"그것이 무슨 형벌이겠습니까? 그리구 그것이 어찌 한 사람의 일이기만 하겠습니까? 민족의 수난이지요. 그래두 살아서 다시들 만날 수 있다는 것이 행복스런 일이지요. 안 그렇습니까."

경옥이가 위로를 했으나 숙경은,

"이렇게 죄를 진 년이 어떻게 머리를 쳐들구 그들을 만나러 갈 수가 있어요."

하고 경옥의 손목을 두 손으로 붙잡았다.

"무슨 죄를 지셨다구 그런 말씀을 자꾸 하십니까? 제 집으루 돌아가는데 부끄러울 것두 없지 않아요? 일이 공교롭게 그렇게 된 걸 이제 어떻게 합니까? 빨리 돌아가시는 것밖에 없지 않아요."

"나야 어째서 돌아가군들 싶지 않겠어요? 그래두 이 양반이 또 저러니 어떻게 합니까?"

"그렇지만 숙경 씨는 앞으로 누구를 위해서 살아야 하는가를 생각해야 할 겁니다. 제삼 씨와 완석에 대한 애정이 아주 사라졌다면 문제는 달라질 겁니다만 숙경 씨는 그들에 대한 애정을 죽을 때까지 버리지 못할 게 아녜요. 범종 씨에 대한 의리도 없지는 않겠지만 의리보다두 더 크구 더 중요하구 또 생명과 같은 것이 애정이 아닐까요?"

그 뒤에도 경옥은 여러 가지로 숙경이가 돌아가야 한다는 것을 이야기했다. 그러나 숙경은 범종이가 가지를 못하게 하니 어떻게 하면 좋으냐고 끝까지 걱정만을 했다. 경옥은 결국 제삼이가 와서 범종의 감정을 풀어 놓는 수밖에 없다고 생각했다. 그 밖에는 어떻게도 할 수 없었던 것이다. 더구나 명구와의 약속 시간 때문에 그 이상 더 오래 이야기할 수도 없었다.

숙경이네 집을 나와서 한국은행 앞을 찾아가는 경옥은 그 동안 몇 번이나 길을 물었는지 모른다. 낯선 거리라 어디가 어딘지를 알 수 없었다. 그러나 생소한 거리를 걸으면서도 부산에 비하여 조용하고 아늑한 도시라 생각되었다. 소란치 않은 거리가 무엇보다도 좋았다. 거리나 다방이나 음식점이나 시장이나 할 것 없이 모두가 만원(滿員)을 이루고 있는 부산은 우선 사람의 입김에 질식할 것 같았다.

입김이란 절대로 따뜻함을 느낄 수 없는 것이다. 체온처럼 따뜻해야 할 것이기는 하지만 그것은 언제나 불결한 공기를 내뿜는 생리적 작용에 지나지 않는 것이다.

대구는 부산에 비하여 따뜻한 체온을 느끼게 하는 것 같았다. 밟고 걷는 땅이 부드러운 것 같기까지 했다.

명구와 약속한 다방에 들어갔을 때에도 그는 의자가 넉넉히 놓여 있는 여유 있는 다방이란 생각에 전부터 잘 아는 집을 찾아온 듯 생각되었다.

그래서 그런지 먼저 와서 기다리고 있는 명구를 보자 전에 없이 반가움을 느꼈다.

"잘 됐습니까?"

명구가 그새의 경과를 물어 볼 때 그것이 비록 뜻대로 되지는 않았다 해도 경옥은 낭랑한 목소리로,

"차차 해결되겠지요."

하고 명랑하게 대답했다.

"그럼 일이 끝나지 않으셨군요?"

"끝난 셈이죠. 본인이 와서 이곳 남자와 이야기를 하면 해결될 테니까요. 선생님 일은 다 끝났어요?"

"오늘밤에 또 만나기로 했으니까 봐야 알겠지만 되기야 되겠지요."

그들은 차를 마시었다.

차를 마시자 명구가 저녁을 먹으러 가자고 했다.

향촌동 조용한 그릴로 가서 그들은 저녁을 먹었다. 저녁을 먹자 그들은 택시를 불러 호텔까지 갔다. 명구가 미리 전화를 해 두었는지 여관에서는 기다리고 있었던 것처럼 그들을 안내해 주었다. 그리고 기다란 낭하 맨 복판에 서로 연접해 있는 방 두 개를 보여 주었다. 모두가 깨끗한 방이었다. 일제 시대부터 호텔을 경영하던 집이 되어 그런지 일본식 냄새가 나기는 했으나 자기 집을 찾아온 듯 아늑한 맛이 있었다.

"어떤 방에 드시겠습니까?"

명구가 물었다. 경옥에게 마음에 드는 방을 고르라는 뜻이었다.

"아무 방두 좋구만요."

고를 것도 없이 경옥은 아랫방으로 쑥 들어갔다.

"그럼 나는 웃방을 쓰지."

명구는 그래도 경옥의 방으로 뒤따라 왔다. 경옥이가 오버를 벗는 것을 보자 명구는 앉지도 않고 자기는 볼일이 있으니까 혼자서 쉬고 있으라는 말을 남긴 뒤 나가 버렸다.

경옥은 세수를 하고 크림을 바른 뒤 자리를 가지고 오게 하여 누웠다. 할 일도 없지만 몸이 피곤하기 때문에 일찍부터 자려고 한 것이었다.

몹시 곤했던 모양이었다. 눕자마자 그는 잠이 들었다 그러나 얼마를 자고 났을 때 경옥은 갑자기 눈을 뜨지 않을 수 없었다. 술 취한 사람이 옆방에 들었는지 몹시 요란하게 떠드는 소리가 들렸던 것이다.

경옥은 시계를 보았다. 열 시가 이미 지났다. 그러나 취한 사람은 떠드는 것만이 아니라 비틀비틀 방 안을 돌다가 벽을 탕 치기도 했다. 경옥은 오한을 느꼈다. 그리고는 그 자리에서 일어나 명구의 방으로 뛰어들어갔다. 명구가 아직 돌아오지 않았다. 그러나 경옥은 명구의 자리 속으로 들어가 이불을 덮어쓰고 누워 버렸다.

이불을 푹 쓰고 누웠지만 그래도 술 취한 사람이 뛰어오기나 하면 어찌할까 하는 겁이 들어 몸이 자꾸만 떨렸다. 그러면서 한편으로는 열 시가 지났는데도 아직 돌아오지 않는 명구가 원망스러웠다. 명구만 옆에 있다면 그러한 걱정은 안 해도 좋을 것 같았기 때문이었다.

열 시 반이 지나고 열한 시가 거의 되어도 술 취한 사람은 잠을 자지 않고 주정을 하는데 그래도 명구는 돌아오지를 않았다.

경옥은 주인을 불러 멀리 구석진 방으로 옮겨 달라고 부탁할 생각도 들었지만 과연 빈방이 있을지도 모르는데다가 명구가 안 들어오지 않을 것 같은 생각에 열한 시까지만 더 기다려 보기로 했다. 과연 열한 시가 거의 되자 명구가 돌아왔다. 그러나 그도 술이 얼근히 취해 있었다. 명구를 보자마자 경옥은,

"사람을 그렇게 기다리게 하는 법이 어디 있어요?"

하고 화를 냈다.

"미안합니다. 어디 날래 끝이 나야지요."

명구는 정말 미안하다는 듯이 고개를 숙여 경옥을 보고 나서는,

"이게 내 방일 텐데요."

하고 자기가 실수해서 경옥의 방에 들어온 것이나 아닌가 자기를 의심하며 사방을 둘러보았다. 자기 방을 틀림없이 찾아 들어온 것으로 보아 확실히 취한 것이 아닌 것만은 알 수 있었다. 그래서 경옥은,

"나두 이 방에서 잘 테예요. 내 방 옆에는 술주정뱅이가 들어서 잠을 잘 수가 있어야지요."

하고 명구의 방에 자기가 들어온 뜻을 말했다. 그랬더니 오버를 벗으려던 명구는 다시 그것을 입으면서,

"그럼 내가 그 방으루 가서 자지요."

하고 나가려 했다.

경옥은 어찌할 줄을 몰랐다. 명구를 그대로 보내야 할지 그렇지 않으면 같이 자자고 말해야 할지 도무지 말이 나오지 않았다. 정말 혼자서는 자기가 싫었다. 술주정뱅이가 언제 뛰어들어올지 모른다는 공연한 불안이 방 안을 너무나 넓게 보이게 했다. 널따란 방에 버림을 받은 사람처럼 혼자서 자야 한다는 것이 싫었던 것이다. 그러나 그렇다고 해서 같이 자자고 하는 말도 또 나오지 않았다. 명구를 어느 정도 신용하기는 하나 그래도 역시 남자

에 틀림없다. 그래서 경옥은,

“왜 이런 여관을 잡았어요. 기분 나쁘게.”

하고 명구를 나무라기만 했다.

“왜요?”

명구는 이유를 모르겠다는 듯이 반문했다.

“왜가 뭐예요. 무서워서 어떻게 혼자 자겠어요?”

“그럼 어떡하지요. 딴 방을 알아볼까요.”

명구는 이렇게 말하자 사무실로 나갔다. 그러나 얼마 안 되어 돌아온 명구는,

“내가 옆방에 있으니까 괜찮지 않아요. 딴 방은 없다니까 어떡허겠습니까?”

하고 경옥이가 자려던 방으로 들어가려 했다. 그때였다. 경옥은,

“난 혼자 안 잘 테예요.”

하고 자리에 누워 버렸다.

“그럼 나두 이 방에서 잘까요?”

“그럼 내가 혼자서 어떻게 자요?”

명구는 할 수 없이 옆방에 가서 이부자리를 들고 들어왔다. 그러나 자리를 방 위쪽에다 깔아 놓고는 그대로 누울 생각을 안 했다. 그 대신 경옥이가 일어나 빨리 누워 자라고 했다.

그래도 명구는 옷을 벗을 생각을 못했다. 그래서 경옥은,

“빨리 주무시래니까 뭘 그러세요?”

하고 도리어 신경질을 내었다. 명구는 입맛을 다시며 양복과 와이셔츠만 벗고는 이불 속으로 들어갔다.

경옥은 앉은 채 명구를 주시했다. 명구가 잠이 들기까지는 자기가 눕지를 않으리라 마음먹었기 때문에 명구의 행동을 살피지 않을 수 없었다. 만약 잠을 못 자고 자기에게 가까이 오는 일이 있기만 한다면 용서 없이 고함을 지르리라 생각도 했다. 그리고 반드시 잠을 못 이루어 안타까워하리라 생각도 했다. 한 여자뿐이 아니라 여러 여자와 관계를 맺었을 명구로서 곱게 잠

들리라 믿어지지가 않았던 것이다.

"혼자서 잘걸."

경옥은 후회도 했다. 도적을 쫓기 위하여 도적을 맞아 드린 것 같은 불안이 점점 커졌다.

그러나 뜻밖에도 명구는 쉽사리 코를 골았다. 술을 마셨으니까 그런가 보다 하고 생각되었으나 한편 일부러 코를 고는 것이 아닌가 하는 생각에서 경옥은 더욱 날카로웠다. 숨소리의 고저와 숨소리 사이의 시간적 간격에 특별한 주의를 집중하여 가짜로 코를 고는 것이 아닌가 살펴보았으나 조금도 부자연하지가 않았다.

경옥은 겨우 안심을 하고 자리에 누웠다. 그러나 어쩐지 명구가 너무나 쉽사리 잠든 것이 싱거운 것 같은 생각도 들었다.

명구가 깊은 잠이 든 것을 확인한 뒤에도 경옥은 잠을 이루지 못했다. 남자와 단 둘이서 한 방에 잔다는 일은 평생 처음 겪는 일이었다. 상대방이 비록 잠이 들었다 할지라도 잠든 사람처럼 보이지가 않았다. 그뿐 아니라 남자의 잠자는 숨소리를 혼자서 듣고 있다는 것이 하나의 비밀을 알았다는 일종의 즐거움과 같은 감정이 말할 수 없게 불안과 합쳐 가슴을 설레게 했다.

한 시, 두 시, 세 시까지도 경옥은 눕지도 못한 채 앉아서 명구의 잠자는 얼굴을 들여다보았다.

나중에는 명구를 의심했던 자기가 도리어 불순했다는 생각도 들었다. 따라서 명구가 이때까지의 인상과 달리 말할 수 없이 선량한 사람같이 생각되기도 했다.

경옥은 그런 생각을 가지고서야 자리에 누웠다. 그리고 잠도 들 수가 있었다. 다음날 새벽 경옥은 어떤 사람이 자기의 어깨를 쥐고 흔드는 것을 느끼고 눈을 번쩍 떴다. 깜짝 놀란 눈으로 쳐다보았을 때 명구가 바로 눈앞에 있음을 보고 경옥은 이불을 휙 뒤집어썼다.

"새벽차로 떠나지 않겠어요?"

이 말이 들릴 때야 경옥은 다시 이불에서 얼굴을 내밀고 몇 시 차가 있느냐고 물었다.

명구는 일곱 시에 떠나는 차가 있는데 시간이 거의 다 되었다고 대답했다. 보니 벌써 양복까지 입고 있었다.

"그럼 옆방에 좀 가 계세요."

경옥은 명구를 옆방으로 보낸 뒤 옷을 입고 세수를 한 뒤 간단한 화장까지 했다. 화장을 하고 나오자 명구는 빨리 가자고 독촉을 하며 앞장을 섰다.

현관에는 지프차가 기다리고 있었다. 아마 명구가 그 전 날에 미리 교섭해 놓았던 모양이었다. 그들은 지프차를 타고 바삐 정거장으로 나와 찻간에 같이 올라탔다.

겨우 자리까지를 얻어 앉았을 때 경옥이가 큰일을 치르고 난 때처럼 한숨을 내뿜고 나서 입을 열었다.

"김 선생님은 보기보다 아주 좋은 분이셔."

"어째 그런 말을 다하십니까?"

명구는 의외라는 듯이 웃으며 물었다.

"그저 그렇게 생각해요."

"고맙습니다. 경옥 씨에게 칭찬을 받을 때가 다 있으니."

경옥은 대답 대신에 소리 없이 웃음을 웃어 보였다. 그리고 한참 동안 말이 없다가 갑자기,

"왜 이혼을 안 하세요. 그런 사정이래문야 이혼을 해두 사회의 비평을 받지 않았을 텐데."

"그런 말은 그만두십시다. 흥미도 없는 것이니까요."

도리어 명구가 송구스럽다는 태도를 보였다.

"진정한 애정세계를 맛보지 못하구 일생을 방탕 속에 헤맨다는 것은 불행이 아녜요. 부인이 가엾다면 생활비나 드림 되지 않아요……."

경옥은 진심으로 명구의 편이 되어 주고 싶었다.

"그게 그리 간단하나요? 그리구 방랑이란 게 언제나 좋은 거구요. 방랑이란 것을 의식하여 방랑할 땐 거기에 낭만이란 게 있습니다. 방랑을 의식치 못하구 방랑하는 사람은 방랑할 자격두 없겠지요. 내가 생활 전부를 심각하게 생각해서야 하루두 못삽니다."

"그건 절망의 낭만이에요. 그리구 타락적 사치구……."

"아무래두 좋습니다. 만약 내 생활에서 한 가지만이라두 고치자구 하면 그것은 생활 전부를 고치란 말과 같은 거니까요. 어떻든 이렇게 함부로 살아가는 데두 힘이 듭니다."

"하루를 살아두 후회 안 할 생활을 하셔야 하지 않아요?"

"그럼 천당만 가게요?"

"천당은 둘째루 하드라두 자기 맘이 우선 괴롭지 말아야 하잖아요. 나는 선생님이 후회 속에서만 사시는 것 같아요."

"후회두 하두 여러 번 하면 둔감해지구 만답니다. 차라리 죄를 짓구두 하나님 앞에 가서 기도만 드리면 사죄 받을 수 있다는 생각에 죄를 진 줄 알면서두 범죄하는 사람보다는 낣지 모르죠?"

"그만 하세요. 그건 자기 변명예요. 왜 변명을 하며 살아요. 떳떳하지 못하게."

"그럼 날더러 어떻게 떳떳이 살라는 겁니까? 이미 떳떳치 못하게 살 운명에 태어난 것을."

경옥은 그만 입을 다물고 말았다. 하나의 원칙 밑에 모든 사람이 꼭같이 살아 나갈 수 없다는 생각이 문득 머리를 스치고 지나갔던 것이다. 사람은 사람마다의 운명이 있다. 그러기에 사람마다의 슬픔도 각기 다를 수가 있다. 만약 모든 사람이 다 같은 슬픔 하나밖에 모른다면 인간은 기계처럼 되고 말 것이다.

경옥이는 어젯밤 명구의 숨소리를 들을 때부터 자기만이 가질 수 있는 슬픔을 느끼고 있었다. 그 슬픔이란 가열한 그리움일지도 모른다. 얼마 동안 느껴 보지 못하던 외로움이라고 해도 좋다. 최충림, 심제삼, 김명구 등 외로운 사람들의 영혼에 휩쓸려 자기도 그들에 못지않은 고적 속에 울어야 할 것 같았다.

그리움──확실히 그것은 그리움이었다. 사랑하지 않을 수 없는 그리움이란 언제나 외로움과 슬픔을 가져다 주는 것이다. 그리움이란 이글이글 타오르는 화염 같기도 하다. 그것은 언제나 공허(空虛)라는 것을 태우는 데 강한 화력을 발생한다.

경옥은 누구에 못지않은 공허를 갖고 있다. 그래서 누구보다도 강력한 화력을 토할 수 있을지도 모른다. 경옥은 문득 차창을 바라보았다. 흰 눈이 창밖에서 함부로 휘날리고 있었다.

경옥은 문득 충림을 생각했다. 무엇 때문에 그렇게 불렀는지 모르지만 서로가 사랑할 때 그들은 서로를 코스모스라고 불렀다. 편지를 할 때에도 사랑하는 코스모스라고 썼고, 밤중에 집 앞까지 바라다 주고 돌아올 때에도 서로 코스모스 굿바이하고 손을 내젓곤 했다.

어떤 초가을날 단 둘이서 백운대 등산을 가다가 아무도 없는 산중턱에 이르자 경옥을 꽉 붙잡고 껴안으려고 할 때,

"그럼 난 싫어요."

하고 뿌리치고 달아나자 부끄럼으로 어쩔 줄 몰라 하던 충림. 그래서 경옥이가 되돌아가서,

"꼭 그래야 좋을 게 어디 있어요."

하고 그의 손을 잡아 일으키자,

"내가 경옥 씨보담 확실히 나쁜 사람이지요."

하고 낯을 붉히던 충림.

그렇게도 순박하고도 솔직하던 충림이가 지금은 그야말로 코스모스처럼 애처롭게 되고 만 것을 생각하니 경옥의 마음은 언짢기만 했다. 그리움 속에서는 마음이 관대해지는 모양이다. 그러한 충림을 용서 못한 자기가 너무나 야박하게도 생각되었다.

기차는 어디까지 왔는지 모르지만 명구가 벤또(도시락)를 먹으라고 주는 바람에 경옥은 추억 속에서 깨어나 밥을 먹기 시작했다.

한참 동안 밥을 먹다가 경옥은 문득,

"어젯밤은 왜 그렇게 싱겁게 잠이 들었어요?"

하고 물었다.

명구는 무슨 뜻인지 모르겠다는 듯이 눈을 크게 뜨고,

"싱겁게 자다니요."

하고 되물었다.

"그게 싱겁지 않아요. 자리에 눕자 그 자리에서 코를 곤다는 게 말이에요."

"네!"

그때야 묻는 뜻을 알았다는 듯이 명구는 대답을 했다.

"졸리는데 자지 않구 뭘 해요."

"그런 경우에 남자들은 대부분 잠을 안 자는 줄 알았는데요."

"나를 색마로 아시는가 보군요."

"그런 의미는 아니지만."

경옥은 더 말하지 않았다. 잘못 하다가는 명구에게 도리어 오해를 받을 것 같았기 때문이었다.

그러면서도 무엇 때문에 그런 말을 꺼냈는지는 자기도 모른다.

경옥은 벤또(도시락)를 다 먹고 꼭 해야 할 말을 깜빡 잊어버리고 있었다는 듯이 혼자서 깜짝 놀라며,

"참 고아원에 돈을 좀 기부해 주세요."

하고 명구를 빤히 바라다보았다.

"경옥 씨가 내라면 내지요."

명구는 쉽게 대답을 했다.

"얼마를 주시겠어요?"

"글쎄 얼마를 낼까요?"

"그러시지 말구 한 달에 한 애에게 백 환씩 월급을 주시지. 애들이 맘대루 먹고 싶은 것 먹게 하게."

"그럼 매달 내야 하게요."

"그래도 한 달에 만 환두 못되는데요, 뭐."

"그렇게 생각하니 대단치는 않구만요."

"그렇게 돈이 많구 적은 것을 생각지 마시구 그 돈이 얼마만한 효과를 낼까 하는 걸 생각하세요. 전쟁 때문에 부모를 잃고 올 데 갈 데 없는 죄 없는 고아들의 마음을 조금이라도 생각해 보세요. 그리구 앞으로 한국에서 가장

중대한 문제가 소년소녀의 교육문제가 될 것두 좀 생각해 보세요."

"그건 돈을 받는 사람이 생각해야지 돈을 내는 사람이 생각해서 뭣 합니까."

명구는 도리어 경옥의 말을 모르겠다는 듯이 웃어 버렸다.

"돈을 내는 건 내는 게 아니고 뿌리는 겁니까?"

경옥은 적이 불쾌했다. 돈을 내는 데 돈에 대한 책임감을 느끼지 않는다면 그것은 정말 돈을 내는 게 아니라 돈을 내던지는 것이다. 아무리 선선히 주는 돈이라 해도 그런 태도로 주는 돈이라면 받고 싶지가 않다.

"돈을 내는 맛이란 돈을 받는 사람의 표정을 보기 위한 것입니다. 돈을 받는 사람이 유쾌한 표정만 보인다면 그건 백 퍼센트의 효과를 보는 셈이죠."

명구는 돈에 대한 하나의 인생관이 서 있다는 듯이 담배를 피어 뿜으며 말했다.

"그만두세요. 그런 돈은 받지도 않겠어요."

경옥은 눈을 흘기고 버럭 화를 냈다.

"허 허 그렇게 화를 내시면야 돈을 드릴래도 못 드리지요."

"글쎄 그만둬요. 그렇게 더러운 돈은 받지도 않을 테니까?"

"돈에두 더럽고 깨끗한 게 있나요?"

"한 푼을 써두 유용하게 쓰겠단 생각을 가지구 써야 돈의 가치가 있잖아요. 국가에 필요하다던가 전쟁에 필요하다는 돈을 낼 때두 그래 받는 사람의 표정을 보구 돈을 내는 겁니까? 건 국민으로 부끄럽지 않아요. 마찬가지루 그래 불쌍한 어린애들한테 돈을 내놓으면서두 돈이 어린애들을 위해 얼마나 필요할까 하는 생각마저 하지 않는다면 돈에 대해서 미안하지 않아요. 아니 인생에 대해서 부끄럽지가 않아요?"

"글쎄요. 나는 입때 돈을 쓰면서 그런 부끄런 생각을 해 본 일이 없는데요."

"그건 김 선생님이 자기를 떠나 사회라든가 인간이라든가 하는 것을 생각해 본 적이 없다는 것을 증명하는 거죠."

“아무래두 좋죠.”

“아무래두 좋은 게 어디 있어요. 산다는 것 모두가 엄숙한 게 아녜요. 조금이라도 엄숙한 생각을 가져 보세요.”

“건 생각해서 뭣하지요. 그렇게 살면 다 잘 사나요. 세상이 골치만 아픈데.”

“세상을 탓하지 마세요. 세상이 나쁜 게 아녜요. 사람이 나쁘지 세상은 누구의 손에 움직이는 거구 누구를 위해 있는 겐데요?”

“돈이 없을 때하구 돈이 있을 때하구 마음이 같은 게 아닙니다. 그것만 알아 주십시오. 어떻든 내가 쓰구 싶은 돈이니까 이제 드리지요.”

명구는 긴 이야기가 하고 싶지 않은지 수표를 꺼내 보였다. 얼마나 쓰면 좋으냐고 눈으로 물으며 만년필을 꺼내 들고 기다렸다.

경옥은 그만두라는 말을 하고 싶었으나 불쾌할수록 더 많이 받고 싶은 생각도 들어,

“백오십만 환만 쓰세요. 어린애 백 명에 백만 환쯤 가지고 뭘 해요.”
하고 자기 딴은 많은 금액을 부른 듯이 말했다.

“이백만 환으로 채우지요.”

명구는 그것도 적다는 듯이 빙그레 웃으며 수표를 쓰기 시작했다. 도장까지 찍어서 줄 때 경옥은 고맙단 말 대신에,

“이거 매달 주셔야 하는 거예요.”
하고 다진 뒤에야 수표를 받았다.

“네 네, 알았습니다. 누구 명령이신데!”

그 뒤 얼마 지나지 않아 기차는 부산역에 도착하자 그들은 마중 나온 명구의 자동차를 타고 명구의 회사까지 갔다가 명구는 거기서 내리고 경옥이 혼자만이 그 자동차로 송도 심제삼에게로 달렸다.

경옥이가 고아원 사무실에 들어섰을 때 거기에서 심제삼과 제임스 목사가 무엇을 이야기하고 있었다.

경옥은 이야기 도중에 들어가는 것이 실례가 될 듯하여 발을 주춤하고 섰으나 제삼이가 어서 들어오라는 말에 서슴지 않고 들어갔다. 들어가서 의자

에 앉기가 바쁘게 제임스 목사가,

"대구에 갔다 오셨습니까?"

하고 물었다.

경옥이가 방금 역에서 내린 것이라고 대답하자 제임스 목사는,

"부인 안 오셨습니까?"

하고 황급하게 물었다.

경옥은 대구에서 지난 이야기를 그대로 보고했다. 그리고는 부인은 오고 싶어하지만 범종이가 반대를 해서 못 온다는 말을 하자 제임스 목사가,

"그 냥반 이제 마음 변합니다. 그래서 부인만 안 옵니다. 두구 보십시오."

했다.

그러나 경옥은 제삼이가 대구에 가서 범종에게 사과를 해야 한다는 것을 역설했다. 그 말을 할 때에야 종시 듣기만 하고 입을 열지 않던 제삼이가 말했다.

"내가 대구루 가지요. 가서 사죄 아니 사죄보다 더한 것이라도 하겠습니다."

이 말을 하자 제임스 목사는,

"정말입니까? 고맙습니다. 빨리 가십시오."

하고 기뻐했다. 그러나 경옥은 사뭇 놀란 듯이,

"어떻게 마음이 변하셨어요?"

하고 물었다.

그때 제삼은 머리를 숙이며 대답했다.

"완석이가 풀이 죽어 가는 걸 차마 볼 수가 없습니다. 입으룬 엄마 이야기 절대로 안 하지만 요새는 밥두 잘 안 먹구 말두 안 합니다. 그 애를 위해서 하루 빨리 가야겠습니다."

경옥은 잘 생각했다는 말을 하고 대구행 기차 시간까지 가르쳐 주었다. 그리고 나서는 이백만 환짜리 수표를 꺼내 놓고 자기 아는 사람으로부터 고아원 경영비로 매달 그만큼씩 기부 얻기로 되었다는 이야기를 했다. 그 말을 듣자 제삼이보다도 즐거워한 사람은 제임스 목사였다.

"우리 선생 이제 용기를 얻게 되었습니다. 참으로 고맙습니다. 한국사람
도 살기 힘든 가운데 그렇게 훌륭한 양반 있는 것 매우 고맙습니다. 우리 미
국사람 마음 다 모릅니다마는 내 마음은 세상에서 제일 불쌍한 한국사람 볼
때 정말로 아픕니다. 일본사람 원자탄으로 불쌍하게 많이 죽었습니다. 그러
나 일본이 먼저 싸움을 하지 않았다면 그런 불쌍한 일 없었습니다. 한국사
람 참으로 불쌍합니다. 먼저 싸움하지 않았습니다. 그리고 제 땅 제 것을 찾
으려 합니다. 왜 불쌍해야 합니까? 내가 육군병원에 가서 심 선생 볼 때 참
으로 눈물났습니다. 부인과 아들을 잃고 또 자기의 눈마저 잃었습니다. 그래
도 사회에 나가서 나라를 위해 일하겠다는 마음 참으로 고마웠습니다. 심
선생, 우리 기독교 신자 아닙니다. 그러나 심 선생 불쌍한 사람 위해 일하려
고 합니다. 그게 하느님의 마음입니다. 미쓰 리! 심 선생 훌륭한 사람입니다.
앞으로 많이 도와주십시오."

경옥은 제임스 목사에게 도리어 고맙다는 말을 했다. 진심으로 한국사람
의 슬픔을 알려고 하는 그 태도에 감격하기도 했다.

그러나 경옥은 그 이상 더 오래 앉아서 이야기를 할 수가 없었다. 풀이
죽어 밥도 잘 먹지 않는다는 완석이가 보고 싶어 견딜 수 없었던 것이다.

그러나 사무실을 나와 숙소로 들어갈 때 경옥은 완석에게 무어라 말해야
할지를 몰라 걱정이었다. 내일이든 모레든 어머니가 돌아온다는 말을 해 주
기만 한다면 완석이가 얼씨구 좋다 할 것이지만 대구 갔던 말을 한 마디도
할 수가 없으니 걱정일 수밖에 없었다.

그러나 경옥은 방 안에 들어서자 완석이가 방바닥에 엎디어 무엇을 열심
히 쓰고 있는 것을 보고 무슨 생각이 났는지 살그머니 숨어 가서 종이조각
을 왈칵 뺏었다. 완석은 그때까지 정신을 모르고 연필을 끄적이고 있다가
경옥이가 종이를 뺏어 갈 때야 머리를 쳐들었다. 그리고는 얼굴이 새빨개져
종이를 도루 뺏으려 달려들었다.

"응, 완석이가 엄마 얼굴을 그렸구나."

경옥은 웃으면서 종이를 뺏기지 않게 높이 들고 그림을 보았다. 여자의
얼굴이었다. 꼬불꼬불한 파마가 있는 것으로 보아 틀림없는 여자였다. 여자

라면 어머니라고밖에 생각할 수가 없었다.

경옥은 재미가 나서 보고 또 보았다. 그때 완석이가,

"인내요."

하고 경옥의 손목을 붙잡고 늘어졌다.

"엄마지, 응 완석아."

경옥은 부끄러워하는 완석이가 재미있어 이렇게 물었을 때였다. 완석이가 경옥의 다리를 걸어차면서,

"안 낼 테야. 이 엠병할 년 같으니."

하고 마구 욕질을 했다. 그 말을 듣자 경옥이도 얼굴이 빨개졌다. 금시 따귀라도 때릴 듯이 완석을 노려보았다.

그러나 경옥은 종이조각을 완석에게 돌려 주고는,

"완석아 그건 무슨 말버릇이지?"

하고 완석의 손목을 잡아 쥐고 타이르기를 시작했다. 완석은 대답할 생각을 아니 하고 손만 뽑아내려고 했다.

"누가 아주머니한테 그런 말을 해. 이제는 완석이가 길거리에서 밥 얻어 먹는 애하구는 다르지 않아 응 알았지. 다음에는 그런 말을 안 하는 거야, 응."

완석은 그 말도 들은 체 아니 하고 손만 뽑으려고 몸부림을 쳤다. 제삼이가 들어왔다. 들어오자 심상치 않은 얼굴로 서 있는 경옥을 보고,

"왜 그러세요?"

하고 물었다. 그때 경옥은 완석의 손을 놓고 웃는 얼굴을 지으며 말했다.

"완석이가 엄마 얼굴을 그렸대요. 그래서 좀 봬 달라구 그러는 거예요."

"그래요!"

제삼은 완석 옆으로 가서 그의 손에 있는 그림을 들여다보았다.

"완석이가 그림두 잘 그리지요?"

경옥은 이렇게 말하고 제삼을 보며 웃었다. 제삼도 말없이 웃음을 웃었다. 그림 칭찬을 하기 전에 가슴이 먼저 아픈 모양이었다.

경옥은 그 자리에 더 있기가 싫었다. 불쾌했던 감정이 채 사라지지가 않

왔던 것이다.

그래서 독창 연습을 핑계로 고아원을 떠나려 했다. 제삼이도 말리지를 않고 배웅하는 것처럼 뒤따라오면서,

"내일 아침차로 대구에 갔다 오겠습니다. 그런데……."

하고 말끝을 맺지 못했다.

"그런데요?"

"저 미안하지만……."

"말씀하세요."

"미안하지만 완석이하구 하룻밤을 같이 자 주실 수 없을까요."

"참 선생님두 그게 뭐 힘들어서요. 마음놓구 다녀오세요."

경옥은 쾌히 승낙을 하고 제삼과 이별한 뒤 학교로 들어갔다.

경옥은 학교에까지 들어가는 동안 완석을 생각했다. 어머니를 그리는 마음은 애처로울 정도로 지극한 것이지만 그것을 남에게 숨기려는 마음은 천사스러움에서 멀리 떠난 불순한 것 같았다. 어린애로서의 아름다움을 잃어버린 것은 근 이 년 동안의 거지생활 때문이라는 생각도 들었다. 어머니가 빨리 돌아와서 길러 준다면 몰라도 어머니만 없다면 영 버리고 말게 될 것 같은 생각도 들었다.

거지생활을 할 때에는 어머니를 만나러 매일같이 찾아오던 완석이가 지금에 와서는 자기의 마음속 비밀을 건드렸다고 해서 발길로 차고 입에 못 담을 욕설을 할 수 있을까 하는 것을 생각할 때 한편 서운하기도 했지만 어린애들이 환경의 지배를 얼마나 많이 받는가를 깨달을 수 있었다. 만약 부모 밑에서 교육을 받았으며 자랐다면 완석은 그렇게 포악한 행동을 할 수가 없었을 것이다.

경옥은 내일 밤이 기다려졌다. 내일 밤 단 둘이 앉아서 완석이가 자기의 잘못을 깨닫도록 말해 주고 싶은 마음, 그리고 자기의 노력은 능히 그렇게 할 수 있다는 생각이 들었기 때문이었다.

이런 것을 생각하며 걸음을 걸을 때였다. 경옥은 문득 상점 쇼윈도 속에서 자기의 독창회 포스터를 보았다.

커다란 사진이 그야말로 대문짝처럼 보였다. 그리고 커다란 글씨로,

'李慶玉 歸國 獨唱會'(이경옥 귀국 독창회)

라 씌어 있었다.

포스터 속의 자기가 지금 쇼윈도 안에 있는 자기를 주시하고 있는 것이었다. 아니 자기뿐만이 아니라 지나가는 모든 사람을 주시하고 있었다. 주시라기보다는 약간 웃음을 띤 표정으로 보아 자기를 보아 달라고 애원하는 것이라 말하는 것이 옳을는지도 몰랐다.

그러나 보아 줄 생각도 아니하고 지나가 버리는 사람들에게 화낼 줄도 모르고 그냥 웃기만 하고 있는 얼굴!

경옥은 포스터가 보기 싫었다. 그것을 찢어 버리고까지 싶었다. 그러나 발길을 돌려 그것을 안 보도록 하는 길밖에 없었다. 몇 걸음 걸어갔을 때 그는 또 다른 상점 창문 앞에서 그와 꼭같은 포스터를 보지 않을 수 없었다. 도리어 사진이 더 크게 그리고 더 가깝게 보였다.

선거운동을 하는 사람이 제일 잘 된 사진을 골라 인쇄해 붙이고는 자기는 이렇게 의젓하고 활동력이 있으니 자기한테 투표를 해 달라고 애원하는 듯한 포스터! 그러면서도 그 사람을 위해 투표해 줄 생각은 아니하고 가지가지 욕설만 퍼부으며 지나가는 사람들의 마음을 헤아리지 않고 무표정한 척 표정을 짓는 듯한 얼굴.

경옥은 정치가나 예술가나 이름과 얼굴을 팔아먹는 인기장사는 결국은 모리배나 장사꾼과 조금도 다름이 없음을 느꼈다. 돈을 모으기 위해서는 남의 표정을 살필 것 없이 자기 속만 차리는 장사꾼. 그러나 돈을 쓸 때에는 상대편의 순간적 표정만을 보면서 쾌감을 느끼기 위하여서만 쓰려는 장사꾼!

경옥은 정말 자기의 포스터가 보기 싫었다. 그래서 눈을 감다시피 하고 걸어가노라면 그때는 왜 자기를 보지 않고 그대로 지나가느냐고 소매를 끌듯이 옆집 쇼윈도의 포스터가 그의 눈을 잡아끌었다.

경옥은 도망질치듯이 달려서 학교까지 갔다. 그러나 연습도 마음대로 되지 않았다. 그대로 부르다가도 아무나 보고 생긋이 웃는 포스터의 자기 사진을 생각하면 목소리가 금시 갈아 앉곤 했다.

이 날을 빼면 앞으로 연습할 날이 이틀밖에 없지만 그대로 경옥은 도무지 흥이 나지 않았다. 예술적 정열이란 예술 이외에서 달리 생(生)의 가치를 발견하지 못할 때 느끼는 것이다. 생의 가치를 발견한다 할지라도 그것을 예술과 결부시켜 그것을 미화(美化)시키려고 할 때에만 정열이 생긴다.

그러나 경옥은 지금 그러한 분위기를 조금도 느끼지 못하고 있다. 도리어 반대되는 감정 속에 놓여 있다.

우선 자기가 음악회를 연다는 그 자체에 회의를 느꼈다. 그래서 저녁때 되기가 무섭게 연습을 중지하고 집으로 돌아오려 했다. 그때 반주하던 K 씨가,

"연습이 아무래두 부족할 것 같은데요."

하며 걱정을 했다.

"집에서 혼자 하지요."

경옥은 조금도 걱정이 없다는 듯이 학교를 나오고야 말았다.

학교를 나와 집으로 돌아가자 집에서는 영애가 꾸중하듯이 말했다.

"넌 어째 독창회에 성의가 없니?"

그러나 경옥은 그런 말이 도리어 뜻밖이란 듯이 대답했다.

"왜 성의가 없어? 대구서 돌아오는 길루 학교에 가서 지금까지 연습을 하다 왔는데……."

"네 일생에 있어서 가장 중요한 음악회라는 걸 너는 생각이나 하구 있니."

"천만에, 그럼 내가 생각 안 하면 누가 생각해."

경옥은 자기 스스로가 독창회에 성의가 없음을 알면서도 천연스럽게 대답했다.

"좌우간 넌 팔자가 좋다. 네 일을 해 주누라구 동창회에서는 야단들인데 너는 딴 일만 보구 돌아다니니……. 프로그램을 인쇄하구 신문에 기사를 부탁하구 초대장을 만들어 보내구 그런 일이 다 쉽게 되는 줄 아니?"

"참 아닌 게 아니라 미안해! 그래두 바쁜 일이 있는 걸 어떡허니. 그리구 내 성격이 그렇게 산만하다는 걸 너두 잘 알지 않아. 내 성격이 나빠. 한 가

지만 생각하구 있을 수가 도저히 없거든! 필요하다구 생각하다가두 그보다
더 필요한 일이 생기면 그전엣 것은 잊어버리게 되구 마니까 큰일 아냐."

이것은 경옥의 진심에서 나온 말이었다. 경옥은 자기의 결심을 아무에게
라도 폭로하고 싶을 만큼 그만큼 스스로가 혼란하기도 했던 것이다.

이런 말을 하고 있을 때였다. 밖에서 누가 경옥을 찾았다. 그것이 더욱
이나 남자의 목소리라는 것을 알자 경옥은 바삐 창문을 열고 밖을 내다보
았다.

"누구세요?"

이렇게 묻는 경옥의 마음속에는 과연 누굴까 하는 궁금스런 생각도 들었
지만 그것보다도 자기를 찾아 준 남자에게 우선 고마움을 느꼈다. 사실 경
옥은 누구건 자기를 찾아 와 주는 사람이 있었으면 하고 생각하고 있었다.
말하자면 그는 마음속에 깃들여 있는 외로움을 느끼고 있었던 것이다.

그러나,

"접니다."

하고 나타난 사람이 충림이란 것을 보자 경옥은 자기도 모르게 자기를 찾아
온 사람이 겨우 충림이었던가 하는 불만한 생각이 들었다. 그래서 피곤하다
는 것을 핑계로 돌려 보낼 생각도 했다. 그러나 충림이가 먼저,

"미지막으루 한 번만 만나 본 뒤 떠날러구 찾아왔습니다."

하고 육중하게 말할 때 경옥은 도리어 놀라는 듯한 표정으로,

"마지막이라니요? 어딜 가세요?"

하고 황급히 물었다.

이별의 파동

"네."

충림은 너무나 많은 이야기를 한마디로 주려서 대답할 수 없다는 듯이 고
개를 숙이고 한숨을 내쉬었다. 그러나 한 마디만은 더해야 하겠다는 듯이

입을 열었다.

"경옥 씨의 독창회만을 보구 떠나려 했지만 그것두 못 보구 가게 됐습니다. 용서하십시오."

경옥은 마음의 혼란을 일으키었다. 마지막으로 떠난다니 어디로 떠나는 것인지 그것만이라도 알고 싶은 마음과 아울러 떠날 때에만이라도 마음을 가볍게 해 주고 싶은 생각이 들었다. 그러나 그렇다고 해서 이때까지 취해 온 자기의 태도를 너무나 싱겁게 돌변시킬 수도 없었다. 그래서 충림에게 가란 말도 들어오란 말도 못 하고 있을 때 충림이가,

"잠깐만 나가실 수 없을까요?"

하고 물었다.

"어디를 가게요?"

경옥은 충림의 표정을 살피며 물었다.

"차라두 마시지요."

"차는 먹어서 뭘 해요."

경옥은 딱 잘라 말했다. 자기보다 먼저 충림이가 말을 꺼냈다는 것 이것이 불쾌했던 것이다. 충림이가 다시 두 말을 못할 만큼 냉정한 태도였다. 그러나 경옥은 그 자리에서 태도를 고쳐,

"들어오세요."

사뭇 명령처럼 말하고는 먼저 방 안으로 들어가 버렸다.

충림은 죄를 지은 사람처럼 따라 들어왔다. 그러나 경옥은 자리를 권하고 앉으란 말도 안 했다. 영애가 대신해서 방석을 내놓으며 앉으라고 할 때에야 충림은 슬며시 앉았다.

서먹서먹한 방 안 공기가 자기 때문이라고 생각했든지 영애가 눈치 빠르게 아랫방으로 내려갔을 때에야 경옥은,

"가신다니 어딜 가시는 거지요?"

하고 찬바람이 도는 말씨로 물었다.

"제주도루 갑니다. 거기 ○○ 훈련소가 있는데 그곳 연예대(演藝隊) 일을 보기루 했습니다."

"잘 되셨군요? 언제 떠나시죠?"

"내일 오후 배루 떠납니다."

"좀체로 나오시기 힘드시겠군요."

경옥은 어디까지나 냉정한 태도였다. 그러나 충림은 점점 더 흥분했다.

"나올 생각두 가지지 않구 있습니다. 나와서는 뭘 합니까? 차라리 육지를 잊어버리는 것이 마음 편할 것 같습니다. 부산 같은 곳에 있게 되면 정치적 또는 경제적 불안이 점점 더 커지고 따라서 올바른 생활을 할 수가 없게 될 것입니다. 새 생활의 개척이라기보다두 이때까지의 생활을 버리려구 떠나는 것이니까 앞으루는 경옥 씨를 괴롭히는 일두 없을 겁니다."

"바람이 세다면서요?"

"바람이 문제됩니까? 일년 내에 눈보라만 친대두 두려울 것이 없습니다. 싸우는 국군의 긴장된 마음을 가져 보려 합니다. 예술이니 뭐니 하지만 현재의 예술가들은 자기의 생활을 합리화시켜 가면서 목숨을 연장시키는 데 급급할 뿐 아닙니까? 최소한도 예술은 남을 위해 봉사하는 정신 속에서 우러나와야 할 것입니다. 6·25 사변이 일어난 뒤 우리에겐 그것이 너무나 결여된 것 같습니다. 나만 하더래도 먹고살기 위하여 소위 양갈보들의 딴스 파티에 나가서 피아노나 쳐 주었으며, 다방 피아니스트로 취직도 했던 것이니에요. 돈만 준다면 어떠한 파티에라도 나갔던 겁니다. 그래서 얻은 것이란 타락 이외에 아무것도 없었습니다."

충림은 그칠 줄 모르고 이야기를 계속하려 했으나 경옥이가 중간에서,

"언니가 섭섭해하겠군요?"

하고 비방 비슷하게 입을 열었다.

비꼬는 듯한 경옥의 말에도 충림은 근엄한 태도로 대답했다.

"경순 씨가 섭섭할 것은 하나두 없습니다. 그는 나를 사랑한 것이 아니라 나를 농락했습니다. 경옥 씨가 미국서 돌아온 후 나는 경순 씨를 떠났댔습니다. 그러나 경순 씨는 자기의 생활을 청산하겠노라 맹세를 하고 나를 기어이 붙잡으려 했습니다. 그러나 그것이 전부 거짓말이었다는 것을 나는 잘 알구 있습니다. 그에게는 남자가 얼마든지 있으니까요?"

"그럼 언니는 우리 이애기까지 알구 있겠구만요?"

"건 아직 모를 겁니다. 나두 그것을 말할까 하는 생각두 있었지만 끝내 그것만은 숨겼습니다. 나에게 있어서 오직 재산이 될 것은 그것뿐이니까요. 죽을 때까지 보물로서 혼자만 지니구 있겠습니다."

"빨리 딴 여자와 결혼을 하시죠."

"명령이신가요."

"천만예요. 나한테 명령할 권리가 있습니까?"

"먼 길을 갈려면 산두 넘어야 할 것이구 주막집에서 쉬기두 해야 할 겁니다. 내가 잘 했다는 것은 절대루 아니지만 나에게는 걸어갈 길이 아직두 남아 있다는 것만을 다행으루 생각합니다."

경옥이는 고만 입을 다물어 버렸다. 경옥이로서 충림을 비난하거나 비방할 말이 그 이상 더 없었는지도 모른다. 사실 충림을 그 이상 더 괴롭힐 아무런 말이 없었던 것이다. 말을 더 한다면 충림에게 대해서 가졌던 감정을 스스로 다른 방향으로 돌리는 수밖에 없었다. 그러나 그러기는 또한 싫었다. 그것이 자존심인지 그렇지 않으면 한 번 받았던 타격의 반동인지 경옥 자신도 알지 못했다.

충림도 그 이상 더 할 말이 없는지,

"나를 끝까지 나쁘게 생각하는 것만 그만두신다면 다행으로 알겠습니다." 하고 자리에서 일어섰다.

경옥은 그 말에도 대답을 하지 않고 따라 일어섰다. 갑자기 마음이 무거워지는 듯한 태도였다. 밖으로 나가 신발을 신자 충림을 바라보다가 대문 밖에까지 따라나가서야,

"몇 시에 떠나신다구 그러셨죠?" 하고 겨우 충림을 똑바로 바라보았다.

"두 시 반입니다. 그러나 나오실 것은 없습니다."

"누가 나간다구 그랬어요?"

경옥은 불쑥 이렇게 말했다. 그러나 금시 후회를 한 듯 언성을 부드럽게 고쳐,

"가서 못 봐두 안녕히 가세요. 일두 많이 하시구요."
하고는 충림을 보냈다.
충림을 보내고 돌아오자 그새 웃방으로 올라온 영애가 기다리고 있었든
듯이,
"그 사람 이거 아니니?"
하고 엄지손가락을 쳐들었다.
"계집애두! 내가 언제 연애하는 거 봤니?"
경옥은 신경질을 내면서 부정했다.
"그래두 수상해. 네가 날 그렇게 속여두 맘 편하니?"
"내가 널 왜 속이니……."
경옥은 쓸데없는 말을 하지도 말라는 듯이 간단하게 대답을 해치우고 자
리를 깔았다. 자리를 깔고 잠옷을 입은 뒤에는 경대 앞으로 나가 화장을 하
기 시작했다. 밤화장은 처음이었다. 아침화장보다도 더 짙은 화장을 하면서
그는 독창회 날 부를 쇼팡의 <이별의 노래>를 입 속으로 부르며 영애에게
말했다.
"나두 이젠 연애해야겠어."
다음날 아침 경옥은 느지막하게 조반을 먹고 영애와 같이 집을 나섰다.
길을 걸으면서 영애는 오늘부터 음악회 입장권 예매를 시작해야 하다고 독
창회 걱정을 했지만 경옥은 남의 일처럼 듣기만 하고 있었다. 광복동 로터
리에서 헤어질 때는,
"나 오늘밤 집에 들어가지 않을지도 모른다."
하고 끝까지 독창회 이야기를 한 마디도 안 했다.
"얘가 정말 바람이 난 모양이야."
영애는 정색의 하고 걱정을 했다.
"바람이라두 나면 괜찮게……."
경옥은 영애더러 빨리 가 보기나 하라는 듯이 웃어 보이면서 시청 방면으
로 걷기를 시작했다. 한참 동안 걸어가던 경옥은 어떤 양품점 앞에서 발을
멈추고 쇼윈도를 유심히 들여다보다가 양복점 안으로 들어갔다.

들어가서도 이것저것 살피기만 하는 것이 딱히 무엇을 사겠다는 목적이 없은 것 같았다. 넥타이 와이셔츠 모자 같은 것을 한 번 들여다보다가 고개를 가볍게 흔들고는 또 딴 물건을 살피었다.

"무얼 드릴까요?"

물건 파는 사람이 물어도 대답을 안 했다. 한참 동안 기웃거리다가 가죽 혁대를 발견하고서야 비로소,

"이거 얼마죠?"

하고 물었다.

"십만 원만 줍쇼. 거 미국제루 참 좋은 겁니다."

경옥은 돈을 꺼내었다. 돈을 내 주면서,

"국산품으룬 언제 이런 것들이 나옵니까?"

하고 지나가는 말로 물었다.

"글쎄요. 빨리 그래야 다 살게 되겠는데요. 장사니까 팔기는 해두 큰일입니다."

경옥은 종이로 싼 혁대를 받아 핸드백 속에 넣고 양품점을 나오려고 할 때였다.

"뭘 사러 왔니?"

하고 경순이가 양품점으로 들어왔다.

"잘 있었수? 언니."

경옥은 반갑게 인사를 했다.

"참 오래간만이루구나 별일 없었니?"

경순은 경옥이보다 덜 반가워하는 기색이었다. 그러나 그대로 헤어지고 싶지는 않은 모양이었다.

"조금만 기다려. 뭐 하나 사 가지구 같이 가게."

하고는 주인더러,

"남자에게 프레센트 할 거 뭐 좋은 거 없습니까?"

하고 물었다.

경옥은 가슴이 뜨끔했다. 언니도 충림에게 줄 물건을 사러 온 것이 아닌

가 생각되었기 때문이었다. 남자에게 프레젠트 할 물건을 산다고 해서 그것이 반드시 충림에게 줄 것이라고 단정할 수는 없는 일이지만 경옥은 어쩐지 그렇게만 생각되었던 것이다.

그래서 경옥은 자기가 샀던 혁대를 무르고 싶기까지 했다. 그러나 언니가 어느새 와이셔츠와 넥타이를 골라 놓고 싸 달라고 말할 때 경옥은 언니가 무엇 때문에 그러한 물건을 충림에게 사 줄까 하는 것을 생각해 보았다. 떠나기는 떠나되 자기를 잊지 말아 달라는 뜻일까 그렇지 않으면 마지막으로 떠나는 사람이니 기분이 좋게 보내자는 것일까?

그러면서 언니의 행동을 물끄러미 바라보고 있을 때 경순은 돈을 치르고 나자 다방에라도 가자고 경옥을 끌었다. 가자는 대로 다방에 가서 앉은 경옥은 무엇보다도 언니와 충림과의 관계를 똑바로 알고 싶은 생각에,

"그 프레센트는 누구에게 줄 거유?"

하고 거침없이 물었다.

"최충림이란 사람한테 줄 거야. 너두 알지 왜 피아노 치는 그 사람이 오늘 제주도루 떠난대."

경순이는 거침없이 대답했다.

"제주도엔 뭘 하러 갈까. 남들은 도루 돌아들 온다는데."

경옥은 어디까지나 자기는 모르는 척하며 언니의 마음을 떠 보는 것이었다.

"누가 아니. 너두 예술가라고 하지만 예술가란 도무지 알 수가 없더라."

"언니가 섭섭하겠구만. 보통 새가 아닌 것 같던데……."

"섭섭하긴 뭣이 섭섭해. 얼마 동안 살뜰한 새였다구. 사람이 순진해서 생활비라두 도와줄랬더니 별하게두 그런 델 가겠다구 그러는데 뭐라구 그러니. 직업두 없이 어떻게 그러는지 모르지……."

"직업두 없이 간대요?"

"그런 데 무슨 직업인들 있겠니?"

그 말로 보아 충림이가 자기의 가는 곳을 언니에게 말하지 않은 것을 알 수 있었다. 그래서 더 따지기 위해서,

"언니 왜 그 사람을 붙잡구 결혼을 안 하시우?"
하고 물었다.

"사실은 그만한 사람두 드물어. 돈이 없구 활동력이 없어 걱정이기는 해두."

"활동은 언니가 하면 되지 않우. 사랑만 한다면 뭐 그렇게 걱정일라구……."

"나두 그런 걸 모르진 않지만 6·25 통에 내가 나빠졌어. 그이가 죽은 게 죄야. 그이가 죽지만 않았다면 몰라두 좋을 게 많았어. 나는 아는 게 너무 많아진가 봐."

경옥은 더 묻지를 않았다. 언니가 충림을 사랑하건 안 하건 그것은 둘째로 하고 언니의 달라진 생각과 또 생활을 듣는다는 것이 불쾌했다. 보기도 싫은 음식 냄새가 코를 찌르듯이 갑자기 역증이 났던 것이다.

그러나 경순은 경옥의 감정 같은 것은 알려고도 하지 않았다. 자기 본위의 생활만을 하고 있는 사람에게는 남의 감정을 알려는 데 가장 둔감할 뿐 아니라 남의 감정을 알려고 할 때에도 자기 유(類)로 해석하는 것이 보통이다.

경순은 경옥이가 충림이와 자기가 결혼할 것을 진심으로 권고해 주는 것이라 생각했다. 그렇게 생각을 하니 정말 충림이만한 남자도 다시 나타날 것 같지가 않았다. 돈이 없어서 탈이지만 그것만 빼면 흠잡을 것이 없는 사람이다. 생활비까지 대 주려고 했으나 그것마저 뿌리치고 제주도로 떠나 버린다는 것은 고집쟁이 같은 인상을 주기는 했으나 아무나 할 수 있는 일이 아니다.

경순은 조금 전 프레젠트를 살 때까지도 '가는 사람은 가야지' 하는 생각을 가졌다. 그래서 떠나는 사람을 붙들 자기가 아니라는 듯한 기개(氣槪)를 보여 주기 위해서 이별의 프레젠트를 샀던 것이다.

그러나 경옥의 말을 듣고 난 지금 경순은 자기도 모르게 마음이 달라졌다.

"내가 충림 씨와 결혼을 해두 괜찮을까?"

그는 경옥을 빤히 쳐다보았다.

“어때요?”

경옥은 반대할 아무런 이유도 없다는 듯이 경순을 맞바라보았다.

“충림이가 좋다구 할까? 소위 명색이 총각인데…….”

“그런 게 문제돼요? 사랑만 한다면…….”

경순은 잠시 무엇을 생각한다. 그러나 금시 머리를 옆으로 흔들었다.

“참 네가 그 사람하구 결혼하면 어떻겠니? 내가 소개를 할게.”

경순은 문득 이런 말을 했다. 자기와는 결혼을 못한다 해도 경옥과는 맞을 것 같은 생각에 두 사람의 결혼을 불현듯 생각했던 것이다.

소개해 주겠다는 말에 경옥은 자기도 모르게 웃음을 터트려 버렸다. 그러나 잘못하다가는 자기의 비밀이 탄로날 것 같은 생각에 웃음을 자연스럽게 돌리고,

“언니가 사랑하던 사람과 동생이 결혼하는 법이 있수?”
하고 넌지시 물었다.

“내가 그 사람하구 사랑을 한 줄 아니? 설사 사랑을 했다 해도 그것은 그 사람의 일부분을 사랑했지 전부를 사랑한 건 아냐. 그게 무슨 사랑일라구…….”

“언니두 별소릴 다 하네. 그래 사람을 사랑하는 데 일부분만을 사랑하는 사람두 있수?”

“전부를 사랑할 만한 사람이 없을 때야 어떡허니. 조금씩 빼어서라두 사랑해야지.”

“듣기두 싫우. 그런 말이 어디 있담…….”

“너무 잘난 척하지 말아. 잘난 너두 연애하는 것 같지 않더라. 세상이 어떻게 돌고 있는지두 모르는 판에 아까운 청춘을 썩히는 것이 그리 훌륭한 일인 줄 아니…….”

“청춘을 낭비하는 것이 청춘을 살리는 건가요?”

“너는 글쎄 아무것두 몰라. 짧구 굵게 살아야 하는 세상을 너는 모른다니까. 그러지 말구 충림 씨와 결혼이나 해라.”

“나두 그 사람을 사랑한다면 언니가 하지 말래두 할 테니까 걱정 마세

요.”

“내 말 같은 건 듣지두 않겠단 말이지.”

“천만예요. 왜 그렇게 섭섭한 말씀을 하세요. 하나밖에 없는 언닌데.”

경옥은 일부러라도 웃음을 지어 보이지 않을 수 없었다. 경순은 그 웃음을 어떻게 생각했던지 갑자기 화제를 돌리고,

“참 모래가 네 독창회지? 옷이나 준비했니?”

하고 물었다.

“준비는 무슨 준비를 해요. 있는 옷을 입지.”

“그래두 그럴 수 있니. 내가 없다면 몰라두 소위 언니란 게 있으면서.”

“괜찮아요. 입던 건 어때요.”

경순은 수표를 꺼내 쓰기 시작했다. 그리고는 경옥이가 정말 싫다고 하는 것을 억지로 내맡기고 다방을 나왔다.

다방을 나선 경순은 동생을 데리고 점심이라도 먹고 싶었으나 어쩐지 마음이 내키지 않아 그대로 헤어지고 말았다.

경옥이도 연습 때문에 바쁘다고 하며 더 이야기할 생각을 안 했지만…….

경순은 자기 다방으로 갔다가 배가 떠나기 한 시간쯤 앞을 두고 부두로 나갔다. 마지막 프레젠트를 줘야겠다는 생각만이 아니었기 때문에 그는 시간의 여유를 두고 나갔던 것이다.

충림은 벌써 와 있었다. 그래서 경순은 충림을 사람 없는 곳으로 끌고 가서,

“가시면 편지나 하시겠소?”

하고 물었다.

“편지는 해서 뭘 해요?”

“그러시지 말구 내 하라는 대루 해요. 좋은 일이 있을 테니.”

“내한테 무슨 좋은 일이 있겠습니까?”

“저, 내 동생을 알지요. 경옥이 말예요. 그 애하구 결혼하심 어때요?”

이 말을 하자 충림은 얼굴을 붉히고 대답을 못했다. 그리고는 자꾸 시내

쪽만 바라보았다.

"나 같은 거야 자격이 없지만 그 앤 괜찮을 거예요. 똑바로 말을 해요."

"경옥 씨가 그런 말을 합디까?"

"왜 이렇게 흥분하실까?"

"나를 놀리는 거요? 나는 경옥 씨두 단념했소. 놀려도 소용없을 겁니다."

충림은 멀리 바다를 내다보았다. 그러나 새로운 사실을 발견한 경순은 충림에게 바싹 달려들며 새로 발견한 사실을 추궁하기 시작했다.

"놀린다구요? 천만의 말입니다. 경옥이가 충림 씨를 얼마나 사랑한다구…… 그 애 맘은 내가 제일 잘 알 겁니다."

경순은 자기의 새로운 발견이 틀림없기를 바라며 충림의 대답을 기다렸다.

"천만예요. 경옥 씨를 어제두 만났는데 내가 경옥 씨의 맘을 모를 줄 아시우. 공연한 이야기루 떠나는 사람의 마음을 산란케 할 거 없이 빨리 돌아나 가십시오."

충림은 경옥의 마음을 경순이보다 더 잘 안다는 확신을 가졌는지 경순의 말에 귀를 기울이려는 태도가 아니었다. 경순은 그것만 가지고도 아직 부족하다는 듯이 또 낚시질을 계속했다.

"충림 씨는 어제 만났지만 나는 조금 전에 만났는걸요. 전송하려 나오구 싶어두 연습 때문에 못 온다고 하며 이걸 전해 달라구 부탁까지 합디다. 사실은 나 때문에 고민두 한 모양이지만 내가 잊어버릴 테니까 조금두 걱정 말구 충림 씨를 사랑하라구 그랬지요."

경순은 자기가 사 온 물건을 충림에게 내주었다. 경옥이가 보낸 것이라고 해서 그런지 물건을 받는 충림의 손은 눈에 보일 만큼 떨리고 있었다.

받는 사람의 떨리는 손에 못지않게 내주는 사람의 마음도 떨렸다. 너무나 몰랐던 사실을 이제야 알았다는 경순의 놀람은 놀라움에 그친 것도 아니었다. 몰랐다는 것보다도 속았다는 생각에 일종의 분노까지 느꼈다.

충림이가 자기를 멀리하려는 것, 그리고 경옥이가 자기를 멀리하기 위하여 집까지 옮긴 것, 이런 것이 모두 두 사람의 사랑 때문이었다는 것을 생각

지 않을 수 없는 경순은 너무도 몰랐다는 자기의 어리석음을 한탄치 않을
수 없었다.

자기가 그렇게까지 어리석었던가 생각하니 잠시나마 충림의 얼굴을 보며
서 있을 수가 없었다. 더구나 자기를 앞에다 놓고도 마음속엔 경옥만을 생
각하고 있을 충림이가 불쾌스럽기도 했던 것이다. 그래서 경순은 바쁘다는
것을 핑계로 부두를 떠났다.

몇 걸음을 걸어 부두를 멀리하던 경순이가 문득 뒤를 돌아보았다. 왜 돌
아보았는지는 경순이 자신도 몰랐다. 그러나 까딱도 안 하고 그 자리에 그
대로 서서 물끄러미 무엇을 생각하는 충림을 보자 경순은 몸을 획 돌이키고
다시 걷기를 시작했다.

경순은 점점 더 불쾌한 감정에 사로 잡혀 어떻게 할지를 몰랐다. 충림이
가 자기를 멀리하기 위하여 떠난다는 것을 알 때에도 이렇게까지 불쾌하지
않았었다. 경옥이가 뜻에 안 맞는다고 이사를 갈 때에도 이러한 불쾌만은
느끼지 않았다. 가면 가는 것이라고 가볍게 생각할 줄밖에 모르던 자기가
지금에 와서 마음이 아플 만큼 불쾌를 느끼는 것은 무엇 때문일까?

경순은 다방으로도 가지 않았다. 집으로 바로 들어온 그는 방 안에 들어
서기가 무섭게 술병을 꺼내 들었다. 술잔을 들이킨 경순은 책상 위에 얼굴
을 대고 쓰러졌다.

"배반을 당하구 말았구나……."

그는 혼자 중얼거렸다.

경순은 자기가 경옥이와 충림에게 배반을 당한 것이라 생각했다.

경순은 자기도 모르게 눈물이 났다. 눈물만은 흘리지 않으려고 술을 한
잔 한 잔 마시었으나 술이 눈물방울이 되어 흘러나오는지 눈물은 더욱 뜨겁
게 뺨을 스치고 떨어졌다.

"경순 씨!"

누가 밖에서 그를 불렀으나 경순은 그것도 듣지 못하고 울기만을 했다.

두 번 부르고 세 번 부를 때 경순은 부르는 목소리를 어렴풋이 알아들었
으나 그래도 들은 척을 안 했다. 대문 밖으로 뛰어나갔던 식모가 김명구를

데리고 들어와 방문을 열었을 때에는,

"없다구 그래."

하고 신경질까지 부렸다.

"허허, 있으면서두 왜 없다구 그러슈."

김명구가 식모 앞으로 쑥 나가서 방문 앞에 섰다.

"있으면서두 없다구 할 땐 그만한 일이 있을 것 아녜요?"

우는 기운도 섞이기는 섞였을 것이지만 명구의 면전에서 경순은 자기의 감정을 숨기려 하지 않았다.

"허허, 대단한 일이 생기신 게로군. 종일 다방에두 나오지 않구 집에서 술만 드시구 있는 게."

명구는 방 안으로 들어와 경순 옆에 앉았다. 그리고는 경순의 어깨를 툭툭 치며,

"무슨 일이 생겼수? 내한테까지 숨길 일은 없겠지……."

하고 물었다.

경순은 얼굴을 책상 위에 파묻은 채 들으려고 하지도 않았다.

"말해 봐요, 응! 내가 답답하지 않수?"

명구는 경순의 어깨를 슬슬 쓸면서 달래었다. 경순은 그때야 얼굴을 쳐들고 뻘게진 낯으로,

"술이나 한잔 드세요. 천천히 이야기할게."

하고 술잔을 내밀었다. 명구가 주는 대로 술잔을 받아 마시자 경순은,

"오늘은 어디 파티가 없어요? 춤이라두 싫건 추게."

하고 약간 흥분이 풀린 목소리로 명구를 바라보았다.

"있지 왜 없어. ○○ 방직회사 전무 집에서 파티가 있대서 일부러 찾아왔는데 그건 그렇구 빨리 이야길 좀 해요."

명구는 그야말로 답답한 모양이다.

"대단한 일두 아니지만 좀 속이 상했어요. 경옥이란 년이 글쎄 나를 괄세할 수 있수? 무엇을 보아서나 나를 괄세 못할 년이 내 집을 뛰쳐 나가서는 한다는 것이 정말 괘씸하거든요."

경순은 우선 이렇게 말하고는 다음 말을 생각하기 위하여 술잔을 들었다. 술잔을 천천히 기울이고 나서야,

"모래가 그 애 독창회가 아니에요. 그래서 내가 찾아가서 옷감이라도 한 벌 떠 줄랬드니 언니 돈을 받지 않아두 좋다잖아요. 이런 괘씸한 년이 어디 있어요."

하고 말을 맺었다.

그 말을 듣자 명구는 그런 일을 가지고 그럴 것이 뭐냐고 도리어 웃어 버렸다.

"그래두 속상하지 않아요. 그 애가 이때까지 공부한 게 누구 덕인데……."

경순은 꾸며댄 이야기가 정말이란 것을 또 꾸미지 않을 수 없었다. 그리고 경옥이가 밉다고 하는 감정만은 거짓이 아닌 만큼 그의 말이 정말 그럴 듯하게 자연스럽기도 했다. 그러나 명구는 빙그레 웃으며,

"경순 씨, 그런 걸 초월한 줄 알았더니 아직 멀었군요. 우리가 그런 조그만 일에 신경을 쓸 수 있어요. 세상은 제멋대루 내버려 두구 우린 우리 멋대루 살아야 할 게 아닙니까."

"참 그렇지! 내가 아직 수양이 좀 부족한가 봐."

경순은 정신이 든 듯이 명구를 똑바로 쳐다보다가 그만 명구의 가슴에 머리를 묻으며 안겨 버렸다. 그리고는 혼자서 중얼거렸다.

"명구 씨가 있는데 슬플 게 뭣 있어. 경옥이 같은 건 있으나 마나지!"

열정의 질투

경순과 헤어진 뒤 경옥은 충림을 위하여 부두까지 전송을 나가지 않으면 안 된다고 생각했다. 언니가 자기를 어떻게 보든가 그것은 상관할 것 없이 충림을 위한 자기의 마음을 충림에게 보여 주어야 할 것 같았던 것이다.

불안한 정신을 살리기 위하여 그리고 감정의 도가니에서 벗어나기 위하여 표연히 떠나는 충림! 더구나 민족과 시대의 호흡 속에 뛰어들어가 하나

의 신념을 얻으려는 충림! 그는 시정에 우글거리는 하생사리의 신사들과는 엄청난 생각을 가지고 있다. 그러한 충림의 출발에까지 자기가 전송을 안 해 준다고 하면 자기는 충림에게서 영원히 졸렬한 사람이라 손가락질을 받아도 할 수가 없다. 졸렬한 사람이 안 되겠다는 자기 자신보다도 그의 앞날을 축복하는 의미에서 반드시 나가야 할 것 같았다.

그러나 언니와 자기가 각각 준비한 선물을 생각할 때 그리고 언니와의 대화를 생각할 때 충림을 가운데 놓고 두 형제가 만난다는 것은 하늘에 부끄러운 일이 아닐까 하는 마음이 또 한편 들지 않을 수 없었다.

더구나 자기가 산 물건이 혁대라는 것을 생각할 때 경옥은 얼굴이 붉어지는 것 같기도 했다. 떠나는 사람이라면 행커치프라도 사 주는 것이 마땅할 것이건만 자기는 무엇 때문에 혁대를 골랐을까? 무심코 고른 것이기는 하지만 굳게 맺어진다는 뜻으로 쓰이는 혁대를 샀다고 하는 자기의 마음이 자기 눈으로 들여다보이는 것 같기도 했다.

"다음에 편지나 하지."

경옥은 이렇게 생각하고 학교로 발을 돌렸다.

그러나 독창 연습을 하면서도 부둣가에 외롭게 서서 자기를 기다리고 있을 충림의 얼굴과 그리고 배를 타고서도 점점 멀어져 가는 부산을 끝까지 비리보고 있을 충림의 얼굴이 눈앞에서 사라지지지가 않았다.

이미 부두에서 떠나고도 남았을 시간에는 창창한 바다 위에 떠 있는 조그마한 배들이 눈앞에 그렸다. 그는,

"참 내가 바보야."

하고 전송을 안 해 준 자기를 후회도 했다. 그러나 경옥은 충림만을 생각하고 있을 수가 없다.

그에게는 그를 기다리고 있는 완석이가 있는 것이었다. 아버지가 대구에 갔을 테니 아버지와 어머니를 가슴 졸여 가며 기다리고 있을 완석의 외로워하는 모습이 또한 그의 마음을 잡아당기지 않을 수 없었다.

경옥은 연습이 그만하면 꽤 충분하다고 생각되었을 때 반주하던 K씨에게,

"수고하셨습니다."

하고 인사하기가 바쁘게 학교를 나오려 했다.

그러나 교무실에도 인사를 안 하고 갈 수가 없어서 잠깐 들렀을 때 R선생이,

"경옥이! 손님이 오셨어."

하고 그를 불렀다. 학교로 찾아올 손님이 누구일까 하고 R선생 곁으로 걸어가면서 R선생 옆에 앉아 있는 낯선 사람을 보고 경옥은 가슴이 뜨끔함을 느꼈다.

언젠가 학교로 형사가 찾아왔었기 때문이었다.

그러나 R선생이,

"신문사에서 오셨는데 독창회를 앞두고 인터뷰 기사를 내시겠단다."

하고 용건을 말할 때 한편 안심은 되었으나 심문대에 오른 것 같은 새로운 불안이 다시 가슴을 때렸다. 아무런 말 준비도 없는 사람에게 무엇을 물으려 하는 것일까.

그리고 잘못 말해서 부끄럼이나 살 것을 신문에 내지나 않을까 하는 생각이 그의 마음을 긴장케 하기도 했다.

어쨌든 경옥은 신문기자 앞에 앉았다. 그리고는 구두시험을 치르는 학생처럼 기자의 얼굴을 똑바로 쳐다보았다.

기자는 자기가 어떤 신문사에서 온 아무개노라 하고 자기 소개를 한 뒤 정말 시험관처럼 한 번 웃어 보였다. 그러고 나서는 시험을 시작했다.

"미국 유학생들은 미국서 결혼을 하고 돌아오지 않는 게 보통인데 경옥 씨는 그런 생각이 없었나요?"

첫 문제가 참으로 힘들었다. 무엇이라고 대답하여야 할지를 몰랐다. 그리고 그것이 과연 음악회를 앞둔 자기로서 치러야 할 시험문제일까 하는 의심도 들었다.

"그건 왜 물으세요?"

하고 반문을 하였다.

"사실 유학생의 대부분이 그렇지 않습니까?"

"다 그렇다구 해서 나만 안 그러면 그만 아녜요. 그건 물어서 뭘 해요?"

그때 옆에 앉았던 K선생이 웃으면서,

"다들 그런데 너만 안 그러니까 신기스러워 묻는 게 아니냐?"

하고는,

"경옥이는 한국의 음악을 발전시키겠다는 커다란 목적을 가졌으니까 보통 유학생들하구는 다를 겁니다."

하고 대신 대답을 해 주었다.

기자는 빙그레 웃으며 다음 문제를 또 꺼냈다.

"호화스러운 나라에서 가난한 나라로 돌아오신 감상이 어떻습니까?"

"가난해두 제 나라니까 할 수 없지요. 좋습니다."

그 다음엔 어떤 학교를 나왔으며, 또 미국의 음악계는 어떠하냐는 질문들이 나왔다. 그런 것들은 그야말로 힘이 들지 않은 문제였다. 그러나 다음 문제가 또 힘들었다.

"경옥 씨는 결혼의 이상을 어떤 데다 두고 있습니까?"

"잘 모르겠는데요. 무슨 뜻인지!"

"경옥 씨가 결혼을 하신다면 어떤 조건의 남자를 택하시겠나 말씀입니다."

"결혼까지 시켜 주실 생각이십니까?"

"그런 게 아니라 일반 여성들에게 참고가 될 말을 해 달라는 거죠."

"독창회가 바뻐서 그런 걸 생각할 새가 없습니다."

기자는 또 한 번 웃더니,

"경옥 씨는 어떤 무역회사에 취직하시기루 됐다는데 역시 생활문제루 그런데 취직하셨나요?"

하고 담배를 꺼내 물었다.

경옥은 금시 얼굴이 빨개졌다. 어떻게 그런 이야기를 알았을까 하는 의심보다도 그런 것을 물어 보는 기자의 마음이 어디 있을까 하는 것이 의심스러웠다. 기자의 직업상 그런 것을 알아냈다는 것은 그의 자유다. 그러나 공석에서 개인 문제를 꺼낸다는 것은 자기를 색안경으로 보려는 태도라 해석

되기도 해서,

"음악에 관계 있는 말이나 물어 주시죠."

하고 질문에는 대답할 의사가 없음을 표시했다. 그때 R선생이,

"아, 우리 학교에서 일을 보기루 했는데 무역회사라니 그게 무슨 말이지요."

하고 어리둥절해서 물었다.

경옥은 그런 일이 좀 있었노라고 그러나 결정된 것은 아니라고 대답하여 R선생을 안심시켰다. 신문기자는 못마땅한 눈으로 경옥을 바라보다가,

"바쁘신데 수고하셨습니다."

하고 할 말이 없다는 표정을 지으며 일어섰다. 그때였다. 기자에 뒤따라 일어선 경옥이가 명확한 어조로 말했다.

"음악회를 중지해 버리구 말 테니까 그런 기사를 신문에 발표하지 말아 주세요."

그 말에 당황한 것은 신문기자가 아니라 R선생이었다.

"그게 무슨 말이지?"

선생은 눈을 동그랗게 뜨고 그야말로 무슨 말인지 그 뜻을 모르겠다는 얼굴로 경옥 옆에 다가섰다. 경옥은 지나치게 놀라는 R선생의 얼굴을 보자 자기의 말이 너무 심했다는 것을 깨닫고,

"신문에 나는 게 싫어서 한 말예요. 무엇이 잘났다구 신문에까지 내구 야단을 해요."

하고 자기의 본마음을 말했다.

그때야 R선생은 안심했다는 듯이 경옥의 어깨를 탁 치며,

"애두 별소릴 다 한다. 신문사에서 호의루 선전을 해 준다는데 고맙다는 소리는 못 하구 그래 그런 실례의 말을 해?"

했다.

"실렌 줄은 알지만 싫은 걸 어떡해요. 전 포스터를 내건 것두 정말 싫어요."

경옥이가 이렇게 말하자 옆에 섰던 신문기자가,

"건 병적인데요. 선전을 안 하면 누가 알구 구경 옵니까?"
하고 야유하는 어조로 말했다.

"병적이래두 할 수 없어요. 얼굴과 이름을 내걸구 내가 내 선전을 하는 그런 선전은 싫은 걸 어떡해요. 정말 신문에 기사를 내주지 말아 주세요."

"좋두룩 하십시오. 기사가 없어서 찾아온 것은 아니니까요."

"그럼 부탁하겠습니다."

경옥은 더 긴말을 하기가 싫었다. 그래서 R선생에게만 간다는 인사를 하고 학교를 뛰쳐 나왔다. 그 뒤 R선생이 기자를 붙들고 무어라 이야기를 하는 눈치였으나 경옥은 아는 척도 안 했다.

학교를 나오는 길로 그는 고아원을 향해 걸었다. 반드시 완석을 생각하는 마음만이 아니었을 것이지만 그의 발걸음은 몹시 바빠 보였다.

아마 고아원엘 빨리 도착해야겠다는 마음보다도 자기의 위치를 빨리 옮겨야겠다는 마음이 더 컸기 때문이었을는지 모른다. 모욕을 당한 장소에서 멀리 떠나기나 해야 마음이 가벼워질 것 같은 심정이 드는 법이다. 그러나 바다가 보이는 언덕 위에 올라섰을 때는 자기도 모르게 조급히 걷던 발걸음을 멈추고 멀리 바다를 바라보았다. 그리고는 아물아물 보이는 먼 바다의 배를 하나하나 찾기 시작했다. 설사 충림이가 탄 배를 찾는다 해도 충림의 얼굴이 보일 턱 없으련만 멀리 떠나가고 있는 충림의 그림자를 더듬고 싶은 오직 그러한 마음의 움직임에 지나지 않았다.

끝없이 먼 바다 그리고 끝없이 망망한 바다로 홀로 떠나가는 충림에게 마음속으로나마 손을 흔들어 주어야 할 것 같은 생각에 그는 멀리 보이는 한 척의 배에 표적을 하고 그것이 아주 사라져 없어질 때까지 서 있었다. 그러나 서산에 해가 떨어져 없어지듯 배가 자취도 보이지 않을 때 경옥은 손을 내어 한 번 흔들어 주고는 고아원으로 걷기를 시작했다. 그러나 고아원 마당에 들어서자 경옥은 갑자기 걸음을 되돌렸다. 그리고는 쏜살같이 시내로 들어왔다.

시내에 들어와서는 경순에게서 받은 수표로 완석의 세루 양복 한 벌과 미군제 잠바 하나를 사 가지고 택시로 고아원엘 도로 돌아왔다.

운동장에 나와서 놀던 완석이가 경옥을 보자 따라오며 반가워했다. 더구나 방 안에 들어가 양복을 펼쳐 보였을 때는 내일 아침 그것을 입고 정거장에 나가겠다면서 정말 춤이라도 출 듯이 좋아했다.

"새 옷을 입구 마중을 가면 어머니가 참 좋아하시겠지."

경옥이도 덩달아 마음이 즐거웠다.

그래서 새 옷을 입혀 주고는,

"아주머니가 용하지. 요렇게 꼭 맞는 걸 사 왔으니까"

하고 두 손으로 완석의 뺨을 쓸어 주기도 했다. 완석은 양복을 쓸어 보다가는 책상 위에 있는 조그마한 거울을 들고 앞자락을 들여다보기도 하면서,

"아주머니가 내일 아침 정거장으로 나가우?"

하고 물었다.

"그럼 가야지."

"아주머닌 우리 엄마 얼굴두 모를 텐데……."

"모름 어때? 완석이가 가르켜 주면 되지!"

"난 정말 옛날에두 이런 옷 입어 봤어요. 엄마가 웬 양복이냐구 욕하진 않을까?"

그러면서도 완석은 입었던 양복을 차곡차곡 개어 책상 위에 보기 좋게 놓으면서 혼자 중얼거렸다.

"잘 두었다가 내일 아침 입어야지……."

이러한 완석을 볼 때 경옥은 양복을 참으로 잘 사 왔다고 생각했다. 그리고 양복을 살 수 있도록 돈을 준 언니가 고맙게도 생각되었다. 한편 자기 옷을 사라고 준 돈으로 자기 옷을 사지 않고 완석의 옷을 샀다는 것은 조금 미안하기는 했지만 언니는 그런 것쯤 이해해 줄 것 같기도 했다.

이렇게 생각을 해서 그런지 언니에게는 아직도 좋은 점이 남아 있다는 마음이 들어 언니를 두둔해 주고 싶기도 했다. 따라서 충림이를 사랑함으로 언니가 옛날의 좋은 점을 모조리 도로 찾을 수 있다면 자기의 힘이 자라는 대로 두 사람의 사랑을 맺을 수 있도록 애써 주고 싶은 생각까지 들었다.

정말 언니가 행복해 질 수만 있다면 그렇게 해야 할 것 같았고 또 할 수

도 있을 것 같았다.

　이런 것을 생각하고 있을 때 완석이가 옆에서,

　"우리 엄만 무슨 옷을 입었을까?"

하고 혼자 말하듯이 물었다. 그때야 경옥은 정신을 돌이켜 완석을 보면서,

　"치마에 저고리를 입었지 뭘 입어……."

하고 말했다. 완석의 묻는 뜻이 좋고 나쁜 옷에 대한 것이 아니라 혹시나 양부인 같은 차림이나 아닐까 하고 걱정하는 것으로 들렸기 때문이었다.

　완석은 그런 것이 몹시 걱정이었던 모양이었다. 그래서 저녁을 먹고 밤이 깊을 때까지 대구에서 살고 있다는 자기 어머니의 모습이 어떠며 그리고 그 어머니가 정말 자기를 보고 싶어하던가 하는 이야기만 물었다. 경옥은 그러한 완석의 믿음을 또 알 수 있기 때문에 완석이가 안심할 수 있도록 대답을 해 주었다.

　그러나 너무 흥분시키는 것도 좋지 않을 것 같았다.

　"일찍 자야 내일 아침 정거장엘 나갈 수 있지."

하고 완석을 재우려 했다.

　"몇 시 찬데?"

　완석은 자고 싶지도 않은 모양이었다.

　"그레두 이주머니 말을 잘 들어야 엄마한테 착한 애라구 칭찬을 하지."

　이 말에는 완석은 아무 말도 아니하고 자리에 누웠다.

　그러나 다음날 아침 완석은 경옥이보다도 먼저 일어났다. 경옥이가 눈을 떴을 때는 완석이가 이불 속에서 새 양복을 매만지고 있었다. 경옥이가 눈을 뜬 것을 보았을 때는 이불 속에서 뛰어나와,

　"이젠 세수를 해야지."

하고 새 옷을 입으며 서둘기를 시작했다.

　경옥은 완석을 자기가 하는 대로 내버려 두었다. 완석은 자리도 나기 전에 세수를 끝내고 들어와서는 경옥이가 화장을 하기도 전에 식당으로 달려가 조반을 독촉했다.

　조반상 들어오자 완석은 잠바까지 입고 밥상 앞에 앉아서는 경옥에게 밥

을 빨리 먹자고 독촉했다.

"조금만 기다려 곧 끝낼게……."

경옥이가 화장을 그대로 하고 있는 데도,

"그러다가 늦으면 어떡해요?"

하고 경옥 옆으로 와서 화장도구들을 핸드백 속에 집어넣었다. 경옥은 완석이 서두르는 바람에 화장도 변변히 못하고 조반을 먹었다. 조반을 먹자 아직 시간이 이른 듯했지만 그들은 정거장으로 나가고야 말았다.

정거장에 이르렀을 때는 기차가 도착하기까지 아직도 한 시간이나 남아 있었다.

그러나 완석은 경옥의 손을 잡아끌고 개찰구까지 가서 플랫폼 속을 들여다보기에 정신이 없었다.

"아직두 멀었는데 저기 가서 과자나 먹을까."

경옥이가 완석을 끌고 밖으로 나가려 했으나 완석은 경옥의 손을 놓지 않았다.

"과자 싫어 그러다가 기차가 오면 어떡하게."

경옥은 혼자서 웃었다.

"그럼 내 혼자 가서 뭘 좀 사 올게."

경옥은 구내매점으로 가서 캐러멜 두 갑을 사다가 완석에게 주었다.

그래도 완석은 캐러멜 먹을 생각도 안 하고 폼 안을 들여다만 보았다.

"이거 먹어."

경옥이가 캐러멜을 완석의 손에 집어 주었을 때 완석은 그것을 받기는 받았으나,

"좀 있다 엄마하구 같이 먹어."

하고 그대로 주머니에 넣어 버렸다.

"하난 먼저 먹어."

경옥은 한 갑만을 집어 껍질을 뜯었다. 그리고는 종이를 벗겨 완석의 입에 넣어까지 주었다.

넣어 주는 것을 입 속으로 깨물어 먹으면서도 완석은 역시 눈을 플랫폼에

서 잠시도 떼지 않았다.

열 시가 다 되자 기차가 들어왔다. 한 사람씩 출찰구로 나오기 시작했다. 완석은 누가 뒤에서 잡아끌기나 하는지 출찰구에 찰싹 달라붙어 나오는 사람들의 얼굴을 하나하나 세어 보듯 눈동자를 뒤흔들었다. 세다가 잘못 셋을 때처럼 그는 밖으로 나온 사람들에게도 시선을 옮겼다가는 재빠르게 얼굴을 돌려 또다시 출찰구로 나오는 사람들을 바라보았다.

무척 많은 사람들이 내렸을 때 완석은 마음이 조금 지쳤는지 한숨을 폭 내쉬었다. 그러나 얼마 안 있어 완석은 경옥의 손을 잡아끌며,

"아버지야, 아버지."

하고 출찰구를 뛰어넘기라도 할 듯이 몸부림을 쳤다. 그리고는 멀리 걸어오고 있는 제삼이를 향해,

"아버지."

하고 고함까지 질렀다. 경옥은 완석의 옆구리를 찔러 소리를 지르지 못하게 했으나 둘이서 와야 할 제삼이가 혼자서 힘없이 걸어오고 있음을 볼 때 가슴이 섬찍했다.

정거장 밖으로 나와서도 반가운 인사 한 마디 안 하고 앞장을 서서 걷기만 하려는 제삼에게는 반드시 심상치 않은 일이 생긴 듯했다. 그렇게도 기다리던 완석은 어머니가 없음을 보고,

"엄만 안 와요?"

하고 물었으나 제삼은 그냥 입을 열지 않았다.

"왜 혼자 오세요?"

경옥이도 궁금해 못 견디겠다는 듯이 물었을 때 제삼은 대답 대신에 눈만 섬뻑거렸다.

심상치 않은 일이 생긴 것만은 틀림없었으나 그 심상치 않은 일이 어떤 것인지를 몰라,

"어떻게 됐어요?

하고 다시 물을 때야 제삼은 입을 겨우 열었다.

"집에 가서 말하지요."

하고 다시 입을 다문 뒤 앞을 서서 걷기 시작했다.

떨어지려는 눈물방울을 참는 듯이 일부러 크게 떴다가는 껌벅거리는 눈. 그리고 터져 나오려는 가슴을 억누르려는 듯이 일부러 힘을 주어 오므리고 있는 입술. 그러한 제삼의 침울한 얼굴을 보자 경옥은 감히 입을 벌려 그 이상 더 물어 볼 수가 없었다. 완석의 손목을 잡고 그의 뒤를 따라갈 뿐이었다. 정거장 마당을 지나 전찻길을 건너려 할 때 기다랗게 줄지어 서 있는 자동차 때문에 제삼이가 먼저 발을 멈추었다. 따라서 경옥이도 발을 멈추지 않을 수 없었다. 언제나 자동차들이 풀려 길을 열어 줄지 그때까지 기다리고 서 있기가 답답한지 제삼이가 틈을 찾아 횡단하려고 자동차들을 끼고 걷기를 시작했다. 경옥이도 또 그 뒤를 따라 걸었다. 택시, 지프차, 트럭들이 뒤섞여 서 있는 옆을 걸어갈 때였다. 어떤 하이야(택시)의 문이 열리며,

"경옥이 아닌가?"

하고 부르는 소리가 났다. 제삼과 경옥은 동시에 발을 멈추고 뒤를 돌아다보았다. 언니 경순이었다. 그 안에는 김명구도 앉아 있었다.

"어디를 가셔요?"

경옥이가 두 사람을 같이 보며 인사를 했을 때 경순이가,

"응, 어딜 좀 갔다 오는 길이야. 그런데 누가 왔니?"

하고 물었다.

"참, 완석이 아니유? 이 분은 완석이 아버지구."

경옥은 언니에게 이러한 설명을 하고 곧 뒤이어 제삼에게,

"며칠 전 돈을 주신 바루 그 김명구 선생이신데 인사를 하시죠."

하고 명구를 소개했다.

제삼은 감사를 드리러 찾아가려 했으나 급한 일이 있어 못 갔노라는 인사를 하고 앞으로도 많이 원조해 달라는 말을 했다.

그런 인사를 하고 있을 때 앞 자동차가 움직이기 시작했다. 그래서 운전수가 차창을 닫으려고 할 때 경순이가,

"내일이 독창회지, 모레 김 선생이 축하회를 베푸신다니까 다른 약속을 하지 말아요."

하고 애교 있는 웃음을 지었다. 정말 애교가 있는 웃음이었다. 이를 하얗게 내놓고 특히 눈에만 웃음을 짓는 그 웃음이 마치 꼬이려는 남자에게 웃는 그러한 교태 같기도 했다.

경옥은 불쾌를 느끼기까지 했다. 동생인 자기에게 무슨 그런 웃음을 지을까 하는 경멸감도 느꼈다.

그러나 그 웃음 속에 숨어 있는 경순의 마음을 알 수 있다면 경옥은 불쾌나 경멸 정도의 감정만 가지지는 않았을 것이다.

경순은 지금 명구와 같이 동래온천에서 돌아오는 길이었다.

그 전 날 충림의 입에서 충림과 경옥이가 사랑하던 사이란 말을 듣고 그 울분을 풀려고 명구와 같이 춤을 추러 갔으나 춤만을 가지고도 마음이 풀리지가 않아 동래온천으로 가서 하룻밤을 지냈다. 물론 처음 일이 아니었다. 가끔 동래로 가서 밤을 지내는 일이 있었지만 이 날은 명구와의 향락을 위함이 아니라 울분을 잊어버리기 위함이었다. 그러나 그것만으로도 경순의 마음은 풀리지가 않았다.

충림이가 자기를 싫다는 것도 결국은 경옥이 때문이라는 것을 모르고 충림이만을 못났다고 생각하던 자기. 그리고 자기와 충림이가 가까운 것을 보기가 싫어서 이사까지 간 경옥을 그저 자유스러운 데로 가고 싶어 간 것이려니 하고 생각하던 자기 그러한 자기가 그 두 사람에게 완전히 속임을 당했다는 생각이 분함으로 변하여 그것이 좀처럼 사라지지가 않았다.

그래서 경순은 충림을 잊어버리는 대신 그를 완전한 자기의 물건으로 만들 결심을 했다. 그를 진심으로 사랑하여 그를 자기 옆에서 절대로 떠나지 못하게 하고 싶었던 것이다. 그러면 경옥은 진심으로 눈물을 흘리게 될 것이다. 자기를 못마땅히 생각하고 자기를 경멸하려고 하던 경옥이가 뼈아픈 눈물을 흘린다면 그것은 유쾌한 이상의 통쾌한 일이 아닐 수 없다.

그러기 위해서는 우선 경옥이를 충림에게서 완전히 떼버리지 않으면 안 된다. 경옥이를 충림에게서 떠나게 하려면 경옥에게 연인이 생기도록 하지 않으면 안 된다. 그래서 그는 명구와 경옥을 붙여 주려고 생각했다. 독창회가 끝난 뒤 위로회를 연다고 해서 동래온천까지 가게 한 뒤 자기가 연극을 꾸며 두 사람을 한 방에서 자도록 만들어 논다면 경옥이도 어쩔 수 없이 명구를 사랑하게 될 것 같았던 것이다. 그래서 경순은 명구와 같이 하룻밤을 지내는 동안 명구에게 경옥의 축하회를 동래온천에서 열도록 공작을 해 놓았던 것이다.

그런 만큼 경순이가 경옥을 보며 웃는 애교에는 전과 달리 이해할 수 없는 무엇이 숨어 있을 수밖에 없었다.

그러한 언니의 계획을 모르는 경옥인 만큼 언니의 웃음이 불쾌하기는 했지만 그래도 자기를 위해 축하회까지 열어 주겠다는 치밀한 생각에 감사하는 마음을 가지지 않을 수 없었다. 그러나 경옥은 언니의 불쾌한 웃음까지도 금시 잊어버리지 않을 수 없었다. 자동차를 떠나보낸 뒤 한참 동안 걸어가던 그들 중에서 완석이가,

"아버지, 엄만 안 와요?"

하고 눈물이 글썽한 눈으로 제삼을 바라보면서 묻는 바람에 세 사람이 꼭 같이 걸음을 멈추지 않을 수 없었기 때문이었다.

묻고 싶은 말을 참고 참아 왔으나 그 이상 더 참지를 못해서 물어 보고야만 완석의 심정을 제심이가 어찌 몰랐을 것인가. 그도 그 이상 입을 더 다물고 있을 수 없다는 듯이,

"엄마는 죽었어."

하고 한 마디 말을 하고는 완석의 손을 붙들고 다시 걷기를 시작했다.

완석은 아버지에게 한 손이 잡히었으나 다른 한 손으로 얼굴을 가리고 봉사와 같이 허둥거리면서 아버지를 따라갔다.

엄마가 죽었다는 말에 다른 말을 물어 볼 겨를도 없이 눈물이 먼저 흘러내렸던 것이다.

경옥은 어찌할 바를 몰랐다. 왜 죽었느냐는 말을 물어 보는 것이 옳을지 그렇지 않으면 완석이처럼 자기도 눈물을 흘려야 할지 가슴이 막막하기만 했다. 상여를 따라가는 듯한 두 사람의 뒷모습을 보는 것도 괴로웠다. 할 수만 있으면 자기가 그들 앞을 서고 싶기도 했다.

경옥은 결국 지나가는 택시를 붙잡았다. 송도까지 걸어가는 긴 시간을 단

축시키는 것만이 현재에 있어서 두 사람을 위하는 일 같기도 했으며 빨리 가서 속 시원한 이야기를 듣고 완석의 울음을 멈추어야 할 것이 자기의 의무 같은 생각이 들었기 때문이었다.

한 토막 유서

완석을 가운데 놓고 경옥과 제삼은 자동차에 올라탔다.

자동차를 탔으나 거기서도 경옥은 입을 열지 못했다. 제삼이가 무엇이라 말을 꺼내어 분위기를 고치지 않는 이상 경옥으로서는 도저히 먼저 입을 열 수가 없었던 것이다.

때마침 제삼이가 완석을 보면서,

"이 양복은 어디서 났지?"

하고 물었다. 제삼이는 어른처럼 말이 없는 완석이를 보기가 괴로웠던 모양이다.

"아주머니가 사 주셨어요."

"그래 참 좋은 양복이루군. 고맙다구 인사나 드렸니?"

"………"

완석은 대답을 안 했다. 그 대신 경옥이가,

"완석 엄마가 어떻게 돌아갔어요?"

하고 물었다. 이제는 입을 열어도 괜찮을 것 같았기 때문이었다.

"자살을 했습니다."

제삼은 창 밖을 내다 보면서 대답했다.

"자살요?"

경옥은 놀랐다. 그러나 숙경이가 자살했다면 자살한 이유만은 넉넉히 짐작할 수 있을 것 같았다.

"네, 자살했습니다. 잠자는 약을 먹구 죽었습니다."

제삼은 자살한 것이 틀림없다는 것을 설명하는 것이었으나 마음의 슬픔을 넘두리하는 것 같이 보였다.

"장례식두 끝났나요?"

"내일 화장을 한답니다."

"그럼 왜 그걸 안 보구 오셨어요."

"죽은 혼을 더 괴롭히구 싶지가 않아서요."

"그게 무슨 말씀예요?"

"범종이가 장례식만은 자기의 손으루 치루어야겠다더군요. 그렇게까지 말하는 것을 내가 끝까지 있다면 또 쌈이 될 것 같아 돌아오구 말았습니다. 범종이를 생각하기보다두 나에게루 돌아오는 길을 죽음으로 택한 숙경을 생각해서 미리 온 거지요. 숙경은 내게루 완전히 돌아왔습니다. 그런데두 범종과 얼굴을 대하구 싸운다면 숙경이가 얼마나 괴로워할 겁니까. 죽은 뒤에두 내가 숙경이를 받아들이지 않는 것처럼 보일 것이 아녜요."

이렇게 이야기를 하고 있을 때 자동차가 고아원 현관 앞에서 정거를 했다. 자동차 멎는 소리가 나자 고아원에서 일 보는 사람들이 전부 몰려 나왔다. 그러나 자동차에서 나오는 사람이 제삼의 아내가 아니라 경옥을 보자 모두 눈을 이상하게 뜨고 말들을 못했다. 제삼은 그들을 사무실로 데리고 가서 신문기자에게 중대 사실을 발표하듯이,

"궁금하게 생각을 하실 것 같아 간단히 말씀드리겠습니다. 내 아내는 갑자기 별세를 했습니다. 매우 불행한 죽음이었습니다. 거기 대해서는 차차 아시게 될 것입니다마는 만약 죽지만 않았다면 여러분들을 도와줄 수 있으리라고 생각했던 것이 그만 그렇게 되고 말았습니다. 다만 전쟁으로 말미암아 하나의 희생을 당한 고아들이 근 백 명이 내 밑에 있습니다. 내가 어찌 내 아내의 죽음만을 슬퍼할 수 있겠습니까? 고아들에게는 그런 말을 아예 들려 주지 마시기 바라며 여러분은 오직 고아들만을 위해서 어디까지나 일해 주기 바랍니다."

이런 말을 하자 제삼은 완석이와 경옥을 데리고 숙소로 가서,

"이게 내 아내의 유서입니다."

하고 주머니 속에서 봉투에 든 종이를 꺼내어 경옥에게 주었다.

경옥은 유서라는 편지를 받아들자 가슴이 떨리기 시작했다. 죽은 사람의 영혼이 나타나기나 하는 것처럼 종이가 보통 종이 같지도 않게 보였다. 원망과 저주와 슬픔과 참회가 섞여 있을 그 편지를 읽을 용기도 없는 듯 생각되었다. 그러나 제삼이가 완석을 데리고 완석의 마음을 위로해 주고 있음을 볼 때 경옥은 유서라도 읽음으로 그들을 못 본 척하지 않을 수 없었다.

"제삼 씨!
죽음으로선들 저의 죄를 어찌 씻을 수 있겠습니까? 죄를 씻으려고 죽는 것은 절대로 아닙니다. 죄를 씻기 위해서는 어떻게 해서든 살아야 할는지도 모를 것입니다.

그러나 차마 살아 나갈 수가 없습니다.

제가 당신의 아내라는 것을 잊고 범종 씨와 결혼했던 것은 아닙니다. 당신이 전사하셨다고만 믿었기 때문에 범종 씨와 가까워졌던 것뿐입니다. 저는 당신을 잃고 또 완석을 잃은 뒤 조금도 살 생각이 나지 않았습니다. 사실은 그때 죽으려 했던 것입니다. 그러나 대구에서 우연히 범종 씨를 만났을 때 범종 씨도 부인과 어린애들을 폭격에 잃어버린 사실을 알았습니다. 그 밖에도 저와 비슷한 사람이 적지 않은 것을 알았습니다. 그래서 죽지를 못했습니다. 범종 씨는 당신의 친한 친구로 우리가 결혼을 할 때 들러리까지 서 준 사람이었고 그 뒤에도 놀러 오던 사람이 아니었습니까? 그런데다가 환경도 비슷하게 되니 제가 답답할 때 찾아갈 곳은 자연 그이밖에 없었을 것이 아닙니까. 처음에는 취직을 시켜 달라고 부탁했습니다. 범종 씨도 알아보겠다고 해서 자연 자주 만나게 되었습니다. 그러나 취직이 쉽게 될 리가 있습니까. 차일피일 안 되기만 하다가 나중에는 그만 서로 마음을 의지하는 사이가 되고 말았습니다. 서로 의지할 데 없는 마음이 서로 알지 못하는 사이에 그렇게 되었던 것입니다. 만약 당신이 정말 돌아가시어 당신의 혼이 내려다 보셨다면 그때의 저를 그렇게 나쁘게는 생각지 않았을 것입니다. 저는 정말 당신과 완석이를 그리는 마음에 지치고 말았던 것입니다. 어쨌든 같이 살게 되니 남편으로 섬기지 않을 수 없었습니다. 범종 씨에 대한 애정을 저는 속이지 않으렵니다. 저는 당신에 대한 추억을 깨끗하게 가지기 위하여 저의 괴로움을 범종 씨에게 전부 바쳤던 것입니다. 범종 씨도 또한 그랬습니다.

그러나 당신이 살아서 돌아왔다는 소식을 들었을 때 나는 잔인한 악마에게 희롱을 당한 듯한 슬픔을 느꼈습니다. 어찌해야 할 바를 몰랐습니다. 그러면서도 완석이까지 살아 있다는 말을 들었을 때는 아무래도 당신에게로 돌아가야 하는 것이라 생각했습니다.

그러나 어쩐 일인지 범종 씨가 가지를 못하게 했습니다. 범종 씨가 가지를 못하게 하는데도 그를 뿌리치고 떠나지 못하는 저를 애정의 변절자라고 단정하셔도 할 수 없습니다. 저는 범종 씨의 허가가 없이는 떠날 수 없는 몸이 되고 말았습니다. 제 몸에는 그의 씨가 깃들고 있었습니다. 운명이 진하면 모든 길이 맥히게 마련인가 봅니다. 그러나 무엇을 원망하고 무엇을 후회하겠습니까? 저의 운명이 요렇게 마련되어 있으니 그것을 순종하는 수밖에 없지 않습니까?"

유서는 거의 끝났다. 그러나 경옥은 마지막 몇 줄을 읽으면서 숨을 길게 한 번 들이키었다. 어지러운 글씨로 뭉개인 글씨는 정말 숙경의 죽은 모습을 보는 듯했기 때문이었다.

"그리운 제삼 씨!

만약 경옥이란 여자를 보내지 않고 당신이 직접 오셨더라면 저는 당신의 얼굴이나마 한 번 보고 죽을 수가 있지 않았었겠습니까? 당신은 죽어 없어질 내 얼굴을 마지막으로 한 번 보고 싶지도 않았습니까? 그리고 한시도 잊지 못하던 완석을 왜 한 번 보여 주시지 않았습니까? 완석아, 완석아! 내가 너를 못 보고 죽는구나!

제삼 씨!

저를 용서하십시오. 그리고 범종 씨를 용서해 주십시오. 범종 씨에게는 정말 죄가 없습니다. 제가 전부 지었습니다.

범종 씨를 다시 옛 친구로 사귀어 주시기를 마지막으로 부탁드립니다."

경옥은 유서를 다 읽고 나자 그것을 집어들 생각도 못하고 무릎 위에 놓은 채 창 밖으로 하늘을 내다보았다.

죽지 않을 수 없는 얽혀 매인 운명 속에서 숙경이가 가련하게도 죽어 버리고 말았다는 그러한 죽음에 대하여 측은한 생각을 가졌다기보다도 제삼이 대신으로 자기가 숙경이를 찾아갔음으로 해서 숙경의 죽음을 단축시킨 것 같은 생각과 아울러 자기 대신에 제삼이가 가기만 했다면 숙경이가 제삼의 얼굴을 한 번이라도 보고 죽을 수 있었을 것 같은 생각에 자기를 자책하는 마음이 더 컸던 것이다.

그러나 경옥은 한편 옆에서 제삼이가 완석을 달래느라고 중얼거리는 말을 들을 때 자기 자책보다도 제삼이와 완석의 슬픔이 어떨까 하는데 마음이 기울어지고 말았다.

"완석이는 아버지가 있으니까 괜찮지? 응. 우리 고아원엔 엄마두 아빠두 없는 애들이 얼마나 있는지 아니? 백 명이나 돼. 너 그 불쌍한 애들 하고 싸우면 안 돼, 알지!"

제삼이가 이렇게 말해도 완석이가 대답을 안 하고 멍하니 앉아 있으니까 제삼은 다시,

"너 아버지를 만나기 전에 누가 보구 싶었지? 엄마가 더 보구 싶던 아버지가 더 보구 싶던?"

하고 아무래도 완석의 입을 열어 놓고야 말겠다는 듯이 물었다.

"아버지가 더 보구 싶었어!"

완석은 무대에 선 어린 배우가 잊어버렸던 대사(台詞)를 겨우 외우며 말하듯이 대답했다.

"우리 완석은 아버지 아들이지, 참 예뻐."

엄마의 아들이 아니니까 엄마가 죽었어도 울지를 말라는 뜻이겠지만 그런 말을 한 제삼은 완석을 껴안고 자기가 먼저 눈물을 홀렸다. 품에 안긴 완석이니까 제삼은 완석이를 모르게 눈물을 닦을 수도 있다.

제삼은 주먹으로 눈물을 닦으며 완석을 안은 다른 손으로는 완석의 등을 톡톡 두들겼다.

경옥은 경련을 일으킬 것처럼 머리를 홱 돌리고 유서를 접어 봉투에 넣었다. 그리고 벌떡 일어서며,

"가 봐야겠어요."

했다. 차마 보고 견딜 수가 없었던 것이다. 어린 자식이 죽게 앓는 것을 차마 볼 수가 없어서 차라리 자기가 대신 앓았으면 하고 바라는 부모의 심정과 꼭 같은 마음이었다.

"가시겠어요?"

제삼은 가지 말아 달라는 말을 할 수가 없었는지 경옥을 따라 일어섰다.

"내일 또 오겠어요. 참 내일이 독창회가 돼서 내일만은 못 오겠구만요."

"너무 괴로움을 끼쳐서 미안합니다. 내일 독창회에 저두 가 봐야겠는데 어떻게 될지 걱정입니다."

제삼은 경옥의 뒤를 따라 걸으며 현관까지 나왔다.

"안 오셔두 괜찮아요. 뭐 대단한 독창회라구…… 마음이 수선해서 오실 수두 없으실 텐데……."

경옥은 빨리 떠나고 싶은 생각에 허리를 굽혀 경례를 했다. 그러나 제삼은 운동장까지 따라오다가,

"미안하지만 시내에 아시는 분이 있거든 방을 하나 구해 봐 주십시오. 완석이 때문에 아무래두 숙소를 옮겨야 할 것 같습니다."

하고 말했다.

"왜요?"

"완석이와 같이 이 속에 있으면 거북한 점이 많을 것 같습니다. 아무래도 내가 완석을 대하는 태도와 고아들을 대하는 태도가 달리 보일 것 같기두 하지만 부모 없는 고아들과 섞여 놀면 고아들의 비정상적인 마음이 아무래두 완석에게 전염될 것 같습니다."

그 말을 듣고 나서야 경옥은 알았다는 듯이,

"참, 방을 하나 얻으셔야겠군요. 될 수 있는 대루 알아보겠습니다. 자신

은 없읍니다만…… 그런데 선생님!"

하고 무슨 딴 말이 하고 싶은지 제삼의 얼굴을 쳐다보았다.

"네?"

"될 수 있는 대루 잊어버리세요. 어떡허겠어요? 할 수 없잖아요."

"잊어버려야겠지요. 걱정은 다만 완석이 문제입니다."

"선생님 술 잘 하세요?"

"조금하죠? 건 왜 물으세요."

"술을 많이 잡숫지 마세요. 술을 잡숫기 시작하다가는 타락할지도 몰라요."

경옥은 자기의 언니를 생각했던 것이다. 자살은 아니지만 남편이 죽은 뒤 슬픔과 생활고에 못 이겨 결국은 타락하고만 언니를 생각할 때 제삼도 그러한 길을 밟지나 않을까 걱정이 되었다.

"허 허, 타락이야 안 하겠지요."

제삼은 처음으로 웃었다.

"그래두 그걸 누가 알아요. 남자란 저 하는 일을 전부가 옳다구만 생각하는 어린애와 꼭 같으니까요. 선생님두 어른인 척하지만 조심하셔야 해요. 아시겠지요?"

"고맙습니다. 그러나 어린애를 백 명씩 가진 사람이 어디 그럴 수야 있겠습니까? 걱정 마십시오."

"어린애 백 명이 문제예요? 수천 수만 명이 잘못 되어두 혼자만 좋으면 좋다는 남자들이 얼마나 많게요?"

"그렇기두 하지요. 그렇지만 그건 한 사람두 사랑할 수 없는 사람의 행동이겠지요. 자기 자신두 사랑하지 못하는 사람일 겁니다."

그 말에는 경옥이도 안심을 했는지,

"그럼 안녕히 계세요."

하고 작별을 고했다.

"가지 못해두 내일 성공하시길 바랍니다."

제삼도 그 이상 더 따라갈 생각을 아니했다.

경옥은 그만큼이라도 이야기를 했고 제삼의 굳은 의사를 알았기 때문이었는지 어쨌든 마음이 한결 가벼웠다. 그래서 그는 학교로 가서 연습도 할 수 있었으며 내일 준비에 대해서 이것저것 알아볼 수도 있었다. 그리고 내일로 박두한 음악회에 대하여 긴장미도 느낄 수 있었다. 예술에 대한 명예욕과 또 명예욕을 위한 선전까지도 부정해 오기는 했으나 역시 무대에 선다고 하는 것이 그의 마음을 긴장케 했던 것이다.

갑자기 미장원에 가고 싶은 생각이 나는 동시에 한복도 한 벌 장만했다면 하는 생각이 들었다. 그러면서도 다음날이 빨리 왔으면 하고 기다려지기도 했다.

음악 축하회

그러나 경옥은 다음날 무대에 설 때까지 미용원에도 가지 않았으며 한복을 마련하지도 않았다. 옷은 미국에서 사서 입던 흰 드레스였고 구두나 양말까지 가지고 있던 물건 그대로였다. 정말 경옥의 노래를 알고 온 사람이 얼마나 되는지 모르지만 극장은 만원을 이루었다. 극장이래야 미국의 극장에 비하면 조그마한 헛청간 비슷한 것이겠지만 거기라도 빈틈이 없이 사람이 그득 찼다고 하는 것은 기쁜 일이 아닐 수 없었다. 백이면 백의 얼굴이 모두 자기만을 향해 있고 모두의 귀가 자기에게로만 쏠려 있다는 사실을 인식한다는 것은 무대에 서는 사람에게 언제나 긴장을 주는 것이다.

첫 노래를 부를 때 경옥은 그야말로 황홀한 것을 느꼈다. 자기만을 위하여 마련된 시간과 장소에서 그야말로 여왕처럼 나타나 관중들의 신경을 마음대로 움직일 수 있다는 것이 예술가 아니면 느낄 수 없는 즐거움이기는 했다. 그러나 두 번 세 번 나갈 때에는 어쩐지 바이올리니스트가 바이올린 독주를 하다가 바이올린 줄을 끊듯이 자기도 이상스런 소리를 내어 관중들을 한 번 놀라게 해 주고 싶은 생각이 들었다.

그리고 다음에는 관중이 적지가 않지만 그 속에는 자기가 사랑하는 사람이 없다는 생각에 자기와는 하나도 상관없는 관중 같은 마음도 들었다.

더구나 제1부가 끝나고 잠시 휴식하는 동안 몇 개의 꽃다발을 받았지만 그것이 모두가 학교나 동창회나 언니 그리고 김명구에게서 온 것임을 알 때 받은 뒤에 오는 감격이란 것이 아무것도 없었다. 많지 않아도 좋은 것 같았다.

그 대신 사랑하는 사람에게서 한 개만 들어왔다면 그것으로 만족할 것이 건만 있어야 할 그 한 개가 없는 것이 슬프기도 했다.

노래할 때마다 박수소리도 요란했고 조용히 감돌았던 극장 내 공기가 장탄과 감격에 뒤흔들리기도 했으나 경옥에게는 그것들이 자기와 무슨 상관이 있는가 하는 생각만이 들었다.

그러나 그렇다고 해서 노래를 부르지 않을 수도 없었다. 지금 경옥은 커다란 의무 속에 놓여 있기 때문이었다. 의무를 다하기 위해서 노래를 계속하고 있을 때 경옥은 자기와 아무 상관이 없다고 생각되던 관중에서 부드럽게 흔들어 주는 하나의 손이 보이는 것 같았다. 누구의 손인지도 모른다. 몇 개의 손인지도 모른다. 그러나 그것이 자기를 위해서 흔들고 있는 것만은 틀림이 없었다.

경옥은 눈을 감고 그 부드러운 손을 가슴 속에서 보며 노래를 불렀다. 역시 그 손이란 눈으로 볼 것이 아니고 또 보여질 것도 아니었던 것이다. 가슴 속에 있어야 할 것이었다.

노래를 끝냈을 때 경옥은 자기가 있는 성량을 다하여 노래를 부를 수 있게 한 그 손길이 과연 누구의 것일까 생각해 보았다. 가슴 속에서 달아나지 못하게 한시 한초라도 붙잡고 있어야 할 것 같은 그 손길의 주인을 생각해 보는 것이었다. 처음에 생각나는 것이 충림이었다. 그 다음에 생각나는 이는 제삼과 명구였다. 그러나 따지고 생각할 때 그 손길은 충림도 제삼도 명구도 다 아닌 것 같았다. 아무도 아니었다.

그럴 수가 있을까 하고 나서 생각할 때에는 그들 전부의 손이 합친 하나의 손 같기도 했다.

그래서도 안 될 것 같았다. 누구건 한 사람의 손이어야 할 것 같이 생각되었을 때 경옥은 충림의 얼굴을 뚜렷하게 보았다.

하나의 그리움—— 그것은 결국 충림에게로 행한 것이었던 것이다.

낮 프로가 끝난 뒤, 밤 프로를 시작할 때는 관중이 낮보다도 더 많았다.

R선생을 비롯한 학교 관계자와 영애를 비롯한 동창생들이 화장실에 둘러서서 감격의 눈으로 경옥이를 축복하고 또 격려해 주었다. 경옥은 눈웃음으로 그들의 감격을 받아들였다.

"잘 해라, 응……."

"사람이 굉장히 많이 왔다. 애."

한 마디씩 지껄이고야마는 동창생들도 있었다.

"응!"

경옥은 목을 끄떡이고 무대에 나갈 시간만 기다리고 있을 때였다. 어떤 동창생이,

"전보 왔다. 전보."

하고 경옥에게로 달려 왔다. 경옥은 전보란 말을 듣자 대번에 그것이 충림에게서 온 것이리라고 생각했다. 과연 그것은 충림의 축전이었다.

"진심으로 성공을 기원, 최충림."

전문을 읽자 경옥은 가슴이 툭 트인 것 같음을 느끼었다. 아니 텅 비었던 가슴이 시원한 것으로 그득 차는 것 같음을 느꼈다. 그래서 그런지 그 뒤 무대에서 부르는 노래가 목에서 나오는 것이 가슴 속에서 우러나는 것 같았다. 있는 성량을 조금도 아낌없이 빼낼 수가 있었고 음성의 조화를 마음껏 조절할 수도 있었다. 노래의 이미지를 캐치하여 노래가 가진 독특한 정서를 살리는 데도 완전히 성공할 수 있었다.

하나의 노래가 끝날 때마다 R선생은 경옥의 손목을 잡고,

"미국 갔던 보람이 있구나. 참 용하다."

하고 칭찬했으며 동창생들은 저마다 경옥의 손목을 한 번씩 잡아 보려고 덤벼들었다.

그야말로 대 박수갈채 속에서 음악회는 끝났다.

음악이 끝나자 화장실로 찾아와 축하의 말을 해 주는 사람도 적지 않았

다. 그 속에는 전혀 이름도 얼굴도 모르는 사람까지 있었지만 경순과 명구도 경옥에게로 와서 축하를 해 주었다.

"참 잘 하셨습니다. 수고 하셨습니다."

명구가 경건하게 인사를 했다. 그러나 경순은,

"공부한 보람이 있군."

하고 인색한 칭찬을 했다.

"언니 덕택이죠, 뭐."

경옥은 언니가 공부를 시켜 주었는데도 자기가 그 공을 모른다는 것처럼 말하는 것 같아 언니의 공은 잘 알고 있다는 뜻의 말을 했다. 그러자 명구가 두 사람의 말을 가로서고,

"오늘밤은 피로두 하실 테니까 편히 쉬시두록 내일 만나시지요. 몇 시쯤 틈을 내실 수 있을까요?"

하고 물었다.

"밤낮 폐만 끼치는데 또 만나서는 뭣 해요?"

경옥은 사양을 했다. 축하하는 의미에서 자리를 베풀겠다는 것이 조금도 불쾌한 일은 아니었지만 그래도 한 번쯤 사양을 안 할 수도 없었다.

"경옥 씨가 사양을 다 하실 줄 아시네. 의원데요? 역시 여자시로군."

명구의 이런 말에도 경옥은 화를 내지 않았다.

"그럼 저를 남자루 알았어요. 너무 하신데 호 호 호."

"내일 오후 두 시 정각 부산역 앞에서 만나시지요. 그리루 마중 나가겠습니다."

"그럼 그리루 나가죠."

경옥은 쾌히 승낙했다. 그리고는 그들과 작별을 하고 동창회에서 준비한 음식점으로 밤참을 먹으러 떠났다.

다음날 아침 경옥은 책상 앞에 앉아서 편지를 쓰기 시작했다.

"충림 씨! 어제 축전을 받았습니다."

이렇게 운은 띄어 놓았으나 그 다음 말을 생각하기에 그는 잠시 붓을 놓았다. 편지가 쓰고 싶어 붓을 들기는 했지만 자기의 감정을 어느 정도 표현해야 할지를 몰랐던 것이다.

아무래도 옛날처럼 쓰고 싶은 것을 그대로 쓸 수는 없었다. 될 수 있는 대로 감정의 흐름을 보이지 않아야 할 것 같았다. 그래서 만년필 꼭대기로 아랫입술만 부비고 있다가 한참 뒤에야 다시 들었다.

"음악회는 성황을 이루었습니다. 물론 노래도 잘 불렀지요. 박수소리가 귀를 찢을 듯했습니다.

피아노 반주가 좀 싱거웠을 뿐이었습니다. 물론 잘못했다는 것이 아니라 나이가 많은 K씨라 나와 어울리지가 않는 것 같았다는 것입니다. 음악에 나이를 따질 것은 아니지만 아무래도 정열 문제니까 젊은 사람을 따를 수 있겠어요? 옷은 드레스를 입었습니다. 한국 정서가 나게 한복을 입고 싶었지만 돈이 없어서 못 사 입었습니다. 불쌍하지요?

그곳 생활은 어떠십니까? 일 많이 하실 줄 압니다. 공부도 많이 하십시오. 다음에 피아노 독주회를 하실 때는 제가 찬조 출연을 해 드리지요.

저는 앞으로 어떻게 살아야 할지 모르겠습니다. 학교에서도 나오라 하고 어떤 무역회사에도 말이 다 되고 있지만 모두가 탐탁치가 않습니다. 좌우간 며칠 안으로 결정을 짓겠습니다. 안녕히 계십시오."

편지를 쓰자 봉투에 넣어 주소까지 적었다.

그러나 그것을 충림에게 보낼 생각을 하니 붓을 들 때와 달리 편지가 너무 싱거운 것 같았다. 재미있는 맛이 한 마디도 없는 그런 편지를 무엇 때문에 보내야 하는가 하는 생각이 들었다.

그래도 부치기는 부쳐야 할 것처럼 핸드백 속에 넣고 시계를 보았다. 열두 시였다. 정거장에 나가기에는 약간의 시간이 남아 있었다.

그는 문득 제삼을 생각했다. 어제 하루를 통 보지 못했기 때문에 궁금한 마음이 들었던 것이다. 그새 무슨 일이 생겼을 것은 아니겠지만 오늘도 종일 만날 수가 없는 것을 생각하니 잠깐이라도 가서 만나 보아야 할 것 같았다. 더구나 그렇게까지 그리워하다가 한 번도 보지를 못하고 어머니를 아주 잃어버린 완석이가 보고 싶었다. 어루만져 줄 사람 하나 없는 완석! 아버지는 있다 해도 아버지만으로 도저히 채울 수 없는 슬픈 마음!

경옥은 그러한 완석이가 거지 노릇을 하던 얼마 전의 완석이보다도 더 불쌍하게 생각되었다. 비록 거지 짓을 할 때에는 어머니를 만나려니 하는 희망을 가졌을 것이지만 이제는 그 희망마저 없어지고 말지 않았는가?

그러나 경옥은 제삼이가 방 하나를 얻어 달라던 말을 기억했다. 그새 그럴 틈이 없어서 알아보지를 못했지만 빨리 서둘러야 할 일이었다.

경옥은 차라리 집 이야기를 조금이라도 알아본 뒤에 제삼을 만나는 것이 좋을 것 같아 이 날은 시간도 없지만 내일 찾아가기로 하고 정거장을 향해 집을 떠났다. 언니와 명구를 만나서 의논하면 무슨 수가 생길 것 같은 마음이 들었기 때문에 시간이 아직도 남았지만 그래도 걷기를 시작했다.

정거장 광장에서 명구를 기다린 시간은 얼마 되지 않았다. 약속시간인 두 시가 되기가 무섭게 명구는 자가용 자동차로 정거장까지 나왔다.

그러나 자동차 안에서 내린 것은 명구 혼자뿐으로 언니가 보이지 않았다.

"언니 안 왔어요?"

경옥은 혼자서야 무슨 재미로 가겠느냐는 듯한 눈초리였다.

"참 경순 씨가 편지를 줍디다. 조금 늦게야 오겠다나요"

명구는 얼핏 호주머니에서 꺾어 접은 종이를 하나 주었다.

"미안하게 됐다. 급한 일이 생겨서 좀 늦어질 것 같으니 먼저 가서 기다려다고."

간단한 쪽지였다. 그러나 경옥은 정말 급한 일이 생겼으려니만 생각하고 자동차에 올라탔다.

이삼십 분 뒤에는 동래온천의 어떤 호텔 앞에서 자동차가 멎었다.

그들은 호텔 사환의 안내로 깨끗한 방에 들어가 외투를 벗었다. 외투를 벗고 앉아서 명구가 담배를 피울 때 사환이 다시 와서 방금 목욕탕이 비어 있으니 목욕을 하지 않겠느냐고 물었다.

경옥은 벌떡 일어났다. 아무도 없는 탕에서 목욕이 하고 싶었던 것이다. 명구도 따라 일어서 윗저고리를 벗었다.

그때 사환이 얼핏 뛰어나가 비누와 수건 한 장씩 가져다 주었다.

그들은 낭하를 지나 맨 구석에 있는 탕 속으로 각기 갈려 들어갔다. 남탕과 맞붙어 있었다. 정말 탕은 텅 비었다. 그러나 탈의장에서 옷을 벗을 때 경옥은 바로 옆엣탕에서 명구가 혹시 들여다보지나 않는가 하는 생각이 들어 옷을 벗는 데도 조심스러웠다.

옷을 전부 벗고 탕 속으로 들어갔을 때에도 경옥은 빈틈없는 담벼락이지만 어딘가 구멍이 뚫려 그리로 명구가 자기를 들여다보지나 않을까 하는 불안이 생겼다.

더구나 목욕탕 속에는 반사광선이 환하게 들어와 나로리움처럼 밝았다. 게다가 흘러넘치는 물이 어떻게나 맑은지 물 속에 잠긴 몸이 그대로 속속들이 들여다보였다. 참으로 이상스러웠다. 볼 사람도 없건만 환한 방에서 자기의 알몸뚱이를 드러내 놓았다는 것이 부끄럽고 또 불안했다.

물 속에서 그 부드럽고 토실토실한 겨드랑 밑을 자기 손으로 쓸어 보면서 자기도 모르는 쾌감을 느끼기는 했으나 몸은 반사적으로 동그래지기만 했다. 한 겹의 옷을 몸에 감고서는 어떤 곳이나 주저 없이 다닐 수 있으면서도 그 한 겹의 옷을 벗고서는 혼자서도 불안을 느낌은 무엇 때문일까.

경옥은 일본 여자들이 남자와 한 목욕탕에서 같이 목욕한다는 말을 생각했다. 그리고 발가벗은 나체로 춤을 춘다는 소위 스트립쇼의 이야기도 연상했다. 움직이는 육체로서 남자들을 유혹하려는 행동들이다.

유난스럽게 화장을 하고 그것을 광고하듯이 나다니는 여자들——그리고 남자 앞에서도 천연스럽게 화장도구를 꺼내 놓고 부끄럼 없이 화장하는 여자들——을 생각했다. 역시 헝클어진 마음은 숨기고 남성들의 호감을 사려는 노골적인 요부적 행동일 수밖에 없다.

몸을 옷으로 감추기 시작한 것은 아담과 이브가 죄를 짓고 부끄러움이란 것을 알기 시작할 때부터라고 말하지만 사람은 역시 몸을 가릴 줄 아는 데서 정신의 아름다움을 발견할 수 있는 것 같았다.

탕 속에 몸을 잠그고 있던 경옥은 무거운 물건에 가슴이 눌린 듯 숨이 가쁜 것을 느낄 때 몸을 일으켜 탕 밖으로 나왔다. 비누로 몸을 닦기도 하고 깨끗한 물에 머리도 씻으려 했으나 가쁜 숨을 돌리려고 잠깐 서 있는 순간 그는 얼마 동안 자기도 보지 못했던 자기 육체로 눈이 돌아갔다. 쭉 뻗은 두 다리와 균형미를 지은 앞가슴 그리고 포동포동한 두 손 모두가 탄력성 있는 근육이었다. 어떻게 보나 조금도 부드러움이 없는 육체였지만 그래도 경옥은 그 육체가 자기만의 육체가 아니란 생각이 들었는지 수건으로 가릴 곳을 가리고 탈의장으로 뛰어나갔다. 몸도 닦지 못했고 머리도 빗지를 못했다.

부리나케 옷을 주어 입을 때 옆에서 명구의 물 끼얹는 소리가 들렸다. 아무데서나 소변을 보면서 육체의 노출을 꺼릴 줄 모르는 남자들이란 결국 자기들의 육체가 모든 구속에서 해방된 생각으로 또 그것을 특권처럼 여기고 있는 듯하여 경옥은 명구의 물 끼얹는 소리까지 불쾌하게 들렸다.

옷을 입고 방 안으로 돌아가 한참 있은 뒤에야 명구가 들어왔지만 경옥은 조금도 전에 벗었던 자기 육체를 명구에게 보여 주고 있기나 한 것처럼 몸가짐이 부자연스러웠다.

슈트를 입은 여자가 방바닥에 앉을 때에는 으레 두 다리를 뒤로 모아 놓는 법이지만 뒤로 모은 다리가 어째 어색하게 보였다.

"편히 앉으시죠."

명구도 불편해 보이는 경옥의 앉음이 눈에 거슬렸던 모양이다.

"어떻게 앉으면 편히 앉는 거지요?"

경옥은 사실 그 이상 더 편히 앉을 수도 없었다. 다리를 쭉 뻗치고 앉을 수도 없는 일이며 한복을 입었을 때처럼 무릎을 모두 세우고 앉을 수도 없었다.

"다리를 쭉 뻗게 하고 앉으시지……."

"그게 보기가 좋을까요?"

"보기 싫은 것을 어떻게 합니까? 편한 대루만 산다면 질서라는 것이 어디서 생겨요.”

“마음대루 하십시오. 자유를 뺏으려구 한 말은 아니니까…….”

명구는 빙그레 웃으면서,

“경옥 씨는 그런 데가 참 좋아. 남성적인 것 같으면서두 굉장히 여성적인 데가 있거든…….”

그러나 경옥은 샐쭉한 눈으로,

“듣기두 싫어요. 나를 그럼 여성적이 아닌 사람으루 보셨단 말예요. 벌써 몇 번째 그런 말을 하시는 거예요.”

하고는 잠깐 사이를 두었다가,

“언니 왜 아직 안 오실까?”

하고 시계를 들어다 보았다.

대구에 갔을 때는 한 방에서 같이 자기까지 했건만 이 날은 한 방에 같이 앉아 있는 것만도 거북스러웠다.

그러나 언니는 저녁때가 되어도 오지를 않았다. 저녁상이 들어올 때 명구는,

“오기는 틀림없이 올 겁니다. 올 테니 시장할 테니까 먼저 먹지요.”

하고 술병을 부어 잔을 채웠다. 경옥은 술을 못 먹는다고 한잔을 집어 식상 밑에 놓았다. 명구는 음악회의 성공을 축하하기 위한 것이니 따르기만이라 도 해야 된다고 우겼다.

“싫다는데 왜 이러세요?”

“참 고집이…….”

경옥은 식사를 시작했다. 식사를 다 마치고는 뒷산에 있는 절간에까지 산 보를 갔다 왔으나 경순은 그때까지 오지를 않았다. 그러나 명구는 경순이를 그렇게 기다리는 것 같지도 않았다. 경옥은 자기의 음악 축하회가 아니라 명구와 같이 목욕을 하러 온 것에 지나지 못한다는 생각을 가지지 않을 수 없었다. 참으로 무의미한 하루 같았다.

그래서 빨리 돌아가기를 독촉했다. 그때 명구도,

“참 싱거운 양반이로군.”

하고 사뭇 경순에게 대하여 불만을 가졌다는 듯이 보이고는 전화를 걸어 자기 차를 부르겠다고 나가 버렸다.

얼마 안 있어 돌아온 명구는 자기 차가 곧 올 테니까 잠깐만 기다리자고 했다. 경옥은 차를 기다리는 동안 방에 대한 말을 꺼냈다. 사실은 언니가 오면 두 사람에게 다 같이 부탁할 생각으로 언니 오기만을 기다리고 있었던 것이다.

명구는 그 말을 듣자 우선 누가 쓸 방이냐고 물었다.

그래서 심제삼이가 쓸 방이라고 대답했다. 그러자 명구는 이상스럽다는 눈초리로,

"대체 심제삼 씨와는 어떤 관계십니까?"

하고 물었다.

"그저 잘 아는 사람이죠."

"그 사람을 위해서 내가 희생될 필요는 뭐예요?"

"누가 희생을 해 달라구 그랬어요. 아는 집이 있으면 하나 얻어 달라구 그랬죠."

"허 허 신경질이시군. 그렇게 화내실 게 무업니까. 경옥 씨가 좋아하시는 사람한테까지 친절을 베풀 수가 없으니까 하는 말이죠."

"그만두세요 가깝기만 하면 그저 좋아한다고 모욕적인 말은 마구 하세요."

"네, 잘못했습니다."

명구는 능청스럽게 웃었다.

그러나 경옥은 용건만은 끝을 내야겠다는 듯이 그러나 누그러지지 않은 어조로 말했다.

"좌우간 방 한 칸을 얻어 주실 수 있어요."

"내가 가진 방은 없으니까 확답은 할 수 없지만 구하면 있기는 하겠지요."

"그럼 믿어두 좋지요?"

"글쎄요?"

"글쎄가 아녜요. 시급히 결정을 지어야 할 일이 있어요."

"곧 결혼을 하십니까?"

"정말 그러십니까?"

"참 별 실수를 했군요. 용서하십시오."

그 뒤에도 한 시간을 기다렸으나 자동차도 경순이도 오지를 않았다.

명구는 어찌된 일인지 궁금하다는 듯이 몇 차례나 전화를 하러 나갔으나 번번이 차 떠났는데 아직 도착하지 않는 이유를 모르겠다고 하면서 고개를 틀었다.

그러고 나서는 음악회도 끝났으니 이제는 회사에 출근할 수가 있지 않느냐고 물었다. 경옥은 며칠만 더 참아 달라고 말했다. 그러나 정 급하면 딴 사람을 채용해도 좋다고 말했다.

"아니 자리가 비어서 경옥 씨를 채용하려는 줄 아시오?"

명구는 의외라는 듯이 말했다.

그 말에 경옥은 문득 직업을 결정짓고 싶은 생각이 들었다. 시간에 제한을 받고 수많은 학생들에게 멸시를 당하는 학교생활보다도 명구의 회사가 훨씬 나을 것 같은 맘이 들었다. 제삼의 사업을 위해서도 그렇고 완석을 돌봐 줄 수 있다는 점에서도 월급이 많고 자유스런 회사가 좋을 것 같았다. 그래도 신중을 기하기 위해 대답만을 않았을 뿐이었다.

그런데 웬일인지 밤 열 시가 지나도록 자동차가 도착하지 않았다. 택시는 부를 시간이 이미 지나버리고 말았다.

명구는 미안하다는 듯이 머리를 긁으며,

"아마 도중에서 고장이 난 모양이지요."

하며 혼자서 운전수를 욕하기도 했으나 일이 이렇게 된 이상 하룻밤 자는 수밖에 없지 않으냐고 말했다.

경옥이도 할 수 없다고 생각하지 않을 수 없었다. 그러자 명구는 여관 사무실로 나갔다. 돌아와서,

"오늘이 때마침 토요일이라 방이 전부 만원이라는데 이걸 또 어떡하지요. 일두 공교롭게 되는데……."

하며 또 머리를 벅벅 긁었다.

경옥은 대구에서 잠잔 일을 생각했다.

"할 수 없죠 한 방에서 자면 어떤가요."

하고 그야말로 대담하게 말했다.

"그래두 세상이 그렇게 봐야지요."

경옥이보다도 걱정을 하는 듯이 명구가 쩔쩔매는 시늉을 했다.

결국은 한 방에 두 자리를 깔았다.

"불을 끌까요?"

옷을 벗음에 불편하리라는 뜻으로 명구가 물었다.

"불은 왜 꺼요?"

경옥은 톡 쏘아붙였다.

그들은 전깃불 밑에서 벗을 옷만을 벗고 제각기 제자리로 들어갔다. 그들은 자리에 누었을 때부터 서로 입을 다물었다. 그러나 잠을 꼭같이 이루지를 못했다.

한 번의 경험도 있기 때문에 경옥은 자기를 믿는 마음이 컸지만 그래도 잠만은 오지 않았다. 명구도 잠이 오지 않는지 이불만 부스럭거리고 있었다.

밤 한 시가 거의 되었을 때였다. 명구가,

"왜 안 주무세요."

하고 경옥을 보았다.

"선생님은 왜 안 주무세요."

하고 물었다. 그러나 명구는 대답을 안 했다.

한참 동안 지나서야,

"경옥 씨."

하고 불렀다.

"왜 그러세요?"

"언젠가 나더러 왜 이혼을 안 하느냐구 그러셨지요? 만약 내가 이혼을 한다면 경옥 씨는 나와 결혼을 해 주시겠습니까?"

명구는 자리에서 일어나 앉기까지 했다. 경옥은 깜짝 놀랐다. 그래서 그도 자리에서 벌떡 일어나 명구를 바라보았다.

"그런 걸 생각해 본 적이 없는데요!"

찬바람이 부는 말이었다. 그때 명구는 경옥이에게로 달려 와서,

"나는 경옥 씨를 사랑하구 있습니다. 경옥 씨를 위해서 이혼까지 할 생각입니다."

하고 경옥의 손목을 잡았다.

경옥은 뱀을 보듯이 손을 잡아 빼고,

"나를 위해서 이혼을 하세요? 내가 언제 그런 요구를 했던가요?"

"내가 진심으로 한 여자를 사랑해 보기는 정말 경옥 씨가 처음입니다. 경옥 씨."

명구는 경옥의 잔등을 끌어다 가슴에 안았다. 그리고는 자기 얼굴을 경옥의 얼굴에 다 비비려 했다.

그 순간이었다. 노크도 없이 문이 달칵 열렸다. 그리고 경순이가 얼굴을 디밀며,

"참, 실례들 했군요."

하고 만족한 듯한 웃음을 웃었다.

두 남녀가 어쩔 줄을 모르고 경순을 바라볼 때 그는,

"동생하구 동생 연인하구 좋아하는 걸 언니가 보문 어떤가? 언니한테까지 부끄러워할 게 뭐야. 껴안구들 있어 곧 갈게."

경순은 문을 휙 닫고 사라져 버렸다.

바다의 합창

경옥은 왈칵 눈물이 쏟아져 나왔다. 명구에 대한 극도의 증오와 언니에 대한 말할 수 없는 분노가 합쳐서 홍수물처럼 밀려드는 역정을 참을 도리가 없었다. 조금 늦어질 테니 먼저 가라는 쪽지까지 써 보낸 뒤 이때까지 얼굴도 보이지 않다가 밤 한 시가 지나서 그것도 남이 당하는 모욕을 통쾌한 눈

으로 보기 위하여 문을 꽉 열고 들어온 경순의 행동은 자기를 모함에 넣기 위한 계획적인 행동에 틀림없었다.

'언니한테까지 부끄러워할 게 뭐야. 껴안구들 있어.'
하고 일이 잘 되었다는 듯이 웃고 나가 버렸다는 것은 명구와 자기와의 사이를 일부러 그렇게 만들려고 미리부터 꾸며 놓은 것이 분명했다.

억울하고 분해서 못 견디는 동생을 도와주지는 못하나마 잘 됐다고 비방하듯이 웃는 언니가 도대체 세상에 있을 수 있을까!

생각할수록 경옥은 슬펐다. 이불을 안고 울기만 하는 경옥을 보자 명구도 할 수 없다는 듯이 자기 자리로 가기는 했지만 어찌된 영문인지를 알 수 없다는 듯이 고갯짓을 하며,

"미안합니다. 용서하십시오."
하고 멍하니 앉았다.

사실 명구도 알 수 없는 일이었다. 경옥이가 자기를 좋아한다고 거짓말을 한 것이라든가 바쁜 일이 있다고 해서 둘이서만 동래온천까지 오게 한 것까지는 그래도 좋으나 성사를 하려고 하는 순간 경순이가 뛰어들어왔다는 것은 아무래도 알 수 없었다. 어떤 복선(伏線)을 가진 행동이라 생각지 않을 수 없었다. 그렇기 때문에 좀처럼 만들기 힘든 기회를 놓쳐 버리고 말았다는 분한 생각이 더욱 컸다. 덕태에 경옥이를 완전히 잃어버리고 만 것이다. 경옥이뿐만 아니라 경순이까지도 잃어버리고 말았다.

그러나 경순을 잃은 것쯤은 조금도 아깝지 않았다. 벌써 일 년이나 계속해서 사귀고 있다는 것을 생각할 때는 진절머리가 날 만한 여자다. 벌써 끊어 버렸어야 할 것이지만 경순이의 애정에 대한 태도가 자기와 통한다는 점에서 끊지를 못하고 있다. 아니 끊지를 않고 있다. 경순이와 관계를 맺고 있다고 해서 다른 여자와 관계를 할 수 없다면 모르지만 경순은 그런 것을 알려고도 하지 않는다. 경순이 같은 여자라면 몇십 명이라도 한꺼번에 연애를 할 수가 있다.

다만 한국의 일류 음악가요 또 처녀인 경옥을 잃었다는 것만이 분했다. 이때까지 눈독을 들인 여자로 함락시켜 보지 못한 여자가 없다. 그러나 오

늘만은 무슨 운명의 장난일까?

명구는 미안하다는 말을 하고 자리로 돌아오기는 했으나 한 번 더 시험해 보는 것이 어떨까 생각했다. 자존심이 강하고 연애에 신중을 기하는 여자에게는 냉정을 보여 주어야 했다. 섣불리 손을 대서는 실패하고야 만다. 그래서 이때까지는 경옥에게 무관심한 태도를 보이는 데 성공했다. 그러나 그러한 여자일수록 불의의 습격에는 손을 들고 말게 되는 법이다.

명구는 울고 있는 경옥에게로 슬며시 가서,

"경옥 씨 울지 마십시오. 모든 것이 내 잘못입니다."

하고는 울음을 달래는 척하고 경옥의 몸을 일으켜 안으려고 했다. 그때였다. 경옥은 자리에서 벌떡 일어서며 명구의 뺨을 보기 좋게 한 차례 후려갈겼다. 찰싹 소리가 났다. 명구는 얼음판에 넘어진 소와 같이 눈을 끔벅이었다. 경옥은 입을 꼭 닫은 채 명구를 노려보다가 벽에 걸린 옷을 주어 입고 밖으로 뛰어나갔다.

잠긴 대문을 열어 달라고 사무실 사람들을 깨웠을 때 눈을 부비고 나온 사환이 웬일이냐고 물었다. 경옥은 급한 일이 있으니 빨리 대문이나 열라고 말했다.

대문이 열리자 밖으로 나온 경옥은 어딘지 방향도 없이 걸었다. 그야말로 쥐 죽은 듯 고요한 밤이었다. 그러나 암실처럼 캄캄한 밤이기도 했다. 먼 산에서부터 불어오는 바람처럼 거세이지는 않았으나 뺨을 깎는 듯한 찬바람은 가슴속까지 얼어붙게 하는 것 같았다.

그는 부산가는 길을 찾을 생각도 하지 못했다. 잠을 자지 않고 경비하고 있는 파출소에라도 가서 날이 밝기를 기다리자는 것이었다. 그러나 파출소도 어디 있는지를 알 수 없었다. 무턱대고 걸어가노라면 어디서라도 누구냐 하고 심문할 사람이 나타날 것만 같았다.

캄캄한 길을 캄캄한 마음으로 한참 동안이나 헤매고 있을 때 과연 어디선지 누구냐 하고 고함치는 소리가 들렸다. 정말 파출소 앞이었다. 그래서 경옥은 파출소 앞으로 걸어가서 총을 든 순경에게,

"미안하지만 파출소를 찾아오던 사람인데 밝을 때까지만 좀 앉아 있게

해 주십시오."
라고 간청을 했다.

순경은 이상한 눈으로 경옥을 훑어보다가 정말 의심스러운 사람을 붙잡은 듯이 방 안을 데리고 들어가 심문을 시작하였다. 경옥은 잘못하다가는 도리어 문제를 크게 만들 것 같은 생각이 들어 여관을 뛰쳐 나왔다는 말을 하지 않으리라 마음먹었다. 그래서 의심스러운 사람이 절대로 아니니까 사무실에 앉아 있다 가게만 해 달라고 부탁했다. 순경은 신분증명서를 보자고 했다. 경옥에게는 그런 것이 하나도 없다. 도민증도 아무것도 없다. 그래서 그런 것이 없다고 말했더니 순경은 정말로 의심이 난다는 듯이 바라보다가,

"뭣 하는 여자요?"
하고 물었다.

"뭣 하긴 뭣 하는 여자예요. 그저 여자지."

경옥은 톡 쏘아붙였다. 혹시 배경이 있는 여자나 아닌가 해서 묻는 것 같기 때문에 특히 불쾌하게 대답을 했다. 그랬더니 순경은 더 날카롭게 도민증도 왜 없느냐고 질문을 했다.

"그런 건 만들지도 않았어요. 얼굴이 신용 있지 종이조각이 신용 있어요. 내 얼굴을 못 믿겠거든 마음대루 하세요."

그럼 무엇 때문에 이 밤중에 거리를 걷고 있느냐고 물었다.

"이 밤중 아니라 아무때라도 걷고 싶으면 걷는 게 아녜요."

경찰은 보통 여자가 아니라 생각했던지

"앉아 계시우. 내일 아침 본서에 가서 말을 들어봅시다."
하고는 심문도 하지 않으려 했다. 정말 한 시간이 지나도 아무 말을 묻지 않았다.

어디 있는지도 모르는 경찰서로 끌고 가고야 말 모양이었다. 경옥은 그렇게만 되면 일이 귀찮게 될 뿐 아니라 언제 집으로 가게 될지가 몰랐다.

그리고 집으로 나가려면 이 사람 저 사람 자기를 보증해 줄 사람을 불러야만 할 것을 생각하니 경찰 비위를 거스르게 한 잘못이 후회되었다. 그러나 이제 새삼스럽게 태도를 달리 할 수도 없어서,

"××호텔루 전화를 걸어서 김명구라는 사람을 불러 주세요."
하고 경찰에게 부탁했다.

　그때,

"김명구 선생이 호텔에 계셔요."
하고 경관이 반문을 했다.

　그러는 길밖에 없다고 생각해서 김명구의 이름을 입 밖에 냈던 것이지만 경관이 김명구를 선생이라 존칭하면서 아는 척하는 데는 놀라지 않을 수 없었다. 김명구의 사교가 그렇게까지 넓다는 데 놀란 것이 아니라 이제야말로 깊은 밤에 여관을 뛰쳐 나온 사연을 알리지 않고 배길 수 없게 된 것이 놀라웠다. 그래도 경옥은 그 말에는 입을 때지 않고 전화가 나오면 명구를 좀 오라고 해서 자기를 끌어내도록 하리라는 생각만 가졌다.

　경관은 금시 전화를 걸었다. 그리고 명구를 불러 놓고는 전화통을 든 채,

"김명구 선생하구는 언제부터 친했소?"
하고 경옥에게 물었다. 경옥은 대답을 안 했다. 비웃는 듯 경멸하는 어조가 자기를 돈에 팔려 다니는 여자라고 해석한 것 같이 들렸던 것이다.

　경관은 다시,

"같이 왔으면 같이 놀다 갈 것이지 이 밤중에 왜 여길 나온 거요?"
하고 웃음까지 띠고 물었으나 그 말에도 경옥은 대답을 안 했다. 그러자 사람이 나왔는지 경관은,

"김 선생님이십니까? 저 파출소의 ×××입니다. 주무시는데 미안합니다만 이경옥이란 여잘 아시는지요?"
하고 전화통에 시선을 돌리고 말했다. 상대편에서 무어라고 했는지 경관이

"그럼 지금 데리구 가겠습니다."
하고 전화를 끊으려 할 때 경옥은 경관에게 전화를 자기에게 좀 대 달라고 부탁했다. 그러나 경관은 그럴 필요가 없다는 듯이 전화를 끊어 버리고,

"모셔다 드릴 테니까 같이 가기나 합시다."
하고 경옥을 앞세우려 했다.

"난 안 가요. 조금만 더 있다가 부산으루 바루 갈 테예요."

"공연히 그러시지 말구 빨리 가십시다."

순경이 빙그레 웃었다. 사랑싸움 가지고 그럴 게 뭐냐는 듯한 웃음이었다. 경옥은 창피스러운 생각이 들었다 공연히 옥신각신 하다가 창피를 당하느니보다는 순순히 따라가는 것이 후환이 없을 것 같았다.

여관으로 가자 현관까지 나와 순경에게 고맙다는 말을 해서 그를 돌려 보낸 명구가 비웃는 듯한 웃음을 웃으며,

"파출소에까지야 갈 게 없지 않습니까?"

하고 마치 복수를 하기 위해서 파출소를 찾아가기나 했던 것처럼 말했다.

경옥은 더욱 불쾌했으나 아무 말도 아니하고 방 안으로 들어갔다.

"그래 파출소 가서는 어떻게 할 작정이었습니까?

명구가 다시 항의를 하듯 물었다.

"아무렇게도 할 생각이 아니었으니까 걱정 말어."

경옥은 눈을 똑바로 뜨고 반말을 썼다. 한 마디나마 명구와 같이 입을 열고 싶지 않는 것이 경옥의 마음이었다.

"걱정 말어? 말씀 잘 하시는데……."

명구는 반말이 마음에 거슬리는지 쓴웃음을 웃었다. 그러나 명구는 경옥의 마음을 달래느라고,

"얼마든지 사과를 할 테니까 너무 화를 내지 마십시오."

하고 부드럽게 말을 건네었다. 그 뒤에도 여러 말을 해 보았으나 경옥은 통 입을 열지 않았다. 명구는 할 수 없이 자리에 누워 버렸다. 경옥이도 다시 자리 속에 들어가 버렸다.

몇 시간이 지났는지 모른다. 경옥이가 깜빡 눈을 감았을 순간 무엇이 이불 속으로 기어들어오는 것을 느꼈다. 경옥은 눈을 깜짝 뜨고 자기도 모르는 새,

"개자식."

하고는 따귀를 한 대 갈겼다.

이불 속으로 들어오던 명구가 계면쩍은 웃음을 웃으며 자기 자리로 들어가자 경옥은 도대체 그의 마음을 모르겠다는 듯이,

“어쩌면 남이 싫다는 걸 그렇게까지 그러는 거유?”
하고 물었다. 명구가 대답을 안 하자,

“동물이라두 차마 그러지는 못할 게 아닙니까? 말씀을 좀 해 보세요.
네.”

“………”

“사람에게는 의리라는 것두 있구 체면이라는 것두 있구 도덕이라는 것두
있지 않습니까? 돈이나 권력을 가지고 아는 여자마다 굴복시키려 한다면 당
신네들에게 굴복당하는 여자들의 장래는 어떻게 되라는 겁니까? 당신네들
이 사회의 도덕을 파괴시킨다는 데 대해서는 조금두 생각지 않습니까?”

“………”

“그게 인생의 전부는 아니겠지요? 좌우간 말씀이나 좀 해 보세요. 네.”

“될 수 있는 한 쾌락을 많이 맛보자는 것이 인생이 아닐까요?”

명구가 겨우 입을 열었다.

“남의 일생을 파괴시키면서 느끼는 쾌락이 진정한 쾌락인가요?”

“피차가 다 같이 쾌락을 느끼는 놀음인데 파괴라는 게 어디 있겠습니
까?”

“그건 결국 악마의 마음이에요. 당신에게 돈이나 권력이 없다면 누가 당
신의 쾌락의 상대자가 되겠습니까? 나는 당신 같은 사람들을 악마의 명부
속에 기록하여 악마들만이 사는 세상으루 돌려 보내야 한다구 생각합니다.”

“악마의 소질을 안 가진 사람이 몇이나 된답니까? 모두가 소질만은 다
가지구 있을걸요”

“듣기 싫어요. 당신만 악만줄 알아요.”

경옥은 이야기를 해도 시원치 않을 것을 알았든지 그 이상 더 말하지 않
았다.

어느덧 여섯 시가 되었기 때문에 자리에서 일어나며,

“다음부터는 아는 척두 마십시오.”
하고 여관을 뛰어나왔다.

경옥이가 여관을 뛰쳐 나가도 명구는 쫓아갈 생각을 안 했다. 이제는 그

야말로 희망이 없어진 여자다. 따라갈 필요도 느끼지 않았던 것이다 그러나 얼마 안 있어 경옥이 대신 경순이가 들어왔다 들어오자마자,

"색마는 할 수 없구만요. 남의 동생까지 겁탈을 하구야 마니……. 그런데 경옥은 어딜 갔수?"

하고 경순이가 비웃으며 물었다.

"어딜 갔는지 누가 알우."

명구는 도리어 경순을 원망하는 눈초리로 말했다.

"그럼 성공을 못한 모양이로군요?"

"말 말우, 당신 덕택이지 뭐야 별 창필 다 당하구……. 생전 첨인데."

명구는 입이 쓴지 담배를 피어 계속적으로 연기를 빨아들였다. 연기를 빨아들이면서도,

"대체 당신은 무슨 연극을 꾸민 거요. 나를 시험해 본 거유?"

하고 질문을 했다.

"당신 마음이 정말 어떤가 한 번 시험해 본 거지 뭐유. 내가 좀 늦게 오기는 했지만 바루 이 옆엣방에서 동정을 살피구 있었어요. 경옥에게 손을 대지 않는다면 나는 정말 당신만을 사랑할려구 그랬어요. 그러나 시험한 결과 당신은 낙제야, 낙제란 뜻을 알았죠."

경순은 이 말을 남기자 방 안에서 일어났다. 그리고는 경옥이가 나가듯이 방 안을 뛰쳐 나갔다.

"망할 것들."

뒤에서 명구의 내뱉는 소리가 들렸으나 경순은 들은 척도 아니하고 여관을 나와 버렸다.

경순은 경옥이가 명구와의 관계를 맺도록 연극을 꾸몄던 것이나 명구에게 거짓말을 꾸미어 자기의 연극이 악질적이 아니었다는 것을 보여 주었다.

택시회사에 와서 택시를 타고 시내로 들어오는 동안 경순은 자기의 거짓말을 잘 한 것인가 생각했다. 무슨 동기로 꾸민 연극이었든 명구가 경옥에게 손을 대려 한 것을 안 이상 명구를 다시 상대할 수는 없는 일이다. 그리고 명구를 떠나지 않을 수 없게 되었다면 명구에게 떳떳치 못한 인상을 남

기기보다는 차라리 잘 되었다고 생각지 않을 수 없었다.

만약 자기의 본심을 명구에게 털어놓았다가 그 말이 경옥의 귀에까지 들어가게 된다면 경옥이가 자기를 얼마나 나쁘게 여길 것인가 생각할 때 더구나 거짓말 한 것이 잘 되었다고 생각되었다. 명구에게 거짓말을 한 것 아니라 경옥이가 명구에게 겁탈당하지 않은 것도 천만 다행으로 생각했다. 만약 경옥이가 명구의 유혹에 넘어갔다면 경옥은 자기를 천하의 악부(惡婦)로 생각할 것이며 죽을 때까지 자기를 저주할 것이다.

그래서 경순은 갑자기 경옥에 대한 미안한 마음을 느꼈다. 언니로서 떳떳한 생각도 못해 왔거니와 악한 마음까지 먹었던 잘못이 뉘우치게 되었던 것이다.

그래서 경순은 자동차로 경옥의 하숙까지 달렸다. 앞으로야 어찌 되었든 지난 밤에 대한 일만은 변명해 두어야 할 것 같았기 때문이었다.

경옥이도 자동차로 달려 왔는지 벌써 와서 자리에 누워 있었다. 언니가 왔다 해도 자리에서 일어나지도 않았다.

"너 나를 오해하니?"

경순이가 경옥의 베개 옆에 앉아 부드럽게 말했으나 경옥은 대답을 안 했다.

"오해는 말아. 내가 볼일 때문에 밤이 으슥해서야 갔는데 가서 가만 보니 명구가 딴 맘을 먹을 것 같아 그 작자 망신을 시켜 줄려구 너한테 손댈 때까지 기다리다가 들어갔던 거야. 만약 그때 내가 안 들어갔다면 무슨 일을 당했을지 몰랐을 거다."

이렇게 변명을 할 때야 경옥은,

"그럼 어딜 또 갔었어요 나를 혼자 두구?"

하고 경옥이가 항의를 했다.

"그 이상 더 창피를 줄 수 있나? 나는 네가 나를 따라오는 줄만 알았지 어디 그냥 있을 줄이야 알기나 했어……."

경옥은 대답 대신에 눈물을 떨어트렸다.

"울기는 왜 우니? 앞으루 안 만나면 그뿐인 걸 무슨 욕을 봤니 창피를 당했니.”

그래도 경옥은 울기만 했다.

“참 잘 됐어. 그 악질한테 걸리지 않은 게……. 너보구는 그런 소릴 안 하던? 자기 마누라는 남모르는 병신인데 불쌍해서 이혼두 못하구 그대루 산다는…….”

경옥은 그 말에 깜짝 놀라는 기색을 하고,

“언니두 그런 걸 알우?”

하고 비로소 입을 열었다.

“알구 말구 그래서 처음엔 나두 속았지! 누구 보구두 그런 소릴 하는 모양이더라.”

“속은 줄 알면서두 그냥 사괬수?”

“속은 뒤야 어떡허니? 나두 그 자와 결혼할 생각은 없기두 했지만 속구 속이는 게 세상 아냐?”

이 말을 듣자 경옥은 다시 눈물을 흘리기 시작했다. 모르는 세상에는 그렇게도 무서운 것이 숨어 있었던가 하는 슬픔이 북받쳐 올라 왔던 것이다.

“언니, 세상은 왜 그래야 하우…….”

경옥은 울면서도 자리에서 일어나 앉았다.

순진한 울분에서 울고 있는 경옥을 보자 경순은 자기도 따라 슬퍼졌다. 자기도 모르게 눈시울이 뜨거워지다가 눈물이 쭉 흘러내리기까지 했다.

“그런 세상을 살아 온 언니를 너는 그래두 나쁘게만 생각하고 있지?”

경순은 경옥에게 하소하듯 말했다.

그러나 경옥은 그 말에 대답을 안 했다. 아무리 세상이 그렇기로서니 그 세상과 타협한 언니를 이해하기가 싫었던 것이다. 이해한다는 것은 결국 용서한다는 뜻이다. 언니를 용서할 생각은 아직 가지고 있지 않은 경옥이었다.

나쁜 사람이란 것을 처음부터 알면서 명구를 자기에게 소개해 주었고 또 지난 밤의 일까지 만들어 주었다는 것을 생각할 때 도리어 원망만 하고 싶은 경옥이다.

그래도 경순은 자기가 진정 불쌍한 사람이라는 듯,

“나두 처음엔 세상과 싸워서 이겨 볼려구 그랬어! 그리구 나중엔 이긴 것이라구두 생각했어. 그러나 지금은 그 이긴 것이 아니라는 것을 알았어…….”

하고 경옥의 손목을 잡았다. 거짓이라도 좋으니 자기를 알았다고 말해 달라는 듯한 표정까지 지었다. 그러나 뜻밖에도,

“그만두세요. 언니 같은 여자가 있기 때문에 그런 남자가 늘어가는 게 아녜요.”

하고 경옥이가 그의 손을 뿌리쳤다. 경순의 눈물 흘리던 얼굴이 갑자기 흥분으로 돌변했다.

“뭐? 그래 그 사람을 나쁘게 만든 게 내란 말이냐?”

“따지구 보면 언닐지두 모르지요. 언니가 언니다운 일을 했다면 그 자가 내한테 손을 댈 수 있어요?”

“괜히 어째? 그럼 내가 그 자를 그렇게 시켰단 말이지? 너 미국 가서 공부해 온 게 겨우 그거냐? 내가 음악회날 옷 해 입으라구 돈 준 걸 넌 옷두 안 해 입었지. 네가 언니를 언니루 생각지 않구 있다는 것 벌써 알았었다 알았어.”

경순은 비록 자기가 언니다운 행동을 못했다 할지라도 경옥에게 면박을 당했다는 것만은 분하게 생각하지 않을 수 없었다.

그러나 경옥도 언니를 언니로 대접해 주어야 할 의무감을 느끼지 못할 만큼 흥분되어 있었다.

“언닌 돈이면 만사가 다 해결되는 줄 알지요? 나는 돈 있는 언니보다 차라리 거지 언닐 두었으면 좋겠어요. 더 이야기하기두 싫어요. 빨리 가시기나 하세요. 참 옷 사라구 준 돈은 나보다두 더 필요한 사람에게 주었으니까 그리 나쁘게 생각지 마시구…….”

“간다, 가. 어디 보자 네가 잘 사나 내가 잘 사나. 세상에 윗사람 몰라보구 잘 사는 거 하나 없더라.”

경순은 경옥이 집을 나와 버렸다. 나와서는 자기 다방으로 걸어갔다. 다방으로 가서 레지 자리에 앉았을 때 경순은 온몸에 맥이 폴싹 풀리는 것을

느꼈다. 되게 얻어맞은 것 같기도 했다.

생각해 보면 경옥이를 명구와 같이 온천으로 보낸 것은 확실히 자기의 잘못이다. 아무리 생각해도 그것만은 자기의 잘못이다. 그러나 그렇다고 해서 경옥이가 자기에게 가란 말까지 그렇게 할 수가 있단 말인가. 아무리 죽일 노릇을 했다기로서니 동생이 언니에게 모욕을 준다는 것은 차마 있을 수 없는 일일 것 같았다.

가슴이 답답했다. 그러나 가슴이 답답할 때마다 좋은 동무가 되어 주던 명구와도 만날 수 없게 되었으니 이제는 정말 답답하게 되고 만 것이 아닌가?

경순은 충림만을 사랑하겠다던 자기를 생각해 보기도 했다. 그러나 그것도 결국은 쑥스러운 일이라 생각하고 말았다. 무엇이 안타까워서 싫다고 떠난 남자까지 추군덕스레 따라갈 것인가? 아무래도 그 세상이 그 세상일 바에야 놀 대로 놀고 즐길 대로 즐기다 죽는 것이 상수일 것 같았다.

이제 절개를 지키고 산다고 해서 누가 열녀문을 세워 줄 것도 아니다.

경순은 오늘 저녁부터 새로 만들 패트런을 고르기 시작했다. 사실 패트런이 되어 줄 사람은 얼마든지 있다. 양행을 하고 돌아와서 정치단체에 일 보는 S씨, ××내과병원 원장 K씨, ××무역회사 취체역 R씨, ××광업회사 사장 M씨 이렇게 세려면 한이 없다. 모두가 자기만 예스 하면 당장에 동거 생활이라도 할 수 있는 사람이다. 경순이는 그 속에서 나이가 가장 젊고 그리고 풍채가 좋으며 마음이 시원스런 사람을 골라 보았다. 그러나 몇몇 사람을 빼고는 모두가 어슷비슷 하였다.

"누굴 골라잡을까?"

경옥은 몇 사람 가운데서 다시 손가락을 꼽아 보았다. 그러나 그러는 것도 귀찮아,

"오늘 제일 먼저 찾아오는 사람으로 정하지."

하고 단정해 버렸다. 몇몇 손꼽은 사람 중에서 제일 먼저 오는 사람으로 패트런을 삼는 것이 제일 편하리라 생각했던 것이다.

이렇게 마음을 먹고 나니 경옥에게 복수를 한 듯이 가슴이 시원하기도 했

다. 그래서 마음놓고 다방 일을 보면서 과연 누가 제일 먼저 나타날 것인가 궁금히 생각하고 있을 때였다.

어떤 남자가 과연 경순을 찾아왔다. 그러나 패트런 후보자는 아니었다.

그는 동그라미 두 개를 붙인 군인이었다.

"이게 누구요?"

경순은 패트런 후보자가 아니라는 실망도 느끼지 않고 누구보다도 반갑게 악수를 했다. 그러나 군인은 굉장히 높은 사람과 악수를 할 때처럼 엉거주춤하니 경순 손목을 잡는 둥 하고는 모자를 벗어 깍듯이 절을 했다. 눈에서는 금시 눈물이 흐를 듯 눈시울이 질척해 있었다.

"좀 앉으세요. 그새 얼마나 고생하셨소?"

경순은 그저 반갑기만 해서 그를 자리에 앉혔으나 남자는 말을 할 듯 하고 한참 동안 앉았다가야,

"형님이 그렇게 돌아가신 걸 이번 부산에 와서야 알았습니다. 그새 한 번 찾아오지도 못해서……."

하고는 경순의 얼굴을 정면으로 보지도 못하며 눈물을 떨어뜨렸다.

"벌써 삼 년이나 거의 됐는걸요, 뭐."

경순이가 도리어 새삼스럽게 슬퍼할 일이 못 된다는 듯이 말했다.

"형님이 돌아가신 것을 진작 알았다면 벌써 찾아왔지요. 형님이 그렇게 좋아하시던 불란서판 괴테 시집을 제가 억지루 뺏어간 것이 늘 마음에 걸려서 정말 하루두 형님을 잊은 때 없었습니다. 그뿐 아니라 그 형님이 저를 살려 주기까지 했습니다."

군인은 가죽잠바 속에서 와이셔츠 주머니를 열고 책 한 권을 꺼내 놓았다. 한국에서 보기 힘든 불란서 말의 가죽 뚜껑을 한 시집이었다. 그러나 가운데가 칼로 자른 듯이 푹 패어 있었다.

"이 책이 아니었다면 적의 포탄 파편이 내 가슴을 아주 뚫어 버렸을 겁니다. 나를 살려준 이 책을 형님 영전에라두 모셔 주십시오."

이 말을 듣자 경순도 갑자기 눈물이 핑 돌았다. 죽은 남편의 사촌동생이지만 정말 죽은 남편이 살아서 돌아온 듯 가슴이 뻐근해졌다.

경순은 가죽 뚜껑의 책을 집어들었다. 언제나 책상 한편에 놓아 두었으며 식사만 끝나면 반드시 한 구절씩 읽고 하던 남편에게 있어서 무엇보다도 소중한 책이었다.

그러한 책을 사촌동생 두걸(斗傑)이가 가져갈 때 남편은 몹시 서운해했으나 그러나 친척 가운데서 가장 가까운 사람이요 또 그가 일선에서 싸우는 군인이라는 데 남편은 아무 말도 하지 않았다.

도리어 책 대신에 두걸이가 사다 준 미국제 구두를 신을 때마다 두걸의 안부를 걱정할 따름이었다.

그런 지 얼마 안 되어 6·25를 만나 남편은 괴뢰군에게 총살을 당했고 두걸은 어떻게 되었는지 이때까지 소식을 몰라 오던 터였다.

그러한 책인 만큼 경순은 책을 보는 것이 남편을 대하는 것과 같지 않을 수 없었다. 남편의 살을 만지듯이 책뚜껑을 쓸어 보기도 했다. 따라서 얼마 동안 완전히 잃어버렸던 남편에 대한 가지가지의 추억이 머리에 떠올랐다.

얼마 동안 남편의 추억을 더듬고 있던 경순은 자기가 깊이 간직하고 있는 남편 구두 한 짝을 생각했다. 두걸이가 사다 준 것이었으며 남편이 총살당할 때까지 신고 있던 구두였다. 총살을 당한 뒤 시체를 운반해다 묻으려 할 때 한 짝밖에 신겨져 있지 않는 그 구두를 벗겨다가 남편의 유물로 길이 간직해 두었으며 피난 올 때에도 그것을 그대로 가지고 왔던 것이다. 그래서 두걸에게 그 이야기를 들려 주려 했다.

그러나 경순은 그 말을 입 밖에 꺼내지 않고 말았다. 그 말을 꺼낸다면 이야기가 길어질 것이고 이야기가 길어지면 자연 딴 이야기가 나오고야 말 것이 싫었던 것이다. 지금 경순은 패트런 후보자를 결정지으려 마음먹고 있다. 두걸로 말미암아 너무 오랜 시간을 허비하고 싶지가 않았다. 그러나 두걸이가,

"얼마나 고생을 하십니까? 웬만하면 제 가족들이 부산에 살구 있으니까 같이 고생을 하셔두 좋으실 텐데요."

하고 정말 죽은 사촌형의 뒤를 맡아보아야 할 책임을 느끼고 있는 듯이 말했다. 경순은 웃음이 날 뻔했다. 무얼 가지고 자기를 먹여 살리려는 셈인가

물어 보고 싶기도 했다. 그러나 경순은 다음 순간,

"고생을 해두 같이하면 괜찮지 않아요. 굶어 죽지는 않을 테구 또 아주머니에게 딴 걱정은 시켜드리지 않을 테니까 이런 고생은 그만두시지요."
하는 두걸의 꾸밈없는 얼굴을 보자 자기를 진심으로 걱정해 주는 사람을 세상에서 처음으로 만난 듯한 감격을 느꼈다.

같이 놀자고 하는 사람은 얼마든지 있으나 같이 고생을 하자는 사람은 정말 처음이었다. 갖은 이야기를 만들어 주는 다방 영업을 나쁘다는 말 대신 고생스런 일이라 말하고 또 그 고생보다는 자기와 같이 살며 겪는 고생이 날 것이라고 말해 주는 두걸이에게는 그저 머리가 수그러질 뿐이었다. 모른 척해도 할 수 없는 사람이지만 친척 없는 자기를 돌보아 주어야겠다는 책임감도 반가웠다. 그러나 그 고마움을 그대로 받아들일 수도 없어서,

"일선에서 얼마나 고생하였어요?"
하고 화제를 슬쩍 돌려 버렸다. 그렇다고 해서 형식적인 가식을 꾸며 물어 본 것은 아니었다. 오래간만에 만난 남편의 마음을 어루만져 주는 듯한 따뜻한 말이었다.

"부상당하신 데는 없으세요?"

경순은 이렇게도 물었다.

두걸이는 자기의 이야기에 관한 것은 극히 간단하게 대답했다.

"일선에서는 적들과 마주 바라보고 있다죠?"

"일선에서는 무어나 자꾸 먹구 싶다죠?"

"제일 슬픈 게 동무가 전사했을 때라죠?"

"후방 사람들이 사치하게 차리구 다니는 걸 제일 싫어한다죠?"

"가족들이 굶주린다는 소식을 들을 땐 죽구 싶다죠?"

이런 것들을 순순히 물어 보았다. 물어 본다기보다도 자기가 아는 것들을 다짐해 보는 태도였다. 아니 알면서도 입 밖에 내지 못하던 것들을 이제는 말해도 괜찮다는 어떠한 신념 속에서 그 신념을 토로하는 것 같았다.

그러고 나서는 또다시,

"중령이면 무슨 일을 맡아보시죠?"

“지금은 어디서 무슨 일을 보시구 계세요?”
하고 물었다.

　이런 말들을 묻는 동안 두걸은 자기의 이야기는 정말 중요한 것이 못 된다는 듯이 간단히 대답했다. 그리고는,
“아주머니가 이런 고생을 하셔서 어떡해요?”
하고 경순이만이 걱정이라는 태도로 또 화제를 돌렸다.

　경순은 그런 말을 할 때마다 마음이 부풀어올랐다. 조금만 아프다고 하면 가슴을 쓸어 주고 팔다리를 주물러 주던 남편을 보는 것 같았다.
“내가 무슨 고생을 한다구요!”

　경순은 자기 말을 그만 물어 주었으면 했다. 그러나 두걸은,
“아주머니가 이런 장사 하시는 걸 어떻게 제가 보구 있을 수가 있겠습니까?”
하고 또 걱정했다. 그때 경순은,
“내 걱정은 마세요. 나는 될 대루 다 된 여잡니다. 모른 척 내버려 두세요.”
하고 갑자기 머리를 책상에 댄 뒤 울기를 시작했다. 얼마 전에 경옥에게서 받은 모욕과, 지금 두걸에게서 받은 진심을 합친 엉켜진 감정에 자기 스스로가 갈피를 잡을 수 없었던 것이다.

　두걸이는 자기가 경순의 마음을 건드려서 잠자던 슬픔을 깨우쳐 준 것이라 느꼈는지,
“우시지 마십시오. 내일이라도 또 오겠습니다.”
하고 자리를 일어섰다.

　경순이는 눈물을 닦고 배웅해 주려 했으나 자리에서 일어섰을 때에는 두걸이가 이미 다방에서 사라져 버린 뒤였다. 경순은 착잡한 감정을 수습하려고 도로 자리에 앉았다. 그러나 세상은 그를 또 한 번 시험해 보려는 듯 그의 눈앞에 김명구가 나타났다. 경순은 눈을 돌렸다. 김명구를 보지도 않으려 했던 것이다. 어제까지도 유일한 패트런이었으나 지금에는 보기도 싫었다. 선한 것과 악한 것이 확실히 다르게 보이는 새로운 눈이 생겼기 때문인지

모른다. 악한 것에 대한 증오감을 느낄 마음의 충동이 컸기 때문인지도 모른다.

어쨌든 자기 옆으로 와서 앉은 명구가 보기도 싫어서 그는 자리를 일어섰다.

"뭣 땜에 또 찾아온 거야. 빨리 가요."

하고 명구를 보지도 않으며 잔잔히 말했다.

"신경질은 그만 해 두구 앉아요?"

명구가 이렇게 말할 때에는,

"아직 모자르는 게 있었나요?"

하고는 명구를 본 척도 아니하고 그 옆을 걸어 방 안을 한 바퀴 돌고 나서는 차를 마시고 돌아가는 손님처럼 뒤도 돌아보지 않고 다방 밖으로 나갔다.

경순은 무엇에 끌린 듯 영도다리까지 걸어 나갔다.

언제까지라도 출범하지를 않고 죽어 넘어진 채 움직일 것 같지 않은 커다란 배들이 시선 정면으로 보이는 다리 중앙 난간에 이르자 그는 발을 멈추었다.

눈이 금시 내릴 듯 곱게 흐린 하늘도 아니었다. 하늘 저편에서는 눈보라가 치고 있는지 먼 하늘만이 까맣게 보이고 가까운 구름들은 소리가 날 만큼 빨리 달아나고 있었다. 바로 발 밑 다리기둥을 함부로 때리는 파도는 멀리 바다 저편에서부터 밀려오는 물결에 쫓겨 앞으로 밀려 나가고 있었다. 밀고 밀리는 물결은 광풍에게 쫓겨 물결이 물결을 때리며 물같이 밀려 왔건만 물은 또한 성난 소리를 지르며 다시 돌려 쫓아 보낼 것이니 어이 슬프지 않겠느냐고 울고 있는 것 같기도 했다.

그 울음은 서글픈 바다의 영혼이 영원한 울부짖음을 노래하는 것 같기도 했다.

경순은 바다와 같이 합창을 부르고 싶었다. 어떠한 노래이고 바다와 같이 부를 수 있는 노래는 자기만이 알고 있을 듯한 생각도 들었다.

그는 다방에서 나올 때부터 쥐고 있는 가죽 두껍의 시집을 번쩍 들었다. 남편이 하루에도 몇 차례씩 읽던 시집이다. 그 속에는 반드시 자기가 부를 노래가 있을 것만 같아 한 가운데를 열어 보았다.

그러나 알기는 알 듯한 노래였지만 읽을 수 없는 노래였다. 경순은 불란서 말을 한 마디도 몰랐다.

말은 모르나 그 속에 들어 있는 노래는 자기가 바다와 같이 부를 수 있는 오직 하나의 노래인 것처럼 책을 가슴에 안고 멀리 바다를 바라보았다.

가슴 속에서 노래가 울려 나오는 것 같았다.

얼마 동안을 그렇게 서 있었는지 모른다. 저녁때가 거의 되어서야 집으로 돌아온 경순은 집에 이르자마자 의장 맨 밑에 감춰 두었던 남편의 한 짝 구두를 꺼내었다. 구두 전체가 피에 물들어 젖은 것처럼 노란 구두였다. 총알에 맞아 쓰러지던 때에 묻은 흙이 그대로 남아 있는 구두였다.

매일처럼 만져 주고 쓸어 주리라 마음먹고 고이 간직해 가지고 내려온 구두였으나 일 년 동안 한 번도 꺼내 보지 못했던 경순은 구두에 대하여 우선 머리를 숙였다. 그러고 나서는 가슴에 꼭 껴안아 주었다.

무슨 이야기라도 주고받는 듯이 구두를 들여다보고 있을 때였다. 기침소리를 하며 김명구가 방문을 열고 들어섰다.

경순은 얼핏 몸을 일으켜 구두를 감추고 나서,

"나더러 어쩌라구 또 찾아오는 거요?"

하고 표독스런 눈총을 던졌다.

"농담은 그만두구 이리 와요."

명구는 얼근히 취한 얼굴로 징글스럽게 웃었다.

"사람의 감정에는 막다른 골목이 있어요. 빨리 가 주지를 못하겠소?"

"허허, 힘든 말은 그만둬요. 좋은 건 언제나 좋은 거니까……."

명구는 눈을 게슴츠레 뜨고 경순의 손목을 잡아끌어 안으려 했다.

경순은 명구의 손을 재빨리 뿌리치고 책상 위로 가서 번쩍이는 과도를 잡아들었다.

"내 감정을 청산하고 네 부끄럼을 깨닫게 하는 방법이 이것밖에 없다."

경순은 이 말을 함과 동시에 과도를 번쩍 치켜들었다.

김명구는 술 취한 사람 같지 않게 가슴팍을 향해 들어오는 경순의 손목을

붙잡았다. 그리고는 과도를 잡아 빼고,

"그걸루 사람이 죽을 것 같나? 정말 죽이구 싶거든 이걸 주지."

하고 허리춤에서 조그마한 권총을 꺼내 주었다.

"자, 죽여 봐. 사람 하나를 죽이는 용기는 사람 천 명을 살리는 영웅보다 두 용감한 것이니까……."

경순은 권총을 받아들었다. 그리고는 방아쇠에 손가락을 가져다 대었다. 조금만 누르면 하나의 생명이 사라져 버리는 무서우면서도 귀중한 방아쇠였다. 새끼손가락으로 루즈 칠을 할 때 입술을 가볍게 누르듯 누르기만 해도 탄환은 터지고야 마는 그 방아쇠를 잡고 있을 때 경순은 문득 그렇게 쏘아 나온 탄환에 죽었을 자기 남편을 생각해 보았다. 경순은 눈을 감아 버렸다. 너무나 비참한 광경이 눈앞에 나타나려 했기 때문이었다.

눈을 감았다가 다시 뜬 경순은 손에 들었던 권총을 명구 앞에 살며시 놓으며,

"집어넣구 빨리 가십시오. 하나의 기적이 당신을 살려 준 줄만 알구……."

하고 냉정한 어조로 말했다.

"역시 용기가 없구만? 그러나 그 속에는 탄환이 들어 있지 않으니까 용기가 있었대두 별 수가 없었을 거야."

김명구가 너털웃음을 웃었다. 경순을 놀려먹어 통쾌하다는 웃음이었다.

"탄환이 들어 있구 없구가 문제 아닙니다. 내가 방아쇠를 잡아당기지 않았다는 것만이 중요한 일이죠. 탄환이 들어 있지 않았다 해도 내가 방아쇠를 잡아당겼다면 나는 당신을 죽인 사람이고 당신은 나에게 죽은 사람이 되구 말았을 게 아녜요."

"그럼 나를 죽이지 않았단 말이지요. 마음속으루……."

"………"

"물론 그럴 거야. 역시 나를 잊을 수 있나."

명구는 다시 손을 뻗쳐 경순의 손목을 잡아끌려 했다.

"정말 곱게 돌아가지를 못하겠어요. 나의 마음이 죄를 짓도록 만들어 놓아야만 시원할 게 뭐냐 말예요. 빨리 돌아가세요."

경순은 술주정뱅이를 달래듯 타이르기까지 했다.

"너하구 자꾸만 이야기 하구 싶어…… 쓸데없는 소리 시부렁거리지 말구 빨리 오기나 해!"

명구는 또 두 손을 벌리고 빨리 품 안으로 들어오라는 시늉을 했다. 경순은 일어서서 명구를 한참 동안 쏘아보다가,

"무료함을 느낄 때까지 앉아 기다리시오."

하고는 쏜살같이 방문을 차고 뛰어나왔다. 경순은 다시 바다의 노래가 들리던 바로 그 자리로 나갔다. 바다는 여전히 울고 있었다.

경순은 최대의 증오심에서 죄악의 죄악을 범할 뻔했던 위험 속에서 자기를 구원해냈다는 안도감을 느끼며 무서운 순간을 이겨낸 자기의 위대성에 만족했다. 참으로 자기가 위대한 것 같았다. 그러나 그 위대함은 영원히 자기 혼자만이 느낄 수 있는 것 같았다. 그리고 하나의 순간만 지나면 아무런 가치도 없는 위대성인 것 같았다.

경순은 바다 밑을 내려다보았다. 그 순간 수많은 손들이 빨리 뛰어들라고 손짓함을 보았다. 그러나 같은 순간 충림의 얼굴이 멀리서부터 가까워 오며 위대성을 영원히 살리라고 고함치고 있음을 또한 보았다.

청춘의 향기

고아원에서 늦게야 돌아온 심제삼은 방 안에 들어서기가 바쁘게 자리를 깔았다. 기다리고 있던 완석이가,

"아버지 왜 늦었어요?"

하고 물어도 그는 시원치 않게 대답을 했고 식모가 저녁 걱정을 해도,

"먹었어요."

하고는 자리에 누워 버렸다. 놀러 왔던 경옥이가,

"어디 편찮으세요?"

하고 물었을 때에도

"네."

했을 뿐 말도 하지 않았다.

제삼은 완석이 때문에 방을 하나 얻었고 식모까지 구해 놓았다. 말하자면 고아원 생활과 자기 개인의 생활과를 분리시킨 셈이다. 조반을 먹고 고아원에 나가 일을 보다가는 월급쟁이 모양 저녁시간이 되면 퇴근을 하여 집에 돌아오지 않을 수 없었다. 이것은 제삼에게 있어서 고아원을 경영하는 근본방침과 어긋남이 있는 행동이었다. 그는 고아들에게 가정적인 분위기를 만들어 주는 것을 고아원의 근본정신이라고 생각하고 있다. 먹는 것이나 입는 것이나 자는 것이나 간에 선생과 고아들 사이에는 서로 간격이 없어야 한다고 생각하고 있다. 그래서 고아들이 자기의 선생을 진정한 부모처럼 생각하고 고아원을 자기의 가정처럼 생각하게 되는 때 비로소 고아들의 발전이 있을 것이라고 믿고 있는 것이다.

그래서 제삼은 완석을 찾기 전까지 식사도 고아들과 같이 했고 잠도 그들 옆에서 잤다. 자기뿐만이 아니라 선생들까지도 자기와 같이 할 수 있는 사람만을 골라 채용했다.

그러기 때문에 완석이와 같이 집을 얻고 고아원에서 나온다는 것은 제삼에게 있어서 괴로운 일이 아닐 수 없었다. 그러나 아무리 괴롭다고 해도 또 떠나지 않을 수 없는 것이 제삼이었다. 집을 얻고 나온 지 삼사 일밖에 안 되지만 제삼은 영리를 위하거나 명예심을 위하여 고아원을 경영하는 그러한 공리주의자가 즉 자기가 아니었던가 하는 생각을 가지지 않을 수 없었다. 하나의 신념에서 고아원을 경영하는 것이 아니라 사무적인 이해관계에서 고아원을 경영한다면 차라리 장사를 하는 것이 나을 것 같았다.

딴 데서 잠을 자고 아침 출근을 할 때나 저녁 퇴근을 하고 고아원을 떠나올 때나 고아들이 이상스런 눈으로 자기를 부러운 듯이 바라보는 것은 참으로 견딜 수 없는 고통이었다.

그래서 제삼은 고아원을 그만둬 버릴까 하고도 생각해 보았다. 그러나 그 생각이 아직 결론도 얻지 못한 오늘 고아원에는 처음으로 불상사가 일어났다. 즉 고아 두 명이 고아원에서 도망을 친 것이었다. 반드시 이유가 거기에 있었을 것만은 아니었지만 자기가 고아원과 별거 생활을 시작한 직후에 일어난 일이기 때문에 제삼은 그런 사건이 결국 자기의 불충실에서 온 것이라고 생각하지 않을 수 없었다. 그러면서도 자기의 자식이 자기를 속이고 자기를 배반하여 나중에는 집까지 뛰쳐나간 듯한 그러한 슬픔을 한편 또 느끼지 않을 수 없었다.

그래서 그는 놀러 나갔다가 집을 잃고 돌아오지 않는 어린 자식을 찾듯 하루 종일 거리에서 헤매었다. 그러나 밤늦게까지 돌아다니면서도 잃어버린 고아들을 찾아내지 못했을 때 제삼의 슬픔과 외로움은 그의 마음을 완전히 피곤하게 만들어 주고 말았다.

폐병 3기의 환자처럼 피곤을 느꼈던 것이다.

그러나 무엇 때문에 제삼이가 그렇게 무뚝뚝하게 불쾌한 얼굴을 하고 있는지 그 이유를 모르는 경옥은 궁금하기가 짝이 없었다.

"열두 나세요?"

경옥은 제삼의 이마에 손을 얹어 보았다. 열은 있는 것 같지 않았다. 그러나 경옥의 손이 이마에 닿는 순간 제삼이가 놀란 것처럼 머리를 옆으로 빼고 모로 둘쳐 누웠다.

"왜 그러세요?"

하고 다시 한 번 물어 보았으나 제삼은 뜻밖에도 이상스런 말을 꺼냈다.

"경옥 씨, 왜 아직두 돌아가시질 않으세요?"

이런 말을 듣고 나니 경옥은 무엇이라 대답할 말을 몰랐다. 한 번도 생각해 보지 못했던 말을 갑자기 멘탈 테스트 당했을 때처럼 앎직도 하건만 역시 알 수 없다는 부끄러운 그러한 심정이었다.

사실 자기는 제삼과 완석에게 대하여 마음을 기울이고 있었다. 부탁받지 않은 일까지도 자진해서 돌보아 주었다. 그러나 무엇 때문에 그들에게 친절한가를 생각해 본 일은 한 번도 없었다.

생각할 만한 일이었고 생각해야 할 일이었을는지 모른다. 그러나 생각해 본 적이 없는 것이 또한 사실이다.

아무렇지 않게 생각하고 제삼의 이마를 만져 봤으며 아무런 생각 없이 밤

늦게까지 앉아 있는 것이 제삼의 비위를 거스르게 한 것이라면 이때까지 가져 보려 하지 않았던 생각이라도 해 봐야 할 것 같았다.

그러나 경옥은 혼자서 생각하기 전에 먼저 제삼에게 물었다.

"제가 있어서 불쾌하신가요?"

"그런 것은 아닙니다만……."

제삼은 돌아누운 채 말했다.

"그럼 왜 아직두 돌아가지 않느냐구 물으셨어요?"

"가시는 게 좋으실 것 같아서요."

"제가 심 선생님에게 방해가 되는 존재였던가요?"

"그렇지는 않겠지요……."

"모르겠는데요. 좌우간 지금의 심 선생님은 저 때문에 불쾌하신 게 사실이죠?"

"그걸 불쾌라구 할지 나두 모르겠습니다."

"똑똑히 말씀하세요. 제가 불쾌를 드리려구 찾아다닌 사람은 아니니까요."

경옥은 몸에서 바람이 일만큼 날쌔게 자리에서 일어섰다. 그리고는 두 번 다시 만나지 않을 사람처럼 그 집을 떠나려 했다.

그때였다. 제삼이가 벌떡 일어나 앉으며,

"경옥 씨, 조금만……."

하고 경옥을 불렀다.

경옥은 뒤도 돌아보고 싶지 않지만 한 마디만 들어주겠다는 표정으로 제삼을 내려다보았다.

"좀 앉으십시오."

경옥이가 다시 앉는 것을 보고 나서야,

"사실은 오늘 고아가 두 명 도망을 쳤습니다. 하루 종일 찾으러 다녔지요. 그것은 오직 나의 잘못 때문이었습니다. 정말 내 잘못이라는 것을 알기 때문에 나는 괴로워하고 있습니다."

하고 자기의 본심을 털어놓듯 말했다.

그러나 경옥은 그것이 자기를 속이는 속임수인 것 같았다.

"그 괴로움하구 저더러 왜 안 가느냐구 하는 것 하구는 무슨 상관이 있죠?"

하고 항의를 했다.

"………"

"왜 대답을 안 하세요? 자기 감정에 솔직하신 게 좋으실 것 같은데요."

경옥은 제삼의 얼굴을 빤히 들여다보았다.

제삼의 얼굴에는 서로 상반되는 감정이 교차되고 있음을 뚜렷이 드러내고 있었다. 그래서 경옥은 그에게 대답을 강요하기도 싫어서,

"그럼 다음에 이야기를 듣지요."

하고 일어섰다. 그때는 제삼이가 다시 부르지도 않았다. 그래서 그는 집으로 돌아오는 수밖에 없었다.

집으로 돌아오는 도중 경옥은 제삼이가 무엇 때문에 자기를 불쾌하게 할까를 생각했다. 제삼에게 불쾌를 준 자기의 행동이 어떤 것이 있을까도 생각해 보았다.

그러나 아무리 생각해 보아도 그것만은 알 수가 없었다. 제삼에게 미안하게 생각되는 것은 그가 부탁한 집을 얻어 주지 못한 것 하나뿐이었다. 그러나 그것은 자기의 노력이 부족했다기보다 능력이 부족했던 때문이었다. 그것도 김명구와의 관계가 여전했다면 구해 주었을지 모른다. 그런 만큼 성의의 부족이 아니라 능력의 부족이라는 것을 제삼으로서도 능히 알아 줄 수 있으리라 생각되었다. 더구나 딴 사람의 노력으로나마 힘들지 않게 집을 얻었으니 그것을 가지고 자기에게 불쾌를 느낄 까닭은 없을 것이다. 생각할수록 모를 일이었다. 그리고 생각할수록 기가 막힐 일이다. 자기가 세상에 나온 이래 남을 위해서 진심으로 마음을 써 보기는 제삼이가 처음이었다. 김명구와 언니에게서 그러한 모욕을 당하고도 경옥은 자기의 슬픔을 제삼에게서 풀어 보려는 생각 대신에 제삼의 슬픔을 어루만져 주려고 했다. 학교에 나가기로 자기의 취직을 결정지은 뒤에도 경옥은 적지 않은 마음의 충격을 느꼈다. 어린 처녀가 아무것도 모르고 지내다가 자기 육체의 변화를 알았을

때와 같은 두려움 비슷한 불안을 느꼈다. 자기의 인생이 결정적인 운명에 사로잡히고 말 듯한 불안이기도 했다. 그러나 그러한 불안 속에서도 완석을 찾아가는데 조금도 게을리 하지를 않았다. 다시 학교에 다니기 시작한 완석의 글동무가 되어 주고 싶었고 그의 어머니 그리는 마음에 어두운 그늘이 드리워지지 않도록 어루만져 주고 싶었던 그이다.

그러나 그러한 자기에게 제삼은 고마워하기는커녕 도리어 불쾌를 느끼고 있다. 참으로 알 수 없는 일이었다.

열 시가 거의 다된 밤거리를 지나 집으로 돌아오자 영애는 그 말을 하고 싶어 기다리고 있었다는 듯이 경옥이가 옷도 벗기 전에,

"넌 무엇 땜에 심제삼 씨한테 그렇게 열심히 나가니?"

하고 물었다.

이상스러운 일이었다. 영애까지 그런 것을 묻는다는 것은 응당 알아야 할 일을 자기만이 모르고 있다는 것을 말해 주는 것 같기도 했다.

"까닭이 있어야 열심이 생기니?"

경옥은 도리어 반문하지 않을 수 없었다.

"그럼 까닭이 없이 그렇게 매일 밤 찾아갈 수가 있니? 아무래두 심상치가 않은데."

"심상치 않다는 건 무슨 뜻이지?"

경옥은 영애의 심상치 않다는 뜻을 알아듣지 못했다. 그만큼 경옥은 마음이 단순했는지 모른다. 더구나 심제삼에게 딴 마음을 조금도 가지고 있지 않기 때문에 이성적 문제라고는 생각되지가 않았을는지도 모른다.

"애두 누굴 바본 줄 아나 봐? 나는 그런 눈치두 챌 줄 모르는 줄 아니?"

"내가 언제 널 바보라구 그랬어? 애두 참 이상하다. 무슨 눈칠 챘는지 좀 시원히 말을 해 봐."

그때 영애는 웃기만 하면서 경옥의 옆구리를 꼬집어 주었다.

경옥은 점점 더 모르겠다는 듯이,

"애가 왜 이럴까? 말을 못 하구 참 이상스러운데."

경옥이가 정말 영애의 말뜻을 모르겠다는 듯이 눈을 동그랗게 뜨고 영애

를 바라볼 때야 영애가,

"너 그이를 좋아하지? 똑똑히 말해 봐."

하고 생긋이 웃었다. 경옥은 비로소 영애가 하고 싶어하는 말이 무엇인지를 알았다. 참으로 이상스런 일이었다. 무엇을 보고 그렇게 생각을 했을까? 그리고 왜 자기를 그렇게 보았을까?

"넌 어떻게 그런 걸 알았니?"

"그걸 몰라. 그런 건 보문 그저 다 아는 거야."

영애는 자신 만만하게 웃었다.

"만일 내가 심제삼 씨를 사랑한 일이 없다면 너는 나쁜 사람이지?"

"넌 날 속일려구 그러니? 천만에! 네 얼굴에 그렇게 딱 써 있는 걸 어떻게 속일려구 그래……."

"아냐, 암만 생각해두 내가 제삼 씰 사랑한 일이 있는 것 같지 않아."

이것은 영애에게 대답한 말이 아니라 자기 자신에 대해서 물어 보는 말이었다. 심제삼이와 사랑을 한다고 영애가 말하고 있기는 하지만 경옥은 그 말이 정말인 것 같기도 거짓말 같기도 했다. 이때까지의 자기 행동을 종합할 때 영애의 말이 맞는 것 같기는 하지만 자기 마음을 따져 보면 또 그렇지 않은 것 같기도 했다.

다음날도 경옥은 그것을 생각했다 과연 자기가 제삼을 사랑하고 있는가를. 그러나 종일토록 생각해도 알 수가 없었다. 한편 생각하면 자기는 충림이를 사랑하는 것 같기도 했다. 음악회가 끝난 다음날 부친 편지에 아직 회답이 없다. 그래서 그 회답을 몇 번이나 기다렸다. 바람이 세다는 제주도에서 어떻게 지내고 있을까를 궁금하게 생각한 것이 한두 번이 아니었다. 그렇다면 자기는 충림을 사랑하고 있는 것이나 아닐까?

그러나 경옥은 그것도 아닌 것 같았다. 충림을 처음처럼 미워하고 꺼려하지 않고 있음만은 숨길 수 없는 사실이다. 그렇다고 해서 사랑하는 것이라고 결정지어 버릴 수는 없었다.

그러나 영애처럼 그것도 사랑하는 것이라고 말한다면 또 아니라고 정확한 대답을 할 수가 없을 것 같았다.

그러면 자기는 대체 어떤 여자일까? 두 사람을 다 사랑한단 말인가? 그렇지 않으면 두 사람을 다 사랑하지 않는단 말인가?

두 가지가 다 있을 수 없는 일이었다. 그러나 두 가지가 다 있을 수 있는 일인 것 같기도 했다.

그래서 경옥은 학교에서 돌아오자 이 날만은 심제삼을 찾아가지 말리라 생각했다. 곰곰이 좀더 생각해 보아야 할 것 같았다. 정말 자기가 심제삼을 사랑하는가 안 하는가를 따져 보고 싶었다.

그렇다고 해서 심제삼을 사랑하는 것이 그릇된 일이란 판단을 내리려고 함은 아니었다. 심제삼을 사랑한다 함은 조금도 부끄러운 일이 아닐 것 같았다.

다만 문제는 자기가 그를 사랑하고 있는가 그렇지 않으면 사랑하려 하고 있는가 그것을 스스로 알아야 할 것 그뿐이었다. 그러나 경옥은 사랑이란 것이 과연 어떤 것인지를 몰랐다. 어떻게 해야 사랑하는 것이라고 말할 수 있는 것인가를 몰랐다. 그 대신 제삼이가 궁금한 생각만 들었다. 잃었던 애들을 찾았는지, 그렇지 않으면 제삼이가 정말 앓아누워 있지나 않는지 경옥은 좀이 쑤시기나 하듯 앉아 있을 수가 없어 또 일어서고 말았다.

경옥은 제삼의 집을 찾아가고야 말았다. 제삼을 사랑하고 안 하는 것은 둘째로 만나지 않고는 배겨낼 수 없는 심정이었던 것이다. 그것은 사랑한다는 문제를 떠나서 의무적 관념 같은 데서 나온 마음이었다. 완석을 걱정해 오던 마음과 또 제삼을 위해 오던 그러한 마음이 그들을 하루만 안 보아도 밥 한 끼를 안 먹은 것과 같이 허젓하여 견딜 수가 없었다. 정말 경옥이가 제삼을 사랑하는 마음을 확실히 가졌다면 그는 제삼을 찾아갈 용기가 없었을 것이다. 자기는 제삼을 사랑하는데 제삼이는 자기를 사랑하지 않는다. 그러한 사실을 알면서도 제삼을 찾아갈 만큼 경옥은 무모(無謀)하지가 못했다.

제삼은 집에 있었다. 완석은 책상머리에 앉아 공부를 하고 있었다. 경옥은 우선 완석의 옆으로 가서,

"오늘은 어디까지 배웠지?"

하고 책을 들치며 물었다. 완석이가 책장을 뒤지며 그 날 배운 것을 일일이

가르쳐 줄 때 경옥은 완석의 빡빡 깎은 머리를 손바닥으로 쓸어 주었다.

어머니가 없다는 생각에 더욱 그런 마음이 든 것이지만 어쩐지 위태위태한 완석이가 아무 일 없이 학교에서 돌아와 혼자서 공부를 하고 있는 것이 기특해 보여 견딜 수가 없었다.

"완석이는 너무 열심이야!"

차라리 공부를 안 하고 장난이나 쳤으면 하는 마음에 경옥은 이런 말까지 했다.

완석은 경옥의 말뜻도 모르고 생긋이 웃어 보였다. 칭찬해 주는 말이 사뭇 반가운 모양이었다.

경옥은 그러한 완석의 마음을 흔들어 주고 싶지도 않아 공부를 하게 내버려 두고 제삼에게,

"도망간 애들은 찾으셨어요?"

하고 물었다.

"네, 찾았습니다."

제삼은 무뚝뚝한 어조로 대답했다.

"반가우시겠구만요?"

"반갑구 말구요. 완석이를 찾았을 때만큼은 반갑지 못했을지 모르지만 무척 반갑습니다. 눈물이 핑 돌던데요."

제삼은 어린애들을 찾던 그 시간을 회상하는 듯 얼굴에 감격한 표정을 지었다.

"그래두 자유가 그리워 도망갔던 애들은 도리어 슬퍼서 울지 않았을까요?"

"그렇습니다. 그 애들은 나의 애정에 만족하지를 못하는 것 같았습니다. 나의 애정보다두 다른 무엇을 바라고 있습니다. 결국은 나의 애정이 부족한 때문이겠지요."

"그건 선생님의 애정문제가 아니겠지요. 부모를 찾아보고 싶다든가 거지가 되어두 자유가 그립다든가 하는 애들의 심리적 움직임이 더 크지 않을까요."

"천만예요. 위대한 애정은 모든 것을 포기하게 만듭니다. 나의 애정이 부족하기 때문에 결국 애들이 다른 욕망을 가지게 된 것이지요."

이까지 말한 제삼은 가는 한숨을 내어 쉰 뒤 다시

"결국 애정이란 마음과 마음의 교섭으로만 이루어지는 것이 아닌 것 같습니다. 애정을 받아들일 물질적 바탕이 필요한 것 같습니다. 내게는 그것두 부족했던 것 같습니다. 그래서 나는 경옥 씨를 기다리구 있던 참입니다."
하고 경옥이를 뻔히 바라보았다.

경옥은 자기를 기다렸다는 말에 얼핏 어젯밤 일이 생각나서 빨리 가지 않는다고 불쾌할 때는 언제고 기다린 때는 또 언제냐고 핀잔을 주듯,

"저를 기다려 주실 때두 있구만요."
하고 말했다.

제삼은 경옥의 말뜻을 능히 알아들을 수 있었다. 그렇지 않아도 한 번은 자기의 마음을 솔직히 말해야 할 것이라고 생각하던 제삼인 만큼 기회를 놓치지 않고,

"경옥 씨는 내 맘을 모르실 것입니다. 나는 일종의 교육자입니다. 그것도 감수성이 가장 빠른 불우한 고아들을 상대로 하는 교육자입니다. 그런 만큼 이성과의 사교를 가장 삼가야 할 사람이죠. 더구나 아내가 죽은 지 며칠두 안 되었습니다. 아내가 죽은 슬픔보다두 죽은 아내를 완전히 용서하지 못한 듯한 슬픔이 아직까지도 가슴 속에 담아 있습니다. 그러나 나는 또 한편 경옥 씨가 완석을 귀해 주고 그리고 나에게 동정을 진심으로 기울어 주시는 데 감사를 드리고 있습니다. 그러나 동정마저 받아들일 수 없을 만큼 나는 마음이 고요하지가 못합니다. 그리구 환경마저 순정을 받아들이는 데 쾌하게 생각지는 않습니다. 참으로 모순된 일이라구 생각하지만 모순된 일인 줄 알면서도 어쩔 수가 없습니다."
하고 말했다. 이것은 제삼의 진심이었다. 경옥이가 찾아오는 것이 싫은 것은 절대로 아니었다. 그러나 경옥이가 싫지 않다는 것은 앞으로 경옥을 사랑하게 될 징조일지도 모른다. 당분간은 여자를 가까이 할 수가 없는 것이 제삼이다. 죽은 마누라를 위하는 마음에서도 그렇고 남들에게 손가락질을 받고

싶지 않은 마음에서도 그렇다.

그러나 경옥은 불복이었다. 진심으로 감사하는 사람을 꺼린다는 것은 결국 제삼의 이중적인 성격을 말해 주는 것밖에 되지 않는다고 생각했다. 그래서,

"오지 말라구 솔직하게 말씀하세요. 그럼 어떤 일이 있어두 오지 않을 테니까요."

하고 제삼을 쏘아보았다.

"이젠 그런 말을 그만둡시다. 그 대신 내가 청할 게 있는 데 한 가지만 들어 주세요."

"오지두 말라는 사람에게 청은 무슨 청이에요!"

"그러지 말구 이번만은 들어 주십쇼. 어린애들이 도망가는 데는 여러 가지 이유가 있겠지만 그들의 환경을 좀더 명랑하고 가정적으루 만들어 주지 못한 데 커다란 이유가 있을 겁니다. 그래서 운동장의 운동시설과 실내의 오락시설을 좀더 충분하게 만들어 주어야겠어요. 그러자면 돈이 또 좀 필요한데 말하자면 김명구 씨를 한 번 만나 다음 달 분을 미리 당겨 주시도록 말씀해 달라는 겁니다. 무리한 청인 줄 알지만 한 번만 사정을 보아 주시두록 해 주십시오. 그러면 나두 다시 고아원으루 들어가 살겠습니다. 완석이두 고아들과 같이 자구 같이 옷을 입히겠습니다. 내 자식이라구 따루 기르다는 것 자체가 고아들에게 미안한 일이구 또 고아들 교육에두 큰 지장이 있습니다. 여러 날 생각해 본 결과 그런 결론을 얻은 것이니까 내 사업을 돕는 마음으루 한 번만 교섭해 주십시오."

"싫어요. 나는 이용만 당하는 사람인 줄 아세요."

경옥은 딱 잘라 대답했다. 더구나 김명구와 교섭하라는 부탁이었기 때문에 일 초의 여유도 없이 거절했다.

"한 번쯤 이용을 당하면 어때요. 나쁜 일이 아닌 바에야……."

"싫다니까요. 그런 심부름은 절대루 안 하겠어요."

제삼의 태도를 비난하던 참이라 경옥은 명구의 관계를 이야기 안 하고도 제삼의 청을 거절하기 쉬웠다.

경옥은 그 자리에서 제삼의 집을 나와 버렸다. 그리고는 며칠이 지나도록 제삼을 찾아가지도 않았다.

제삼에게 정신적 부담을 주면서까지 그를 찾아가기가 싫었지만 찾아가기만 하면 명구를 만나 달라는 말을 또다시 꺼낼 것이 겁나기도 했다. 제삼의 사업을 위해서는 김명구를 만나 주어야 하는 것이 당연하다. 자기를 회생시켜 가면서라도 김명구를 찾아야만 할 것이다. 그러나 이제 찾아간대야 명구가 자기의 말을 들어줄 리도 없을 것 같다. 가능성이 없는 일에 자존심을 꺾어 가면서까지 명구를 찾아갈 수는 없었다. 그저 제삼을 찾아가지 않는 도리밖에 없었다.

그러나 삼사 일이 지나자 경옥은 또다시 제삼에 대한 궁금증이 일어나기 시작했다.

고아원으로 이사를 갔는지 그리고 돈을 딴 데서 구해다가 계획하던 일에 손을 댔는지 궁금하기 짝이 없었다. 만약 돈을 구하지 못하여 하고 싶은 일을 못한다면 그 책임은 자기에게 있을 것 같았다.

어떤 날 밤 경옥은 제삼이가 돈을 구하지 못하여 고아원을 포기하는 그런 꿈을 꾸었다. 그런 꿈을 꾸고 나자 경옥은 더욱 궁금했으나 그래도 제삼을 찾아가지 못했다.

경옥은 찾아가지도 않을 바에는 궁금해할 것도 없지 않느냐고 혼자서 자기 마음을 달래어 보았다. 제삼이가 자기를 죽자 하고 사랑하는 것도 아니요, 자기 역시 제삼을 사랑하는 것이 아니다. 그렇다면 안타까이 궁금해할 것이 하나도 없을 것 같았다. 이렇게 혼자서 갈팡질팡하는 어떤 날 밤이었다. 뜻밖에도 충림이가 찾아왔다.

"웬일이세요?"

경옥은 너무나 꿈같은 일에 우선 놀랬다.

충림은 아무 대답도 못했다.

"얼굴이 상하셨네!"

경옥은 반가움에 가슴을 조였다. 그래도 충림은 대답을 못했다.

"편지 회답을 왜 안 하셨어요? 얼마나 궁금했는데……."

그래도 대답이 없던 충림이가 한참 뒤에야 무거운 입을 열고,

"좀 밖으루 나갈까요?"

하고 일어날 차비를 했다.

경옥은 두말 없이 일어섰다. 아무데라도 가서 이야기를 들어야만 할 것 같았기 때문이었다.

그러나 침묵만을 지키는 충림의 뒤를 따라가는 도중 경옥은 이상스런 걱정이 덜컥 들었다. 그래서,

"출장으루 오셨나요?"

하고 물었다. 무슨 일이 생긴 모양이나 그 일이라는 것이 훈련소를 그만두고 아주 돌아왔다는 것이 아니기를 바라는 마음이기도 했다. 결심을 하고 떠나간 지 한 달도 못 되어 돌아왔다면 그 박약한 의지에 대한 환멸이 너무나 클 것을 속으로 걱정한 것이 사실이다.

"천천히 이야길 하지요?"

충림의 말은 아무래도 훈련소를 그만두고 아주 온 것 같았다.

"빨리 좀 말씀하세요? 무슨 일루 오셨어요?"

경옥은 다급하게 물었다. 마치 별반 이유도 없이 아주 돌아왔다면 이야기 할 것도 없이 돌아갈 것 같은 그런 태세였다.

"좀 복잡한 일이 있습니다. 바루 다방이 있으니까 들어가 이야기하지요."

충림은 길가에 있는 다방으로 들어갔다.

경옥이도 충림을 따라 다방에까지 들어가기는 했으나 의자에 앉기가 무섭게,

"아주 오신 건 아니시죠?"

하고 또 물었다.

그때야 충림은 말해도 괜찮은 시간이 왔다는 듯이,

"아주 오지는 않았지만 그렇게 될지두 모르겠습니다."

하고 대답했다.

"무슨 일이 생겼는데 벌써 그만두구 오세요."

경옥은 혼자서 걱정하던 것이 들어맞았다는 것을 생각하며 더욱 실망을

느꼈다. 의지가 박약하고 의리가 없고 책임감이 약한 충림이란 생각이 머릿속에 꽉 들어앉아 돌아온 이유도 알고 싶은 마음이 없어지고 말았다. 그러나 충림은 고개를 번쩍 들고,

"경순 씨가 제주도까지 왔습니다. 아무리 돌아가라구 해두 돌아가지를 않습니다. 그러니 내가 어떻게 거기서 살 수가 있겠어요."

하고 떠나지 않을 수밖에 없지 않으냐는 듯이 말했다. 그 말을 듣자 경옥은 깜짝 놀랐다. 동래온천 사건 이래 언니를 한 번도 만나지 않았다. 부산에 살고 있으려니만 생각하고 있던 언니가 어느새 제주도로 갔다는 것은 놀라운 사실이 아닐 수 없었다.

그러나 경옥은 우선 안심이 되었다. 그러한 사정으로 충림이가 제주도에서 나왔다면 그것은 의지의 박약도 아니며 책임감이 없는 탓도 아닌 것 같았다.

"아니 애인을 만났는데 뛰쳐 나올 게 어디 있어요?"

충림에 대한 환멸이 질투로 변해 버리고 말았는지 경옥의 입에서는 이러한 말이 나왔다.

"애인이라니요. 언제 내가 그를 진심으루 사랑했던가요?"

충림은 최후의 선언을 하듯 강력하게 말했다.

"진심으루 사랑했는지 거짓으루 사랑했는지 그걸 누가 알아요?"

"진심으루 사랑했다면 내가 무엇 때문에 부산을 떠났으며 지금 또 무엇 때문에 여길 왔겠습니까?"

"그래두 와이셔츠와 넥타이는 언니가 사 준 바루 그건데요……."

"그렇든가요?"

충림은 갑자기 얼굴을 붉혔다. 그러나 웃음 섞인 목소리로 다시 말했다.

"경옥 씨두 역시 여자로군요. 사랑하지 않는 여자가 준 것이라구 해서 물건까지 내버려야 하나요?"

경옥은 속으로 웃었다. 자기도 여자라는 말이 우스웠던 것이다. 사실 언니가 사 준 와이셔츠와 넥타이를 매었다고 해서 그것을 가지고 충림을 힐난한다거나 또는 질투를 느낀 것은 아니다. 그런데도 자기는 쓸데없는 말을

하고야 만 것이다. 여자란 말을 들어도 할 수가 없는 일이었다. 그러나,

"그럼 내가 여잔 줄 이제야 아세요."

하고 나무라듯이 말했다.

충림이도 그리 불쾌하지가 않은지 빙긋이 웃으며 말했다.

경옥은 웃고 있을 때가 아니란듯,

"그럼 아주 안 가실 작정입니까?"

하고 충림의 결심을 물었다.

"경순 씨가 거기 있는 동안은 안 갈 작정입니다."

"언닌 아주 살 생각으로 거길 갔나요?"

"다방두 팔았답니다. 있는 짐을 전부 꾸려 가지고 왔던데요."

"충림 씨와 사랑의 보금자리를 만들려구요?"

충림은 입을 다물어 버렸다.

경옥이도 한참 동안 말을 안 했다. 언니가 얼마나 변했으며 무엇 때문에 그렇게 변했을까 하는 것을 혼자서 생각하였던 것이다.

그렇게까지 허영과 방탕 속에서 하루하루의 향락만을 즐기던 언니가 다방까지 팔고 일전 한 푼 없는 충림에게로 찾아갔다는 것은 도무지 상상할 수가 없는 일이었다.

만약 같은 부산에서 그런 일을 했다면 그것은 일시적인 연극에 가까운 행동이라고도 볼 수 있겠지만 멀리 떨어져 있는 제주도까지 갔다는 것은 연극으로 해석할 수도 없는 일이었다.

"어떻게 마음을 그렇게 고쳤대요?"

경옥은 언니의 심경 변화의 원인이 알고 싶었다.

"누가 알아요? 연극을 잘 하는 사람이니까……. 말은 자기가 정신적 방탕을 진심으로 청산했다구 그러두만요."

"어떻게 해서 자기를 반성하게 됐는지 참말로 신기스런 일인데요."

"신기스럴 것두 없지요. 정상적이 아닌 생활은 언제나 비애를 주는 것이니까요. 사람이란 언제든 한 번만은 진실을 깨닫게 되는 법입니다."

"진심으로 반성할 것 같습디까?"

“거야 모르지요. 내가 알 수 있나요. 그리구 알 필요두 없구요.”

“진심으로 반성했다면 사랑하셔야 하지 않을까요?”

“진심으로 반성했다구 해서 내가 사랑해야 할 의무가 어디 있을까요?”

“최 선생을 바라보며 반성을 했구 또 최 선생을 믿구 그곳까지 찾아갔다면 최 선생은 모른 척할 수가 없을 겁니다. 언니의 장래를 위해서라두.”

“그의 장래에 대해서두 나는 책임감을 느끼지 않습니다.”

“의무감이라든가 책임감이라든가 그러한 말을 하는 것은 결국 최 선생이 인간에 대해서 무성의하다는 뜻일 겁니다. 언니가 불쌍하지 않아요?”

경옥은 언니가 불쌍한 생각이 들었다. 일부러 찾아갔건만 만나러 간 사람이 자기를 피해서 도망까지 쳤으니 얼마나 마음 아파할 것인가. 진실을 받아들여 주지 않는 세상을 얼마나 원망하고 있을 것인가. 진심을 알아 주지 않을 때는 진실이 배반당했을 때보다 못지않을 만큼 슬퍼지는 법이다.

외로운 곳에서 혼자 울고 있을 언니를 생각하니 언니가 진정으로 불쌍하게 생각되었다.

그러나 충림은 경순을 조금도 중하게 생각지 않았다.

“내게는 경순 씨보다 더 중요한 문제가 있습니다. 경옥 씨는 나를 어떻게 할 작정이십니까?”

“제가 최 선생을 어떻게 하다니요?”

“경순 씨에게 책임감과 의무감을 느끼지 않냐구 나더러 물었지만 경옥 씨는 나에게 그러한 책임감과 의무감을 조금두 느끼지 않느냐 말입니다.”

경옥은 한참 동안 대답을 안 했다. 무어라고 대답해야 할지를 몰랐던 것이다. 자기가 충림을 미워한다거나 잊어버리고 있지 않음을 잘 알고 있다. 다만 언니의 문제가 없다면 간단히 대답할 수 있을지도 모른다.

“언니를 사랑해 주세요. 그것이 최 선생과 언니를 위해서 가장 행복스런 길일 것 같아요. 그러면 모든 문제는 해결되지 않습니까?”

경옥은 이렇게 말해 보았다.

“천만예요. 차라리 나더러 죽으라구 그러십시오. 죽어두 그것은 하지 못하겠습니다.”

충림은 강력한 태도로 말했다.

"언니가 최 선생 때문에 불행해진다면 최 선생이 즐거울 것은 없잖아요."

"그게 나와 무슨 상관입니까?"

"인간 전체에 대하여 우리는 아무런 상관두 없을까요?"

"그건 결국 경옥 씨가 나를 피하려는 하나의 구실일 겁니다."

"천만예요. 언니의 불행을 발판으루 해서 내가 행복을 사 보겠다는 말이 있을 수 있을까요. 제 맘두 알아 주셔야 할 겁니다."

"그만두십시오. 내가 경옥 씨를 찾아왔다는 것이 잘못이었던가 봅니다. 끝까지 외로움 속에서 살다가 죽겠습니다."

"그렇게는 생각지 마십시오. 옆에 있는 행복을 왜 붙잡지 않느냐는 말입니다……."

충림은 끝까지 경옥의 말을 듣지 않았다. 말하자면 죽으면 죽었지 경순과는 결혼을 못 하겠다는 것이었다.

충림이가 언니와 결혼을 한다면 자기는 외로워질지 모른다. 그러나 그 외로움은 능히 이길 수가 있을 것 같았다.

그러나 충림이가 절대로 반대를 하니 그 이상 더 강요할 수도 없는 일이다. 그렇다고 해서 자기가 충림을 사랑한다는 말도 할 수가 없으며 또 사랑하지 않는다는 말도 할 수가 없지 않은가.

경옥은 좀더 생각해 보자고 말하는 수밖에 없었다.

충림은 애정에도 연구가 필요하냐고 꼬아 말했지만 그래도 다음날 다시 만날 것을 약속하고 결론을 못 얻은 채 헤어지고 말았다.

집으로 돌아온 경옥은 영애를 붙잡았다.

이때까지 자기의 비밀을 한 번도 말하지 않은 영애였지만 이번만은 의논하지 않을 수가 없었다. 경옥은 충림과 자기의 관계 그리고 언니와 충림의 관계를 자세히 설명하고 나서,

"이 일을 어쩌면 좋지?"

하고 물었다. 그때 영애는 소리를 내어 웃었다. 손벽까지 치며 좋아했다.

"애두, 남은 엄숙한 이야길 하는데 웃기는 미친년처럼……."

“네가 이제야 연애를 시작했구나. 참 재미있다 재미있어……..”

영애는 그래도 웃고 있었다.

“그러지 말구 말을 좀 해!”

“그럼 내가 먼저 물을게.”

“그래 좌우간 말을 해 봐.”

“너 충림 씨를 사랑하니 안 하니?”

“그건 나두 잘 모르겠어. 사랑한다구두 말할 수 없구.”

“그런 말이 어디 있니? 참 나는 네가 그런 게 제일 싫더라. 사랑하면 사랑하는 게지 모르는 게 뭐니?”

“모르는 걸 어떡허니?”

“모르는 게 아냐. 너는 확실히 그를 사랑하구 있어. 내 말이 조금두 틀림없을 거야.”

“그렇다면 나는 어떡해야지?”

“그렇기 때문에 충림 씨와 결혼을 해야지.”

“언닌 어떻게 하구…….”

“언니에겐 언니의 길이 따루 있겠지. 네가 언니 때문에 사니?”

“그건 잔인한 생각이 아냐?”

“참 너는 심제삼 씨 하구두 가깝지. 그러니까 두 손의 떡을 어떻게 했으면 좋으냐는 말이로군. 결국은 그래서 망설이는 걸게다. 현대의 연애라는 건 의리보다두 애정 자체에 더 무게를 두는 것이니까 그래 잘 생각해서 해라.”

“심제삼 씨와의 문제는 별문제야. 이것과 그것이 무슨 상관이 있어.”

“말 말어, 깍쟁이 같으니.”

영애는 두 손가락으로 경옥의 코를 꼭 집었다.

경옥은 얼굴을 획 돌려 영애의 손가락에서 코를 빼내고는 혼자 생각했다. 영애의 말과 같이 자기는 양손에 떡을 쥐었기 때문에 충림을 언니에게 양보하려고 하는 것일까 하고.

따지고 생각하면 그런 것 같기도 했다. 제삼을 사랑한다고 내세워 말할 수는 없는 일이지만 그를 어떤 의미로 보아서나 좋아하는 것만은 틀림없는 사실이다. 결혼을 한다 해도 꺼릴 것이 없다.

그러면서도 그 애정이 성숙하지 못했다는 점에서 그를 사랑한다는 말은 하지 못하고 있다.

제삼에게 대해서 그런가 하면 충림에게 대해서도 제삼과 비슷한 감정을 가지고 있는 것이 또한 숨길 수 없는 일이다. 언니의 문제가 끼어 있지 않다면 충림과도 결혼을 못 할 처지가 아니다.

그렇다면 결국 자기는 두 사람을 다 사랑하는 것도 되지만 또 두 사람을 다 같이 사랑하지 않는다는 뜻도 된다.

그렇게 생각하니 경옥은 자기 자신이 싫어졌다. 누구 한 사람을 뚜렷하게 사랑하지 못하고 엉거주춤하게 지난다는 것은 결국 자기의 성격에서 오는 하나의 비극인 것 같았다. 만약 그러한 성격이 그대로 발전한다면 자기는 감정세계에서 불구자가 되고 만 것이 아닐까 하는 걱정도 들었다.

그렇다면 자기는 누구를 사랑해야 할 것인가? 영애의 말과 같이 현대의 연애는 의리에 보다도 애정에 중점을 두어야 한다면 응당 사랑해야 할 사람은 제삼보다도 충림이다. 첫사랑을 주었던 사람이 충림이요. 또 자기를 아직까지 사랑하고 있는 사람이 충림이다.

한때 언니와 추잡한 관계를 맺기는 했었지만 지금은 그 관계를 완전히 벗어나 옛날과 같은 애정으로 돌아온 것이 충림이다. 그러한 충림을 어찌 사랑하지 않을 것인가?

이렇게 생각하니 경옥은 정말 언니에 대한 의리를 생각할 필요가 없을 것 같았다. 언니에 대한 의리로 충림의 사랑을 거절한다고 하면 충림은 영원히 불행한 사람이 될 것 같기도 했다. 애정이 없는 사람과 결혼을 하라고 말하는 것은 언니를 위하는 일일지는 모르나 충림을 위하는 말은 절대로 아닐 것이다.

더구나 동래온천에서 명구를 시켜 자기에게 봉변을 당하게 하려던 언니를 생각한다면 언니를 위하여 자기가 양보할 필요가 조금도 없을 것 같았다. 동생을 모함 속에 빠트리려 한 언니에게 동생이 희생당해야 된다는 법이 어디 있을 것인가.

“그럼 충림 씨를 사랑해야 할까?”

경옥은 자기의 결심을 굳게 하기 위하여 영애의 의견을 물었다.

“거야 물론이지 심제삼 씨는 더구나 어린애까지 있는 남자가 아냐.”

영애는 자신만만하게 말했다. 이런 이야기를 하고 있을 바로 그때였다. 대문 밖에서,

“아주머니.”

하고 부르는 어린애 목소리가 들렸다. 경옥은 자기도 모르는 새 귀를 밖으로 기울였다. 두 번째 부르는 소리가 날 때 경옥은 문을 열고 밖으로 뛰어나갔다.

허둥지둥 대문 빗장을 연 경옥은,

“이 밤중에 웬일이냐?”

하고 대문 밖에 우두커니 서 있는 완석의 손목을 잡아끌었다. 눈물이 글썽글썽한 완석은 방 안에 들어설 때까지 아무 말도 안 했다.

“무슨 일이 생겼니? 응?”

방 안에 들어와 앉자 경옥이가 다시 물었을 때 완석은 대답 대신 으악 하고 소리를 내며 울기를 시작했다.

경옥은 완석을 달랬다. 영애도 달랬다 한참 동안 달랜 뒤에야 완석의 울음을 멈춘 경옥이가,

“말을 해야 알지 않아 왜 울었는지 말을 해 봐.”

하고 물었다. 그때 완석은,

“아버지가 막 때렸어.”

하고 장다리를 슬슬 쓸었다.

“얼마나 때렸는데……”

하고 경옥은 완석의 바짓가랑이와 내복을 추켜올렸다. 무엇으로 때렸는지 완석의 장다리에는 손바닥만한 멍든 자리가 시커멓게 드러나 있었다. 어른 손목보다도 가느다란 그 장다리에 그렇게 큰 멍이 들도록 때렸을 때는 완석이가 울 만도 했다. 완석은 다시 어깨를 쓸었다. 그래서 저고리까지 벗겨 보았을 때 거기에는 장다리에보다도 더 큰 멍이 들어 있었다. 영애가 아랫방

으로 뛰어내려가 옥도정기를 가지고 와서 멍든 곳에 발라 주고는 옷을 다시
입혀 줄 때 경옥은 어린 자식을 그렇게까지 무지스럽게 때려 준 제삼이가
무서운 생각이 들었다.

"아버지가 왜 그렇게 때려 주었지?"

"애들하구 쌈 했다구 때렸어."

"뭘루 때려 주던?"

"장작으루."

"그래? 참 아팠겠구나. 우리 완석이가, 전에두 그렇게 맞은 일이 있니?"

"첨야."

"그래두 매를 맞았다구 이 밤중에 여길 오면 어떡해? 아버지가 더 화를
내시지 않아!"

"안 가문 되지 뭐."

"그래서 쓰나."

"아주머니두 내가 미우?"

"아주머니가 왜 완석을 미워해. 그래두 완석이는 아버지하구 살아야지 않
아."

"싫어."

"그럼 못쓰는 거야."

"아버진 나보다두 고아들을 더 생각하는걸, 뭐……."

경옥은 밤도 깊었기 때문에 완석을 하룻밤 재워서 다음날 아침 제삼에게
로 데리고 가려 했다. 그래서 아버지 말을 잘 들어야 한다고 타일러 주고는
완석을 재웠다.

다음날 아침 조반을 먹은 뒤 아버지한테 가자고 완석을 다시 달랠 때였
다. 심제삼이가 와서 경옥을 찾았다. 경옥은 뛰어나가 대문 안에 선 채로

"완석이를 찾아오셨지요? 어젯밤에 와서 같이 잤습니다. 무슨 일인진 몰
라두 어린것을 그렇게 때리시면 어떡해요? 참 너무 하시던데요. 또 그렇게
때리시려거든 그 앨 돌려 드리지 않겠어요. 불쌍한 애를 아버지까지 그렇게
하면 어떡해요?"

하고 우선 나무랐다.

제삼이도 완석을 그렇게 때리고 집까지 나오게 한 것을 후회하고 왔는지,

"미안합니다. 공연한 걱정을 시켜서."

하고 풀이 죽어 말했다.

"정말 또 때리신다면 안 돌려 드리겠어요!"

경옥은 제삼의 확실한 대답을 듣기 전에는 그를 집안에 들여도 놓지 않겠다는 태도로 말했다.

"난들 완석이가 미워서 때렸겠어요? 그래두 세상에서 완석을 사랑하는 사람은 누구보다두 날 겁니다."

제삼의 눈에는 눈물이 글썽 글썽했다.

"사랑하기 때문에 때린다는 법두 있나요?"

경옥이도 언성을 낮추었다. 미워서 때린 것이 아니라고만은 알고 있다는 눈초리로 제삼을 바라보았다.

"사랑하기 때문에 때린 것이 아니라 그 애밖에 때릴 수가 없으니까 그랬지요."

경옥은 제삼이를 데리고 완석이 있는 데로 안내하고야 말았다. 그러나 제삼이가 방 안에 들어섰을 때 완석은 부들부들 떨면서 제삼에게 멀리 피하려고만 했다. 그때 제삼이가,

"완석아 아버지가 무서우냐? 이리 와."

하고 손을 내밀었다. 완석은 오라는 데도 가지를 않았다. 고개를 푹 수그리고 떨기만 했다.

경옥은 차마 볼 수가 없었다. 어떻게 했으면 어린애가 아버지를 저렇게까지 무서워할까 하는 분한 생각까지 들었다.

"완석이를 두구 혼자 가세요."

그러나 제삼은 그 말을 듣지도 못하고 완석에게로 가까이 가,

"아버지가 잘못했다. 이제는 다시 때리지 않을게 아버지하구 같이 가자."

하고 완석의 손목을 붙잡았다. 완석은 붙잡힌 손을 빼려고 하지는 않았으나 그 몸을 떨었다.

그때 제삼이가 눈물을 떨어트리며,

"너 아주머니하구 살래?"

하고 물었다. 그러나 완석의 대답을 기다릴 새도 없이,

"안 돼, 아버지가 안 된다구 그랬지. 자, 가자."

하고 완석의 손목을 잡은 채 일어서려 했다. 그러나 제삼은 일어서려다 말고 다시 주저앉으며 경옥에게,

"경옥 씨."

하고 말을 꺼낸다.

"경옥 씨. 나는 완석에게 경옥 씨를 만나지 못하두록 했습니다. 그 동안 몇 번이나 가겠다는 걸 못 가게 했지요. 그래서는 안 될 것만 같았습니다."

제삼이는 한참 동안 말을 끊었다가 다시 이었다.

"그러나 어젯밤 한잠두 못 자며 생각했습니다. 완석에게는 역시 어머니가 필요하다는 것을! 그리구 수많은 고아들의 어머니가 되어 줄 사람이 필요하다는 것을 알았습니다."

제삼은 이까지만 말하고 그 뒷말을 끊어 버렸다.

경옥은 듣지 않아도 뒷말을 알아들을 수 있었다. 완석이를 완전히 기르려면 완석을 진심으로 사랑하는 어머니가 있어야 하겠다는 것. 그리고 그러한 어머니는 자기여야 하겠다는 것임에 틀림없었다. 경옥이 자신도 그런 것을 못 느낀 것은 아니었다. 완석을 사랑할 수 있는 사람은 오직 자기뿐인 것 같은 생각도 이미 들고 있었다.

그러나 제삼의 말을 들은 척할 수도 없어서,

"돈은 구했어요?"

하고 자기에게 부탁하던 돈이 궁금하다는 듯이 물었다.

"될 듯 될 듯하면서 아직 되지가 않습니다. 모든 일이 뜻대루 되지가 않누만요. 그런데다가 마음까지가 늘 불안하기만 하니 차라리 고아원을 그만둬야 할지두 모르겠습니다. 도대체 고아원 같은 걸 경영할 자격이 없는 것 같습니다. 그래서 경옥 씨와 의논을 해 보려구 겸사겸사 찾아왔습니다."

경옥은 모든 것을 잘 알았다는 듯이 고개를 숙이었다. 그리고 한참 뒤

에야,

"왜 자격이 없으시겠어요?"

하고 반문하듯이 말했다.

"자격이 없다구만 생각됩니다. 너무나 부족한 것이 많은 것 같아서요."

제삼은 침울한 표정으로 말했다.

"그 중에서두 완석이와 모든 고아들의 어머니가 될 수 있는 그런 여자가 더욱 필요하시단 말씀이죠?"

경옥은 제삼의 마음을 들여다볼 수가 있기 때문에 이렇게 앞질러 물었다.

"말하자면 그렇지요."

"심 선생에게 필요한 것이 아니라 어린애들에게 필요한 여자 말씀이죠? 거야 마음 착한 식모를 구하심 되잖아요?"

"그렇지는 않습니다. 식모쯤 구하려는 데 무에 그리 힘들 것입니까?"

"그럼 누가 가장 필요하시단 말씀인가요?"

"아까 말씀드리지 않았어요."

경옥은 잠시 머리를 숙이고 생각했다. 그러고 나서,

"조금만 여유를 주십시오. 저두 좀 생각을 해 봐야겠습니다."

하고 말했다.

"음악을 전문으루 하시는 경옥 씨에게는 무리한 요구일지두 모르겠습니다. 더구나 개성의 희생을 요구하는 사업이기 때문에 더욱 그렇게 생각될지두 모릅니다. 잘 생각해서 회답을 해 주십시오."

제삼은 이 말을 남기고 완석과 같이 고아원으로 돌아갔다.

제삼을 돌려 보내고 난 뒤 경옥은 이제야 말로 자기의 태도를 결정지어야 할 단계에 이르렀다고 생각했다. 제삼을 사랑할 것인가. 그렇지 않으면 충림을 사랑할 것인가?

제삼과 완석과 그리고 여러 고아들의 가장 필요한 존재로서 자기가 선발되었다는 것은 중요한 일이 아닐 수 없었다.

많은 사람에게 필요하다는 것은 자기의 존재가 그만큼 가치 있다는 것을 말한다. 자기 한 사람으로 말미암아 여러 사람이 행복할 수 있다면 조그마한 행복을 버리고 큰 것을 따라가야 할 것이 당연하다.

그러나 영애의 말과 같이 현재의 애정에 중점을 둘 수 없는 것이라면 자기는 남에게 희생을 당하는 사람이 되고 말 것이 아닌가? 자기가 희생 속에서 개성의 괴로움을 느낀다면 남을 위한다는 것도 거짓이 되고 말 것이 아닐까? 자기가 행복을 갖는다는 것은 있을 수도 없는 일일 것 같았다.

제삼은 기혼의 남자다. 또 자식이 있다. 게다가 눈 하나가 병신인 불구자다. 지금은 아무런 불평을 느끼지 않는다 해도 장차 그것들이 자기를 슬프게 할 재료가 될 수 있지 않을 것인가?

그러나 한편 생각하면 제삼에게 있어서 가장 필요한 사람은 자기다. 제삼을 사랑하고 또 완석을 사랑할 수 있는 여자는 자기를 빼고 얼마가 있을 것 같지 않았다. 불쌍한 제삼과 완석을 위하여 자기가 아름다운 제물이 된다면 그것이 설사 하나의 희생이 된다 치더라도 후회할 것은 못 될 것 같았다.

더구나 자기가 제삼과 완석에 대하여 의식적인 희생을 노력해 온 것은 아니다. 즐거운 마음으로 그들을 대하여 왔다. 그렇다고 애정이 앞서지 않은 희생적 감정이라고도 말할 수가 없다.

그러나 자기가 아니면 자살이라도 할 충림을 생각할 때 경옥은 그저 괴롭기만 했다. 과연 어떤 길을 택해야 할 것인가. 누가 명령을 하여 자기의 취할 길을 강제적으로 가르쳐 주었으면 하는 생각밖에 들지 않았다. 참으로 암담한 마음이었다. 죽고 싶으리만큼 괴롭기만 했다.

그러나 경옥은 앉아서 괴로워하고만 있을 수는 없었다. 학교로 출근을 해야 했다. 그는 집을 나섰다. 그러나 그의 발길은 학교로 향한 것이 아니라 김명구의 무역회사로 향하고 있었다. 제삼에게 부탁을 받고도 그 부탁을 이루어 주지 않았던 것이 미안스럽게 생각되어 지금이나마 명구를 찾아가는 것이었다. 보기만 해도 얼굴에 침을 뱉고 싶은 김명구였지만 돈이 없어서 하고 싶은 일을 못하고 있는 제삼을 생각할 때 명구쯤 문제가 아니었다. 제삼의 괴로움에 비하면 명구의 철면피쯤 아무것도 아닌 생각이 들었던 것이다. 제삼에게 주는 최후의 봉사라고 해도 좋았다. 제삼을 영영 보지 않는 경우가 있다 해도 자기가 할 수 있는 이 일을 안 해 준다고 하면 자기 죽을 때까지 제삼에게 죄를 짓는 사람이 될 것이고 또 일생 동안 자기는 께름칙한 마음을 가져야 할 것 같았다.

자기를 그리워하면서도 완석을 가지 못하게 한 제삼! 돈이 없어서 계획하는 일을 다 하지 못하고도 다시 또 걱정을 못하는 제삼! 그런 제삼을 모른 척할 수가 없었다.

입술을 깨물며 명구를 찾아간 경옥은 과거의 이야기를 절대로 비치지 않을 결심을 하고 냉정한 태도로 말을 꺼냈다.

"청이 있어서 왔습니다."

"무슨 청이시지요?"

명구도 과거에 아무런 일이 없었다는 듯이 용건만을 물었다.

"매월 기부하시기루 한 고아원 기부금을 한 달 분 앞질러 주셨으며 고맙겠습니다. 심제삼 씨의 부탁입니다."

"나 같은 사람의 돈이 아직두 필요하신가요."

"저한테 필요한 것이 아니니까 돈의 가치야 별 문제지요."

"경옥 씨에게는 가치가 없구요?"

"그걸 따지셔야 돈을 내실 수 있을까요?"

"그렇지는 않지요. 이왕 약속한 것이니까요. 그러나 김명구란 인간이 불행하게두 식물성이 못 되구 동물성이라는 것을 사과드리겠습니다. 이 사과 말을 받아 주었으면 합니다."

"제가 선생님의 사과를 받아서는 어떡하게요."

"어떻게 하라는 것은 아닙니다. 그저 사과하는 것뿐이지요."

"지나간 일을 기억할 필요가 없겠지요. 필요 없는 일은 잊어버리는 것이 좋지 않아요."

"그럴까요?"

명구는 껄껄 웃었다. 그리고는 또 딴 소리를 꺼내려고 했다. 경옥은 불쾌한 기억을 들추기도 싫었지만 명구와 긴 이야기도 하기가 싫어,

"청을 들어 주실 수 있습니까 없습니까?"

하고 대답을 요구했다.

"힘들지 않은 일이겠지요. 좌우간 무슨 일에 쓸 돈인데요?"

"그새 고아가 두 명 도망을 쳤답니다. 그래서 좀더 설비를 충분히 해서 애들이 애착심을 갖고 도망가는 일이 없두록 하려는 모양입니다."

그새 명구는 벌써 수표를 꺼내 들었다.

"얼마라구요."

"다음 달 분을 땡겨 달라는 거니까요."

"그럼 다음 달이 또 곤란할 것 아닙니까?"

"그것까지는 모르겠습니다."

명구는 제멋대로 수표를 써서 경옥에게 주었다. 삼백만 원이었다.

"다음 달두 그냥 드리겠습니다. 또 와 주십시오."

"다음부턴 본인이 오실 겁니다."

"그래요? 어쨌든 경옥 씨두 다시 올 기회가 있겠지요."

김명구는 빙긋이 웃었으나 경옥은 도망치듯이 사무실을 뛰어나오고 말았다.

수표를 받아 든 채로 경옥은 충림과 약속한 다방으로 나갔다. 물론 약속 시간이 아직 멀었다는 것을 알고 있었지만 그 동안 충림에게 할 말을 혼자서 준비하기 위하여 일찍부터 나간 것이다.

다방 의자에 앉아 밀크를 주문한 뒤 경옥은 자기라는 것을 우선 생각하기 시작했다. 어떤 것이 자기며 또 어떤 것이 자기여야 하는가를 생각하는 것이었다. 죽음이 닥쳐온다 할지라도 바꿀 수 없는 자기의 생명은 무엇일까? 생명보다도 더 소중한 것이 있어야 할 것 같기도 했다. 그래서 경옥은 자기에게 가장 소중한 것을 발견하려 했다. 그 소중한 것을 발견하고 그것을 살리는 것이 결국 자기를 살리는 길이라 생각되었기 때문이었다.

그는 문득 음악을 생각했다. 틀림없는 자기의 보물이다. 음악을 살리고 음악을 위해서 산다고 하면 부당할 것이 하나도 없으며 따라서 자기에게 있어서는 가장 아름다운 일일 것 같았다. 그것만이 자기를 살리는 길 같기도 했다.

그러자면 결론은 간단했다. 충림과 결혼하는 것이 음악을 살리는 유일한 길이었다. 이까지 생각하고 있을 때였다. 아직 약속 시간이 남아 있는데도 충림이 들어오고 있었다. 충림뿐 아니라 그 뒤에는 경순이까지 따라오고 있었다.

언니의 얼굴을 보자 경옥은 가슴이 천길 밑으로 떨어지는 것 같았다. 경순이도 하얘진 얼굴로 경옥 앞에 앉았다.

한참 동안 침묵만이 세 사람을 지키고 있었으나 경순이가 먼저 입을 열었다.

"경옥아 용서해라. 너를 위하느라구 애두 쓴 일이 있지만 너에게 너무나 큰 죄를 짓구 있는 언니를 용서해다고. 나는 너뿐만 아니라 모든 세상에게 용서를 청하면서 살아야 하겠다. 나에게 남은 것이란 오직 그것뿐인 것 같다. 용서를 청하면서 죄를 조금씩 깎아 가는 길밖에 없다. 그래서 그 길을 붙잡으려구 무린 줄 알구 또 충림 씨나 너에게 불행한 일인 줄 알면서두 충림 씨를 찾아갔다. 그러나 충림 씨는 나를 피해서 제주도를 떠났다. 나는 또 충림 씨를 따라 부산까지 왔으나 나를 받아들이질 않는다. 할 수 없는 일이겠지. 그러나 한 가지만 부탁이 있다. 내가 어떠한 길을 걷든 너만은 나를 용서해 주어야 하겠다."

경옥은 대답도 못했다. 어쩐지 자기에게는 대답할 자격도 없는 것 같았다. 그저 눈물만이 쏟아졌다. 경옥은 한참 동안이나 울었다. 경순이도 옆에서 경옥이를 따라 울고 있었다.

한참 동안이나 울고 난 경옥은 언니를 미워하고 또 언니에게서 충림을 빼앗는 것이 자기가 아닌 것을 느꼈다. 그것이 남에게 자랑할 만한 자기가 아니라는 것을 깨닫는다. 그렇기 때문에 그는 눈물을 그칠 수도 있었다. 만약 경옥이가 그러한 자기를 발견하지 못했다면 그는 언제까지 울고만 있어야 할 것이었다. 경옥은 충림에게,

"최 선생! 미국서 돌아온 뒤부터 저는 어떤 남자를 사랑하고 있습니다. 속인 것 같아 죄송합니다만 그와 결혼을 안 할 수 없습니다. 언니를 사랑하구 안 하는 건 선생님의 자유입니다. 그러나 저만은 언니를 용서하는 사람이 돼야겠습니다. 그것만이 저에게는 가장 중요한 일인 것 같습니다."

경옥은 말을 끝내자 문득 자리에서 일어서려 했다. 채 일어서기도 전에 경옥은 경순의 품에 안기며,

"용서받을 사람은 저예요. 저두 일생 용서를 받기 위해서 살아야겠어요."
하고 흐느껴 울기를 시작했다.

(원)《경향신문》 1953. 1. 1~6. 1, (출)   열풍   세문사, 4287.

형관(荊冠)

승리의 고배(苦杯)

아플 정도로 밟힌 것은 아니지만 누가 다리를 밟았다고 느끼는 순간 현주
(玄柱)는 눈을 번쩍 떴다. 눈을 뜨고는 수상한 검은 그림자가 열려 있는 창
문으로 뒤돌아서는 것을 발견하는 것과 동시에 몸을 일으켜 딱 하고 주먹을
한 대 먹였다.

수상한 사내는 그 자리에서 픽 하고 현주의 이불 위에 고꾸라졌다.

"자식, 어딘 줄 알구……."

현주는 고꾸라진 사내를 내려다보며 혀를 한 번 찼다.

도둑이 한참 동안 일어나지 못할 것을 현주는 잘 알고 있다. 당수도(唐手
道)식 정권(正拳)을 보기 좋게 썼기 때문이다. 그렇기에 분한 생각으로는 발
길로 상판대기를 한 번 문질러 주고 싶은 생각도 없지는 않았지만 그는 팔
짱을 끼고 도둑을 노려보기만 했다. 무술(武術)을 하는 사람은 쓰러진 사람
에게 손을 대지 않는다. 비겁한 행동이기 때문이다. 그러기에 그는 도둑이
일어나기만을 기다리는지도 모른다.

도둑의 얼굴은 창백했다. 때가 까맣게 묻은 반소매 러닝셔츠에다 허름한
양복바지를 입은 것이 도둑 가운데서는 하층도둑 같은 인상을 주었다. 몸집
이라든가 얼굴 생김이 기운을 믿고 남의 집에 뛰어든 위인 같지도 않았다.

현주는 자기 이불 위에서 도둑을 번쩍 들어다가 마룻방에다 눕히고는,

"자식."

소리를 한 번 더 했다. 정신만 차리면 상하지 않을 정도로 늑신하게 두들겨 주겠다는 무서운 눈초리였다. 그러면서도 냉수 같은 것을 가져다 끼얹어 줄 생각도 않고 쓰러진 도둑이 움직이기만 기다리고 있을 때 안방에서 형이 나왔다. 그때야 잠이 깬 모양이었다.

"뭐냐?"

수상한 사람이 누워 있는 것을 보자 뒷걸음질을 치며 놀랐다.

"도둑놈이 들어오지 않았어요. 글쎄."

"뭐, 도둑놈이?"

형 한주(漢柱)는 다시 한 번 놀라며 도둑 옆으로 다가왔다. 그때야 한주의 마누라 명실(明實)이도 질겁한 얼굴로 뛰어나오며 수선을 떨기 시작했다.

"동생 아니었으면 큰일날 뻔했군……. 도둑이 우리 집엘 다 들어오다니 이거 참……."

마루를 빙빙 돌며 어쩔 줄을 몰라 한다. 그러나 한주는 갑자기 냉정한 얼굴을 지으며,

"빨리 파출소엘 가야지."

하고 현주를 바라보았다.

"파출소에요?"

현주는 형의 말이 못마땅하다는 듯 눈을 힐끗 하고는,

"이런 놈은 혼을 내줘야 해요. 파출소가 바쁜가요."

하고 말했다.

"사람을 다쳐서는 안 된다. 법이 무엇 때문에 있는데."

"법이란 나쁜 놈을 보호하기 위해 있는 건가요? 죽일 놈은 죽여야지……."

이러고 있을 때 도둑이 눈을 떴다. 그리고는 몸을 움지럭거렸다. 도둑이 움직이는 것을 보자 현주는 일 초의 여유도 없이 당수도식이 아니라 손을 넓적하게 펴고 도둑의 얼굴을 딱 쳤다.

“이 죽일 놈아. 해 먹을 게 없어 도둑질을 해?”

그때 도둑이 벌떡 일어나 꿇어앉으며 두 손을 비볐다.

“며칠을 굶었습니다. 환장을 해서 죽을죄를 졌으니 한 번만 용서해 주십시오.”

현주는 한 번 더 때리려고 손을 치켜 올렸으나 며칠 굶었다는 말에 그만 손을 내리고 말았다. 6·25 전투 때 사흘을 굶고 싸운 처참한 경험을 가지고 있다.

“정말 며칠을 굶었어?”

“거짓말을 할 수 있겠습니까? 가 보시면 아실 것을…… 그저 한 번만 용서해 주십시오.”

도둑이 또 두 손을 비볐다.

“그럼 집엘 가 봐.”

현주는 쓰러져 있는 도적의 손목을 잡아 일으켜 세우고는 앞장을 서서 걸으려 할 때 한주가,

“집엔 데리구 가서 뭣 하니? 파출소엘 끌구 가야지!”

하고 현주의 손목을 잡았다.

그 말에 도적이 황겁한 눈으로 뒤를 돌아보면서,

“한 번만 용서해 주십시오. 이게 정말 처음입니다.”

하고 애걸을 했다.

“직업적인 도적 같이 생기지 않았으니까 거짓말은 안 하겠지요. 잃어버린 것도 없는데요…….”

현주는 도적의 얼굴로 보아 진짜 도적 같은 생각이 안 들어 그만 용서해 주고 싶었던 것이다. 그러나 형이,

“밤중에 남의 집에 뛰어든 것은 벌써 범죄를 지은 행동이니까 법으루 처단을 받아야 해.”

하고 현주에게 반대했다. 형의 직업이 검사(檢事)니까 그런 말을 하는 것도 당연하겠지만 현주는,

“형님은 굶어 보신 일이 없지요? 사흘을 굶으면 도적질두 하게 될 겁니

다."

하고 도적의 등을 밀고 뜰로 나섰다.

형과 형수가 뒤에서 무어라고 이야기 했으나 현주는 못 들은 척 도적과 같이 대문 밖을 나섰다.

아직도 날이 밝지가 않았다. 동이 훤히 트기 시작하는 같기도 했지만 눈앞이 어두웠다. 현주는 도적이 가는 대로 뒤를 따르며,

"젊은 사람이 왜 일을 못하구 며칠씩이나 굶었어?"

하고 물었다. 그 말에 도적은 숨을 돌리며 의용군으로 끌려 나갔다가 국군에 포로가 되어 수용소에 있던 중 반공포로로 석방되어 나온 뒤 쭉 앓고 있었노라고 대답했다.

"그럼 그 동안은 누가 먹여 살렸어?"

"누이동생 덕택으루 죽지는 않았습니다."

"그 누이동생은 무얼 하는데……."

"아는 집 내재봉소에서 재봉틀을 돌리다가 그 애마저 앓아눕게 되어 이 꼴이 되었지요."

"그럼 식구는 누이동생 하나뿐인가?"

"네……."

"집은 어디지?"

"요 고개를 넘어 정릉리(貞陵里)입니다."

사방을 둘러보니 과연 정릉리로 가는 고갯길이었다.

"어쨌든 도적질이야 해서 쓰나……."

현주의 말이 몹시 부드러웠다. 도적의 말이 거짓 같지가 않았기 때문이었으리라.

"네, 죽어두 다시는 안 하겠습니다."

도적이 고맙다는 듯이 현주를 보며 머리를 숙였다. 그리고는,

"오줌을 좀 눌까요?"

했다. 현주는 그러라고 대답을 한 뒤 담배를 꺼내 물고 성냥불을 켰다.

도적이 언덕으로 올라서서 바지자락을 만지고 있을 때 곁에 선 채,

"이름이 뭐지?"
하고 물었다.

"홍광윤입니다."

홍광윤이라고 속으로 그 이름을 한 번 되뇌고는 주머니를 만져 봤다. 돈이 얼마나 있는가를 살피는 것이었다. 집에 가거든 있는 돈 전부를 털어 주리라 생각하며 돈이 좀 많이 있기를 바라고 있을 때였다. 오줌을 누고 있던 광윤이가 언덕 위로 달아나고 있었다. 처음에는 무엇 때문에 올라가나 하고 도망친다고는 생각지도 않았지만 달아나는 폼이 도망치는 것임에 틀림없었다. 도망치는 것이라 생각을 하면서도 현주는,

"홍 형, 어딜 가는 거야."
하고 친구를 부르듯 고함을 질렀다.

얼떨결에 도적을 보고 '홍 형'이라고 부르기는 했지만 돈까지 주려고 하는 자기를 속인 뒤 도망쳤다는 것을 생각하니 분하기 짝이 없었다.

'잡으면 죽여 버려야지.'

그때부터야 도적을 따라 달음질을 치기 시작했다. 그러나 어두운 산 속에서 도망간 사람을 어떻게 찾을 것인가?

"홍광윤, 돈을 줄 테니까 이리 와."
히고 소리를 질렀디.

무척 큰 소리였다. 가도 멀리는 가지 않았을 테니까 자기 목소리를 듣고 돌아오려니 했던 것이다. 그러나 홍광윤은 돌아오지를 않았다. 한 번 더,

"홍광윤 씨, 돈을 가지구 가라니까, 응."
하고 소리쳤으나 돌아오기는커녕 발소리 하나 들리지 않았다.

'죽일 놈……'

현주는 수도(手刀) 식으로 손가락을 뻗치고는 옆에 있는 소나무 가지를 하나 탁 쳐 꺾어 놓았다.

할 수 없었다. 그는 집으로 돌아가는 수밖에 없었다. 그러나 군대에서 제대를 하고 돌아온 지 며칠도 안 되어 도적을 만났고 그 도적을 살려 주려다가 도망을 맞았다는 것을 생각하니 정말 어처구니가 없었다. 세상이 이렇게

어처구니가 없어서야 무슨 맛으로 살아갈까 하는 생각까지 들었다.

그러나 집에 들어서자 형이 도적을 어떻게 했느냐고 물었을 때는,

"파출소에 맡겼지요, 까짓 거."

하고 대답했다. 형에게 무엇이라 비웃음을 당할 것 같음이 싫었던 것이다.

"그래야지. 세상을 선하게만 해석하다가는 제가 살 수 없게 되는 법이야."

"가다가 이야기를 들어봤더니 아주 고약한 놈이더군요. 나두 용서하기가 싫었어요."

이렇게 꾸며대기는 했지만 형의 세상을 선하게 해석해서는 안 된다는 말이 가슴을 답답하게 했다.

중대장으로 있을 때 현주는 대원들이 자기의 명령을 잘 들어 주는 것을 무엇보다도 큰 즐거움으로 생각했다. 적탄이 쏟아지는데도 명령만 내리면 뒤를 돌아봄이 없이 전진하던 부하들! 그러한 부하들도 선하게 해석해서는 안 된단 말인가?

알 수 없는 일이었다. 형이 그렇게도 당치않은 말을 할 수 있을 것인가? 현주는 형의 말을 경멸할 만큼 형을 싫어하지는 않는다. 일제 시대에는 학병으로 끌려가 조장(曹長)까지 지낸 형이다. 군대도 모르지는 않는다. 그 뒤 고등고시에 합격을 했으며 이미 검사로 이름을 날리고 있다. 어느 모로 보나 현주가 존경할 만한 형이다. 그런 형이 어찌하여 당치도 않은 말을 할 것인가?

현주는 군대생활과 사회생활을 구별해 놓고 한 말이나 아닐까 생각했다. 그러나 사회생활이라고 해도 그렇게까지 선이 없을 수는 없을 것 같았다.

현주는 잠을 한잠 자고 나서 조반을 먹은 뒤 정릉리를 향해 떠났다. 홍광윤이란 자가 정말 악한 인간인가 그것을 밝혀 보고 싶었다.

자기에게 한 말이 전부가 거짓말인가를 알아보고 싶었다.

우선 동회로 가서 동적부를 살폈다. 번지수를 모르기 때문에 처음서부터 샅샅이 뒤졌다. 얼마를 뒤지자 정말 홍광윤이란 이름이 나왔다. 그리고 가족으로 누이동생 홍종아(洪種娥)라는 이름까지 읽을 수 있었다.

동적부에서 홍광윤의 이름을 찾자 현주는 홍광윤이가 거짓말만 하는 친구가 아니라고 생각했다. 그래서 번지를 적어 넣고는 바쁜 걸음으로 그의 집을 찾으러 떠났다.

홍광윤의 집을 찾는 동안 현주는 홍광윤을 어떻게 처리할까 하고 혼자 생각했다.

'자기를 속이고 도망쳤다고 해서 뼉다귀를 분질러 놀까 그렇지 않으면 불쌍한 정경에 동정의 뜻을 표할 것인가.'

파출소로 보내라는 형을 속여 가면서까지 일을 무사히 하려고 했는데도 도망쳤다는 것을 생각하면 뼉다귀 하나쯤 분질러 놓아도 시원치 않을 것 같았다. 그러나 며칠을 굶어 할 수 없이 도적질을 하러 나섰던 것이 사실이라면 차마 그럴 수도 없을 것 같았다.

현주는 한참 동안이나 두 갈래의 생각을 가지고 망설였다. 그러나 끝내 결론을 내리지 못했다.

"에익, 가서 보구 그때 마음 내키는 대루 하지……."

사실 만나 보지를 않고는 결심을 내릴 수 없을 것 같았다.

어떤 조그만 초가집 대문에서 번지수를 찾고 그 집 한 칸 건넌방에 누워 있는 홍광윤을 보았을 때는 두 갈래의 생각이 모두가 하늘로 날아가 버렸다. 때릴 수도 없었고 그렇다고 해서 동정할 생가도 들지 않았다.

그것은 자기가 들어갔는데도 홍광윤이가 일어나기는 고사하고 눈도 뜨지 않는다는 증오감과 더불어 그 누워 있는 꼴이 꼭 죽은 사람 같았기 때문에 밉기는 미우나 손을 댈 수가 없었기 때문이었다. 그런데다가 한편 옆에 쪼그려 앉은 채 눈을 말똥말똥하는 홍광윤의 누이동생을 볼 때 어쩐지 컴컴한 굴 속에 들어간 것 같은 침울이 온몸을 엄습했다.

그러나 가만 있을 수는 없었다. 홍광윤의 몸을 한 번 툭 차고,

"왜 도망친 거야?"

하고 물었다

홍광윤은 대답이 없었고 그 대신 누이동생 종아가,

"무슨 일이 있었어요?"

하고 물었다. 스물서너 살쯤 되어 보였다. 영양실조에 걸려 파리한 얼굴이 황토색처럼 누랬다. 그러나 윤곽만은 못생긴 얼굴이 아니었으며 첫눈에 천해 보이는 인물도 아니었다.

"아니 무슨 일이 있었는지두 모르구 있소?"

"들어오자마자 정신을 잃고 누웠으니 알 수가 있겠어요?"

"도적질을 했어. 도적질을……."

"네."

종아는 그리 놀라는 표정은 아니었다. 결국은 그런 일까지 저지르고야 말았구나 하고 예상할 수 있는 일이라는 듯 실망만 하는 표정이었다.

현주는 종아의 너무나 감동 없는 표정에 그만 화를 내고,

"일으켜, 데리구 갈 테니까……."

하고 종아를 위협했다. 그래도 종아는,

"이런 걸 어떻게 데리구 가십니까? 송장을 치시게요?"

하고 몸 하나 움직이지 않았다.

"송장이래두 죄를 지었으면 처벌을 받아야 하는 거야."

"쌀가게엘 가서 쌀 한 줌을 동냥해다가 미음을 쒀놓았으니까 정신을 차린 뒤 미음이나 먹여서 데리구 가시지요."

그 말에 현주는 그 이상 더 언성을 높일 수가 없었다. 언성을 높이지 못했을 뿐 아니라 말 한 마디 입에서 나오지가 않았다. 가슴이 뭉클하고 속이 떨리는 것만 같았다. 한참 뒤에야,

"당신두 며칠을 굶었소?"

하고 물었다.

그때에 종아는 고개를 떨어뜨리고 흐느껴 울기를 시작했다. 마치 죽을 것을 각오했다가 뜻하지 않은 친절에 설움을 폭발시키는 것 같았다. 현주는 그러한 종아가 보기 안되어,

"내가 경찰은 아니니까 안심하시오."

하고 주머니에 들어 있는 돈을 톡톡 털어 종아 앞에 던지고는 뒤도 돌아보지 않고 그 집을 떠나와 버렸다.

주머니에 있던 돈 전부를 털어 주었기 때문에 텅 빈 주머니로 거리엘 나
갈 수가 없어서 현주는 곧장 집으로 돌아와 버렸다.

형은 출근을 하고 애들은 학교엘 가서 혼자 집을 지키고 있던 형수가 현
주를 맞이해 주었다. 형수는 현주를 보자 현주가 없었다면 많지도 않은 세
간과 옷가지를 전부 잃어버렸을 것이라는 말을 몇 번이나 되풀이했다. 그리
고는 필시 담장이 얕아서 도적이 들어왔을 것이니까 이제라도 높이 쌓아 올
리지 않으면 안 된다는 말을 하고 나서,

"형님이야 어디 살림에 마음 있는 분인가요? 동생이 맡아서 해 줘야 될
거야요. 빨리 담을 높이 쌉시다."

현주에게 일을 떠맡기려 했다.

현주는 홍광윤네 남매를 보고 온 뒤로 뒤통수를 한 대 얻어맞은 것처럼
얼떨떨해 있는 판이라 형수의 말이 귀에 들어올 리 없었다.

"정말 형님은 큰일예요. 죽이 되나 밥이 되나 집안 걱정이야 털끝만치나
할래야지요. 걱정만 끄내면 되려 화만 내려구 하니 집안 살림은 누구더러
하라는 건지 모르겠어요."

현주가 형수의 말을 귀담아 듣는 것 같지 않음을 알았던지 이번에는 형의
험담을 하기 시작했다.

그래도 현주는 들은 척을 안 했다. 형의 험담을 하는데 무어라 맞장구를
칠 수도 없었지만 맞장구가 치기 싫다는 것보다도 그의 머리에는 홍광윤 남
매 생각이 너무나 뻐근하게 차 있었던 것이다.

"요새는 오입까지 하는지 술이 취해서 늦게 들어오는 때가 뻔질나지요.
이제 살림살이가 무슨 꼴이 될내는지 정말 걱정입니다."

형수는 형에 대한 험구에 독설로써 공격을 하기 시작했다. 그래도 현주는
들은 척을 안 했다. 형의 성격을 잘 알고 있는 만큼 형이 술을 마시고 늦게
돌아온다 해도 그것이 큰 걱정될 아무것도 못 된다. 설사 실수를 한다고 해
도 질투심에 불타는 형수와 맞장구칠 만큼 큰 문제가 될 것은 못 된다.

현주는 형수의 이야기보다도 홍광윤 남매를 장차 어떻게 할 것인가 하는
데 더 머리를 쓰고 싶었다.

"형수님, 형님은 나쁜 짓 하라구 해두 나쁜 짓을 못할 사람이니까 걱정 마십시오."

하고 자기 방으로 건너가 누워 버렸다.

방바닥에 눕자 갑자기 홍광윤의 남매가 기운을 잃고 누운 채 죽어 버리는 광경이 눈앞에 떠올랐다. 하고 싶은 말을 수없이 가지고도 말 한 마디 못하고 죽어가는 구슬픈 모습이었다.

도망을 치고도 다른 곳으로 가서 숨지를 못하고 자기 집으로 돌아간 홍광윤은 무기력한 인간임에 틀림없다. 보호해 주는 사람 없이 살아갈 수 없을 만큼 무기력할지도 모른다. 자기가 주고 온 돈을 다 쓰면 다시 굶고 앉아 있을 것만 같았다.

그러나 제대한 지 며칠이 안 되어 직업도 없는 자기인만큼 그들을 어떻게 할 것인가?

현주는 종일토록 누워서 뒹굴기만 하다가 저녁을 먹은 뒤에야 소풍할 겸 거리로 나갔다. 정처도 없이 혜화동 로터리를 돌아 창경원 쪽으로 한참 걸어갔을 때였다. 몇 사람이 둘러서 있는 데서 젊은 여학생 두 명이 대학생같이 보이는 남자에게 안타까워 못 견디겠다는 음성으로 욕설을 퍼붓고 있었다.

그러나 젊은 남자는 능글맞게 웃음을 띠며,

"야료를 받을 때가 행복한 줄 알어."

하고 반말질을 하며 약을 올렸다.

현주는 무슨 일인가 해서 구경꾼 속을 파고들어갔다.

"되지두 않은 수작 말어. 우릴 행복하게 해 줄려구 종로서 예까지 따라오며 야료를 하는 거야."

꼭 여자 대학생들 같았다. 그러나 흥분한 어조로 보나 어쩔 줄을 몰라 부들부들 떠는 것으로 보나 통분해 죽겠다는 태도였다.

그러나 남자는 빙글빙글 웃으며,

"속으론 좋으면서 뭘 그래! 좋기에 따라오는 줄 알면서두 이까지 걸어온 거 아냐?"

했다.

한 여자는 더 참을 수 없는지,

"빌어먹을 자식. 뭣이 어째. 찰거머리처럼 따라올 줄 누가 알았어?"

하고 청년의 얼굴을 향해 삿대질을 하자 청년을 태도를 돌변하여,

"쌍년, 어데다 하는 버릇이야."

하기가 무섭게 삿대질한 여자의 뺨을 소리나게 갈겼다.

뺨을 맞은 여자가,

"누구 사람 없어요?"

하고 눈물어린 눈으로 사방을 돌아보며 구원을 청했다. 구원을 청하는 것이 아니라 돌 같은 인간들아 무엇들 하고 있느냐고 발악하는 것 같았다.

구경꾼들이 적지 않았지만 나서서 싸움을 말리려는 사람은 하나도 없었다.

현주는 어쩐 일일까 생각했다. 약한 여자가 대로에서 남자에게 매를 맞았다. 매맞을 만큼 잘못한 일도 없는 것 같다. 그런데도 뻔히 서서 구경만 하고 있는 것은 무엇 때문일까?

그냥 내버려 두면 여자들이 다칠지도 모를 일이었다. 현주는 할 수 없이 청년 앞으로 선뜩 다가섰다.

"때리지 않아두 좋을 일 같은데요."

그러자 청년은,

"이 자식 너는 무어냐?"

하고 현주의 뺨을 보기 좋게 갈겼다.

현주는 들어오는 손을 능히 막을 수 있었다. 싸울 수 있을 뿐 아니라 막는 동시에 어떤 급소라도 능히 찌를 수가 있다. 그러나 그는 맞아야 했다. 들어오는 주먹을 막으려 하다가 급소를 찌르면 노상에서 사람을 다치게 된다.

함부로 사람을 다쳐서는 안 된다. 그것이 당수도를 배우기 시작한 때부터 유단자(有段者)가 된 오늘까지의 수양이다.

그러나 매를 맞았다는 것만은 유쾌한 일이 아니어서,

"때리지 않구는 말을 못합니까?"
하고 공손한 어조로 그러나 여기도 만만치 않다는 태도를 보였다.
"자식, 건방지게 뭐야?"
청년이 다시 한 대 뺨을 갈겼다.
그 이상 더 참을 수 없었다. 현주는 선 자리에서 연비형(燕飛型)으로 껑충 뛰며 복사뼈로 재빠르게 청년의 궁둥이를 찼다. 상처를 내지 않고 아픔을 줄 수 있는 곳이었다.
청년은 그 자리에서 뻗어 버렸다. 일어서려고 했으나 아이쿠 소리를 내고는 다시 주저앉았다. 현주는 며칠 동안은 뼛속이 시큼하리라 속으로 생각하며,
"말릴 때 말을 듣는 거지, 함부로 어디다 손을 대는 거야?"
하고 청년을 꾸짖었다. 한 대 더 밟아 주고 싶었지만 그러다가는 사람을 다치고야 말 것 같아 말로써 화를 푸는 도리밖에 없었다. 그리고는 주저앉은 청년을 끌고 '로터리' 옆에 있는 파출소로 가서 청년의 행장을 이야기하고는 적당히 처리해 주기를 부탁했다. 그런 자야말로 응당 법으로써 처단을 받아야 할 것 같았던 것이다. 혼을 좀 내 주어 달라고 거듭 부탁을 한 뒤 파출소를 나설 때였다.
사건의 장본인인 두 여성 가운데 매를 얻어맞지 않은 여자가 따라나오며 고맙다는 인사를 한 뒤,
"성함이 누구시죠?"
하고 물었다.
이름을 묻는 바람에 현주는 고개를 돌려 여자의 얼굴을 유심히 바라보았다. 똑똑하고 상냥하게 생겼다. 그러나 번뜩 자기가 무대의 배우 같은 생각이 들었다. 일부러 기사도의 정신을 발휘해 가지고 그것을 인연으로 사랑을 맺는 그러한 연극의 한 토막을 연출하고 있다는 생각이었다.
"이름을 알면 연애가 됩니다."
현주는 여자가 무안해 해도 할 수 없다는 듯이 획 돌아서서 쏜살같이 걷기를 시작했다.

달리 더 산보할 생각도 없었다. 바로 집을 향해 돌아오는 도중 현주의 머리에서는 곤경을 겪고 있는 여자들을 보면서도 구해 주려고 나서는 사람이 하나도 없던 조금 전의 일이 자꾸만 되살아났다. 구경꾼 가운데는 피 끓는 청년이 한 명이라도 있었을 것이다. 그런데도 여자가 희롱을 당하고 게다가 매까지 맞는 것을 보고도 나서는 사람이 하나 없다니…….

그 청년이 자기더러 '너는 뭐냐' 하고 묻던 말 즉 자기는 그런 짓을 해도 괜찮은 사람인데 너는 대체 무슨 빽을 가졌느냐는 듯이 묻던 말이 생각났다. 대로에서 대담하게도 여자를 희롱하는 청년은 만만치 않은 빽을 가졌기에 그럴 수 있다고 해석될지도 모른다. 그러니 결국은 구경꾼들이 그 청년의 빽이 무엇인지를 몰라 지레 겁을 먹어 나서지를 못했단 말인가?

그렇다면 파출소에서도 그 청년은 무사히 나올 수도 있지나 않을는지?

현주는 되돌아가서 파출소에 들려 보고 싶은 생각도 들었지만 귀찮다는 마음이 앞을 섰다. 더구나 자기가 다시 나타나면 누구보다도 매맞는 여성들을 만나야 한다는 것이 싫었다. 여자들은 자기가 의협심을 가졌기 때문에 그들을 구해 주었다고 생각할 것이다. 그리고 다시 나타나면 그 의협심을 미끼로 해서 다른 흥정을 하러 간 것처럼 생각할지도 모른다.

"복잡한데……."

현주는 혼자서 중얼거리며 삼선교를 지나 돈암동 방면으로 걷고 있었다. 콧김이 길게 뿜어 나왔다. 끓는 죽이 불룩 방울을 지었다가 꺼지는 것처럼 가슴 속에서 불룩 저 혼자 나오는 한숨을 죽이노라고 콧김을 길게 내뿜는 것이었다.

현주는 집에 가서 형으로부터 현실에 대한 이야기를 좀 들어야 하겠다고 생각했다. 너무도 모르는 것이 많은 것 같은 생각이 들었다.

현실을 모름으로 해서 쓸데없이 흥분을 하게 된다면 그것은 결코 좋은 결과를 가져오지 않는다. 고독 끝에 현실을 부정하게 되고 나아가서는 절망 속에 빠지게도 된다. 현실에 휩쓸리지는 않는다 해도 알기는 알아야 할 것 같았다.

그러나 집안에 들어서자 형수의 심상치 않은 언성이 그를 형의 방으로 들어가지 못하게 했다.

"당신은 일만이 제일이우? 애들 꼴 좀 봐요? 발가락이 다 드러나는 운동화를 신구 다니지 않아요?"

돈을 풍족하게 주지 않는 데서 오는 불평인 것 같았다.

그러나 형은 아무 대꾸도 없었다.

"그래두 술 마실 돈은 어디서 나는지 몰라."

그때에야,

"이제 그만둬. 다 알구 있으니까……."

하는 형의 목소리가 들렸다.

"알면 뭣 해요. 돈을 가져와야지……. 계집년들한테 쓰는 돈을 좀 집으로 가져와요."

"못 하는 소리가 없네! 언제 계집년한테 돈 쓰는 걸 봤어. 그러지 말구 자리나 깔아 피곤해서 좀 눠야겠어."

형은 싸우기가 싫은 모양이었다. 자기가 손으로 요를 내려까는 소리가 들렸다.

현주는 이상한 생각이 들었다. 형이 가정에 대해서 그렇게까지 무책임한 사람이 아니라는 것은 전부터 알고 있다. 그리고 생활이 무질서하지도 않은 사람이다. 그런데 형수가 어찌해서 형을 그렇게까지 공격하는 것일까? 그리고 형은 왜 그러한 형수에게 미온적인 태도를 취하고 있을까? 현주가 군대에 들어가기 전까지는 형은 형수에게 상당히 엄격했었다. 얼굴도 똑똑히 보지 못하고 결혼한 형수였을 뿐 아니라 형에게는 잊을 수 없는 애인이 있었던 때문으로 해서 형은 형수에 대하여 애정을 느끼지도 못했었다. 애정을 느끼지 못하는 형수인 만큼 형의 태도가 그렇게 따뜻하지 못했을 것만은 사실이다. 그러나 결혼한 뒤 해가 거듭할수록 형은 정신적으로 안정을 얻은 것 같았으며 형수하고도 별다른 간격을 느끼지 않으며 살고 있는 것같이 보였다. 말하자면 원만한 남편으로 탓할 것이 없는 것처럼 보이던 형이 그 동안 갑자기 마음의 변동을 일으켰단 말인가?

현주는 8·15 이후 소식을 모르고 있던 형의 첫 애인이 최근에 나타난 것이 아닌가 하고 생각했다.

여자의 고향이 이북이기 때문에 소식도 알 수 없었던 것이지만, 국군이 이북에까지 진격했다가 후퇴해 나올 때 이북 피난민들과 함께 이남으로 넘어왔다면 만날 수도 있음직한 일이다.

그러나 첫 애인을 만났다면 형수에게 증오심을 느낄 것인데도 불구하고 증오심도 느끼지 않고 미온적인 태도를 취하는 것은 무엇 때문일까?

형수가 형의 방에서 나오는 것을 기다려 현주는 형의 방으로 들어갔다. 들어가는 즉시로,

"형님, 요새 고민이 있습니까?"

하고 물었다.

"글쎄."

형이 빙그레 웃었다.

"형님 성격이 좀 달라진 것 같아요."

"성격까지야 달라질 게 있나. 옛날에 알던 여자와 비슷한 여자가 나타나서 마음의 변동을 약간 일으키고 있을 뿐이지……."

"어떤 여잔데요?"

"그쯤만 알아 둬라. 차차 이야기를 하지. 그렇지만 대단한 일이 아니니까 걱정은 말어!"

"앞으로 어떻게 하실 작정인데요?"

"어떻게 하긴 뭘 어떡하니? 자식새끼 있는 놈이 어떡할 수나 있어. 그냥 살아가는 거지!"

현주는 이해할 수가 없었다. 마음의 변동을 일으키게 할 만한 상대가 생겼다면 앞으로의 일도 생각해야 할 것이 아닌가?

그러나 현주는 그것을 추궁하지 않았다. 아직까지는 앞으로의 일까지 생각할 만큼 심각한 문제가 되지 않고 있다는 생각이 들었기 때문이었다. 그러면서도 형이 형수에게 대하는 태도만은 이해할 수 있는 것 같았다. 그리고 형수가 형에게 앙탈하는 이유도 알 수 있는 것 같았다.

현주가 형의 심경을 생각하며 잠잠하고 있을 때 형이,

"참, 양복을 찾아야지!"

하고 벽에 걸어 논 양복 주머니에서 만 환짜리 지폐뭉치 넷을 꺼내 현주 앞에 밀어 놓았다.

형이 제대 기념으로 양복 한 벌을 맞춰 주었다. 그것을 찾아오라는 것이었다. 그러나 방금 형수가 돈타령 하다가 나간 참이라 선뜻 그것을 받기가 안되어,

"살림 돈이 없는 모양 같은데 우선 형수님에게 드리시지요."

하고 돈을 받으려 하지 않았다.

"밤낮 하는 소린데 그런 걸 일일이 들은 척하구야 살 수 있니?"

화원(花園)의 생리

현주는 마음이 석연치 않았지만 형의 마음을 무시할 수도 없어서 돈을 그냥 받았다. 돈 받는 것을 보자 형은 그 돈이   형법총론   이란 자기 저서의 인세(印稅)라고 말한 뒤,

"학교에두 빨리 가서 수속을 해야지. 아직 인세를 덜 받았으니까 돈걱정은 말아라."

했다.

형의 마음이 고맙기는 했지만 돈이 없다고 앙탈하는 형수의 말이 아직 귀에서 사라지지 않은 만큼 현주는,

"학교야 신학기에나 가서 등록을 하지요. 몇 학점 남지두 않았는데……."

하고 자기 때문에 돈걱정은 할 것이 없다는 뜻으로 말했다.

"하기는 학기 중간이니까 등록두 할 수 없겠구나……. 어쨌든 졸업할 동안은 학비를 댈 테니까 걱정 말아라."

형이 돈 없는 것은 뻔한 일인데 어떻게 해서 호기를 부릴까? 인세가 나온대야 그것은 뻔한 일이다. 살림에 보태 써도 부족할 것이다. 그런데도 돈걱정은 전혀 하지 말라고 큰소리 하는 것은 무엇 때문일까?

"형님에게두 공돈이 좀 생깁니까?"

"공돈은 생기지 않아두 네 공부는 마쳐야 하지 않겠니……."

"이상한데요? 공부는 마쳐야 하지만 돈걱정 안 하시는 게 좀 이상합니다."

"너는 나를 나쁜 짓 하는 사람으로 아는가 부구나!"

"글쎄, 세상이 다 그런 것 같으니까요."

"그래두 내 걱정만은 말아라. 그럴 수 있다면 차라리 좋을지두 모르겠다. 인세가 한 이십만 환쯤 나오구, 요새 또 책 하나를 시작했으니까 큰소리를 하는 것이지."

그 말이 사실이라면 형을 의심할 필요는 없을 것 같았다. 그러나 며칠 동안 본 사회가 어지러운 것만은 틀림없기 때문에,

"대체 혼란한 세상에 깨끗하게 사는 사람도 있기를 합니까?"
하고 물었다.

"있겠지. 몇 사람이 될지는 몰라두 있는 것만은 사실이다. 전혀 없다면 깨끗하다는 개념마저 없어지고 말았을 것 아니냐? 깨끗하다는 말이 남아 있는 한 깨끗한 사람은 살아 있는 거야. 그리구 세상이란 몇몇 사람에 의해 움직여지는 거니까 그렇게 걱정할 것두 없어."

"대다수가 깨끗지 못하다면 어떻게 깨끗이 살 수 있습니까?"

"그래도 깨끗한 것을 머릿속에 생각하구 있는 사람은 깨끗하게 사는 거지. 어떡허니? 그것두 하나의 생리(生理)인 걸."

현주는 결국 그런 것이리라 생각했다. 세상이 흐리다고 자기도 흐리게 산다는 것은 그의 생리 속에 그런 요소가 들어 있기 때문일 것이다. 흐린 것을 두려워할 것도 없다. 지나치게 개탄할 것도 없다.

현주는 그 날 밤 자기 생리 속에는 어떠한 요소가 들어 있는가를 생각해 보았다. 사회생활의 체험이 별로 없는 만큼 알아내기가 힘들었다. 다만 깨끗한 요소가 많이 들어 있기를 바랄 뿐이었다.

다음날 아침 현주는 돈을 가지고 양복을 찾으리라 생각했다. 형님의 옷을 한 벌 얻어 입었으니 그리 바쁠 것은 없지만 이미 찾기로 되어 있는 날이니

안 찾을 필요도 없었다. 그러나 문득 권상구(權尙九) 대위 생각이 머리에 떠올랐다. 일선에서 떠나올 때 자기 가족을 한 번 찾아달라고 신신당부하던 친구다. 몇 달째 편지 한 장 못해 준 모양인데 그래서인지 가족에 대해서 미안해하던 얼굴이 눈앞에 떠올라 현주는 먼저 권 대위 집을 다녀서 양복집에 들리기로 하고 집을 떠났다.

현주가 갈월동 산꼭대기에 있는 권 대위 집을 찾아갔을 때 권 대위의 아내 정혜련(鄭惠蓮)은 외출을 하고 집에 있지 않았다. 집 주인의 부인인지 오십이 넘어 보이는 여자가 나와서 시장에 간 모양이니 곧 들어올 거라고 기다리라는 말을 했다.

현주는 돈암동 자기 집에서 방향이 아주 다른 갈월동까지 온다는 것도 쉬운 일이 아니지만 친구의 아내를 찾아온다는 것도 자주 있을 수 없는 일이기 때문에 이왕 온 김에 기다렸다가 만나 보고 가리라 생각했다.

권 대위네 방이라는 조그마한 방 툇마루에 앉아 권 대위 부인을 기다리는 동안 현주는 권 대위 부인이 어떻게 살아가고 있을까라는 것을 생각해 보았다. 권 대위는 자기 아내가 장사를 하고 있다는 말을 가끔 했다. 그러나 요새 와서는 장사도 그리 시원치 않은 것처럼 말했다. 월급 가운데서 오륙천 환을 보내는 것과 후방에서 타는 군인가족 배급미(配給米)만으로 살아가고 있을 텐데, 지난 달에는 그 오륙천 환도 보내지를 못했다고 하며 꼭 들려 말을 잘 해 달라던 권 대위 이야기를 생각할 때 혜련의 모습이 몹시 초라할 것 같았다. 밀짚모자를 쓰고 양복바지를 어깨에 멘 뒤 거리를 돌아다니는 여자 장사꾼을 연상해 보기도 했다. 동대문 시장 같은 데서 떡장사 하는 여자들도 연상해 보았다. 그리고 골목에서마다 볼 수 있는 담배장사도 연상해 보았다. 권 대위가 무슨 장사라는 말을 하지 않고 그저 장사한다는 말만을 했기 때문에 그런 장사꾼을 연상해 보았지만 만약 그것이 사실이라면 차라리 오지 않았던 것만 못하다고 생각했다. 수고한다는 말도 할 수 없고 고생한단 말도 할 수 없을 것 같았다. 입이 벌려지지 않을 것만 같았다. 그러나 잠시 뒤 들어온 혜련은 자기가 연상하던 그런 장사꾼의 모습이 아니었다. 길거리에서 얼마든지 볼 수 있는 가정부인의 모습이었다. 현주는 우선 안심할 수 있었다. 그리고 전선줄로 엮어 만든 장바구니에 콩나물이 그대로 들여다보일 때 그 장바구니를 든 혜련에게서 모성애와 같은 따뜻함을 느낄 수 있었다.

현주는 자기의 이름과 권 대위와 같은 부대에 있었다는 것을 말한 뒤 권 대위의 부탁으로 찾아왔다는 것을 밝혔다. 혜련은 남편의 친구라는 말에 남편을 보는 듯이 반가워하며 남편의 이야기를 물었다. 자기가 고생하는 것보다도 남편의 그리운 정이 앞서는 모양이었다.

현주는 권 대위가 무사하다는 것 그러나 지난 달에는 뜻하지 않은 일로 월급을 다 썼기 때문에 송금을 못해 미안해하더라는 말을 했다. 혜련은 남편이 무사하다는 말만이 고마운지 돈걱정은 한 마디도 안 하고 현주가 언제 다시 일선에 들어가느냐고 물었다. 부탁할 말이 있는 모양이었다. 그러나 현주가 자기는 제대했노라는 말을 했을 때 혜련은 그만 실망을 한 듯이,

"그럼 어떡허나……."

하고 이때까지의 명랑하던 얼굴을 갑자기 흐려버렸다.

"왜 무슨 일이 있습니까?"

"아니요?"

말을 안 하려는 것으로 보아 무슨 일이 있는 것만은 확실했다. 현주는 궁금한 생각이 들었다. 걱정되는 일이 있다면 육군본부의 전화를 빌려서라도 본인에게 연락해 줄 수가 있는 만큼 사정 이야기를 들어야 할 것 같았다. 권 대위가 찾아보라고 한 것도 그런 걱정이 있을까 해서 미리 부탁한 것이 아닐까. 그래서 현주는 아무 걱정 말고 사정 이야기를 들려달라고 말했다. 혜련이 좀체로 말을 안 할 때 현주는 권 대위에게서 신신 당부를 받고 온 만큼 이야기를 안 듣고는 그냥 돌아갈 수가 없다고 협박 비슷이 말했다. 그때 혜련은 긴 한숨을 내쉬며 현주의 얼굴을 빤히 바라보았다.

현주는 혜련에게 심상치 않은 일이 있는 것이라 생각했다. 그러나 말하기 힘들어하는 이야기를 더구나 초면에 억지로 듣자는 것도 예의에 벗어난 일 같아,

"권 대위가 몹시 걱정을 하던데 지내시기는 어떠십니까?"

하고 화제를 잠시 돌렸다.

"억지루 살지요."

화제가 도는 바람에 혜련은 가볍게 대답했다.

"장사를 하신다든데요?"

"장사를 했지만 지금은 여름이라 그것두 못하구 있어요."

"무슨 장산데요."

"털옷 장사를 했어요. 부산에 아는 친구가 있어서 부산엘 다니며 그것을 가져다 팔았는데 요새야 팔려야지요."

이렇게 몇 마디 말이 오고 가자 현주는 이야기의 기세를 타서 유도심문 식으로,

"장사가 안 되어 근심 중에 계시다면 다른 장사를 해 보시지요."
하고 슬쩍 혜련의 걱정을 건드렸다.

"장사가 안 돼서 그러는 것만은 아녜요?"

"그럼 아무에게나 이야기할 수 없는 사정이란 말씀인가요?"

역시 협박 비슷한 말이었다 말 못할 사정이라면 듣지 않아도 좋다는 뜻인 만큼 오해도 할 수 없지 않느냐는 것이었다. 그 말에야 혜련은,

"그런 건 아니지만 사정이 좀 복잡해서요."
하고 잠시 머뭇거리다가 그 동안 남편 모르게 들었던 계가 깨지는 바람에 십만 환이나 되는 돈을 잘렸다고 한숨 섞인 이야기를 했다. 남편을 속이려 고 말하지 않은 것이 아니라 아무 말도 하지 않았다가 남편을 놀라게 해 주 고 싶은 생각에 숨기고 있었다는 이야기까지 하며,

"주인 몰래 한 것이 죄가 돌았나 봐요."
하고 또 한 번 한숨을 쉬었다.

"십만 환이면 적지 않은 돈인데 참 안 됐군요."

현주는 떼이기는 했다고 해도 십만 환이나 되는 돈을 만지고 있었다는 생 각에 크게 홍분하지는 않았다. 떼인다는 것은 결국 떼일 돈이 그만큼 있었 다는 것을 말하기 때문이었으리라.

"그걸 치뤄 나가느라구 얼마나 고생을 했는지 몰라요. 요새는 밥두 못 끓

여 먹구 콩나물죽만 끓여 먹질 않아요!"

혜련이가 사들고 들어온 콩나물을 처마 밑에 부엌으로 만들어 논 의지깐에 들여다 놓으며 말했다.

현주는 콩나물죽이란 말에 정신이 번쩍 들었다. 그리고 못 들을 말을 들은 것처럼 얼굴이 화끈해짐을 느꼈다.

"사실은 계주 노릇을 하던 여자두 너무해요. 남편이 오기만 하면 혼을 내주구야 말래요."

혜련은 돈을 떼였다는 분함과 동시에 계주에 대한 감정도 있는 모양이었다.

현주는 혜련의 울분을 푸는 데는 권 대위를 불러 주는 길밖에 없으리라고 생각했다.

"전화루라도 연락해서 곧 나오도록 할까요?"

그때 혜련은,

"뭐 두세요. 잘못하다가는 제가 야단만 맞을저두 모르니까요. 아무때라두 나오면 찬찬히 이야기하지요."

하고 남편에게 알리지 말아달라는 말을 했다. 현주는 본인이 말아달라는 것을 억지로 연락할 생각이 없었다. 그러나 콩나물죽이라는 말이 머리에서 떠나지가 않았다.

"계주라는 여자는 서울에 있습니까?"

하고 물었다. 계주가 괘씸한 생각이 들었던 것이다.

이야기 하는 것으로 보아 혜련이가 착한 여자임에 틀림없다고 생각되었다. 남편을 생각하는 마음씨도 비할 데 없이 아름다운 것 같았다. 그런데도 콩나물죽만 먹게스리 돈을 떼먹고 안 주는 계주란 어떤 여자란 말인가?

"서울에 있기는 하지만 제가 떼먹은 게 아니라구 안 주는 걸 어떡해요. 돈을 안 주는 것은 둘째루 하구 계주란 여자가 자기는 상관두 없는 일이라는 듯이 딱 잘라매는 것이 괘씸해요. 계주라면 떼먹은 사람에게서 돈을 받아낼려는 생각이 있어야 할 텐데 그런 눈치도 안 뵈거든요."

혜련이가 이렇게 계주에 대한 설명을 할 때 현주는,

"계주라면 제가 떼먹지 않았다구 해두 그 책임을 져야 하는 것이 아닙니까?"

하고 물었다. 현주는 계라는 것의 성질을 똑똑히 모른다.

"제 생각에두 책임을 져야 할 것 같은데 당국에서 하지 말라는 일이니 돈을 떼였다구 큰소리 한 마딜 할 수 있어요."

"돈은 있는 여잔데요?"

"집채두 쓰구 사는 여잡니다. 계두 한두 개만 하지 않는 모양 같던데요."

"그래요? 그럼 그 집을 일러 주십시오. 내가 한 번 찾아가 보겠습니다."

계의 성질을 잘 알지 못한다고 해도 돈을 떼인 여자가 콩나물죽을 끓여 먹고 있는데 계주는 아무 손해도 보지 않고 잘 산다는 것은 용서할 수 없는 일인 것 같았다.

"가시면 어떡허시게요?"

혜련이 의아한 눈으로 현주를 보았다.

"돈을 내래지요. 좌우간 주소를 알려 주십시오."

"공연한 수고를 하지 마세요. 가셔야 소용없습니다."

"좌우간 주소만 가르쳐 주십시오. 뒷일은 내가 처리할 테니까……."

현주는 가야 소용이 없다고 하면서 가르쳐 주지 않으려는 혜련을 움직여 주소를 알고야 말았다. 주소를 알자 현주는 다녀오겠다는 인사를 남기고 그 자리에서 혜련과 작별을 했다. 그러나 금시 되돌아와서,

"우선 이것으루 쌀이나 팔아 오십시오."

하고 만 환짜리 지폐뭉치 하나를 내놓았다. 걷다가 생각한 것이지만 혜련이가 사들고 들어오던 그 콩나물이 자기를 부르는 것 같았다. 따라서 친구의 아내더러 콩나물죽을 끓여 먹으라고 모른 척하고 갈 수가 없었던 것이다. 어떤 돈이든 자기에게는 돈이 있다. 그 돈이 아니면 굶어죽을 형편도 아니다. 우선 친구의 아내에게 밥을 주어야겠던 것이다.

혜련이가 깜짝 놀라며 돈을 받지 않으려 했지만 현주는 팽개치듯 돈을 놓고 뛰어나왔다.

혜련의 집을 나오자 혜련이가 가르쳐 준 원효로의 계주 집을 찾기로 했

다. 그러나 원효로를 향해 걷고 있는 동안 현주는 그 계주란 여자가 만만한 여자가 아닐 것임을 생각했다. 당국에서 말리는 일이기 때문에 소동을 일으키지 못할 것을 알고 책임을 지지 않는 여자라면 상당히 악질일 것이 분명했다. 지나가는 여학생을 야료하고도 도리어 여학생에게 손질하는 남자보다 더 뻔뻔할지도 모른다.

이렇게 생각을 하자 그냥 맨손으로 가서는 아무런 효과도 내지 못할 것 같은 마음이 들었다. 우선 외모로써 위협을 주어야 할 것 같았다. 마음이 간악한 사람일수록 가장 비겁한 일면을 가지고 있다는 사실을 알고 있기 때문이었다. 현주는 먼 길이지만 일단 집으로 돌아가서 계급장을 뗀 군복이나마 작업복으로 옷을 갈아입었다. 그러고 나서야 계주의 집을 향해 원효로로 떠났다.

전차 종점에서 얼마 멀지 않은 길가였지만 번지수만을 가지고 집을 찾기란 그리 쉬운 일이 아니었다. 한 시간 이상을 헤매며 파출소와 동회 그리고 반장 집을 거쳐서야 겨우 찾아냈다. 그리 크지는 않았지만 그리 작은 집도 아니었다. 이층집인데다가 정원까지 있는 것으로 보아 곧잘 사는 집이라는 것을 첫눈에 알 수 있었다. 콩나물죽과 견주어 볼 때는 용궁 같은 집이라고 해도 과언이 아니었다.

그러한 집안에 들어서자 현주는 일종의 분노 같은 감정을 느꼈다. 콩나물죽 같은 것은 생각도 못할 생활을 하면서 혜련을 울리고 그러고도 아무런 책임감을 느끼지 않는 그 비인간적 태도가 눈썹을 곤두서게 했다. 상당한 악질일 것이라고 생각했기 때문에 군복까지 갈아입고 온 것이지만 정말 와서 보니 그냥 둘 수 없을 것 같았다.

그러나 대문 안에 들어서자 자기가 공갈하러 온 것이 틀림이 없다는 생각이 들어 발을 멈칫했다. 아무리 악질이라 해도 공갈할 수는 없을 것 같았던 것이다. 잠시 발을 멈칫거리고 있을 때 문득 오랑캐와 싸우던 일이 머리에 떠올랐다. 수류탄이 마구 쏟아지는 적진으로 돌진하던 때의 일이었다. 동시에 계주란 여자가 적이란 생각이 들었다. 적 앞에 무엇을 헤아리랴 하는 것이었다.

현주는 목소리를 높여 계주라고 하는 황 부인을 불렀다.

뚱뚱한 중년부인이 나와 누구를 찾느냐고 물었다.

이 집 안주인 되는 황 부인을 찾는다고 하니까 그 여자가,

"네, 바루 난데 무슨 일루 오셨지요?"

하고 빨리 용건을 말해 보라는 표정을 지었다. 현주는 아무 대답도 않고 황씨가 서 있는 툇마루로 가서,

"좀 앉아서 이야기를 하지요."

했다. 침착하면서도 위엄이 있는 태도에 어떤 공포감을 느꼈던지 황 부인은 그때야 방석을 갖다 놓으며 깔고 앉으라고 했다. 현주는 그래도 이야기를 꺼내지 않고 우선 담배를 피워 물었다.

담배를 피워 몇 모금 마시고 난 뒤에야,

"참, 댁이 훌륭하시군요?"

하고 집을 한 바퀴 빙 둘러 보았다.

용건을 가지고 온 사람일 텐데도 딴 소리만 하는 것이 초조스러웠든지 황 부인이,

"어디서 오셨지요?"

하고 궁금스럽게 물었다. 그래도 현주는,

"바깥양반은 뭘 하시오?"

하고 황 부인의 말은 들은 척도 안 했다.

"별루 하는 일이 없습니다."

"그럼 부인께서 벌어서 살림을 하시누만요?"

"대관절 어디서 오셨는지 그걸 말씀하셔야 하지 않아요?"

그때에야 현주는 황 부인의 말을 들은 척하면서,

"무서운 데서 나왔다구 해야 상대를 해 주시겠단 말씀입니까?"

하고 빙그레 웃었다. 웃음으로 한층 더 위압하려는 것이다.

"무슨 일루 오셨는지를 알아야 말씀을 드릴 수 있지 않아요?"

여자의 목소리는 약간 떨리기 시작했다.

"아무데서두 오지 않았습니다. 옷을 보시면 아시겠지만 한낱 제대군인일

뿐입니다."

현주는 숨기는 척하는 것이 더 위압적이라 생각하고 이렇게 말했지만 황 부인은 그 말을 그대로 들었는지,

"그럼 동정을 구하시러 왔습니까?"

하고 물었다.

그 말에 현주는 비로소 얼굴빛을 붉히고,

"동정을 한대두 받지를 않습니다. 동정두 아무에게나 받는 줄 아시유."

했다. 이제부터 돌격이라는 말투였다.

외모로 보아 동정을 구하러 온 제대군인인 줄만 알았던 황 부인이 현주의 뜻하지 않은 말에,

"더운데 부채나 부치시지요."

하고 태극선을 집어다 주었다. 어떤 기관에서 나온 것이 아니라고는 하지만 말하는 태도가 심상치 않아 함부로 건드리지를 못하는 모양이었다.

그때 현주가 불쑥,

"정혜련이란 여자를 아시지요?"

하고는 황 부인의 얼굴을 쳐다보았다.

"네, 압니다. 부산 피난 갔을 때 바루 옆집에서 살았죠."

황 부인은 정혜련의 이름을 무엇 때문에 묻는지 몰라 어리둥절하게 대답했다.

"계를 같이 하셨다면서요?"

현주의 물음에 그때야 계 관계로 찾아온 것을 알았는지,

"세상이 다 하는 거니까 한 번 했던 거지요. 그렇지만 운이 나쁜 사람은 안 되기 마련인지 그것두 아무나 못 하겠더군요. 혜련이 보구는 처음부터 들지 말라구 그랬는데 제가 자꾸 한몫 끼워 달래니 할 수 있었어야지요. 참 딱해서 볼 수가 없구만요."

하고 황 부인이 수다스럽게 말했다. 현주가 어떤 사람인지 또 혜련과 무슨 관계가 있는 사람인지 알 수 없으나 혜련이가 떼인 돈은 짐작이 갔던 모양이다. 현주는 미리 발뺌을 하려는 황 부인이 얄미워 우선 욕이라도 해 주고

싶었으나 긴말이 하기 싫어,

"정혜련이가 떼인 돈을 계주 노릇한 당신이 책임을 안 지겠다구 그랬다 지요?"

하고 단도직입적으로 말을 꺼냈다.

"글쎄, 책임을 안 지겠다는 게 아니라……."

무엇이라 변명하려는 모양이었으나 현주는 말을 더 못하게,

"다른 말은 그만두구 그 떼인 돈을 책임지겠나 못 지겠나만 대답하시우."

하고 눈을 똑바로 떴다.

"글쎄 돈을 떼먹고 도망을 갔으니 본인을 찾아야 책임을 지지 않아요?"

"그럼 못 지겠다는 말이죠."

"못 지겠다는 것이 아니라 사실이……."

"똑바루 말해요. 뭘 어물어물하시오. 책임을 못 지겠다면 내가 책임을 지 두룩 만들어 놓게요. 목숨을 내놓구 싸우다가 돌아온 사람이오. 마음이 약 하구 착한 여자를 올개미 씌워 놓구 혼자만 잘 살겠단 사람을 가만둘 수 있 어요. 아시겠소?"

현주는 주먹을 불끈 쥐고 말했다. 당장에 무슨 수를 낼 듯한 표정이었다.

현주는 그렇게 해야만 효과가 있으리라고 생각했던 것이다. 사정을 한다 든가 이론을 따진다든가 그런 태도를 보였다가는 상대방이 쉽게 굴복하지 않을 것이 뻔했기 때문이었다. 그렇지 않아도 황 부인은,

"누가 올개미를 씌웠단 말입니까? 같은 말을 해두 그렇게 마십시오. 마 치 내가 돈을 떼먹은 것 같지 않습니까……."

하고 따지려고 했다.

"좌우간 긴말 할 거 없어요. 계주라면 사정이 어쨌든 책임을 져야 하는 것이니까 돈을 내겠는가 안 내겠는가 그것만 말해요."

현주는 벌떡 일어서서 황 부인을 노려보았다. 여차하면 집을 때려 부수겠 다는 듯이 어깨를 쑥 올리고 한 발을 마루에 올려놓았다.

황 부인은 그러지 말고 이야기를 하자고 현주를 끌어 앉혔다. 그러나 현 주는 이야기는 해서 무엇 하느냐고 다시 벌떡 일어섰다.

그러기를 몇 번 하고 나니까 그때에야 황 부인은 혜련의 사정을 잘 아는데 책임을 안 질 수가 있느냐 하며 도망간 사람을 찾아보겠노라고 했다. 현주는 도망간 사람이야 찾건 말건 상관할 바 아니니 돈을 내야 한다고 했다.

그리고 언제 주겠다는 말만 해 달라고 했다. 그런 말을 하면서도 몇 번이나 심술궂게 일어섰다 앉았다 했는지 모른다.

사실은 우스운 일이었다. 일어섰다 앉았다 하면 어떻게 할 것인가? 마음대로 때려 부수라 해도 남의 집에다 손가락 하나 댈 수 없는 현주다. 그러나 일어섰다 앉았다 하는 바람에 열흘 뒤 떼였던 그 십 만환을 받기로 했다.

황 부인이 아쉬워하는 얼굴로 그것을 승낙했을 때야 현주는,

"지나친 욕심을 먹지 않으면 세상에 큰소리 할 일이 없지 않습니까?"

하고 비로소 주름살을 편 얼굴로 말했다, 그러나 아직 뒷일이 있기 때문에 부드러운 태도는 보이지 않았다.

일단 일이 해결을 보게 된 만큼 현주는 혜련의 집을 들리지 않을 수 없었다.

혜련은 뜰 한편 수채 옆에서 빨래를 하고 있었다. 빨래를 하다가 현주를 보고는 행주치마로 손을 닦으며 뛰어와서,

"건 왜 주구 가셨어요?"

하고 얼마 전에 놓고 간 돈 이야기를 꺼냈다.

그러나 현주는 그런 말을 다시 못하게,

"지금 계주한테 갔다 오는 길입니다. 열흘 뒤에 돈을 주기루 했으니까 그쯤 아십시오."

하고 황 부인에게 다녀온 결과를 보고했다.

"어느새 벌써 갔다 오셨어요."

혜련은 현주를 방 안으로 안내하기나 할 것처럼 방 안을 들여다보며,

"그 아주머니가 돈을 주겠대요? 어마나……."

하고 혼자만이 방 안으로 들어갔다. 그러나 젊은 여자 혼자만 있는 방으로 현주를 들어오라고 할 수가 없어서 망설이고 있을 때 현주가,

"그럼 열흘 뒤 그 돈을 받아 가지구 또 오겠습니다."

"앉지두 앉으시구 그냥 돌아가시문 어떡해요?"

"또 올걸, 뭐……."

현주가 몸을 돌이켜 나오려 할 때였다.

혜련이가,

"저!"

하고 현주를 불러 세웠다.

"네?"

현주가 뒤를 돌아보았다.

현주를 불러 놓았으나 혜련은 잠시 동안 말이 없었다. 그냥 보낼 수가 없어서 불러 놓기는 했지만 할 말이 없는 모양이었다. 한참 뒤에야,

"그 아주머니가 아모 말두 않구 돈을 준다구 그래요?"

하고 물었다.

"천만에요. 협박을 했지요. 왜 이런 옷을 입구 갔는지 아세요? 그런 사람은 말보다 주먹을 무서워하거든요. 세상에 그런 사람만 산다면 살 맛 있을 것 같은데요. 허허!"

현주는 황 부인 앞에서 하던 대로 어깨를 으쓱 올리고 무서운 얼굴까지 지어 보이고 나서 유쾌한 웃음을 웃었다.

"깍쟁이 아주머니가 오늘은 단단히 혼났군요. 떠는 꼴을 봤으면 재미있었을걸. 호호……."

혜련도 웃어 보였다. 혜련이가 채 웃음을 그치기도 전에 현주는 다시 발길을 돌리려 했다. 말을 다했으면 가야 한다는 생각에서였다. 그러나 혜련이가,

"잠깐만 들어가세요. 수고하셨는데 시원한 걸 좀 사 올게요."

하고 또 현주를 붙잡았다. 현주는 사양을 하고 그냥 돌아오려 했지만 혜련이가,

"선생님이 주신 돈으로 사 오는 건데 그것두 안 잡수시면 어떡해요."

하고 굳이 못 가게 했다. 그리고는,

"뭘 사 올까요? 참외를 좋아하세요. 수박을 좋아하세요?"

하고 물었다. 이왕 먹게 된 바에는 참외가 좋을 것 같았다. 그래서 참외가 좋다니까,

"취미가 고상하지는 못하시군요. 눅거리를 좋아하시는 걸 보니……."
하고 또 한 번 웃었다.. 그 말을 들으니 갑자기 술 한 잔이 생각이 나서,

"그럼 소주두 한 병 사다 주십시오."
했다.

얼마 뒤 소주 한 병과 노랑참외 몇 개를 사들고 돌아온 혜련이가 참외를 맑은 물에 씻고 흰 수건으로 닦고 그러고 나서는 칼로 껍질을 벗겨서 토막을 내어 가지고는 그것을 접시에 담아 현주 앞으로 살그머니 밀어 놓았다.

"잡수세요. 가뭄이 든 참외라 달기는 할지 모르겠군요. 참 안주를 잊었는데 이걸 어떡하나……."

현주는 참외면 안주가 넉넉하다고 말한 뒤 이왕 사 온 것이니 사양할 필요가 없다 생각하며 소주 한 잔을 들고 깍아 논 참외를 함부로 집어 먹었다. 그러나 정말 가뭄이 들어서 그런지 맛이 별로 없었다. 그래서 혜련이가 새 것을 다시 깎으려고 할 때,

"그만두십시오. 정말 맛이 없군요."
하고 더 깎지를 못하게 했다.

술도 더 마시고 싶지 않았다.

혜련은 자기도 자신이 없기는 했지만 현주는 노골적으로 맛없다는 말을 할 때 미안함을 느꼈는지,

"맛두 없는 걸 사다 드리구 잡수래서 미안합니다."
하고 얼굴을 약간 붉혔다.

"미안하기는 아주머니가 미안할 게 어디 있어요. 참외란 놈이 미안하지……."

현주가 혜련을 쳐다보았다, 비록 콩나물죽을 먹는다고 해도 눈매며 콧날이며 입술 할 것 없이 매력적인 아름다움이 미안해하는 표정과 아울러 아침 햇빛을 받고 움직이는 호수를 연상케 했다.

따라서 문득 권 대위가 행복한 사람이란 생각이 들었다. 그래서,

"권 대위란 친구 참 행복하겠는데요."

하고 혜련의 얼굴을 한 번 더 보며 말했다. 혜련은 그것이 무슨 뜻인지를 몰라,

"왜요?"

하고 물었다.

"아주머니가 예쁘니까요……."

그때 혜련이가 고개를 돌리며,

"선생님두……."

하고 뒤로 돌아 앉았다. 현주는 오래 앉아 있을 필요가 없었기 때문에 그 자리에서 일어나서,

"열흘 뒤 다시 오겠습니다. 안녕히 계십시오."

하고 그 집을 나왔지만 전찻길에 이를 동안 혜련이가 어쩌면 그렇게도 아름다울 수 있을까 하는 생각에 잠겨 있었다.

전차를 타고 나서야 혜련에게 준 돈과 양복을 생각했다. 알지도 못하는 집이라 외상으로 달랄 수는 없다. 그래서 이러지도 저러지도 못하고 양복점이 있는 명동을 그냥 지나치고 말았다. 전차가 명동 근처를 지나고 나니 그때는 급하지도 않은 양복이니 며칠 뒤 돈을 변통해 가지고 가서 찾는 것이 옳겠지 하는 생각이 들었다. 사실은 양복바지와 와이셔츠만 있으면 몇 달을 지낼 수 있는 일이니까 급할 것은 없었다.

전차가 종로를 지났을 때 현주는 양복걱정을 잊고 주머니 속에 들어 있는 돈을 만지작거리다가 문득 정신 잃고 누워 있던 광윤이를 생각했다. 그리고 쌀을 동냥해다가 미움을 쑤어 놓았으니 정신을 차린 뒤 미움이나 먹이고 데려 가라던 광윤의 누이동생이 생각났다. 어제 자기가 주고 온 돈으로 하루나 이틀은 살지 모른다. 모두 합해야 천 환이 될까 말까 하는 돈이다. 그것이 떨어지면 또 굶고 앉아 있을 것이 아니겠는가? 한 번 혼이 났으니 다시 도둑질 할 생각도 못한다면 결국 굶어 죽고 말 것이 아니겠는가?

현주는 자기가 두 남매를 굶어 죽게 만든 것 같은 생각이 들었다. 동시에 이왕 모자라는 돈이니 조금 모자라나 많이 모자라나 마찬가지가 아닌가 하

고 돈이 들어 있는 주머니를 양복 위로 풀어 보았다. 정말 조금 모자라나 많이 모자라나 마찬가질 것 같았다. 그렇게 마음먹는 것이 또한 자기의 생리가 아닌가라고도 생각해보았다.

하얀 얼굴

현주는 전차에서 내리는 길로 정릉리를 향해 걸었다. 그리로 가는 것이 도둑질도 못하게 한 자기에게 주어진 오직 하나의 길인 것 같았던 것이다.

광윤이가 살고 있는 집 대문 앞에 이르자 그는 자기의 마음이 확 트이는 것을 느꼈다. 후회는커녕 두 번 다시 올 수 없는 집엘 온 듯하기도 했다. 새벽바람을 가슴 깊이 마셨을 때처럼 가슴이 후련할 것 같았고, 티끌 하나 없는 공기를 마신 것처럼 가슴 속이 깨끗하게 투명해 보이는 것 같기도 했다

현주는 십년지우를 찾아가기나 한 것처럼,

"홍 형."

하고 큰 소리로 광윤을 불렀다. 속으로는 현주가 아닌가 하고 뛰쳐 나올 광윤이를 생각하면서…….

그러나 대문을 열고 나온 사람은 광윤이가 아니라 광윤의 동생 종아였다. 대문을 방싯 열고 조금 열린 틈으로 밖을 내다보다가 현주가 서 있음을 보자 종아는 대문을 왈칵 열고 얼굴을 붉혔다.

현주는 광윤이가 아니고 종아라 해도 걸어야 할 길을 걸어온 자기를 반갑게 맞아 줄 줄 알았다. 옛날 친구처럼 그저 반가워만 해 줄 것 같았다. 그러나 종아는 반가워해야 할지 무서워해야 할지를 모르는 모양이었다. 그러기에 아무 말도 못하고 말뚝처럼 서 있는 것이 아니겠는가!

"홍 형은 어디 나갔습니까?"

현주는 약간 실망을 느꼈지만 광윤의 말을 물어보지 않을 수 없었다.

"있어요. 들어오시지요."

종아는 사무적으로 대답을 했다. 아무래도 현주를 믿지 못하는 눈치였다.

현주는 종아를 무시하는 태도로 아무 말도 없이 대문 안에 들어서서 광윤의 방 안을 기웃 들여다보았다.

광윤은 신경을 대문 쪽으로 기울이고 불안하게 앉아 있다가 현주가 들여다보는 눈초리와 마주칠 때에야 벌떡 일어나며,

"난 누구시라구요. 빨리 들어오십시오."

하고 인사를 했다.

일어서서 손을 모으고 인사하는 태도가 아무래도 겁에 질린 사람 같았다.

현주는 광윤이와 종아가 아직도 자리를 무서워하고 있음을 알았다. 자기가 '홍 형' 하면 광윤이도 자기를 '고 형' 하고 불러 줄 줄만 알았던 기대가 자기 혼자만의 기대였음을 알 때 말도 안 하고 그냥 돌아가고 싶은 생각이 들었다. 돈까지 주려고 가지고 왔다 어째서 그것을 몰라 주는 것일까?

현주는 신발을 발뒤꿈치로 벗고는 방 안으로 들어가,

"홍 형은 내가 홍 형을 잡으러 온 줄 아시오?"

하고 사람을 어떻게 보느냐는 태도로 힐난을 했다.

"천…천만의 말씀입니다."

광윤이가 떨리는 목소리로 더듬는 말을 했다.

"그럼 찾아온 사람을 왜 반길 줄을 모르는 거요?"

"그저 죄를 많이 져서요. 용서하십시오."

그 말에야 현주는 광윤이가 자기를 속이고 도망친 뒤 제 정신을 가지고 만나는 것이 처음임을 알았다. 그 말을 들으니 겁을 먹을 것도 딴은 그럴 듯하지만 그때도,

"그런 말 들으러 온 게 아녜요. 나를 좀 알아요. 나는 며칠 전에 제대하구 돌아온 군인이오. 복잡하게 생각할 줄 모르는 사람이니까 보통 사람과 같이 생각지 말라는 말이오. 알겠소."

격분한 어조였다.

"다 알구 말구요. 어제 돈까지 주고 가신 걸 모를 리 있겠습니까!"

광윤이가 죄지은 사람의 태도를 버리지 못하고 그냥 굽실거릴 때 종아가 방 안으로 들어왔다.

종아가 들어오는 것을 보았으나 현주는 종아를 본 척도 않고 광윤에게로 가서,

"그러지 말구 이 허리 좀 펴요. 허리를 피구 이야기를 하란 말이오."
하고 광윤의 두 어깨를 잡고 뒤로 젖혔다.

"면목이 없습니다. 혼이 나가서 한 노릇이니까 용서하십시오. 물건 훔치러 갔던 것보다두 도중에서 도망친 것이 더 부끄럽습니다. 글쎄 도망은 왜 치겠어요……."

광윤은 암만 해도 자기의 죄를 잊지 못하는 모양이었다.

"글쎄 그런 말 들으러 오지 않았다니까요. 할 일이 없어서 당신 욕하러 왔겠수? 어떻게 살아가나를 보러 왔지……."

그때 옆에 섰던 종아가 또,

"어제 주신 돈은 염치없지만 고맙게 썼습니다."
하고 형식적인 인사를 했다.

"듣기 싫다니까. 그런 말은……."

현주는 정말 짜증을 냈다. 그때에야 광윤은 현주의 마음을 알고 약간 진정했는지,

"좌우간 좀 앉으시지요. 앉아서 말씀하십시다."
하고 앉기를 권했다. 광유의 말이 떨어지자 종아가 한쪽에 개어놓았던 담요를 꺼내 현주 옆에서 깔아놓았다.

"더운데 이런 걸 깔아서 뭣 해요."

현주는 종아가 다시 두말을 못하게 담요를 밀어 버리며 방바닥에 앉았다. 따라서 광윤과 종아도 따라 앉았다. 앉기가 무섭게 광윤이가 또,

"정말 죽을 때까지 선생님 은혜는 잊지 못하겠습니다."
하고 말했다. 현주는 좀더 평탄한 말이 듣고 싶었다. 그것이 무리한 일일지는 모르지만 그런 말은 백 번 해야 마찬가지 말이 아니겠는가. 그래서,

"돈 삼만 환을 가지구 왔으니 그걸 가지구 살 궁리나 생각합시다. 공치사 들으러 온 것이 아니니까."
하고 주머니에 든 돈을 툭툭 쳐 보였다. 그때 종아가,

"도둑에게도 동정을 하실 수 있나요?"

하고 현주의 말이 의심쩍다는 듯 말했다.

"그럼 당신은 당신 오빠를 도둑놈이라구 생각하는지요?"

현주가 못마땅하게 말하자 종아는,

"도둑질하러 갔던 것은 사실이니까요."

"그럼 당신이 도둑질을 시켰나 보군요?"

"제가 누워 있는 꼴이 보기 싫어서 그런 짓을 했을지두 모르니까 제가 시킨 거나 다름없겠지요."

"그럼 진짜 도둑놈은 당신 오빠가 아니라 당신이루군요."

현주가 주머니 속에 손을 들이미는 도둑을 붙잡을 때처럼 격분한 눈으로 종아를 부라렸다. 뿐만 아니라 돈은커녕 이야기도 그만두고 그냥 돌아갈 태세를 보였다. 그러자 종아가 꼬꾸라지듯 방바닥에 이마를 대고 울기를 시작하는 것이었다.

"도둑놈이란 누명을 벗어 보지 못하구 죽게 됐어요. 죽을 때까지도 도둑놈이에요."

여기에는 현주도 짜증만을 낼 수가 없었다. 무엇이라 위로의 말을 하고 싶었다. 자기는 잊어버리려고 하는 일이지만 그렇게까지 슬퍼하고 괴로워해야 하는 그들의 심정이 알 수 있는 듯했던 것이다. 자기보다 무엇인가 깊은 것을 생각하고 있는 것 같기도 했다.

어쩐지 그들의 슬픔과 괴로움은 자기가 만들어 준 것 같은 생각도 들었다.

"남의 물건에 손 하나 대보지도 못한 사람이 도둑이란 말을 들을 자격이나 있나요. 쓸데없는 생각을 말고 일어나시오. 남이 보면 정말 큰 도둑질이나 한 것 같겠소."

하고 종아의 어깨를 흔들었다. 그러나 종아는 울음을 그치려 하지 않았다. 그냥 흐느껴 울기만 했다. 그래서 이번에는 광윤을 보며,

"홍 형, 용기를 냅시다. 일선에서 싸워 보니까 용기가 제일입니다. 용기가 없으면 맥없이 죽습디다. 왜 죽습니까?"

하고 용기를 북돋아 주었다.

광윤은 현주의 말에 감격한 모양이었다. 고개를 깊이 숙였다 올리며,

"고맙습니다."

하고 인사를 했다.

그때 종아가 눈물을 닦으며,

"부모가 살아계시기만 한다면 이런 죄는 짓지 않았을 거예요. 6·25 전까지는 그래두 고생을 모르구 살았으니까요."

하고 또 죄에 대한 이야기를 꺼내다.

현주는 그 말이 듣기 싫었다. 그러나 부모에 대한 이야기가 나온 김이라 그것이 궁금해서,

"부모는 6·25 때 돌아가셨수?"

하고 물었다. 그 말에는 광윤이가,

"아버지는 납치되어 가구 어머니는 폭격에 돌아가셨지요. 집두 그때 날아갔습니다. 종아가 산 것은 기적이지요. 제가 놈들에게 붙잡혀 갔다가 살아나온 것두 기적이지만!"

하고 대답했다.

"아버지는 무얼 하셨는데……."

"××부 ○○과장으루 계셨습니다."

"그래요?"

현주는 새로 발견한 사실에 머리를 숙였다. 과장이라면 정부의 고급관리다. 정부의 고관이라고 한다면 그의 후손은 국가의 보호를 받아 마땅할 것이다.

현주는 그렇게 생각했다. 정부의 보호를 받아야 할 광윤과 그의 누이동생이 이렇게까지 처참한 생활을 하고 있다니……. 표면에 드러나지 않았으니 그럴 수밖에 없을지도 모를 일이지만 고생해서 안 될 사람들이 지나친 고생을 한다는 생각이 들었다.

현주는 그때까지 꺼내지 않았던 돈뭉치를 서슴지 않고 꺼내 놓았다. 주어도 어색하지 않고 받아도 부끄럽지 않을 것 같았다. 현주는 자기가 고현주

라는 한 사람의 이름으로 그 돈을 주는 것이 아니란 생각을 했다. 좀더 여러 사람의 이름으로 좀더 넓은 뜻으로 주는 것 같았다. 그래서,

"이걸루 얼마 동안이라두 사십시오. 많지는 않지만 그 대신 세상이 나쁘다구만 생각지를 말아 주십시오."

하고 부연을 달았다. 그때 광윤이가,

"천만에요. 어제두 체면 없는 돈을 받아써서 미안한데 이걸 어떻게 또 받습니까? 앞으룬 용기를 얻어 무슨 일이라두 해서 살겠습니다. 걱정을 마십시오."

하고 거절했다. 그리고 종아도,

"죽어도 염치가 있어야 하지 않겠어요. 저희들을 생각해서라두 그 돈을 도루 가지구 가 주세요."

하고 돈 받는 것을 하나의 수치처럼 말했다. 현주는 전날처럼 돈을 내던지고 도망치듯 뛰어갈까도 생각했지만 그렇게 하면 그들이 그 돈을 쓰지 않고 돌려 줄지도 모를 것 같은 생각에 무슨 궁리가 없는가 하고 방 안을 두리번 돌아보았다. 마침 고려자기 같은 꽃병이 윗목에 놓여 있음을 발견했다. 값이 나갈 것 같았다. 그래서 그 꽃병을 들고 와서,

"이거 고려자기 아닙니까?"

하고 물었다.

"네, 아버지가 좋아하시던 건데 폭격 자리에서 주은 겁니다."

종아의 대답이었다. 그 말을 듣자 현주는,

"이걸 내가 가지죠. 몇만 환 할지두 모릅니다. 그러나 아주 가지는 것이 아니라 이 돈을 갚을 때 돌려 드리루 하구 가지겠습니다.."

하고 말했다.

"주둥아리가 다 깨져 값두 안 나갈 건데요."

광윤이가 그런 일도 있을 수 있을까 하는 얼굴로 꽃병을 들여다보았다. 현주는 아버지의 유품이라 아쉬워해할지도 모르지만 대의명분이 서는 일이라,

"절대루 아주 갖지는 않을 테니까 안심하십시오. 그리구 돈두 안심하고

쓰시구요."

하고는 그 집을 뛰쳐 나왔다.

광윤 남매가 뒤따라 나오며 이야기라도 하다가 가라고 붙잡았지만 현주는 이야기를 한댔자 도리어 어색할 것만 같은 생각에 그들을 뿌리치고 집으로 돌아왔다.

집에 돌아와서도 형이 양복 찾으라고 준 돈을 한 푼 남기지 않고 전부 썼다는 데 대하여 후회하지를 않았다.

쓰고 싶은 돈을 썼다는 것이 어디까지나 유쾌했다. 다만 어떻게 해서 그 돈을 보충할 것인가가 근심스러워졌다. 형이 큰마음을 먹고 준 돈이다. 그 돈을 형 모르게 써놓았으니 형 모르게 만들어 양복을 찾아야만 할 것이 아니겠는가. 단시일 내에 그것도 적지 않은 돈을 형 모르게 변통할 수 있을는지가 까마득했다.

현주는 한참 동안 궁리를 해 보았다. 돈을 빌릴 만한 곳도 생각해 보았다. 나중에는 형에게 사정 이야기를 하고 양복을 찾지 말아 버릴까 하고도 생각해 보았다. 모두가 안 될 말이었다. 돈 돌려 줄 사람이 없는 것은 뻔한 일이지만 그렇다고 해서 형을 실망시킬 수도 없다. 형은 광윤이가 경찰서로 넘어가고 있는 줄만 알고 있다. 그러한 형에게 사실 이야기를 한다면 우선 자기를 속였다고 실망할 것이 분명하다.

그렇다고 해서 달리 낼 수가 있는 것도 아니었다. 현주는 내일을 기다리기로 했다. 그러는 수밖에 없었다. 옛날 동창생들도 있을 것이다. 그들을 찾아가서 지혜를 빌려 보자는 것이었다. 공연히 혼자만 참고 있대야 머리만 아플 것 같다. 내일 아침 활동을 개시할 때까지는 돈걱정을 잊어버리려 했다. 그러나 아직 저녁때가 먼 대낮에 할 일 없이 혼자 앉아 있으려니 하필 내일부터 행동을 개시해야 할 필요가 어디 있는가 하는 마음이 들어 우선 수색전이라도 개시하여야 할 결심이 들었다.

찾기 쉬운 곳에 토건업을 한다는 대학 동창생이 있으니 그를 찾아가서 사실 이야기를 한 다음, 돈 변통할 가능성이 있는가 없는가 그 기력만이라도 알아놓으면 밤에 형을 만나더라도 양복 못 찾은 데 대한 변명이 그리 구차

하지는 않게 될 것 같았다. 그래서 옷을 갈아입고 대문까지 나갔을 때였다. 퇴근 시간도 안 된 것 같은데 형이 불쑥 들어오며,

  "어딜 가니?"

하고 물었다. 현주는 잠시 당황했다. 양복 건에 대하여 무어라고 둘러댈 말을 채 궁리해 내지 못했기 때문이었다.

  "벌써 퇴근했어요?"

하고는 시계를 들여다보았다. 벌써 네 시가 훨씬 지났다. 그러고 보니 묻긴 물었으나 더 할 말이 없을 수밖에. 그런데다가 형은,

  "양복 찾아왔니?"

하고 물었다. 할 수 없었다. 무엇이라고든 꾸며대지 않을 수 없었다.

  "가서 입어 봤더니 소매가 좀 길어서 다시 고치랬어요."

  그 말을 그대로 곧이들었는지 형은 그래 하고 방 안으로 들어가 버렸다. 현주는 도망치듯이 밖으로 뛰어나와 전찻길 있는 데로 바삐 걸었다. 형이 자기 말을 곧이들어 준 것이 고맙기는 했으나 거짓말이 탄로되지나 않을까 하는 불안을 가지고 골목길을 빠져 나가려할 때였다. 어떤 젊은 여자가 당황한 태도로 여염집 대문 앞에 달라붙어 지나가고 있는 여자 중학교 생도들을 힐끔힐끔 보고 있었다.

  현주는 반사적으로 발을 멈추고 젊은 여자의 행동을 살폈다. 이상스러웠다. 무슨 죄를 진 여자의 행동에 틀림없었다. 안으로 잠근 대문 한켠 모퉁이에서 머리만 감춘 꿩처럼 감춰지지 않는 몸을 숨기려고 당황해 하는 것이 죄를 진 여자의 행동에 틀림없었으나 그 품차림과 얼굴의 인상으로 보아 죄를 짓고 도망치는 여자 같지는 않았다.

  현주는 그리 좁지도 않은 골목이지만 전찻길이 내다보이는 골목길을 살펴보았다. 조금 전에 지나간 중학교 이삼 학년쯤 되어 보이는 여생도 세 명 이외에는 아무도 없다. 그 애들은 자기들의 이야기를 조잘거리며 걸어갈 뿐이다.

  알 수 없는 일이었다. 젊은 여자가 몸을 피하고 있다면 그 어린애들 때문이라고밖에 해석할 수 없는데 어린애를 피해 숨을 이유가 무엇일까?

현주는 공연한 호기심에 여자 가까이로 가서 그 얼굴을 들여다보았다.

여자는 당황해 몸을 돌렸다. 그러다 언뜻 보이는 얼굴에는 죄를 짓고 당황해하는 것이 아니라 어떤 슬픔을 이기지 못해 어쩔 줄 몰라 하는 표정이 깃들어 있었다.

현주는 점점 더 이상스런 생각이 들었다. 얼굴 표정이 그럴 뿐 아니라 몸차림도 어떤 죄를 짓고 도망할 여자 같지가 않았다. 새까만 스카프에 흰 블라우스를 입었다. 구두는 평화(平靴)였다. 얼굴 화장도 요란하지가 않다. 모두가 대학생이거나 대학을 갓 나온 여자처럼 보였다. 잠시 뒤 여자는 대문 앞에서 한길로 나와 멀리 지나가는 여학생들을 물끄러미 바라보았다. 그리고는 긴 한숨을 내쉬는 것이었다. 여자 대학생과 여자 중학생. 현주는 이렇게 생각해 보았지만 아무리 생각해도 사건의 실마리가 머리에 떠오르지 않았다. 곡절이 있는 것만은 확실했다.

그렇다고 해서 여자를 붙잡고 무슨 일이냐고 물을 수도 없어서,

"무슨 일인지는 모르지만 제가 도와드릴 수는 없을까요?"

하고 말을 붙였다. 서양 영화에서 남자들이 곤경에 빠진 여자들에게 흔히 하는 말을 기억해 냈던 것이다.

"그 말에 여자는 갑자기 얼굴을 숙이고 터지려는 울음을 참는 듯 손수건으로 얼굴을 덮었다.

"말할 수 없는 사정인가요?"

그래도 여자는 대답을 안 했다.

현주는 이럴 수도 저럴 수도 없었다.

말을 꺼낸 이상 그저 실례했다는 말을 하고 발길을 돌리기란 싱겁기 짝이 없는 일이오. 그렇다고 해서 대답도 안 하는 여자에게 그 이상 더 추궁해서 물을 수도 없었다. 어리둥절해서 여자의 태도만 살피고 있을 때 여자가,

"미안합니다."

하고는 현주의 얼굴을 쳐다보았다. 그리고는,

"저 자동차를 좀 불러 주실 수 없겠어요."

했다. 그러면서도 여자는 현주의 얼굴을 두 번 세 번 쳐다보았다.

현주는 할 수 없이 전찻길까지 나가 택시 한 대를 잡아 놓고 그 여자를 불렀다.

속으로는 택시를 태워 보내면 일은 끝날 것이려니 하고 안심했다. 그러나 택시 가까이까지 온 여자는,

"집에까지 좀 데려다 주세요."

애원하는 얼굴로 말했다. 현주는 또 난처함을 느꼈으나 슬픔을 가진 여자가 집에까지 데려다 달라는데 오불관언이라고 그냥 혼자 보낼 수도 없었던 것이다.

자동차에 오르자 여자는 이태원(梨泰院)까지 가자고 운전수에게 명령한 뒤 얼굴을 떨어뜨린 채 한 번도 들지를 않았다.

현주는 어떤 여성이기에 알지도 못하는 남자더러 집에까지 바라다 달랄까 하고 생각했다.

확실한 것은 알 수 없으나 보통 여자 같지 않은 것만은 확실했다. 대학생이거나 여염집 부인이라면 얼굴도 본 적이 없는 남자를 자동차에 태워 자기 집까지 갈 수가 없을 것이 아니겠는가.

현주는 공연한 호기심을 가지고 자동차에까지 올라탄 자기를 후회하였다. 그러나 종로에서 내린달 수도 없어서 자동차가 이태원 언덕바지 어떤 적산집 앞에 멎어설 때까지 말 한 마디 못하고 그냥 따라갔다. 그리고 아담스럽게 생긴 집 안으로 안내할 때도 몇 번 사양을 하기는 했으나 고집을 피우고 돌아간달 수가 없었다.

현주는 방 안에 들어서자 우선 찬란한 장식에 놀라고 말았다. 좁지도 않은 방바닥 전체에 푹신한 양탄자를 깔아놓았다. 응접세트는 고급품이었고 구석구석에 놓인 물건은 모두가 미국제품들뿐이었다. 미국 사람의 집안에 들어간 것 같았다.

미궁에 들어 온 것 같았다.

현주가 방 안을 훑어보며 소파에 앉자 젊은 여자는 위스키 병과 술잔을 들고 와서,

"마음대로 따라 잡수세요."

하고는 밖으로 나가 물수건을 적셔다 현주에게 주었다. 현주가 도대체 어떤 여잔가 의심쩍게 생각하면서도 미처 말을 꺼내지 못하고 있을 때 젊은 여자가 얼마 전 길가에서 슬퍼하던 때와는 달리,

"한 잔 드세요. 제 이야기를 해 드릴게요."
하고 술을 따랐다. 현주는 사양하기도 쑥스러워 술간을 받아 마시고 있을 때,

"전 유엔마담이에요."
하고 얼굴을 약간 붉히고 나서 자기가 중학교 학생들 앞에서 숨지 않을 수 없었던 이유를 설명하기 시작했다.

그는 어떤 여자대학 2학년까지 수업했다. 그러던 그가 이 년 전 의붓어머니와 마음이 맞지 않아 집을 뛰쳐 나와서는 결국 아버지 뵐 면목이 없어 한 번도 찾아가지를 못하고 있었는데 오늘 동무네 집엘 갔다 오는 길에 우연하게도 학교서 돌아오는 친동생을 만났으니 어찌 피하지 않을 수 있겠느냐 하는 것이었다. 그 말을 하며 여자는 또 눈물을 글썽글썽했다.

"이 년 만에 처음 보는 동생입니다. 생각 같아서는 끌어안고 울고 싶었습니다."

이 말을 듣자 현주는 정말 안 올 데를 왔다는 생각이 들었다. 바쁜 일로 가다가 무슨 청승으로 이까지 따라왔던가 하는 후회가 다시 들었다. 안 보고 안 들은 것만 같지 못했다. 양부인이라니 우선 경멸하고 싶은 생각이 들었지만 그렇다고 해서 눈물이 글썽한 여자를 모멸하는 말로 대할 수는 없었다. 모멸은 안 한다고 해도 동정은 하기가 싫었다. 그저 빨리 그 자리를 뜨고 싶은 생각뿐이었다.

"잘 알았습니다. 세상살이는 그런 일두 적지 않겠지요?"
하고 냉정하게 말하고는 소파에서 일어섰다. 그때였다. 여자가,

"제 얼굴을 기억하지 못하시겠어요?"
하고 현주를 뚫어지게 보았다.

그리고 할 말이 많은 것처럼,

"좀 앉으세요. 기분이 나쁘셔두 이야기나 하다 가세요."

하고 현주의 손을 잡아끌었다.

현주는 여자의 얼굴을 유심히 바라보았지만 기억이 있을 리 없었다

"난 아는 여자라구 없습니다. 일선에 있다가 돌아온 사람이니까요."

현주는 생각해 볼 필요도 없다는 듯이 무뚝뚝하게 대답했다. 사실 현주에게는 생각해 볼 필요도 없는 일이었다. 기억에 남을 만한 여자가 있을 리 없다. 그런데다가 기억에 남는 여자가 있다고 해도 유엔마담에 기억이 있은들 어떻게 할 것인가?

그러나 여자는 자기의 기억이 틀림없는 것처럼 보이면서도 그 기억을 조급히 확인하고 싶어하는 태도로,

"어젯밤 혜화동 로터리에서 불량청년에게 희롱당하는 여자들을 구해 주시지 않았어요?"
하고 현주의 대답을 기다렸다.

그 말을 들으니 파출소 앞에서 자기 이름을 묻던 여자의 얼굴이 눈앞에 떠올랐다. 분명 그 여자 같았다. 그러나 그렇다고 해서 그때도 이름을 가르쳐 주지 않은 것을 지금에 와서 더구나 양부인이라는 것을 안 뒤 자기를 털어놓을 수는 없었다.

"사람을 잘못 보신 모양이지요. 세상에는 비슷하게 생긴 사람도 하두 많으니까."

그때 여자가,

"그럼 제가 잘못 봤군요."
하고 현주의 말을 그대로 받아들이는 듯 말하고 나서,

"혹시 쌍둥이는 아니세요? 선생님이 형인지 동생인지는 몰라두……."
하고는 싱긋이 웃었다.

현주는 그 말에 그만 웃어버리고 말았다. 의심하지 않는 것처럼 보이면서도 꼼짝할 수 없게 만든 그 여자의 말에 그만 넘어가고 만 것이었다. 그러나 현주는 웃기만 했을 뿐 입은 열지 않았다.

"그럼 쌍둥이두 아니신가 부군요. 공연히 엉뚱한 분을 가지구 실례했습니다."

여자가 이야기 할 필요도 없다는 듯이 결론을 내렸다. 모든 행동이 천해 보이지 않았다. 그런 종류의 여자라면 보통 삐쭉이기를 잘하는 것이지만 조금도 그런 태도를 보이지 않았다. 정말 대학생처럼 세련되어 보였고 솔직해 보였다. 얼굴도 추해 보이는 데가 없었다.

현주는 갑자기 아깝다는 생각이 들었다, 그래서 불쑥,

"이제라두 집엘 돌아가시지."

했다,

그 말에 여자는 갑자기 얼굴빛을 달리했다가 금시 웃음을 띠며,

"역시 솔직하시군요."

하고 말했다. 자기의 예상이 들어맞는다는 뜻일 게다. 그러나 곧 뒤를 이어,

"이미 거울은 깨졌습니다. 깨진 것을 붙여 놔야 병신밖에 될 게 없지 않나요? 보기 흉한 거울이지요."

하고는 가벼운 웃음을 웃었다. 이미 운명을 단념하고 있다는 표정이었다.

현주는 자기가 돌아갈 생각을 잊고 있음을 알았다.

"손님들이 찾아올 텐데……."

돌아가야 할 구실을 말해 보았다. 구실을 만들게 된 것은 결국 천천히 가도 좋다는 마음이 깃들어 있기 때문이리라.

"온리(only)니까 올 손님두 없습니다. 그 사람은 한 주일에 한 번만 오니까요?"

"그럼 한 주일에 한 번만 만나 주는 임시부인이로군요? 고급인데……."

"거기두 고급 하급이 있나요. 좀 편할 따름이지……."

말을 끝내자 여자가 부엌으로 나가 아이스커피 두 잔을 가지고 들어왔다.

아이스커피가 들어온 김이라 현주는 위스키를 한 잔 더 하고 그것을 마시리라 생각했다. 별로 마시기 쉽지 않은 위스키인 만큼 이런 때 마셔두지 않으면 손해 볼 것 같은 생각도 들었다.

빈속이어서 그런지 그새 마신 위스키가 갑자기 온몸에 퍼진 것 같았지만 그 향기롭고 혀끝이 짜릿한 맛이야 말로 무엇이라 형언할 수 없었다.

한 잔을 다 마시자 여인이 다시 빈 잔을 채울 때 이젠 그만하겠다고 말로

만은 사양했지만 여자가 자기도 마시며 권할 때 그는 계속해서 부어 주는 여자를 고맙게 생각했다.

고맙게 생각되는 마음과 얼큰한 취기가 합쳐서인지 현주는,

"깨진 거울이라두 붙이기는 해야 할 게 아니오. 깨진 채 내버려 두면 얼굴이 통 안 보일걸……."

하고 조금 전에 꺼냈던 말을 다시 한 번 꺼냈다.

"그런 말씀은 그만두세요. 저는 아무런 희망도 꿈도 가지구 있지 않습니다. 사주를 몇 번씩이나 봤는데 꼭같이 단명하다구 그래요. 그렇지 않아두 폐가 나쁘기는 합니다만 그렁그렁 살다 죽겠어요."

그 말에 현주는 이상한 분노를 느꼈다. 젊은 여자가 희망을 버렸다는 것은 두말할 것 없이 타락했다는 뜻이다.

현주는 그 여자를 아깝다고 생각했지만 아깝다고 생각했던 만큼 그 여자의 말이 귀에 거슬렸다. 그래서,

"술 깨는 소리 마시오. 비싼 술이 아깝소."

하고 쏘아 주었다. 그러자 여자는,

"술 깨는 소릴 누가 먼저 하자구 그랬어요. 그건 그만두구 제 청이나 하나 들어 주세요. 꼭 부탁드리구 싶은 청인데요……."

하고 술병을 들고 술을 권했다

현주는 술맛도 없었다. 그래서 술잔을 덮어 놓고 소파에서 일어섰다. 그때 여인이 달려들어 현주의 팔을 붙잡아 앉히며,

"그러지 마세요. 체면두 모르는 여자라구 욕하실지 모르지만 앉아서 제 이야기를 들어 주세요. 그래두 두 번째 만나시는 분인데……."

하고는 이야기를 시작했다.

"저 보구 집에 돌아가라구 그러시지만 저는 절대루 돌아갈 수가 없습니다. 아버지는 칠십이 다 된 노인인데 몇 해 전에 후실을 얻었습니다. 아버지두 망령이시지요. 게다가 대처승(帶妻僧)이랍니다. 심심하니까 그러기는 하셨겠지만 의지할 데 없는 오십 노파를 데려다 놓았더니 이게 글쎄 집안을 휘두르지 않아요. 제 자식들을 어디다 숨기구 기르는지는 모르지만 물건을

자꾸 훔쳐내는 데는 정말 참을 수가 없었어요. 지금쯤은 남은 물건이 하나 두 없을 겁니다. 미안하지만 한번 제 집엘 가서 아버지가 어떻게 지내시는가 보구 와 주셨으면 좋겠어요. 아까 동생을 멀리 보았을 때 아버지 이야기를 듣구싶은 생각에서라두 만나구 싶었지만 아는 척을 하지 못했습니다.”

여자는 그때 자기의 이름이 최복희(崔福姬)라는 것, 그리고 자기 집이 안암동(安岩洞)이라는 것까지 말했다. 복희의 이야기를 듣고 난 현주는,

“내가 당신 심부름을 해야 할 의무가 어데 있소?”

하고 그 자리에서 복희의 청을 거절했다. 그때 복희는,

“그러시다면 부탁을 취소하겠습니다. 그러심 술이나 한 잔 더 하세요. 드리고 싶은 분에게 처음으로 권하는 술이니까 달게 마셔 주세요.”

하고 현주에게는 술잔을 권했다.

현주는 술잔 위에 손바닥을 엎어놓고 술을 붓지 못하게 했다. 잘못하다가는 실수를 할지도 모르겠다는 생각에 스스로를 경계했던 것이다.

술을 받지 않으려는 현주를 보자 복희는 더 권하려고 하지 않았다. 그 대신,

“성함이 누구시죠? 두 번째 물어 보는데두 안 가르쳐 주시겠어요?”

하고 물었다.

“글쎄 그건 알아서 뭣 합니까?”

“할 건 없지요. 선생님 말씀마따나 좋은 세상에서 언제 다시 만날지두 모르니까 그때 인사나 드릴려는 거지요.”

“고현줍니다.”

현주는 귀찮은 생각에 이름을 말해 주었다.

“고현주 씨? 그러시지 않은 것 같은데 이름만은 여자이름 같군요.”

복희는 현주 옆으로 가서,

“털이 있군요.”

하고 목덜미에 붙은 머리털 두 오라기를 집어 들고 한 오라기는 입으로 불어 날리고 한 오라기는 도로 셔츠 위에 올려놓으며,

“매력 있으라구 하나는 도루 놔 두지요.”

했다.

현주는 간지러움을 느꼈다. 그래서,

"술 한 잔 더 주시오."

하고 잔을 내밀었다.

그러나 복희는

"안 잡숫겠다더니 왜 맘이 변했어요?"

하고 술병을 집어 자기 의자 한 옆에 놓았다.

"빨리 줘요."

현주는 복희의 손목을 잡아끌었다.

그때 현주는 그 부드러운 복희 손에, 여자의 손을 잡았다는 것을 느꼈다. 머리가 아찔 하는 것 같았다. 현주는 자기도 모르게,

"술을 달라니까."

하고 복희의 손목을 한 번 더 잡았다.

"정말 잡숫구 싶으세요."

복희가 현주를 빠히 쳐다보며 대답을 기다릴 때였다, 현주는 복희를 끌어다 안으려 했다. 안고 싶은 충동에 가슴이 후둘 후둘 떨렸던 것이다. 그때 복희가 못 이기는 척 술병을 내밀며,

"취하셔두 좋아요. 마음대루 잡수세요."

하는 바람에 현주는 갑자기 제 정신으로 돌아와 복희의 손목을 놓고 말았다.

모든 것이 그렇지 않다고 해도 여자 혼자 있는 방에서 남자에게 술을 권한다는 것만은 양부인에 틀림없는 행동이란 생각이 번개처럼 머리를 스치고 지나갔던 것이다.

'돈을 주고 색시를 사는 데루 가지.'

현주는 혼자서 생각했다. 차라리 그것이 후환 없는 일일 것 같았다. 비록 양부인이라 할지라도 인연을 붙여서 관계를 맺는다면 그것은 절대로 떳떳하지가 못한 일이다. 떳떳하지 못한 일이란 언제나 부끄러움을 동반한다. 당치 않은 인연을 붙여 가지고 야욕을 채운다는 것은 부끄러운 일일 뿐 아니라

스스로를 속이는 일이다. 어쨌든 가능하다고 해서 야욕을 채운다는 것을 시시한 일이라고 생각하는 현주였다.

현주는 아무 말도 안 하고 자리에서 일어나 현관으로 나왔다. 복희가 무슨 오해가 갔느냐고 하며 뒤따라 나와 붙잡았지만,

"틈나는 대루 미쓰 최 아니 미세쓰 최겠지. 미세쓰 최 아버지한테 갔다가 와서 한 번 들리지요."

하고 오해가 있어서 가는 것이 아니라는 뜻을 표하고 복희의 집을 나왔다, 이제 날이 어두컴컴했다. 그러나 현주는 집을 나올 때의 생각을 잊지 않고 토건업 하는 동창생을 찾아 동대문행 버스를 탔다.

형님의 경우

버스에는 손님이 많지 않았다. 다행하게도 자리를 잡고 앉을 수 있었다. 자리를 잡고 앉은 뒤에는 홍서(鄭洪緒)를 만난 뒤의 결과가 어떻게 될 것인가를 생각하려 했으나 복희의 얼굴이 자꾸만 떠올라 그 생각을 계속할 수가 없었다.

복희는 타락한 여자임에 틀림없다. 교육도 있고 집안도 좋다. 더구나 중의 딸이라고 하면 가정교육이 유달리 엄격했을 것이 분명하다. 그런데도 복희는 타락해야만 할 이유가 무엇인가? 계모와 뜻이 맞지 않는다는 것을 전부의 이유로 삼을 만큼 그것이 그렇게도 중요한 것일 수 있을까? 알 수 없는 일이었다. 사람들은 자기의 현실만을 가장 많이 보고 또 중요하게 보기 때문에 누구나 자기를 불행하다고 생각하지만 복희의 경우는 아무래도 이해할 수가 없었다.

버스가 종로에 도착할 때까지 현주는 복희에 대해 이런 생각을 했다. 그러나 버스에서 내리는 순간 현주는 복희 생각을 말리라 했다. 복희 같은 여자가 얼마나 많을 것이냐 하는 것이었다. 수없이 많은 복희를 두고 비단 복희 한 여자만을 이해할 수 없다고 생각한들 무슨 소용이 있을 것이겠는가?

현주는 홍서를 만날 것만을 생각하려 했다. 토건업을 하고 있으니 건축 경기가 제일 좋은 판이라 돈 사만 환쯤 문제없이 돌려주리란 생각도 했다. 돌려주는 것이 아니라 그저 줄지도 모른다고 생각했다. 홍서는 학업을 계속해서 대학을 졸업했고 지금은 돈벌이를 하고 있으니 학업도 중단하고 군대에 들어갔다가 나온 자기를 또 대접할 수 있으랴 하는 생각이었다.

그러나 한편 본척만척 하면 그때 자기는 어떻게 할까 하는 생각도 해 보았다.

현주는 홍서가 퇴근했을 것을 생각하고 청진동에 있는 그의 사택으로 찾아갔다. 홍서는 때마침 집에 있었으며 죽었던 사람을 만난 듯 현주를 반겨주었다. 돈 사만 환이 아니라 입은 옷이라도 벗어 줄 것처럼 반가워했다.

현주는 마음속으로 홍서가 반가워함이 진실된 감정에서인가를 관찰하는데 게을리하지 않으며 집 안으로 들어가 그 동안 서로의 지난 이야기를 주고받았다. 그러나 이야기를 십 분도 계속하지 못해서 홍서가,

"오늘 같은 날 먹으라구 술이 생긴 거 아니야?"

하고 옷을 주워 입었다.

"술? 좋지. 그래두 오늘은 술보다 이야기가 좋지 않을까."

현주는 사양을 했다. 나가서 술을 먹으면 돈이 많이 쓸 것 같았기 때문이었다.

"앗다. 술이 있어야 이야기두 홍이 나지 않나…… 그렇지 않아두 오늘은 술을 거르는 것 같아 마음이 허전하던 판인데. 오늘 집에 있는 건 기적(奇蹟) 같은 일이야. 기적 같은 날에 자네가 찾아왔다는 건 기적의 기적이거든."

그 말을 들으니 홍서가 술을 먹어야 홍이 날 것 같고 또 그럴 때 돈 이야기를 꺼내는 것이 효과적일 것 같아 현주는 더 사양하지도 않고 홍서의 뒤를 따랐다. 홍서는 자동차를 불러 타고 회현동 어떤 고급요릿집으로 현주를 안내했다. 현관에 들어서기가 바쁘게 홍서가,

"이 집이 어떤 집인 줄 알아? 고관들만 다니는 집이야!"

했다. 과연 으리으리한 집이었다. 주택지라고만 생각했던 곳에 그렇게 큰 집

이 있을 줄은 정말 생각지도 못했던 현주였다. 그러나 현주는 그런 것이 달 갑지 않았다. 술은 적게 먹고 그 대신 돈으로 사만 환을 주는데 아낌이 없기 만 바라는 현주였기 때문이었다. 그렇다고 해서 앉기가 무섭게 돈 이야기를 할 수가 없어 주기가 돌 때쯤 해서야 사만 환 건을 꺼내고 얼마 동안 돌려 주면 고맙겠다는 말을 했다. 그러나 돈 이야기를 꺼내자 홍서가 갑자기 태 도를 달리하여,

"글쎄 오늘은 가진 게 없는데……."

하고 현주의 희망을 완전히 꺾어 놓았다.

현주는 순간 뜨거운 피가 거꾸로 올라와 얼굴이 훅훅해짐을 느꼈다. 방금 까지 돈 자랑을 하던 홍서다. 돈 잘 쓰는 것을 하나의 자랑처럼 이야기하던 홍서가 돈 사만 환 돌려달라는 말에 그렇게까지 냉정해진다는 것은 결국 그 의 우정을 의심하지 않을 수 없는 일이었다.

희망적인 관찰을 하고 찾아왔던 자기가 후회되기도 했다

'그만둬!'

하는 말이 입안에서 뱅뱅 돌았다. 그러나 현주는 '그만둬'라는 말 대신에

"미안하네."

라는 말을 해 버렸다. 그 미안하다는 말은 없는 돈을 돌려달라고 해서 미안 하다는 뜻이 아니라 너 같은 친구에게 그런 청을 해서 미안하다는 즉 자기 자신에게 하는 말이었다. 그러나 홍서는 미안하다는 말을 어떻게 들었는지,

"오해 말게. 정말 가진 현금이 없어서 그랬어. 내일 써두 좋다면 수표가 어때? 수표를 써 줄게……."

하고 당황히 수표책을 꺼냈다. 현주의 서슬진 표정에 냉정했던 자기를 후회 한 모양이었다.

수표책을 들고 쓰려고 하는 홍서를 보자 현주는 더러운 생각이 들었다. 현금이 없다고 핑계하던 홍서가 얄미워진 것이다.

"아니 그만둬. 양복 사라구 준 돈을 써 버려서 그러는 거지 양복이 바빠 서 그런 건 아니야. 그리구 그 돈 때문에 자넬 찾은 것두 아니구……."

"앗다. 돈 좀 달래러 오면 어떤가. 그러지 말구 받게. 일선서 돌아온 지

며칠이 안 됐다니 돈인들 아쉽지 않을라구……."

홍서는 자기대로 수표에 도장을 찍어 그것을 현주 앞에 내밀었다. 사만 환보다 만 환이 더한 오만 환짜리 수표였다. 그것을 보자 현주는 어떻게 할까를 망설였다. 그러나 안 받으면 도리어 자기가 옹졸한 사람이 될 것 같았다. 홍서만도 못한 인간이 되는 것 같았다. 그래서,

"가짜는 아니지?"

하고 웃었다.

"사람두. 보증수푤세, 보증수표야."

홍서두 웃었다. 그 바람에 현주는,

"그런 걸 처음에는 왜 기분 나쁘게 현금이 없단 소릴 했어?"

하고 조금 전에는 정말 기분이 나빴다는 것을 고백했다.

"내 성격이지. 내 맘이 내키면 돈 아까운 줄을 모르지만 상대편이 먼저 손을 내밀면 절대루 주고 싶지 않거든."

"빌어먹을 성격이로구나……."

그들은 다같이 소리를 내어 웃었다. 한참 동안 웃으며 술을 나누다가 현주가,

"그럼 이 돈 아주 쓴다. 알았지."

하고 말했다.

"떼일 걸 알았으니까 처음엔 안 줄려구 그랬던 거야, 너두 알았지."

이제는 하게가 아니라 해라로 대화가 옮겨졌다. 분위기가 이렇게 변환했을 때 홍서가,

"내가 돈 떼여 본 일이 별루 없지만 한 놈한테는 꼼짝 못하구 뗑긴 돈이 있는데 네가 찾아 써 볼래? 난 떼인 돈이라 단념했던 거니까 아까울 게 없구 너는 궁한 판에 돈이 필요할 테구……."

하고 자기가 동생의 대학 입학시험 때 어떤 아는 사람을 통해 입학운동을 하다가 십만 환을 고스란히 떼였다는 이야기를 했다. 즉 자기를 잘 아는 금융조합원 S씨가 와서 ×대학교 교수를 잘 알고 있으니 돈만 좀 쓰면 문제 없다고 해서 십만 환을 주었으나 동생은 보기 좋게 낙제를 했고 S씨는 이 날

이적지까지 미안하다는 말 한 마디 없다는 것이었다. 그 말을 듣자 현주는
그 자리에서 팔을 걷어붙이는 시능을 하고,

"그 돈을 받으면 나더러 쓰란 말이지?"

했다.

"쓰라니까 글쎄."

홍서가 시원스럽게 대답했다. 정말 조금도 아깝지 않은 돈인 모양이었다.
그러나 현주는 갑자기 태도를 달리 하고,

"자식 집어쳐라. 돈에 걸신들린 줄 아나."

하고는 한 대 갈기기나 할 것처럼 손을 번쩍 들었다가 내려놓았다.

"자식 싫으면 그만둬라 누가 억지루 시켰니? 생각해서 한 말을 가지구."

홍서는 도리어 억울하다는 듯이 말했다

"나를 생각해서하는 말이라구? 나를 매수해서 네 분풀이를 할려는 게 아
니야? 똑바루 말해 봐. 네 분풀이를 해 주는 건 좋다. 그렇지만 매수가 되는
건 싫단 말이야. 돈에 눈이 뒤집혔구 속이 환장을 했대두 사내자식이 매수
가 되어 움직일 수가 있나 말이다."

"누가 매수를 한다구 그랬어? 자식이 생사람을 잡을 모양이야? 싫으면
그저 싫다구 그래."

"그럼 날 매수하는 게 아니란 말이지?"

"듣기두 싫어."

"그럼 그 돈을 찾아다 주십시오 그래라. 내 한 푼두 안 쓸게. 그런다면 그
뻔뻔스런 친구를 한 번 찾아가 보지."

"꿩 먹구 알 먹구지. 제발 좀 찾아다 주십시오."

그 뒤 현주는 홍서로부터 S씨라는 사람의 주소를 물어 수첩에 기입하고
기회 있는 대로 찾아갈 것을 약속했다.

그러나 홍서와 작별하고 집으로 돌아와 생각을 하니 관계없는 남의 일에
개입한다는 것이 그 이상 없이 쑥스러운 일처럼 생각되었다. 하기야 공공기
관에 취직해서 남보다 못지않은 월급생활을 하면서도 사리 수단으로 남의
돈을 잘라 먹는 그 위인의 얼굴을 한 번 보기라도 하고 싶은 생각이 없지는

않았다. 그렇다고 해서 홍서같이 돈푼이나 가진 사람을 속였다는 것쯤 그렇
게 흥분할 건덕지가 못 되는 것이라 생각되었던 것이다.
　더구나 홍서의 앞잡이 노릇을 차마 할 수 있으랴 하는 생각까지 들었다.
누가 보나 홍서의 우정에서 나온 행동이라 해석하기 이전에 홍서의 앞잡이
라 해석할 것이 분명하였다.
　'국물이나 얻어먹을까 해서 앞잡이 노릇 하는 사람.'
　현주는 오래간만에 마신 술에 피곤도 느끼고 해서 그냥 자려고 했다. 자
리를 깔고 누우려 할 때였다. 형 한주가,
　"안 자거든 좀 들어오너라."
하고 불렀다. 현주는 피곤을 느꼈으나 내일 양복 찾을 수 있는 돈이 생긴 만
큼 형을 안심시켜 줘야겠다는 생각에 수표든 주머니를 만져 보며 형이 부르
는 대로 형에 방엘 들어갔다. 한주가 들어서자 취기가 돈 얼굴을 보고 형이,
　"한잔 했니?"
물었다.
　"네, 동창을 만나서 한잔 했지요."
　"그럼 취했니?"
　"아니요, 아직 반 되는 더 할 수 있습니다."
　"그럼 나하구 마실까?"
　"이젠 자야지요. 피곤한데요."
　"피곤해? 그럼 가서 자라."
　말하는 투로 보아 할 이야기가 있는 것이 분명했다. 그래서 현주는,
　"피곤은 해두 잠은 오지 않습니다."
하고 이야기를 독촉했다.
　"다음에 이야기하지. 어서 가 자라."
　"정말 잠이 안 와요. 이야기하세요."
　"하나 마나한 이야기다. 까지 거…….."
　무슨 이야기를 하려는 것인지 통 짐작을 할 수가 없었다. 약간 불안하기
도 했다.

　“내가 양복 값을 떼먹은 줄 아세요?”

하고 현주는 불쾌하다는 것은 이러한 말로 표현하여 심정을 건드려 보았다.

　그 말에 형은 징색을 하고 뜻밖이라는 듯,

　“뭐라구?”

했다.

　“그럼 왜 하려던 이야기를 꺼내지두 않는 겁니까?”

　그 말에야 한주는 허허 하고 웃은 다음,

　“다른 게 아니라 네 여성관을 좀 들으려구 그랬어.”

했다

　“여성관이라니요?”

　“너두 이젠 결혼을 해야지 않겠니? 그러니까 어떤 여자를 상대루 하겠는
가 그걸 알구 싶단 말이다.”

　“좋은 색시가 있습니까?”

　“그런 것은 아니지만!”

　“그렇지두 않으면서 새삼스럽게 그런 말은 무엇 때문에 꺼내십니까?”

　“알아 둬야 색시를 골라라두 볼 게 아니냐?”

　“그만두세요.”

　형이 이야기하려던 것은 그런 종류의 이야기가 아닐 것 같았다. 다른 이
야기가 꼭 있다는 것만 같아 현주는 대꾸를 안 하고 말았다.

　그때야 형이,

　“내 이야기는 차후루 하구 네 이야기부터 좀 듣자. 어떤 여자를 택할래?”

하고 말했다. 현주는 형이 자기의 이야기가 따로 있다는 것을 솔직히 말하
는 것을 보고 나서야,

　“우선 숫처녀라야 되겠지요.”

하고 대답했다.

　“그 다음엔.”

　“밉지 않구 건방지지 않은 여자라야 되겠지요. 입술이 두터운 여자는 싫
습니다.”

“그건 또 왜?”

“입술이 두터우면 미련하구 욕심이 많은 것 같더군요.”

“그럼 마음에 드는 여자가 있니?”

“없습니다.”

현주는 서슴지 않고 없다는 대답을 했다. 그것은 자기가 요 며칠 사이에 세 여성을 만났다는 사실을 형이 알고 있는 듯이 느꼈기 때문이었다. 만났던 여자들을 숨김없이 이야기해도 꺼릴 것이 없다. 아니 꺼릴 것이 없기 때문에 없다고 단정했는지도 모른다

현주는 종아, 혜련, 복희 이 세 여성의 얼굴을 번갈아 머릿속에 그려 봤다. 그러나 한 여성도 자기가 사랑할 대상이 되지 않는다는 것을 생각했다. 그런 만큼 형에게 마음에 드는 여성이 없다는 것을 결정적으로 대답한 데 대하여 가책을 느끼는 것도 없었다.

“잘 생각한 뒤에 여자를 사귀어라. 연애두 결혼을 생각하면서 해야 되는 것이지만 결혼만을 생각하구 연앨해서두 안 된다. 잘못하면 결혼하구두 혼자서 사는 결과를 가져오니까 말이다.”

형이 하고 싶어하던 말을 시작하는 것 같았다.

“결혼하구두 혼자 살다니요?”

“가정이란 테두리 속에 갇혀 사무적인 생활만을 하게 된다면 영혼이 서로 같이 사는 것이 아니라 육체만이 야합해서 사는 것이나 마찬가지니까 영혼은 언제나 혼자 사는 것이지 뭐냐?”

“형님이 그렇단 말씀이지요?”

현주는 형의 가슴을 찔러 보았다. 과연 형은 하품을 길게 내뿜을 뿐 한참 동안 말을 못했다.

현주는 형에게 복잡한 이야기가 있음을 짐작하고 형의 마음을 한 번 퉁겨 보았다.

“동생한테는 그런 이야기를 하면 못쓰나요?”

“동생이라구 해서 안 하는 게 아니야. 이야기를 하려니 쑥스런 것 같아서……..”

"흥부와 놀부는 그런 이야기를 서루 안 했겠지요……."

형은 잠시 입을 다물고 있다가,

"너 내가 8·15 전에 연애하던 이야기를 알지?"

하고 이야기를 시작했다.

"내가 학병으로 일본에 끌려간 뒤에까지 그 여자와 편지 거래가 있었다. 그러나 8·15 해방 뒤 집으루 돌아왔을 때는 삼팔선이란 것이 생겨 소식이 막혀 버리고 말았다. 대개 너두 짐작은 했겠지만 집으로 돌아오자 아버지가 결혼을 강요할 때 나는 어떻게 할지를 몰랐다. 그 여자를 기다리고 싶은 것이 나의 심정이었지만 그 해로 결혼을 하지 않으면 칠팔 년 뒤에야 결혼할 수 있다고 하며 아버지가 사주 이야기를 하실 때 나는 그만 죽고 싶었다. 학병으로 나갈 때 아버지는 나를 죽음터로 보내는 줄 알고 계셨다. 살아 돌아왔을 때는 죽었던 아들을 만나는 듯 기뻐하셨다. 아버지에게 있어서 나는 죽었다 살아난 자식이 된 셈이다. 아버지의 그런 심정을 생각할 때 나는 내 의견을 한 마디도 말할 수 없었다. 나는 선도 제대로 보지 않고 아버지가 가보라는 여자 집엘 가서 그 집안만 보고 약혼을 승낙했다. 그 해가 가기 전에 결혼식을 해야 한다고 해서 약혼한 지 이십 일 만에 결혼식까지 거행했다. 애정을 위한 결혼이 아니라 살아가는데 밟지 않으면 안 되는 길이라 생각하고 한 결혼이었지. 그 뒤 나는 학교를 마저 마쳐야 했고 고등고시 준비를 해야 했다. 그러니까 네 형수와의 애정생활을 맛볼 새도 없었지. 내가 자리를 잡고 살림을 시작할 때는 부부생활이 사무적에 지나지를 못했다. 사니까 사는 것이었고 또 그렇게나마 살아야 하는 것이 인간이라고 생각했다. 너두 봐서 잘 알겠지만 네 형수하고 나하고는 성격부터가 맞지 않는 것 같다. 그러나 나는 그런 불평을 가지려 하지 않는다. 죽을 때까지 그대로 살아야 할 것이라고 생각한다. 그러나 민경옥에 대한 미련은 아주 없어지지가 않는다. 참 그 여자의 이름이 민경옥이다. 아무때라도 이북에서 넘어와 나를 찾을 것만 같다. 찾아와도 곤란할지는 모르지만 지금도 꼭 찾아올 것만 같다. 자 봐라. 나는 이렇게 그녀의 사진까지 가지고 다닌다."

형이 신분증명서 지갑 속에서 경옥의 사진을 꺼내 현주에게 보였다. 그러고 나서는 이야기를 다시 계속했다.

"그런데 몇 달 전 나는 민경옥을 만났다. 사실은 민경옥이가 아니라 민경옥과 꼭 같은 얼굴을 가진 여자다. 요릿집에 술을 먹으러 갔다가 만난 기생이 민경옥 그대로였다. 같다고 해도 꼭같은 것이 아니고 나이도 비교할 수 없이 틀리지만 나는 그 기생을 민경옥이라 생각하고 있다. 그 기생에게 이야기는 안 했지만 나는 민경옥을 보려고 술 마실 기회가 있을 때마다 그 기생을 찾았다. 보면 무엇 하겠냐만 그래도 보고 싶었다. 그랬더니 이제는 그 기생, 노영애를 안 보면 못살 것 같다."

이까지 이야기한 형이 다시 한숨을 내쉬었다.

현주는 형에게도 비밀이 있다는 것을 알고,

"재미있는데요."

하고 웃은 뒤,

"그래 그 기생을 어떡허실 작정입니까."

하고 물었다.

"어떻게 하기는? 그저 만나는 거지. 안 보면 보구 싶으니까……."

"그렇다면 문제될 건 없군요. 보기만 하는데 얼굴이 닳을 것두 아니구……."

"문제될 건 없겠지. 그렇지만 마음이 늘 하늘에 떠서 사는 것 같은데 걱정될 뿐이다."

"그렇다구 형수님과 이혼하실 생각은 안 가졌지요. 그런 용기를 가졌다면 제법이게."

"글쎄 그럴 용기라두 가졌다면 좋겠는데……."

"그럼 걱정하실 게 없지 않습니까? 걱정이란 하나의 질서가 파괴될 때 있는 것인데 질서는 질서대루 유지하시면서 무슨 걱정이 있습니까?"

"너는 질서라는 것을 눈에 보이는 것만으루 생각하는 것 같다만 정신적인 질서가 더 큰 거야. 자살하는 사람을 봐라. 외형적으로는 가장 추종적인 것 같으면서두 내면적으로는 걷잡을 수 없는 자기 분열을 일으키는 사람만이 할 수 있는 거야. 그 반대루 외면으로는 거칠게 뵈두 내면적으론 단순해서 명령 계통이 하나밖에 없는 사람은 죽지를 못하는 거다.”

“그러니까 형님은 자살할 소질이 있다는 거지요? 천만의 말씀입니다. 형님이 자살을 한다면 소가 같이 죽자구 덤벼들 겁니다. 체념을 가졌다는 것은 벌써 질서 속에서 산다는 건데 형님처럼 체념이 강한 사람이 어디 있어요.”

“내가 자살할 소질이 있다는 것은 아니다. 자살하는 심경과 같은 것을 가지구 산다는 거지…….”

“자살할 때까지 살아나 보십시오.”

현주는 형의 고민을 문제 삼지도 않았다. 형은 어떤 고민이 있다고 해도 그것에 지지 않으리라는 것을 잘 알기 때문이었다.

형의 괴로움을 모르지는 않는다. 그러나 그 괴로움이 절대로 위험한 것이라고 볼 수 없는 것이 또한 사실이니까.

형도 자기의 마음을 모르는 것이 아니다. 그저 괴로움을 말해 본 것뿐으로 장차 어떻게 해야 좋으냐고 의논함이 아니었다. 그런 만큼 자기의 이야기를 그 이상 더 계속하려 하지 않았다.

“그러니까 너는 결혼을 신중히 하라는 거다. 사무적인 생활을 생각하기조차 싫어할 너희들 세대에서는 결혼이라는 것이 절대로 중요하다는 것을 알아야 한단 말이야.”

한주는 자기 이야기를 꺼낸 것도 결국은 동생이 장래의 참고가 되도록 주의를 일으키기 위한 것처럼 결론을 내렸다.

“형님처럼 결혼을 강요할 분도 살아계시지 않구 제 맘을 마비시킬 만한 연애의 실패도 체험 못했으니까 저는 형님 같은 길을 걷지 않을 겁니다.”

현주는 자기 걱정은 할 것이 못 된다는 것처럼 대답했다.

“장담하지 말아. 남녀관계란 그리 단순한 것 아니니까…….”

한주도 자기 걱정은 할 것 없다는 듯이 현주에 대하여 경고를 했다.

그러나 동생에 대하여 경고 비슷한 말을 하자 한주는 자기가 과연 자기 마음을 완전히 믿을 수 있는가 혼자서 의심하지 않을 수 없었다.

한주는 가정을 파괴할 생각을 조금도 가지고 있지 않다. 앞으로도 가정을 파괴하는 일이란 절대로 있을 수 없다고 생각하고 있다. 그것은 이혼이 무엇보다도 우선 자기 파멸을 뜻하기 때문이었다. 뜻에 맞지 않는다고 해서 이혼을 한다면 죄 없는 아내를 내보내는 데 있어서 우선 자기가 악독한 마음을 가져야 한다. 그리고 슬퍼하는 아내를 슬프게 보지 않을 만큼 마음이 냉정해져야 한다. 설사 악독하고 냉정할 수 있는 마음을 가진다고 해도 어린 두 자식의 불행을 눈으로 보아야 한다는 고통만은 피할 도리가 없을 것이다. 자식들은 불리한 편에 있는 어머니를 동정할 것이 사실이고 동정을 하지 않는다고 해도 어머니가 없다는 단순한 고독 속에서 자기를 원망할 것 또한 부정할 수 없는 일이다.

이런 것을 생각할 때 한주는 자기에게 이혼이란 것이 있을 수 없다고 단정한다.

그러나 때로는 이혼이라도 한 번 해 보았으면 하는 생각이 없는 것은 아니다. 더욱이 경옥을 생각하며 영애를 만날 때 자기가 부자유스런 몸이라는 것을 느끼고 막연하나마 한 번 자유스러워 보았으면 하는 것을 바란 것이 한두 번 아니었다. 그러니 앞으로 이혼이 절대 없으리라고 스스로 단정할 수 있는가가 의심스럽기도 했던 것이다.

그러나 한주는 그런 생각을 깊이 하고 싶지 않았다. 자기를 그렇게까지 위태롭게는 생각지 않고 싶었기 때문이다. 말하자면 자기를 전적으로 믿지는 못하나 전적으로 의심하지도 않은 것이다. 생각을 그 정도로 끝내고 책을 좀 보다가 자 버렸다.

다음날 아침이었다. 출근을 하려고 와이셔츠를 입으려 할 때 와이셔츠가 더러운 것 같아 아내에게 새것을 꺼내 달라고 했다. 그때 아내가,

"벌써 사흘을 입었어요?"

하고 물었다. 생각을 하니 이틀밖에 입지 않았다. 한주는 그만,

"참 하루는 더 입을 수 있겠군."

하고 갈아입으려던 것을 그대로 주워입고 집을 나왔다. 처음 일이 아닌 만큼 그리 기분 나쁠 것은 없었다. 양말도 이틀은 신어야 갈아신는 것이 하나의 버릇처럼 되어 있다. 버릇처럼 되어 있는 일인 만큼 한주도 그런데 신경

을 쓰지 않을 만큼 만성이 되어 있다. 그러나 땀 흘리는 여름날에도 사흘을 꼭 입어야 한다는 아내의 말에는 얼굴이 찡그려지지 않을 수 없었다. 그렇다고 해서 짜증을 부리면 또 싸움이 될 것 같아 아무 말도 안 하고 그대로 나왔지만 사무실에 나와서까지 그것이 가슴을 찝찝하게 해 주어 견딜 수가 없었다.

그러던 차에 영애로부터 전화가 왔다.

"왜 그래?"

한주는 화난 사람처럼 용건을 물었다. 아내에 대한 감정이 영애에게 폭발하는 모양이었다.

"어젯밤 꿈이 사나워서 혹시 무슨 일이나 생기지 않았나 전활 걸어 본 거예요?"

"원 별 전활 다 거눈……."

"잠이 안 오는 걸요. 아까두 걸었더니 그땐 딴 방엘 가셨다구 해서 이게 두 번쩬데……."

"좀 있다 만나."

"몇 시에요?"

"퇴근 뒤지 몇 시긴 뭣이 몇 시야."

한주는 무뚝뚝하기 짝이 없는 말로 대꾸를 했다. 그러나,

"어디서 만날까요."

하고 여전히 다정한 목소리가 들려 올 때,

"별일 없으면 집에 있겠지? 집으루 갈게."

하고 갑자기 태도를 고쳐 상냥한 말투로 약속을 했다.

약속을 하고 나니 어쩐지 퇴근하기 전부터 영애를 만나고 싶은 마음이 들었다. 그리고 영애를 만난다고 생각을 하니 어쩐지 마음이 포근해지는 것 같기도 했다. 일도 능률이 나는 것 같았다.

물건을 사 준다고 남의 돈을 떼먹고 들어온 사기횡령 사건의 피의자(被疑者)를 심문할 때도,

"사기하려구 마음먹구 사기한 것이 아니래두 결과가 사기를 한 것이면

사기가 되는 것이 아니요?"

하고 명랑하게 물었다. 피의자가 무어라 핑계댈 때,

"공동묘지에는 핑계 없는 무덤이 없답디다."

또는,

"남의 돈을 쓴 이유를 잘 말해 보시오. 법은 범죄의 동기를 중요시하니까……."

하고 엄격함과 너그러운 태도를 자유스럽게 보였다.

일을 끝내고 퇴근을 하자 한주는 문득 영애가 자기를 찾아와 주었으면 하고 생각했다. 여러 세대가 함께 사는 영애의 셋방으로 찾아가 답답하게 앉아 있느니보다는 차라리 시원한 다방에라도 가는 것이 좋을 것 같았던 것이다. 그러나 자기가 찾아가기로 약속해 놓은 일이니 후회한들 소용이 없었다.

현관을 나서서 시멘트 길을 걸어 나올 때였다. 법정이 있는 편에서 영애가 불쑥 나오며,

"선생님."

하고 한주를 불렀다.

한주는 뒤로 돌아서며 그냥 빙긋 웃었을 뿐 그냥 빙긋이 웃었을 뿐이지만 자기 마음을 알고 현관 앞에까지 와서 기다려 준 영애가 안아 주고 싶게 반가웠다. 그러면서도,

"어떻게 여기까지 왔어?"

하고 조금도 기대하지 않았던 것처럼 물었다.

"그냥 오구 싶어서 왔어요."

아침에 꿈자리가 사납다고 했으니까 그것이 마음에 놓이지 않아 찾아왔을 것이 분명했지만 영애는 그런 기색을 보이지 않았다,

한주는 말없이 앞으로 걸었다. 혹시 누가 보지나 않을까 하는 의구심이 들었던 것이다. 한주로서는 그런 것도 생각지 않을 수 없었다. 아내가 아닌 젊은 여자, 더욱이 술 파는 기생과 더불어 청사(廳舍)을 걸어간다는 것은 옳은 일이 아니라 생각하고 있는 한주였다.

영애는 얼른 보아 기생처럼 차리지를 않았다. 어디까지나 여염집 부인처

럼 몸단장을 했다. 그러나 한주는 청사에서 멀리 떨어져 나올 때까지 한 마
디도 말을 안 했다. 영애도 그 기맥을 알았든지 그냥 뒤만 따를 뿐이었다.

　행인이 많은 전찻길로 나왔을 때야 영애가,

　"점심 잡수셨어요."

하고 입을 열었다.

　"아직 점심을 안 먹었을라구!"

　한주는 자유스럽게 이야기할 수 있는 장소에 이르렀는데도 말투가 무뚝
뚝했다. 한주는 자기의 무뚝뚝함을 부드럽게 받아 주었으면 하는 것을 누구
에게나 속으로 바라고 있는 것도 모른다. 그러기에 영애가 무뚝뚝함을 나무
라지 않고 묵묵히 있을 때,

　"어디루 갈까?"

하고 속으로 만족을 느끼며 부드럽게 물었던 것이다

　"아무데두 좋아요. 전 따라만 가요."

　한주는 영애의 추종적인 태도가 마음에 들었다.

　"내가 알아? 말해 봐."

하고 일부러 영애의 의견을 들으려 했다.

　그러나 결국은 한주의 의견대로 어떤 아이스크림 집엘 들어가고 말았다.
처음에는 다방으로 갈까 했지만 아무래도 조용한 곳이 좋을 것 같아 시원한
아이스크림을 먹자고 했다. 물론 영애는 무조건 찬성을 했다.

　자리를 잡고 앉아 아이스크림을 청하자 영애가 핸드백을 들고 카운터 있
는 데로 갔다가 왔다. 카운터에서 돌아와 자기 의자에 앉는 사품에 영애가
한주의 구두를 밟았다. 한주가 움칠하고 발을 뺄 때 영애가 얼굴을 빨갛게
해 가지고,

　"아이 어떻게 해."

하고 수건을 꺼내 한주의 구두를 닦으려 했다.

　"괜찮아, 내버려 둬."

하고 닦지를 못하게 하자 영애가,

　"참 꿈자리가 사납더니……."

하고 고개를 푹 숙였다. 정말 무슨 죄라도 지은 것 같았다. 한주는 보기가 민망스러워,

　"내 이야기를 하나 할까! 어떤 사람이 자동차를 타구 가다가 무심코 빈병 같은 걸 내던져 지나가던 사람이 다쳤다구 해. 모르구 그랬으니까 죄가 안 될 것 같지? 그렇지만 그 사람이 길에는 사람이 지나다니구 또 병을 던지면 사람이 다칠지도 모른다는 것을 아느냐고 묻는 말에 그런 것은 압니다 하고 대답하면 죄가 무거워지는 거야. 그땐 단순히 과실상해죄가 아니라 고의상해죄가 되거든. 영애가 내 발이 이쯤 있을 줄 알구두 잘못 밟았다면 그건 가벼운 죄가 아니야. 형법에 해당할지두 몰라."

하고 웃었다. 그래도 영애는,

　"누가 죄 될까 봐 그래요? 미안해서 그러지……."

하고 그냥 얼굴을 들지 못했다.

　"그래두 내가 고소를 하면 어떡할 테야?"

　그럴 때 아이스크림과 함께 네이블 한 개가 나왔다. 한주는 네이블을 보고,

　"이거 누가 시켰어?"

하고 물었다

　"제가 얼음에 채워 달라고 갔다 줬댔어요."

　"누가 먹겠다구 그랬어? 난 그런 거 안 먹어."

　"먹기 싫어하는 분에겐 약이 되니까 잡솨 두세요."

　한주는 아이스크림보다도 네이블을 먼저 먹었다. 네이블을 먹으며 한주는 영애의 얼굴을 유심히 보았다. 또 경옥이 생각이 났던 것이다. 학병으로 일본에 간다고 할 때 경옥은 손수 거리에 나서서 소위 '센닌바리'(千人針)라는 것을 만들어 주었다. 천 사람의 손을 빌어 자기의 생명을 무사하기를 기도한 경옥.

　얼굴도 경옥과 같지만 마음씨도 경옥과 같은 영애였다. 지금의 아내가 그런 것을 만들 수 있을 것인가? 물론 그런 경우에 해 달라고만 하면 만들어 줄 수 있다고 대답할지 모른다. 그러나 살림이 바빠서 시간이 없다고나 하

지 않을는지…….

'경옥.'

한주는 속으로 경옥의 이름을 불러 보았다. 그리고는 다시 영애 얼굴에서 경옥을 찾아보는 것이었다.

"시간이 됐으면 가야지? 먹구 살아야 하지 않아?"

그때야 영애는,

"가두 좋아요?"

하고 승낙을 구했다. 승낙을 받고야 가겠다는 말을 듣자 한주는 갑자기,

"한 시간만 늦게 가, 할 이야기가 있어."

하고 영애를 붙잡았다.

출근 시간이 있어서 그 시간에 안 나가면 안 된다는 법은 없다. 그렇지만 나갈 시간에 나가 있어야 자기를 찾아오는 손님을 놓치지 않는다. 그러나 한주가 한 시간만 늦게 나가라고 하는데 그것을 뿌리치고 돈벌이만 생각해야 하는 영애는 아니었다.

"마음대로 하세요."

영애는 한 시간 아니 하룻밤 내처 나가지 않아도 좋다는 듯이 대답했다.

"가서 저녁이나 먹어."

한주가 일어서며 말했다. 그 말에만은 영애가,

"저녁이야 댁에 가서 잡수시지……."

하고 일어시기를 주저했다.

"영애는 손님 먹던 찌끄레기 요리나 먹겠단 말이지?"

"찌끄레기 요리가 아니면 밥이 없을라구요."

"아니 빨리 가기나 해."

한주가 앞장을 서는 바람에 영애는 할 수 없이 따라나서고야 말았다.

어떤 곰탕집 조그마한 방으로 갔다

방 안에 들어서자 한주는 곰탕 두 그릇과 약주 반 되를 청하고 난 뒤 곧,

"꿈을 꿨다지? 그게 무슨 꿈이었지?"

하고 물었다.

영애는 웃었다. 할 이야기가 있다더니 결국은 그 말을 물으려고 한 것이라 생각했기 때문이었다. 우습기는 우스웠으나 그것이 궁금해서 한 시간 늦게 가라고 한 한주의 마음이 어린애같이 순진스러워 보였다.

"말씀드릴까요? 어딘진 모르겠는데 깜깜한 밤이었어요. 우리 둘이 깜깜한 길을 걸어가려는데 선생님이 갑자기 무엇을 잃었다구 야단을 치지 않아요."

"그 때문이에요. 야단치며 안타까워하는 선생님을 보구 그만 잠을 깼어요."

"개꿈이군……."

한주는 어이없다는 듯이 웃었다. 그때 곰탕과 술이 들어왔다. 한주는 시계를 보며 한 시간이 넘지 않도록 술을 바삐 마셨다. 술잔이 비기가 바쁘게 술을 혼자 따라 먹는 것이었다. 영애가,

"천천히 잡수세요. 바쁠 거 없지 않아요?"

해도 술을 연거푸 마시고 곰탕 그릇을 앞으로 당겨 놓았다.

술이 얼근해지자 한주는 갑자기,

"영앤 나를 좋아해서 어떡헐 셈이야?"

하고 물었다. 돌연한 질문에 영애는 대답을 못했다. 한주가 재차,

"좋아해두 소용이 없지 않나 말이야?"

하고 대답을 강요할 때에도,

"그런 이야긴 해서 뭣 해요. 식사나 하세요."

"아니야. 난 그게 알구 싶어. 말해 봐."

영애는 자기도 그것을 생각해 본 일이 없다는 듯 한참 고개를 숙이고 있다가,

"어떡허겠다는 생각은 없어요. 저두 모르게 그저 그렇게 됐어요."

하고 대답했다.

"행동에는 목적이 있어야지? 안 그래?"

"그럼 선생님은?"

"나야 바보니까 말할 거 없구……."

“저두 바보지요. 바보 가운데두 제일 꼴찌 바보.”

“아니야. 내가 바보야 바보 가운데서두 첫째 가는 바보야.”

“첫째면 꼴찌보다는 낫지 않아요? 저는 바보 가운데서도 제일 꼴찐데……. 그래두 좋아요. 남이 웃어두 좋아요. 아무래두 한 번 죽을걸 뭐…….”

그들은 쓴웃음을 웃었다. 그러나 쓰기만한 웃음 같지는 않았다. 그러기에 한주는 영애의 코를 두 손가락으로 한 번 튀기고 나서 다시 웃었던 것이다.

부채의 생리(生理)

홍서에게서 돈을 받은 다음날 현주는 일찌감치 양복점으로 갔다. 양복은 이미 되어 있었다.

현주는 새로 지은 양복을 입고 우선 자기 몸을 거울에 비춰 보았다. 길쭉 길쭉하게 지은 아래위 양복이 몸에 달라붙은 것 같으면서도 날아갈 듯이 가벼운 것 같았다. 작업복만 입던 때와 비교가 되어 그런지 새 양복을 입은 자기 얼굴이 한결 훤해 보이기도 했다.

현주는 오만 환짜리 수표를 주고 만 환을 거슬러 받은 뒤 입고 갔던 아랫바지는 종이에 싸들고서 거리로 나갔다.

지나가는 사람들이 자기를 주목하는 것 같았다.

그래서 그런지 현주도 설빔을 하고 거리에 나선 것 같은 마음이 들었다.

군인으로부터 완전한 시민이 되었다는 것을 만천하 시민에게 신고하며 걷는 것 같기도 했다. 어깨가 으쓱해서 종로 쪽으로 걷고 있을 때였다. 난데 없는 여자거지가 앞을 가로 막고 양복 깃에 매달렸다. 보아하니 정신병자 같기는 했지만 아직 젊은 여자가 그 새까만 손으로 양복깃을 붙잡고 늘어지는 데는 화가 털끝까지 치밀었다. 현주는 거지의 손을 획 뿌리쳤다. 그러나 거지는 싱글 싱글 웃으며 다시 달려 붙었다. 현주는 할 수 없이,

“돈 없어.”

하고 웃어보였다. 그때도 젊은 여자거지는 현주를 놓치지 않으려고 따라오
며,

　"아저씨, 한 푼만 줍쇼."
하고 손을 내밀었다. 현주는 지나가던 사람들이 발을 멈추고 쳐다보고 있음
을 알자 자기도 모르는 사이에 종로 쪽에서 오고 있는 자동차를 불러 세우
고 올라탔다.

　남대문 쪽으로 달리던 자동차가 서울역 근처에 와서 어디로 가느냐고 물
을 때까지 현주는 불길한 징조 같은 여자거지를 생각하고 있었다. 그러다가
갑자기 어디까지 가느냐고 묻는 바람에 현주는 그만,

　"갈월동이오."
했다. 자동차가 달리는 방향으로는 갈월동밖에 갈 데가 없었는지도 모른다.
자동차는 어느새 갈월동 앞에서 멎었다. 자동차에서 내리자 땀을 흘리며 혜
련의 집을 향해 걸었다. 걸으면서는 무엇 때문에 찾아가나라는 생각이 들었
지만 그래도 못 갈 데를 가는 것 같지는 않았다.

　혜련이가 반갑게 맞이하며 부채를 부쳐 주었다. 부채를 부치며,

　"땀을 많이 홀리시누만요. 저고리나 벗으시지 않구."
할 때야 현주는 땀을 흘리면서도 웃저고리를 그대로 입고 있는 자기를 발견
했다. 현주는 저고리를 벗을 때까지 아무 말을 못했다. 대단한 일은 아니었
지만 여자거지가 불길한 것처럼 머릿속에서 사라지지 않았던 것이다.

　"새 양복을 사셨군요?"
　혜련이가 양복을 열심히 보며 말할 때야,

　"그놈의 양복 때문에 아주머니를 찾아오기까지 했습니다."
하고 비로소 웃었다. 그리고 이유 없이 찾아온 것을 변명이라도 하는 것처
럼 거지 이야기를 했다. 그 말을 듣자,

　"거지가 저한테는 고마운 사람이군요."
　혜련이가 생긋이 웃으며 말했다.

　"고맙긴 뭐가 고마워요?"

　"거지가 아니었으면 고 선생이 저희 집엘 오셨겠어요?"

혜련이가 다시 웃는 바람에 현주는 겨우 거지 사건을 완전히 잊을 수 있었다.

그러나 거지 이야기를 빼면 할 이야기가 별로 없었다. 그래서 현주는 불쑥,

"거리 구경이나 하실까요? 제가 냉면을 살 테니……."

사실 집안에 앉아 있어야 별로 할 이야기도 없었다. 그런 만큼 혜련이가 첫마디에 그러자고 따라나서지를 않았지만 현주는 냉면 한 그릇 사겠다는데 그렇게 사양할 것이 무엇이냐고 하여 혜련을 꼬이고 꼬여 명동까지 나오고야 말았다.

사람이 밀려오고 밀려가는 명동거리를 걷기 시작하자 현주는 갑자기 아는 사람이라도 만나지 않을까 하는 겁이 속으로 들었다. 나중에라도 혜련의 남편 권상구가 알게 되면 어떻게 할까 하는 것이었다.

그러나 한편으로는 자기 마음이 흐리지 않는데야 누가 무어라 말하랴 하는 말하자면 자기를 믿는 마음을 앞세움으로써 자기를 안심시킬 수가 있었다.

현주는 혜련에게 물을 것도 없이 명동에서 제일 큰 간판이 붙은 음식점으로 들어갔다. 들어가서야 혜련에게,

"무얼 잡술까요?"

하고 물었다.

"냉면을 사 주신대지 않았어요."

"냉면은 너무 눅지 않아요?"

"돈이 얼마나 있으시다구……. 보니까 아주 뻐개시는데요……."

"오만 환짜리 영국제 양복을 입은 신사를 모르세요?"

"신사는 비싼 것만 먹어야 하나요. 전 냉면 아니면 안 먹겠어요."

현주는 돈 쓰는 데 쾌감을 느끼는 홍서를 생각했다. 그렇게 호감 가질 수 없는 홍서였지만 돈 쓰고 싶어하는 자기 심정을 생각할 때 홍서의 마음을 이해할 수 있을 것 같았던 것이다.

현주는 정말 냉면보다 좀 비싼 음식을 먹이고 싶었다. 그러나 혜련이가

냉면 아니면 안 먹겠다는 데는 할 수 없었다.

냉면을 시켜 먹을 때였다. 냉면을 먹으면서도 혜련이가 쉬지를 않고 현주에게 부채질을 해 주었다. 덥지 않으니까 그만두라고 해도 혜련은 기계처럼 손을 움직였다. 현주는 부채를 뺏어 식탁 한 모퉁이에 놓았다. 그때 혜련이가,

"억지루 해 드리는 것처럼 보여요?"

하고 물었다

"미안해서요. 덥지두 않은데……."

혜련은 더 말하지를 않고 부채를 도루 집어다가 부치기를 시작했다. 현주는 그만 말도 붙일 수가 없었다.

부채의 바람이 그렇게 센 것도 아니었다. 그러나 부채가 얼굴 앞을 스치며 바람을 끼쳐 줄 때마다 현주는 혜련의 마음속이 들여다보이는 것만 같아 가슴이 흐뭇해지는 것 같았다.

냉면을 다 먹고 음식점을 나올 때 현주는 거기서 혜련과 그대로 헤어지고 싶지가 않았다. 주머니에 돈이 들어 있는 탓인지는 모르지만 좀더 놀았으면 하는 생각이 들었던 것이다. 할 이야기가 있는 것은 아니라고 해도 그냥 헤어지면 그 뒤가 너무 심심할 것 같기도 했다

"어디 놀러갈 데가 없을까요?"

현주는 심심하니까 좋은 데를 구경시켜 달라듯이 물었다.

"제가 알아요? 다녈 봤어야지요!"

현주는 극장밖에 생각나는 곳이 없었다. 그러나 더운 대낮에 컴컴한 극장에 들어가 앉아 있기는 싫었다.

"한강에 나가 볼까요? 사람이 굉장하다던데……."

현주는 신기한 것을 생각해낸 듯이 말했다.

"사람 많은 게 뭐 좋아요."

혜련은 사람 많은 데가 싫은 모양이었다. 그러나 현주 생각에는 그곳밖에 갈 데가 없었다. 혜련이가 마음 내켜하지 않는 것 같았지만 그야말로 반강제로라도 끌고 나가지 않을 수 없었다.

한여름의 한강은 그야말로 대단했다. 철교에서 멀리 내려다보이는 사람

떼는 마치 세간나는 벌 떼처럼 우글우글했다. 모래사장이 그랬고 물 속이 그랬다. 푸른 강물 위에는 물을 덮듯이 깔린 보트가 어린애들 물장난 하듯 흐느적이고 있다.

인도교 위에서 멀리 강변을 바라보고 있던 현주가,

"우리두 보트나 탈까요?"

했다. 사실 한강까지 나온 이상 물 구경도 안 하고 돌아가기는 싫었다.

혜련도 싫지는 않은 모양이었다.

혜련과 현주는 모래사장으로 내려갔다.

수영복 하나만을 입고 뛰어다니는 젊은 남녀들이 보였다. 잔등은 통째로 드러내 놓고 앞가슴만 조금 가린 젊은 여자들을 볼 때 현주는 이런 세상도 있었구나 하는 생각을 했다. 어떻게 생각하면 망측스럽기도 했지만 그렇게 나쁘다고만 할 수도 없을 것 같았다.

보트 하나를 빌려 올라타려 할 때 혜련이가,

"옷을 버릴 텐데……."

하고 새 양복 걱정을 했다. 정말 앉을 자리도 그랬지만 배를 젓는 동안이 더 걱정이었다. 그렇다고 옷을 벗잘 수도 없어서 망설이고 있을 때 배 주인이,

"옷을 맡기구 수영복을 입으시죠. 수영복두 빌려드립니다."

하고 말했다. 뒤따라 혜련도,

"수영두 하시구 그게 좋겠군요."

수영복을 권하는 바람에 현주는 지는 척하고 하라는 대로 했다.

수영복을 입고 혜련 앞에 앉으니 어쩐지 부끄러운 것 같기도 했지만 그리 빈약하지 않은 체격을 자랑하고 싶은 마음이 더 강하게 움직였다. 일부러 다리와 팔에 힘을 주어 뻗으면서 신나게 노를 저었다. 현주는 배를 젓기도 하고 한강 건너편에 가서 배를 매어 놓고 수영도 하며 한 시간을 즐겁게 놀았다.

현주가 수영하는 동안 혜련은 배에서 내려 강가에 앉아 수영하는 현주만 바라보고 있었다. 심심해하는 것 같았다. 그래서 현주는 수영을 중단하고 배를 끌어다 현주 앞에 놓았다. 혜련이 혼자서 배를 뛰어오르는 것이 위태스

러웠지만 달리 할 방도가 없어서 배 한쪽을 붙들고 그가 올라타기를 기다리는 수밖에 없었다.

배를 꼭 붙들고 있는데 혜련이가 한 발을 내밀며 배 안으로 뛰어오르는 순간 그만 배가 기우뚱했다. 배가 기우는 순간 혜련이가,

"아이 엄마."

하고 배가 기울어진 편으로 쓰러졌다. 동시에 현주가 혜련의 몸을 붙안고 바로 세워 주었다. 잘못하면 배가 다시 움직일 것 같았기 때문에 배의 중심을 잡을 때까지는 혜련의 몸에서 손을 떼지도 못했다.

어쩔 수 없어서 쓰러진 것이오, 어쩔 수 없어서 붙안은 것이지만 그 뒤 배를 탔을 때의 두 사람은 꼭같이 어색함을 느꼈다. 혜련이가,

"빨리 건너가십시다."

하고 얼굴을 붉혔을 때 현주도 수영복만 입은 알몸을 빨리 감추고 싶은 부끄럼을 느꼈다.

현주는 열심히 배를 저어, 한강을 건너오자 바삐 옷을 찾아 입고 전찻길로 나왔다. 전차를 탄 뒤에야 혜련이가,

"잘못했더라면 큰일날 뻔했어요."

하고 가볍게 웃었다. 시간이 지남에 따라 물에 아주 빠지지 않은 것을 다행으로 생각할 여유가 생긴 모양이었다.

"큰일날 것까지야 없겠지만 옷을 적실 뻔했지요."

현주는 혜련을 붙안던 순간만을 생각하며 말했다.

"그것두 큰일이지 뭐예요? 사람들이 많은 데서……."

"참 옷이 홈빡 젖었다면 어떻게 했을까요. 갈아입을 옷두 없구……."

현주가 웃었다.

"아주 빠져 죽었으면 하구 생각했을지두 모르지요."

"왜 그런 상상을 해요? 수영복을 빌려 입구 물 속으로 들어가 있으면 될 텐데요. 그 동안 내가 댁에 가서 옷을 가져오구……."

"참 그래두 되겠군요."

혜련도 그렇게만 한다면 물에 빠져도 괜찮았을 것처럼 말했다. 그때 현

주가,

"그럼 이제 가서 한 번 빠져 보실까요?"

하고 또 웃었다.

"그럼 그럴까요?"

혜련이가 정말 모두 한강으로 돌아갈 것처럼 일어서는 척했다. 그것을 보자 현주는,

"오늘은 늦었으니까 다음날에 또 가시지요."

하고 치마를 끌어 다시 앉혔다.

이렇게 해서 혜련과 같이 하루를 지내다가 집으로 돌아왔지만 현주는 혼자 있으면서도 어쩐지 혼자 있는 것 같지 않은 것 같음을 느꼈다. 옆에서 혜련이가 웃고 있는 것 같기도 했고 무엇이라 이야기를 해 주는 것 같기도 했다.

배가 기우뚱할 때 혜련이가 '아이 엄마.' 하고 쓰러지던 광경이 눈앞에 가물거렸으며 일부러 물에 빠지기 위해 전차를 내릴 듯이 일어서던 혜련의 모습이 자꾸만 되살아났다.

현주는 나중에 가서 혜련을 생각해서는 안 된다고 혼자서 마음을 다졌다. 혜련에 대해서는 생각하는 것만도 옳지 않은 일이라고 자꾸만 자기를 꾸중했다. 그러나 부채를 부쳐 주던 일 하나하나가 산 그림처럼 머리에 떠오르는 것을 막을 길이 없었다. 그래서 그런지 밖에 나가 보고 싶지도 않았다. 삼사 일 동안 집안에 박혀 있을 때였다. 뜻밖에도 광윤과 그의 동생 종아가 현주를 찾아 집으로 왔다.

다른 때라면 그렇지도 않았을지 모른다. 광윤이가 동생을 데리고 찾아왔다는 것이 이 날만은 조금도 반갑지 않았다. 무엇 때문에 찾아왔을까 하는 것만이 알고 싶었다.

자기로서 해 줄 것은 다 해 주었다. 지금 생각하면 삼만 환이란 돈이 절대로 적은 것이 아니다. 지금쯤 그런 사건이 다시 벌어진다 해도 그만한 돈을 내줄 수 있을지는 극히 의심스러운 일이다. 새 양복을 사 입어서 그런지는 모르지만 요 며칠 동안 현주는 사고 싶은 것이 적지 않게 머리에 떠올랐

다. 구두도 한 켤레 사야 했고 노타이 와이셔츠 그리고 넥타이, 혁대 심지어
는 레인코트까지 사야 한다고 생각했다.

삼만 환만 있으면 그런 것을 전부 살 수 있을 것 같았다. 그러나 그렇다
고 해서 광윤에게 삼만 환 준 것을 후회하는 것은 아니었다. 당초부터 그 돈
이 자기에게 불필요해서 준 것이 아니기 때문이다.

어쨌든 현주가 자기에게 불필요하지 않은 돈을 주었는데도 광윤은 무엇
때문에 또 찾아왔을까 하는 생각이 들어 집 안에 안내하기까지는 했지만 그
들이 입을 열 때까지 아무 말도 하지 않았다.

"그새 별고 없으셨지요?"

광윤이가 정중하게 인사를 했다. 현주는 그 인사도 그리 고맙지 않았다.
별고가 있었다면 보고를 해 달란 말인가? 보고를 한다면 어쩌겠다는 말인
가?

"별일 없었습니다."

절대로 별일 없는 것이 아니었다. 광윤이와 헤어진 뒤에 여러 가지 일
이 있었지만 현주는 일부러 거짓말을 하는 심정으로 무뚝뚝하게 대답했
다. 그래도 광윤은 거짓말하기 위해서 일부러 그렇게 대답한 것을 아는지
모르는지,

"진작 찾아봤어야 할 걸 일을 좀 시작해 보느라구 늦어서 죄송합니다."
하고는 그 동안 삼만 환을 밑천으로 시작한 장사를 설명하기 시작했다. 동
대문시장에서 커피와 설탕가루 같은 다방용 물품장사를 하고 있는 포로수용
소 시절 친구를 우연히 만나 그의 알선으로 몇몇 다방을 돌아다니며 커피를
대고 있다는 것이었다. 그리고 친구의 자전거를 빌려 매일 배달을 하는데
하루에 일이천 환 수입이 된다고 하며,

"수금만 잘 되면 밥은 걱정 없을 것 같습니다. 몇 달만 참아주시면 그 돈
두 돌려 드릴 수 있을 것 같구요."
했다.

자전거를 타고 다방을 돌아다니며 커피배달 한다는 말을 듣자 현주는 갑
자기 마음이 풀리는 것 같았다. 기특한 청년이란 생각이 들었기 때문인지

모른다. 그리고 자기가 그 청년을 구해 주었다는 즐거움을 비로소 느꼈기 때문이지는 모른다. 사실 현주는 그런 말을 들을 때 광윤이가 고맙게 생각되었다.

그러나 광윤은 그렇다고 해도 그의 동생 종아는 무엇을 하고 있을까? 종아도 놀아서는 안 될 것 같은 생각이 들어,

"당신은 어떠시오?"

하고 종아에게 물었다.

그때 광윤이가,

"그 애는 영양실조였던가 봅니다. 그래서 약을 사 먹고 있지만 곧 회복되겠지요."

하고 대답했다

"아니 회복된다면 무얼 하겠느냐는 말입니다."

현주는 알고 싶은 것이 몸의 허약이 아니었던 만큼 다시 따져 물었다.

종아는 자기 이야기가 나왔는데도 쪼그리고 앉은 채 고개를 들지 않았다. 현주의 질문에도 오빠가 자기를 대신해서 대답해 주려니 생각하고 있는 모양이었다.

과연 광윤이가 종아의 입이 열리기를 기다리지 않고,

"제가 돈을 잘 벌면 미싱이라도 하나 사 주겠습니다만 그 동안은 수예 같은 거나 해야겠지요."

하고 대답했다.

현주는 그 말을 듣자 종아에 대한 마음도 풀리는 것 같았다. 우선 무슨 일이라도 해서 먹을 걱정을 없애야만 한다고 생각했기 때문이었다. 만약 오빠가 돈을 번다고 해도 종아가 놀 생각을 한다면 현주는 종아를 경멸했을 것이다.

현주는 돈 삼만 환의 효과가 눈에 보이는 것 같아 자기가 돈을 잘 쓴 것이라고 스스로를 칭찬했다.

그만큼 마음의 여유가 생겨서 그랬는지 현주는 그때에야 광윤이와 종아가 땀을 흘리고 있는 것을 보았다. 그리고 그때야 부채를 꺼내 한 개씩 내

주고는,

"이젠 고려자기를 돌려 드리지요."

하고 신문지에 싼 채 방 한 구석에 놓아 두었던 고려자기를 보았다.

"천만의 말씀입니다. 돈을 갚아 드린 뒤에두 그건 기념으루 드리렵니다. 그보다 좋은 것이 없기두 하지만 더 좋은 게 있대두 그걸 드리겠어요. 그게 제일 기념 되는 거니까요."

광윤이가 자기의 결심한 바를 토로하듯 웅변조로 말했다.

"그럼 내가 돈값으루 그걸 받게 되는 셈이지요."

"별말씀…… 그게 그만한 돈값이 됩니까. 몇천 환두 안 갈 것인데."

"한 번 감정을 받아 봐야겠군."

이런 이야기를 주고받는 동안 종아는 부채를 멀리 현주에게로 부치고 있었다.

현주는 시원한 바람이 멀리서부터 불어오는 것 같아 기분이 좋았다. 그러나 자기 얼굴에 대고 부채질을 하지 않고 대여섯 자 이상이나 떨어져 있는 현주를 향해 모기를 날리듯 부채질하는 종아다. 그 종아의 얼굴이 한 번 더 쳐다보였다.

아무 생각도 없는 듯한 얼굴이었다. 부채질이 자기의 전부라는 것만 같이 보였다.

복희처럼 화려한 얼굴도 아니오, 혜련처럼 확 트인 얼굴도 아니었다. 그저 수줍어하기만 하는 얼굴이었다.

그러나 현주는 혜련에게처럼 부채질을 그만두라는 말을 안 했다. 하고 싶은 대로 하라고 내버려 두었다.

시원한 바람이 얼굴을 스치고 또 스쳤다. 그럴 때마다 시원하다는 것만 느끼고 있을 때 손님이 찾아온 줄을 안 형수가 토마토 접시를 들고 들어왔다.

형수가 방 안에 들어서자 광윤과 종아가 벌떡 일어섰다. 그리고는 허리를 굽혀 인사를 하며,

"참……."

하고 무슨 말을 꺼내려 했다. 필경 도둑질하러 왔던 때의 일을 사과하려는 눈치였다. 그래서 현주가 얼핏 광윤의 말을 막고,

"제 친한 친군데 제가 제대한 걸 알구 동생하구 같이 놀러왔습니다."

한 뒤 광윤에게는,

"형수님이야."

했다. 동시에 광윤에게는 눈을 끔벅하고 딴 소리를 못하게 주의시켰다.

그 바람에 광윤은 입을 다물어 버렸지만 형수가 종아를 찬찬히 들여다보며

"오래 놀다가요."

하고 의미 있는 눈으로 웃으며 나가버렸다.

형수가 이상한 웃음을 웃고 나가는 것이 현주에게는 기분 나빴다. 그래서 다시 자리에 앉아 토마토를 먹을 때에도 현주는 광윤에게만 그것을 권했을 뿐 종아에게는 먹으란 말도 안 했다.

먹으란 말도 안 하는 것을 먹을 수가 없었던지 종아는 먹을 생각도 안 하고 두 사람을 향해 부채질만하고 있었다.

현주는 그때도 내버려 두려 했다. 먹거나 말거나 마음대로 할 것이라고 생각했다. 그러나 스르륵 방 공기를 움직이는 부채소리가 연거푸 들릴 때 그때도 자기를 찾아온 손님이란 생각에,

"좀 잡숫지요."

하고 토마토 한 개를 집어 주었다. 종아는 아무 말 않고 그것을 받아 들었다.

현주는 종아가 토마토를 받아 든 이상 그때는 먹고 안 먹는 것이 자유라 생각했다. 그래서 더 권하지를 않고 있을 때,

"형수님이 계시니까 형님도 계실 텐데 제가 정식으루 인사를 드리구 사죄를 해야 하지 않을까요?"

하고 광윤이가 현주를 바라보았다.

"일부러 자기가 죄인이라는 걸 광고할 게 뭡니까? 모른 척하구 가만 계십시오. 그러는 게 내게두 편합니다."

현주는 쓸데없는 소리를 말라고 잘라 말했다.

"아무때라두 드러날걸요……."

"모르는 사람에게까지 알려서 자기 마음을 부자유스럽게 할 필요가 뭡니까? 형은 과거를 잊고 앞으로 살아갈 것이나 생각하십시오. 우리에게는 과거보다 장래가 더 중요하지 않아요."

"네! 그건 모르지 않지만 사람이 된 이상 어떻게……."

"사람이니까 잊을 건 잊어야 하지요 나는 요 며칠 동안 여러 가지를 생각해봤는데 아무래두 우리에겐 과거보다 장래가 긴 것 같아요. 그러니까 긴 것이 더 중요하지 않아요?"

광윤은 한참 동안 대답을 안 했다. 방바닥만 내려다보고 있다가 한참 뒤에야,

"저 시킬 일이 있으면 시켜 주십시오. 뭐든지 열심히 하겠습니다. 형이 자주 말씀해 주셔야 앞으루두 살 것 같습니다."

했다. 현주는 그 말의 뜻을 잘 알아듣지 못했다. 그래서,

"내가 하는 일이 있어야 뭘 시키지요. 하는 일이 있대두 내가 형을 어떻게 부려먹겠소!"

하고 말했다.

"아닙니다. 무슨 일을 시켜야 자주 만날 수도 있구 말씀두 들을 수 있지 않겠어요."

현주는 잠시 생각해 보았다. 그 결과 현주는 광윤이가 고독한 사람이라는 것을 느꼈다. 그렇게 생각하니 무슨 일이라도 시켰으면 하는 마음이 들었다. 그래서 현주는 홍서가 자기 동생 입학시험 관계로 돈 떼였다는 이야기를 생각해냈다.

"한 번 내가 시키는 일을 해 보겠소?"

현주는 광윤을 보며 그 사건의 전말을 이야기했다. 그러고 나서 돈 떼먹었다는 사람의 주소를 가르쳐 준 뒤,

"그 돈을 받아 오기만 하면 형의 수완이 어떤가를 알 수 있을 거요."

하고 말을 끝맺었다.

"해 보겠습니다. 세상에 그런 놈이 다 있군요. 생명을 걸구 해 보지요."

"허 허! 그리 간단하지는 않을걸요."

현주는 정말 상관처럼 웃었다. 그때 종아가,

"오빠 정말 자신이 있수?"

하고 처음으로 입을 벌렸다.

종아가 처음으로 입을 열고 한 말에 현주는 얼굴을 약간 찌푸렸다. 자기 오빠를 믿지 못한다는 말처럼 들렸기 때문이었다. 잘났거나 못났거나 자기 오빠가 아닌가? 그래서 현주는,

"오빠를 그렇게 못 믿습니까? 오빠두 못 믿구야 어떻게 사나……."

하고 약간 빈정거렸다.

" 못 믿는 것이 아니라 혹시 성공을 못해서 선생님에게 실망을 드리면 어떻게 하나 해서 한 말이에요."

그 말을 들으니 그럴 듯도 했다. 따라서 공연한 일을 시켜 광윤에게 무거운 짐을 메워 준 것 같은 생각이 들었다.

"힘들 것 같거든 아예 그만두시오. 뭐 내 일도 아닌 걸 가지구……."

그러나 광윤은 뽑았던 칼을 다시 집어넣을 수 있느냐는 식으로,

"나두 사내자식입니다. 그깟 것을 못할 게 어딨어요."

하고 자신 있게 말했다.

현주는 마음대로 하라고 내버려 두었다. 혹시 성공을 해 오면 홍서에게 말해서 그 돈의 절반이라도 떼어 줄 것이고 실패를 하면 실패한 대로 내버려 둬도 상관없는 일이기 때문이다.

그 이야기가 끝나자 광윤이가,

"그럼 우리 가 볼까?"

하고 자기 동생 종아를 바라보았다. 종아도 그 말에 동의를 하듯 그때까지 부치고 있던 부채를 방바닥에 살그머니 놓고 일어날 차비를 했다. 그때였다. 광윤이가 종아에게,

"참 그걸 드리지 않니?"

하고 웃었다. 그 말에 종아가 자기 뒤에 숨겨 놓았던 작은 물건을 집어 광윤

에게 내밀었다.

"네가 드리지 뭘 그려?"

광윤이가 눈짓을 했다. 그래도 종아는 오빠의 말을 듣지 않고 몸을 뒤로 돌렸다.

"애두. 부끄럽긴? 갖다 드리잘 땐 언제구?"

광윤이는 할 수 없이 그 물건을 들어 현주에게 주면서,

"이거 종아가 수놓은 겁니다. 값나가는 것보다 정성이 들어 있는 것이라구 생각해 주십시오."

했다. 현주는 주는 것이라 사양 없이 받아 들었다. 그러나 그 자리에서 싼 종이를 찢고 속을 꺼내 보았다. 흰 옥양목에 색실로 수를 놓은 방석거죽이었다. 첫눈에 수를 꽤 잘 놓은 것 같았다. 그러나 절대로 값나가는 물건은 아니었다.

"총각에게는 어울리지 않은 선물인데요."

그때 광윤이도,

"총각은 언제나 총각인가요."

하고 웃었다. 그리고는 종아를 보며 말했다.

"안방에 들어가서 아주머니께 인사를 드리구 오너라."

오빠가 명령하듯 말했지만 종아는 부끄러워하는 얼굴로 발을 빼지 못했다.

"애두. 사람은 인사성이 있어야 해."

그래도 움직이지를 못할 때 현주가,

"형수님, 손님들이 간대요."

하고 큰 소리로 형수를 불렀다.

형수가 방으로 들어오자 현주는 무슨 생각에서인지 방석을 들고,

"이걸 선물루 받았어요. 좋지요?"

하고 말했다. 형수는 어디 보자는 듯이 방석을 찬찬히 들여다보고 나서,

"참 예쁘게 수를 놓았군요. 재간이 좋으신데……."

하고 감탄을 했다.

형수가 종아의 손재간을 감탄하고 있을 때 광윤과 종아는 방 안에서 일어났다. 그리고는 대문간으로 걸어 나갔다.

형수는 대문까지 뒤따라 나가며 종아를 아래위로 훑어보았다.

"집으루두 종종 놀러오세요."

광윤 남매가 이런 말을 현주에게 남기고 떠나간 뒤 형수는,

"색시가 참하군요?"

하고 의미 있는 눈초리로 현주를 쳐다봤다.

"참하문 뭐 해요."

현주가 무뚝뚝하게 대답했다. 아무런 관심도 없다는 태도였다.

"어떤 여잔데요?"

형수에게는 관심이 큰 모양이었다. 무슨 일인지는 모르지만 여자가 찾아왔으니 보통 일이 아니라고 생각했을 것은 분명한 일이다.

"친구의 동생이죠. 뭐 딴 게 있나요. 빈손으루 찾아오긴 안됐구 돈은 없구 그러니까 그런 걸 가지구 왔겠지요."

"인물도 그만하면 빠지지 않는 축인데요."

형수는 자꾸만 인연을 붙여 보려 했다.

"그러니 어떻게 하란 말씀입니까? 결혼이라두 하라는 뜻인가요?"

"글쎄 거까지야 알 수 없지만……."

형수는 그 이상 더 말하기가 거북스러웠던지 그만 안방으로 들어가고 말았다.

현주는 혼자 앉아 부채질을 하기 시작했다. 덥다고 생각해서가 아니라 갑자기 방 안이 넓어진 것 같고 따라서 몸 갖기가 거북스런 것 같았기 때문이었다.

바람이 나는지 안 나는지도 모르며 기계적으로 부채를 움직이고 있으려니 문득 종아가 부채 부치던 생각이 났다. 자기 얼굴에는 조금도 바람을 보내지 않고 멀리만 부채질 하던 종아였다. 그러던 종아를 생각하니 음식점에서 부채질을 해 주던 혜련이 생각이 아울러 머리에서 올랐다.

그리고 한편 부채질을 한 번도 안 해 준 복희까지 눈앞에 나타나 세 여자

가 서로 비교되었던 것이다.

부채질을 해 주던 혜련과 종아는 서로 같은 점을 가진 동시에 자기를 위하는 생각에 앞서 남을 생각하려는 여자다. 그러나 복희는 자기를 먼저 생각한 뒤 남을 생각하려는 여자다. 복희도 나쁜 여자는 아닐지 모른다. 그렇지만 자기가 땀을 흘리면서까지 남에게 부채질을 아니 해 줄 것이다. 혹시 선풍기가 있다면 그것은 아낌없이 돌려줄지도 모른다.

이런 생각을 하던 현주가 갑자기 부채에 힘을 주어 꺾어져라 흔들었다. 자기가 부질없는 생각을 하고 있다는 것을 느꼈던 것이다. 부채를 함부로 흔들다가는,

"다 상관없는 여자들이야."

혼자 중얼거리며 자리에서 일어서기도 했다. 정말 자기와는 아무런 상관이 없는 여자들이라고 생각되었다. 상관없는 여자들을 생각해서 무엇 하랴 하는 것이었다. 그러나 복희와 종아는 쉽게 머리에서 사라져 갔지만 어쩐지 혜련만이 머리에 자리를 잡고 떠나지 않았다.

부채를 뺏어도 그냥 부채를 부쳐 주던 혜련!

현주는 누구보다도 혜련만은 생각해서 안 된다고 마음을 다지는 것이었지만 무슨 까닭인지 혜련만이 눈앞에 떠오르고 따라서 금시라도 혜련을 찾아가 봐야 할 것 같은 생각이 들었다.

배가 기우뚱할 때 혜련이가 쓰러지며 안기던 그 순간의 촉감이 아직 피부에 남아 있는 것 같아 가슴이 찌르륵 하기도 했다.

현정파사(顯正破邪)

혜련을 생각하며 혼자 시간을 보내고 있을 때 형수가 저녁상을 들고 들어왔다. 형수를 보자 현주는 갑자기 제 정신으로 돌아오며 잡념에 쌓였던 자기가 뉘우쳐졌다. 형수가 알고 있는 것 같지는 않지만 형도 생각해서 안 될 사람을 생각하고 있다. 자기도 그렇다. 형수가 어쩌면 형제가 그렇게도 꼭

같으냐고 속으로 웃을 것 같았다. 그래서,

　"형님이 오늘두 늦는군요……."

하고 얼결김에 안 해도 좋은 말을 꺼냈다. 그때 형수는 기다리고 있기나 했다는 듯이,

　"형님이야 그런 양반인걸요, 뭐. 마음대루 하래지요. 늦바람이 무섭다구는 하지만 마음 돌릴 때두 있겠지요."

하고 자신이 있는 것처럼 말했다.

　형수는 애정으로써 남편의 마음을 돌리려는 것이 아니라 남편의 마음이 하나의 관념으로 붙잡혀 있으니까 걱정할 것 없다고 마음 놓고 있다. 그렇게 마음을 놓고 있다는 것은 결국 자기의 애정이 무능하다는 것을 노골적으로 표명하려는 것이 된다. 애정의 무능을 표명하면서도 애정의 권리를 유지하려는 것은 결국 계약서의 도장만을 빽으로 삼으려는 사람이다. 빽, 빽들하고 있지만 가정부인처럼 빽을 믿는 사람이 또 어디 있을 것인가?

　현주는 계약서의 시대가 지나가고 있음을 모르는 형수의 무지를 나무라 주고 싶었다. 그러나 나무란들 무슨 효과가 있을 것인가? 그래서,

　"형님이 바람을 피울 사람이나 됩니까? 일이 바쁘니까 자연 늦는 거지요."

하고 형을 두둔해 보았다

　"그렇기는 해요. 부족한 게 있어야 바람두 피우는 게 아녜요?"

　마누라와 자식 그 자체가 애정인 것처럼 말하는 형수였다. 존재(存在)라는 그 자체를 가지고 가치(價値)의 전부라고 한다면 세상에 이혼이라는 것이 어디 있을 것인가?

　현주는 말이 하고 싶지 않아 숭늉이나 한 그릇 달라고 해서 형수를 내보냈다.

　형수를 내보내고 혼자 앉아 식사를 시작하려니 또 혜련 생각이 머리에 떠올랐다. 생각해서는 안 될 혜련이가 어찌해서 머리에 자리를 잡고 떠나지 않을까? 현주는 그 이유를 생각해 보았다.

　얼핏 형수와 비교가 되었다. 형수는 자연미(自然美)만을 가지고 있다. 나

비나 꽃과 같이. 나비나 꽃 가운데서도 잘난 나비나 꽃은 못 된다. 그러나 혜련은 자연미에 또 다른 하나의 미가 있다, 혜련만이 창조해 내고 있는 아름다움이다. 말하자면 창조적이다.

그러나 현주는 잡념을 버려야겠다고 마음속으로 다짐을 한다. 자연미에 창조적 미까지를 가진 혜련이라 해도 그에게는 권상구가 있다. 생각해야 소용도 없는 일이다.

현주는 자기에게 일이 없기 때문에 잡념이 머릿속에 들어오는 것이라고 생각했다. 그래서 다음날 현주는 당수도 무도관을 찾아갔다. 몸을 단련시킴으로써 마음의 잡념을 버리려 함이었다. 그리고 당수도의 교훈인 현정파사(顯正破邪)의 교훈을 가슴 속에 아로새김으로 마음속의 사(邪)를 쫓아보자는 것이었다.

몇 시간 동안 땀을 흘리며 당수도의 기본형을 연습했다. 몸이 피곤함을 느낄 때야 무도관을 나섰다. 마음의 사가 씻겨나간 것 같았다. 그러나 옷으로 갈아입고 무도관을 나서기가 무섭게 혜련이 얼굴이 눈앞에 떠올랐다. 사를 통해서도 정(正)을 나타낼 만큼 정의 힘이 크지 못한 모양이었다. 그는 자기도 모르는 사이에 혜련의 집을 향해 걷고 있는 것이었다. 아무래도 혜련이가 잊을 수 없는 모양이었다.

혜련의 집을 향해 걷는 도중 현주는 혜련이가 자기를 반갑게 맞이해 줄 것인가 아닌가를 생각했다. 마치 혜련이가 반갑게 맞이만 해 준다면 지금의 자기 마음은 사가 아니라고 단정하려는 듯이…… 따라서 혜련이가 반갑게 맞이해 주지 않는다면 그때는 자기 마음을 '사'라고 단정한 뒤 잡념을 완전 소탕하려 했다.

현주는 무엇보다도 한강에서 자기 가슴에 안겼던 혜련이가 그것을 후회하는지 안 하는지를 알고 싶었다. 그것을 후회하지 않는다면 자기는 일방적으로 혜련을 생각하고 있는 것이 안 되기 때문이다.

혜련의 집에 발을 들여 놓는 순간 현주는 아무 말도 안 하고 기침 소리만을 냈다. 말없는 자기에게 어떤 태도를 하는가가 보고 싶었던 것이다.

혜련이가 현주의 기침소리를 듣자 깜짝 놀라며,

"웬일이세요?"

하고 물었다. 놀라는 표정만으로 그것이 반가움에서 오는 것인지 공포에서
오는 것인지 분간할 수가 없었다.

"못 올 집인가요?"

"아이구 누가 그런 뜻으루 말씀 드렸어요. 빨리 들어오세요."

그때야 혜련의 표정을 완전히 파악할 수 있었다. 역시 반가워하는 것 같
았다.

현주는 일단 안심을 하고 방으로 들어갔다.

"그놈의 열흘이 상당히 길데요."

그러나 방에 들어서면서도 현주는 그 곗돈만이 관심사라는 듯이 자기가
찾아오게 된 마음의 움직임을 캄플라지했다.

"이제 며칠 남았다구요?"

"그건 빨리 받아야 마음이 놓이실 텐데……."

"이젠 받아 논 거나 마찬가지예요. 뭐……."

"세상일을 누가 아나요? 그새 현주가 죽지 말란 법이 있어요?"

"설마 그럴라구요?"

"천만에요. 돈만 아는 그 계주가 돈 생각을 하며 길을 건너다가 자동차에
쳐 죽으면 죽는 게 아닙니까?"

"그런 일두 있을 수는 있겠지요."

"돈을 못 받아두 계주가 한 번 죽어봤으면……."

"아이구 남의 돈을 어떡하구요?"

"그깟 돈이야 어떻게 되겠지요."

"끔찍스런 말씀 마세요."

"받을 돈만 없다면 죽어두 상관없는 사람이란 말씀이죠?"

"어마나……. 무서운 말씀은 하지두 마세요."

혜련이 손에 들었던 부채로 현주의 어깨를 탁 쳤다. 현주는 그런 기회를
노렸다는 듯이 아프지도 않으면서 깜짝 놀라는 표정을 지었다.

"사람을 다 때리시네……."

그때 혜련은 부끄럽다는 듯이 고개를 수그려뜨렸다.

현주는 그 기회에,

"부챌 좀 주십시오."

하고 부채를 뺏는 척하고 혜련의 손목을 잡았다. 일부러 잡는 것이라고는 해석할 수 없는 동작이었다. 그러나 혜련은 현주의 손이 자기 살이 닿는 순간 몸 전체를 떨었다. 그것도 순간이었다. 그리고는 웃음을 지어,

"가만히 앉아 계시기나 해요."

하고 현주에게로 부채질을 해 주었다.

현주는 혜련이가 무의식중에나마 온몸을 떨었다는 사실을 불쾌하게 생각했다. 그것은 결국 한강에서 안겼던 일을 전적으로 후회한다는 증거다. 현주는 자기 마음이 사악하다는 것을 느껴야 할 단계에 이르렀다고 생각했다. 그러나 혜련이가 웃저고리를 벗으라고 하며 자기 등 뒤로 와서 양복깃을 잡아 올리는 데는 정신이 다시 혼몽해지고 말았다.

부채만을 부치고 있던 혜련이가 무슨 생각이 났던지 갑자기 일어나서 현주 뒤로 와서는 저고리를 벗으라는 것이었다.

현주는 반사적으로 몸을 움찔하고 어깨를 웅크렸다. 그러나 잠시 뒤에는 자기 손으로 저고리를 벗어 혜련에게 내 주고야 말았다.

혜련은 저고리를 받아 양복걸이에 걸고는 도루 자기 자리로 와서 현주를 향해 부채질을 하기 시작했다.

현주는 혜련의 마음을 알 수가 없었다. 어떤 것이 정말인지를 알 수가 없었다.

"남의 남자의 옷을 그렇게 함부루 벗겨다 걸어두 좋습니까?"

현주가 이렇게 물은 것은 결국 혜련의 마음을 떠 보고 싶기 때문이었다. 그러나 혜련은 그 말에 대답할 생각은 안 하고 부채로 입을 가린 뒤 마구 소리를 내어 웃었다. 그냥 웃을 뿐 아니라 나중에는 손을 방바닥에 대고 그 자리에서 딩굴기라도 할 것처럼 허리를 못 펴며 웃었다.

현주는 그 웃음의 이유를 알 수가 없었다. 쑥스럽게 그런 말을 어떻게 듣느냐고 하며 자기를 경멸하는 뜻으로 웃는 웃음인지 그렇지 않으면 남의 남

자란 말이 야릇하게 들려 웃는 것인지 통 알 수가 없다. 어쨌든 상대방이 모르는 웃음을 허리가 끊어져라고 혼자 웃으니 상대방이 불쾌할 것만은 사실이다.

"왜 웃으시죠?"

그때야 혜련은 웃음을 죽이며,

"웃지도 못해요."

하고 눈만으로 웃었다. 현주는 정말 쑥스러운 것 같아 그 이상 더 웃음의 이유를 묻지 못했다,. 그래서 더 오래 앉아 있을 수도 없었다.

곗돈을 받은 뒤 그때 다시 오겠다는 인사를 한 뒤 혜련의 집을 나와 버렸다.

거리로 나오니 어쩐지 혜련에게 희롱을 당한 것 같은 한편 그 반대로 혜련의 마음이 자기에게 있는 것 같기도 하여 갈피를 잡을 수가 없었다.

현주는 도대체 쓸데없는 잡념을 가진 자기가 잘못이라고 생각했다. 잡념만 가지지 않았다면 이렇게 속을 쓸 필요도 없을 것 같았다. 그래서 그는 혼자서나마 어떤 음식점으로 들어가 소주를 마시기 시작했다. 술의 힘을 빌어서나마 잡념을 없애려는 것이었다. 그러나 소주를 무던히 마셨는데도 취하지가 않았다. 혜련의 요지경 같은 마음속을 들여다보려는 신경이 점점 더 날카로워만졌다.

현주는 혼자서 먹은 술이 되어서 취하지가 않는 것이라 생각했다. 동시에 홍서를 생각했다. 그 친구를 찾아가서 술을 사라고 해서 밤새도록 마시면 취할 것 같았다. 그래서 어떻게 걸었는지 모르지만 충무로 2가를 지나고 있을 때였다.

길가 이층집에서 밴드 소리가 들려 왔다. 확실히 춤추는 곳이었다. 현주는 춤이라도 한 번 추었으면 하는 충동을 느꼈다. 얼마 동안 몇 가지의 스텝을 배운 일이 있다. 스텝을 배우고도 춰 본 일이 없기 때문에 자신은 없지만 그것을 추면 잡념을 없앨 수만은 있을 것 같아 염치불구하고 삼층 홀로 올라갔다. 들어가는 절차도 모르고 삼층까지 올라가니 우선 입장권을 사라고 했다. 얼마냐고 물었더니 천 환이라고 했다. 천 환을 내고 홀 안으로 들어가니 수많은 남녀가 음악에 맞춰 방 안을 빙빙 돌고 있는데 자기는 어떡해야 그 속에 한 몫 낄 수 있을까가 문제였다. 말쑥하게 차린 청년 한 명이 와서 혼자냐고 물으며 앉을 자리를 안내해 주는데도 현주는 빙빙 돌고 있는 남녀들만 정신 없이 바라보고 있었다.

얼마 동안을 바라보고 있을 때 음악이 멎고 춤추던 사람들이 사방에 놓인 탁자로 돌아오기 시작했다. 그때야 현주는 안내하는 젊은 사람을 따라 한켠 구석에 있는 탁자로 가서 의자에 앉았다. 앉으라는 대로 앉기는 했지만 어떻게 해야 춤을 출 수 있는지를 몰라 멍하고 있을 때 안내인이,

"무얼 드실까요?"

하고 물었다. 춤추러 온 사람에게 춤을 추도록 할 생각은 않고 음식부터 팔라고 하는 것이 불쾌하여,

"뭘 먹어야 합니까?"

하고 물었다.

"삐루와 위스키가 있습니다만 천천히 드셔두 좋습니다."

안내인은 이렇게 말하고야 댄서를 불러 오라느냐고 물었다.

"아주 예쁜 여잘 데려다 주시오."

현주가 이렇게 말하자 안내인은 빙긋이 웃으며 알았다는 듯이 현주의 옆을 떠나려 했다, 그런데 댄서를 데려 오면 대체 얼마를 줘야 하는 것인가? 현주는 그것이 알고 싶어 안내인을 도루 불러 세웠다.

"얼마지요."

안내인이 허리를 굽신 하고 대답을 하려는 순간이었다.

"여기서야 만나게 되는군요. 얼마나 보고팠는데, 미스터 고."

하고 손을 내미는 여자가 있었다. 그것은 최복희였다.

외국 땅에 혼자 온 듯한 느낌을 가지고 있을 때 복희를 만나니 반갑지 않을 수 없었다. 현주는 복희의 손을 힘있게 흔들며,

"잘 만났소. 같이 좀 춥시다."

했다. 그러자 복희가,

"같이 온 사람이 있는데……"

하고 뒤를 돌아보았다. 그 말에 현주는 복희가 미군과 같이 온 것을 알고 잡았던 손을 뿌리치듯 놓았다.

"가서 말하구 올게요. 동무가 오자구해서 왔는데 제가 데리구 온 사람도 아니에요."

복희가 앉았던 자리로 뛰어갔다. 동시에 안내인도 슬며시 없어지고 말았다.

음악이 다시 시작할 때 복희가 돌아와서,

"추실까요?"

하고 웃으며 팔을 내밀었다.

그러나 현주는 팔을 내밀 수가 없었다. 음악이 무엇인지를 알 수 없었던 것이다.

"무슨 곡이죠?"

"탱고예요. 호호……."

현주는 음악도 잘 모르지만 탱고가 트롯이나 블루스보다 더 서툰 것을 잘 알고 있기 때문에 선뜻 나설 수가 없었다, 그러나 복희하고라면 약간 서툴러도 무방하리라는 생각에 팔을 내밀고 복희를 안았다.

발이 말을 들을 리 없다. 그런데다가 사람들이 어찌나 많은지 몇 스텝 나가지도 않아 툭툭 걸린다, 사람이 툭툭 걸리니 배운 스텝도 머리에 떠오르지 않았다. 그런데다가 군데군데 큰 거울이 있는 것이 질색이었다. 무엇 때문에 그놈의 거울을 걸어놓아 서투른 춤을 제 눈으로 보지 않으면 안 되게 만들어 놓았을까?

어떻게 해서 한 바퀴를 돌았는지 모른다. 음악이 그치는 게 고마웠다, 자리에 돌아와 앉으니 복희가,

"춤은 낙젠데요?"

하고 웃었다. 현주는 그 말을 수긍하지 않을 수 없었다. 그러나 속으로는 두고 보자 하고 생각했다. 트롯이 나오기를 기다린 것이다.

다음 음악은 과연 폭스 트롯였다. 현주는 복희 앞으로 가서 허리를 굽실하고는 그의 허리를 끌어안았다. 그리고는 사람들 틈을 부비고 나가며 부딪

치거나 말거나 '리버스틴' '스핀턴' '튕클' '더블직잭' 등 가지가지 스텝을
쓰며 돌았다. 가다가는 복희의 발을 밟기도 해다. 그러나 미안하다는 간단한
말만을 하고는 계속해서 돌고 돌았다. 스핀턴을 할 때는 복희를 힘껏 끌어
다가 일부러 가슴에 안아 보기도 했다,

　복희는 현주의 용기가 가상하다는 듯이 웃음만 띠고 현주가 하는 대로 리
드를 당했다.

　현주는 자기가 아는 블루스나 왈츠가 나올 때마다 한 번도 빼놓지 않고
추었다. 지루박이나 룸바가 나올 때도 나가서는 트롯을 추었다.

　아홉 시 반이 되어 마지막으로 쉬는 시간이었다. 복희가 위스키를 주문해
한 잔을 현주에게 주고 한 잔을 자기가 마시면서 말했다.

　"춤두 전투식이군요."

　"육박전을 생각하며 췄습니다."

　"육박전이라뇨?"

　"적과 맞부딪쳐 목을 끌어안구 싸우는 거죠. 손날루 한 대를 갈기면 목이
덜렁 달아나구 무르팍으로 목을 끌어다 걷어차면 이마가 없어지구."

　현주는 취기가 도는지 손날을 세워 옆으로 치는 시늉을 하여 웃었다.

　"유 텔 라이(거짓말)."

　복희도 한 잔을 했기 때문인지 혀꼬부라진 소리로 영어를 했다.

　"직업부인이라 영어두 잘 하시누만요."

　현주는 영어 하는 것에 밉살스러웠는지 비꼬는 말을 했다. 그랬더니 복희
가 책상 건너로 현주의 가슴을 한 대 치며,

　"아이 원트 노 유."

했다 현주를 좋아하지 않는다는 문법에 맞지 않은 영어였다.

　"지껄이지 말어."

　현주는 노골적으로 경멸했다. 그러나 복희는 얼굴도 찡그리지 않고,

　"제가 얼마나 만나구 싶어 했는지 아세요? 그런데 이렇게 같이 춤을 추
게 되었으니 아이앰 햅피(행복하다)."

하면서 한 눈을 살짝 감으며 추파를 던졌다.

현주는 속으로,

"이걸."

하고 혼자 주먹을 쥐어 봤다. 그러나 쉬는 시간이 끝나고 음악이 시작될 때는 다시 복희를 붙들고 춤을 추었다.

열 시가 되어 춤이 끝날 때는 자기도 홀에서 춤을 한 번 추어 봤다는 생각이외에 아무 다른 감흥도 느끼지 못할 만큼 복희와 더불어 춤에 미련을 가지지 못했다.

그러나 홀에서 나와 복희와 헤어지려 할 때 복희가 술 한잔 안 하겠느냐고 말하는 데는 마음이 달라지지 않을 수 없었다. 조금 전에 '이걸' 하던 때와 꼭 같이 혼자 주먹을 쥐었던 것이다.

"갑시다."

현주가 선수를 쓰는 것처럼 말했다.

"오케이."

현주는 복희를 따라 어떤 스탠드 바로 들어갔다. 통째로 눈 안에 넣어도 시원치 않을 유리컵이 나왔다.

"큰 잔으루 주시우."

"또 육박전이신가요, 호호."

그러면서도 복희는 키운터를 향해 비어 잔을 기져오게 했다. 현주는 위스키가 독한 줄을 알면서도 될 대로 되라는 듯이 사양 없이 술을 마셨다.

비어 컵으로 한 잔을 들이켰더니 금시로 머리가 핑 도는 것 같았다. 현주는 취하는 척하고 머리를 식탁 위에 댔다. 정신을 잃을 정도는 아니었지만 복희가 어떻게 하는가 보기 위함이었다.

"타임, 타임."

복희가 현주를 흔들었다. 그래도 현주는 취한 척 대답을 안 했다. 복희가 현주의 팔을 잡아당기며 일으킬 때에도 정신을 잃은 척 끄는 대로만 움직였다.

복희에게 기대고는 그래도 비틀걸음으로 한길까지 나왔을 때 복희가 자동차를 불러 세웠다. 그것도 정신없는 사람처럼 몇 번이나 쓰러질 것같이 비틀거리다가야 차 안에 올랐다.

차 안에 오르자 복회가 운전수에게 돈암동으로 가자고 말했다, 그 말에 현주는 갑자기 술이 깨는 것 같았다.

"우리 집엘 데려다 줄려구 술을 먹인 거야?"

하고 혀 꼬부라진 소리로 말했다.

"취하셨으니까 바로 가서 주무세요."

"일 없어 안 내릴 테야."

현주는 운전수에게 손을 내저으며 차를 멈추라고 했다. 그때 복회가,

"그럼 안 돼요. 노굿."

하고 운전수에게 그냥 가라고 했다.

현주는 비록 양부인이라 해도 한 남편만을 섬기려는 미덕이 있고나 생각했다.

더구나 자기는 취한 척하고 있는데 복회는 아주 냉정한 태도를 취하고 있으니 이번 작전은 완전한 실패로 돌아갔다고 생각할 수밖에 없었다.

차가 삼선교를 지나자 복회가,

"어디쯤이죠?"

하고 물었다. 현주는 취한 척하면서도 자기 집 방향을 가르쳐 주지 않을 수 없었다.

그러나 집 앞에서 차가 멎을 때 현주는 아주 취한 것처럼 복회에 기대어 누우면서,

"난 집에 안 들어갈 테야."

하고 잠꼬대처럼 말했다. 그 말이 떨어지기가 무섭게 복회가,

"미안하지만 이태원까지 가 주셔요."

하고 운전수에게 말했다.

현주는 그 말을 못 들은 척했다. 취해서 가슴이 답답하다는 듯 몸만을 뒤쳤다.

차가 복회의 집에 이르렀을 때도 현주는 술이 취한 척했다. 그러면서도 속으로는 네가 속았구나 하고 쾌재를 불렀다.

　방으로 들어가자 복희는 현주를 더블침대에 눕히고 양복을 벗기려 했다.
그때에야 현주는,
　"이거 왜 이래. 술이나 더 가져와."
하고는 눈을 게슴츠레 뜨며 일어나 않았다.
　"취하지두 않구 취한 척하셨군요?"
　"내려 놓지두 못하는 주제에 데려다 주는 척한 건 누구구?"
　"그래야 댁을 알아 두지요."
　그 말을 물으니 결국은 복희가 자기보단 단수가 높은 것을 알았다.
　"요것이……."
　현주는 복희의 손을 한 번 꼬집었다. 그리고는 술을 가져오라고 말했다.
정말 취한 뒤에 복희를 골려줄 생각이었다.
　복희는 술을 가져다가 현주에게 권하는 동시에 자기도 널름 마셨다.
　몇 잔을 마시자 그때는 복희가 취한 척을 하기 시작했다. 현주를 꼬집어
보았다가는 털을 끌어올려 보기도 하고 나중에는 쓰러지듯 현주 무르팍에
얼굴을 파묻기까지 했다.
　현주는 일이 제대로 되었다고 생각했다. 그러나 그때는 자기가 정말 취하
고 있음을 느꼈다.
　현주는 취한 김에 담벽에 걸려 있는 성화(聖畵)를 들어 두 쪽으로 갈라놓
았다.
　"이런 방에 겟세마네 동산의 예수를 붙여 놓으면 어떡하는 거야."
　그때 복희가 비틀거리며 달려와서,
　"미스터 고, 왓아유 두잉?"
하며 두 조각으로 난 그림을 붙여 보려고 했다. 그러나 그것이 붙을 리 없
다. 그래도 복희는 그림을 버리려 하지 않고 식탁 위에 나란히 놓으며,
　"불량한 행동을 하면 못쓰는 거예요."
하고 현주를 나무랐다.
　"못쓰긴 뭘 못써."
　현주는 취기를 이용하여 복희를 끌어안았다. 복희는 아무런 반항도 없이

몸에 감겨 붙었다.

현주는 복희를 안은 채 침대에 쓰러졌다. 그리고는 잠시 뒤 전등불을 껐다.

현주는 처음부터 그렇게 할 계획이었다. 혜련에게는 잡념을 가지는 것만도 하나의 죄악처럼 생각하고 있지만 복희에게는 어떤 행동을 취해도 그것이 죄 될 것이 없다고 생각했기 때문이었다. 더구나 혜련의 심정을 몰라 혼자 애태우는 자기 마음을 풀기 위해서는 하나의 여성을 정복하는 길밖에 없다고도 생각했던 현주였다.

그래서 자기 손으로 전등불까지를 껐던 것이다. 그러나 술이 얼마나 취했는지 현주는 불을 끄고 옷을 벗으려고 하는 순간부터 정신을 완전히 잃어버렸다. 옷을 입은 채 꼬꾸라져 잠이 들었던 것이다. 그 뒤 복희가 넓적다리를 꼬집고 코를 잡아 흔들었지만 그는 통 깨지를 못했다.

다음날 아침 눈을 떴을 때 현주는 양복을 입은 채 침대에 누워 있는 자기를 발견했다. 자기 옆에는 즈로스만을 입은 복희가 잠들어 있고.

현주는 우선 자기의 옷을 살펴보았다. 고급 양복이 수세미처럼 꾸겨져 있었다. 그러나 단추하나 풀어진 것이 없었다. 따라서 자기는 무엇 때문에 복희의 집에 왔던가 하는 생각이 들었다. 단추 하나 풀지 않고 잠을 자러 온 것은 아니었다. 일부러 술이 취한 척하고 따라왔던 집이다. 그런데도 옷을 입은 채 잠을 자다니……. 현주는 옷을 입은 채 잔 이유를 생각해 보았으나 복희의 집에 들어온 뒤부터의 기억이 하나도 떠오르지 않았다. 자기가 곯아 떨어질 만큼 취했던 때문인지 그렇지 않으면 복희가 무엇이라고 거절을 했기 때문이었는지…….

이유야 어쨌든 현주는 자기가 비겁했다는 생각이 들었다. 동시에 이제라도 늦지 않다는 생각을 했다.

"이봐."

현주는 웃저고리를 벗고 복희의 어깨를 흔들어 깨웠다. 복희가 눈을 뜨고 현주를 바라보았다.

현주는 우선 복희의 마음을 떠 보아야 할 것 같았다.

"그래 취한 사람을 옷두 안 벳기구 재우는 법이 있어?"

"덕택에 하룻밤 거룩한 사람이 되어 볼려구요……."

어떻게 해석해야 할 말인지 몰랐다. 비꼬는 말임에 틀림없지만 그때는 거룩한 사람이란 단어가 전체 말에서 두드러지게 마음을 울렸다. 동시에 자기는 절대로 거룩한 사람이 아니란 생각이 들었다.

"내가 거룩한 사람이 되어 옷을 입은 채 잔 줄 알어?"

현주는 반발적으로 말했다.

"거룩한 양반이라구 말씀드리진 않았어요. 거룩하지 못한 사람에게두 거룩할 수 있는 때가 있다면 그건 좋은 일이 아녜요?"

복희는 그 말하는 태도로 보아 지난 밤 일을 조금도 후회하지 않는 것 같았다. 그래서 그런지 현주는 침대로 다시 뛰어들어가고 싶어하던 마음을 누르고,

"복희 씨두 그런 생각을 할 때가 있군요."

했다. 마치 거룩하다는 말을 자기 몸에 씌우고 거기에 대한 프라이드를 강조하는 것 같았다.

"나쁜 사람은 백 퍼센트로 나쁘기만 한 줄 아시는가 봐요? 나쁜 사람에게두 좋은 점이 몇 퍼센트만은 있답니다."

이야기가 이쯤 되면 99퍼센트의 악(惡)두 1퍼센트의 선(善)에게 지지 않을 수 없다.

"다음에 또 오리다."

현주는 그 집을 나오는 수밖에 없었다. 그때 복희가 침대에서 벌떡 일어나며,

"노, 노."

소리를 연거푸 했다. 아무렇기로서니 조반도 안 하고 가는 법이 어디 있느냐는 것이었다. 그러나 현주는,

"다음에 숙박비를 가지구 와서 조반을 먹지요."

하고 붙잡는 복희를 뿌리쳤다. 복희는 조반을 먹는 동안 꾸겨진 양복을 데려 줄 테니까 제발 서둘지 말라고 하며,

"그 꾸겨진 양복을 입구 어딜 가세요?"

했다. 사실 고급 양복이 꾸겨진 꼴이란 보기가 숭했다. 그렇지만 그것이 숭하다고 해서 복희에게 다려 달라고 말하기는 싫었다.

"작업복만 입던 사람이 꾸겨진 양복쯤 문제가 되요?"

현주는 뛰쳐 나오고야 말았다. 복희도 현주의 고집을 막을 수 없었던지 현관까지 따라나오며,

"언제 한 번 또 오시겠어요?"

하고 물었다.

"마음이 내키면 오지요."

"제가 댁엘 찾아가면 실례가 되겠지요."

복희가 집으로 찾아오겠다는 의사를 말하자 현주는 가슴이 뜨끔했다. 집안 망신이란 생각이 순간적으로 머리를 스쳤기 때문이었다.

"참 복희 씨 집엘 아직 못 갔댔는데 수일 내루 찾아갔다가 들리지요. 집에까지 오지 않아도 좋두룩 할 테니 걱정마시우."

현주는 마치 복희가 자기의 부탁한 일로 찾아오려고 하기나 한 것처럼 말하고는 집에 못 오도록 했다.

"안 오셔도 괜찮으니까 걱정마세요. 제가 미스터 고 집에 찾아갈 일두 없을 거구요."

현주는 복희의 말을 끝까지 듣지도 않고 그냥 줄행랑을 쳤다.

복희의 집에서 돌아온 뒤 며칠 동안 현주는 당수도 무도관에만 출입했을 뿐 별로 찾아간 사람이 없었다. 한 번 홍서를 찾아가서 술을 얻어먹은 일이 있지만 혜련도 찾지를 않았다. 혜련을 찾아가기가 싫은 것이 아니라 그 동안 혜련의 남편인 권상구 대위로부터 편지를 받았기 때문이었다. 혜련이 어떤 편지를 했는지는 모르지만 권 대위는 현주에게 고맙다는 편지를 했다. 그런 만큼 혜련을 생각하려도 권 대위 얼굴이 먼저 눈앞에 떠올라 혜련을 찾아갈 수가 없었던 것이다.

며칠 동안 별로 외출도 안 하고 지내던 어떤 날이었다. 집에서 신문을 읽고 있던 현주가 갑자기 복희 아버지 생각을 했다. 따라서 복희 아버지를 찾

아가고 싶은 충동을 받았다. 그것은 불교계에서 일어난 비구승(比丘僧)과 대처승(帶妻僧)과의 싸움이 지나치게 벌어진 때문이었다.

승려대회에서는 혈투극이 벌어졌고 비구승 측에서는 단식으로써 자기네 주장을 관철시키려 한다는 것이었다.

현주는 어떤 편이 정당한지를 몰랐다. 같은 종교를 믿는 사람들끼리 싸울 것이 무엇인가 하는 정도의 견해밖에 가지지 못했다. 그러나 산 속에서 속세와 떠나 살려 하는 승려가 마누라를 얻고 자식을 가진다는 것은 자기 스스로를 속세화 시키는 일인 것 같아 대처승이 종교적으로 어긋난 것 아닌가 하는 생각이 들었다.

더구나 복희의 아버지는 오랫동안 불교를 믿으며 살고 있다. 그러한 사람이 딸을 양부인으로 만들 만큼 가정을 혼란케 만들었다면 그는 종교인으로서 할 일을 다 하지 못한 것이나 마찬가지다.

현주는 복희의 아버지를 찾아가서 복희를 데려오도록 말하고 싶었다. 딸 하나 가누지를 못하며 종교는 무슨 종교냐고 공박을 해 주고 싶었다.

수신제가(修身齊家)를 한 뒤에야 치국평천하(治國平天下)라는 말이 있다. 말은 옛말이나 진리는 지금도 통하는 진리다. 어쩐지 현주는 자기가 복희 아버지를 공박할 권리가 있는 것처럼 생각했다. 그래서 별 할 일도 없는 터라 복희 아버지를 찾아가고아 말았다.

꽤 커다란 고옥이었다. 세를 놓고 있는지 여러 세대가 살고 있음을 알 수가 있었다. 현주는 고옥이니까 그런 생각이 들었는지 모르지만 세 들어 있는 사람들을 보자 복희 아버지가 돈에도 물샐 틈이 없다는 것을 느꼈다. 대문이 몇 겹으로 되어 있다. 지붕 기와에는 이끼가 돋아 절간과 같은 감을 주었다. 그러한 고옥은 한적한 맛이 있어야 할 것 같은데 한적함은 고사하고 세든 사람들로 뜰이 지저분하고 더럽기 짝이 없었다.

현주는 겹대문을 지나 안채로 들어가서는 큰 소리로 복희 아버지 최 노인을 불렀다.

식모가 나와서 어디서 왔느냐고 물었다. 현주는 어디서 왔다는 말은 않고 최 노인이 집 안에 있느냐고만 물었다. 식모는 할 수 없이 있다고 대답하고는 안으로 들어가 버렸다.

최 노인이 있다는 말을 듣자 현주는 들어오라는 말이 있기를 기다릴 것도 없이 안방으로 들어갔다.

넓은 방이었다. 회색 모시잠방 적삼을 입은 늙은 노인이 아랫목에 누워 있다가 현주를 보고 의아한 눈으로 일어나 앉았다.

"누구요?"

노인은 함부로 남의 집에 들어온 자가 누구냐는 듯이 말했다. 인자하게 보이는 얼굴이었지만 못마땅해 보이는 표정이 뚜렷이 나타나 있다. 현주는 옆으로 가서 허리를 구부려 인사를 한 뒤,

"말씀드릴 것이 좀 있어 찾아왔습니다."

하고 부드러운 태도로 말을 꺼냈다.

"무슨 이야기요?"

노인은 이야기가 있거든 빨리 말해 보라는 투였다.

현주는 잠시 생각했다. 비구승과 대처승과의 싸움이 벌어진 때인 만큼 그런 말을 먼저 꺼내면 자기를 신문기자나 관청 사람으로 생각할 것이 분명했다. 이야기가 안 될지도 몰랐다. 그래서,

"따님에 대해서 의논드릴 말씀이 있는데요."

하고 이야기의 운을 텄다.

딸의 이야기라는 말에 최 노인은 다리를 도사리며,

"딸이라니 어떤 딸 말이오?"

"최복희 씨 말씀입니다."

"복희? 그래 그 년이 아직 살아 있소?"

최 노인은 복희란 말에 깜짝 놀라는 표정을 지었다.

"네, 서울에 살고 있습니다. 우연한 기회에 만나 봤는데 집안일을 무척 걱정하구 있었습니다."

최 노인은 조그마한 염주를 만지작거리며 무엇을 생각하다가,

"무얼 하구 있습니까?"

하고 냉정한 태도로 물었다.

"조금 타락한 것 같습디다만 하구 싶어서 하는 것 같지는 않습디다. 노승께서 용서만 하신다면 제가 데려다 드리려구 합니다."

최 노인은 다시 염주알을 굴리며 염불을 외듯 눈을 섬벅이다가,

"부정한 인간, 생각하기도 싫소이다."

"누가 복희 씨를 부정하게 만들었습니까? 자식이란 부모의 영향을 가장 많이 받는 것인데 종교를 믿는다는 분이 자식에 대해서 책임을 지지 않으시면 어떡합니까?"

현주는 최 노인이 자기 딸에 대해서 너무나 무책임한 듯한 태도에 흥분하고 말았다.

"당신은 누구요? 복희와 무슨 관계가 있기에 남의 집엘 와서 큰소릴 하는 거요?"

최 노인은 현주가 못마땅한 모양이었다.

"아무 관계도 없습니다. 며칠 전……."

현주는 목소리를 낮추어 복희가 자기 동생을 보고 당황해서 숨던 이야기를 했다. 그때 복희를 처음 만났노라 하고는,

"석가님두 한 번 잘못쯤 용서해 주실 줄 압니다. 얼굴 한 번 못 본 석가님 두 사람의 죄를 용서하는데 아버지 되시는 분이 자식의 죄를 용서 안 하시면 어떻게 하십니까?"

하고 사정을 하듯 말했다

그 말에 최 노인은 무엇을 생각하다가,

"아란존좌(阿難尊座)가 마등가라는 요부에게 꼬임을 받고 그 요부의 마술에 정신을 잃은 뒤 부정한 행위를 했을 때 그것을 안 부처님이 아란존좌를 설법 좌석에 불러다 앉히고 회개를 시킨 일이 있지요. 아란존좌는 석가님의 사촌동생입니다. 내가 내 딸을 회개시키지 못함을 내 덕이 부족한 때문이겠지만 나는 복희를 내 자식이라고 생각지를 않소. 내 자식이라고 생각지 않는 바에야 회개시킬 마음이 어찌 나겠소?"

"죄악 속에 빠져 헤매는 중생을 종교의 힘으로 건지려 하시면서 자기 육신인 따님을 따님이 아니라고 버리신다는 것이 부처님의 뜻이라 할 수 있을

까요?"

"부처님의 뜻은 아닐는지 모르겠소마는 인륜이 허락지 않은 자식을 자식이라 말할 수 있겠소? 세상이 개명하고 사상이 진보한다 해두 인륜만은 인륜으루 남으리다. 내가 그 인륜을 어찌 버릴 수 있겠소."

최 노인은 복희를 달리 생각할 도리가 없는 모양이었다. 현주도 그러한 최 노인에게 말로써 설복시킬 수 없음을 알았다.

그러나 그렇다고 해서 그냥 모른 척 돌아가고 싶지가 않았다. 비상수단을 써서라도 복희를 돌아오도록 하고야 말고 싶었다.

최 노인은 복희를 불륜의 자식이라고 해서 생각지도 않으려 하지만 그렇다고 해서 복희를 아주 잊어버린 것은 아니리라. 그 반대로 더 애태우며 잊지를 못하고 있을지도 모른다. 하나의 관념으로써 하나의 현실을 부정하려는 것이지만 현실이 부정을 당한다 해도 그것이 없어지는 것은 아니다. 없어지지는 않는 현실을 부정하는 것은 어디까지나 부자연스런 일이다. 그런 만큼 최 노인에게 복희를 돌려주는 것이 자기의 자연스런 행동 같기도 했다.

현주는 이렇게 생각을 했지만 어떠한 수단으로 돌려 줄 수 있을까 하고 그 방법이 빨리 떠오르지 않았다. 그래서,

"스님께서는 대처승 편이신 것 같은데 교리로 보아서 그것이 어떻습니까. 복희 씨가 집을 뛰쳐 나간 것두 결국 그런 데서 온 것이 아닐까요?"
하고 화제를 돌렸다.

"그 문제는 신문이나 보구 간단하게 이야기할 것이 못 됩니다. 좌우간 나두 생각이 있어서 이번 기회에 비구승으루 돌아가려구는 하지만 그게 또 뜻대루 되지가 않는군요?"

"교리에 어긋나는 일을 하셔서 가정을 이루었고 또 가정의 파란을 일으켰으니 따님에 대한 것도 스님이 책임을 지셔야 하지 않겠습니까?"

"나를 설교하러 온 것 같은데 그건 모르고 하는 소리요. 불교의 초창기에도 우파새(優波塞)와 우파니(優波尼)라는 것이 있어지만 일일칠가식(一日七家食)해야 한다는 걸사(乞士)를 현세인이 어떤 눈으로 보고 있소? 불교도

산중에서 수도하는 데 그치지 않고 민중 속에 들어가, 교리를 전파해야 할 때가 온 것이오. 그렇다면 중은 걸사에서 벗어나 민중 속에서 민중과 같이 살아야 한다는 거요. 알겠소. 대처승이라고 해서 불교의 교리를 벗어났다는 법은 없으니까 그건 그렇다치구 내가 대처승을 고집하진 않소. 이젠 그만둡시다.

이런 말을 하고 있을 때였다.

"날 찾아왔던 사람이 없었수?"

하고 핏대줄을 올리고 들어오는 여자가 있었다. 근 오십이 되어 보이는 여자였다. 그러나 머리는 파마였다. 얼굴에도 화장한 티가 보였다. 나이와 어울리지 않게 나이롱 치마까지 입었다.

세상에는 이상스런 여자도 다 있다 생각하며 현주는 그 중노파를 한 번 쳐다보았다. 손님으로 온 사람 같지는 않았다. 얼핏 최 노인의 부인이란 생각이 들었다.

"아무두 안 왔댔는데……."

최 노인의 목소리가 풀이 죽어 나왔다.

부인은 손님이 앉아 있는 것도 가리지 않고 적삼과 치마를 벗어 벽에 걸고는 웃통을 드러낸 채 옷을 갈아입었다. 그리고는 최 노인 옆으로 다가앉으며 현주를 아래위로 훑어보다가,

"무슨 일루 오셨지요?"

하고 물었다. 대단한 기세였다. 최 노인은 현주가 민망했는지,

"아니 그저 놀러온 분이야."

하고 어물어물했다.

부인은 손님 같은 것은 문제도 안 한다는 듯이 현주를 본 척도 안 하고,

"잘 생각하셨수? 난 내일루라두 나갈 테니까 내놀 걸 내놔요."

하고 서슬진 목소리로 말했다.

현주는 부인의 한마디 말로 최 노인이 부인더러 나가달라는 말을 했다는 것, 그리고 부인은 나가되 재산을 주어야 나간다고 고집 세우고 있음을 알았다. 동시에 재미나는 싸움 구경을 하게 되었다고 속으로 쾌재를 불렀다.

"글쎄, 생각을 해 봐. 있는 걸 다 달라면 난 어떡허라는 거야. 말년에 믿구 살 사람이 누가 있다구. 나두 먹구 살아야지만 딸자식 하나 있는 거 공부를 시켜 출가를 보내야 하지 않아?"

최 노인이 생각을 해야 별 수 있느냐는 식으로 사정을 했다.

"당신은 절간으루 들어가구 딸은 내가 맡으면 되잖아요. 그래 몇 해씩 데려다 고생을 시키구 이젠 맨주먹으루 나가란 말이 된 말이유. 정 못 듣겠다면 난 법으루 할 테요. 법으루두 안 되면 주먹으루 하구. 혼자 떠돌아다니니까 정말 걸레만큼두 안 아는가 봐. 이래뵈두 있을 건 다 있으니까 걱정 말아요."

부인은 말끝에 가서 삿대질까지 했다. 최 노인은 부인의 손이 얼굴에 닿을까 해서 몸을 움칠 뒤로 물리치면서,

"내가 절간엘 어떻게 들어가겠소. 칠십이 다 된 것이 죽으러 간단 말이요. 더구나 대처승이라구 뭐니 뭐니 하는 판에……."
하고 말했다.

"그럴 바에야 무엇 때문에 날 나가라는 거요. 응? 이상하지 않아?"

"대처승이란 말을 듣기가 싫으니까……"

"말이 듣기가 싫어서 같이 살던 사람을 내쫓는단 말이죠? 개나 돼지처럼!"

"누가 내쫓는다구 그랬어…… 참……."

"듣기 싫어요. 오늘 안으루 재산을 내놓지 않으면 가만두지 않을 테니 그쯤만 알아요."

현주는 한편 옆에서 듣고만 있어야 했다. 그러나 부인의 기세가 너무나 강할 뿐 아니라 사리에 어긋나는 말로 위협하는 데는 참을 수가 없었다.

"나는 스님을 숭배하는 사람입니다. 스님의 사건을 알구 찾아왔는데 부인께서 너무 무리한 요구를 하시면 내가 가만히 있지 않겠습니다."

그 말에 부인은 입에 물었던 거품을 튕기면서,

"남의 집안일에 참견은 무슨 참견이우?"
하고 현주에게 달려들었다.

"참견이 아니라 사리가 그렇지 않습니까? 정식 결혼했던 여자와 이혼을 할 때두 있는 재산을 봐서 위자료를 내는건데. 이건 재산 전부를 내라니 그런 법이 어디 있단 말입니까? 그런데다가 오늘 안으루 내놓지 않으면 .가만두지 않는다니 가만두지 않으면 어떡할 셈이시오?"

"뭐 이런 게 있어? 정말 맛을 몰라본 거루군……."

부인은 현주를 힐끗힐끗 바라보며 자리에서 일어나 옷을 벗어 아무렇게나 던져버리고는 벽에 걸었던 옷을 내려입었다. 정말 무슨 맛을 보이려는 모양이었다.

최 노인이,

"왜 이러는 거야. 앉아 있지 못하구!"

하고 마누라를 나무라는 동시에 현주를 향해,

"참견말구 돌아가우. 이러다가 무슨 일이 생기구야 말겠소."

하고 빨리 돌아가 주기를 바랐다.

"아닙니다. 제가 있어야 하겠습니다."

현주는 충혈된 눈으로 설쳐대는 부인을 노려봤다.

"똥 같은 게 다 와서 귀찮게 굴어. 조금만 앉아 있어 봐라."

부인이 휙 하고 나가 버렸다. 부인이 나가자 최 노인은 몸을 부들부들 떨었다 현주도 사건이 심상치 않게 벌어질 것을 알았으나 그렇다고 해서 이제 도망칠 수도 없어 닥쳐올 사태를 기다리는 수밖에 없었다.

부인이 나간 뒤, 현주는 그 부인이 힘쓰는 사람이나 그렇지 않으면 경관을 데리고 오리라 생각했다. 믿는 사람이 있기 전에는 그런 태도로 나갈 수가 없을 것 같았기 때문이었다. 그러나 무서울 것이 하나도 없었다. 힘쓰는 사람이라면 힘쓰는 사람대로 대해 줄 것이오, 경관이면 경관대로 사리를 따질 수 있다.

그것보다도 자기가 관여하여 사건을 해결해 주면 최 노인이 할 수없이 복희를 데려오고야 말 것이 통쾌했다. 숙명적인 집안이다. 중과 양부인—— 물과 기름 같은 존재이지만 그렇다고 서로가 안 보고 살 수는 없는 사람들이 아닌가? 보고 싶지 않으면서도 보아야 하는 것이 그들의 숙명이며 또한 어쩔 수 없는 현실일 것이다. 그 숙명과 현실을 두 사람 앞에 가져다 놓고 그 뒤에 앉지 않으면 안 되도록 만들어 준다는 것은 한편 얄궂은 일 같기도 하지만 일편 위대한 현실창조일 것 같기도 했다.

그런 것을 생각하여 어쩔 줄 몰라 떨고 있는 최 노인을 바라보고 있을 때였다. 나간 지 얼마 안 된 최 노인의 후처가 주먹을 쥐고 뛰어들어오며,

"바로 이놈이야. 낮짝두 구경하지 못하던 놈이 제 일처럼 간참을 하는 놈이……."

하고 현주를 가리켰다. 그리고는 뒤를 돌아보며 빨리 들어오라고 눈짓을 했다.

현주는 자기의 예상이 들어맞았다고 생각했다. 키가 후리후리하고 어깨가 넓적한 청년 네 명이 무겁게 발을 옮기며 이쪽으로 가까이 오고 있었다.

"어…어쩌자구 이…이러는 거요. 으응?"

최 노인이 부들부들 떨며 말했다.

"이런 놈을 가만둬요? 그래."

부인이 두고 보라는 듯이 현주를 쏘아보았다.

현주는 눈 하나 까딱 안 하고 가까이 오는 청년들만을 응시했다. 체격과 태도로 청년들의 기세를 살피는 것이었다.

몸집들은 상당히 비대하다. 권투나 유도를 할지도 모른다. 그러나 기우뚱거리며 걷는 폼이 그리 단수가 높은 사람 같지는 않았다.

"넌 뭐냐? 이 자식!"

옆에 와서 말을 꺼내는 폼도 역시 단수가 높지 않았다.

현주는 몸자세를 갖추어 일어나기는 했지만 손질해서 안 될 것을 깨달았다. 잘못해서 상대편을 다치게 하면 일이 시끄럽게 되면 쓸데없이 신경을 여러 가지로 써야 한다.

"무슨 말씀이 계십니까?"

현주는 어수룩하게 물었다. 그 순간이었다. 옆에 섰던 가장 장대해 보이는 청년이 팔을 옆으로 돌리며 현주의 턱을 날쌔게 후려갈겼다. 와직하고 소리가 나는 것 같았다.

현주는 여러 주먹이 일시에 달려들 것을 생각하고 한 손으로 턱을 대고는 허리를 약간 꾸부렸다. 그리고는,

"말씀을 하신 뒤 때리기라두 하시지요."

하고 떠는 것처럼 말했다.

"자식이 말은 무슨 말이야. 우리가 온 걸 보면 몰라?"

이런 말이 떨어질 때였다. 현주는 꾸부렸던 허리를 펴며 고개를 버쩍 들었다. 동시에 주먹 두 개가 면상을 향해 날아왔다. 현주는 날아오는 주먹을 그대로 받았다. 얼굴에서는 피가 흘러내렸지만 그대로 말 한 마디 안 했다. 그 대신 현주 바로 옆에 서 있던 장대한 청년이 섰던 자리에 툭 쓰러졌다.

현주 옆에 서 있던 청년이 얼굴을 파랗게 질려가지고 쓰러지자 같이 왔던 세 청년이 그를 붙들어 일으켰다. 어떻게 된 영문인지를 몰라 서로 얼굴만 쳐다보고 있을 때 쓰러졌던 청년이 '아이유' 소리를 내며 왼손을 쳐들었다.

왼손을 쳐들고 내흔들 때 그것을 본 세 청년이 그만 입을 벌리고 말았다. 손가락 사이에서 피가 흐르고 있었던 것이다. 세 청년이 입을 벌리고 있을 때 손에 부상을 당한 청년이 현주 앞에 꿇어앉으며,

"형님!"

하고 고개를 숙였다.

현주는 아무 말도 안 했다. 아무도 모르게 손을 잡아 누른 것이 손가락 사이의 근육을 터지게 했다는 자기 자신의 정신력에 놀랄 따름이었다. 한 번도 그런 경험을 가져 본 일이 없다. 그런 일이 있다는 말도 들은 적이 없다. 손질은 할 수가 없고 참을 수 없는 흥분은 머리털까지 오르고 해서 적의 손을 잡아 보았을 뿐이었다.

세 청년이 놀라는 눈으로 현주를 바라보았다. 몸집도 그리 크지가 않다. 기운 쓸 데가 없는 사람 같이 보이는데 더욱 놀라는 눈치였다.

"빨리들 돌아가."

현주가 놀란 얼굴들을 향하여 위엄 있게 말했다.

네 청년은 머리를 한 번씩 굽실하고 돌아서 나갔다. 네 청년이 돌아가자 이번에는 최 노인의 부인이 무엇이라고 말을 해야 할 차례가 왔다.

“아니 마술을 쓰십니까?”

현주는 그만 웃음이 나오려 했으나 꾹 참고 눈으로만 웃어 보였다. 부인은 현주의 손을 만져보았다.

“여자 손과 꼭 같은데 참……”

어디서 그런 힘이 나왔느냐고 놀라는 표정이었다. 그리고는,

“날이 더운데……”

하고 밖으로 나가 수박 한 개를 사들고 왔다. 현주는 그런 것을 먹고 있을 수가 없어 일어서려 했지만 부인이,

“사 온 걸 안 잡숫구 가시면 어떡헙니까?”

하고 아무 일도 없었던 것처럼 붙들어 앉혔다. 그때 최 노인이,

“바쁘신 분인데 가셔야 하지 않아……”

하고 부인을 노려보았다. 남편으로서 위엄을 보이려는 모양이었다.

“바쁘셔두 수박 한 쪽 잡술 틈이 없을라구요.”

부인도 남편의 위엄을 지켜주며 상냥하게 말했다.

현주는 그저 웃음이 나올 뿐이었다. 죄도 없이 쩔쩔매던 최 노인 그리고 최 노인을 잡아먹기라도 할 듯이 덤비던 그 부인이 이렇게도 달라질 수가 있으랴 싶었다.

현주는 수박 한 쪽을 먹고는,

“종종 오겠습니다. 좋두룩 의논을 해서 해결지으십시오.”

하고는 자리를 일어섰다 막상 일어서니 그때는 최 노인만이 섭섭해할 뿐 부인은 말리려 하지도 않았다. 최 노인은 새로운 공포에 잠기고 부인은 살 구멍이 생긴 것처럼 시원함을 느끼는 것 같았다.

현주가 최 노인의 집을 나서려 할 때였다. 중학교 제복을 한 여학생 한 명이 대문 안으로 휙 들어서는 것을 보았다. 첫눈에도 복희 동생에 틀림없었다. 예쁜 얼굴이었다. 여학생을 보는 순간 현주는 그 학생도 복희처럼 되지나 않을까 하는 생각에 몸을 돌리고 한참 동안 멍하니 서 있었다.

새로운 상흔

　　최 노인의 집을 나온 현주는 세상이 지나칠 만큼 간단하다고 느꼈다. 자기보다도 힘이 조금만 세다는 것을 알면 그 자리에서 손을 든다. 손을 들 뿐 아니라 머리를 굽실굽실한다.

　　세상을 뭐니 뭐니 하고 떠들지만 결국은 간단한 것이다. 그러니까 사람들은 자기를 힘있는 사람으로 보이려 한다. 어깨를 으쓱거리며 걷는 사람, 색안경을 쓰고 남을 힐끗 쳐다보는 사람 모두가 힘이 있는 것을 보이려 함이다. 자기의 힘을 보일 수 없는 사람은 남의 힘을 빌려서라도 자기가 힘이 있는 척한다.

　　현주는 자기도 힘을 쓰는 줄 아는 사람이니까 남을 무서워할 줄 모르는 것이 아닌가고 생각했다. 자기가 힘을 자랑한 일은 별로 없다. 그러나 힘을 믿고 있는 것만은 사실이다. 그러기에 쌈패가 오는 것을 알면서도 겁 없이 기다리고 있었다.

　　그 결과 네 명의 쌈패를 물리쳤다. 통쾌한 일이었다. 이 통쾌한 맛이 결국 힘의 매력일지 모른다. 그러나 그 통쾌한 매력이 인간에게 주어진 매력 가운데 가장 자랑할 만한 것이 될 수가 있을는지? 힘을 자랑한다는 것은 그것밖에 자랑할 것이 아무것도 없을 때 가지는 인간의 원시적 자존이 아닐까.

　　현주는 힘으로 몇 사람을 굴복시켰다.

　　굴복시켰다는 통쾌감은 적지 않으나 자기도 자기보다 강한 사람이 나타날 때는 자기에게 손을 든 네 명의 쌈패처럼 무기력해지고 말지나 않을는지……. 현주는 자기도 원시적인 힘의 자존심을 가진 단순한 인간인 것처럼 생각되었다.

　　이렇게 생각을 하니 최 노인을 도와 그 부인의 힘을 꺾어 놓았다고는 하나 어디엔가 자기의 결함이 숨어 있는 것 같음을 느끼지 않을 수 없었다.

　　승리의 고독이라고나 할까 그런 것을 느꼈던 것이다.

　　그런 것을 느끼며 집으로 돌아왔을 때 현주에게 다시 한 번 힘의 매력을

반성하게 하는 사람이 기다리고 있었다. 홍서로부터 부정한 뇌물을 사기해
먹은 사람한테서 돈을 도로 찾으러 갔던 광윤이가 와 있었던 것이다.

"어떻게 됐소?"

광윤이가 그 사건을 보고하러 온 것임을 아는 만큼 그 경과를 묻지 않을
수 없었다.

"악질이던데요. 연 사흘을 갔습니다. 말을 안 듣기에 나중에는 신문에다
폭로한다구 협박 공갈을 했더니 오늘에야 겨우 돈을 돌린다구 그러더군요.
그것두 홍서 씨의 위임장이 있어야 한다나요……"

"역시 남의 힘을 빌려서라도 힘이 있는 척 가장을 해야 하누만요. 참 재
미있는 세상이야."

현주가 쓴웃음을 웃었다.

"사실 그래요. 6·25 때 공산당의 공갈협박 정책이 나쁜 영향을 남기지
않았는가 생각됩니다. 자기가 잘못했으면 그 잘못에 대해서 손을 들 것이지
왜 상대편이 어떤 사람인가를 살피는지 모르겠어요. 잘못이 없어도 나쁜 놈
이라고 죄명을 붙이면 반동분자가 되고야마는 공산주의 사회라면 상대방의
힘을 두려워하지 않을 수 없을지 모르지만 인간들이 자기에 대해서 너무나
체면이 없는 것 같아요. 협박공갈을 해야 자기의 죄에 솔직할 수 있다면 그
런 자기 자신의 체면에 춤 뱉는 것이나 다름없는 일이 아니겠습니까……"

현주는 잠시 눈을 감고 무엇을 생각했다.

"잘 했습니다. 선을 무서워할 줄 모르는 악에게는 또 다른 악으로라도 두
려움을 알게 해야 하니까요……"

드디어 현주가 말을 했다. 그리고는 다음과 같이 말을 이었다.

"아까 형이 공산주의의 나쁜 영향이라고 말했지만 나두 그런 걸 생각해
보았습니다. 일제 시대에는 민족적 압박을 받으면서두 신분증명서라는 것이
필요치 않았습니다. 얼굴하구 명함하구만 있으면 되었으니까요. 그렇지만
6·25 이후에는 얼굴두 명함두 신용을 잃었습니다. 말하자면 인간이 완전한
타락 속에 빠지고 말았지요. 이 이상의 타락은 없을 것입니다. 인간이 자기
의 가치까지 잊어버리게 될 그 타락 속에 선이 머리를 들 수 있겠습니

까⋯⋯."

"그러니까 공산주의는 인간의 휴머니티에 변질을 일으키고 말았어요."

"그것이 남아있는 동안 휴머니티의 변질은 계속될지두 모르지요, 그렇지만 인간의 지성이 살아 있는 한 타락 속에서 만족하지는 않을 겁니다. 좌우간 내가 홍서에게 위임장을 받아다 드릴게 성공을 끝내두룩 하십시오."

"그럼요. 죽어두 끝장을 볼럽니다."

"내일 아침 홍서한테 갔다 올 테니까 내일두 이맘때쯤 와 주십시오."

이렇게 해서 현주의 결심이 서자 광윤이는 할 말을 다했으니까 돌아가겠노라고 하면서 신문지에 싼 것을 내밀었다.

"이거 팔다가 남은 겁니다."

그리고는 한 번 빙그레 웃고,

"장사란 게 참 재미있습니다. 앞으룬 무역계루 나가볼 생각입니다."

"장돌뱅이가 무역회사를 꿈꾼다⋯⋯. 좀 빠른 것 같은데⋯⋯."

현주도 웃으면서 광윤이가 내민 물건을 끌러 보았다. 커피가루였다. 현주는 아무 말도 안 하고 주는 대로 받았다.

"종아두 자수를 시작했습니다. 미군을 상대하는 어떤 상점과 거래를 텄지요."

광윤은 자기도 또 누이동생도 돈을 벌게 되었으니까 걱정 없다는 듯이 웃으면서 돌아갔다.

다음날 아침 현주는 혜련의 계주와 만날 날임을 알았다. 그래서 일찌감치 집을 떠나 우선 홍서의 사무실부터 찾아갔다.

깨끗하게 차려놓은 응접실이었다. 현주는 홍서를 만나자 다짜고짜로,

"요전의 그 십만 환 사건 위임장을 써 주게 위임장이 있어야 돈을 준다나⋯⋯."

하고 용건을 말했다. 그 말을 듣자 홍서가 말했다.

"머리두 좋다. 잊어버리지두 않구 찾아갔댔구만⋯⋯."

하고 마치 자기는 잊어버리고 있었던 일처럼 말했다.

"좌우간 찾게 됐으니 다행하지 않아!"

"시끄럽게 굴지는 않던가?"

"시끄럽게 굴지 못할 사람이면 그런 돈 먹을 생각두 못했을 걸세……."

홍서는 시끄러운 일을 공연히 말했다고 후회를 하는 것처럼 입을 다시며 위임장을 써 주었다. 위임장을 쓰고는 곧 사건을 잊어버리기나 하려는 듯이,

"자넨 아직 결혼 안 했지?"

하고 화제를 백팔십도 전환시켰다.

"갑자기 결혼 이야기는?"

"될 수 있는 대루 결혼은 천천히 해. 그래야 즐길 수 있을 때 실컷 즐길 수 있거든……."

마치 자기는 결혼을 했기 때문에 즐기고 싶어도 즐길 수가 없다는 것처럼 말했다.

현주는 홍서가 여자 이야기를 꺼내는 데 흥미를 느꼈다.

"결혼을 했으니까 연애를 할 수 없단 말이지?"

"못할 건 없지만 많이 걸려들지가 않지."

"연애두 한꺼번에 여러 여자와 할 수가 있나?"

"할 수 있지! 일 년 동안에 처녀 육십여 명을 해 먹은 남자를 모르나?"

"알긴 알지만 그게 연앨라구……."

"연애란 별건가? 그게 다 연애지……."

현주는 연애 이야기가 나오면 혜련을 생각하고 있는 자기에게 어떤 참고가 되려니 하고 흥미를 느꼈던 것이지만 홍서의 이야기가 그런 흥미를 돋우어 주지 않았다.

"그건 야합두 아니야, 겁탈이지!"

"겁탈이면 어때? 어떠한 수단으로든지 욕망만 만족시키면 되지……."

"에익 이 사람, 말 같지두 않은 소릴 그만 둬."

"풋내기 같은 소릴 말게. 시대가 달라졌다는 걸 알아야 해. 여자들두 겁탈 당하기를 기다리구 있거든! 옛날 여자 같은 줄 아는가. 여자들이 점점 불교의 원리를 알게 됐단 말야!"

"불교의 원리라니?"

"불교에서는 여자를 죄인이라구 결정졌거든. 아무리 착한 여자래두 여자로서는 극락엘 못 가는 거야. 그래서 불공을 드리구 죽을 때는 전여성남(轉女成男) 되기를 빌거든, 아무래도 죄인일 바에야 가릴 것이 무엇인가……. 안 그런가?"

"듣기두 싫다. 그래 불교가 여성들을 타락시켰단 말이 될 말인가?"

"물론 그렇지는 않겠지, 그렇지만 극락에두 못 갈 바에야 속세에서나 재미를 봐야 하지 않나……. 좌우간 걸리는 대루 하게. 사양할 게 조금두 없으니까……."

현주는 정말 더 듣고 싶지가 않았다. 불교에 대한 논의가 많다고 해서 그런 데까지 불교 이야기를 꺼낸다는 것부터 불쾌하기 짝이 없었다.

"마음대로 하게. 내가 연애할 여자만 건드리지 말구……."

하고는 홍서의 사무실을 나와 원효로 방면으로 나섰다,

황 부인의 집에 이를 때까지 현주는 적지 않은 여자를 보았다. 젊은 여자를 볼 때마다 저 여자도 겁탈 당하기를 기다리고 있을까 하는 생각을 해 보았다. 홍서의 말이 주책없는 소리라고 생각되기는 했으나 그래도 모든 여성의 마음을 알고 하는 말 같았기 때문이었다.

그러나 보는 여자마다를 그런 눈으로 보려고 하니 모두가 매음부 같은 생각이 들었다. 매음부란 생각을 하니 여자란 보기도 싫어졌다. 그래서 현주는 여자가 옆을 스치고 지날 때마다 눈을 감아 버렸다. 그러니까 자연 혜련 생각이 났다. 매음부와 비견해서 생각할 수 없는 존재가 혜련뿐인 것 같았기 때문에. 자기 손이 그의 손에 닿았을 때. 그는 피부가 닿는 것만 가지고도 깜짝 놀랐다.

현주는 빨리 돈을 받아가지고 빨리 혜련에게로 가서 아름다움만을 느낄 수 있는 혜련의 얼굴이 보고 싶어졌다.

그러나 황 부인을 만나 약속한 날을 잊지 않았느냐고 물었을 때 황 부인은 약속한 날을 잊지는 않았지만 예정했던 돈이 들어오지 않았으니 며칠만 기다려 주어야겠다고 말했다. 돈을 찾아가지 않고서는 혜련을 만나러 갈 수가 없다. 갈 체면이 없는 것 같았다.

“그러시지 마십시오. 한 번 오기가 그렇게 쉬운 일인 줄 아십니까?”

황 부인이 쾌씸하기는 했지만 현주는 될 수 있는 한 협박을 하거나 공갈을 하지 않으려고 생각했다. 순리로써 사건을 해결하여 황 부인으로 하여금 자기에 대한 증오감을 갖지 않도록 하고 싶었던 것이다.

“글쎄 오시기두 힘든 줄은 알지만 돈이 채 되지 않은 걸 어떡헙니까?”

황 부인이 배를 내미는 소리를 했다, 돈이 정말 없어 없다는 것인지 알 수 없는 일이었다. 있으면서도 없다고 하는지도 또 모르는 일이 아니겠는가? 그래서 현주는,

“그 돈을 차일피일 끌 생각은 아니시지요?”

하고 물었다.

“안 물다니요? 왜 그런 말씀을 하십니까?”

황 부인이 아주 놀라는 듯한 표정으로 반문했다.

“정 돈이 없으시다면 물구 싶어두 못 무는 게 아니겠습니까?”

현주가 황 부인의 사정을 알아주는 듯한 말을 하자,

“사실은 돈이 말라서 만져 볼 수나 있어야지요. 아닌 게 아니라 걱정이 대단합니다.”

황 부인이 현주의 눈치를 살피며 사정 이야기 비슷이 말했다. 현주는 황 부인의 말하는 태도로 될 수만 있으면 날짜를 연기하거나 물지 않고 싶어 하는 마음을 알 수 있었다.

“참말 요새는 돈이 잘 돌지 않는가 보더군요. 없는 거야 어떻게 하겠습니까? 형편대루 하셔야지.”

그 말에 황 부인은 그런 고마운 일도 있느냐는 듯이,

“참 젊은 양반이 마음도 착하셔라. 내 사정을 어쩌면 그렇게두 잘 알아 주실까…….”

하고 말했다.

“그럼 얼마 동안 연기를 해 드리면 좋으시겠습니까?”

“글쎄 한 달만 기다려 주실까?”

현주는 속으로 놀랐다. 결국은 자기를 올가미 씌우려는 것이 드러났기 때

문이었다, 그래도 현주는,

"좋습니다. 그럼 계약서를 쓰십시오."

황 부인은 그거야 못하겠느냐 하며 그 자리에서 종이와 붓을 가져 왔다. 그리고는 현주더러 대필을 해 달라고 했다. 현주는 그런 것은 대필할 성질이 아닌 만큼 본인이 써야 한다고 고집을 세워 황 부인이 펜을 들고야 말도록 만들었다.

황 부인이 약식이나마 계약서를 거의 써 갈 때,

"끝에다 담보루 내놓으실 물건 이름을 써 주십시오."

하고 현주는 말했다. 그 말에 황 부인이 지불연기 계약서에 담보물이 무슨 필요가 있느냐 하며 펄쩍 뛰었다.

"날짜는 아주머니 의사대루 했으니까 담보에 대해서만은 제 의사대루 해 주십시오."

"안 돼요. 법에 없는 일을 어떻게 합니까?"

현주는 순탄한 말로써는 일이 해결되지 않을 것을 알았다. 싫기는 했지만 힘을 앞에 내세우지 않을 수 없었다.

"꼭 행패를 해야 말을 듣겠습니까?"

현주는 뜰에 있는 벽돌을 한 장 집어다 놓고 손날로 때려 두 동강으로 갈라놓고는 그것을 뜰로 내던지며,

"말루 해서는 듣지 못하겠단 말이죠?"

하고 방 안을 획 둘러보았다.

그때야 황 부인은 얼굴을 파랗게 질려 가지고 누가 말을 안 들었느냐 하면서 현주의 팔을 붙잡았다, 그래도 현주는 방 안을 둘러보다가 값나가는 전축을 향해 걸어가며,

"한 달 기한을 줄 테니까 그 동안 이걸 내가 보관하면 되지 않아요."

그때서야 황 부인은,

"젊은 양반이 성미두 급하시군, 가만 앉아 계세요. 내 옆집에 가서 돈을 좀 구해 보구 올게. 아무때라두 드릴 돈이니까 돌려다가라두 드리두룩 할 게……."

하고 현주를 끌어다 앉혔다.

현주는 못 견디는 척하는 수밖에 없었다.

"젊은 놈의 혈기라 참을성이 없어 그렇습니다. 홍분하면 물불을 가리지 못하니까 그쯤 양해하시구 그럼 다녀오십시오."

현주는 속으로 웃음이 나왔지만 억지로 참아야 했다. 황 부인은 정말 기겁을 한 사람처럼 버선짝을 신는 데도 손을 떨었다. 고무신도 반은 끌면서 밖으로 나갔다. 십 분도 못 되어 돌아오는 발소리가 났다. 그러나 발소리는 났는데도 황 부인이 나타나지 않았다. 부엌문으로 들어오는 식모의 발소리나 아닌가 하고 있을 때 고무신 소리가 다시 밖으로 나갔다. 나가는 발소리가 들린 지 이삼 분도 안 되어 이번에는 조금 큰 발소리가 들렸다. 그리고 황 부인이 현주가 앉아 있는 방으로 들어왔다.

현주는 돈을 돌리러 옆집으로 나가는 척 밖으로 나갔다가 현주 모르게 집 안에 들어와서 돈을 꺼내다 주는 것임을 알 수 있었다. 그러나 그런 것을 아는 척할 필요가 없어서,

"빨리 다녀오셨군요! 일은 잘 됐습니까?"
하고 넌지시 물었다.

"말씀 마슈. 급히 쓸 돈이라구 안 주겠다는 것을 일 할 오 부 변으루 그것두 사정사정해서 돌려왔습니다."

황 부인이 씨근덕거리며 돈뭉치를 내놓았다

"미안합니다."

현주는 더 긴말 할 필요가 없기 때문에 돈을 받기가 바쁘게 그 집을 나갔다.

그 집을 나오면서도 또 남을 협박했구나 하는 후회가 났다. 그렇게 안 해 가지고는 돈을 받지 못했을 것이 분명했지만 그래도 자기 자신에 대하여 일종의 불쾌감 같은 것을 느끼지 않을 수 없었다.

그래서 그런지 돈뭉치를 가지고 혜련을 찾아가서도 돈 받아 온 자랑을 하고 싶지가 않았다.

혜련도 어쩐 일인지 현주를 반가워하는 태도를 보이지 않았으며 돈뭉치

에도 반가운 눈을 보내지 않고,

"수고하셨군요."

하고 극히 형식적인 인사를 예의적으로 말했다.

"수고는 무슨 수곱니까! 약속했던 대루 받아 왔을 뿐인데요."

현주는 그 돈을 받기까지의 경위를 전적으로 숨겼다.

혜련은 자기 앞에 놓여 있는 돈을 바라보기만 할 뿐 손을 대지 않았다. 그래서,

"잘 두십시오."

하고 현주가 돈을 좀더 혜련 앞으로 내밀었다. 그때 혜련이가,

"저는 어떡하면 좋아요?"

하고 갑자기 통곡하는 자세로 이마를 방바닥에 대면서 울기를 시작했다.

아닌 밤중에 홍두깨였다.

"아니 왜 이러세요?"

현주가 혜련을 흔들었다.

"저는 죽어야 할까 봐요. 정말 괴로워 못 살겠어요."

혜련은 일어날 생각을 않고 계속해서 울기만 했다.

무슨 사건이 있는 것만은 사실이었다.

그래서 현주는 몇 번이나 내용을 알아보려 했건만 혜련은 이야기할 기력도 없는지 그저 울기만 했다.

현주는 혜련의 울음을 보고만 있을 수가 없었다. 답답하고 안타까웠던 것이다.

"울지만 마시구 말씀을 해야 알지 않아요!"

드디어 짜증을 내고 말았지만 그 말에야 혜련은 고개를 들고 눈물을 씻기 시작했다

"빨리 말씀을 해 보세요. 보는 사람이 안타깝지 않습니까? 혹시 권 대위에게 무슨 사건이 일어났습니까?"

"아니요."

혜련이가 비로소 입을 열었다. 며칠 전에 권 대위에게서 받은 편지에 별

다른 말이 한 마디도 없었던 만큼 권 대위에게 사건이 생겼을 것 같지는 않았다.

"그럼 무슨 일입니까? 대체……."

그때 혜련은,

"부끄러워 말씀두 드리기가 힘들어요."

하고 마음을 진정시키면서 눈물 자국을 차근차근히 닦기 시작했다.

"못 하실 말씀이라면 그만두십시오. 구태여 듣구 싶지두 않으니까요."

현주는 약간 화가 났다. 무슨 일인지는 모르지만 말하기를 꺼려한다는 것은 결국 자기를 믿지 못한다는 증거다. 불쾌하지 않을 수 없었다.

"말씀을 드리기는 해야겠어요. 그렇지만……."

역시 말을 꺼내기가 힘든 모양이었다.

"그만두시라니까요. 누가 듣겠대요!"

"화는 내지 마세요. 제가 죄지은 이야기니까요."

혜련은 이야기를 하기 시작했다.

"제게는 권 대위와 결혼을 하기 전에 약혼했던 사람이 있습니다. 장사를 하는 사람인데 불량하기 짝이 없었습니다. 부모가 시켜 준 일이라 결혼까지 하려구 했지만 점점 마음이 멀어져 파혼을 해 버렸어요. 그렇지만 파혼하기 전에 저는 정조를 뺏기고 말았습니다. 그 동안두 몇 번 찾아왔지만 요즘 다시 찾아와서는 권 대위와 이혼을 하구 자기와 살자구 그러질 않아요. 만약 말을 듣지 않으면 권 대위에게 편지를 하겠다구 협박까지 하니 글쎄 저는 어떡해야 하겠어요?"

현주는 무엇이라 말할 수가 없었다. 그래서,

"그런 문제를 제삼자가 뭐라구 말합니까? 본인의 의사대루 하는 거지."

하고 말했다,

"저는 권 대위와 못 살게 되면 죽구 말겠어요."

혜련이가 다시 눈물을 글썽거리며 말했다.

그 말에 현주는 갑자기 취했던 술이 깨는 것 같음을 느꼈다.

혜련은 권 대위를 사랑하는 데 목숨을 바치고 있음을 알았기 때문이었다.

그러나 그 자리에서 실망을 느끼는 말을 할 수가 없어,

　"그러시다면 간단하지가 않습니까? 죽어두 권 대위와 사는 거지요, 뭐."

　"글쎄 편지를 한다구 하니 편지를 보내면 권 대위의 마음이 어떻게 변할지 누가 압니까?"

　"그건 보장할 수 없는 일이겠죠."

　사실 그것은 보장할 수 없는 일이었다. 자기만 같아도 우선 속았다는 생각에 분함을 참지 못할 것 같았다.

　"그러니 저는 죽어야 하지 않아요."

　"그러실 것 없이 살자는 사람하구 살면 되지 않습니까?"

　"죽어두 그건 싫어요."

　"권 대위의 말을 들어보기 전에는 뭐라구 말할 수가 없는데요."

　현주는 그 문제에 대해서만은 관여하고 싶지가 않았다

　현주가 그 문제에 관여하지 않으려는 것은 권 대위에게 오해를 살까 두려운 것도 있었지만 무엇보다도 혜련에게 실망을 느꼈기 때문이었다. 혜련이가 울며 고민하는 것은 오직 권 대위에게 버림을 받을까 하는 두려움에서였다. 그 괴로움 속에 자기라는 인간은 손톱만큼도 개재되어 있지 않다. 그것은 조금도 의심의 여지가 없는 결정적 사실이다. 그런 만큼 혜련의 그러한 고민에 흥미도 느낄 수가 없었다.

　현주가 기회를 보아 돌아갈 생각만 하고 있을 때,

　"선생님 이젠 돌아가 주세요. 부끄러워요."

하고는 다시 울기를 시작했다.

　그 말에 현주는 문득 혜련이가 자살을 하려는 것이나 아닌가 하는 생각을 했다. 돌아갈 마음이 나지 않았다.

　"그래 그 남자에게는 뭐라구 그랬습니까?"

　관여하지 않으려던 현주가 자기도 모르는 사이에 다시 관여하고야 말았다.

　"그러지 말아 달라고 사정했어요. 들어 줄 리가 만무한 일이지만……."

　"그 사람하구는 죽어두 못 산다는 걸 말했어요?"

"네."

"그래 뭐랍니까?"

"며칠만 여유를 줄 테니까 잘 생각해 보라구 그랬어요."

"언제 왔댔죠?"

"조금 전에 왔다 갔어요."

현주는 그 이상 더 묻지를 않았다. 혜련이가 울면서 가 보라는 말을 또 했지만 대답도 안 한 채 혜련을 물끄러미 바라보며 앉아 있었다.

한참 뒤에야 혜련과 약혼했었다는 그 남자의 이름과 집을 알아 가지고는 휙 나와 버렸다.

혜련은 죽느냐 사느냐의 고민 속에 울고 있지만 현주는 혜련의 눈물 속에 자기 그림자가 조금도 섞여 있지 않음을 슬퍼할 따름이었다. 이제는 생각을 해도 소용이 없는 일이다. 냉면을 먹던 일, 한강엘 나갔던 일 모두가 아무것도 아닌 한낮 꿈이 되고 말았다. 길가에서 만난 여자와 시선이 마주쳤을 때는 그래도 아련한 미련이나마 가질 수 있는 것이지만 혜련은 미련도 가져서 안 될 여자가 되고 말았다.

현주는 광윤이와 약속한 것도 잊어버리고 홍서를 찾아갔다. 홍서의 생활 태도가 도시 마음에 들지 않은 것이기는 했지만 이런 말은 그런 잡스런 친구와 속없는 이야기를 하며 술을 마시고 싶어졌던 것이다.

그러나 홍서가 선약이 있어 오늘만은 술을 마실 수 없다고 거절했다.

"자식. 친구를 봐 두구 가긴 어딜 가는 거야?"

현주는 무리해서라도 홍서를 끌려 했다.

"흥! 오늘밤엔 처녀가 걸렸다. 진짜 처녀야."

홍서가 종이갑에 든 것을 내보이며 말했다.

"뭔데?"

홍서가 갑을 열고 그 속에 들어 있는 여자용 금시계를 보이며,

"장사를 하려면 밑천이 들어야 하거든……."

하고 웃었다.

"야, 그 밑천으루 술을 마신 뒤 나머지 돈으루 '종삼'에나 가라."

현주는 꼭 술이 먹고 싶었다. 그러나 홍서는 걸어오는 기회를 놓치면 운이 막혀 버린다고 하며 내일 만나자는 약속을 남긴 뒤 혼자 나가 버렸다. 현주는 술까지 혼자 먹어야 한다는 것을 생각하며 정말 울고 싶은 심정으로 거리엘 나왔다.

혼자서라도 술을 마시고 쓰러져 자야겠다는 생각에 취한 듯한 마음으로 거리를 거닐고 있으려니 불현듯 복희 얼굴이 눈앞에 떠올랐다. 언제라도 반겨 줄 여자다. 춤을 추자면 춤을 추고 술을 마시자면 술을 마실 여자다. 복희에게로 가서 그 진한 위스키에 취해 버리고 싶은 생각이 들었다.

그러나 마음은 그러면서도 발이 내키지 않았다. 슬픔이 하나의 비밀 같은 생각이 들었던 것이다. 아무에게도 보이고 싶지 않은 자기만의 비밀은 또한 자기만의 보물일지도 모른다. 그 보물의 뚜껑을 아무에게나 열어 보이고 싶지 않은 마음. 그는 혼자서 술을 마시고 싶었다. 그것도 사람이 많은 곳이 아니라 자기 혼자만이 있는 곳에서 자기 혼자만이 보물의 뚜껑을 열었다 닫았다 하며 마시고 싶었다.

그래서 현주는 술병을 사 들고 집으로 돌아갔다. 김치와 마른안주를 놓고 혼자서 술을 마시고 있으려니 정말 보물의 뚜껑이 열렸다 닫혔다 했다. 그저 슬플 따름이었다. 그러나 그 슬픔 속에는 혜련이가 불쌍하게 나타나기도 했고 혜련이가 밉게 나타나기도 하여 더욱 걷잡을 수 없게 되었다.

권 대위에게 버림을 받을까 하여 안타까워하는 그 혜련을 생각할 때는 혜련의 슬픔에 눌려 자기의 슬픔을 잊을 수도 있었다.

그러나 권 대위를 속여 결혼을 했으며 또 앞으로도 계속해서 속이므로 부부의 생활을 유지하려는 혜련을 생각할 때는 일종의 증오심이 가산되어 생각지도 못했던 홍분 상태를 이루었다. 애정의 반발일지도 모른다. 어쨌든 현주는 혜련이가 권 대위를 속일 여자라는 것을 생각했다.

"부부생활 속에도 속이는 일이 있을 수 있을까!"

서로 속이면서 사는 부부란 어린애들의 소꿉장난보다도 더 시간성이 길지 못할 것 같았다. 그것은 죄악에서 출발했기 때문이다.

현주는 다시 혜련을 찾아가야 하겠다고 생각했다. 권 대위가 이해하거나 말거나 혜련으로서는 자기의 과거를 고백해야만 한다고 충고해 주고 싶은 마음이 들었던 것이다. 내일 아침에라도 찾아가리라 마음먹고 있을 때 광윤이가 찾아왔다.

현주는 광윤이가 반가웠다. 혼자라는 것이 싫어질 만큼 술이 거나했기 때문인지도 모른다. 이 날처럼 광윤이가 반가운 날이 없었다.

"역시 광윤 형은 선량한 사람이야. 내가 필요한 때마다 찾아오거든. 자 같이 한잔 합시다. 술을 나눈다는 것은 마음을 나눈다는 거나 마찬가지야. 나는 오늘 형하구 마음을 나누고 싶어……."

현주가 이렇게 수다를 피울 정도로 광윤을 반가워했으나 광윤은 냉정한 태도로 술을 마실 줄 모른다고 하며 현주에게 가까이하지를 않았다.

"술을 안 먹는다는 것은 정신이 취하지 않아도 살 수 있다는 말이지요?"

현주가 술을 권할수록 광윤은 점점 더 냉정해지는 것 같았다.

"정말 안 먹을 작정이오."

현주가 화를 내겠다는 기색을 보여도 광윤은 쓴웃음만 웃을 뿐이었다.

"기분 나쁜데, 무슨 일이 생겼소?"

그때 광윤은 일이야 무슨 일이 생겼겠느냐고 말한 뒤 누이동생 종아 때문에 이상한 예감이 들어 불안하다는 말을 했다. 무슨 예감이냐고 현주가 물었을 때 광윤은 절대 그런 일이 없었는데 오늘은 종아가 아직까지 집에 돌아오지를 않았다고 대답했다.

"길을 잃어버릴 나이는 아닐 테니까 걱정 마시구 술이나 먹읍시다."

현주가 술잔을 내밀었다. 광윤이는 할 수 없이 술잔을 받았으나 조금밖에 따르지 못하게 했다. 그 얼굴에는 초조해하는 빛이 그대로 떠돌고 있었다.

"아니, 그렇게 걱정이 되시우?"

"하두 세상이 어지러우니까 걱정 안 할 수가 있어야지요."

"앗다, 그렇게 걱정이 되거든 노끈으루 잡아 매 둘 것이지 왜 마음대루 나돌아다니게는 하시우?"

"종아만은 제가 절대루 믿습니다. 그렇지만 처음 당하는 일이 돼서 공연히 불안하군요. 아무래두 좀 일찍 가 봐야겠습니다."

광윤이가 자리를 뜨는 듯했다.

"저녁 걱정이 돼서 그러거든 집에서 같이 먹읍시다. 자 앉아요."

현주가 광윤의 손목을 잡아끌었다. 광윤은 마지못해 앉아 몇 잔을 더 마셨으나 역시 마음은 누이동생에게 있는 모양이었다. 때마침 현주의 형이 돌아오는 기척이 났다. 현주도 더 끌지를 않고 홍서에게서 받은 위임장을 주어 돌려보냈다.

"돈을 받아 가지구 또 오겠습니다."

광윤이가 나가 버렸다.

광윤이가 돌아간 뒤 현주는 그들 남매의 정의가 두텁다는 것을 생각했고 뒤이어 종아가 순수한 처녀라는 것을 생각했다. 혜련과 복희가 모두 처녀성을 잃은 여자라는 생각에서였는지는 모르나 어쨌든 종아가 처녀라는 점에서 모든 여성과 구별되는 것 같았다. 세상에는 정신적으로나마 처녀성을 잃는 여자가 많다. 육체적으로는 처녀성을 잃었지만 정신적으로만은 처녀성을 가지고 있는 여자도 있다. 그러나 종아는 정신과 육체 전부의 처녀성을 가지고 있는 것 같았다.

현주는 며칠 전 자기 방에 앉아서 얼굴을 숙이고 있던 종아의 새까만 살눈섭과 그 얄따란 입술을 머릿속에 그려 보았다. 유난히 길고 새까만 살눈섭이 무서운 정열을 보여 주는 것 같았으나 얇은 입술이 굳은 지성(知性)을 간직하고 있는 듯한 종아.

현주가 이렇게 종아를 생각하고 있을 때 형이,

"현주야!"

하고 그를 불렀다.

현주는 부르는 대로 형의 방으로 들어갔다.

"같이 저녁을 먹자!"

형이 밥상을 들여오게 했다. 밥상이 들어와 식사를 시작했을 때,

"요새 찾아오는 사람이 누구냐?"

하고 형이 현주의 최근 생활을 묻기 시작했다.

현주는 광윤에 대한 설명을 하지 않을 수 없게 되었다. 그러나 도둑질하

러 왔던 사람이라는 것은 말할 수가 없다

"아는 친굽니다."

"친구니까 찾아왔겠지. 그런데 그 사람과 같이 왔던 여자가 있대면
서……"

형이 알고 싶어하는 것은 역시 광윤이와 같이 찾아왔던 종아의 이야긴 모
양이었다.

"그 친구의 누이동생입니다. 무슨 관계가 있어서 찾아왔던 줄 아십니까."

"아니 네 형수의 말을 들으니 무척 얌전한 색시 같던데 연애나 하는 것이
아닌가 해서……."

"연애를 하면 못쓰나요?"

"네 맘에 있는 여자라면 나두 한 번 보구 싶어서 하는 말이다. 좋은 일이
면 빨리 결정을 짓는 게 좋지 않니?"

현주는 종아가 한 번 찾아왔었다고 해서 무슨 관계나 있는 여자처럼 생각
하는 형수와 형이 싫었다. 그리고 결혼이라는 것을 깊이 생각해 온 일도 없
는 자기에게 자꾸만 결혼 이야기를 꺼내는 것도 귀찮았다.

"여자라는 것을 좀더 안 뒤에 결혼하겠어요."

"결혼을 하구 나서 알아가는 거지, 알구 난 뒤에 결혼하는 사람이 어디
있니? 그러다간 결혼할 사람 하나두 없게!"

"여자라는 것을 모르구 결혼부터 하니까 실패들을 하지 않아요."

"너무 잘 알아서 실패를 하는 거야. 모르구 사랑해 봐라. 그보다 더 아름
다운 것이 없지……"

"모르고서야 어떻게 이해를 합니까?"

"믿어야지 믿는 수밖에 없어. 믿으면 이해두 아무것두 필요가 없지 않느
냐 말이다."

"모르면야 믿을 수나 있어요?"

"너 재판소엘 한번 와 봐라. 간부와 결탁해서 남편을 독살하는 여자, 부
끄러운 결과로 낳은 어린애를 교살(絞殺)하여 그 시체를 변소에 버리는 여
자, 죄악 가운데도 가장 잔인한 죄악을 저지르는 여자가 얼마든지 있다. 그

런 것을 알아 무엇 하겠느냐 말이다.

"그거야 여자에게만 있는 일인가요?"

"남자에게두 있지. 그러니까 나쁜 것은 모르는 것이 좋다는 말이다. 그래야 자기를 깨끗하게 지켜나갈 수 있어!"

"그럼 형님은 깨끗함을 지켜나갈 수 없단 말씀입니까?"

"그런 위험성이 많지. 죄에 대해서 벌을 주는 것은 국가의 권위를 위해 할 수 없는 일이지만 국가의 권위를 행사하는 나 개인으로 볼 때는 죄를 심판한다는 것이 신을 모독하는 것같이 생각되는 때가 있다. 죄를 심판할 수 있는 사람은 신에 가까운 사람이 아니면 안 될지 모른다. 그러나 나는 죄인을 취급할 때 죄를 범행하지 않은 사람은 인간이 아닌 것 같은 착각을 느낄 때가 없지두 않다."

"그래두 알아야 이해를 하구 용서두 할 수 있지 않습니까?"

"알아야 용서하는 것이 아니다. 내 위에 나를 심판할 사람이 없다는 지극히 존엄한 생각으로 신(神)과 같은 위치에 설 때 비로소 용서라는 것이 있을 수 있는 거다. 어쨌든 너무 깊이 생각할 것두 없이 그 여자와 결혼을 해라. 수놓은 걸 보니 재간두 있는 것 같던데……."

현주는 그 문제를 가지고 오래 이야기하고 싶지 않았다. 아무것도 모르고 하는 형의 말이기는 하나 그 말이 종아에 대한 관심을 깊게 한 것은 사실이다. 그러나 사귈 기회가 있어 좋다는 생각이 들면 결혼도 할 수 있겠지만 결혼을 전제로 하고 종아를 사귀겠다는 생각도 들지 않았기 때문이었다.

형과 같이 종아에 대한 이야기를 하다가 잤지만 다음날 아침 눈을 떴을 때는 역시 혜련에 대한 생각이 먼저 머리에 떠올랐다. 괴로움 속에서 울고 있을 혜련. 혜련은 밤새 잠을 못 이루고 울기만 했을 것 같았다.

혜련의 괴로움이 무엇인가를 가릴 여유가 없었다. 자기와는 아무런 상관이 없는 괴로움이라 할지라도 괴로워하는 혜련을 모른 척할 수가 없을 것 같았다. 당장에 혜련에게로 가서 울지 말라고 달래 주고 싶었다. 그러나 말로 달랜다고 해서 고쳐질 울음이 아니라. 그리고 자기가 그 울음을 달랠 사람도 못 된다.

자기가 할 수 있는 일이란 혜련의 슬픔을 혜련 모르게 없애는 데 있을 것만 같았다.

그래서 조반을 먹고 난 현주는 혜련과 약혼했었다는 남자를 찾아가 혜련을 더 괴롭히지 않도록 말해 보리라 생각했다. 혜련의 괴로움은 그 남자의 손 안에 있는 것이니까 그 남자만 설득시키면 혜련이가 울지 않아도 좋을 것 같았다.

옷을 갈아입고 집을 나서려고 할 때였다. 열두어 서너 살 나 보이는 소년이 현주를 찾았다. 무슨 일이냐고 물었더니 조그만 쪽지 하나를 주고 그냥 달아나 버렸다. 현주는 쪽지를 펴 보았다.

"고 선생님.
로타리에서 미아리 쪽으로 가다가 왼편에 있는 ××다방에서 기다리고 있습니다. 뵙고 싶습니다. 최복희."

무엇 때문에 보자는 것일까? 그러나 현주는 얼굴을 찡그리지 않았다. 찾아온 사람이니까 만나 주지 않을 수 없다는 얼굴이었다. 자기가 복희의 아버지를 만났으니까 그 이야기를 들어 보고 싶어 온 것이려니 생각하며 다방으로 나갔다.

다방에 들어서자 복희가 앉은 채로 웃음을 보냈다. 보고 싶은 사람을 기다리다가 반가워하는 얼굴이었다. 현주는 뻣뻣하게,

"뭣 하러 왔수?"

하고 물었다

"심심해서요."

복희는 서슴지 않고 대답했다.

"심심해서?"

"심심하지 뭐예요. 밤낮 혼자 사는 게."

"찾아왔으면 집으루 올 게지 편지는 무슨 편지구?"

"저 같은 여자가 댁을 찾아가면 창피하시지 않아요."

말하는 폼이 천하지가 않았다. 솔직한 것이 귀여운 것 같았다.

"심심하면 한강에 나가 물장난이라두 치지?"

"장난을 하다가두 갑자기 엄마 생각이 나면 공연히 우는 애들이 있잖아요? 안 그래요?"

"그래서?"

"그저 그런 거지요. 뭐!"

현주는 웃을 수밖에 없었다. 성을 내려야 낼 수가 없었던 것이다. 그러니 복희는 자기 집안일을 알아보려고 찾은 것이 아니었다. 정말 심심해서 찾아온 모양이었다. 그러나 현주는 복희와 마주 앉아 있는 것이 심심해서 그 동안 복희 아버지와 만났던 이야기를 들려 주었다.

"대단한 계모던데……. 복희 씨가 집에 못 있구 나온 것을 알 수 있겠어."

그 말을 듣자 복희가 현주에게로 다가와서 손을 잡아 흔들며,

"유 넘버원(당신이 제일이야)."

하고는 얼싸안을 듯이 서둘렀다.

"아이 좋아. 나를 알아 주는 사람이 천지간에 한 사람이라도 있으니."

복희는 어쩔 줄을 몰라 자리에서 몸을 들썩였다.

혼선의 혼선

현주는 복희가 생각보다 천진스런 여자라고 생각했다. 육체적으로는 완전히 처녀성을 잃었다 하겠지만 정신적으로는 어딘가 여자의 본질을 지니고 있는 것 같기도 했다. 그래서,

"계모가 나가기만 하면 집에 돌아갈 수 있지요?"

하고 물었다.

"돌아간다구 아버지가 받아 주실 것 같아요? 천만의 말씀입니다."

복희는 자기 아버지를 누구보다도 잘 알고 있다는 듯이 단정적으로 말

했다.

　"그럼 안 들어가겠단 말입니까?"

　"제가 문젠가요? 아버지가 그 여자에게서 자유롭게 되면 그뿐이지요. 그리구 제 동생이 좋은 데 시집을 가게 되면 그뿐이구요. 전 죽어요. 멀지 않아 죽을걸요, 뭐……."

　"죽는 날까지라두 부끄럽지 않게 살아야 하지 않아?"

　"부끄런 건 이제 졸업했어요. 신입생들이나 부끄러워할 줄두 아는 거지요. 한 달에 이백 딸라라는 걸 생각해 보세요. 그뿐예요."

　"돈에 미쳤군?"

　"미친 게 아니라 달리 욕망이 없다는 거지요. 욕망이 없는 사람처럼 순수한 사람이 어디 있어요?"

　"가장 순수한 여성이여! 그대 이름은 양부인이라, 그런 건가?"

　"오브 코스(물론)."

　"그래서 벽에다 성화(聖畵)들 다 붙이누만……."

　"아니 그건 미군이 좋아하니까 거는 거예요."

　현주는 픽 웃었다.

　솔직하게 대답하는 것이 재미있었던 것이다. 그러나 복희가 좋아져서 웃는 것처럼 보일 것 같다.

　"순수한 동안에 빨리 죽으시오."

하고 자리에서 일어섰다. 그때 복희가,

　"저."

하고 따라 일어서며,

　"그렇게 냉정하면 매일같이 찾아올 테예요. 난 냉정한 사람이 제일 싫어."

　"냉정한 사람이 싫으면서 찾아오기는 무엇 때문에 찾아오는 거요?"

　"냉정한 것이 싫으니 찾아오는 거지 뭐야요."

　"무슨 소린질 모르겠는데……."

　"모르시겠거든 오늘 교외루 드라이브 가세요."

“시간이 없는데…….”

“그러시겠죠? 순수한 여성과 같이 다닐 수가 있나요.”

복희의 비꼬는 말에 현주는 눈을 노렸다. 사람을 함부로 경멸하려는 것 같았기 때문이었다. 현주가 불쾌한 낯으로 다방을 나서자 뒤따라오던 복희가 현주의 팔을 잡고,

“매일 아침 이 다방에 와 있을 테니까 생각나거든 들려주세요.”
했다. 잡았던 팔을 놓아 주었다. 가고 싶은 대로 가라는 것이었다.

현주는 복희에게 인사도 안 하고 전차 정류장으로 걸었다. 전차를 기다리노라고 잠시 서 있을 때 복희가 따라와서,

“우리 아버지한테 가시는 거예요?”
하고 물었다.

“아니야.”

때마침 전차가 정류장 앞에 와서 멎었다. 현주는 뒤도 돌아보지 않고 전차에 올랐다. 전차에 올라서서는 복희가 뒤따라 타지나 않나 하고 내다보았지만 복희는 현주를 바라보고 섰을 뿐 움직이지를 않았다. 고독한 표정이었다. 사람 하나 없는 플랫폼에서 혼자 기차를 떠나보내는 소리 같기도 했다. 현주는 그러한 복희를 남기고 혜련과 약속했던 남자를 찾아가는 것이었다.

혜련과 약혼했었디는 남지는 종로 5가에 살고 있었다. 현주가 찾아가자 삼십이 거의 되어 보이는 그 사내는 우선 혜련과의 관계를 물었다.

현주는 혜련의 남편과 친한 친구라는 것을 말한 뒤 다짜고짜,

“노형과는 이미 파혼을 했고 현재는 행복하게 사는 여자니까 단념하는 것이 어떻습니까?”
하고 말했다.

그 사내는 자기가 파혼을 승낙하지 않았다고 말했다. 조그마한 눈을 깜박이며 말하는 것이 끝까지 간죽거릴 것 같았다. 더구나 차돌처럼 매끄러워 보였기 때문에 현주는,

“하구 많은 게 여잔데 뭘 그러십니까?”
하고 농담조로 말을 꺼냈다. 그랬더니,

"많구 적구가 문젭니까? 그런 말은 하지두 마십시오."
하고 그 사내가 눈을 무섭게 떴다. 현주는 일이 수월치 않을 것을 알고 그
사내가 알아들을 수 있도록 가지가지 이야기를 했다. 우선 현주는 과거보다
도 현재가 중요하지 않느냐고 말했다. 혜련이 파혼선고를 하고 딴 남자와
결혼을 했으니까 혜련에게 죄가 없을 뿐 아니라 현재 결혼하고 사는 여자를
데려오기로서니 행복할 게 무엇이냐고 말하면서 그런 만큼 현재에게 과거가
양보해야 한다고 했다. 다음에는 혜련의 남편이 일선에서 군무를 보고 있는
데 군인들의 마음을 안정시키기 위해서라도 문제를 일으키지 말아 달라고
말했다. 일선의 군인들은 후방의 가족들에 대해서 경제적인 걱정이 대단한
데 그런 애정문제로 머리를 아프게 한다면 그들이 어떻게 안정된 마음으로
싸울 수 있겠느냐는 것이었다.
그런 이야기를 또박또박 알아들을 수 있도록 말했지만 그 사내는,
"나쁜 년이니까 혼이라두 내줘야겠어요. 그런 년을 데리구 사는 군인이
불쌍하지 않아요?"
하고 혜련에 대한 증오심을 표시하며 타협의 눈치를 보이지 않았다.
"노형이 그 여자에 대해 원한이 있다고 해도 군인들을 위해서도 참아야
하지 않겠습니까? 군인들은 모두가 젊은 사람들입니다. 대부분이 애정문제
를 가지고 있을 겁니다. 성질이 다르기는 하지만 그 군인들의 아내에게 노
형과 같은 남자가 따르고 있다면 군인들의 마음이 어떻겠습니까? 그걸 생각
해 주어야 하지 않아요!"
그때야 그 사내가 약간 누그러진 태도로,
"나두 꼭 결혼하려는 것이 아니라 그년이 괘씸해서 그러는 겁니다."
하고 말했다. 현주는 일이 되어가는 것이라 생각했다. 그래서,
"우리 술이나 한잔하며 이야기합시다."
하고 그 사내를 어떤 막걸리 집으로 끌고 갔다. 술을 마시면서,
"참 유쾌합니다. 국군을 알아 주시는 형님하구 술을 마시게 돼서……"
하고 그의 손목까지 잡아 흔들었다. 한참 동안 술을 마시다가 그 사내는 마
침내,

“사실 국군만 아니라면 그런 년을 그냥 두지 않습니다. 내가 뭣이 못났어요? 이래뵈두 시장에서는 쩡쩡거리는 사람입니다. 돈이 있으니까 오입두 하죠. 사내자식이 오입두 못하면 그런 걸 어디다 써요. 그런데 파혼을 해요? 건방지게.”

힘을 택택 뱉으며 떠들어댔다.

“그렇구말구요, 암 그렇지요.”

현주는 장단을 맞춰 줬지만 속으로는 ‘못난 친구’ 하고 쓴웃음을 웃었다.

혜련을 사랑하기 때문에 잊을 수 없어 하는 것이 아니라 자기를 싫어했다고 해서 혜련에게 보복하려던 것이 그 사내의 본심이다.

보복을 하고도 자기가 받은 경멸을 경멸로 생각지 않으려는 사람 —— 자기를 경멸했다고 해서 경멸한 사람을 불행하게 만들어 놓아야만 쾌재를 부르는 사람! 그는 혜련과 같이 부부생활을 한다고 해도 혜련을 헌신짝처럼 버릴 수 있는 사람이기도 하다.

현주는 같이 술을 마시며 한편 고맙게 생각하면서도 그 사내를 경멸하지 않을 수 없었다. 경멸할 뿐 아니라 죽을 때까지 아무에게나 경멸을 받으며 살아야 할 인간이라는 것을 생각했다. 자기가 경멸하고 있는 것도 모르고 그 사내는 큰 마음을 썼다는 자기의 위대성에 만족하는 듯 호탕하게 웃으며 술을 마시고 있다.

“내니까 용서한다구 혜련이 보구 말씀이나 해 주십시오.”

“하구 말구요. 혜련 씨두 고맙게 생각할 겁니다.”

현주는 더할 나위 없이 고마운 것처럼 고개를 숙여 인사를 한 다음 그 사내와 작별을 했다. 술집을 나오자 현주는 바로 혜련에게로 가서 경과를 알려 주려 했다. 빨리 알려 주면 그만큼 혜련의 괴로움이 적어질 것이다. 괴로움이 없어질 뿐 아니라 권 대위를 마음껏 사랑할 수 있게 된 즐거움이 얼마나 클 것인가.

그러나 현주는 발을 돌려 버리고야 말았다. 첫째 권 대위 생각에서였다. 그 사내에게 말한 것 즉 일선에서 안심하고 싸우도록 해 달라고 한 그 말이 자기 자신으로 되돌아왔던 것이다. 권 대위는 자기를 믿고 혜련을 돌보아 달라고 했다. 현주는 그런 부탁밖에 받지 않았다. 그러나 부탁하지 않은 것까지 그는 생각했었다.

혜련을 사랑했던 것이다. 그러니 결국 자기부터가 일선에서 싸우는 전우들에게 불안을 던져 주었던 것이 아닌가? 큰 실수까지 저지르지 않았다고 해도 전우의 아내를 마음속에 두었다는 것은 일반사회 사람이 그런 행동을 한 것보다 몇 배나 큰 과오를 저지른 셈이다.

현주는 권 대위에게 부끄러웠다. 따라서 혜련을 볼 낯이 없었다. 그래서 그는 집으로 돌아와 편지로써 오늘의 경과를 혜련에게 알렸다. 편지는 간단했다. 혜련과 약혼했던 남자를 만나 좋도록 타협이 되었으니 앞으로는 절대로 안심하라는 말과 그리고 이때까지는 숨겨왔으나 평생 같이 살 남편이니 권 대위에게 비밀을 털어놓는 것이 좋을 것 같다는 말뿐이었다. 자기가 품고 있던 마음을 단 한 마디로나마 암시를 하고 싶었지만 용건 이외의 말은 일체 생략해 버렸다.

편지를 다 써놓고 나니 앞으로는 다시 만날 것 같지도 않은 생각에 영원히 마지막이라는 침울한 마음이 들었다.

그러나 차라리 마지막이기를 비는 심정 또한 거짓이라고도 말할 수 없었다.

편지를 봉투 속에 넣고 혜련이 행복되기를 비는 마음으로 겉봉을 쓰고 있을 때였다. 형수가 들어와서 옆에 앉으며,

"요새 형님한테 무슨 이야길 못 들었어요?"
하고 물었다. 현주는 들은 말이 없다고 대답했다. 그러자 형수는 형에게 무슨 일이 생긴 것이 틀림없다고 말했다. 어딘가 이상하다는 것이었다. 과연 그 날 밤 한주는 밤새 집엘 들어오지 않았다.

술을 마시고 늦게 돌아오는 때가 있다 해도 외박하는 일이 별로 없는 한주였다.

그러나 이 날만은 집에 돌아와야 한다는 의식을 완전히 잃어버렸다.

한주는 퇴근을 하자 곧바로 노영애의 집으로 갔다. 사실은 퇴근 시간까지 참았다는 것도 엔간한 일이었다. 속에서 불이 타오르는 것 같았고 온몸이

후들후들 떨리는 것 같았지만 한주는 남에게 눈치 채게 하지 않으면서 퇴근 시간까지 책상을 지켰다. 눈치 빠른 사람은 연거푸 담배만 피운다든가 서류를 뒤적이면서도 일을 못하는 것들로 미루어 한주에게 무슨 일이 생겼으리라는 것쯤 눈치를 챘을는지 모르지만 한주는 될 수 있는 대로 침착성을 잃어버리지 않으려고 노력했다.

××경찰서에 전화를 걸고 민경옥(閔敬玉)의 신상에 대한 것을 묻던 때가 가장 위태로운 순간이었지만 한주는 옆에서 듣는 사람이나 전화를 받는 사람이 모두가 직무상 호기심을 가지고 묻는 것이라 생각할 만큼 냉정하게 물었던 것이다.

그러나 퇴근 시간이 되자 그는 한시도 더 머물러 있을 수가 없었다. 마음 같아서는 경찰서로 달려가 민경옥을 면회하고 그 얼굴이나마 확인하고 싶었다. 발이 자꾸만 경찰서로 향하려고 했다.

그러나 한주는 경찰서로 가는 대신 영애의 집으로 갔다. 영애를 만나자 몇 시간 동안이나 눌렀던 감정을 터뜨리고 눈물을 뚝뚝 떨어뜨렸다. 영애의 얼굴을 멀거니 바라보며 울기만 하는 것이었다.

"왜 갑자기 이러세요?"

그러한 한주를 한 번도 본 일이 없는 영애인 만큼 한주가 정신에 이상이나 생긴 것처럼 놀란 눈으로 그를 흔들었다

한주는 정말 얼이 나간 사람처럼 대답도 하지 않고 눈을 뜬 채 눈물만 흘렸다. 영애가 수건으로 눈물을 닦아 주며,

"말씀을 해야 알지 않아요?"

하고 안타까이 물었지만 한주는 만들어 논 사람처럼 눈도 움직이지 않았다.

"정 그러시면 제가 죽구 말 테야……."

영애가 덩달아 울기를 시작했다. 한주의 무르팍에 엎드려 흐느끼는 영애의 어깨가 파도처럼 들먹거렸다.

얼빠진 사람처럼 울기만 하는 한주보다 그러한 한주를 보고 우는 영애의 슬픔이 더한 것 같았다.

영애가 한참 동안 울고 있을 때 한주가 들먹거리는 영애의 어깨를 만지며

겨우 입을 열었다. 역시 굳어버린 듯한 얼굴과 절망적인 어투가 서로 조화
되지가 않아 더 슬퍼 보였다.

"경옥이가 이남에 살구 있었어."

한 마디를 하고는 한참 뒤에야,

"경옥이가 사람을 죽였어……."

하고 또 한 마디를 했다.

"경옥이라니요?"

영애는 한주가 정신에 이상이 생긴 것이 아니라는 안도감이 들었는지 울
던 울음을 그치고 한주를 쳐다보았다.

"응, 내가 아는 사람이지."

"아는 사람이라니요?"

"내가 첫사랑을 하던 여자란 말야……."

"………"

"내가 처음으로 사랑한 여자였어. 꼭 영애와 같이 생긴 여자지. 영애의
얼굴이 경옥의 얼굴과 같았기 때문에 내가 영애를 사랑하게까지 됐던 거야.
이북에서 살구 있는 줄만 알았더니 1·4 후퇴 때 월남을 했었다나……."

한주는 허탈한 사람이 아득한 옛날을 회상하는 듯한 그런 목소리로 말
했다.

한주의 이야기를 듣고 나서야 영애가,

"오늘 아침 신문에 난 바루 그 여자로군요?"

하고 물었다.

"응, 나두 그 신문을 보구야 알았어……."

"찾아가 면회를 하셨어요?"

"안 했어. 사실은 면회를 해야 할지 안 해야 할지 그것두 결정을 짓지 못
했어……."

"왜요?"

"몰라."

"사랑하던 사람이지만 살인죄를 저질렀으니까 이젠 죄인으루만 생각되시

는가 보군요?"

"글쎄……."

"글쎄가 아닐 겁니다. 직업이 검사니까 죄인을 보면 금시 형법 몇 조(條) 만 생각나시겠지요. 안 그래요?"

"그럴지두 모르지……."

한주는 정말 자기 마음을 몰랐다. 경옥의 이름을 신문에서 보았을 때 그 순간에는 설사 살인범이라고 해도 좋았다. 경옥이가 대한민국에 살고 있다 는 사실만이 반가웠다. 그러나 신문기사를 다 읽고 난 뒤에는 경찰서에 전 화를 걸었을 뿐 면회를 가지 못했다. 면회 가지 않은 이유가 무엇인지 그것 은 자기도 모른다. 영애의 말이 옳을는지도 모른다. 그러나 그렇지 않을는지 도 모른다.

멍청하게 대답하는 한주를 보자 영애가 남의 일이 아닌 것처럼 말했다.

"살인 가운데두 사랑을 위한 살인이니까 성질이 다르지 않나요. 더구나 아내 있는 남자와 사랑을 했으니 그 남자의 아내가 얼마나 미웠겠어요? 설 흔두 살이라구 그랬지요. 그리구 아직 미혼이라고 그러지 않았어요. 그 나 이가 되도록 결혼을 안 한 노처녀의 마음을 생각해 보세요."

영애가 담시 말을 끊었다가 다시 이었다.

"참 여태까지 결혼을 안 한 것이 고 선생님 때문이었을지두 몰라요. 무엇 때문에 아직 결혼을 안 했겠어요……."

"………."

"찾아가 봐 드리세요. 사형을 당한다구 해도 고 선생님 얼굴만 보면 그 여자에게 한이 없을지 누가 알겠어요."

그래도 한주는 입을 열지 못했다.

"가서 얼굴만이라두 보여드리세요. 네……."

"………."

"안 만나 주시면 선생님은 정말 나쁜 분이셔. 제가 선생님 때문에 사람을 죽였다면 그땐 저두 안 만나 주실 거야."

"듣기 싫어."

"전, 경옥 씨를 동정해요……."

그때 한주가 손을 내저으며 영애의 말을 막았다.

"그만두라니까! 제발 좀 가만있어 줘……."

영애의 입을 막자 한주는 그 자리에 누워 버렸다. 갈피를 잡을 수 없는 마음의 혼란을 어떻게 할 수가 없었던 것이다. 수면제라도 먹고 그 자리에서 잠들어 버렸으면 하는 생각뿐이었다. 그러나 신문기사의 토막 토막이 눈앞에 떠오르며 경옥의 몸부림이 눈에 보이는 것 같아 머리는 더욱더 혼란해지기만 했다.

서른두 살까지 미혼이라는 것. 1·4 후퇴 때 이북에서 넘어와 부산까지 갔다가 서울로 올라오는 도중 수원 근처에서 교원 생활을 했다는 것. 연애하던 남자가 자기보다 나이가 적을 뿐 아니라 학식도 낮다는 것.

이러한 기사들이 눈앞에 떠오르면서 경옥이가 살인했다는 것이 우연한 일이 아니라고 생각될 때 한주는 가슴이 뒤틀리는 것 같아 가만히 누워 있을 수도 없었다.

그 날 밤 한주는 사고의 능력을 잃은 사람 같았다. 별로 하는 이야기가 없으면서도 영애를 요릿집에 나가지 못하게 붙잡았다. 술을 과음한 것도 아니었다. 술 마시는 시간보다도 멍청하니 앉아 있는 시간이 더 많았다. 그러면서도 어떻게 해야겠다는 생각을 해 볼 염(念)도 못했다. 정말 얼음판에 넘어진 황소처럼 눈만 멀뚱멀뚱할 뿐이었다.

영애도 한주의 심경을 알 수 있는지 말을 시키려 하지 않았다. 술을 따를 뿐이었다.

밤이 깊어 갈 때야 한주는,

"영애."

하고 영애를 불렀다.

"네?"

"내가 영애를 그대루 사랑할 수가 있을까?"

뚱딴지 같은 소리였다.

"왜요?"

"경옥이를 못 잊어서 영애를 사랑했던 나니까 말야."

"………."

"나는 영애를 사랑한 것이 아니라 영애 얼굴 뒤에 있는 경옥을 사랑했을
지두 몰라."

이 말은 영애에게 있어서 경옥의 살인 사건보다 더 무서운 말이었을지 모
른다. 그래서 영애는 얼마 전의 한주처럼 얼빠진 얼굴로 말을 하지 못했다.
한참 뒤에야,

"사랑에두 대용품이 있나요."
하고 고개를 들었다.

"그래두 영애의 얼굴이 경옥의 얼굴을 닮지 않았다면 영애를 사랑하지
않았을지두 모르니까!"

"법률엔 동기(動機)라는 것이 중요하겠지만 사랑에 무슨 동기가 필요해
요. 동기야 어떤 것이든 사랑하면 사랑하는 것이지 않아요?"

"만약 경옥이가 자유스런 몸이구 그가 나를 필요루 한다면 나는 영애를
사랑하지 못하게 될 게 아니야?"

"옛날에 사랑하던 사람이라구 해서 십 년 후에두 사랑하게 된다는 법은
없을걸요. 오랫동안 이해(理解)하지를 못 했으니까요."

이번에는 한주가 말을 잇지 못했다. 십 년 전에 사랑하던 경옥이를 살인
사건이 일어난 지금에 와서도 사랑할 수가 있을 것인가 하는 의심이 들었기
때문이었다. 그럴 때 영애가 팔목시계를 들여다보며,

"시간이 지났는데 돌아가셔야지요?"
하고 한주를 쳐다보았다.

"시간이 지났음 못 가나……."

"참 검사님이시지? 통행금지 시간 쯤……. 저는 통행금지 시간 십 분이
나 이십 분 전쯤 되면 가슴이 콩알만해지는데……. 통행 시간에 부자유를
안 느끼는 분은 정말 살맛이 있을 거야."

"통행 시간의 자유를 그렇게까지 바라는 사람이야말루 살맛을 모르는 삶
이지. 그게 뭐 그리 큰 문젠가."

"밤에만 돈벌이를 하는 사람 생각은 안 하세요? 한 시간이 황금 같은데……."

그 말에는 아무 대답도 없던 한주가 불쑥,

"나 오늘 집에 안 갈 테야."

했다.

영애는 한주의 마음을 알고 있다. 요릿집에도 나가지 못하게 붙잡은 한주다.

"주무세요. 내쫓지는 않을 테니……."

"내쫓으면 쫓겨 갈 테야."

"가시다가 몸을 다치시면 어떡해요. 아무래도 위험하실 것 같아요."

영애는 자리를 깔기 시작했다. 단칸방에 요 두 개를 깔고 베개를 각각 요 위에 놓았다.

자리를 깔아 놓자 영애가,

"옷을 벗구 주무세요."

하고 말했다.

"잠이 오는 건 아니야."

한주는 누우려고 하지를 않았다. 잠이 올 까닭이 없지 않은가? 경옥에 대한 것을 영애 옆에서 생각하고 싶었을 뿐이었다. 영애 말과 같이 살인을 했다고 하나 자기가 사랑하던 여자임에 틀림없다. 그리고 아직까지 자기를 사랑하고 있을지도 모른다. 그러한 경옥을 어떻게 할 것인가? 면회를 하러 가야 할 것인가? 그리고 있는 힘을 다해서 그 죄를 가볍게 해 주어야 할 것인가? 그와 동시에 영애는 어떻게 해야 할 것인가? 앞으로도 만나야 하는 것인가, 그렇지 않으면 아주 잊어버려야 하는 것인가?

이런 것들을 생각하는 것이었다. 그러나 그런 생각이란 몇백 번 거듭해도 결론이 맺어지지 않는 생각이다. 하면 할수록 깊어지고 복잡해지고 까다로워지는 문제다. 하루 이틀에 실마리가 풀려질 수가 없다.

영애 역시 자꾸만 무엇이 생각되는 모양이었다. 그러기에 말 없는 한주 옆에서 밤이 깊어가는 줄도 모르고 눈만 빤짝거리고 있었다. 한 시쯤이나

되었을까? 그때야 영애가,

"곤하실 텐데 주무세요."

하고 입을 열었다

"자지."

한주도 피곤을 느꼈던지 일어나 옷을 벗고 자리에 누었다. 옷이라야 와이셔츠 하나만 벗었을 뿐 바지는 입은 채였다.

"바지가 구겨지지 않아요?"

그 말에야 한주는 바지를 벗고 발가벗은 몸을 급하게 홑이불 속으로 감추었다. 그러나 영애는 한주가 벗은 바지를 받아 곱게 개서 자기 요 밑에 깔아 놓고는 천천히 옷을 벗기 시작했다. 불을 끄지 않고 저고리를 벗었다. 어깨와 잔등의 하얀 피부를 보자 한주는 얼핏 옆으로 돌아누웠으나 자기의 양복 바지를 요 밑에 깔고 자려는 영애의 애틋한 마음이 가슴을 파고들어 벗은 육체를 한 번 더 보고 싶은 충동을 느꼈다.

옷을 다 갈아입었는지 영애가 불을 껐다. 그리고는 물을 마시고 싶지 않느냐고 물었다. 한주는 물을 달라고 해서 영애가 한 번 더 일어나도록 하고 싶었다. 불빛에 비치는 영애의 육체가 보고 싶었던 것이다. 그러나 한주는 목이 마르지 않다고 대답한 뒤 눈을 감아버렸다.

그러나 잠이 올 것 같지가 않았다. 가슴이 자꾸만 조여지는 것 같았으며 손이 자꾸만 떨리는 것 같았다. 육체 전부가 굳어지는 것 같기도 했다. 여태껏 경옥에 대한 것만 골똘히 생각하고 있던 한주가 방 안이 어두워짐과 동시에 그의 마음이 육체의 지배만을 받게 되었는지 그는 자기도 모르는 새 영애의 손을 잡아 자기편으로 힘껏 끌어 다녔다. 한주의 가슴 속으로 들어오지 않을 수 없을 만큼 억세게 끌었던 것이다.

한주는 억세게 끌지 않아도 영애가 자기 품 속으로 들어오는 것이라 생각했다. 모든 절차가 그렇게 된 것만 같았다.

그러나 억세게 끌었는데도 영애는 움직이지를 않았다. 자기 자리에 누운 채 한주의 손만을 꼭 쥐어 주었다.

"이리 안 올 테야?"

한주는 드디어 자기의 감정을 말로 표현했다. 그리고는 한 번 다시 영애의 팔을 잡아끌었다.

"주무세요."

해 보는 이야기가 아니라 정말 냉정하게 들리는 목소리였다.

"잠이 올 것 같지가 않은데……."

한주는 그냥 영애를 끌어당기며 말했다.

"그냥 주무시는 게 좋을 것 같아요. 빨리 눈을 감으세요."

영애가 한주의 손을 뿌리치기까지 하며 말했다.

"왜?"

한주는 이해할 수가 없었다. 이때까지 한 번도 그래 본 일은 없지만 그래도 자기의 요구를 거절할 영애라고는 생각해 본 일이 없기 때문이었다.

"저는 아무 문제가 안 돼요. 이미 헌 여잔데요, 뭐. 돈에는 언제나 마음을 움직일 수 있다는 그런 직업두 가졌구요. 그렇지만 선생님을 사랑하는 건 제 더러운 육체가 아니었습니다. 더러운 육체를 선생님께 맡긴다면 제 사랑은 제 육체처럼 깨끗하지가 못해지구 말 것이에요."

영애가 냉정한 어조로 말했다. 그러나 한주는 그런 말이 귀에 들어오지 않았다. 온몸을 뒤집어엎는 육체적 흥분이 있을 뿐이었다.

"싫단 말이지? 싫으면 똑바루 싫다구 그래."

"싫다는 게 아녜요. 제 사랑을 오래 간직하고 싶어서 그러는 거지."

"그만둬."

그러면서도 영애를 끌어당기는 손에 그냥 힘을 주었다. 그때 영애가,

"정 그러시다면 마음대로 하세요. 그렇지만 저는 선생님을 마음으로 사랑할 수 있는 오직 하나의 선생님이라 생각했어요. 몸은 더러웠어두 마음만은 더럽지 않았다구 생각할 수 있는 오직 하나의 거울로 생각해 왔어요."

하고 긴 한숨을 내쉬었다. 한주는 그 한숨 소리에 잃었던 정신이 번쩍 돌아오는 것을 느꼈다. 앞으로는 오직 하나의 거울마저 깨지고 만다는 뜻의 한숨이 아니겠는가.

한주는 영애를 어떻게도 할 수 없는 사람이다. 결혼 같은 것은 생각도 못

했다. 그러면서도 또 사랑을 했다. 어떻게도 할 수 없는 자기가 영애의 거울 마저 깨뜨린다고 할 수야 있을 것인가?

한주는 영애의 손을 놓고 돌아누웠다. 차라리 일찌감치 돌아갔다면 하는 후회만이 앞섰다. 한숨도 아니요, 앓는 소리도 아닌 비명 비슷한 소리가 가슴 속에서 울려나왔다. 괴로운 모양이었다. 그때 영애가,

"좋두룩 하세요."

하고 한주의 손을 더듬어 잡았다.

"그만 자."

한주가 영애의 손을 뿌리쳤다. 그 뒤부터 영애는 숨소리도 내지 않았다.

한주의 결심은 섰다. 그러나 곱게 자리라 생각하면서도 잠이 오지 않았다.

한주는 할 수 없이 베개를 발목 있는 데로 가져다 놓고 거꾸로 누웠다. 한결 마음이 멀어지는 것 같았다. 그러나 밤새 잠을 이루지 못하고 새웠다.

새벽 교회당 종소리가 들릴 때 한주는 벌떡 일어나 옷을 갈아입었다. 영애도 어느새 옷을 입고 한주의 양복바지를 요 밑에서 꺼내 주었다. 옷을 다 입고 뛰쳐 나오듯 나오려 할 때 영애가,

"역시 선생님은 고마우셔."

하면 한주의 품에 안겼다. 그러나 괴로웠던 하룻밤을 생각할 때 한주는 영애의 말도 귀에 들리는 것 같지가 않았다.

외박이라는 것을 모르던 형이 다음날 아침이 되도록 돌아오지 않았다. 형수의 수다가 아니라도 현주는 형에게 무슨 일이 생긴 것을 알 수가 있었다. 무슨 일인지는 모르지만 좌우간 마음의 변화를 일으킬 만한 일이 생긴 것은 틀림없는 일이었다.

현주가 조반을 먹고 있을 때 형수가 들어와서,

"나가시는 길에 한 번 들려보세요. 만나시거든 형 안 들어와도 좋다구 말씀하시구요."

했다. 그 말을 듣자 현주는 별안간 형수에 대한 반발심이 일어나,

"하룻밤 안 들어왔다구 그렇게까지 말씀하실 게 없잖아요? 정말 불가피

한 일루 못 들어오신지 누가 압니까?"

하고 좋지 않게 대답했다. 현주에게도 마음이 지피는 데가 있었다. 형의 마음을 어느 정도 알고 있는 만큼 외박의 이유를 짐작하면서도 형수의 암상궂은 말에 반발했던 것이다.

"내가 죽어야 해요. 나만 죽으면 피차 맘이나 편할 거 뭐……."

형수가 울먹울먹했다.

현주는 못 들은 척했다. 죽음까지를 생각한다면 생명이 닳아 없어지도록 사랑해 보아야 할 것이 아닌가? 죽도록 사랑해 볼 생각은 안 하고 식어가는 사랑을 구하는 데만 죽음을 이용하려는 것은 무사려(無思慮)나 그렇지 않으면 무지(無知)의 결과밖에 지나지 않을 것이다.

그러나 죽음으로나마 애정을 더럽히지 않겠다는 형수의 그런 마음이 하나의 동정을 가져오게도 했다. 동양의 미덕(美德)은 그런 경우에 강요되는 동정심일지도 모른다.

현주는 형수만을 미워할 수 없는 것이 자기 마음이라고 생각했다. 그러나 식사가 끝나자 집안에 앉아 있기가 싫어 옷을 갈아입을 때였다.

광윤이가 찾아왔다. 방 안에 들어서자,

"어딜 나가시는 길입니까?"

하고 물었다.

"좀……."

현주는 어떤 방향을 생각하고 나가려던 것이 아니었다. 그저 집에 있기가 싫어서 옷을 갈아입고 있던 참이다. 그러나 어딜 가느냐는 말에 현주는 어디로 갈까 하는 것을 혼자 생각하지 않을 수 없었다. 그러나 꼭 가야만 한다는 곳이 생각나지 않았다. 복희 아버지한테나 가 볼까. 간다면 거기밖에 갈 곳이 없었다. 그 뒤의 일이 알고 싶었던 것이다. 그렇다고 해서 꼭 가야만 한다는 마음은 들지 않았다.

그런 것을 생각하고 있을 때 광윤이가 웃는 얼굴을 지으며 돈보자기를 내밀었다.

"받아왔습니다."

무척 만족한 모양이었다.

"수고했군요."

현주는 돈을 받아 절반을 세어 광윤에게 주었다.

"이걸 쓰시우……."

그러나 광윤은 놀라는 표정으로,

"고 형의 돈두 아닌 걸 주시면 어떡해요."

하고 돈을 밀어 놓았다.

"홍서는 생각지두 않는 돈이니까 내 돈이나 마찬가지죠. 넣기나 하시우."

"안 받겠습니다. 나두 이제 취직이 되는 모양인데……."

"취직이라니요?"

"장사두 좋기는 하지만 체신상 아무래두 취직이 날 것 같아요. 요새 종아
가 어떤 아는 사람을 통해 취직을 시켜 준다니까요……."

그 말을 듣자 현주는 종아의 수완이 놀랄만하다고 생각했다.

하나의 대결

그러나 장사보다 취직이 났다는 말이 이상스럽게 생각되어,

"체신보다는 자유스런 것이 낫지 그게 무슨 말이요?"

하고 물었다.

"자유스럽다는 점과 돈을 벌수 있다는 점에서는 장사가 날 것 같습니다.
그렇지만 그것보다도 체신이 더 필요한 것 같아요. 더구나 반공포로루 나왔
다니까 모두들 이상한 눈으로 대하는 것 같아서……."

"반공포로라는 투쟁적인 이름이 영예스러운 역사를 말하는 것일 텐
데…… 누가 이상하게 본단 말입니까?"

"반공은 투쟁적이요 영예로운 것이겠지만 포로는 역시 포로가 아니겠습
니까? 포로라는 낙인은 반공이란 말로만은 완전히 씻기지 않을 것입니다."

"반공이란 말루 그 낙인이 씻기지 않는다면 무얼루 그걸 씻을 수 있겠소?

인간이란 절대적인 것이 아닐 겝니다. 실수라는 것두 있을 수 있지요. 한 번 저지른 잘못두 그것을 메꿀 수 있는 행동이 나타났을 때 그 잘못은 용서받을 수 있을 게 아닙니까? 공산주의자들은 한 번 변절했다던가 한 번 잘못했다고 하면 언제라도 숙청을 하고야 만다지만 인간을 기계로 만들려는 그런 공산주의가 용납된다면 인간은 희망이란 것을 완전히 잃어버리고 말 것입니다."

"우리 나라가 죄에 대해서 얼마나 관대하다는 것을 압니다. 그렇지만 나는 죄에 대한 의식(意識)을 잊어버리도록 스스로 노력해야겠어요. 그래두 대학교육까지 받은 놈이 자전거를 타구 물건 배달이나 하구 있으니 어쩐지 죄값을 하는 것 같은 생각이 들어 못 견디겠어요."

"나는 자전거 타구 다니는 형이 귀하게 보이는데요."

"내게 죄의식이 없기만 하다면 귀한 행동이라구 생각할 수 있을 것입니다. 그렇지만……."

"자격지심입니다. 내가 취직을 반대하는 것은 아니지만 현재의 직업을 경멸하려는 그 자격지심에 찬성치는 못하겠습니다."

광윤이는 잠시 무엇을 생각하다가,

"그럼 취직을 단념할까요?"

하고 솔직하게 물었다.

"단념할 것은 없겠지요. 자격지심을 버리라는 것이지……."

광윤은 잘 알았다는 듯이 일어섰다. 현주도 나가려던 참이라 같이 일어나서 뜰로 나왔다. 뜰을 걷는 동안 현주가,

"종아 씨가 어떤 사람을 알기에 오빠 취직을 다 시켜준답디까?"

하고 물었다.

"자세는 모르지만 많이 활동하는 사람을 알게 됐나 봐요."

"취직자리는 어떤 방면인데……."

"거야 알 수 있겠어요. 되는 대루겠지요. 어떤 토건(土建)회사를 말하는 것 같기는 합니다만……."

토건회사라는 말에 현주는 문득 홍서를 생각했다.

그리고 만약 종아의 힘이 모자랄 때는 자기가 홍서를 통해서 힘이 되어
줄 수 있으리라는 생각도 들었다.

"토건회사라면 나두 아는 사람이 있으니까 그 뒤 경과를 알려 주시오."

광윤은 대답 대신에 허리를 한 번 굽실하고 발을 조급히 대문께로 옮겼
다. 현주는 광윤이가 열어놓은 대문으로 무심히 걸어 나갈 때 바로 대문 옆
에 종아가 서 있음을 발견했다.

광윤이와 같이 와서도 집안엘 들어오지 않고 밖에서 기다리고 있는 중이
었다.

현주는,

"집 안에 들어오면 누가 코를 베먹는답디까?"

하고 밖에 혼자 서 있는 종아를 웃으면서 나무랬다. 그때 종아가,

"베먹을 사람이 있기나 한데요?"

하고 현주를 쳐다보고는 금시 얼굴을 돌려 버렸다. 이때까지 말 한 마디 시
원스럽게 해 본 적이 없는 종아였다. 자기가 한 말이 부끄러워서 얼굴을 돌
렸다 해도 그렇게 대담한 말을 하리라 생각지 못했던 만큼 현주는 놀란 눈
으로 종아를 바라보았다.

"그런 줄 알면서두 안 들어오실 게 뭡니까?"

"………"

종아는 다시 입을 다물어버렸다. 그러나 현주는 어쩐 일인지 말을 시켜보
고 싶은 충동에,

"남의 문턱까지 와서 들어오지두 않는다는 건 이상한데요?"

하고 한 번 더 말을 물었다.

"안 들어간 데 그렇게 관심을 가지시나요?"

종아가 콕 찌르는 소리를 한 마디 토했다. 눈알이 유달리 반짝이는 것 같
았다.

"관심을 가져서가 아니라 이해할 수가 없으니까 하는 말이죠."

그때야 종아는 전과 같은 태도로 돌아가,

"오빠 자전거를 지키구 있어야잖아요?"

하고 겨우 들릴락 말락하게 말했다.

현주는 더 말을 꺼내지 않았지만 종아가 그저 부끄러워만 하는 그런 처녀가 아님을 인식했다. 부끄러워만 하는 것을 나쁘게 생각했던 것은 아니지만 부끄러워하기 때문에 그만큼 관심이 적었던 것 또한 숨길 수 없는 사실이었다. 현주는 종아를 새롭게 인식함과 동시에 전보다 관심이 달라지는 것을 느꼈다. 함부로 할 수 없는 말을 대담하게 꺼내는 종아의 용기가 마음을 끈 것 같기도 했다.

자기 오빠의 취직을 알선할 만큼 용감성이 있는 종아.

현주는 그러한 종아를 처음으로 발견한 만큼 그의 얼굴을 다시 보고 싶어졌다. 고개를 숙이고 걷고 있는 종아를 불렀다.

"종아 씨."

"네."

종아가 대답을 하면서 고개를 현주 편으로 돌렸다. 새까만 속눈썹과 날씬한 코 그리고 얄따란 입술이 한눈에 들어왔다. 대단한 미인은 아니래도 그 하얀 살결이 얼굴을 빛나게 하는 것 같았다. 몇 번씩이나 본 얼굴이나 새롭게 보는 얼굴 같았다.

현주는 얼굴을 보려기에 말을 꺼내지 못했다.

"왜 부르셨지요?"

종아가 부를 때야 자기가 그를 부른 기억이 떠올라,

"물어볼 말이 있었는데 깜박 잊어버렸는데요."

하고 도망쳐 버렸다. 종아도 달리 이상하게 생각하는 눈치를 안 보이고 걷기만 했다.

그들은 전차 정류장 앞에까지 걸어가서 전차를 기다릴 때까지 별로 말을 안 했다.

광윤이가 자전거를 타고 먼저 떠나간 뒤에도 같은 전차를 탈 것이란 묵계(默契) 밑에 전차만 기다릴 때였다. 누가 뒤에서 현주를 불렀다. 매일 아침 그 근처 다방에 와서 기다리겠다던 복희였다.

"이거 얼마만이세요? 고 선생님!"

복희는 현주에게 동행이 있는 것을 모르는 척 일부러 현주만을 보면서 그
야말로 오래간만에 만나는 사람처럼 반겨했다.

현주는 어이가 없어서 웃기만 했다.

"오래간만인데 차 한 잔 마시지요."

복희가 말했다. 아주 천연스러운 태도였다.

"볼일이 있어서 좀 나가던 길인데……."

현주는 비로소 입을 열었다. 연극을 꾸미는 복희가 얄미울 정도까지는 아
니었지만 그래도 종아와 함께 전차를 타야 한다고 생각했던 것이다.

"꼭 부탁드릴 말씀이 있는데 한 오 분만……."

복희는 웃지도 않고 말했다.

현주는 복희의 속이 빤하게 들여다보여 코라도 한 번 퉁기어 주고 싶었
지만,

"오늘은 동행이 있어서……."

하고 종아를 돌려다보았다.

그 말에야 복희는 동행이 있는 것을 몰랐다는 듯이,

"그러세요?"

하고 종아를 보며 미안해하는 표정을 지었다. 그러나 종아는 미안해하는 복
희를 보려고도 하지 않고 사람들이 올라타고 있는 전차를 향해 달음질쳤다.

얼굴을 붉히고 혼자 달음질치는 종아와 사뭇 놀란 듯한 얼굴로 종아를 바
라보고 있는 복희 사이에서 현주는 잠시 망설였다. 복희를 무시해 버리고
종아 뒤를 쫓아 전차를 타고 싶은 것이 진심이었을지 모른다. 그러나 간다
온다 말 한 마디 없이 혼자 달려간 종아를 뒤따라가는 것은 자존심이 깎기
는 일 같았다. 그렇다고 해서 복희 옆에 처지고 만다는 것도 유쾌한 일이 아
니었다.

종아를 버리고 복희를 따른다는 것도 불쾌한 일이었지만 종아에게 오해
를 받지나 않을까 하는 것이 더욱 싫었다. 오해를 사면 무엇이 해로울지 그
것만은 생각지 못했다. 그러면서도 오해 사는 것이 싫어서,

"다음에 봐요."

한 마디를 남긴 뒤 전차로 달려갔다.

그러나 전차는 이미 출입문을 닫고 움직이기를 시작했다. 현주는 달리는 전차를 따라가며 출입문을 두들겼으나 차장은 내다보지도 않았다.

어떻게 할 수도 없었다. 뒤에서는 복희가 바라보고 있다. 고소하다는 듯이 웃고 있을지도 모른다.

현주는 약간 창피한 것을 느꼈지만 그렇다고 해서 뒤돌아서기는 싫었다.

때마침 달려오는 택시가 있었다. 현주는 손을 번쩍 들어 그것을 멈추었다.

택시에 올라탄 뒤 자동차가 움직일 때쯤 해서 현주는 복희에게 손을 내흔들었다. 복희는 현주를 빤히 바라보고 있으면서도 얼굴살 하나 움직이지 않았다. 정말 화석이나 된 것처럼 꼿꼿이 서 있었다.

복희를 뒤로 남겨두고 떠난 현주는 자동차가 삼선교 못 미처에서 전차를 앞질렀지만 자동차를 멈추지 않았다. 혜화동 로터리까지 가서야 차를 멈추고 내렸다.

종아가 탄 전차는 5분이나 거의 지나서야 로터리 정류장에 이르렀다. 그 동안 현주는 무엇을 생각했는지 모른다. 무엇 때문에 등살을 피었는지도 모른다. 그러기에 전차에 올라 종아 옆으로 가서도 처음에는 아무 말도 못했다.

종아도 현주를 한 번 쳐다보았을 뿐 말이 없었다가 멎었던 전차가 움직일 때야,

"자동차로 따라오셨어요?"
하고 물었다.

현주는 대답할 수가 없었다. 그저 웃음으로 넘겨버렸을 뿐이었다.

둘은 서로 말이 없었다. 전차가 움칠하고 움직이는 바람에 종아가 몸을 비틀거리며 현주의 팔을 잡고는,

"전차두……."
하고 현주를 바라보았다.

명륜동 앞을 직선으로 달리기 시작한 전차가 조금도 동요를 하지 않았지

만 종아는 현주의 팔을 잡은 채 손을 내리지 않았다. 현주는 종아가 의식적으로 자기 팔을 붙잡고 있는 것이라 생각하고 가슴이 흐뭇함을 느꼈지만 창경원 회모두리를 돌며 전차가 함부로 흔들릴 때 종아가 현주의 팔을 놓고 전차의 손잡이를 붙잡는 데는 종아가 자기에 대하여 일종의 불쾌감 같은 것을 느끼는 것이라 생각되어 눈을 딴 데로 팔지 않을 수 없었다. 처음에는 자동차로 따라와 주었다는데 아무것도 생각할 여유가 없었을 것이지만 시간이 지남에 따라 돈암동 전차 정류장에서 본 복희 생각이 머리에 떠올랐을 것이 분명했다.

전차가 종로 4가에 이르렀을 때 현주는 종아를 그대로 보내서는 안 된다는 생각이 들었다. 그래서 전차를 내리자,

"차나 한잔 마시구 가십시다."

하고 종아를 끌었다.

종아도 반대하는 기색을 보이지 않고 현주를 따라섰다. 그러나 두 사람은 전찻길가에 있는 이층집 다방에 올라가서 차를 주문할 때까지 말이 없었다. 현주는 무엇보다도 복희에 대한 오해가 없게 하고 싶었으나 그런 말을 먼저 꺼내는 것이 구차스런 것 같아 입을 열지 못했다.

종아는 종아대로 두 사람의 관계가 어떤 것인지도 모르며 질투하는 듯한 눈치를 보이기가 싫어 말을 꺼내지 않았을 것이리라. 종아는 질투라는 것을 좋아하지 않는 여자다. 더구나 말을 자유롭게 할 처지가 못 되는 현주에게 질투의 감정부터 보일 수는 없었다. 그러니 두 사람의 입에서는 말이 나오지 않을 것이 당연했다. 그러나 현주로서는 복희에 대한 이야기가 아니라도 무슨 말이든 해야 할 것 같아,

"불쾌하십니까?"

하고 말 없는 것을 트집 잡기 시작했다.

"아아니요."

"그럼 왜 말이 없습니까?"

"할 말이 있어야지요? 선생님두 말씀을 안 하시면서……."

종아가 현주를 한 번 똑바로 보고는 고개를 숙여버렸다. 현주를 똑바로

보는 그 눈 속에는 무슨 이야기가 많이 숨어 있는 것 같았다. 무슨 이야기가 숨어 있는지 모르나 부끄러운 것도 같고 날카로운 것도 같고 그리고 애정이 깃들인 것 같기도 한 그 눈이 현주의 가슴 속을 파고들었다. 현주는 떨어뜨린 종아의 얼굴을 한참이나 멍하니 바라보다가,

"아까 그 여자 멋쟁이지요?"

하고 복희 이야기를 꺼내고야 말았다.

"참 멋쟁이던데요."

종아는 감탄하는 어조로 말하면서도 복희에 대해서 무엇을 알아보려 하지는 않았다. 현주는 그것이 불만이었다. 그래서,

"뭣 하는 여자 같아 보입니까?"

하고 도리어 질문을 했다.

"글쎄요. 알 수 있어요?"

종아는 어디까지나 관심도 없는 것처럼 말했다.

"대처승의 딸인데 아주 타락한 여잡니다. 타락한 여자루 안 보입니까?"

"얌전해 보이든데요? 참 좋은 여자 같아요."

"종아 씨는 나쁜 사람이루군……."

"왜요?"

"솔직하지가 못해서……."

"왜, 제가 솔직하지를 못해요? 이상한 말씀을 다하셔……."

현주는 종아의 말이 진심에서 우러나온 것 같지가 않아 불쾌했다. 그래서,

"참 성인군자시루군요."

하고 비꼬는 말을 했다.

"선생님두. 제가 무슨 성인예요?"

"남을 좋게만 보는 사람이 성인 아니구 뭡니까……."

종아는 조금 난처하다는 듯이 잠시 말을 끊었다가,

"선생님이 좋아하시는 분이라면 좋은 사람이 아닐까요……."

하고 현주를 쳐다보았다. 약간 웃음을 띤 그 눈동자에는 의심과 질투와 증오 같은 감정이 조금도 들어 있지 않았다. 오직 신뢰에 가득 찬 만족감만이

가득한 것 같았다.

"내가 좋아하는 사람인지를 어떻게 아셔요?"

현주는 진실된 종아를 본 듯이 웃을 띠며 말했다.

"좋아하시는 분이니까 그렇게 반가워할 수가 있는 게 아녜요?"

"사실은 어제두 만나댔는데 종아 씨가 옆에 있으니까 그렇게 오래간만에 만난 것처럼 꾸민 겁니다."

"그렇다면 조금 나쁜 사람인데요……."

종아가 처음으로 의심하는 태도를 보였다. 눈이 흐려지는 것 같았던 것이다. 종아의 태도가 달라지는 것을 보자 현주는 공연한 말까지 했다고 후회했다. 아직 서로를 모르고 있는 사이다. 그런데 복회의 이야기를 그렇게 했다는 것은 결국 종아에게 의혹을 품게 하는 결과밖에 가져오지 않았다고 생각했기 때문이었다.

역시 사랑에는 기술이 필요한 것이었다.

현주는 종아의 의혹을 풀기 위해서 복회를 알게 된 동기와 그의 직업을 설명하지 않을 수 없었다. 그리고 복회 아버지를 만났던 이야기까지 하고야 말았다. 그리고는,

"내가 좋아하는 사람은 아닙니다. 좋아하지 않아도 만나야 하는 사람이 있지 않아요. 왜?"

하고 숨김없이 털어놓았다.

이야기를 다 듣고 난 종아는 잘 알았다는 듯이,

"참 불행한 분이루군요."

하고 복회를 동정하는 듯이 말했다.

현주는 종아의 입에서 복회를 경멸하는 말이 나오기를 기대하고 있었다. 그러나 그런 말을 조금도 비치지 않을 때 종아가 이중성격을 가진 여자가 아닌가 하고 의심했다. 만약 자기를 좋아한다면 자기를 독점하려는 마음이 있어야 할 것이 아니었겠는가?

그렇다고 해서 종아가 자기를 아무렇지도 않은 사람으로 생각하는 것이라고는 믿어지지 않았다. 역시 관심을 가지고 있는 것만은 틀림이 없었다.

다방을 나서서 충충계로 내려올 때였다. 현주는 아래위를 살펴본 뒤 사람이 없는 틈을 타서 종아의 손을 꼭 잡았다. 그리고는 종아의 몸을 자기 편으로 돌리고,

"종아 씨, 나는 이제부터 종아 씨를 자주 만나야겠어."
하고 약간 떨리는 음성으로 말했다.

현주는 종아의 눈에서 그가 자기를 사랑하는 것을 알고 있었기 때문에 서슴없이 이런 말을 할 수 있었다.

종아는 아무 대답도 안 했다. 숙여진 얼굴이 빨개졌을 따름이었다. 그래도 현주는 종아의 대답이 듣고 싶었다. 자기 마음을 털어놓은 이상 종아는 솔직할 수 있으리라는 생각도 들어,

"종아 씨는 내가 싫습니까?"
하고 물었다. 그때는 이미 충계를 내려와 전찻길가에 서 있었다.

"내일 또 뵙겠어요."
종아는 대답 대신에 이런 말을 남기고 전차 정류장으로 달려갔다.

수를 놓아 가지고 팔러가는 보자길 것이라. 과히 크지 않은 보자기를 한 옆구리에 끼고 전차 정류장으로 걸어가고 있는 종아를 현주는 멀거니 바라보고 서 있다. 어디를 가든 종아와 같이 전차를 탈 수 있다. 그러나 현주는 전차 탈 생각을 안 하고 종아를 바라보고만 있다. 마음의 결론을 얻었을 때에 오는 지나친 안정감 때문이었을지도 모른다.

종아는 전차 정류장까지 이르러 현주를 돌아보았다. 약 이백 미터쯤 떨어진 곳에서 자기를 향해 서 있는 현주가 보였다. 이때까지 무관심하기만 하다가 오늘 갑자기 적극성을 보인 현주다. 자기의 손을 꼭 쥐어 주었고 지금은 자기를 못 잊어 길가에서 자기만 바라보고 있다.

종아는 눈물이 쫙 쏟아질 것 같았다. 가슴이 뻐근해 올라왔다. 종아는 그 자리에서 현주에게로 달려가고 싶었다. 아무 말을 못 해도 내일 만날 시간과 장소만은 약속 짓고 싶었다.

자기는 무엇 때문에 막연하게 내일 만나자는 말만을 남기고 도망치듯 현주 곁을 떠난 것일까?

그러나 종아는 마음과 달리 현주에게로 되돌아가지 못하고 전차에 오르고 말았다.

종아는 현주를 첫 번 볼 때부터 마음이 이상스럽게 움직였다. 그것을 이때까지 누르고 참아왔다. 그렇게 누르고 참아온 것이 하나의 습성으로 되었는지도 모른다. 어쨌든 현주가 자기에게 대하는 태도를 완전히 달리했다고 해도 자기의 마음을 그대로 털어놓을 수 없는 것이 또한 종아였던 것이다.

전차가 네거리를 지나 종로 3가로 달아나고 있을 때 종아는 그때까지 길에 서 있는 현주를 보았다. 보았을 뿐 아니라 현주의 시선과 맞부딪치기까지 했다.

현주가 시야에서 보이지 않을 때는 몸이 노곤해지며 눈이 저 혼자 감겼다. 사랑을 받고 있다는 사실을 처음으로 확인했을 때 이때까지 핏속에 잠겼던 긴장이 뼛속으로 들어가 녹아버리는 모양이었다.

"현주 씨는 나를 사랑하고 있어."

종아는 그 이상 다른 것을 조금도 생각지 않으며 을지로 입구에 있는 단골 수예점으로 갔다.

수예점으로 들어가자 종아는 보자기를 풀고 열흘 이상 수놓아 가지고 온 그림을 주인 아주머니에게 내 주었다.

주인 아주머니는 수를 이리저리 살펴보다가,

"색이 그렇게 곱지 못한데요."

하고 사뭇 불만이라는 듯이 말했다. 언제나 한 가지 트집은 잡고야마는 주인 아주머니다. 그래야 값을 덜 줄 수 있기 때문이기는 하겠지만 부탁받을 때 지시한 색깔 그대로를 썼는데 새삼스럽게 색깔이 나쁘다는 것은 말이 안 된다.

"하시라는 대루 했는데요."

"불란서 자수는 특히 색깔이 찬란해야 되는데 이거 쓰겠어요."

주인 아주머니는 자기가 시킨 것은 무시하고 만들어 온 물건만 시비였다. 그리고는 잘 팔릴 것 같지가 않다면서 일만 환만 받으라고 했다.

종아는 분한 생각이 들었다. 일을 맡길 때 주인이 자기 손으로 실을 골라 주었다. 그리고 자기 입으로 일만 오천 환을 주겠다고 했다. 그 동안 밤낮을 가리지 않고 눈이 아프도록 일한 수고는 고사하고 한 입으로 두말하는 장사꾼의 심보가 미워 죽어도 만 환에는 넘기지 않으리라 생각했다.

"그렇게 약속을 어기시면 앞으로는 어떻게 합니까?"

종아는 시비조로 말했다.

"정 안 팔릴 것 같으니까 그러지 언제 내가 약속을 어깁니까?"

주인 마누라는 할 수 없지 않느냐는 듯이 냉정하게 말했다. 그 동안 접시 받침이니 손수건이니 하는 작다란 일을 해다 주었을 때 주인 마누라는 잔소리를 하면서도 약속한 돈을 깎은 일은 별로 없었다.

"아무렇기로서니 오천 환씩 깎으면 저는 무얼 먹구 살아요?"

"좀 미안하기는 하지만 한 번만 내 사정을 봐 주시오."

"그렇겐 못하겠어요."

종아는 수놓은 것을 책보에 싸기 시작했다. 책상 넓이만큼이나 큰 수다. 다른 사람 같으면 한 달이나 걸릴지도 모르는 일감이다.

책보에 도루 싸는 것을 보자 그때에야 주인 마누라가 생긋이 웃으며,

"그럼 내가 미안하지 않우? 이천 환만 더 드리리다."

하고 물건을 잡아당겼다.

"싫어요."

"엔간히 고집이 세군요. 그럼 천 환만 더 드리지."

주인 마누라는 홍정이 끝난 것처럼 물건을 펼쳐서 한 번 더 들여다보고는 장 속에다 집어넣었다. 그리고는 돈을 세면서 곁눈으로 종아를 힐끗 보고,

"홍서 씨를 가끔 만나시지요?"

했다. 마치 그런 사람까지 소개를 해 주었는데 그렇게 고집세울 것이 무엇이냐는 투였다.

종아는 삼천 환을 더 준다니 주는 대로만 받고 말리라 생각했던 것이지만 홍서를 소개해 준 것까지 장사와 관련시켜 말하는 것이 싫어 물건을 뺏어 가지고 뛰쳐 나오고 싶었다.

"만나시거든 우리 집에두 좀 놀러오라구 그러세요. 얼굴을 잊을 것 같다

구······.”

　주인 마누라는 이상한 웃음까지 웃었다.

　종아는 무엇이라 한 마디 해 주고 싶었지만 그 말과 그 웃음만 가지고는 시비를 걸 수가 없었다. 더구나 오늘도 홍서와 만날 약속이 있음을 생각할 때 종아는 도리어 마음 한 구석이 켕기는 것을 느꼈다. 그래서 돈과 함께 일감을 새로 얻어가지고 나올 때까지 홍서의 말을 한 마디도 꺼내지 못했다.

　수예점을 나오자 종아는 시계를 들여다보았다. 홍서와 약속한 시간이 거의 되었다. 종아는 그대로 약속한 다방까지 가려고 했다. 그러나 수예점 마누라가 자기 뒤를 따르고 있는 것 같은 착각을 일으켰다.

　종아는 뒤를 돌아보았다. 아는 사람이 하나도 보이지 않았다. 그러나 그 다음 순간 종아는 현주가 뒤따르고 있는 착각을 느꼈다. 또 뒤를 돌아보았다. 아무도 없는 것을 보았을 때 그대로 걸어가면서도 종아는 문득 팔목에 걸었던 시계를 풀어 보자기 속에 쌌다.

　홍서에게 받은 시계가 남에게 보일까 두려웠던 모양이다.

　동화백화점 쪽으로 걸어가고 있는 종아의 발걸음은 느릴 대로 느렸다. 그의 눈은 자꾸만 발끝으로 내려가고 있었다. 명동을 지나 중국대사관 골목으로 접어들 때에는 걸음이 더 느려진 것 같았다. 길가 첫 번째에 있는 다방 앞에서는 그의 발이 뒤로 돌아서고 있었다. 입술을 잴긴잴긴 깨물며 멍하니 하늘을 쳐다본다. 얼마 안 되어 그는 다시 몸을 돌려 몇 걸음 걸어간다. 그 다음 다방 앞에서 그 다방의 간판을 쳐다본다. 그리고는 또 한 번 망설이다가 그만 그 다방 안으로 들어가 버렸다.

　다방에 들어서자 방안을 둘러볼 사이도 없게 한편 옆에 앉았던 홍서가,

　“미쓰 홍.”

하고 커다랗게 종아를 불렀다.

　다방에 앉았던 사람들의 시선이 모조리 자기에게로 집중하는 것은 육감으로 느낀 종아는 고개를 들 수가 없으리만큼 부끄러웠다. 부끄럼을 느끼면서도 홍서 옆으로 안 갈 수도 없는 종아였다.

　종아가 자리에 앉기도 전에,

"여자가 시간을 지킬 줄 모르면 어떻게 하는 거유?"
하고 옆 사람들이 들릴 만한 목소리로 홍서가 떠들었다.

종아는 정말 죄지은 사람처럼 얼굴을 들 수가 없었다. 수예점에 놀러왔던 홍서를 주인 마누라를 통하여 인사한 다음 몇 번 만난 일이 있지만 홍서는 처음부터 종아의 부끄러움을 생각하려고 하지 않았다.

처음 인사한 날도 홍서는,

"아주머니한테 말을 많이 들었지만 젊은 여자가 수 같은 것이나 놓구 살면 어떡합니까? 결혼을 해야지……."
하고 타박을 주듯이 말했다 둘째 번 만났을 때 종아가 오빠의 취직을 부탁하자 홍서는,

"종아 씨의 부탁이야 안 들을 수 있나……. 그렇지만 촌스럽게 하구 다니면 만나기가 창피하니까 우선 이런 거라두 좀 가지구 다녀!"
하고 반말질을 하며 금시계 하나를 강제로 안겨 주었다.

세 번째 만났을 때는 조용한 데서 이야기를 하자고 하여 으슥한 요릿집으로 끌고 가서 손목을 잡으려 했다.

이러한 일들을 겪어왔기 때문에 이번에는 다방에서 만나기로 하고 약속했던 것이지만 다방에서까지 이러한 창피를 주니 종아는 결국 홍서를 찾아온 자기를 후회할 도리밖에 없었다.

자기에게 약점이 있다면 오빠 광윤의 취직을 부탁한 것밖에 아무것도 없다. 오빠의 취직을 부탁하지 않으면 꿀릴 일이 없다. 종아는 앉지도 말고 그냥 돌아가 버릴까 생각했다. 그러나 수예점에서부터 다방에 이를 때까지 여러 번 되풀이하며 결심한 것을 부끄러움을 주었다는 감정으로 포기할 수는 없었다.

홍서는 오빠의 취직을 미끼로 해서 자기를 자주 만나려 하고 있다. 만나려 하는 것은 자기를 농락해 보려는 야심 때문이다. 그런 것을 빤히 알고 있지만 종아는 그러한 홍서를 무서워하지 않으리라 결심했다. 돈이면 뭣이나 되려니 생각하는 홍서를 돈만으로는 되지 않는 일도 있다는 것을 알려 주고 싶었던 것이다.

그런 결심을 가진 만큼 종아는 불쾌한 순간을 참아야 했다.

"여자가 시간두 지킬 줄 몰라 미안합니다."

하고 허리를 굽혀 사과를 한 뒤 홍서 맞은편 의자에 앉았다.

홍서는 또 큰 소리로 레지를 불러다 세워 놓고는 종아에게 무슨 차를 마시겠느냐고 물었다. 종아는 아무것이나 좋다고 대답했다. 그때 홍서가,

"우유 한 잔 가져와 여자가 커피를 마실 줄 아나……."

하고 레지에게 우유를 주문했다. 말투가 종아를 완전히 무시하는 태도였다. 그래도 종아는 참았다. 홍서가 오빠의 취직이 이삼 일 내에 결정될 것이라 말할 때 종아는 더구나 아무 말을 할 수가 없었다. 찻집을 나와서 집으로 돌아오려 할 때 홍서가 택시를 불러 세우고 종아더러 타라고 했지만 그때도 종아는 항거하는 태도를 보이지 않고 타라는 대로 올라탔다.

자동차에 오르는 순간 종아는 현주를 생각했다. 현주에게 못할 짓을 하고 있는 것 같았기 때문이었다.

그러나 현주를 생각하는 마음이 자기를 믿을 수 있는 용기를 준 것도 사실이었다. 즉 자기 마음속에 현주가 있다는 생각이 어떠한 고난도 위험도 이겨나갈 수 있다는 자신을 준 것이다.

그러나 자동차가 미아리를 지나 시외로 나가고 있음을 알았을 때 종아는 약간 속이 떨렸다. 사막(沙漠) 같은 데서 일대 일(一對一)로 싸운다면 힘이 부족한 자기가 결국은 지고야 말 것이 아닌가 하는 겁이 났기 때문이었다. 그래서 의정부로 가는 길을 달리고 있을 때,

"어디루 가시지요?"

하고 불안한 목소리로 물었다.

"아무데나 가는 대루 따라와!"

홍서는 독재자처럼 대답했다. 종아는 발악을 해야 소용이 없음을 알았다.

"그래두 가는 데는 알아야지 않아요?"

부드러운 말씨로 물었다. 홍서의 비위를 미리부터 건드리지 않기 위함이었다.

그때야 홍서는 빙긋이 웃으며,

"우이동이 좋지. 목욕두 하구……."
하고 대답했다.

종아의 가슴은 점점 더 떨렸다. 우이동에는 여학교 시절에 몇 번 가 본 일이 있다. 조그마한 방갈로들이 많은 곳이다. 잘못하다가는 봉변을 당하고야 말 것 같은 겁이 자신을 점점 약하게 했다. 그러나 종아는 지레 겁을 먹고 나가떨어져서는 안 된다고 생각했다. 투구를 굳게 입고 전투태세를 갖추어야 한다고 생각했다. 그와 동시에 홍서에게 미리부터 긴장을 주지 않도록 작전계획을 잘 세워야 한다고 생각했다. 그래서 종아는 아무런 겁도 없다는 것처럼,

"오빠 걱정을 너무 시켜드려 미안합니다. 그럼 이삼 일 뒤에는 출근할 수 있겠군요."
하고 딴말을 꺼냈다.

"월급두 결정 됐지. 한 달에 오만 환……."
홍서는 자기가 엇떴냐는 듯이 위세 있게 말했다.

"오만 환이요?"
종아는 깜짝 놀랐다. 오만 환짜리 월급이 있다는 말도 들어본 일이 없는 그였다.

"보통 관청이나 회사하구는 좀 다르지."
홍서는 힐끗 종아를 보고는,

"종아두 취직을 하지. 수입두 없는 걸 가지구 고생만 할 것 없이……."
하고 창 밖을 내다보았다. 생각이 있거든 청을 드리라는 눈치였다.

"오빠만 취직하면 전 괜찮아요."
종아는 월급도 남달리 많이 받고 옷차림도 남에게 지지 않을 오빠만이 좋았다.

막벌이꾼처럼 험한 옷을 입고 다니는 오빠를 볼 때마다 가슴 한 모퉁이가 늘 아팠던 것이 아닌가. 그러면서도,

"둘이 다 같이 취직하며 더 좋지 않어?"
하는 홍서의 말이 또 종아의 입맛을 당기지 않은 것은 아니었다. 눈이 아프

도록 바늘과 실만을 가지고 손을 놀릴 때 종아는 자기 집안의 영락(零落)을 언제나 슬퍼했다. 영락했다는 생각을 가지지 않을 수 있는 생활이 하고 싶었던 것이다. 참으로 영락이란 말 이상으로 비참한 말이 없을 것 같았다.

"그렇게 자리가 있을까요?"

"자리란 만들면 있는 거지 정해 논 게 있어?"

홍서는 이 말을 하자 뒤로 젖히고 앉았던 몸을 벌떡 일으키며,

"시계는 어떻게 했어?"

하고 와락 달려들어 종아의 왼손을 끌어당겼다.

종아는 홍서가 발작하기 시작한 것이라고 생각했다. 그래서,

"시계 여기 있어요."

하고는 몸을 홍서에게서 뗀 다음 책보를 가운데다 놓고 그것을 풀기 시작했다.

"시계를 왜 그런데 싸 가지구 다니는 거야?"

"전차 탈 때 쓰리꾼이 무서워서 그랬어요."

종아는 이렇게 꾸며 말한 뒤 시계를 팔목에 채웠다.

"허 허. 거 뭐 그렇게 귀한 거라구……."

홍서는 자기가 준 물건을 소중히 여기는 데 사뭇 만족한 웃음을 웃고는,

"취직하려면 옷이라두 좀 사 입어야 할 텐데……."

하고 혼잣말처럼 중얼거렸다. 취직을 하려면 자기도 그렇기는 하지만 오빠도 당장에 입고 나갈 옷이 없다.

"취직을 할래두 그런 게 귀찮아 못 할 것 같아요."

하고 자기도 걱정이 여간 아니라는 듯 말했다. 그 말에 홍서가 기세를 얻어,

"그까짓 얼마나 들라구. 걱정 말어."

금시 돈을 꺼내 줄 것처럼 말했다.

자동차가 우이동 어떤 요릿집 앞에 머물렀다. 그리고는 얼마 안 있어 개천 가까운 곳에 있는 방갈로 같은 집으로 두 사람이 안내되었다.

우선 비어상(床)이 들어왔다. 종아는 싫어도 비어를 따르지 않을 수 없었다. 홍서는 종아가 부어 주는 비어를 몇 잔 마시자 기분이 상쾌하다는 듯,

"참 좋군."

하고서는,

"잊어버리기 전에 줘야겠군."

하고 수표책을 꺼내 수표를 쓰기 시작했다. 그것을 본 종아는 가슴이 떨렸
다. 받아서는 안 될 돈이다. 지금 시계 하나를 받고 있지만 그것도 아무때건
돌려줘야 하는 것이란 생각이 머리에서 떠나지 않고 있다. 더구나 상대편의
속을 빤히 들여다보면서 그 돈을 받는다면 그것은 주는 사람보다도 받는 사
람이 더욱 나쁜 일이다.

"자, 받아 둬."

홍서가 수표를 내밀었다.

"오빠두 아닌데 돈은 왜 주세요?"

종아는 이런 말로써 거절을 했다.

"오빠래야 돈을 주나? 어린애 같은 소릴 말어."

"남한테 왜 돈을 받아요?"

"나보구 오빠라면 되지 않아?"

"선생님이 왜 제 오빠가 되요?"

"오빤 별것 있어? 나보구 오빠라는 여자가 얼마나 있게…… 돈이면 오빠
두 되구 서방두 되구 아버지두 되는 거야."

종아는 어이가 없었다. 돈이면 무엇이나 된다고 하지만 오빠도 되고 아버
지도 된다는 말은 처음 듣는 말이다.

"전 그런 오빠 싫어요."

"종아는 세상을 몰라……."

홍서가 너털웃음을 웃으며 종아께로 다가와 그의 목을 끌어안았다.

"세상에 별게 있는 줄 알아?"

하고는 얼굴을 비비려 했다.

종아는 날쌔게 몸을 뽑아 한편 구석으로 달아났다. 그리고는 홍서를 빤히
쳐다보고 있을 때 홍서가,

"정말 안 받을 테야?"

하고 수표를 내저었다.

"점잖게 술을 마시면 받겠어요."

"그래 점잖게 먹지."

종아는 주는 수표를 받았다. 우선 받아보리라고 생각했던 것이다. 돈이면 무엇이나 되는 줄 아는 사람에게서 돈을 받은 뒤가 어떻게 되나 한 번 보고 싶기까지 했다.

종아는 그 십만 환짜리 수표를 받아 보자기 속에 싸놓은 다음,

"돈의 대가를 무엇으로 받으려 하시죠?"

하고 당돌하게 물었다. 어리어리한 눈을 크게 뜨고 가느다란 입술을 야무지게 다문 것이 녹녹치 않게 보였다. 종아로서는 이제야말로 어물어물할 때가 아님을 깨달았을 것이다.

"대가를 치를 걸 가지구나 있어?"

홍서는 술기가 좀 돌았는지 불그스레한 얼굴에 웃음을 띠며 물었다.

"없으니까 하는 말씀이죠."

"없으면 그뿐이지 무얼 그렇게 걱정하는 거요?"

"남자들은 일부러 없는 여자를 골라가며 무얼 주려구들 하지 않아요?"

"그냥 동정이라든가 애정이라든가 그런 데서 오는 것이겠지……."

"천만에요. 없는 여자일수록 뺏을 것을 크게 노리는 것 같던데요."

그때 홍서가 왈칵 달려와 종아를 쓸어안고는,

"사람을 골리려는 거야."

하며 키스를 하려 했다. 종아는 두 손으로 홍서의 얼굴을 막아 물리치고,

"그러지 말구 계약을 하세요. 저는 돈과 시계를 받았습니다. 그리구 오빠의 취직을 부탁했습니다. 그러니까 저두 선생님에게 무엇을 드려야 하지 않겠어요? 무엇을 드려야 할지 그것을 말씀해 주세요. 그렇게 계약을 하면 저두 위약을 못하게 될 게 아니겠습니까……."

"요것이 계약은 무슨 계약이야."

홍서는 종아의 손을 잡아 꼼짝 못하도록 끌어당기고는 자기 입술로 종아의 입술을 찾아 헤맸다.

종아는 있는 힘을 다해서 홍서를 밀었다. 그러나 홍서는 조금의 여유도 주지 않고 종아를 붙들어다가 얼굴과 얼굴을 비볐다. 종아는 반항할 대로 반항했으나 반항하는 힘이 클수록 홍서의 압력이 강해져 나중에는 싸움하는 사람들처럼 엎치락뒤치락하게까지 되었다.

분하고 창피하고 또 부끄러워 견딜 수가 없었다. 종아는 있는 힘을 다하여 홍서의 턱을 밀어 뒤로 넘어뜨렸다. 그리고는 쓰러진 순간을 이용하여 벌떡 일어나 밖으로 달음박질했다. 홍서가 뒤를 따랐다.

종아는 몇 걸음 안 가서 흘러내리고 있는 개천만 건너면 홍서가 따라오지 못하리라는 생각에 개천으로 뛰어갔다. 그리고 무르팍까지 차는 물 속을 허둥지둥 걷기 시작했다. 반쯤 건넜을 때였다. 발이 미끄덩하는 순간 복사뼈가 새큰 하는 것 같음을 느꼈다. 그러나 그런 것을 가릴 여유가 없었다. 미끄러운 돌판을 지나 개천을 다 건너고야 말았지만 건너편을 돌아보려는 순간 종아는 그 자리에 쓰러지고 말았다. 그리고는 자기도 모르게 '아야' 하고 비명을 올렸다.

물 속으로 들어오지는 못하고 멍하니 바라만 보고 있던 홍서가 쓰러져 비명을 지르는 종아를 보자 양말과 양복바지를 벗고 조심조심 건너와서는,

"왜 그래?"

하고 종아의 어깨를 흔들었다.

"괜찮아요."

종아는 벌떡 일어났다. 홍서의 도움을 받지 않고 혼자 걸을 작정이었다. 그러나 걸음이 제대로 걸리지 않았다. 달리 도망칠 수도 없었다. 절뚝절뚝하며 개천을 되돌아오지 않을 수 없었다. 방갈로로 다시 돌아왔을 때 홍서가,

"점잖지 않게 그러니까 벌을 받는 거지 뭐야."

하고 그대로 종아의 몸에 손을 대려고 했다.

복사뼈가 쑤셔 견딜 수 없는데도 홍서가 그냥 건드리려고만 하는 데는 울화가 치밀어 견딜 수 없었다. 그러나 그렇다고 해서 발악을 하기도 창피하여 종아는 '아유' 소리만 연발하며 참을 수 없다는 듯 몸부림을 치기 시

작했다.

복사뼈 있는 데를 두 손으로 붙잡고 뱅뱅 맴을 돌았다. 아파서 정신 없어 하는 것을 보자 그때에야 홍서가,

"어떻게 다쳤어?"

하고 다친 곳을 만지려 했다.

종아는 홍서의 손이 닿기도 전에 '아야' 소리를 하고는 손을 대지도 못하게 했다.

"정말 죽겠어요. 뼈가 부러졌나 봐요."

종아의 엄살에 홍서는 눈이 뚱그래져서 음식점 사환을 불러다가 택시가 있는가를 물었다.

아마 자기가 타고 온 택시는 돌려보낸 모양이었다. 사환이 가서 보겠노라 하고 돌아간 사이에도 종아는 계속적으로 신음소리를 내며 홍서가 다른 마음을 못 먹게 했다.

한참 뒤 사환이 와서 어떤 자가용차가 태워다 주겠다고 승낙했다고 말을 했다. 홍서는 불행 중 다행이라는 듯이,

"그럼 빨리 가."

하고 종아를 일으켰다.

종아는 홍서가 일으켜 주는 것도 싫었다. 주어도 혼자서 걷고 싶었다. 그러나 엄살을 해야 된다는 생각에 홍서에게 부축을 받아가며 자동차 있는 데까지 왔다.

자동차에 오르자 홍서가,

"제길!"

하고 산통이 깨졌다는 듯이 입맛을 다셨지만 종아는 다리 삔 것이 자기를 살려 준 것이라고 혼자 고맙게 생각하는 것이었다.

만약 다리가 삐지 않았다면 하고도 생각해 보았다.

다리가 삐지 않았다면 고개를 넘어 인가 있는 데까지 도망쳤을지도 모른다.

그렇게 했더라면 신도 못 신고 버선발인데다가 치맛자락이 온통 젖었으

니 동네 사람들을 무슨 낯으로 대할 수 있었을 것인가?

종아는 무엇보다도 현주에게 부끄러운 일을 저지르지 않은 데 안도감을 느꼈다. 부득이한 사정으로 어떤 남자와 놀러갔던 사실을 안다고 해도 자기를 지키기 위해서 발까지 뺐다고 하면 현주는 자기를 칭찬해 줄 것이 아닌가? 정말 현주는 자기를 칭찬해 줄 것 같았다.

그러면서도 발 때문에 당분간 현주를 만나지 못할 것이 슬그머니 걱정되는 종아이기도 했다.

자동차가 미아리에 도착할 때까지 홍서는 입맛만 다시고 있다가,

"저…… 집으루 데려다 주세요."

하는 종아의 말에야 비로소,

"병원엘 가야지 않아."

하고 퉁명스럽게 말했다.

"삔 데는 한의사의 침을 맞아야 하지 않아요. 집 근처에 한의사가 있으니까 우선 집으루 가겠어요."

"글쎄……."

홍서는 차라리 잘 되었다는 듯이 자동차를 정릉리로 향하게 했다.

종아는 차가 멎기 전에 끝내야 할 이야기를 생각하여 보자기를 풀고 수표를 꺼내 들었다. 그리고 시계도 풀었다.

"이걸 돌려 드려야겠어요."

그때 홍서가 얼굴을 붉히며,

"왜 이래?"

하고는 금시,

"발이 낫는 대루 나와, 오빠 취직두 있구 하니까."

하고 달래는 듯이 종아의 어깨를 툭툭 쳤다.

종아는 발 때문에 얼마 동안 나갈 수 없으리라는 것을 말하고 나서,

"아무리 생각해두 제가 선생님께 드릴 것이 있을 것 같지가 않아요."

하고 한 번 더 수표를 내밀었다.

"그건 다음에 이야기해. 발이 났거든……."

홍서는 모욕을 당했을 때처럼 얼굴을 찡그렸으나 실망할 필요까지는 없다는 듯이 억지웃음도 지었다.

"제가 이걸 가지고 있는 동안 저는 선생님을 경계하지 않으면 안 될 거예요. 불쾌한 이야기 아녜요."

종아는 경계해야 한다는 말 대신에 다리가 부러질지도 모른다는 말을 하고 싶었다. 사실 앞으로는 발이 삐는 정도가 아니라 다리가 부러지는 일이 생길지도 모를 일이다.

"다 같은 사람이야. 내가 식인종이 아닌 바에야 경계할 건 뭐야. 그렁저렁 살다가 죽는 게 인간야. 종아는 극락에라두 갈 줄 알아? 없어. 더구나 여자는 백 번을 죽어두 극락엘 못 가는 거야."

홍서가 설교하듯이 이야기할 때 자동차가 종아의 집 근처까지 왔다. 그래서 차를 멈춰 달래 가지고 내리려 할 때 종아는 한 번 더 수표를 주면서,

"후회하지 마시구 받으세요."

했다. 홍서는 사람을 경멸하지 말라는 눈으로 수표를 보자기 속에 집어넣고 자동차에서 내리는 종아에게 안겨 주었다. 그리고는,

"집이 어디지?"

하고 집까지 바래다 주려는 것처럼 자기도 자동차에서 내리려 했다.

종아는 홍서에게 자기 집을 가르쳐 주기가 싫었다. 그래서 골목길로 조금만 들어가면 되니까 걱정 말고 가라고 자동차에서 내리지를 못하게 했다.

홍서는 혼자서 걸어갈 수가 있느냐고 다짐을 하고 나서야 안심이 된다는 듯이 자동차를 돌리게 했다.

자동차가 멀리 사라질 때까지 종아는 움직이지를 않았다. 위험한 폭발물이 아주 사라지는 것을 보고나야만 안심이 되겠는 모양이었다. 자동차가 자취를 감춘 뒤에도 잠시 동안은 그쪽만 바라보고 있던 종아가 혼자서 한숨을 내쉰 뒤에야 다리를 쩔룩이며 집으로 걷기를 시작했다.

얼마나 다쳤는지 발이 새큰거려 잘 걸을 수가 없었다. 그러나 지나간 치욕의 하루와 또 앞으로도 있을지 모르는 그러한 날이 머리에서 사라지지 않아 아픈 줄도 별로 몰랐다. 생각하면 홍서에게 지지는 않았다. 전투가 벌어

질 것을 미리 알았고 또 전투가 벌어졌을 때는 부끄럽지 않게 싸웠다. 그러
나 지지 않은 싸움이라고 해도 인생이 그런 것인가 하고 생각할 때는 서글
프기 짝이 없었다.

종아는 집으로 들어가자 그 자리에서 누워 버렸다. 인생이 슬퍼서 견딜
수 없었던 것이다. 한참 동안 울고 있을 때 오빠 광윤이가 돌아왔다. 오빠를
보니 더욱 눈물이 나왔다. 악할 줄도 모르는 오빠가 도리어 불쌍하게 보였
는지도 모른다.

"왜 어디가 아프니."

종아가 일어나지도 않고 울고 있는 것을 보자 광윤이가 불렀다. 오빠의
다정한 음성을 듣자 종아는 가슴이 터지는 것 같아 소리를 내며 울기를 시
작하다가,

"오빠, 고 선생을 좀 불러다 주세요."

하고 오빠의 손을 잡아끌었다.

"왜 그래? 무슨 일이 생겼니?"

"고 선생이 와야 하겠어요. 고 선생이."

종아는 허공을 향해 현주를 부르는 것이었다.

파동 이후

"말을 좀 해라. 대체 무슨 일이 생겼느냐 말이다."

광윤이가 종아의 어깨를 잡아 흔들며 물었다. 무척 놀란 목소리였다.

종아는 오빠의 근심스런 시선과 마주치자 그만 딴 사람이 된 것처럼,

"오빠."

하고 눈을 감아 버렸다. 그리고는 눈을 감은 채 삔 다리를 쳐들며,

"잘못해서 발을 삐었어요."

하고 조용히 말했다.

광윤은 종아가 쳐든 다리를 무르팍에서부터 쓸어내려가다가 복사뼈에서

손을 멈추고,

"여기루구나. 뭤는데……."

하고 종아의 얼굴을 바라보았다. 그리고는,

"어떡하다가 뺐니? 빨리 의사한테 뵈어야겠구나……."

하고 혼잣말처럼 말했다. 그러나 의사를 부르러 갈 생각은 않고,

"몸이 아프면 그리운 사람이 더 그리워지지. 너 현주 씨를 사랑하구 있구나……."

하고 은근히 물었다.

"대강 짐작은 했다. 그렇지만 현주 씨가 너를 사랑하는지 그걸 알아야지."

그때 종아가 감았던 눈을 뜨며 말했다.

"오빠, 그이두 나를 사랑하구 있어요."

"그걸 어떻게 아니?"

"내 맘이 그렇게 말하는걸요."

"그런 소릴 말구 좀 두구 봐라. 나두 네 맘을 전해 볼게!"

"아니에요. 틀림없어요. 아무두 모르지만 나만은 알구 있어요."

광윤은 잠시 말을 끊었다가,

"그럼 내가 부르러 가면 현주 씨가 와 줄 것 같으니?"

하고 물었다. 그 말에도 종아는,

"와 주실 거예요."

하고 자신 있게 대답했지만 얼마 안 있어,

"그렇지만 그만두세요. 공연히 걱정만 끼칠걸……."

하고 한숨을 내쉬었다.

광윤이는 그 말이 옳은 말이라는 듯 동의를 하며,

"우선 의사나 불러오자."

하고 일어섰다.

종아도 이의가 없다는 듯이 오빠가 하는 대로 내버려 두었다.

광윤이가 의사를 데리러 나가려고 할 바로 그때였다. 광윤이를 부르는 소

리가 대문 밖에서 들렸다.

　광윤이는 누가 찾아왔을까 하고 잠시 귀를 대문께로 기울이고 있을 때 종아가,

　"현주 씨야요. 빨리 나가 보세요."
했다.

　"현주 씨가 뭣 때문에?"

　광윤은 자기의 귀와 아울러 종아의 말을 의심했지만 사랑하는 사람의 귀는 정확성을 가진 모양이었다.

　광윤이가 밖으로 나가기도 전에 현주가 방 안을 기웃하며,

　"다들 계시군."
하고 선뜻 방으로 들어왔다.

　현주가 들어옴을 알자 종아는 벌떡 일어나 앉아 흐트러진 머리를 손으로 쓸어내렸다. 그리고는 약속했던 사람이 오기나 한 것처럼,

　"앉으세요."
하고 현주를 쳐다봤다.

　현주는 방 안 공기가 좀 다른 것 같아,

　"무슨 일이 생겼수?"
하고 종아와 광윤의 얼굴을 번갈아 쳐다보았다. 그때 광윤이가 종아의 부상을 설명하고 의사를 데리러 가는 길이라고 한 뒤,

　"그렇지 않아두 종아가 고 형을 불러다 달라구 그러던 참인데 잘 오셨습니다."
하고 한 번 뒤를 돌아보고는 밖으로 나가 버렸다.

　광윤의 말에 종아는 얼굴을 붉히고 고개를 떨어뜨렸지만 현주는,

　"어딜 다쳤어요?"
하고 종아 곁으로 다가 앉았다.

　"대단치 않아요."

　종아는 부끄러운 듯이 상처를 감추려고만 했다.

　"어디 좀 봅시다."

현주는 종아와 몸이 닿을 만큼 가까이로 가서 묻고는,

"마음 줄이 댕겨서 왔더니 오기는 참 잘 왔군요."

하고 혼자 중얼거렸다.

종아는 그 말이 가슴을 찡하게 울려 그만 눈물이 나오려는 것을 겨우 참았다.

"복사뼈 있는 데를 뼜어요."

"어떤 다린데요?"

현주가 종아의 발을 잡아끌었다. 그리고는 아프다는 발목을 만져 보고 그것을 힘주어 잡아당겼다. 그런 경우의 응급치료 방법을 잘 알고 있는 현주였던 것이다. 손으로 주무르다가 잡아당기고 하는 통에 종아는 견딜 수 없는 고통을 느꼈지만 아프다는 말도 못하고 얼굴만 찡그리고 있을 때 현주가,

"어떻게 하다가 다쳤죠?"

하고 물었다.

종아는 자초지종을 말하지 않을 수 없었다. 오빠에게 이야기를 하면 자기 취직 때문에 그런 봉변을 당했다고 도리어 낙심할 것 같아 이야기를 못했던 것이지만 현주에게만은 숨길 수가 없는 일이었다.

오빠에게 현주를 불러다 달리고 한 것도 결국은 그 이야기를 들려 준 뒤 그의 의견을 들어야겠다는 생각에서였다. 돈과 시계를 받았다. 또 오빠의 취직을 부탁했다 그것을 장차 어떻게 할 것인가 하는 것은 오직 현주의 말에 달려 있다고 생각하는 종아인 만큼,

"너무 욕하지는 마세요. 제가 철이 없었던가 봐요."

하고 우이동에 갔던 이야기를 자세히 설명했다. 그러나 이야기를 듣고 난 현주는,

"공짜루 준다고 시계를 받구 놀러 가잔다구 자동차를 타구 그러니까 그런 일이 생길 게 뻔한 일이지……."

하고 사뭇 불쾌한 어조로 말했다.

"오빠의 취직만 아니면 그런 사람을 만나지두 않았을 거예요. 제가 나빴

어요. 그렇지만 이 돈과 시계를 어떡할까요?"

종아가 눈물을 흘려가며 따뜻한 말을 구했다.

"돌려 주지 어떡허긴 뭘 어떡해요."

"그럼 곧 물리겠어요! 그리구 오빠 취직두 단념해 버릴까요?"

"취직이 중해요? 사람이 중해요?"

"그럼 그 사람을 만나지두 않겠어요."

현주는 입을 다물고 바깥만 내다보고 있었다. 혼자서 무엇을 생각하고 있는 모양이었다.

"고맙습니다. 전 선생님 말씀대루 하겠어요. 그래서 선생님이 뵙구 싶었어요. 그렇지만 오빠에겐 아무 말씀두 말아 주세요. 그것만 부탁드리겠어요."

그래도 현주는 대답이 없었다. 한참 뒤에야,

"대체 그게 어떤 친굽니까?"

하고 불쑥 한 마디를 했다. 종아는 일이 다 결정된 이상 불쾌한 사람의 이름도 말하고 싶지 않았다. 그러나 어찌 현주에게 비밀을 지킬 수 있을 것인가.

"토건업하는 정홍서라는 사람인데 나이는 선생님쯤밖에 안 되는 사람이에요."

그 말에 현주는 갑자기 얼굴빛을 달리 했다.

"뭐 정홍서?"

그리고는,

"죽일 자식."

하고 주먹을 불끈 쥐었다.

현주에게는 모두가 불쾌하기만한 이야기였다. 그러나 그 중에서도 종아가 홍서에게서 이유 없이 돈과 시계를 받았다는 것, 그리고 남자의 속을 들여다볼 수 있는 나이에 우이동까지 따라갔다는 것이 분할 정도로 불쾌했다.

아침에 종아에게서 느낀 감정이 참을 수 없게 부풀어올라 그새를 참지 못해 찾아왔던 자기가 후회될 정도로 불쾌했다. 종아에 대한 꿈이 송두리째 환멸로 변해 버리는 것도 같았다.

"돈에는 능히 눈이 어두워질 수 있는 여자."

이렇게 생각하니 종아의 얼굴이 보기도 싫어졌다.

그러나 종아에 대한 환멸과 아울러 홍서에 대한 분노가 치밀어올라 몸을 움직일 수 없었다.

홍서의 생활 태도를 모르는 것은 아니지만 종아까지 겁탈하려고 했다는 것을 생각하니 뼉다구를 분질러 놓아도 시원치 않을 것 같았다. 더구나 종아를 끌고 우이동엘 간 것도 모르고 그를 만나러 찾아갔던 자기를 생각하니 홍서에게 희롱을 당한 것 같기까지 했다. 광윤이가 받아온 십만 환 건으로 홍서를 찾아갔다가 볼일 보러 나갔다고 해서 만나지 못하고 그냥 돌아온 것이 몇 시간도 안 된 점심 나절의 일이었다.

"어떻게 할까……."

현주는 홍서를 그냥 두고 싶지 않았다. 어떻게 해서든 정신을 좀 차리게 해 주어야겠다고 생각했다. 그럴 때였다. 의사를 데리러 나갔던 광윤이가 중늙은이의 한의사와 함께 돌아왔다.

현주는 벌떡 일어섰다. 의사의 치료가 끝날 때까지 앉아 있을 수가 없었던 것이다.

그러나 환멸의 슬픔과 참을 수 없는 분노가 섞갈린 표정으로,

"돈과 시계는 그냥 가지고 있으시우."

하고 엄격한 어조로 명령하듯 말했다. 그리고는 자기의 말을 듣지 않으면 안 된다는 듯이 무서운 눈으로 종아를 한 번 노려보고야 밖으로 나왔다.

광윤이가 뒤따라 나와 그 심상치 않은 태도에 어리둥절하며,

"좀더 앉았다 가지 않구……."

하고는 눈치를 살폈다. 그때 현주는,

"홍 형두 취직할 생각 말구 그냥 장사를 하시오."

하고 또 명령조로 말했다. 광윤은 영문도 모르고 그러나 거스를 수도 없어서,

"네, 하라는 대루 하지요."

하고 대답을 했다.

광윤의 집을 나온 현주는 곧바로 홍서를 찾아가리라 생각했다. 홍서를 어

떻게든 해 줘야 심정이 풀릴 것 같았던 것이다.

그러나 정릉리 고개를 넘을 때였다. 고개 마루턱에 앉아서 일여덟 되어 보이는 어린애에게 밥을 떠먹이는 늙은 거지를 보았다. 넉넉히 제 손으로 밥을 먹을 수 있는 앤데도 아버지 되는 거지는 깡통의 밥을 흘릴세라 조심스럽게 떠먹이는 것이었다.

현주는 가슴이 뭉클했다. 가슴 속에서 맺혔던 꽃봉오리가 큰 소리를 내며 활짝 피는 것 같음을 느꼈다. 현주는 잃어버렸던 아름다움을 찾아 낸 것 같았다. 역시 세상에는 아름다움이 있는 것이다.

홍서 같은 사람이 그득한 세상이라고 해도 거지와 같은 애정이 흐르고 있는 것이 또한 세상이다. 그러기에 미련이라는 것이 있고 그러기에 살고 싶은 마음이 생기는 것이 아닐까. 현주는 홍서를 무시하고 싶어졌다. 추악함을 무시함으로써 아름다움을 긍정하고 싶은 마음일지 모른다.

현주는 홍서에게 분풀이할 것을 포기하고 집으로 돌아갔다. 집에 들어가서는 옷을 벗고 세수를 했다. 세수를 하고 나자 현주는 가슴까지가 상쾌한 것 같음을 느꼈다. 그것은 세수를 한 때문만은 아니었을 것이다. 미움을 미움으로 대하지 않은 자신에 대한 승리감일지도 모른다.

마음의 상쾌를 느끼자 현주는 환멸의 비애를 느낀 종아에 대해서도 마음이 변해감을 느꼈다.

돈에는 마음이 변할 수 있는 여자라고 단정했던 자기가 지나친 속단을 내린 것이나 아니었던가 하는 의심이 들었던 것이다.

발을 삐면서까지 도망친 종아다. 우이동까지 가게 된 동기야 어쨌든 발을 뺐다고 하는 사실 하나만을 가지고도 종아의 마음을 알 수가 있는 것이 아닌가?

현주는 종아에 대해서 지나치게 냉정했던 자기를 후회까지 했다.

이런 생각을 하고 있을 때였다. 지난밤에 외박을 한 형 한주가 퇴근을 하고 돌아왔다.

현주는 형에게 인사를 하고 형수와의 사이가 어떻게 벌어지는가에만 관심을 집중하고 있을 때였다.

한주가 구두도 채 벗기 전에 형수가 마루로 나와,

"흥! 재미가 쏟아지시는가 보군요?"

하고 비꼬는 말로부터 이야기를 시작했다.

"재미가 쏟아지는지 떨어지는지 정말 정신을 못 차리겠는데……."

한주는 넌지시 대꾸를 했다.

"왜 하룻밤 더 자구 오지 섭섭해서 어떻게 떨어졌수?"

"재미야 하룻밤 이상 계속하면 맛이 있나?"

"맛이 안 날까 봐 어슬렁어슬렁 기어들어오누만요?"

"할 수 없지 않아. 밖에서 재미가 없으면 집에 들어오구 집에서 재미가 없으면 밖으루 나가게 마련이니까……."

"재미가 없는 집안엘 뭣 하러 들어오는 거유? 아주 나가서 살지……."

"나두 보수파거든. 가정의 현상은 유지해야 하지 않아?"

"내가 나갈까 봐 무서워서 들어온단 말이죠?"

"나간다면야 만세를 부르지……."

"정말 못 나갈 줄 아는가 봐."

형수가 방 안으로 들어가 옷을 갈아입는 모양이었다.

한주도 양복을 벗어 양복걸이에 걸면서,

"열을 셀 동안에 나가. 그때까지 나가지 않으면 내가 쫓아 버릴 테니까……."

한주는 하나 둘 셋을 세기 시작했다. 다섯 여섯 일곱하고 여덟까지 셋을 때였다. 형수가 그만 철퍽 주저앉아 울기를 시작하며,

"빨리 내쫓아요."

했다.

"아직 둘이 남았어. 아홉…… 열."

그때 형수가 일어서며 마루로 걸어 나왔다.

"애! 현주야. 카메라루 네 형수 사진이나 한 번 찍어라. 최후의 이별인가 부다."

한주가 현주에게 큰 소리를 쳤다.

그 말이 떨어지자 형수는 방 안으로 들어가 한주의 가슴에 매달리며,

"바람을 피우다가 들어와서는 잘못했단 말 한 마디도 없이 그래 사람을
내쫓아야 해요? 응!"
하고 울음 섞인 목소리로 매달렸다.
"내가 언제 내쫓았어? 제가 나간다구 그랬지."
한주는 쓴웃음을 웃는 것이었다.
현주는 형 부부의 싸움이 또 시시하게 끝남을 알았다. 애정이 없는 부부
는 싸움도 통쾌하게 하지 못한다는데 일종의 간지럼 같은 것을 느끼고 있을
때였다.
한편에서 형수가 흐느끼며 울고 있는데 한편에서는 형이 형수를 타이르
는 목소리가 들려 왔다.
"의무적인 질투는 그만둬요. 숙명적으로 살아 나가게 마련된 걸 가지구
억지 질투를 한다면 서루 신경만 쓰게 되는 거 아니야?"
"내가 언제 억지루 질투를 했어요? 그때 딴 계집을 품구 자는 걸 보구두
가만 있어야 한단 말예요?"
"그럼 말루만 그러지 말구 행동으로 해 봐. 위협사격만 말구 정면 공격을
해야 이기거나 지거나 할 게 아니야? 내 그 여자를 가르쳐 줄까? 우선 사진
이라두 뵈 주지……."
"그만둬요 누가 그런 걸 보겠대요."
"적을 보기두 싫어하면서 어떻게 싸우겠느냐 말야?"
싸움은 흐지부지해지고 마는 모양이었다.
한주는 뜰로 나가 세수를 하고 자기 방으로 들어갔다. 저녁을 먹자 한
주가,
"애, 산보나 하자!"
하고 현주를 불러냈다.
현주는 형이 이야기가 있음을 짐작하고 뒤를 따라섰다.
그들은 신흥사(新興寺) 뒷 숲으로 올라가 바위 위에 앉았다. 이미 날은
어두워 가고 있었다.
한주는 할 말이 있는 듯하면서도 담배만 내뿜을 뿐 입을 열지 않았다.

"하룻밤 외박을 하시더니 오늘은 제법 전투적이던데요?"

현주가 한주의 눈치를 살피며 유도작전을 시작했다.

"뭐든지 파괴하구 싶기만 할 때가 있지? 공연히……."

"마음의 자리를 잡지 못할 때겠지요. 가장 위험한……."

"위험을 알면서도 그걸 따라가고 싶은 때가 있지. 벼랑에 떨어져 다리가 상하고 몸이 피투성이가 되어두 끝까지 가 보고 싶은 마음 말이다."

"위험을 무서워하지 않을 만큼 사랑이 익어 가는가 보군요?"

"익어 가는지 식어 가는지는 모르겠다만 나 모르는 사이에 집안이 한 번 뒤바꿔졌으면 좋겠다."

"그러시지 말구 한 번 혁명을 일으켜 보시지요?"

"보수파가 돼서?"

한주는 말을 끊고 또 담배만 피우고 있었다. 어슬어슬한 밤공기 속에서 흰 연기만 내뿜고 있다가 불쑥,

"사랑하던 사람이 살인죄를 짓구 감옥에 들어가 있다면 넌 어떡허겠니? 면회를 가겠니? 안 가겠니?"

하고 물었다.

"그게 누군데요?"

"누구건 간에 대답이나 해 봐."

"면횔 해야죠. 살인죄 아니 그보다 더한 죄를 졌대두 면횔 해야 한다구 생각합니다. 형님이 사랑하던 분이라면 저라두 가 보지요."

현주는 형의 고민을 짐작할 수 있었으나 사건의 내용을 알 수 없는 것이 답답했다.

"형벌은 죄를 지은 범죄 사실에 주는 것뿐 아니라 죄를 지은 그 사람의 인격에두 주는 때가 있는 거다. 형벌을 주는 입장에 있는 내가 인격적으로 형벌 받아야 할 사람을 어떻게 찾아가니……."

한주가 긴 한숨을 내쉬었다.

현주는 사건의 내용을 모르면서도 형의 태도를 반박할 수는 있었다.

"법의를 입었을 때는 검사임에 틀림없지만 일단 법의를 벗으면 발가벗은

인간이 아닙니까? 형님은 직업과 인생을 구별하시지 않나 봐요."
　"직업이란 하나의 생활이다. 생활을 벗어난 인생이 어디 있단 말이냐?"
　"그럼 사랑이라는 것은 생활이 아닌가? 변경할 수 있는 직업보다는 더 중요하고 더 영원한 생활일 텐데."
　"영원한 것과 순간적인 것이 서로 싸우는 가운데서 살고 죽는 것이 인생 아니냐?"
　"어쨌든 직업의식을 떠나서 만나 봐야 한다구 생각합니다. 만나 보는 그 자체가 직업의식을 흐리게 하는 것두 아닐 터니까요."
　"직업의식 때문만은 아니다. 십여 년 전부터 사랑하던 사람, 십여 년을 두고 그리워하던 사람을 감옥 속에서 만난다는 사실이 슬프고 가슴 아파서 그러는 것이지……."
　"그 말에 현주는 경옥이가 살인죄를 짓고 감옥에 들어가 있음을 알 수 있었다.
　"이북에서 산다면서요?"
　"1·4 후퇴 때 넘어온 모양이더라."
　"어떻게 해서 사람을 죽였을까요?"
　한주가 경옥의 살인 사건을 간단히 설명했다. 그 말을 다 듣고 나자 현주는,
　"형님이 가시기 힘드시면 제가 대신 면회를 하구 오지요."
하고 말했다. 그 말에 한주는 한참 동안 생각을 하다가,
　"그만둬라. 내가 가 보겠다. 탈을 한 개 벗어야지……."
하고 느릿느릿 대답했다.
　그 말을 듣자 현주는 형의 새로운 면을 본 듯하여 반가운 마음이 들었다. 그래서 현주는 묻지도 않는 말에 종아 이야기를 꺼내고 종아의 좋은 점을 말했다.
　"그 여잔 어떤 여자냐?"
　한주는 이름도 모르면서 종아를 좋은 여자라고 생각했던 일이 있는 만큼 귀가 솔깃해서 그의 정체를 알려고 했다.

"수 방석과 고려자기를 갖다 준 여잡니다. 그리구 언젠가 도적질을 하러 들어왔던 홍광윤의 누이 동생이구요."

현주는 이때까지 숨겼던 종아의 정체를 밝히고 말았다.

"뭐? 그런 사람의 동생이야?"

현주는 그런 말이 나올 줄 알았다. 그러나 조금도 주저함이 없이,

"그런 사람의 동생은 사랑해서 안 되나요?"

하고 도전하듯이 물었다.

"안 될 건 없겠지만 아무래도 뒤에 무엇이 가려 있는 것 같지 않니……"

"형님은 사람을 법들의 조항에 비춰서만 보려고 하지 마십시오. 파란 안경을 쓰면 보이는 것이 전부 파란 것으루 변하지 않아요?"

"사람 속에는 여러 가지 소질이 숨어 있다. 좋은 소질도 있고 나쁜 소질도 있겠지. 그 소질이란 결국 혈통이라든가 가정환경이라든가에 따라 자기도 모르게 생기는 거야. 물론 교양과 인격에 따라 그 소질이 나타나지 않을 경우도 있겠지만 언제 나타날지도 모르는 거야."

"그럼 종아를 사랑하지 말라는 겁니까?"

"잘 생각해서 하란 말이다."

"종아의 아버지는 6·25 전에 정부 고관 노릇을 한 사람입니다."

그들은 앉았던 자리에서 일어나 천천히 걸어 내려오기를 시작했다. 밤은 고요했다.

다음날부터 현주는 집에서 공부나 하며 얼마 동안 나가지 않으려 했다. 하루에 한 번 무도관에 나가 당수도 연습이나 하고는 계속해야 할 학과 준비를 하리라 마음먹었던 것이다.

사실은 복희 아버지를 찾아가 일이 어떻게 되었나 알아보기도 하고, 종아를 찾아가 상처가 어떻게 되었나 물어 보기도 하고 싶은 생각이 있었지만 형의 고민을 듣고 난 뒤부터는 어쩐지 마음이 피곤해지는 것 같아 움직이고 싶지가 않아졌다. 공연히 돌아다니기만 하다가는 형처럼 고민에 사로잡히는 결과가 오지 않을까 하는 막연한 두려움도 없지 않았다.

몇 해 동안 책을 들여다보지 않았으니 전에 배운 것도 잊어버렸을 것이

분명하다. 남을 따라가기 위해서는 배웠던 것이라도 한 번 더 읽어야 할 것 같은 생각이 들어 현주는 들어앉을 결심을 했다.

그러나 6·25 통에 책 한 권 남지 않은 것을 생각하자 현주는 무엇보다도 책을 구해야겠다는 마음이 들었다.

"오늘만 나가야지!"

현주가 외출을 준비를 하고 있을 때였다.

며칠 전처럼 구두 닦는 애가 대문을 두드리고 들어와 종이쪽지를 주었다. 복희에게서 온 쪽지였다.

　"불러내지는 않으려고 했습니다만 오늘 하루만 용서해 주십시오. 다시 는 이러지 않을 터이니 한 번만 만나 주시기 바랍니다."

쪽지를 읽자 현주는 미간을 찌푸렸다. 귀찮은 생각에서였다. 그러나 쪽지 를 가지고 온 애가 돌아갈 생각을 안 하고 우두커니 서있었기 때문에,

"간다구 그래!"

하고 애를 돌려보내려 했다.

"회답을 받아 오래요."

"회답은 무슨 회답 곧 간다는데……."

"그래두……."

애는 갈 생각을 안 했다. 회답을 가지고 가야만 약속된 돈을 받게 된 모 양이었다.

현주는 그저 귀찮은 생각만이 앞섰지만 한 번만이라고 한 복희의 말이 머 리에 떠올라,

"나하구 같이 가면 되지?"

하고 어린애와 같이 복희가 기다리는 다방으로 갔다.

다방에 들어서자 복희와 시선이 마주쳤다. 그러나 언제나 명랑하던 복희 와 달리 이 날만은 침울한 얼굴로 현주를 바라보고 있는 복희였다.

복희는 핸드백에서 돈을 꺼내 심부름시킨 어린애를 주고 나서,

"미안합니다. 오실 생각두 안 하시는 분을 오시게 해서."

하고 웃지도 않으며 머리를 숙였다.

"오늘은 어째 배라두 아픈 모양이루군요?"

유달리 침울해 하는 것 같다. 현주는 농담조로 말을 꺼냈다.

"배밖에는 아파 보질 못하셨어요? 배야 어린애들이나 앓는 거지 어른두 앓나요?"

복희는 농담이 싫으면서도 억지로 받아 넘기듯이 쓴 웃음으로 대답했다.

"그럼 어른 병을 앓았소?"

"그런 이야긴 다음에 하구 오늘 하루만 저하고 같이 있어 주세요!"

"어째 마지막인 것 같은 이야길 해?"

"아닌 게 아니라 그런 생각이 들어 하는 말씀이에요."

"기분 나쁘게 왜 그런 생각을 해? 설사 내일이 마지막이래두 마지막이란 걸 생각지 말구 살아야 하는 게 아니야."

"각혈이란 걸 아세요? 그런 하이카라 병은 보지두 못했을 걸요?"

"그래 각혈을 했다 말이죠?"

"네, 오늘 아침 조금 해 봤어요!"

"응! 그래서 침울하군? 그렇지만 좋은 약들이 많다는데 각혈했다구 죽기야 할리구……."

"죽는 게 싫어서 그러진 않아요. 입으루까지 피를 토한다는 게 기분 나빠서 그러지요. 안 그래요? 살라구 밥을 먹는 건데 밥 먹으려구 있는 입더러 누가 피를 토해 달랬어요?"

"나오는 거야 할 수 없지 않나……."

"아니에요. 입은 죽는 순간까지 먹으려구만 움직이는 거예요. 그런 때 그놈이 왜 남의 일까지 하느냐 말이에요."

복희는 약간 침울에서 벗어난 듯했다. 웃음이 깃든 눈으로 자기 말이 맞지 않느냐는 듯이 현주를 보았다. 그리고는,

"바쁜 일은 없지요? 금년 들어 교외엘 한 번두 못 나가 봤어요. 어디 여름이 어떤 건가 구경이나 한 번 시켜 주세요."

현주는 하루쯤 복희와 동반해 주는 것이 불쾌할 것 같지 않았다. 현주는 복희에게서 불쾌한 여자라는 인상을 조금도 받을 수 없었기 때문이었다.

"어딜 갈까?"

"정말?"

복희는 발딱 일어서며 옷매무새를 만졌다. 그리고는,

"잠깐요. 삼 분만……."

하고 밖으로 나가 화장을 고쳐 하고 들어왔다. 어린애처럼 솔직하고 담백한 행동이었다.

그러면서도 어른처럼 품위가 있어 보이기도 했다. 다방을 나와 택시를 기다리고 있을 때였다. 껌 파는 애가 와서,

"아씨! 껌 하나 사 주세요."

하고 껌을 내밀었다.

그때 복희가,

"내가 왜 아씨야? 안 사!"

하고 톡 쏘아붙였다. 아씨란 말이 무척 싫은 모양이었다.

껌 파는 애가 이번에는 현주를 보며,

"아저씨! 하나 사 주세요."

했다. 그 말을 들으니 현주도 흔해빠진 악수처럼 아무 보고나 하는 그 말이 구역질나는 것 같았다.

"자식, 내가 왜 네 아저씨야!"

"그러지 말구 한 갑 사 주세요."

"아저씨라구 안 그럼 사 줄게."

놀리는 것이라 생각했든지 껌 파는 애가 슬그머니 없어졌다. 그때 지나가는 택시 하나를 불러 무엇이라 수군거리던 복희가,

"아저씨. 타시죠."

하고 열던 문을 향해 손짓을 하며 방긋 웃었다. 현주는 복희의 얼굴을 손가락으로 꼭 찌르고,

"이게!"

하면서 자동차에 올라탔다.

푸른 동산

자동차에 올라서야,

"어디루 가지?"

하고 현주가 물었다. 아무데를 가도 좋았다. 그저 가는 곳이나 알고 싶다는
것뿐이었다.

"광릉이 좋다면서요!"

"얼마나 먼데?"

"한 육백 리쯤 될까요."

"육백 리? 종일 가다가 말게?"

"가다가 저물거든 꽃에서 자지요. 걱정이세요?"

복희의 눈이 하늘을 쳐다보며 별을 헤는 것 같이 반짝였다.

"꽃에서 푸대접하거든 잎에서 자구?"

현주도 유쾌한 웃음을 띠고 차창을 내다보고 있었다.

한 시간도 채 못 되어 차는 광릉 깊은 숲 속으로 달리는 것이었다 높이
솟은 노송들은 하늘을 가려 유곡의 정적을 몰아다 주었고 울창한 잡목 밑에
우거진 잡초들은 원시림의 위엄성을 보이고 있었다.

아름드리 전나무와 잣나무는 옛 전설을 이야기해 주는 것 같고 황토의 좁
은 길은 왕조의 흥쇠(興衰)를 말해 주는 것도 같았다.

자동차를 내려 능이 있다는 북쪽 길로 늙은 송백 밑을 걸을 때,

"참 좋은데."

하며 현주가 잣송이라도 떨어지지 않는가 잣나무를 올려다보며 말했다.

"옛날 어른들은 죽은 뒤를 이렇게 생각했으니까 함부루 죽지두 못했겠지
요?"

복희가 핸드백을 휭휭 내저으며 말했다.

“그땐 땅이 흔했으니까. 그랬겠지.”

흙을 모아 싼 것처럼 꼭 같이 생긴 언덕 위에 앉아 있는 두 무덤이 보였다. 그들은 오른편 무덤을 향해 올라가다가 중턱 잔디밭에 앉았다. 그리고는 바다처럼 푸르기만 한 산의 녹음을 바라보며 말 없는 아름다움에 도취되고 있을 때였다.

문득 복희가 입을 열었다.

“선생님. 미국 안 가세요?”

“미국은 갑자기 무슨 미국이야?”

현주는 갑자기 묻는 질문의 뜻을 몰라 복희를 바라보았다.

“공부를 하러 미국엘 안 가시나 말씀예요? 가신다면 제가 도와드릴려구……”

“나를 도와줘? 돈 많은 과부두 아닌데 왜 젊은 사람을 꾈랴구 그래?”

“그러지 마세요. 제가 한 천 딸라 모았는데 그걸 멋지게 써 볼라구 그러는 거예요. 돈이야 또 모을 수 있잖아요?”

복희가 풀잎 하나를 뜯어 손가락으로 뱅뱅 돌리며 말했다. 꾸며서 하는 말 같지가 않았다.

“그런 돈이 있거든 장사나 하지.”

“그렇지 않아두 돈을 멋지게 쓰구 그냥 그 일을 계속할까 그렇지 않으면 그 돈으루 직업을 아주 갈까 생각중이에요.”

“화려한 허영까지 배웠군? 몸을 팔아 번 돈으로 각혈까지 하며 남을 도와 준다는 건 가증스런 허영이야.”

그 말에 복희의 눈초리가 달라졌다. 경멸을 당했을 때의 분노감 같은 것이 눈 가장자리에 서렸다. 그러나 금시 눈을 아래로 돌리며,

“그래두 저에겐 심각한 문제예요. 남처럼 이렇게 큰 무덤 속엔 못 들어간대두 죽기 전에 내가 만족할 일은 하나쯤 해야지 않겠어요……”
하고 나직이 말했다.

진실된 마음에서 우러나온 말 같았다. 위대한 자연의 위압 밑에서는 인간이 거짓을 꾸밀 수 없으리라. 말을 끝내자 복희는 자기 머리를 현주 가슴에

기대고 한 손으로 현주의 손목을 끌어다가 손가락을 만지작만지작 했다.

"격에 맞지 않는 걸 생각지 말구 그 돈으루 병이나 고치시오."

현주는 복희에게도 솔직하지 않는 면이 있는 것 같아 약간 불쾌한 어조로 말했다.

"죽기 전에 격에 맞지 않는 걸 한 번 해 보구 싶어요."

복희는 먼 산을 바라보며 진실된 얼굴로 말했다.

"왜 자꾸 죽는단 이야길 하시오? 죽음이 어떤 것인 걸 아직 잘 모르는가 보군요. 내 체험담을 하나 할까요. 그러면 목숨이 얼마나 모질다는 걸 알 수 있을 거요."

현주는 몇 해 전 ××고지에서 싸우던 장면을 머리에 그리며 이야기를 꺼 냈다.

"초가을이었소. ××고지 전투라구 하면 상당히 유명한 전툰데 그 고지를 뺏기까지의 피아간 손해는 말할 수 없었지요. 그리구 서루 뺏구 뺏기구 하기를 열세 번이나 했습니다. 나는 결사대장으로 그 고지 탈환의 명령을 받고 부하 삼십 명과 같이 산 중턱까지 갔습니다. 그 중턱 굴 속에까지 가서 부대의 명령을 대기하고 있었습니다. 아주 벼랑처럼 생긴 바위틈이기 때문에 머리 위로 적과 아군의 포탄이 함부로 날아 다녀도 위험하지는 않았습니다. 그 대신 굴 밖엔 한 걸음도 못 나갔습니다. 사흘 동안이나 기다려도 명령은 오지 않았습니다. 식량은 떨어지고 목은 말라붙고. 동굴 밖엔 나갈 수도 없어서 앉은 채 손이 닿는 곳에 있는 칡뿌리와 싸리 씨로 하루를 살았습니다. 닷새째 되는 날 폿소리가 조금 잠잠하는 것 같더니 그때야 돌격 명령이 내렸지요. 우리의 위치에서 적의 고지까지 약 오백 야드나 될까요. 동굴을 떠나 바위 위로 올라가기 시작했습니다. 약 이백 야드 죽 올라가니 거기에는 아군의 포탄이 터지고 발 밑에는 적의 포탄이 떨어지는데 이거야말로 옴짝도 할 수 없게 됐습니다. 이백 야드 올라오는데 부하는 벌써 반이나 희생을 당했습니다. 이런 때 죽음이라는 걸 생각할 수 있는 줄 아십니까? 천만의 말씀이죠. 어떻게 하면 포탄을 피해서 고지까지 올라가 적들을 죽일 수 있는가 하는 것밖에 생각되지 않습니다. 그것두 채 생각지 못했는지 모르지요. 그저 올라가야 한다는 의식밖에는 없었습니다. 백 야드 이백 야드 기어가는 거지요. 죽는다거나 산다거나 하는 생각은 조금도 없습니다. 그런 순간에 고향을 생각한다거나 어머니를 생각한다는 것은 전부가 거짓말입니다. 거저 올라가는 것뿐입니다. 어떻게 해서 올라가는지도 모르지요. 술 취한 사람이 제 집만은 찾아가는 것 그런 걸지 모릅니다. 어떻게나 포를 맞았는지 바위가 모래가루로 된 곳엘 올라섰습니다. 뒤에 따라오는 부하가 대여섯 명밖에 안 되는 것 같습니다. 나는 고지에 올라서자 교통호 속에서 어물거리는 중공군 네 명을 발견하고 수류탄을 던져 죽여 버렸습니다. 그때 뒤에 따라오던 부하가 소리를 지르며 도망치는 적들에게 수류탄을 던졌습니다. 고지가 조용해졌습니다. 그때 나는 비로소 살았다는 생각과 더불어 이겼다는 즐거움을 느꼈습니다. 정말 죽음에 직면하면 죽음이 무서운 줄도 모르는 것입니다. 그리고 쓸데없는 잡념두 없어지구요. 복희 씬 아직 죽음을 직면하지 못했나 봐…….”

현주의 말이 끝나자 복희는,

“보기에는 보통 사람과 조금도 다른 것 같지 않은데 그런 고생을 다 하셨어요.”

하고 현주를 별세계 사람 보듯 이상한 눈으로 쳐다보았다.

“고생을 하면 그걸 얼굴에다 새기구 다녀야 하나요?”

“아무데라두 좀 달라야 할 것 같은데……. 아무래두 좀 다른 데가 있을 거야.”

복희는 두 손으로 현주의 어깨를 돌려 얼굴을 찬찬히 들여다보다가,

“응, 눈이 좀 달라. 바위라두 뚫을 것 같은데…….”

하고는 손가락으로 눈을 만져 보았다.

은행껍질 같은 빛깔의 손가락이 갈 꽃으로 부비듯 눈 가장자리를 간지럽게 할 때 현주는 그냥 뒤로 넘어져 잔디밭 위에 쓰러지고 말았다. 현주가 하늘을 향해 누워 버리자 복희는 잔디밭에 엎드려 그 연한 손으로 현주의 뺨을 쓰다듬는 것이었다.

“그러지 마.”

현주는 간지러움에 복희의 손을 잡아 떼었다. 그러나 복희는 다시 현주의 뺨을 살살 쓸면서,

"그럼 저는 죽는다는 걸 생각지두 말아겠군요. 그런 생각을 한다는 것이 건방진 것 같은데요……."

했다.

"그럼 건방진 생각이구 말구. 함부루 죽어서 될 줄 알아. 빨리 병원엘 가라니까……."

"주사 한 대루 병이 완전히 낫는다면 나두 병원엘 가겠는데……."

복희는 어느새 자기의 뺨을 현주의 뺨에 대고 있었다. 현주는 반사적으로 벌떡 일어나 앉았다.

그때 복희가 현주의 팔을 잡아당기며,

"현주 씨, 저 병원엘 갈게 한 번만 안아 주세요."

하고 안아 주기를 기다렸다. 현주는 웃음이 나왔다. 자기 병을 고치러 병원에 가는데 자기에게 그 대가를 요구하는 것은 무엇일까? 복희는 다시,

"직업두 바꿀게요, 응."

하고 가슴을 내밀었다.

현주는 더 웃을 수가 없었다. 덥석 안아 주고야 말았다. 그래야만 할 것 같았다. 한참 뒤 그들은 송백이 빼곡히 서 있는 길로 내려오고 있었다. 일요일이 아니어서 그런지 별반 인적이 없었다. 복희가 현주의 팔을 끼고 노래를 불렀다.

　　"바위고개 언덕을 혼자 넘자니 옛님이 그리워 눈물납니다."

<바위고개>였다. 크지 않게 혼자 부르는 노래가 더욱 슬프게 들렸다.

현주는 복희의 손을 뿌리칠 생각도 않고 걸으면서 자기가 복희를 사랑하는 것이 아닌가 생각했다. 솔직하고 담박하고 대담한데 그만 끌려들어가고만 것 같았던 것이다. 자기 팔을 끼고 있는 복희의 손을 뿌리치지 않는 것도 그 때문인 것만 같았다.

사실은 복희의 솔직함이 좋았다. 착한 마음을 품고도 감정을 속이고 꾸미는 것보다 얼마나 아름다운가? 얼마나 믿음직한 것인가. 한참 동안 걷고 있을 때 갑자기,

"저거 봐요. 저 다람쥐."

하는 바람에 현주는 복희가 손짓하는 전나무를 쳐다보았다. 앞에 놈은 달아나고 뒷놈은 따라가고 있었다.

"좋아서들 그러는 거야."

현주가 웃었다.

"좋아하는데 왜 도망을 칠까? 다람쥐두 바본가 봐……."

복희도 웃었다. 기다리고 있는 자동차를 타고 서울로 돌아올 때 그들은 차 앞에서도 손목을 놓지 않고 있었다. 그리고 시내에 들어와서 저녁을 먹은 뒤 다시 택시를 탈 때는 어디로 가느냐고 묻는 일 없이 복희의 집으로 달려가는 것이었다.

다음날 아침 현주는 눈을 뜨자마자 집으로 돌아갈 차비를 했다. 바쁜 일이 있는 것은 아니었지만 훤히 밝은 창을 보기가 부끄러운 것 같은 생각이 들었던 때문이었다. 그러나 아직도 곤히 잠들어 있는 복희의 얼굴을 보자 문득 그 뺨을 만져 주고 싶은 생각이 들었다. 현주는 부드러운 복희의 뺨을 쓸어 보았다. 그래도 복희는 눈을 뜨지 않았다. 현주는 후회함이 없이 괴로움도 느끼지 않고 고이 잠자는 복희를 보자 부끄럽던 생각을 잊어버리고 팔에 힘을 주어 복희를 안아 버렸다. 그래도 복희는 즐겁기만 하다는 듯이 눈을 뜨지 않았다. 눈은 뜨지 않았으나 얼굴을 현주 가슴에 파묻고 두 손을 현주 어깨 뒤로 둘렀다.

"복희, 그만 일어나지."

그래도 복희는,

"조금만 더 누워 있어요."

하고 그냥 눈을 뜨지 않았다. 그러나 한참 뒤 자기 팔목을 올리고,

"몇 시지요?"

하고 물었다 보고도 보지를 못했는지,

　"응, 몇 시예요?"

하고 시계를 찬 팔을 현주 눈앞에 내밀었다.

　"아홉 시야. 빨리 일어나."

　"아홉 시?"

　그렇게 늦지도 않았다는 듯이 베개를 당겨 다시 눈을 감았으나 금시 눈을
뜨고는 현주의 뺨을 만지작거리며,

　"게으름부리면 못쓰죠?"

하고 자리에서 일어났다. 현주는 아무 말도 못했다. 옷을 갈아입는 복희를
넋없이 바라볼 뿐이었다.

　"보지 마세요. 부끄럽게."

　복희는 돌아 앉아 옷을 갈아입는 것이었다. 현주는 자기 손이 닿지 않은
데가 없는 복희의 몸을 생각하면서도 부끄럽다는 말에 눈을 돌려 버렸다.
복희는 옷을 갈아입자 뒤를 돌아보며 생긋 웃어 보이고는,

　"세수를 하셔야지."

하고 부엌으로 나갔다. 현주는 세수를 하러 나갔다. 그때 복희가 치약을 놓
은 칫솔을 들고 와서,

　"제가 쓰던 칫솔예요. 괜찮지요?"

하고 웃으며 내주었다. 현주는 남이 쓰던 칫솔이란 생각에 받을 마음이 들
지 않았으나 그래도 뺏듯이 받아서는 입속에 넣어 버렸다. 남이라는 생각,
더럽다는 생각 그런 것이 조금도 들지 않았다. 도리어 복희의 것이 입 속을
통해서 뱃속으로 따뜻하게 흘러내리는 것 같았다.

　세수를 하고 밥상을 대했다. 식모를 시키지 않고 복희가 제 손으로 들고
온 밥상이었다. 밥상을 대하고 복희와 마주앉으니 어쩐지 복희의 얼굴만이
쳐다보였다. 젓가락질 한 번 할 때마다 한 번씩 복희를 쳐다보았다. 그러면
서 하룻밤이 이렇게도 다정다감하게 만들 수 있는가 하고 혼자 신비로운 생
각에 잠기기도 했다. 밥을 먹고 난 뒤에도 떠나고 싶은 생각이 나지도 않았
다. 언제까지나 같이 있고 싶었다. 그러나 그럴 수도 없어서 옷을 입고 일어
서려 할 때 복희가,

“이제부턴 죽는다는 생각 안 할게요.”

하고 현주 등 뒤로 와서 등을 쓸어 주었다.

“오늘두 병원에 갈게요.”

그러니까 또 와 달라는 눈치였다. 현주는,

“내 또 올게.”

하고 떼기 싫은 발을 옮겨 복희의 집을 뛰쳐 나왔다.

현주는 일찍부터 집에 들어가기가 싫었다. 공연히 가슴이 부풀어오르고 눈앞에는 복희의 육체만이 아름다운 환상으로 떠올라 목표도 없는 거리를 헤맸다. 종로에서 을지로로, 을지로에서 국도극장 앞까지 그리 좁지도 않은 지역을 빙빙 돌며 머릿속에 떠오르는 환상을 즐기는 것이었다.

어떤 때는 전찻길을 건너가다가 자동차에 치일 뻔도 했다. 그러고도 겁 없이 한 걸음 뒤로 물러설 뿐 복희를 계속해서 생각하는 것이었다. 때로는

“유엔부인인데…….”

하는 생각도 들었지만,

“그래도 진정으로 사랑하는 건 나뿐일 테니까…….”

하고 자기 생각을 지워 버렸다. 끓어오르는 정열을 누를 수가 없어서 그런지 복희의 과거가 문제 되는 것 같지 않았다. 그 사람의 본질만이 나쁘지 않다면 과거를 캐고 또 캘 필요가 어디 있을 것인가.

그런 생각을 하며 을지로 2가를 걷고 있을 때였다. 앞으로 달려오던 자동차가 현주 옆에서 서더니,

“현주, 어딜 가는 거야.”

하고 자동차에서 내리는 사람이 있었다. 현주는 눈을 들어 부르는 사람을 보았다. 홍서였다.

현주는 공연히 홍서를 바라보았다는 부레가 났다. 그러나 이내 시선이 맞은 이상 피할 수도 없었다.

“응, 왜 그래?”

현주는 못마땅한 얼굴로 말했으나 홍서가,

“자, 타게. 점심이나 먹세.”

하고 자동차에 올라타기를 기다렸다. 현주는 자동차를 탔다. 완전히 무시해 버리고 싶은 홍서인 만큼 무릎을 맞대고 앉아서 무시해 주고 싶었던 것이다. 간판도 없는 어떤 중국집으로 가서 요리를 시키자 홍서가,

"그새 어떻게 지냈나?"
하고 자기에게는 아무 일도 없다는 듯이 현주의 이야기를 묻기 시작했다.

"난 할 이야기가 하나두 없네. 자네 재미 본 이야기나 하게."

현주는 무표정한 얼굴로 홍서를 바라보았다.

"난 요새 별 재미가 없는데."

홍서가 어물어물하며 자기 이야기를 꺼내지 않으려 했다. 그때 현주가,

"왜 시계두 사 주구 돈두 준 여자가 있지 않나?"
하고 싱긋 웃었다. 경멸하는 말투였다.

"그걸 어떻게 아나? 어디서 들었어?"

자기의 비밀이 탄로되었다는 놀라움이 아니라 그런 걸 어떻게 알았느냐 하는 신기로움이 더 큰 모양이었다.

"좋아 말이지? 전부터 잘 알구 있네."

"뭐?"

"놀랄 건 없어. 별 관계는 없으니까……."

"그 여잘 어떻게 알구 있나?"

"글쎄 놀랄 게 없다니까. 그저 안다는 것뿐이야. 그 대신 한 마디만 하지. 돈이나 권력을 미끼루 쓰지 말게 돈보다두 사람이 치사스러워지지 않나?"

"무엇보다두 자네와의 관계를 좀 말해 주게."

"아직두 마음이 통해서 그러나?"

"자네와 관계가 있다면야 할 수 없는 일이지만!"

"나와 관계가 없어두 생각을 끊게. 그리구 시계, 돈 할 것 없이 받을 생각 말구. 내 명령일세."

"자네가 그렇게 명령할 만큼 관계가 있는 여잔가?"

홍서는 녹녹히 단념할 수가 없다는 듯 종아와 현주와의 관계를 계속 물었다.

현주는 대답하기가 귀찮았다. 귀찮을 뿐 아니라 거북하기까지 했던 것이다. 종아를 좋아한 것만은 사실이다. 그러나 복희로 말미암아 횡황한 감정 속에 도취되고 있는 지금 자기 스스로도 종아를 좋아한다고 확언할 수가 없다. 스스로가 흔들리는 마음을 가지고 있는 이상 종아와의 관계를 말할 수는 없었던 것이다.

"종아 씨만은 건드리지 마라. 아까 내가 명령한다구 그랬지? 그렇게만 알아!"

"자네와 그런 사이라면 깨끗이 잊지."

"미련두 없을 텐데, 돈에 대한 미련이나 있다면 모르지만……."

"사람을 어떻게 보구 하는 말이야?"

"내 비위를 건드리지 말게. 혹시 실수할지두 모르니까……."

현주는 정말 팔에 근육이 꿈틀거림을 느꼈다. 그때야 홍서는 히히 웃으며,

"나는 새두 떨어질 때가 있으니까 정홍서가 단념하구 잊어버리지……."
하고 아주 단념한 듯이 말했다.

"참 자네 입학교제빈가 뭔가 있지 않나? 그 돈두 찾기는 했지만 종아 씨를 다 줬으니까 그 쯤 알아두게."

홍서는 그 말이 좀 불만인 듯 했으나 차마 무엇이라 말할 수가 없는지 입맛만 다셨다. 점심을 먹고 나자 현주는,

"자넨 돈을 좀 덜 벌어야겠어."
하고 헤어지는 인사를 했다.

"종아 씨가 다리를 뻤는데 조심하라구 말이나 해 주게."

그래도 미련이 있는지 홍서는 뻔뻔스러울 정도로 부끄럼도 없이 종아 이야기를 했다. 현주는 들은 척도 안 하고 홍서와 헤어진 뒤 집으로 돌아왔다.

홍서로 말미암아 생각지 않을 수 없게 된 종아가 가슴을 무겁게 해 주었다. 종아를 생각하니 복희를 잊어야 할 것 같은 마음이 들고 복희를 생각하니 종아를 잊어야 할 것 같은 마음이 들기도 했다. 종아는 종아대로 있고 복희는 복희대로 좋은 데가 있다. 누구를 버리고 누구를 택해야 하는가? 그러

면서도 육체적으로까지 가까웠던 복희가 그의 가슴의 대부분을 점령하고 있
는 것만은 숨길 수 없는 일이었다. 현주는 아무하고라도 의논을 한 번 해 보
았으면 하는 생각이 들었다. 그러나 형이나 형수에게 의논하면 복희를 버리
라고 할 것이 뻔하기 때문에 그것은 의논하나마나 한 것이라고 생각했다.

'어떻게 할까?'

같은 생각을 몇 번이나 되풀이했다. 몇 번씩이나 되풀이하면서도 결론을
얻지 못하는 것은 결국 상식과 본질에 대한 결정적 태도를 가지지 못한 때
문이리라. 현주는,

'나에게 몸까지 바친 여자니까……'

하고 상식적인 이유로 복희를 택하리라 마음먹었다. 그러나,

'나에게만 바친 몸일라구.'

하는 생각에 또다시 결심이 흐려지는 것이었다. 혼자서 망설이기만 하고 있
을 때 형수가 들어와,

"어젯밤엔 술을 과하게 하셨어요?"

하고 형이 외박했을 때와 아주 달리 너그럽게 물었다.

"네, 친구네 집에서……."

현주는 어물쩍 넘겨버렸다. 그때였다. 뜻밖에도 일선의 전우인 권 대위가
상기된 얼굴로 문 안에 쑥 들어섰다. 아무 통지도 없이 찾아온 권 대위를 보
자 현주는 혜련에 대한 연상 작용에서 오는 것인지는 모르나 불길한 생각과
더불어 가슴이 덜컹 내려앉음을 느꼈다.

현주는 권 대위가 혜련을 속절없이 생각하던 자기 마음을 알고 찾아온 것
이나 아닌가 하는 생각까지 해 보았다. 그래서 가슴이 더욱 덜컹거렸지만
권 대위가 방안에 들어서기도 전에,

"혜련 씨가 죽었어."

하는 데는 그저 아연하지 않을 수 없었다.

"혜련 씨가 죽다니?"

"응, 자살을 했어."

"자살!"

현주는 자살했다는 말에 혜련의 고민을 짐작할 수 있었다. 그러나 자살하지 않으면 안 될 이유가 무엇이었나를 알 수가 없었다.

"내 흥분한 편지를 보구 자살을 한 모양이야."

권 대위가 이렇게 말할 때야 혜련이가 자기의 고민을 남편인 권 대위에게 고백하고야 말았다는 것, 그리고 권 대위가 그 고백을 받아들이지 않았다는 사실을 짐작했다.

동시에 그 동안 한 번도 찾아가지 않았던 자기를 뉘우치게 되었다. 만일 자기가 찾아가기만 했다면 권 대위에게 고백을 하는 데도 권 대위를 놀래지 않게 하는 방법이 있었을지 모른다. 혹은 권 대위를 불러다가 셋이서 만나 이야기하게 해서 권 대위의 이해를 구하는 길도 있었을지 모른다.

'나는 옹졸한 인간이었구나.'

현주는 혜련을 죽인 것이 자기인 것 같은 생각이 들었다. 이성적인 사랑이 이루어지지 않는다고 해서 인간적인 정의마저 계속해서 갖지 못한 자기의 옹졸함이 결국 혜련을 죽였다고 생각될 때, 현주는 자기 스스로에 대해서 부끄럼까지 느꼈다.

"자네두 혜련일 위해 많이 힘써 준 것을 혜련의 편지루 잘 알았네. 그럼 결혼한 지 일 년두 훨씬 넘은 이제야 그러한 과거를 편지루 알릴 때 내 맘이 좋을 수 있겠나? 더구나 약혼했던 남자에게 정조까지 뺐겼다나……."

권 대위는 이야기를 시작했으나 끝을 못 맺고 고개를 숙였다.

"그렇지만 해결되기가 바쁘게 고백을 했으니 혜련 씨가 그만큼 선량한 것이 아닌가……."

"나두 편지를 읽자 흥분한 끝에 생각 없이 회답을 썼던 것이지만 편지를 해 놓고 난 뒤 생각을 많이 했어. 꽤 고민을 했지. 그렇지만 이렇게 갑자기 죽을 줄이야 누가 알았겠나?"

"미안하네. 좀더 뒤에서 봐줬으면 이렇게까지는 안 됐을걸."

현주는 정말 울고 싶었다.

"자네가 미안할 게 뭔가? 그렇지 않아두 너무나 수고를 끼쳤는데……."
권 대위가 수건으로 코를 풀었다.

"일이 이렇게 됐는데 이야기는 해서 뭣하겠냐만 혜련 씨는 좋은 사람이었어."

현주는 혜련과 같이 냉면 먹고 한강에 나갔던 일들을 속으로 생각했다.

"나두 혜련이를 나쁜 사람이라구는 생각지 않아. 그런데 왜 죽느냐 말이야, 응! 한 번만 더 편지를 했다면 나는 용서한다는 회답을 했을 건데……."

권 대위가 주머니 속에서 종이 한 장을 꺼내 현주에게 주었다. 혜련의 유서였다.

"당신을 속이고 결혼했던 죄가 어찌 씻겨질 수 있겠습니까? 용서를 바랐던 좁은 소견이 부끄럽습니다. 그 동안 당신의 사랑을 받았다는 것만 행복으로 생각합니다."

현주는 유서를 읽고 나자,

"죄란 것이 그렇게도 무서운 것인가?"

하고 남의 일이 아닌 것처럼 혼자서 중얼거렸다.

형수(刑囚)의 거울

한주는 현주 앞에서 결심한 대로 민경옥이를 면회하리라 마음먹었다.

면회를 한다고 마음을 먹자 그때부터는 초조한 마음이 생겨 한시도 지체할 수가 없었다. 십 년 전의 그 얼굴을 빨리 보고 싶었다.

내일이면 죽고 마는 사람이라 할지라도 만나서 그새 그리던 정을 이야기해야만 할 것 같았다.

한주는 ××경찰서로 갔다. 그러나 경찰서장을 만나자 한주는 민경옥이라는 피의자를 면회하고 싶다는 말을 하기 전에 민경옥의 죄상부터 물어 봤다. 그것은 민경옥이와 자기와의 개인적인 관계를 캄플라지하기 위함이 아니었다.

　직무상 죄상을 알지 않고서는 민경옥이를 면회할 수 없다는 마음에서였다. 민경옥을 사랑한 것만은 사실이고 또 그러한 마음에서 경찰서까지 찾아온 것은 틀림이 없다. 그러나 면회도 하고 이야기를 하는 도중 민경옥의 범죄 사실이 나오게 된다면 그때는 검사로의 직책에 위배되는 언동을 할 수가 없다. 한주는 개인과 직무를 구별하기 위해서라도 경옥의 범죄 전말을 알아보지 않을 수 없었다.

　서장은 간략하게 다음과 같이 설명해 주었다. 민경옥을 1·4 후퇴 때 월남을 하여 부산까지 갔으나 누구보다도 빨리 부산을 떠나 서울로 올라왔다. 그러나 도강증(渡江證)이 없어서 수원 근처에 머물고 있는 동안 하루 이틀 계속되는 바람에 생활문제로 어떤 국민학교의 선생이 되었다. 취직을 하고 있는 동안 그 지역에서 대서업을 하는 어떤 사람과 사랑을 맺게 되었다. 열렬한 사랑이었다. 압수된 일기에도 드러나 있지만, 삼십이 지난 노처녀의 사랑이란 생명하고도 바꿀 수 없는 것이었다. 그러나 남자에게 부인이 있다는 것을 모르고 있었다. 몸을 바친 뒤에야 그 사실을 알자 경옥은 자살을 하려 했다.

　그러나 그는 죽으려던 마음을 남자의 부인에 대한 질투로 돌려 버렸다. 자기의 몸을 바친 이상 그 부인을 죽이고서라도 그 남자와 결혼하고야 말겠다는 결심을 하고 남자의 의사를 타진했다. 남자도 아내를 사랑하지 않는다고 했다. 그래서 약방에서 청산가리를 사다가 남편에게 주면서 어떻게든 먹여 죽이라고 했다. 남자는 아내와 식사를 하다가 물을 뜨러 나간 새 그 약을 아내의 국그릇에 넣어 그 날 밤으로 죽게 하였다.

　아내가 죽자 남자는 그 시체를 다음날로 화장해 버렸다. 남자의 아내를 죽이자 민경옥은 전처의 몸에서 난 어린애까지 죽이고 말았다. 역시 극약을 물에다 타 먹인 것이다. 이러한 사실이 있은 뒤 남자는 민경옥의 잔인한 마음에 반감을 가졌던지 민경옥과 결혼을 하지 않고 다른 여자와 결혼을 했다. 여기에서 두 사람의 싸움이 시작되었고 살인 사건의 단서가 나타나게 되었다.

"본인들두 다 승인을 했습니다. 승인할 뿐 아니라 전과를 뉘우치고 참회의 눈물을 흘리고 있습니다. 곧 송치할 예정입니다."

경찰서장이 이렇게 이야기를 끝내자 한주는 오한을 느꼈다. 민경옥이가 그렇게까지 무서운 일을 할 수 있는 여자였던가 하는 생각에 경옥이를 만난다는 것이 두려워졌던 것이다.

"한 번 만나 보십시오. 얼굴이 아까울 정도로 잘 생긴 여잡니다."

서장은 자진해서 민경옥과의 면회를 권유했다.

한주는 경옥에 대하여 실망을 느낀 것이 사실이지만 1·4 후퇴 때 부산으로 갔다가 누구보다도 먼저 서울로 떠났다는 말을 씹어 생각지 않을 수 없었다. 부산에서 자기를 찾을 수 없으니 서울로라도 가서 찾아보겠다는 마음이 아니었을까 하는 생각에서였다.

그리고 한 사람을 사랑하기 시작하자 그 뒤로는 걷잡을 수 없는 감정에 사로잡히고 말았다는 것도 결국은 자기에 대한 감정이 지나치게 쌓였던 때문이 아닐까.

한주는 경옥의 행동을 자기와 관련시켜 생각하므로 경옥을 어느 정도 미화시킬 수 있었다.

따라서 만나라도 봐야지 하는 마음에 면회를 청하고야 말았다. 서장이 서원을 불러 민경옥을 데려오도록 말한 뒤 이때까지 이야기하고 있던 응접실에서 서장실로 들어갔다.

널따란 응접실에 혼자 남은 한주는 가슴이 두근거리기 시작했다. 십여 년 만에 만나는 경옥을 대할 때 무슨 말부터 먼저 해야 할 것인가? 경옥은 어떤 태도로 자기를 대할 것인가!

그러면서도 한주는 냉정을 잃지 않으려고 노력했다. 어떤 일이 있어도 자기의 이성을 잃지 않으리라 생각했다.

그러나 문 두들기는 소리가 나고 형사의 뒤를 이어 경옥이가 나타났을 때 한주는 자기도 모르게 벌떡 일어나고야 말았다. 그리고는 팔을 벌리고 안아라도 줄듯이 한 걸음 앞으로 나아갔다.

순간 무슨 일인지도 모르고 들어온 경옥이는 틀림없는 한주를 발견하자 그만 그 자리에서 돌이 된 것처럼 우뚝 서서는 고개를 숙여 버렸다.

잠시 동안 두 사람은 말은커녕 움직이지도 못하고 서 있었다.

형사는 이상스런 분위기를 살피고 자기의 직책을 다 했다는 듯이 절을 하고 그만 나가 버렸다.

한주는 고개 숙인 경옥을 바라보다가,

"민경옥 씨에 틀림없지요! 나 고한줍니다."

하고 냉정하게 입을 열었다.

그래도 경옥은 얼굴을 들지 못했다.

"이리 와 앉으십시오."

그때야 경옥은 얼굴을 들어 한주를 바라보았다. 한주를 바라보는 눈에서는 벌써 눈물이 떨어지기 시작했다.

"오래간만입니다."

한주는 냉정을 잃지 않으려 했으나 경옥의 눈물을 보자 그만 목소리가 떨려 나왔다.

한주의 입에서 나는 오래간만이란 말이 경옥을 어떻게나 감격하게 했는지 경옥은 한주를 바라보며 섰던 자리에 그냥 쓰러지고 말았다. 한주는 자기도 모르는 사이에 경옥에게로 달려가 그의 팔을 잡고,

"경옥 씨!"

를 불렀다. 경옥은 고개를 늘어뜨린 채 대답도 못하고 울기만 했다.

"울지 마시오. 얼마만인데……."

한주의 목소리도 울음에 젖은 것 같았다. 금시 경옥을 껴안을 것 같은 열에 오른 눈동자. 그러나 한주는 끝내 경옥을 안아주지 못했다.

"자, 빨리 일어나 앉으시오."

그때야 경옥은,

"살아 계셨군요. 살아 계시면서두 만날 수만은 없었군요!"

하고 한 마디를 하고는 마룻바닥에 넙죽 엎드려 버렸다.

"이럴 때가 아닙니다. 일어나시오."

한주는 냉정한 어조로 경옥의 팔을 잡아끌었다.

경옥은 끄는 대로 끌려 의자에까지 가서 앉았다. 한주는 무슨 이야기부터 물어야 할지 몰랐다.

들고 싶은 이야기가 너무나 많았기 때문이었다. 십 년 전으로 올라가 서로 헤어진 뒤부터의 이야기가 알고 싶었지만 1·4 후퇴 이후 월남한 때부터의 이야기가 더 궁금하기도 했다. 그러나 월남한 뒤부터의 이야기를 먼저 물으려고 하면 월남하기 이전의 이야기가 들을 수 없게 될 것 같기도 해서 망설이고 있을 때 경옥이가 눈물을 닦고 나서,

"신문에 기사가 났어요?"

하고 먼저 묻기를 시작했다.

"그건 왜 물우?"

"신문을 보시구 오셨을 것 같아서요…….."

한주는 그렇다고 대답하지 않을 수 없었다. 그러자 경옥은,

"뭐라구 신문에 났지요?"

하고 신문기사의 내용이 무엇보다도 궁금한 것처럼 물었다.

"있는 대루 냈겠지. 없는 이야기야 썼겠어요?"

경옥이는 눈을 똑바로 뜨고 한주를 바라보았다. 마치 한주의 대답이 자기의 운명을 결정짓기나 하는 것처럼.

"신문기자야 있는 사실만 보도하는 거지, 처벌의 판단까지야 내릴 수 있나요."

"그래두 기사를 읽어 보면 어떤 태도루 취급했다는 걸 알 수 있지 않아요."

한주는 그런 이야기가 싫었다. 자칫 잘못하면 형벌에 대한 자기 의견까지도 말하지 않으면 안 될지 몰라서 잠시 동안이나마 범죄에 대한 것을 떠나 옛날의 사랑을 추억해 보고 싶었다. 그래서,

"그래 이때까지 결혼은 한 번도 안 하셨든가요?"

하고 딴 이야기를 꺼냈다. 그러나 경옥은 그 물음에 대답을 안 했다.

"아니, 그걸 좀 말씀해 주세요. 제가 사형 받을 것 같아요?"

"그건 누구보다두 자기 자신이 알 문제가 아닙니까?"

"그럼 제가 사형을 당한단 말씀이죠? 나는 모든 것을 고백했어요. 그래야 죄가 가벼워질 줄 알구, 있구 없는 이야기를 다 했어요. 그래두 사형을 당한단 말이지요?"

경옥은 다시 고개를 내려뜨리고 울기를 시작했다.

한주는 악의로써 살인을 한 이상 사형을 받는 것이 당연하지 않으냐 하는 말이 차마 나오지 않았다.

"법두 사람이 만든 거니까 죄를 진심으로 회개한 사람에게는 정상을 참작할 것입니다."

가장 하기 싫은 말이다. 가장 동정하는 말 같으면서도 가장 책임 없는 말이다. 누구나 다 할 수 있는 말이면서 누구나 다 보장할 수 없는 말이다.

그러나 죄를 진 사람이 가장 속기 쉽고 또 죄를 진 사람에게 가장 하기 쉬운 말이다. 그렇기 때문에 한주는 경옥을 순간적으로나마 위로 시키려고 그런 말을 했으나,

"내가 바보였어요. 속아 넘어간 바보였어요. 나를 동정하구 죄를 안 줄 사람이 어디 있어요."

경옥은 후회와 반발에 가득한 어조로 소리를 지르는 것이었다. 그리고는,

"나는 사람을 안 죽였어요. 내가 왜 사람을 죽여요. 그 사람을 사랑했던 것만이 잘못이에요. 한주 씨."
하고 한주의 손목을 잡았다."

한주는 경옥에게 형벌에 대한 공포감을 주고 싶지 않았다. 그러기 위해서는 그런 이야기를 피하고 다른 이야기를 꺼내지 않을 수 없었다.

"그 사람을 아직두 사랑하시오?"

"한주 씨, 왜 그런 말을 물으세요? 저는 한주 씨를 사랑했어요. 이북에 있을 때두 한주 씨를 만날 것만 같은 생각이 머리에서 떠나지 않았어요. 그래서 결혼두 안 했어요. 1·4 후퇴 때 저는 하늘이 준 우리들의 운명이라고 생각했어요. 가족들은 못 나왔어두 저만은 월남하구야 말았거든요. 그러나 월남하자 한주 씨 집으로 편지를 몇 번이나 보냈지만 한 번도 회답이 없었어요. 까닭을 몰랐어요. 한주 씨는 없다 해두 가족들은 있을 게 아네요? 그

리구 회답이나마 해 줄 것 같지 않아요? 부산 거리를 얼마나 헤맸는지 몰라요. 그러다가 나중에는 서울에서 한주 씨를 찾으려고 했어요. 서울에서만은 만날 것 같았어요. 그러나 서울까지 채 못 오고 수원 근처에 이르렀을 때 어떤 남자를 만나 한주 씨 이야기를 들었어요. 학병에 갔다 왔대기에 한주 씨를 아느냐구 물었더니 직접 알지는 못하지만 그런 사람이 남양으로 출전하는 것을 봤다지 않아요. 그때 나갔던 사람은 한 명도 돌아오지를 못했다나요. 아마 악마의 화신이었나 봐요. 이렇게 살아 있는 사람을 왜 알지도 못하며 죽었으리라고 장담을 했을까요? 근 십 년 동안이나 믿어오던 마음을 그 한 마디에 깨어 버린 저두 악마의 유혹에 넘어 가구야 말 운명에 살았나 부지요. 악마처럼 그 한 마디만 남겨 놓은 사라진 그 남자가 원망스러울 뿐입니다. 저두 한주 씨도 아무 죄가 없어요. 다만 그 악마의 죄뿐이에요.”

경옥은 우선 숙명적인 자기 운명에 눈물짓는 모양이었다.

“세상에는 아무 관계가 없으면서도 남의 운명을 결정짓는 말을 하는 사람이 있지요. 나는 남양에 가 본 적도 없는데…….”

한주도 어이가 없었다. 정말 어이가 없는 노릇이었다. 경옥이가 자기를 찾아 헤맬 때 자기를 만났다면 그 뒤가 어떻게 됐을지는 모르는 일이다. 그러나 최소한도 경옥이가 살인죄를 짓지 않았을 것만도 사실이다.

“그래두 세상에는 악마만이 살구 있는 것은 아닌가 부지요? 한주 씨를 다시 만나게 해 주었으니까…….”

“나두 경옥 씨를 무척 찾았소.”

한주는 그 동안의 자기 심정을 말하고 싶었다. 그리운 생각에 경옥과 얼굴이 비슷한 노영애를 사랑하게 된 이야기까지 들려 주고 싶었다. 그러나 감방에 들어가 있는 부자유스런 경옥에게 그런 이야기까지 해 준다는 것은 지나치게 무거운 피곤만 만들어 주는 것 같아 그러한 이야기를 일체 피하고 말았다.

그때 경옥이가 갑자기 태도를 달리하고,

“한주 씨, 저를 구해 주세요. 저는 사람을 죽이지 않았어요. 절대로 죽이지 않았습니다. 그 사람이 죽였는지는 모르지만 저는 죽이질 않았어요.”

하고 애원하듯이 말했다. 그 말에 한주도,

"이때까지 한 말 하구는 틀리는데요? 어떤 것이 정말입니까?"

하고 놀란 눈으로 물었다.

"그래야 용서해 줄 줄 알았어요. 그러나 용서해 줄 것 같지가 않으니까 어떡해요?"

경옥의 눈에는 눈물 대신에 무서운 반항이 번쩍이고 있었다. 원수를 대했을 때처럼 싸워야겠다는 의지만을 강력하게 내뿜고 있었다.

한주는 등골이 오싹해짐을 느꼈다. 분명 삶에 대한 애착이다. 어떻게든 살아야겠다는 마음일 것이다. 그리고 한주는 경옥이가 정말로 사람을 죽이지 않았으면 하고도 생각했다.

애매한 누명을 쓰고 죄 없이 붙잡혀 들어왔다면 얼마나 좋을 것인가. 그렇다면 자유스런 세계에서 경옥이를 옛날의 경옥으로서 다시 만나 볼 수가 있지 않은가?

그러나 그러한 생각이 들기 전에 한주는 우선 놀라지 않을 수 없었던 것이다. 보고 있는 눈앞에서 한 삶이 두 삶으로 변해 버렸다는 사실이었다.

자기가 살인범임을 시인해 온 경옥이다. 그렇던 경옥이가 신문기사 이야기가 나온 뒤부터 자기를 부인하는 경옥으로 변하고 말았다. 한주는 그러한 경옥에게 소름이 끼침을 느꼈으나 금시,

"정말 사람을 죽이지 않았지?"

하고 경옥의 손을 잡았다. 그것은 한주의 염원이었을지 모른다.

"제가 사람을 어떻게 죽여요? 생각을 해 보세요. 제가 사람을 죽이다니……."

경옥의 손이 떨렸다. 한주는 그 떨고 있는 손을 힘있게 쥐어 주면서,

"죄를 짓지 않았으면 무서울 것이 없어. 억지로라두 웃어 봐요!"

하고 말했다. 그때 경옥이가 눈을 치켜뜨고 입술을 한 번 깨문 뒤 웃음을 지었다. 억지로 짓는 웃음이 분명했다. 그러면서도,

"자, 웃었어요. 웃지를 않았어요? 그런데 제가 무서워하길 뭘 무서워해요?"

"됐어, 웃을 줄 아는 사람은 살 자격이 있는 거야."

잠시 동안 말이 끊어졌다.

"저는 선생님을 보면서 좀더 살아야겠어요. 이제 죽으면 저는 헛산 거나 마찬가지에요. 제 마음에 하루도 안 비친 날이 없는 선생님을 겨우 찾아 놓고 이제 그만 죽으면 저는 어떡해요. 네?"

경옥의 얼굴은 웃음에서 울음으로 다시 변하고 말았다.

"죽기는 왜 죽어? 죄가 없는데 죽을 까닭이 있어?"

한주도 울고 싶었다. 경옥이가 죽고 싶지 않다는 것이 죽을 것을 뻔히 알기 때문에 하는 소리처럼 들렸기 때문이었다. 죽을 것이 분명하지 않다면 살고 싶다는 말을 할 까닭이 없지 않은가?

그러면서도 경옥이가 하는 말을 액면(額面)대로 받아들이는 것처럼 말하지 않을 수 없는 것이 슬펐던 것이다. 경옥이가 눈물 젖은 눈으로 한주를 바라보며,

"선생님은 지금 무얼 하시고 계세요? 학교에서는 법과였는데!"

하고 방 안을 살폈다. 귀한 손님이 아니면 이런 응접실에 들어올 수가 없으리라는 생각이 든 모양이었다.

한주는 잠시 망설였다. 솔직하게 자기 직업을 말해 주면 경옥이가 얼마만이라도 마음 든든해 할 것이 틀림없다. 그러나 이런 경우에 자기 직업을 알려 준다는 것은 경옥에게 그릇된 의뢰감을 주게 되고 경옥으로 하여금 마음의 변화를 일으키게 할지 모른다. 이미 마음이 변해 가고 있는 경옥이다. 그것도 그러려니와 피의자 앞에서 검사라는 직명을 말한다는 것이 그 사건에 대하여 책임을 진다는 것을 뜻하는 것도 되기 때문에 한주는,

"차차 알게 되겠지요."

하고 대답을 피해 버리고 말았다. 그때 경옥은 다시 태도를 달리하여,

"종종 면회나 와 주세요."

하고 애절한 목소리로 말했다.

종종 면회나 와 달라는 것은 모든 것을 체념했노라고 고백하는 말 같아 한주는 갑자기 경옥이가 측은하게 생각 되었다. 자기가 조사를 안 해 보았

으니 정말 살인한 것인지 안 한 것인지 단정을 내릴 수 없지만 어쨌든 모든 것을 운명에 맡기는 듯한 경옥의 말을 들을 때 동정 아니할 수 없었다.

"종종 면회두 오겠지만 낙심을 마십시오. 죄 없는 사람에게 벌을 주는 일은 없으니까!"

동정심이 끓어올랐지만 그 이상의 말을 할 수 없는 것이 또한 한주였다.

한주는 오래 있을수록 피차 괴롭기만 할 것을 생각하고 자리에서 일어났다. 그때 경옥이도 따라 일어서며,

"애들은 몇이나 두셨어요?"

하고 한주의 가정이야기를 물었다. 그 말에 한주는 잠시 얼굴을 붉혔다. 자기는 아직까지 결혼도 안 했는데 너는 이미 결혼을 해서 자식들까지 낳겠지하고 묻는 말 같았기 때문이었다.

"그까짓 건 알아 뭣 해요?"

"좋아하는 사람이면 알 걸 다 알아야 하지 않아요?"

경옥이가 그렇게까지 말하는데 속일 수가 없어서 한주는,

"뒷 됩니다."

하고 사무적으로 대답했다.

"모두 사낸가요?"

"아들 하나 딸 하나지요."

"귀엽게들 생겼겠군요."

좋아하는 사람의 일이라 진심으로 관심을 가지고 있다는 물음이었다.

그러나 한주는 더 대답을 못하고,

"몸 조심하구 마음 굳게 먹으시오."

하고 응접실을 나와서 서장실로 들어갔다. 한주는 서장에게 고맙다는 인사를 하고 서장실을 나오려고 할 때였다.

여러 가지로 불편하겠지만 무엇보다도 배가 고플 경옥이가 생각났다. 한주는,

"과자라도 먹여서 들여보냈으면 하는데요."

하고 돈을 꺼냈다. 서장은 사환을 시켜 과자를 사다가 먹이겠노라고 하며

돈을 받은 뒤,

"잘 아시는 여잔가요?"

하고 한주의 얼굴을 바라보았다.

"네, 학교 동창생의 동생이라 쪼금 압니다."

한주는 자기도 모르는 사이에 이렇게 대답하고 말았다. 그리고는 서장이 무엇이라 더 말할 게 없이 나와 버렸다.

그러나 경찰서에서 자기 사무실까지 이르는 동안 한주는 자기도 모르게 한 동창생의 동생이란 말이 머리에서 떠나지 않았다. 무엇 때문에 자기는 거짓말을 했을까?

경옥이가 살인범이라고 해서 그와의 관계까지 부정하려고 한 것이 아닐까?

경옥이와의 관계를 말하고 싶지 않았다고 하는 것은 마음의 비밀을 감추기 위해서가 아니라 경옥의 현재에 대하여 불명예스러운 생각을 가졌기 때문이 틀림없다.

현재의 살인범이라고 해서 십 년 전의 경옥이까지 경멸하거나 부정을 할 수 있다니. 한주는 뒤통수를 한 대 얻어맞은 것같이 머리가 아찔했다. 범죄적 소질이라는 것은 유전병처럼 사람마다가 체내에 가지고 있을지 모른다. 소질이 많은 사람은 언제라도 죄를 범하고야 말지도 모른다. 그러나 대부분의 사람은 소질에서보다도 환경에서 죄를 짓게 된다. 더구나 법들은 죄를 졌다고 해서 그 사람을 악의 덩어리로 규정지을 수는 없다.

그런데도 자기는 어째서 경옥이와의 관계까지 부정하려고 했단 말인가?

더구나 형법(刑法)이라는 것은 범죄를 인간의 자유의사에서 나온 소행이라고만 규정지어 응징적인 처벌을 가하는 것이 그 목적이 아니다. 범죄란 사회적이거나 개인적인 어떤 원인에 지배를 받아 일으키는 행동인 만큼 범죄인에 대해서는 교육적인 의미의 형벌을 주고 사회에 대해서는 범죄적 요소를 제거 또는 방위하도록 하는 것이 형정(刑政)의 목적일 것이다.

공산주의식 형법은 해악적(害惡的)이고 권리적(權利的)인 것으로 범죄인의 의사를 확대시켜 책임지우는 동시에 국가적 권력을 유지하기 위하여 공포관념을 줌으로써 형벌을 과중하게 씌운다. 인간에 대한 애정이 깃들어 있지 않은 형법이다. 인간의 문화적 존재 가치를 망각한 형법이다. 범인을 개선(改善)시키고 교육시킴으로서 그 범인을 다시 사회로 복귀시키자는 것이 진정한 형법의 목적이라면 한 번 죄를 지었다고 해서 무조건 그 사람을 병균(病菌)처럼 꺼려하고 무서워할 필요가 없다. 그러나 한주는 경옥이를 무서운 병균이기나 한 것처럼 서장 앞에서 그와의 관계를 부정하지 않았는가?

그것만도 아니었다. 경옥이가 범죄를 지은 사람이라고 해서 자기의 직업도 말하지 않았고 또 자기 가정환경조차 알려 주지 않았다. 자기의 그 동안 감정까지도 한 마디 고백하지 않았다. 모두가 죄를 지었다는 경옥에 대한 꺼림칙한 마음에서였다. 직업적인 범주 속에서 범죄만을 보고 인간을 잊어버린 소치라고도 볼 수 있다. 한주는 죄를 지은 경옥이라고 해도 그와의 사랑을 부정할 수는 없을 것 같았다. 경옥이가 사형을 받아 죽는 일이 있다 해도 그를 잊어버릴 필요는 없다고 생각했다. 솔직하게 말하면 경옥이가 죄를 범하지 않았다는 것이 드러나 석방되어 나왔으면 하는 마음이 간절하다. 그래서 다시 만날 수 있다면 하는 것이 솔직한 감정일지 모른다. 그러면서도 동창생의 동생이라고 거짓말을 하다니…….

한주는 책상 위에 팔을 고이고 고개를 떨어뜨린 뒤 자기의 인간성을 곰곰이 생각했다. 죄를 짓고 처벌을 무서워하는 사람보다도 더 비겁한 자기를 발견했다. 한주는 전화기를 들었다. 경찰서장이 나오자,

"민경옥은 내가 옛날에 사랑하던 여잡니다. 가능한 한 편의를 보아 주기 바랍니다."

하고 약간 떨리는 목소리로 말했다. 그 전화를 걸자 그때야 한주는 한숨이 나오는 것을 느꼈다. 죄를 가볍게 해 달라는 것이 아니라 가능한 한도 내의 편의를 보아 달라는 것은 절대로 월권도 아니요 무리한 요구도 아니다. 그러면서도 경옥이를 사랑하던 사람이라고 밝혔다는 그 사실이 이때까지 모자랐던 자기를 보충해 준 커다란 보물같이 기뻤던 것이다.

자기 사랑에 대해서 면목이 서는 것 같기도 했다. 오후 퇴근을 하고 나올 때 한주는 휘파람이라도 불고 싶은 심정이었다. 경옥이가 유치장 속에서 신음하고 있을 괴로움도 생각지 않고 그가 자기를 대할 때 놀라고 기뻐하던

표정만을 머리에 그렸다. 그래서 그런지 한주는 자기도 모르게 노영애의 집으로 발길을 옮기고 있었다. 자기의 유쾌한 마음을 영애에게라도 말하고 싶은 충동을 받았기 때문이었을지 모른다. 아니 경옥이가 보고 싶은 마음이 영애를 찾아가게 했다는 것이 정확한 말인지도 모른다.

이상스러운 일이었다. 서장에게 전화를 걸고 경옥이가 옛날 자기의 사랑하던 사람이라고 한 한 마디의 말이, 경옥에게 냉정하게 대하고 불성실한 태도로 이야기했던 자기의 잘못까지 씻어 주리라고는 생각할 수도 없는 일이 아닌가. 그러나 한주는 그 말 한 마디로 자신에 대한 만족감을 느꼈다. 그리고 유쾌하기 짝이 없었다. 그러한 즐거움이 노영애에게는 어떤 반응을 줄 것인가 그런 것을 생각할 여유도 없었다. 경옥에게 부끄럽지가 않고 또 경옥이가 보고 싶으니 그저 영애에게로 가는 것뿐이었다. 그러나 영애 방에 들어서서 영애를 대하자 영애가 경옥이 아님을 비로소 깨달았다. 영애가 경옥이 아닌 다음에야 경옥에게 대한 유쾌한 마음을 가지고 어찌 영애를 만날 수 있으랴 하는 생각도 들었다. 그러나 때는 이미 늦었다. 영애가 반가운 얼굴로 언제나 그렇기는 하지만 오래간만에 만나는 것처럼 상냥스럽게 맞이해 주고 있었다.

"더우신데 빨리 옷을 벗으세요."

벌써 뒤로 돌아와 옷을 받아 걸 태세를 취하고 있었다. 한주는 옷을 냉큼 벗지 못했다.

"오늘은 곧 가 봐야겠는데……."

"가실 땐 가셔두 옷은 벗구 계셔야 하지 않아요?"

"아니 좀 바쁜 일이 있어!"

"그럼 뭣 하러 오셨어요."

"그저 보구 싶어서."

"보구 싶어 오셨는데 앉지두 않구 가시는 법이 어디 있어요?"

"영애가 아냐."

이 말을 하자 한주는 등골이 써늘해짐을 느꼈다. 말을 잘못한 것이다. 그러나 경옥의 이름을 꺼내지 않은 건 다행이라고 생각했다.

“선생님두. 그럼 누가 보구 싶어서 우리 집엘 오셨어요?”

영애는 한주의 말을 농담으로 돌려 버렸다. 다행스러운 일이었다. 한주는 그저 웃음만 지어 보이며 마치 자기도 농담을 했다는 듯이 저고리를 벗어 영애에게 내 주었다. 그러는 수밖에 없었다. 그러지 않고 그냥 돌아간다면 정말 영애가 보고 싶어 왔던 것이 안 되고 만다. 영애는 냉수를 떠다 놓고 세수를 하라고 했다. 그리고 파자마를 꺼내놓고 바지도 갈아입으라 했다. 영애의 친절을 보자 한주는 점점 더 거북살스러워졌다. 마음은 딴 데 두고 친절은 영애에게서 받는다는 것이 마음 괴롭기까지 했다. 한주는 아무래도 오랫동안 앉아 있을 수 없다고 생각한 뒤 권하는 파자마도 굳이 갈아입지 않았다.

영애는 설탕물을 타 가지고 와서 권했다. 그러고 나서야 한주 옆에 앉고서는,

“면회를 가셨어요?”

하고 물었다. 물어 보고 싶던 말이었는지 한주의 얼굴에서 그런 냄새를 맡았는지 어쨌든 그 말부터 먼저 꺼냈다. 한주는 당황했다. 될 수 있으면 숨기고 싶던 이야기였다. 그러나 일이 이렇게 된 이상 숨길 수는 없었다.

“오늘 갔다 왔어……”

“정말 살인을 했대요?”

“글쎄. 자기 말로는 안 했다구 그러더군!”

“선생님 보시기에는요?”

“아직 알 수 있나!”

영애는 잠시 숨을 돌렸다가,

“오래간만에 만나니 어때요? 울지들 않았어요?”

영애는 무엇 때문에 그런 것까지 묻는지 모를 일이었다. 한주는 무엇이라고 대답을 해야 한단 말인가?

영애는 구경꾼일 수 없다. 영애가 한주를 사랑한다면 한주의 생활이 영애 자신의 일부분이 아닐 수 없다. 자기 생명의 일부분인 한주의 생활을 구경꾼처럼 바라본다는 것이 있을 수 있는 일인가?

한주는 그것을 실망한 영애라고 보지 않을 수 없었다. 한주에 대한 실망에서 무기력한 구경꾼이 되고 만 것이다. 한주는 영애에게 실망을 준 자기를 생각해 보지 않을 수 없었다. 아무리 변질적인 사랑을 하고 있는 둘 사이라 할지라도 한 남자가 세 여자와 관계를 맺고 있다는 것은 무조건하고 자기에게 책임이 있는 것이다. 변명할 여지도 없다. 결국 영애를 깔봤다는 것밖에 아무것도 아니다. 영애를 깔보는 태도가 아니라면 내게는 아내도 있다 그리고 옛 애인도 있다. 모두 버릴 수가 없다. 그러나 너두 좋아한다는 말을 할 수가 있을 것인가?

영애에게 실망을 주어 마땅한 자기다.

"영애 앞에서 나는 경옥 씨에 대한 이야기를 말할 자격이 없는 사람 같아. 경옥 씨에 대한 이야기뿐이 아니라 내 인생 전체에 대해서 그럴 거야. 영애가 무서워졌어?"

"거 무슨 말씀이에요? 제가 왜 무서워요?"

"영애 앞에서 얼굴을 들 수 없을 만큼 나는 부끄러운 사람이야. 만날수록 영애에게 실망만 줄거구. 그러니 영애를 만난다는 것이 내게는 무서운 일일 수밖에 없지 않아……."

"전 무슨 뜻인질 모르겠어요."

"나는 내 전부를 영애에게 바칠 사람이 못 된다는 거야. 전부를 못 바치고 어찌 사랑한단 말을 하겠냐 말야?"

"참, 선생님두 제가 언제 선생님 전부를 차지하겠다구 그랬어요? 저는 선생님의 마음 일부만이라도 차지하면 그뿐이야요. 그것두 많은 것이 아니에요. 십 분지 일이나 백 분지 일루 충분해요."

"아냐, 영애는 나를 열로 또는 백으로 나누는 것을 생각지는 않고 있어. 십 분지 일이나 백 분지 일인 그 하나만 생각하구 있어. 그 하나란 결국 전부를 말하는 걸 거야."

"천만에요. 제가 어찌 선생님을 모르겠어요? 어찌 선생님의 전부를 바라겠어요. 전부를 바란다는 것은 전부를 잃어버리는 것과 마찬가지가 아녜요? 안 그래요?"

영애는 자기의 진심을 말하는 것 같았다. 일부러 꾸미는 말 같지가 않았다. 그러나 그렇다고 해서 그 말을 시인할 수는 없었다. 한주는,

"영애가 그렇게 생각하는 것은 자유야. 그러나 나는 어떡하라는 거야. 내가 불쌍하지 않아……."

"그러시지 마세요. 선생님의 극히 적은 부분이 제게는 전부일 수 있어요. 선생님에게는 대단치 않을지 모르지만 제게는 생명처럼 중요한 거예요."

"영애에게 생명이 될 것이라면 내게두 귀한 것이래야 되지 않아? 그렇지만 내가 영애에게 줄 수 있는 것은 쓰레기뿐이야."

"쓰레기라두 딴 데다 버리지 말아 주세요."

한주는 그렇게까지 말하는 영애가 고마웠다. 그렇게까지 자기를 필요로 해 주는 사람이 어디 있을 것인가?

그러나 한주는,

"오늘만은 가야겠어."

하고 일어섰다.

"경옥 씨 때문에 심란하신가 보군요. 가서 푹 쉬세요."

영애는 말리지 않았다. 한주의 마음을 알 수 있는 모양이었다. 그러나 한주의 양복을 입혀 주는 영애의 손은 갈잎처럼 떨리고 있었다.

한주는 걷잡을 수 없는 마음으로 며칠을 보냈다. 그 동안 경옥이도 영애도 찾아가지 못했다. 하루 빨리 공판이 열려 경옥의 운명이 결정되었으면 하는 생각뿐이었다.

그러고 있을 어떤 날 뜻밖에도 경옥에게서 편지가 왔다. 인편에 보내온 것으로 보아 서장이 특별한 호의를 베풀어 준 것임에 틀림없었다.

"선생님, 뜻밖에도 선생님이 검사님이라는 걸 알았습니다. 어쩌면 그런 말씀을 한 번도 안 하셨을까요? 제가 죄를 지은 여자라고 해서 일부러 숨기지시는 않으셨겠지요? 선생님! 저를 믿어 주십시오. 저는 그런 여자가 아닙니다. 선생님과 제가 처음으로 알게 된 십여 년 전의 일을 생각해 보세요. 충무로에 있는 일본서점에서 매일처럼 만나지 않았습니까? 사지는

못하면서도 새로 들어온 책을 구경이나마 하고 싶어 매일처럼 서점에 가
던 저입니다. 선생님도 무던히 부지런하게 다니셨지요. 어떤 날 저는 새
로 들어온 헬만 헤세의 소설을 탐나게 보았습니다. 탐이 날 뿐 돈이 없어
서 만지작거리기만 하다가 다시 꽂아 놓고 돌아올 때 선생님은 그것을 사
서 제게 주셨지요. 그때 선생님은 얼굴을 붉히고 떨리는 목소리로 저를
불렀습니다. 몇 달 동안 매일처럼 눈익은 선생님이었기 때문에 저는 오래
전부터 아는 분처럼 선생님을 돌아보았습니다. 그러나 부끄러워 대답은
못했습니다. 바쁘지 않으면 우유라도 한잔 마시자고 하면서 멀지 않은 우
유집으로 가실 때 저는 달갑게 따라갔습니다. 몇 달 동안 저는 그런 때를
찾았는지도 모릅니다. 그러나 저는 이름도 모르는 선생님에게 폐를 끼칠
수가 없는 것 같아 사양을 했지요. 그때 선생님은 다시 얼굴을 붉히고 할
이야기가 있다면서 저를 끌었습니다. 우유집에 들어가서 '퍽 가지고 싶어
하시는 것 같아 제가 샀는데 받아 주시겠어요?' 하고 헤세의 소설책을 내
주실 때 제가 얼마나 고마워했습니까? 정말 천하를 주어도 그 이상 고마
울 수가 없었습니다. 그러나 저는 그것을 받지 못했습니다. 그때 선생님
은 '제가 지나치게 당돌했던 것 같습니다. 용서하십시오.' 하고 그 책을
도루 가져가시는 것을 보고야 '그런 게 아니에요.' 하고 책을 받았습니다.
그렇게 해서 지의 돌은 시로가 알게 되었던 깃이 아닙니까? 그 뒤 우리는
뗄 수 없는 사이가 되었지만 선생님은 학병으로 끌려가시지 않을 수 없었
습니다. 저는 그때로부터 오늘까지 하루나마 선생님을 잊어버린 일이 없
습니다. 지금 유치장에서 그늘진 생활을 하고 있으나 제 마음속에서는 선
생님의 그림자만이 가득 차 있습니다. 십 년 전의 경옥이나 조금도 다름
없습니다. 그러한 제가 죄를 짓다니요? 생각해 보세요 죄를 지을 수 있는
저인가구요. 저는 절대로 죄를 짓지 않았습니다. 마음의 거울이 깨지지
않았는데 왜 죄를 짓겠어요? 죄라는 것은 마음의 거울이 깨졌을 때 짓는
것이 아니겠습니까? 저는 죽을 때까지 죄를 짓지 못할 사람입니다. 저를
가장 잘 아시는 선생님이시니까 긴 말씀 안 드려도 저를 믿고 저를 구해
주실 줄 믿습니다. 저를 구해 주십시오. 이 어두운 곳에서 구해 주십시오.

그렇지 않으면 저는 선생님을 원망하며 죽으렵니다."

한주는 편지를 읽자 어쩐지 자기가 형벌을 받고 있는 형수(刑囚)같은 생각이 들었다. 마음의 거울이 깨져 버리고 구함을 받을 수 없는 그러한 형수같았다.

별들의 이야기

종아는 며칠 전 돈암동 전차 정류장에서 본 복회를 생각하고 있다. 오래 간만이라고 말하면서 현주를 붙잡고 이야기하던 그 복회가 현주와 어떤 관계를 가진 여성인가 하고.

종아는 현주 앞에서 그 여자 이야기를 캐묻지 않았다. 더구나 현주가 그 여자의 전부를 설명하고 사랑하지 않는 듯이 말한 것을 캐물을 필요가 없었던 것이다. 종아는 질투라는 것이 싫었다. 아직 굳은 사랑을 약속하지 않은 현주 앞에서 허트러진 감정부터 보인다는 것은 결국 자기가 질서 없는 여자라 함을 말하는 것 이외에 아무것도 아니다.

현주를 사랑한다면 현주를 믿어야 한다. 믿기도 전에 질투를 한다면 그것은 자기 감정이 그만큼 불순한 것이 되고 만다. 남을 믿지 못하면서 그를 사랑한다는 것처럼 불순한 일이 어디 또 있을 것인가? 그리고 질투를 독점하기 위한 아름다운 마음이라고도 하나 질투를 하려면 우선 얼굴을 찡그려야 한다. 마음이 우글쭈글해져야 한다. 종아는 그것도 싫었다. 마음을 곱게 펴고 주름살 없이 살고 싶었던 것이다. 그러나 한 번 다녀간 뒤로 며칠이 지나도록 통 찾아오지를 않으니 그 여자 생각을 안 할 수가 없었다.

더구나 다친 발 때문에 의사까지 데려오는 것을 보고 간 현주다. 다른 때라면 몰라도 자리에 누워 있는 자기를 이렇게도 찾아 주지 않을 수가 있단 말인가? 종아는 그 여자 때문이나 아닌가 생각한다. 그 여자를 만나노라고 자기를 잊어버린 것이나 아닌가 생각한다.

이상한 부류의 여성이기는 하나 얼굴도 좋았다. 체격도 좋았다. 자기와 달리 명랑한 성격의 여성처럼 보이기도 했다. 남자들이 능히 끌릴 만한 여자였다. 그러니 현주라고 장담할 수가 있을 것인가?

종아는 지금도 복희를 질투하지는 않는다. 다만 두 사람의 관계를 좀더 알고 싶을 뿐이었다. 알고 나면 어떻게 하겠다는 생각은 없다. 그저 알고 싶을 뿐이었다.

종아는 침을 맞아 삔 다리가 아프지는 않게 되었다. 부기도 빠졌다. 그러나 걸으려면 새큰거려 견딜 수가 없었다. 그러면서도 그는 앉아 화장을 하고 옷을 갈아입었다. 현주를 한 번 만나 보기라도 해야만 할 것 같았기 때문이었다. 그리웠던 것이다. 죽고 싶게 그리웠던 것이다. 종아는 발을 내디딜 때마다 눈이 감겨지도록 복사뼈가 새큰거렸지만 한 걸음 한 걸음 현주의 집을 향해 걷기 시작했다. 다리를 절룩일 때마다 지나가는 사람들이 유심히 보는 것 같았지만 그런 것은 아무렇지도 않았다. 정릉리 고개를 넘을 때는 힘을 주어 걸어서 그런지 온몸이 노근해지기까지 했지만 그는 쉴 생각마저 안 했다. 현주가 불쾌한 얼굴로 '돈과 시계는 그냥 가지구 있으시우.' 하고 톡 쏘는 말 한 마디를 하고 떠나던 그때를 생각하면 빨리 가서 사과를 해야 겠다는 맘이 자꾸만 발걸음을 끄는 것 같아 견딜 수가 없었다. 종아는 현주가 불쾌한 생각 때문에 자기를 찾아오지 않는 것이라고도 생각했다. 아무 관계가 없는 홍서에게서 돈과 시계를 받았고 우이동까지 끌려갔었으니 유쾌하게 생각지 않을 것만은 사실이었다. 종아는 빨리 가서 눈물로써 사과를 해야 한다고 생각했다.

이마에 땀을 흘리며 절름절름 고갯길을 내려가고 있었다.

몸에서만 땀이 나는 것이 아니었다. 마음속에서도 진땀이 방울방울 맺히는 것 같았다. 그러면서 현주의 집 가까이까지 왔을 때였다. 현주의 집으로 들어가는 골목에서 어떤 남녀 두 사람이 걸어 나오고 있었다. 종아는 발을 주춤하고 그 두 사람을 유심히 바라보았다.

틀림없는 현주와 그리고 복희였다. 두 사람은 별로 말이 없었다. 그러나 두 사람은 몸을 바싹 대고 서로 의지하듯이 걸어가고 있다. 종아는 '선생님'

하고 현주를 불렀다. 그러나 그 목소리는 상대편이 알아들을 만한 것이 못 되었다. 그들은 뒤도 돌아보지 않고 전찻길로 걸어갔다. 종아는 더 크게 부르고 싶었으나 목이 잠기고 말았는지 처음만한 목소리도 나오지 않았다. 달려가고 싶었으나 다리가 말을 들어 주지 않았다. 종아는 폭삭 앉아 버리고 싶었다. 그대로 땅 속에 잦아들었으면 하는 생각도 들었다. 내 말을 안 듣는 내 몸…….

　종아는 자기의 다리를 꼬집어 주었다. 그렇게 아프지가 않았다. 한 번 더 꼬집었다. 아픈 것 같았다. 또 한 번 꼬집었다. 멍이 들었을 것 같았다. 돌아가는 수밖에 없었다. 그 힘들여 넘은 고개를 다시 넘을 생각하니 그야말로 태산이 가로막힌 것 같았다. 그러나 걷지 않을 수 없었다. 갈 때보다 몇 배의 힘을 들여 집에 돌아온 종아는 방 안에 들어서는 길로 자리에 누워버렸다. 그리고는 철없이 흘러내리는 눈물을 달랠 생각도 안 했다. 양부인이라는 복희를 현주가 사랑하지는 않으리라 생각하면서도 그저 눈물이 나왔다. 현주가 사랑하기 때문에 자기가 현주를 사랑한 것이 아니지 않았나 하면서도 눈물은 그대로 나왔다.

　'보고 싶은 사람이 아니래도 만나야 하는 사람이 있지 않아요.'
하던 현주의 말이 귓전을 울렸으나 하늘이 캄캄한 것만 같았다. 종아는 복희와 같이 걸어가는 현주를 보았다고 해서 현주가 반드시 복희를 사랑하는 것이라고는 생각하고 싶지 않았다. 그럴 수는 없는 일이라고 자꾸만 다짐을 하는 것이었다. 그러나 힘들여 고개를 넘어 갔던 자기의 진실이 현주의 대문 앞에도 이르지 못하고 돌아왔다는 것이 마음을 더욱 슬프게 했다. 얼마 동안을 울고 있을 때였다. 낯모를 어떤 사람이 찾아왔다. 종아는 머리를 가다듬고 눈물 자국을 닦은 뒤 창문 밖을 내다보았다.

　"홍광윤 씨가 이 댁에서 사시지요?"

　낯선 사람이 툇마루 앞에 서 있었다.

　"네……."

　종아는 어리둥절해서 낯선 사람의 몸을 아래위로 훑어보았다. 본 기억이 없는 사람이었다.

"저 ××서에서 왔습니다."

형사는 그래도 부드러운 음성이었다. 종아는 감전된 때처럼 머리가 아찔함을 느꼈다. 오빠에게 무슨 일이 생겼을까 하는 두려움이 번개처럼 머리를 스치고 지나갔던 것이다.

"홍광윤 씨의 누이동생이십니까?"

"네, 그렇습니다."

"그럼 종아 씨로군요?"

종아는 더욱 놀라지 않을 수 없었다. 형사가 어떻게 해서 자기 이름까지 알고 있단 말인가 그럼 자기에게도 관련이 있는 일이 생긴 것이 아닌가?

그러나 형사는 조금도 다른 기색을 보이지 않고 오빠가 지금은 무엇을 하고 있으며 포로수용소에서 나온 직후에는 어디서 살고 있었느냐는 것들을 순순히 물었다. 그러고 나서는 장사가 잘 안 돼서 취직을 하려고 하는 것이냐구 물었다.

종아는 가슴이 떨렸지만 차근차근히 대답했다. 대답을 다 하고 나서는,

"무슨 일이 생겼습니까?"

하고 형사의 얼굴을 쳐다보았다.

"아무것두 아닙니다. 아무 걱정두 말구 장사나 하라구 그러십시오."

형사는 웃기까지 했다. 아무 일도 아닌데 무엇 하러 일부러 찾아까지 왔을까?

"오빠가 요시찰 인물인가요?"

"천만에요 반공투산데 그럴 리가 있습니까? 투서가 들어왔는지 위에서 한 번 찾아보구 오라기에 왔을 뿐입니다."

종아의 두근거리던 가슴이 겨우 안정되었다. 형사의 친절에 감사하고 싶은 마음까지 들었다.

그 대신 정홍서가 자기에 대한 앙갚음을 하기 위하여 투서를 했다고 짐작되어,

"정홍서 씨를 잘 아시나요."

하고 물었다. 형사가 그 말에 대답할 리 없었다. 그러나 종아는,

"아시면 부탁드리고 싶은 것이 있는데요."

하고 극히 침착한 어조로 말했다. 속은 뒤집히는 것 같았지만 냉정해지려고
이를 악문 것이었다.

"무슨 부탁인데요?"

형사는 듣기라도 하자는 태도였다.

"저……."

종아는 형사를 통해서 돈과 시계를 돌려주고 싶었던 것이다. 그러나 그
말을 꺼내려 할 때 그만 혀가 굳어지고 말았다. 불순한 돈을 받고도 그것을
쓰지 않고 돌려준다면 자기의 결백성이 드러날지는 모르나 그런 것을 한 사
람에게라도 알린다는 것은 결국 자기 생활의 추한 면을 세상에 드러내는 것
이 되고 만다. 홍서에게 부끄럼을 주기 전에 자기 자신이 부끄럼을 당해야
한다. 그 뿐도 아니었다. 현주가 그냥 가지고 있으라 한 것을 독단적으로 돌
려보낸다면 우선 현주를 거역하는 자기가 된다.

"저 만나시거든 제가 보구 싶어 한다구 말씀 해 주세요."

형사는 뜻있는 웃음을 빙긋이 웃고,

"그러지요."

하고 돌아가 버렸다.

혼자 남은 종아는 먹이려는 미끼를 먹지 않았다가 칼로 얻어맞은 물고기
를 생각해 보았다. 절대로 크지가 않은 물고기다. 자기는 송사리 같은 물고
기에 지나지 않는 것 같았다. 미끼를 먹이려는 사람으로 본다면 능히 먹을
수 있는 미끼를 주었는데도 먹지 않는 송사리가 얄미울 것이다.

얄미우니까 때려 주는 수밖에 없을지도 모른다. 종아는 어렸을 때 아버지
를 따라가서 낚시질하는 것을 구경한 일이 있다. 찌가 한들거리는 것을 보
고 송사리 떼라고 낚싯대를 채지도 않다가 한참 뒤 낚싯대를 잡아 올리고
미끼만 떼였다고 불평처럼 이야기하던 아버지 생각이 났다.

낚시를 통째로 물지 않고 미끼만 쪼아 먹었다고 송사리 떼를 욕하던 아버
지였다.

모두들 통째로 먹어 주기를 바라는 모양이었다. 종아는 자기가 통째로 먹

지 못한 것은 입이 지나치게 작기 때문이 아니었을까 하고 생각했다. 입이 좀더 크기만 했다면 이렇게 얻어맞지는 않았으려니 하고도 생각했다. 어쨌든 골치가 띵했다. 망치로 얻어맞은 것처럼 골치가 띵 했지만 그럴수록 더 생각나는 것은 현주였다.

현주는 미끼를 가지고 다니는 사람이 아니다. 미끼로 낚아채려는 낚시는 더욱 갖지 않았다. 도리어 먹이를 떼여 버리며 다니는 사람일지 모른다. 말하자면 보수를 바라지 않는 사람이다.

세상에 보수를 바라지 않는 사람 말고 달리 믿을 수 있는 사람이 어디 있을 것인가? 종아는 무엇보다도 믿을 수 있는 현주가 좋았다. 자기는 절름거리는 다리로 찾아가기까지 했는데 현주는 어째서 자기를 만나러 오지를 않을까?

종아는 현주가 그리워질수록 현주가 찾아오지 않는 이유를 생각했다. 복회와 같이 나가는 것을 보지 않았다면 그런 생각은 안 했을지도 모른다. 그리고 복회와 나란히 걸어가던 모습이 자꾸만 눈앞에 어른거려 종아의 가슴은 공연히 두근거리기만 했다.

'혹시 마음이 변한 거 아닐까?'

이렇게도 생각하지 않을 수 없었다. 그러면,

'내가 그를 사랑할 만한 여자가 되나?'

하고 부질없는 자격지심도 가지게 된다. 그러다가도,

'아니야. 내가 사랑을 하는데. 내가 이렇게 사랑을 하는데 왜 그가 나를 사랑하지 않아…….'

하고는 스스로 위안을 하기도 했다. 그것은 위안이 아니었다. 신념과 같은 것이었다.

저녁때 오빠가 자전거를 타고 돌아왔다. 오빠는 전과 달리 희색이 만연한 얼굴이었다. 종아는 잘 되어 뜻밖의 돈을 번 것이라 생각했다. 어쨌든 오빠가 즐거워하면 자기 마음도 즐거워야 할 것이지만 종아는 오빠의 즐거움을 물으려고도 하지 않았다. 모두가 대수로운 일 같지가 않았다. 다만 오빠를 보자 저녁때라 밖으로 나가려 할 때였다. 광윤이가,

"애, 오늘 나 취직했다. 아버지 친구 되시는 분을 우연히 만나 내 이야기

를 했더니 깜짝 놀라며 자기가 있는 ××부에 취직시켜 준다구 그러지 않아? 월급은 적을지 몰라두 거기가 좋을 거야."

하고 싱긋 싱긋 웃었다. 퍽도 좋은 모양이었다. 종아는 참 잘 되었다고 생각했다. 월급이 적으면 자기가 벌어 보텔 수가 있다. 옛날 아버지처럼 나라의 관리가 된다는 것이 얼마나 좋은 일인가?

그렇지만 종아는 그렇게 흥이 나지 않았다.

"그래요? 언제부터 나가시죠?"

이런 말을 물어보면서도 얼굴에는 놀라는 기색이 깃들어 있지 않았다.

"우선 이력서를 써 가지구 오래. 아무때라두 좋대."

오빠는 밤새 좋아서 어쩔 줄을 몰랐다. 그러나 종아는 좋아하는 오빠와 같이 맞장구 칠 수 없는 것이 서러웠다. 더구나 홍서 때문에 형사가 찾아왔더란 이야기도 할 수 없는 종아인 만큼 그는 마음 문을 꼭꼭 닫고 살아야 하는 것 같은 답답함을 느꼈다. 홍서 이야기는 오빠의 마음을 어지럽게 하지 않기 위해 참아야 하고 현주 이야기는 자기의 아픈 마음을 위해 건드릴 수가 없으니 어찌 답답하지 않을 수가 있을 것인가? 다음날 오빠는 이력서를 써 가지고 일찌감치 집을 나갔다. 종아는 종일토록 오지도 않는 현주의 발소리를 들으려 귀를 밖으로 기울이고 있었다.

저녁때쯤 되었을 무렵 종아는 일어났다. 종이에 무엇을 써 가지고 돈과 시계를 한데 싸 가지고는 밖을 나왔다. 다시 현주를 찾아가는 것이었다. 안 찾아가고는 배겨낼 수가 없었다.

그것은 하나의 구실일지 모른다. 시계와 돈을 가지고 가서 그 처분을 맡기겠다는 마음. 그것은 그 구실을 통하여 현주를 만나겠다는 것 이외에 아무것도 아니었다. 단순한 구실인 줄 알면서도 떳떳이 찾아갈 수 있는 것이 좋았다. 현주가 집에 없어도 좋았다. 없으면 물건을 맡겨 두고 올 수가 있으니 찾아갔던 표적은 남길 수가 있다. 종아는 현주가 집에 없을 것을 예상하고 돈 속에 편지를 써넣었다. 그 편지를 보면 다음날에라도 찾아와 줄 것이 아닌가?

종아는 어제와 같이 절룩거리는 다리를 끌며 정릉리 고개를 넘었다 참으로 힘든 길이었다. 그러나 오늘은 자기가 아니라도 편지가 현주의 눈에 들어 갈 것을 생각하니 마음이 한결 가벼운 것 같았다.

땀을 빨빨 흘리며 현주의 집 근처에까지 이르렀을 때였다. 종아는 어제 현주와 복희가 걸어 나오던 골목길을 향해 발을 멈추었다. 또 그들이 걸어 나오지나 않나 하는 불안에서였다 한참 동안 서 있던 종아는 쓸데없는 걸음을 걷지나 않았나 하고 혼자서 망설여 보았다. 현주가 복희를 사랑한다면 그만이 아닌가 하는 생각이었다.

그러나 종아는 골목을 향해 걷기를 계속 했다.

'현주 씨가 복희를 사랑할 수 있나? 내가 이렇게까지 사랑하는데…….' 이런 생각을 하면서 현주의 대문 앞까지 이르렀을 때였다. 대문을 두드려야 할 손이 떨기만 하면서 말을 듣지 않았다. 손만이 떨리는 것이 아니라 가슴까지 두근거렸다.

종아는 자기도 모르게 한 걸음 뒤로 물러섰다.

종아는 입술에 힘을 주며 가슴을 진정시켜 가지고 다시 대문 앞으로 다가섰으나 손이 여전히 떨렸다. 할 수 없이 또 뒤로 물러섰다.

종아는 현주가 나와서 대문을 열어 주며 왜 어물거리냐구 꾸중해 주었으면 하고 생각했다. 자기가 온 줄을 알고 대문으로 나오는 발소리가 들리는 것도 같았다. 그러니 대문 두드릴 용기가 더욱 생기지 않았다.

종아는 현주가 어디를 나갔다가 돌아오고 있지나 않나 하고 귀를 골목길로 기울여도 봤다. 고개도 돌리지 못하고 귀만 기울이는 것이었다. 그러나 뒤에서도 발소리는 들리지 않았다.

그는 싸 가지고 온 것을 개구멍 속으로 들여 밀고 그냥 돌아갈까 생각했다. 그 속에 편지를 써 넣었으니까 그것을 보고 찾아오면 그뿐일 것 같았던 것이다. 그러나 손 하나 들어갈 만한 빈틈도 보이지 않았다.

종아는 할 수 없이 문을 두드리는 도리밖에 없었다. 눈을 감고 대문을 노크했다.

그러나 그 노크 소리는 겨우 자기만이 들을 수 있는 정도였다. 안에서는 아무 반응도 없었다. 왜 그렇게 힘이 드는지 몰랐다. 사랑이라는 것이 그렇게도 힘이 드는 것일까?

종아는 그냥 돌아가서 내일 오빠편에 돈과 편지를 보낼까 생각했다. 그것이 가장 편할 것 같았다. 그래서 한 걸음 뒤로 물러섰을 때였다.

"누구를 찾으시죠?"

육중한 목소리가 뒤에서 들렸다.

종아는 도둑질을 하려다가 들킨 때처럼 가슴이 내려앉았다. 그러나,

"고현주 선생을……."

하고 말도 끝맺지 못 했을 때,

"그래요? 들어가십시다."

하고 그 남자가 대문을 함부로 흔들어댔다.

현주에게 형이 있다는 것을 알고 있는 만큼 종아는 그가 현주의 형님임에 틀림없으리라고 생각했다. 현주의 형님이라면 자기의 이름을 알고 있을지도 모른다.

이름뿐만이 아니라 자기 마음을 속속들이 들여다보고 있을지도 모른다. 종아는 꼭 그렇게만 생각되었다. 현주의 형님이 지금의 자기 마음을 꿰뚫어 보고 있는 것이라고.

자기 마음을 알아주기만이라도 하는 사람이 있다면 자기의 힘이 될 것이건만 종아는 한주가 자기 편이 되어 줄 것 같은 생각이 들지 않았다. 어쩐지 자기를 비웃고 자기를 해 하려는 사람 같기만 했다. 종아는 정말 현장에서 체포된 현행범처럼 가슴이 떨려왔다. 도망할 수만 있다면 어디로 도망쳐 버리고 싶었다. 대문이 열리자,

"자, 들어가십시다."

하고 한주가 친절하게 안내를 했지만 종아는 울고만 싶었다.

할 수 없이 끌려들어가기는 했지만 현주가 아직 들어오지 않았다는 말을 들었을 때 종아는 차라리 잘 되었다는 마음이 들었다. 현주를 만나면 그저 울기만 해야 될 것 같았기 때문이었다.

못할 사랑도 아닌데 어째서 자기는 이렇게 마음이 약할까 하고 생각해 보았지만 무조건 하고 도망치고 싶기만 한 것이 그의 마음이었다.

사랑이라는 것은 남에게 알리지 않을 때가 좋은 것인지도 모른다. 종아는 싸 가지고 갔던 것을 전해 달라고 말한 뒤 그냥 들쳐 나오려고 했다. 그때 한주가,

"곧 돌아올 테니 좀 기다리시지요."

하고 방으로 들어오기를 권했다.

"가 보겠어요. 이것만 전해 주세요."

"나두 할 말이 좀 있는데……."

종아는 가슴이 뜨끔했다. 아직 인사도 한 일이 없는 한주가 자기에게 할 말이 있다……. 한주가 자기 편이 되어 줄 사람이라고 해도 싫었다. 자기 마음은 보자기에 싸서 자기만이 간직하고 있어야 하는 것이라 생각되었기 때문이었다. 그러나 안 들어가겠다는 구실이 입에서 나오지 않았다.

"다 알고 지나는 것이 좋을 테니까 이왕 오신 김에 이야기나 하다 가시지요."

이렇게까지 터놓고 이야기 하는 데는 하는 수가 없었다. 종아는 고개를 숙인 채 따라 들어가는 수밖에 없었다.

한주의 방으로 들어가서도 감히 고개를 들지 못하고 있을 때 한주가,

"나, 현주의 형입니다. 말씀은 들었지만 뵙기는 첨이로군요."

하고 다정하게 이야기를 꺼냈다. 그리고는,

"아버지가 중앙청 과장이었다지요?"

하고 집안 내력까지 알고 있다는 투로 말했다. 종아는 무슨 말이든 빨리 해 주기만 기다렸다.

"수를 잘 놓으신다지요. 좋습니다. 수를 놓는 마음이 여자의 아름다움이니까요. 수를 놀 줄 모르는 여자, 수놓는 것을 경멸하는 여자, 그들을 현대 여성이라구 말할지는 모르지만 결국 경박하지요. 진득한 맛이 없거든요."

한주가 자기를 칭찬한다는 것은 자기를 좋게 본다는 증거다. 자기를 해칠 사람이 절대로 아니다. 그러나 종아는 그 이상의 말이 나올까 겁나 견딜 수가 없었다.

"가서 저녁을 지어야겠어요."

종아는 일어서고 말았다. 종아가 일어서자 한주는 자기도 할 이야기를 다 했다는 것처럼 '그래요?' 하고는 따라 일어섰다. 그리고는,

"그 녀석이 요새 공연히 들떠 돌아다니느라구 종아 씨두 안 찾아가지요? 곧 찾아가도록 말하겠습니다."

종아의 뒤를 따라나오며 약간 근심스런 어조로 말했다.

종아는 마음이 급했지만 다리가 쩔룩거리지 않게 될 수 있는 대로 느리게 걸음을 옮기면서 한주의 집을 나왔다.

현주를 또 만나지 못하고 돌아가는 마음이 눈물겹도록 안타까웠다. 그런데다가 부탁하지도 않았는데 현주를 보내겠다고 하면서 현주가 공연히 들떠 다닌다고 하던 한주의 말이 귓전에서 사라지지가 않아 마음이 어지러웠다.

형이 걱정하는 태도로 현주가 들떠 다닌다는 말을 한 것은 결국 복회와의 관계를 가지고 그러는 것이 아닐까?

형이 걱정할 만큼 복회와의 관계가 깊어졌다고 하면 자기는 어떻게 해야 할 것인가?

절름거리며 두 번씩이나 찾아갔던 자기는 무엇이 되고 마는가?

종아는 다리의 힘이 쏙 빠지는 것 같았다. 억지로 발을 옮기려니 복사뼈가 더 새큰거리는 것 같았다.

억지로 정릉리 고개까지 올랐으나 정말 걷기가 싫어졌다. 종아는 길가 바른쪽 집터를 닦아 놓은 곳으로 굽어 돌아갔다. 사람이 보이지 않는 곳으로 가서 멀리 후생주택을 바라보며 앉았다. 벌통 같은 집들이 수없이 눈 안에 들어올 때 종아는 자기도 모르는 새 눈물을 흘렸다.

아무리 작은 집이라 해도 그 속에는 사람들이 살고 있을 것이다. 오손도손 무엇을 속삭이며 살고 있을 것이다. 그러나 자기 혼자만은 눈보라치는 무변광야에서 떨고 있는 것 같았다.

얼마를 울었는지 모른다. 날이 어두워 가는 것도 모르고 울었다. 어느새 하늘에 별들이 총총해졌다. 종아는 별들을 바라보았다 혼자서 반짝이는 수없는 별들을! 별들도 자기처럼 외로운 것 같았다.

그러나 어떤 별이 말하는 것 같았다.

"내가 왜 외로워? 태양이 돌고 있는데……. 지구가 멎어버리고 부셔져 없어진다 해도 나는 외롭지가 않아. 태양이 돌고 있을 때까지 나는 반짝거릴 테야."

그 말에 수없는 별들이 입을 합해서,

"그래, 네 말이 옳아."
하고 합창하는 것 같았다.

종아는 어렸을 때 동화를 읽던 생각이 났다. 동화 속에서는 별들도 이야기를 한다. 호랑이도 사람을 업어 집에까지 데려다 준다.

종아는 갑자기 자기도 별이나 되었으면 하는 생각을 해 보았다. 그러면 태양이 도는 한 외로운 줄을 모르고 영원히 반짝거릴 것이 아닌가?

자동차 클랙슨 소리가 들렸다. 고개를 넘어가고 오는 자동차들이리라.

종아는 벌떡 일어나 집으로 걷기를 시작했다. 현주가 자동차를 타고 자기 집으로 찾아오는 것만 같았다. 집으로 찾아왔다가 자기가 없는 것을 보고 힘없이 돌아간다면 그때는 영영 만날 수 없는 사람이 될지도 모른다. 어쩐지 그런 생각이 들어 종아는 분주하게 집으로 돌아갔다.

그러나 현주는 찾아오지를 않았다. 오빠가 내일부터 출근을 하게 되었다고 좋아했다. 종아는 일부러라도 오빠와 같이 기쁜 얼굴을 짓지 않을 수 없었다. 그러나 종아는 속을 빼 버린 사람 같았다.

밤에라도 집에 들어갔으면 자기의 편지를 받았을 것이지만 현주는 다음 날도 오지 않았다. 현주는 영 오지 않는 사람이란 말인가? 종아는 기다리기에 지쳤지만 그러면서도,

'태양이 도는 한 나는 외롭지 않아.'
하던 별의 이야기를 머리에 그리는 것이었다.

하루를 지난 그 다음날 아침에야 현주가 찾아왔다. 종아는 그래도 자기를 잊지 않고 찾아왔다는 기쁨만으로 현주를 맞아들였다. 현주는 방 안에 들어서자,

"다리는 좀 어떻습니까?"
하고 병문안을 잊지 않았으나 묻는 태도가 그야말로 예의적인 지나지 않

왔다.

"좀 났어요."

종아에게는 그런 말이 조금도 중요하지 않았다. 대수롭지 않게 대답을 흘려버리고는 방석을 내밀고 앉기를 권했다. 현주가 자리에 앉자,

"그새 바쁘셨어요?"

하고 그 동안의 이야기를 들으려 했다. 종아에게 중요한 것은 그것뿐이었다. 그러나 현주는 그 말에는 대답지를 않고,

"이걸 왜 내한테 가져왔어요? 내가 언제 보내란 말을 합디까?"

하고 종이에 싸 가지고 갔던 돈과 시계를 내밀었다.

"제가 가지구 있으려니 공연히 불안할 것 같아 갖다 드렸어요."

"홍서를 만나 해결을 졌으니까 걱정 말구 쓰십시오. 이제 아무 문제두 없을 겁니다."

현주는 아주 냉정했다. 할 이야기는 그뿐이라는 듯 그만 돌아가려는 눈치를 보였다.

"홍서 씨를 언제 만나셨어요?"

종아는 홍서 이야기라도 현주를 붙잡지 않을 수가 없었다.

"이삼 일 전에 만났지요. 내가 종아 씨를 잘 안다는 말을 했으니까 앞으로는 만나려구두 안 할 겁니다."

화제가 중간에서 길어지고 말 것만 같았다. 그리고 현주는 돌아갈 생각만 하고 있는 것 같았다.

종아는 할 수 없이,

"홍서 씨가 오빠를 걸어 투서를 한 것 같아요."

하고 꼭 알려야겠다고도 생각지 않았던 이야기를 꺼냈다. 그 이야기를 꺼내면 현주가 얼마 동안은 돌아갈 생각을 안 할 것 같았기 때문이었다.

"뭐라구 투서를 해요?"

종아의 계획이 들어맞았다. 현주는 갑자기 흥분하면서 반문했다.

"뭐라구 했는지는 모르지만 며칠 전에 경찰서에서 찾아왔더랬어요."

"와서 뭐랍디까?"

"오빠가 수용소에서 나온 직후에는 어디 있었으며 지금은 뭘 하고 있는냐 묻더니 나중에 장사가 안 돼서 취직을 하려는 거냐구 그러지 않아요. 게다가 형사가 내 이름까지 알구 있으니 그게 홍서 씨의 투서가 아니구 뭐겠어요."

"묻기만 하구는 그냥 돌아갔습니까?"

"별일은 없다구 그랬어요."

"망할 자식! 쥐새끼만두 못한 자식 같으니라구……."

"별일은 없다니까 그냥 내버려 두세요."

종아는 현주가 흥분해하는 것을 보고 혹시 문제를 확대시키지나 않을까 걱정했다.

"고런 놈들은 젓가락으로 집어다가 바다 속에 퐁당 집어넣어야 할 거야."

종아는 그 이야기를 그만하고 싶었다. 현주의 심중을 살펴보고 싶은 마음만이 간절했다. 그러나 복희 이름을 차마 자기 입에 담기가 싫었다. 복희 이야기를 빼고 현주의 마음을 엿볼 수 있는 말을 생각하다가,

"이것 아니었으면 통 안 오실 뻔 했군요?"

하고 종이에 싼 돈을 보며 이마로 현주의 눈치를 살폈다.

"글쎄요."

현주가 다시 냉정해지기 시작했다.

종아는 무감동한 현주의 얼굴이 꼬집어 주고 싶었다.

"선생님 댁을 제가 찾아갔던 것이 노여우신가요?"

"노여울 것까지야 뭐 있겠소?"

"암만 봐두 골을 내신 것 같은데요……."

"골날 것두 없구요."

현주는 어째서 이렇게도 혜식은 대답만을 할까? 종아는 선잠을 깬 듯한 현주를 마구 흔들어 주고 싶었다.

"일전에 선생님 백씨를 뵈었드니 선생님 때문에 걱정을 하시는 것 같더군요?"

"글쎄."

이렇게까지 무관한 태도를 취하여 말꼬리를 잡아 다음 말을 꺼낼 도리가 없었다. 그러나 종아는 현주의 마을을 꼬집는 셈 치고,

"마음이 들떠 다니신다던데요?"

라는 말을 하고야 말았다. 그래도 현주는 얼굴 표정 하나 달리하지 않았다.

"그렇게 보인대두 할 수 없겠지요."

종아는 안타까웠다.

욕을 한다 해도 시원한 말이 듣고 싶었건만 현주는 끝까지 무감동한 태도만을 보이고 있다.

종아는 복희의 이야기를 꺼낼까 했다. 그리고 질투에 쌓일 말이나마 함부로 해 주고 싶었다. 그러면 현주도 가슴 속에 들어 있는 말을 안 하고 못 배길 것 같았다.

"재미 좋으시다지요?"

겨우 이야기 서두를 이렇게 꺼냈으나,

"글쎄 무얼 재미라구 그러는지?"

하고 종아의 심중을 살펴보려는 기색도 안 보이는 현주의 대꾸에 종아는 그만 힘이 빠지고 말았다.

마음이 지쳐 버렸다. 아무 이야기도 하고 싶지가 않았다. 다만 눈물만이 나오려구 했다.

종아는 눈물만은 흘리지 않으리라 생각했다. 지나치게 무관심한 사람에게 눈물을 보였다가는 도리어 웃음만 살 것 같았던 것이다. 눈물을 억지로 참으려 하니 가슴 속이 다시 끓어오르는 것 같았다.

"며칠 새 제가 퍽 미워지신가 보죠?"

억한 마음에 저절로 튀어 나온 말이었다. 종아에게는 좀체로 입 밖에 낼 수 없는 용감한 말이었다. 그래도 현주는,

"난 그런 걸 몰라."

하고 대답을 얼버무렸다. 종아는 참을 수가 없었다. 북받쳐 오르는 설움에 울음을 터뜨리고야 말았다. 차마 소리는 내지 못했으나 두 손으로 얼굴을 가리고 마구 울었다.

"울기는 왜 울어."

현주의 코웃음 치는 듯한 음성이 등골을 써늘하게 하며 흘러내렸다. 종아는 종말(終末) 같은 것을 느꼈다. 태양도 종말이요 지구도 종말인 것 같은 감정이었다. 이제 무슨 이야기가 있으며 또 무슨 바람이 있을 수 있을 것인가?

종아가 계속해서 울기만하고 있을 때였다. 현주가,

"내가 용서를 구해야 되나 보우. 용서를 받으러 다시 오지요."

하며 일어섰다. 종아는 그 말의 뜻이 무엇이냐고 물어볼 생각도 안 했다.

"종아 씨가 좀더 용감했다면."

현주가 말끝을 못 맺고 일어나 버렸다. 그리고는 뒤도 돌아보지 않고 획 나갔다. 종아는 뒤따라 나가 배웅할 생각도 못했다. 세상이 혼몽해지는 것 같아 정신을 차릴 수 없었던 것이다. 괴로운지 슬픈지 억울한지 안타까운지 종아는 자기 감정의 갈피를 잡을 수가 없어 방바닥에 그냥 쓰러지고 말았다.

터진 분화구

종아의 집을 뛰쳐 나온 현주는 그 길로 홍시을 찾아갔다.

현주의 감정은 단순하지가 않았다. 그 동안 복희와의 관계가 머리를 아프게 했고, 지금 종아의 몸부림치는 듯한 오열이 그의 가슴을 아프게 했다. 그러나 현주는 그런 것을 생각할 여유가 없었다. 모든 감정이 홍서에 대한 분노로 집중되어 버리고 만 것이다.

사실은 그의 감정이 홍서에 대한 분노로 변한 것이 아니라 걷잡을 수 없는 감정의 폭발을 홍서에게나마 불질러 놓기라도 해야 할 심정일지 모른다.

복희도 종아도 어쩔 수 없는 사람들이었다. 어떻게 할 수 없는 사람들이라고 해서 바라보고만 있을 수도 없는 일이다. 현주는 그저 생각을 정지시키는 수밖에 없었다. 생각을 말아야 할 것 같았다.

생각 안 할 수 없는 것을 생각지 말아야 하는 현주인 만큼 가슴이 편할

리가 없다. 사태가 난 흙탕물은 흘러내릴 골수를 살펴보며 잔잔히 기어갈
수가 없다. 강줄기를 찾아낼 때까지는 밭고랑으로 터뜨리고 논두렁도 파헤
쳐야 했다.

그러한 심정의 현주인 만큼 그가 당장에 뚫어 헤쳐야 할 것은 눈앞에 가
로 막혀 있는 홍서의 간악성이었다. 그것을 뚫어 헤쳐야 자기가 흘러나갈
구멍이 열릴 것 같았다.

"속이 벼룩 간만도 못한 자식."

돈으로 종아를 낚으려다가 뜻대로 되지가 않는다고 해서 투서질까지 하
는 그러한 홍서의 쓸개를 빼 버리고 싶었다.

그러한 쓰레기 같은 작자를 그냥 내버려 둔다는 것은 자기 몸을 파고드는
병균을 보고도 뽑아버리지 않는 것이나 마찬가지일 것 같았다.

그것은 하나의 감상일지도 모른다. 그러나 고지에서 적들과 육박전을 할
때 적을 죽여야 자기가 산다는 단순한 심정이 오래 전부터의 적개심에서 우
러나온 것인 것처럼 그것이 일시적 감상으로만 돌릴 수는 없었다.

그러기에 홍서의 사무실 문을 노크할 때의 현주는 극히 냉정한 태도를 가
질 수 있었던 것이다.

문 안에서 들어오라는 말이 들릴 때도 현주는 문고리에 힘을 주었을 뿐
극히 침착한 태도로 문을 열 수 있었다.

"현주가 웬일인가?"

홍서가 아주 의외라는 표정을 하며 의자에서 일어났다.

현주는 홍서를 한 번 쏘아 볼 뿐 대답도 않고 뚜벅 뚜벅 걸어가서는 응접
용 소파에 털썩 앉았다.

"참 요전엔 실례를 했네."

홍서는 책상 앞에서 나와 현주 옆으로 다가서며 외교적인 인사를 했다.

"무슨 일이 생겼나? 왜 그렇게 침울해?"

홍서는 자기가 알 바는 아니나 우정상 걱정이 된다는 투로 물었다. 현주
는,

'뻔뻔한 자식.'

하고 혼자 속으로 뇌까렸다. 그러나 입은 열지를 않았다.

육체의 일부를 파괴해 주고 싶은 충동이 손가락 끝을 간지럽게 해 주었으나 그것을 참아야 했기 때문이었다.

그러나 홍서가 그래도 자기가 한 짓이 있어 속이 찔리는지,

"종아 씨도 잘 있나."

하고 평범한 문안을 하는 듯 종아 이야기를 꺼낼 때는 정말 참을 수가 없었다.

현주는 문 안에 서 있는 마호가니제의 모자걸이로 가서 사람 키만한 큰 거울을 주먹으로 쳐서 쟁그랑 깨부수고 말았다.

"갑자기 이게 무슨 짓인가?"

홍서가 달려와서 현주의 팔을 잡았다. 그때 옆방에서 일 보던 직원들이 몰려들어 자기네 사장인 홍서의 신변을 살펴보는 것이었다. 그 중에는 현주 앞에 쑥 나서 현주를 노려보는 사람도 있었다.

현주는 독이 오른 눈으로 밀려온 사원들을 쏘아보며,

"다들 나가요. 당신네 사장을 어떻게 하지도 않을 테니까?"

하고 엄격하게 말했다.

사원들은 그 말 한 마디에 아무 대꾸도 못하고 그냥 어슬렁어슬렁 나가 버렸다. 사장의 신변을 걱정해서 밀려든 시원들이라면 무슨 말 한 마디라도 하고 난 뒤에 나감직하련만 내려누르는 듯한 말 한 마디에 꼼짝 못하고 그냥 나가는 것이 우스꽝스러웠다.

사원들을 다 내 보내고 난 뒤에 현주는 홍서를 바라보며,

"자네 같은 친구에게는 거울이 필요 없는 거야. 거울이란 자기를 볼 줄 아는 사람에게만 필요한 것이니까!"

하고 눈을 똑바로 떴다.

"자네가 내한테 폭행을 하려는 건가?"

홍서가 떨리는 음성으로 말했다.

"자네 속을 뜯어 고칠 수 있는 길이라면 폭행이라도 하지. 그렇지만 폭행을 해두 손해 볼 사람은 나니까 안 하겠네. 그 대신 한 마디만 말해 두지.

언제나 자네 행동을 감시할 테니까 비굴한 행동을 말란 말이야. 다시 그런 짓을 했다가는 폭행보다 좀더 아픈 일을 당할 테니까 그쯤 알어!"

"이 사람아 내가 무슨 비굴한 일을 했다는 건가!"

"비굴이란 무의미한 일루 남을 해치려는 행동을 말하는 거야. 그래도 모르겠나? 인종지말이나 할 수 있는 투서 같은 거 말일세!"

홍서는 어물어물 하며 대답을 못했다.

"내게는 하등의 상관이 없는 일이다. 그렇지만 눈에 거슬리는 건 보구 참을 수가 없는 성미니까 할 수 없어. 내가 일생 동안 자네의 감시인인 줄만 알고 있게."

현주는 하고 싶은 말을 다했기 때문에 그냥 돌아 나와 버렸다.

홍서네 사무실을 나오자 현주는 가슴이 후련해짐을 느꼈다, 자기 개인 문제는 엉킬 대로 엉켜 있으면서도 하나의 악을 거세했다는 마음이 시원했던 것이다. 그러나 집에 돌아왔을 때는 어찌해야 좋을지 모를 자기 개인 문제가 그의 머리를 다시 어지럽게 하고야 말았다.

우선 복희의 문제였다. 아무리 생각해도 복희는 사랑할 수가 없는 사람이다. 그런데도 자기는 그를 사랑하는 것이라 생각하고 건드리기까지 했다. 이미 건드리고 말았으니 이제는 어떻게 해야 할 것인가?

복희는 그 뒤에도 각혈을 또 했다. 머지않아 죽을 사람을 결혼도 하지 않고 건드렸다는 것은 죄악이라 말하지 않을 수 없다. 차라리 결혼을 할 수 있을 만큼 몸이 건강하다면 결혼을 할 수가 있다.

결혼할 수 없는 것을 알면서도 넘어서 안 될 선을 넘었다는 것은 하나의 유린 이외에 아무것도 아니다.

며칠 전 자기의 아버지가 곤궁에 빠졌다는 소식을 듣고 집으로 찾아왔을 때까지는 그래도 죽으리라는 생각까지 들지 않았지만 어제부터는 꼼짝도 못하고 누워 있다.

복희는 그러면서도 양공주의 생활을 청산했고 그 대신 영어 테이프를 배우기 시작했다. 죽을 줄 알면서도 갑작스레 직업을 바꾸고 생활의 설계를 따로 꾸민다는 것은 절대로 좋은 징조라 말할 수 없다.

복희는 자기도 머지않아 죽을 것을 알고 있다. 그러기에 생명에 대한 발악을 하고 있는 것이다. 어제는 누워 있어야 할 복희가 눕지도 않고 타이프라이터를 연습했다. 그러나 몸을 지탱하지 못하고 쓰러져 버렸다. 쓰러졌다가도 다시 일어나 아무렇지 않다고 하며 현주를 끌어안았다. 그리고는 자기 곁을 떠나지 못하게 했다. 현주는 그것을 생명에 대한 발악이라고밖에 볼 수 없었다. 그러면서도 복희가 죽는 날까지 그를 기쁘게 해 주고 싶은 마음이 불끈 일어났지만 복희를 기쁘게 해 준다는 것은 결국 그의 생명을 단축시키는 것밖에 아무것도 아님을 깨닫자 현주는 눈물로써 복희 옆을 떠나지 않을 수 없었다.

현주에게는, 각혈한 것을 알면서도 그 육체를 건드린 속마음의 가책과 아울러 머지않아 죽을 복희에게 어떠한 태도를 취해야 하는가 하는 것이 괴로운 문제였다.

그러는 한편 사랑을 먼저 고백해 놓고도 복희 때문에 가까이 하지 못했던 종아가 그의 마음을 또 슬프게 했다. 복희만 아니었더라면 종아만을 사랑할 수 있었을 것이다. 그러나 복희와 종아를 비교하면서 냉정하게 따진 뒤 복희를 따랐던 것이 아니라 다만 복희의 솔직하고도 대담함 애정에 끌려 복희에게로 갔던 만큼 현주로서는 종아에 대하여 정신적 책임을 느끼지 않을 수 없었다.

오늘 아침 종아를 찾아가지만 않았다면 그렇지도 않았을지 모른다. 돈과 시계를 자기가 맡아 가지고 있을 수가 없어서 그것을 돌려주러 갔던 것이 탈이었다.

괴로워하는 종아를 직접 눈으로 볼 때 현주는 종아에게도 죄를 진 것 같음을 느꼈다.

종아에게는 조그마한 흠도 없다. 그런데도 불구하고 자기가 먼저 고백한 사랑을 자기 손으로 거두어야 한다는 것은 결국 자기의 무정견을 말하는 것이 아니겠는가?

종아에게는 어떠한 태도를 취해야 할 것인가? 육체적인 교섭까지는 없다. 그런 만큼 종아의 괴로움은 능히 잊을 수가 있는 것이다. 그렇다면 종아를 현재의 고통에 머물도록 발을 끊고 말 것인가? 그리고 복희의 문제만큼 해결하도록 해야 할 것인가?

현주는 그러는 도리밖에 없었고 생각했다. 종아는 희망이 있는 사람이고 복희는 얼마 남지 않은 사람이다. 복희를 위하여 자기는 책임을 지지 않을 수 없을 것 같았다. 그러나 종아를 잊자고 하니 그것도 차마 할 수 없는 일인 것 같아 현주는 또다시 우울을 씹어야만 했다.

가을이었다.

가로수의 이파리가 벌써 누레지기 시작했다. 그리 추운 것도 아니건만 바람에 하늘거리는 누런 잎에서 가을 소리가 들리는 것 같았다.

현주는 그 동안 편입수속을 끝내고 학교에 다니기가 바빴다. 계속해서 공부를 해 온 학생들을 따라가기는 고사하고, 교수들의 강의를 알아듣기도 힘든 형편이라 현주는 머리를 싸매고 공부를 하지 않을 수 없었다.

몇 해 동안 쉬었던 만큼 배우던 것을 계속한다는 생각이 조금도 들지 않게끔 교수들의 강의가 전부 새로운 것이었다.

현주는 사람의 기억력이란 것이 그렇게까지 신뢰할 수 없는 것인가 생각될 만큼 전에 배운 것들을 완전히 잊어버렸던 것이다.

그런 만큼 현주는 몇 학점만 따면 졸업할 수 있는 최종 학기에 있으면서도 무슨 학과나 처음부터 훑어보지 않으면 안 되었다.

그러면서도 남에게 뒤떨어지지 않게 학점을 얻으려고 하니 그것이 쉬울 까닭이 없다. 그런데다가 여러 가지 악조건이 그의 공부를 방해했다.

집에서는 형의 우울한 얼굴을 보아야 한다. 형의 생활이 자기에게는 영향을 주는 것을 아니었지만 우울해하는 형이 집에 있는 밤이면 신경이 형에게로 끌려가는 것 또한 어찌할 수 없는 일이었다.

형은 경옥이가 초심에서 무죄 언도를 받았다고 좋아했다. 그러나 검사의 공소로 재심에 회부되고 또 그 사건을 자기가 다시 맡게 되었다고 할 때부터 형은 우울해졌다. 늦도록 들어오지 않은 날도 있다. 술이 취해 정신을 잃고 들어온 날도 있다. 현주는 형의 심정을 알 수 있었다. 그래서 그 사건을 담당하지 않으면 그만 아니냐고 몇 번이나 권고했다. 그러나 형은 현주의 말을 받아들이지 않았다. 요 며칠 동안은 이야기도 안 하고 있다. 술도 마시지 않고 일찌감치 들어와서는 책상에 앉아 있는 것이 버릇처럼 되어 있다. 가끔 한숨만을 내뿜고 있다.

현주는 형에게 그 사건을 회피할 수 없느냐고 물었다. 형은 회피하려면 회피할 수가 있다고 대답했다. 그러면 회피해 버리고 모든 것을 운명에 맡기면 그만 아니냐고 거듭 말했다.

그러나 형은 그럴 수가 없다고 우겼다. 그리고는 열병환자처럼 끙끙 앓고 있다.

현주는 주제넘게 강력한 이야기를 할 수가 없었다. 그저 바라보고 있는 수밖에 없었지만 법관으로서의 고민과, 피고의 사랑하던 사람으로서의 고민을 가볍게 판단 할 수는 없었다.

형의 한숨소리가 들릴 때마다 현주는 형이 자살이나 하지 않을까 걱정했다.

두 갈래의 고민 속에서 하나의 결론을 얻어내지 못할 경우에는 자살의 길을 택할 가능성이 농후하기 때문이다.

현주는 이렇게 형의 문제를 걱정하고 있는 한편 지금은 서해 바닷가로 전지 요양을 가 있는 복희에게로 마음을 기울이지 않을 수 없었다. 복희에게서는 매일처럼 편지가 왔다. 그저 그렇다는 것이었다. 한 번만이라도 보고 싶으니 왔다 가 달라는 것이었다.

현주는 마음이 복희에게로 기울이지 않을 수 없었다. 책을 보면 책상 위에 복희 얼굴이 떠올랐다. 누우면 허공에 복희 얼굴이 어른거렸다.

공부가 잘 될 리 없었다. 그런데 복희의 편지가 또 왔다. 마지막 같은 편지였다. 금시 숨이 넘어갈 것 같은 편지였다.

"현주 씨.

이제는 바다가 싫어졌습니다. 무섭기만 합니다. 한 입에 삼킬 듯이 몰려드는 파도소리가 마지막 함성을 울리는 것 같습니다. 갈매기는 배가 고파 아우성을 치는 것 같습니다. 빨리 내 시체를 바다 위에 띄워 보내달라는 것 같습니다. 병을 고치러 온 것이 아니라 죽을 날을 따지러 온 것 같습니다.

현주 씨!

죽어도 여한이 없습니다. 얼마 안 되는 과거지만 후회 안 되는 것이 하나도 없습니다. 여성으로서 아름답게 살지 못했다는 것보다 더 큰 치욕이 어디 있겠습니까? 모든 결점과 모든 오점이 아름답지 못한 여성이라고 하는 하나의 보자기로 쌓인 것이 저인 것 같습니다. 어떤 결점과 어떤 오점을 들어 그 결점과 오점의 경중을 가릴 수가 없습니다. 아름답지 못한 여성이란 죄명 하나만으로 심판을 받아야 할 것 같습니다.

그러나 다만 하나 내 아름다움의 긍지를 뺏기지 않은 것은 현주 씨 당신뿐입니다. 심판대에 올라설 피고의 마지막 변명일지도 모릅니다. 그러나 저녁 햇빛이 검은 구름에 쌓여 있으면서도 여광을 바다 쪽으로 내뻗는 것 같은 저의 긍지입니다. 태양이 구름에 쌓여 어둠이 찾아온 것 같습니다. 그러나 바다를 향해 내뻗치고 있는 햇빛은 어떤 하늘에서도 볼 수 없는 강렬한 것입니다. 광선이 빗발처럼 줄을 지었습니다. 빨간 햇빛이 핏빛보다 더 진합니다.

현주 씨. 나는 죽기 전에 단 한 번 그러한 광선으로 뻗쳐본 것 같습니다. 아름답지 못한 여성이었다고 해도 숨이 넘어가기 전에 뻗쳐본 그 광선이 나의 마음을 휴식시켜 주는 유일한 긍지입니다.

죽어도 좋습니다. 강력한 광선을 뻗어보고 죽으니까요.

그러나 현주 씨 옆에서 죽어야겠습니다. 이삼 일만 기다려 보다가 그래도 안 오시면 서울로 가겠습니다. 나의 마지막 여광으로 아름답지 못한 여성의 보자기를 벗겨 보겠다는 것은 아닙니다. 그것은 아무래도 좋습니다.

태양이 머지않아 바다 속으로 들어갈 것입니다. 바다 속에서나마 바다를 품어 보고 싶습니다.

바쁘시면 오지 마십시오. 제가 가겠습니다."

복희 드림

현주는 주저할 수가 없었다. 무엇보다도 복희가 서울에 와서는 안 되기 때문이었다. 죽어도 병원에는 가기를 싫어하는 복희다. 입원은 더 말할 나위도 없다. 병원에서 풍기는 약 냄새가 금시 구토를 일으킬 것 같다는 복희의 고집을 꺾을 수가 없어서 전지요양을 생각했던 것이다.

그러한 복희가 서울로 온다면 그야말로 죽음을 재촉하는 것밖에 안 된다.

복희를 서울로 오지 못하게 하기 위해서라도 현주는 복희에게 가야만 했다.

이때까지의 편지에는 어느 정도 낙관할 만큼 병에 차도가 있는 것처럼 말해 오고 있었다. 그래서 떠날 마음을 가지지 않았던 것이지만 이제는 병의 차도를 따질 것 없어 떠나지 않을 수 없었다.

사실 복희는 죽어도 마음먹은 일을 하고야 마는 여자다. 온다고 했으니 안 올 것 같지가 않았다.

현주는 복희가 떠나기 전에 가야 했다. 다음날 아침 현주가 서울역에서 기차표를 사 가지고 개찰구로 나가려 할 때였다. 생각지도 않았던 종아가 사과 한 꾸러미를 들고 현주 옆으로 다가오고 있었다.

종아를 보자 현주는 우선 한 걸음 뒤로 물러섰다. 어젯밤 광윤이가 잠깐 들려 간 생각이 들었다. 그러나,

"어떻게 어기까지……."

하고 종아의 얼굴을 바라보았다, 지난 밤 광윤이가 들렀을 때 아침차로 여행을 떠난다는 말을 했으니 그 말을 듣고 나왔으리라는 것을 짐작이 갔지만 현주로서는 뜻밖이 아닐 수가 없었다.

"여행을 떠나신다기에 그저 나왔어요."

종아는 고개를 내려뜨리고 조용히 대답했다.

현주는 광윤에게도 복희를 만나러 간다는 말을 안 했기 때문에 종아가 자기 여행의 목적을 알 리 없으리라고 생각되었지만 그래도 복희를 만나러 가는데 종아가 정거장까지 배웅 나왔다는 것이 한편 우습기도 하며 한편 미안하기도 했다.

"곧 돌아올걸요, 뭐……."

현주는 배웅 같은 건 받을 만한 여행이 아니라는 뜻으로 말했지만 내심으로는 그 동안 한 번도 찾아가지 않았던 자기가 배웅 받을 자격이 없다는 것을 표명했다.

"찻간에서 심심하실 것 같아……."

종아는 사 가지고 온 사과꾸러미를 내밀었다. 그뿐이었다. 종아는 무슨 용건으로 어디를 가며 또 언제쯤 돌아오느냐에 대해서는 한 마디도 묻지 않았다.

현주가 무안해서 말도 못하고 도망치듯 개찰구로 나갈 때야 겨우 입을 열어,

"안녕히 다녀오세요."

하고는 현주가 보이지 않을 때까지 현주를 바라보는 것이었다.

현주는 기차간에 올라갔으나 뒤에서 무엇이 자꾸만 잡아당기는 것을 느꼈다.

자기는 한 번도 찾아가지 않았으나 자기를 끝내 잊지 않고 있는 종아. 무엇 때문에 여행하는가를 알려고도 않고 사과까지 사 가지고 나온 종아에게 미안하다는 말 한 마디 안 한 자기.

현주는 종아가 선 자리에서 조금도 움직이지 않고 아직까지 자기를 바라보고 있는 것만 같았다.

자기가 몹쓸 인간이란 생각도 들었다.

만약 자기가 복희와의 관계를 밝혔다면 종아는 자기를 그렇게까지 생각지 않을 것이다. 밝혀야 할 것을 밝히지 않음으로 해서 종아에게 괴로움만 준 자기가 몹쓸 인간이 아니고 무엇이겠는가?

현주는 여행에서 돌아오는 길로 종아를 찾아가 다시는 더 생각지 말아 달라고 사정하리라 마음먹었다,

그러나 기차가 떠나기 시작하자 현주는 종아가 준 사과를 한 개 먹고 싶은 생각이 들었다 종아의 정성을 씹어 보고 싶었던 때문이었다.

사과에서 종아의 체취를 맡아 보고 종아의 체온을 만져 보고 싶은 심정이었다.

현주는 사과 한 개를 꺼내어 껍질을 까지도 않고 한 입 두 입 씹어 먹으며 종아의 체취를 맡았다.

그리고 기차가 수원을 지나 천안에 이르렀을 때 현주는 사과꾸러미를 담배 팔러 올라온 애에게 내어 주고 기차에서 내렸다.

아무리 생명 없고 말할 줄 모르는 사과라 할지라도 종아에게서 받은 것을 복희에게 가져다 줄 수가 없었기 때문이었다.

천안에서 내려 버스를 타고 서산에서 멀지 않은 작은 어촌까지 이른 것은 한낮이 훨씬 기울어서였다.

복희가 유숙하고 있는 집을 찾기는 그리 힘들지 않았다.

현주가 집안에 들어섰을 때 복희는 자리에서 일어나 앉았을 뿐 소리를 못 내고 겨우 웃음만 지을 뿐이었다.

자기를 보기만 하면 뛰쳐나와 어쩔 줄을 몰라 하며 가슴에 안길 줄만 알았던 복희가 일어서지도 않고 웃음만 겨우 짓는 것을 보자 현주는 가슴이 써늘해졌다.

웬만만 하다면 자기를 그렇게까지 그리워하는 복희가 일어나지도 않을 리가 없을 것이다.

"복희 씨."

현주는 복희 옆으로 달려가서 그의 손목을 꼭 잡았다. 그래도 복희의 얼굴의 주름 하나 깨뜨리지 않고 의젓하게,

"오시기에 고생하셨지요?"

하고 말했다. 정말 복희는 사람이 달라진 것 같았다. 숨이 넘어가도록 보고 싶어하던 사람에게 그렇게 의젓할 수가 있단 말인가?

"아니, 병의 차도가 조금두 없어요?"

"왜요? 이렇게 웃구 있는데. 기분이 참 좋아요!"

"정말로 좋아하는 것 같지가 않은데……."

그때야 복희가 현주의 손을 끌어다가 자기 얼굴에 부비며,

"보구 싶었어요."

하고 얼굴 표정을 찌푸렸다. 금시 웃음을 터뜨릴 것처럼 현주의 손을 붙잡

은 채 얼굴을 이불 위에 파묻었다. 그러나 금시 얼굴을 들고,

"편지를 안 해두 꼭 오실 줄 알았어요. 마지막으로 나를 용서해 주려구요."

하고 현주의 얼굴을 바라보았다.

현주도 복희의 얼굴을 바라보았다,

참새처럼 명랑하던 복희가 어째서 이렇게까지 달라졌을까. 단정하게 화장을 해서 그런지 얼굴이 달라진 것 같지는 않았다. 머리도 곱게 빗어서 조금도 흩어진 데가 있어 보이지 않았다.

죽기 직전에는 평시보다도 아름다워진다고 하더니 정말 그런 것인지도 모를 일이다.

"용서하기는……. 복희가 무슨 잘못이 있다구……."

현주는 울고 싶었다. 복희가 즐거워할 수 있는 말이라면 무엇이나 아끼고 싶지가 않았다.

"모든 사람이 나를 향해 돌을 던지고 있는 것 같아요. 그 대신 나는 누구에게두 돌을 던질 자격이 없는 사람이구요."

"복희 씨, 왜 그런 말만 자꾸 해. 좀더 재미있는 이야기를 못하구……."

그때 복희가 제 정신이 드는 것처럼,

"산보나 했으면 좋겠는데 바다가 무서워서 나갈 수가 있어야지요."

했다.

현주는 복희 입에서 재미있는 이야기가 나오리라고는 생각할 수가 없었다.

머리맡에 단정히 놓여 있는 타이프라이터를 보고,

"타이프 많이 연습했소?"

하고 화제를 돌렸다.

"그까짓 연습만 하면 남한테 질라구요? 천천히 해두 걱정 없어요."

복희가 처음으로 농담 같은 말을 했다. 농담할 수 있는 마음의 여유를 보자 현주는 살아난 듯했다, 그래서 복희의 뺨을 가볍게 꼬집고 나서,

"오지 않는다구 욕했지?"

하고 말했다.

"제가 왜 현주 씨를 욕해요? 보구 싶어서 매일 울기는 했지만……."

복희가 현주 가슴에 쓰러졌다. 또 우는 모양이었다.

현주는 자기 무릎 위에 있는 복희의 머리를 턱으로 문지르고 손을 무릎 사이로 떠밀어 그의 얼굴을 쓸어 주었다. 뜨거운 얼굴에서 뜨거운 눈물이 쭈욱 흘러내리고 있었다.

"복희 씨, 아버지한테루 돌아가지."

현주는 문득 이런 말을 했다. 그것은 복희가 죽을 때나마 아버지의 얼굴을 보며 죽어야 할 것 같았기 때문이었다. 그리고 모든 사람이 자기를 향해 돌을 던지고 있다는 복희의 괴로움은 결국 자기 아버지부터 출발된 괴로움인만큼 복희에게는 아버지의 용서를 구하지 않으면 안 될 것 같았다.

"아버지한테루요?"

복희는 얼굴도 들지 않고 마치 생각해 본 일도 없다는 듯이 반문했다.

"그래 아버지두 복희 씨를 용서해 줄 거야."

"아버지를 괴롭힐 뿐이에요."

"아무리 미워도 한 번만은 용서하는 거야. 아버지에게두 피가 있을 테니까?"

"남들은 많이 용서해 줄 겁니다. 그러나 남을 많이 용서하는 사람은 자기를 용서하지 않아요."

"내가 용서하두룩 해 보지……."

현주는 그렇게 해 주어야만 한다고 생각했다. 복희에게 가장 필요한 것은 아버지의 용서뿐이다. 그리고 그 용서를 받도록 해 줄 사람은 또한 자기밖에 아무도 없다.

현주는 하룻밤을 복희 옆에서 보내고 다음날로 떠나왔다. 우선 복희 아버지를 만나는 것이 바빴기 때문이었다.

사실은 복희 아버지와 복희 계모 사이의 싸움도 궁금하지 않은 것은 아니었다. 몇 달 전 복희가 집으로 찾아와서 계모가 아버지를 내쫓으려 한다는 말을 했을 때, 그때가 마지막이었다. 그 뒤로는 한 번도 가 보지를 못했다.

그러니 그 뒷일이 궁금하지 않을 수 없었다.

현주는 서울로 올라온 다음날로 복희 아버지를 찾아갔다.

그러나 방 안에 들어가기 전에 현주는 집안싸움이 또다시 계속되고 있음을 알 수 있었다.

"왜 못 가져요? 왜 내가 못 가진단 말예여? 응…….."

틀림없는 계모의 목소리가 창문을 찢어지게 울렸다.

"도적년 같으니, 안 주면 안 주는 거지 왜 훔쳐내냐 말이야?"

복희 아버지도 화가 난 모양이었다. 목소리가 뺑뺑 헤어져 울려 나왔다.

현주는 이런 집이 어디 또 있으랴 하는 생각이 들었다. 얼마 되지도 않은 재산을 가지고 밤낮 싸움만 하고 있으니 도대체 싸움을 하기 위해서 세상에 태어나온 사람들이란 말인가?

무엇인지는 모르나 남편 모르게 도둑질까지 했다고 하니 남의 집에 묻어 들어와 사는 여자가 그런 짓까지 한다는 것이 더욱 괘씸했다.

현주는 창문 밖에서 복희 아버지를 한 번 부르고는 대답도 기다리지 않고 방 안으로 뛰어들었다,

방 안에는 복희 아버지와 계모가 마주앉아 으르렁대는 한편 옆집 부인인지 중늙은이 한 명이 공포 속에서 그들을 바라보고 있었다.

현주가 들어서자 모두들 한 번씩 쳐다보기는 했으나 원체 절정에 달한 감정들이라 현주도 개의치 않고 싸움이 계속되었다.

"그래 썩 가져오질 못해."

복희 아버지가 삿대질을 하며 계모에게 덤비었다.

"가져오라구? 이 집에 있는 건 다 내 거야. 누구더러 가져오라 말라는 거야?"

계모는 삿대질을 했다. 삿대질이 지나쳐 복희 아버지의 턱을 탁 쳤다. 복희 아버지가 주먹을 피하려다가 그만 뒤로 나자빠졌다. 그것을 보자 현주의 피는 온통 머리로 솟구쳐 올랐다.

현주는 삿대질하는 계모의 손을 잡아 내려뜨리고는,

"왜들 이러시는 거요?"

하고 그를 노려보았다. 그제야 계모는 약이 오른 얼굴로 현주에게 청원을 드리는 것처럼,

"글쎄 이걸 보세요. 알맹이만 다 뽑아가지구 내빼려구 그러질 않아요. 그 래서 문서들을 내가 간직해 뒀더니 날더러 도적년이라구 뒤집어씌우니 가만 있을 수 있어요?"

하고 말했다. 그 때 복희 아버지가 도로 일어나 앉으며,

"내가 내빼긴 어딜 내빼? 그리구 나모르게 문서들을 훔쳐낸 게 도적년 아니구 뭐야?"

하고 또 삿대질을 했다.

"아이구, 이 흉칙한 영감아! 제들은 왜 꽁꽁 묶어 놨노? 어딜 갔다 올라 구 묶어 놨어? 모르는 줄 알구…… 셋방 얻어 놓은 것도 다 알아."

"내가 언제 셋방을 얻어 놨어? 한 번 알아만 봤지……."

현주는 그 이상 더 듣지 않아도 알 수가 있었다. 싸움하기가 싫어서 집을 나가려는 최 노인의 심정이 오죽한 것이랴. 그러나 집을 나가려 한다고 해 서 재산을 훔쳐내려는 간악한 계모, 그 계모가 무슨 권리가 있기에 재산에 대해서 그렇게까지 발악을 해야 하는 것인가? 현주는 계모를 한 대 갈겨 주 고 싶었다. 두 번도 아니고 한 번만으로 숨을 다시 돌릴 수 없게 해 주고 싶 었다.

밥 먹여 주는 것만으로도 감지덕지해야 할 판에 재산이 마치 자기 것이 나 한 것처럼 몇 달째 싸워올 뿐만 아니라 이제는 그 재산을 훔쳐서라도 자 기 것을 만들려는 체면 없는 인간, 그런 인간은 질서를 문란케 하는 데만 필 요할 뿐 아무런 존재가치가 없다. 존재가치가 없을 뿐 아니라 하나에서부터 열에 이르기까지 해독을 끼치기만 하는 존재다. 현주는 신이 어째서 이렇게 까지 악독한 인간을 만들었을까 하고 신까지 저주하고 싶어졌다.

계모의 손을 붙잡고 있던 손을 번쩍 들었다. 그리고 바로 귀 옆에 있는 급소를 갈기려고 했다. 그러면 소리도 못 내고 쓰러져 버릴 것이다. 그러나 현주는 올렸던 손을 내리고야 말았다. 여자 하나쯤 처치하기는 힘들지가 않 다. 그러나 그를 처치하면 결국 자기가 죄인이 되고 마는 것이 아닌가?

‘죄인.’

죄인이란 말이 머리를 스치고 지나갈 때 현주는 온몸이 떨렸다. 계모는 자기가 생각하는 죄인보다 더 크고 더 무서운 죄를 범하고 있을지 모른다. 그러나 그런 인간은 죄인이라는 것을 생각지 않으며 살고 있다.

그러나 현주는 그럴 수가 없었다. 그런 인간일수록 행복스럽게 잘 살 수가 있을는지 모르나 어찌 죄인이라는 것을 생각지 않고 살 수가 있겠는가? 그런 인간만이 천당엘 간다고 해도 현주는 그것이 싫었다.

현주는 계모를 때리는 대신,

"빼돌린 문서를 갖다 놓구 이야기를 하십시오. 세상에 그럴 수가 있습니까?"

하고 타이르는 것이었다. 그러자,

"안 돼요. 그랬다가 나만 닭 쳐다보는 개가 되게요?"

하는 바람에,

"정말 못 내놓겠어? 이 죽일 년아."

하고 두 늙은 부부는 다시 싸우기 시작했다.

"난 죽어두 못 내놓을 테야, 마음대루 해."

계모의 발악이 시작되자 최 노인이 계모의 옷자락을 잡아들었다.

최 노인은,

"이년아, 경찰서루 가자. 거기 가서 담판을 해 보자."

하며 옷자락을 부여잡은 손을 부들부들 떨었다.

"가자. 자, 어델 가면 겁날 줄 아니?"

계모도 가자고 하면서도 최 노인의 손을 뿌리쳤다. 그때 옆에 있던 동네집 부인이,

"왜들 이러슈? 놓구들 이야기해요."

하고 쌈을 말렸다.

그러나 두 늙은 부부는 서로가 지려고 하지 않았다. 밀었다 밀렸다 하며 한참 동안이나 아웅다웅거릴 때였다.

"빨리 가."

최 노인이 일어서서 계모의 손목을 잡아끌었다. 그러자 계모가 최 노인의 손을 뿌리치며,

"이놈의 영감이 사람을 잡겠네."

하고 벌떡 일어나 최 노인을 죽어라 하고 내밀쳤다. 기운 없는 최 노인이 펑 소리를 내고 방바닥에 자빠졌다.

현주는 차마 볼 수가 없었다. 벌떡 일어나 계모를 냅다 밀었다. 현주가 미는 바람에 계모는 의장을 받고 쓰러졌다. 계모가 의장을 받고 쓰러지는 바람에 의장 위에 있던 도기(陶器)가 떨어지며 계모의 머리를 때렸다.

이조백자(李朝白磁) 비슷한 도기가 계모의 머리를 때리자 계모는 아이구 소리를 내고 두 손으로 머리를 감싼 뒤,

"저놈이 사람을 죽이누나."

하고 비명을 울렸다.

현주는 비명 울리는 계모를 보자,

"죽어도 아까워 할 사람이 없을 거요."

하고 고소하다는 듯이 말했다.

옆집 부인이 계모에게로 가서 머리를 쓸어주며 야단칠 것 없이 빨리 일어나라고 했지만 아파서 그러는 것인지 엄살을 부리느라고 그러는 것인지 분간을 할 수 없었다. 계모는 죽는 소리만 하며 통 일어나지를 않았다.

최 노인과 현주는 마음대로 하라는 듯이 계모를 거들떠보지도 않았다.

계모가 일어나는 것을 보지도 않고 현주는 일어섰다. 자기가 생각할 수 있는 방법으로는 계모의 마음을 돌릴 수가 없을 것 같았으며 또 사태가 이렇게 된 이상 계모에게 무슨 말을 한댓자 아무런 효과가 없을 것을 잘 알았기 때문이다.

그러나 복희 이야기만은 잊을 수가 없었다. 현주는 최 노인에게 잠깐만 할 이야기가 있다고 그를 밖으로 나오게 한 뒤,

"복희 씨가 지금 바닷가에 가서 치료를 하구 있습니다만 오래 살 것 같지가 않습니다. 과거를 회개하고 벌써 직업까지 바꾼 만큼 한 번만 용서하시어 돌아오도록 해 주시지요! 복희 씨가 그렇게 됐던 것도 결국 계모 때문이

아니었습니까?”

“뭐 복희가 오래 살 것 같지 않다구요? 그년이 죽기는 왜 죽습니까?”

최 노인은 슬픔과 분통과 의혹과 체념이 엇갈린 표정으로 반문을 했다.

“오래 전부터 폐를 앓구 있었습니다. 기회가 없어서 말씀드리지를 못했습니다만 마지막으루 한 번만 용서해 주십시오. 복희 씨가 눈을 감고 죽을 수 있도록 말씀입니다.”

“그년이 왜 눈을 못 감구 죽습니까? 좌우간 나는 그런 생각을 할 경황이 없소이다.”

최노인은 생각하기도 싫다는 말로써 현주의 뜻을 받아들이지 않았다.

최 노인의 심정을 알고 있는 만큼 현주는 한 마디로 자기의 뜻이 이루어지리라 생각지 않았다,. 그래서 이번에는,

“세상에 한 번 실수두 안 하고 사는 사람이 어데 있습니까? 그렇지만 대부분을 진심으로 뉘우칠 기회두 얻지 못하구 죽는 것이 아닐까요? 저는 그런 점에서 복희 씨가 훌륭한 여자라구 생각합니다.”

하고 최 노인의 종교적인 마음 문을 두들겨 봤다. 그때 최 노인은,

“양부인 노릇을 그만 두구는 무얼 했습니까?”

하고 직업 전환에 대한 것을 물었다. 현주는 최 노인의 마음이 약간 도는 것이라 생각했다.

“사무원이 되려구 타이프라이터를 연습하고 있습니다.”

최 노인은 잠시 무엇을 생각하다가,

“왜 제 발루 걸어 들어오지는 못하고 다리를 놓으면서 그럴까. 에이 나쁜 년.”

하고 춤이라도 탁 뱉을 듯이 얼굴을 찡그렸다.

“지금은 잘 움직이지도 못하구 있습니다. 그런데다가 아버지의 마음을 모르구 어떻게 들어올 순들 있습니까? 그건 요량해서 잘 생각해 주셔야 할 것 같습니다.”

그러나 최 노인은 구겨진 마음이 펴지지가 않는 모양이었다. 끝까지 시원한 대답을 안 해 주었다.

현주는 당장에서 최 노인의 승낙을 얻으리라고는 생각지 않았다. 그런 만큼 좀더 생각할 수 있는 말만 남기고는 그냥 집으로 돌아왔다.

다음날이었다. 현주는 그래도 부녀지간이라는 생각 밑에 어느 정도의 희망을 품고 최 노인을 찾아갔다. 아무리 미워하고 분해한다 할지라도 부모와 자식 간의 피만은 무시할 수 없으리라는 것이었다.

그러나 최 노인의 집을 찾아갔을 때 현주는 뜻하지 않는 사실에 복희 이야기는 입 밖에 꺼낼 수도 없었다.

엄청난 일이었다.

복희의 계모가 죽은 것이다. 무슨 병을 앓다가 죽은 것도 아니다. 의장에서 떨어진 도기에 맞아 쓰러진 채 일어나지를 못하고 그냥 죽었다는 것이었다.

현주는 갑자기 피가 말라 드는 것을 느꼈다.

현기증이 난 것처럼 머리가 아찔했기 때문에 현주는 눈을 꼭 감았다. 눈 안에서 별들이 명멸(明滅)했다.

"잘 죽었다!"

이런 생각이 떠오르는가 하면,

"내가 살인을 했구나."

하는 무서운 목소리가 귀를 울리기도 했다.

현주는 어쩌다가 이런 일에 관련이 되었던가 하는 생각이 들었다. 공포 관념에서 오는 일종의 후회였다. 아랑곳할 것 없이 내버려 두었더라면 자기는 아무 일도 없었을 것이 아닌가?

현주는 철판 사이에 끼어 종잇장처럼 납작해진 자기 육체를 눈앞에 보았다. 상처 하나 없으면서도 눌리고 눌려 종잇장처럼 되어 버리는 자기의 몸뚱아리.

질식할 것 같았다.

그는 뛰쳐 나오지를 않을 수가 없었다.

그리고는 형 한주에게로 달려가는 것이었다.

"내가 왜 살인범이야? 손 한 번 댄 일두 없는데!"

현주는 속으로 이런 소리를 부르짖으며 형에게로 갔다.

"형님두 날더러 살인범이라구는 말하지 않을 거야."

현주는 빨리 형을 만나 자기가 살인범이 아니라는 말을 듣고 싶었다.

가시 면류관(荊冠)

현주는 형이 어디까지나 자기 편이 되어 생각해 줄 것이라 믿고 찾아갔다. 그러나 형은 뜻밖에도 무서운 표정을 지었다.

"과실치사죄가 될지도 모르겠다."

단정적인 말은 아니었지만 법률에 걸릴 수 있는 일이라는 것은 은연중 암시했던 것이다. 그러고 나서는 뜻밖에도,

"너는 그 여자를 죽이고 싶은 생각이 조금도 없었니?"

하고 물었다. 심문은 아니었으나 현주에게는 심문처럼 들리는 말이었다. 현주는,

"죽이구 싶었습니다. 내게 죄가 돌아오지 않는다면 죽였을지두 모릅니다."

하고 반발적으로 대답했다. 그것은 거짓 없는 말이었을지 모른다. 그러나 거짓이 아닌 말이라 해도 그 말을 하는 태도만은 어디까지나 반발적이었다. 자기를 덮어 주고 위로해 줄 줄 알았던 형이 심문조로 묻는다는 것이 싫었던 것이다.

"그렇다면 정당한 법을 통해서 해결을 져야 할걸!"

형은 냉정한 어조로 말했다.

"그럼 자수를 하란 말입니까?"

현주가 불만에 찬 얼굴로 항의하듯 말했다.

"그래야 하지 않을지 모르겠다."

그리고 고개를 떨어뜨리고 힘없이 혼자 중얼거렸다.

"나는 왜 내가 좋아하는 사람들만을 심판해야 하나……."

사실 한주에게 있어서는 경옥의 문제만도 벅찼다. 초심에서는 무죄선고를 받았지만 지방법원의 공판조서를 보고 여러 가지 취리를 한 결과 경옥이가 그의 애인, 경배와 공모하여 경배의처를 독살한 혐의가 농후하다. 그런 만큼 경옥이가 초심에서와 같이 무죄일 수 없다는 생각이 그의 머리를 지배하고 있다. 경옥이를 살인범으로서 취급해야 하는 자기에 대해서 한주는 한없는 고민을 했다. 현주의 말과 같이 그 사건을 기피하고 자기가 발뺌을 하고 싶은 마음이 몇 번이나 들었었다. 그러나 한주는 법의 존엄성과 인간의 결백성을 위하여 그 사건을 기피하지 않고 맡았다. 그러나 기피하지 않았다고 해서 한결같이 냉정해질 수는 없었다. 역시 괴로웠다.

그러한 괴로움 속에서 그래도 자기를 건져내려고 할 때 동생 현주가 또 사건을 저질러 놓았으니 한주로서 어찌 슬퍼하지 않을 수 있을 것인가?

게다가 현주는 자기 태도에 불만을 품고,

"마음대루 하세요. 잡아다가 사형을 주어두 좋아요."

하고 뛰쳐 나갔다. 자기가 체포해다가 사형언도라도 내릴 것처럼 생각하는 모양이었다.

한주는 무슨 일을 못하여 하필 검사의 직업을 택했던가 하고 자기를 원망하고 싶었다. 그런 직업만 가지지 않았다면 이런 고민은 있을 수 없을 것이 아닌가? 자기와 같은 고민을 맛보는 사람이 세상에 몇 명도 되지 않을 것 같은 생각이 그를 더욱 괴롭혔다.

한주는 그 날 집으로 돌아가 현주를 만나면 아무 말도 안 하리라 생각했다. 현주의 마음을 건드리지 않고 또 사건에 관여하지도 않음으로 현주의 오해를 사지 않으려는 것이었다. 동생에게까지 오해를 받고 원망을 받을 수야 있으랴 했다.

그런데 현주가 밤새 들어오지 않았다. 돌아오지 않는 현주를 보자 한주는 가슴이 아파오기 시작했다. 현주가 자기를 영 배반하고 멀리 가 버린 것이라 생각되었기 때문이었다.

한주는 밤새 잠을 이루지 못하며 자기가 무엇 때문에 검사라는 직업을 선택했던가 하는 후회만을 했다. 그것밖에 달리 한탄할 것이 없었다. 세상에 하고 많은 직업 가운데 사람의 죄를 발견하고 그 죄의 평가를 내리는 직업을 선택한 동기가 무엇이었을까?

이제라도 그 직업을 포기하므로 지금의 괴로움을 던져버리고 싶은 생각이 들었다. 사랑하던 사람에게 죄를 주고 하나밖에 없는 동생을 죄인으로 취급하느니보다는 차라리 직업을 포기하는 것이 편한 것이 아닌가?

그러나 한주는 밤새 생각을 하면서도 결론을 내리지 못했다. 그러한 사건이 일어나기 전이라면 모르되 이미 사건은 발생되었고 그 사건이 자기에게로 돌아와 있다. 그런데 자기의 사랑하던 사람이라고 해서 그리고 동생이라고 해서 직업을 버린다고 하면 그것은 법률에 대해서 비겁하고 직업에 대해서 비겁한 인간밖에 되지 않는다. 내일 죽는 한이 있다 해도 비겁할 수는 없지 않은가? 법을 다루는 사람은 사(私)가 없어야 하고 비겁하지 않아야 한다. 법을 대행할 뿐 개인감정을 개입시키는 자아가 있어서는 안 된다.

한주는 그러한 법관으로서 자기를 발견하고 자기를 살리려 해 왔다. 이제 어찌 비겁한 인간이 될 수 있겠는가?

그러나 비겁해질 수 없다고 생각하면서도 사랑하는 사람들을 심판한다는 것이 너무나 괴로운 일이었다. 자기도 인간인 이상 해야 할 일만을 하고 살 수 있으리라고는 생각되지 않았다. 한 번쯤 비겁해져도 할 수 없는 일이 아니겠는가.

한주는 결론을 내리지 못하고 망설이고 있는 동안 죽어 버리는 것이 편하지 않을까 생각했다.

그러나 한주는 죽을 수도 없었다. 죽음이야말로 비겁 가운데서도 가장 비겁하단 생각이 들었기 때문이었다. 오죽 못났으면 자기 일을 자기가 처리하지 못하여 죽을 것인가 하는 것이었다.

결국 이러지도 저러지도 못하고 밤을 새운 뒤 한주는 자리에서 일어나 꿇어앉아 합장기도를 드렸다.

'오, 신이여 내게 판단력을 내리시옵소서. 나를 심판 할 이는 오직 신뿐이 아니겠습니까? 이때까지 내가 사람을 심판한 것은 내가 아니었습니다. 오직 법률이었습니다. 그러나 지금 법률보다 인간인 내가 앞을 서고 있습니다. 법률보다 앞에 서 있는 나는 신의 계시로서만 법률 뒤로 물러설 수가 있을 것 같습니다. 최후의 심판을 내리실 분은 오직 신뿐이니까요.'

그리고는 한참 동안이나 눈을 감고 묵상에 잠겨 있었다.

그때였다. 한주는 자기도 모르게 죄 없이 십자가를 진 예수를 생각했다. 의를 위하여 그 괴로운 십자가를 메고 희생당한 예수였다.

한주는 눈을 떴다. 자기가 예수일 수는 없다는 생각이 들었다. 그렇게까지 위대할 수가 없다는 것이었다. 그러나 한주는 괴로움을 참는 것이 십자가란 생각에 이르러 자기의 십자가가 예수의 십자가에 비할 바 못 되기는 하지만 가시면류관쯤은 써야 하지 않을까 혼자 뇌까려 보았다.

그러는 한편 자기가 아니라도 경옥이와 현주를 심판할 사람은 있을 것이고 또 심판해야 되지 않겠는가 하는 생각이 들었다.

'법률에 충실한 것은 결국 인간에게 충실한 것이 된다. 충실이란 가시 면류관의 길이 아니겠는가?'

한주는 조반을 먹자 직장으로 출근하고야 말았다.

마음을 바로잡고 출근을 했으나 머리는 안정되지가 않았다. 현주가 어디로 가서 자기를 원망하며 죽은 것이나 아닌가 하는 생각이 드는 동시에 오늘 심문하기로 한 경옥이가 자기를 원수로 생각하고 대답도 안 하리라 하지 않을까 하는 겁이 그의 머리를 어지럽게 했던 것이다.

하늘과 땅과 모든 인간에게 부끄러움이 없다 하나 두 사람에게만은 부끄러운 일이 아닐는지? 부끄러운 일은 아니라 해도 못할 일을 하는 것이 아닐는지?

다만 한 사람에게나마 못할 짓을 한다는 것은 하늘과 땅에 떳떳한 일이 못 될 것이 아닌가? 경옥이와 현주가 자기를 향해 손짓을 하며 울고 있는 광경이 눈에 보이는 듯 했다.

한주는 여러 생각할 것 없이 사표를 쓰리라 마음먹었다. 이렇게까지 괴로운 자리를 지켜 나가야 할 필요가 어디 있을까 하는 생각이 들었던 것이다.

그래야만 할 것 같았다.

한주는 이를 물고 사표를 쓰리라 결심을 했다. 그리고는 눈을 딱 감고 그

것을 제출하리라 마음먹었다. 그래서 종이를 꺼내어 붓을 들려고 할 때였다. 옆에 앉았던 서기가,

"피고인(被告人)이 들어왔습니다."

하고 말했다.

한주는 그때야 머리를 들고 눈앞에 와 있는 사람을 보았다. 경옥이었다. 놀란 눈으로 한주를 바라보고 서있는 경옥은 만나고 싶던 사람을 만난 듯한 표정이었다. 그리워하면서도 만날 생각을 못했다가 길에서 우연히 만난 옛 애인의 표정 그대로였다.

한주는 쓰려고 꺼냈던 종이를 다시 서랍 속에다 집어넣고 경옥이를 앉으라고 했다. 경옥은 아무 말도 없이 앉으라는 대로 앉았으나 얼굴에는 확실히 웃음을 띠고 있었다. 모나리자의 웃음처럼 어떤 종류의 웃음인지는 구별할 수가 없었지만 한주에게는 안도의 웃음으로 보이는 것이 싫었다.

자기는 법관으로서 피고의 죄를 저울질하는 사람이다. 어찌하여 자기를 보고 안도의 웃음을 웃을 것인가? 그것은 검사 고한주보다도 인간 고한주를 무시하려는 마음일 것이다. 따라서 검사 고한주는 인간 고한주보다 더 무시 당하고 들어간 태도임에 틀림없다.

한주는 눈을 몇 번 떴다 감았다 하고는 아무 말도 없이 서류를 골라 논 뒤,

"피고의 성명과 연령, 직업 그리고 주소를 말하시오."

하고 냉정하게 경옥을 바라보았다.

경옥은 새삼스럽게 그런 것을 왜 묻느냐는 얼굴로 한주를 빤히 쳐다보았다.

한주는 또 한 번 물었다.

"이름은?"

그때야 경옥은 자기가 심문받고 있는 사람임을 깨달았든지,

"민경옥입니다."

하고 대답했다.

"연령은?"

"삼십이 세올시다."

한주는 직업과 주소도 꼭 같은 태도로 물었다.

인정심문을 끝내자 자기는 묻는 대로 대답하지 않을 수 없는 경옥을 또한 번 바라보았다. 그러한 형식적 심문은 안 해도 좋지 않느냐 하는 의아심이 엿보이는 동시에 범죄인으로서의 약점을 또한 감추지 못하는 것 같았다.

한주는 심문을 시작하기 전에 무엇이라 한 마디 안 할 수가 없었다. 그는 서류를 덮어 놓고 그 옆에 있는 서기에게는 기록하지 말라는 부탁을 한 뒤 입을 열었다.

"심문을 시작하면 경옥 씨라구 부르지 못할 겁니다. 그러나 심문이 시작되기 전에 경옥 씨에게 몇 마디만 하겠습니다. 나는 경옥 씨의 사건을 담당하게 될 때 여러 가지로 고민을 했습니다. 그런 이야기는 전부 말할 필요가 없겠지만 좌우간 내가 지금 경옥 씨를 심문하게 된 것은 내가 법률과 사랑의 격투장에 섰기 때문입니다. 나는 경옥 씨를 사랑한 사람에 틀림없습니다. 그것은 끝까지 부정할 수가 없습니다. 사랑은 위대한 것입니다. 그보다 더 위대한 것이 없을 것입니다. 법률 밑에서 머리를 뚫고 나갈 수 있는 것은 사랑뿐이겠지요. 나는 그 사랑의 위대성을 발견해 보렵니다. 법률 앞에서 머리를 숙이고 싶지 않습니다. 나는 이 사건 때문에 죽어 버릴까도 생각했습니다. 그것은 법률 앞에서 사랑을 포기하려는 마음이었을 것입니다.

그러나 내가 죽지 못한 것은 법률 앞에서 인간이 비굴하기 싫었기 때문이었습니다.

이제 내가 경옥 씨를 심문할 때 오해받을 일이 적지 않으리라고 생각합니다. 그것이 사랑하던 사람의 태도냐고 말입니다. 그러나 나는 맹세합니다. 경옥 씨를 사랑하는 마음은 변함이 없다고요. 나는 경옥 씨를 사랑합니다. 그렇기 때문에 경옥 씨를 살리고 나를 살리는 길을 열어야 하겠습니다. 나는 초심의 판결을 옳게 생각지 않습니다. 그렇게 생각하는 데 경옥 씨는 불만일지 모르나 그릇된 것을 옳게 해석하는 것으로 사람을 살릴 수는 없다고 생각합니다. 그릇됨을 알면서도 옳다고 판정 내리는 것이 사랑이라고도 생각되지 않습니다. 경옥 씨 그럼 이제부터 심문으로 들어가겠습니다."

한주는 일단 말을 그치고 서류를 뒤적이기 시작했다.

서류를 뒤적이었으나 글자가 눈에 들어오지 않았다. 그는 담배를 피워 물고 눈을 감았다. 눈을 뜨고는 또 담배를 내 피었다,

할 말이 있으나 입을 열지 못하는 경옥의 얼굴이 담배연기에 자꾸만 흐려 보였다.

한주는 또 눈을 깔았다. 그리고는 그 자리에 잦아들어 죽어버렸으면 하는 생각을 했다. 그러면서도,

'정말 경옥을 사랑하기 때문에 나는 이 사건을 담당하고 있는가?'

그는 혼자서 생각하는 것이었다. 그런 말을 분명 자기 입으로 말했다, 그러나 그것이 정말인지를 분간할 수가 없었다. 정말 사랑하기 때문이라면 초심 그대로 경옥이가 무죄이기를 바라는 마음이 있어야만 할 것 같았다. 그러나 지금의 자기 심정은 경옥이가 무죄일 수 없다는 것이 더 크게 움직이고 있다.

그런 생각을 하고 있을 때였다. 경옥이가,

"그럼 저를 살인범으루 취급하시는 겁니까?"

하고 독이 오른 눈으로 한주를 쳐다보았다.

그 말을 듣는 순간 한주는 경옥이가 자기 자신을 속이고 있다고 생각했다. 자기 자신을 속이면서까지 살려고 발버둥치는 비굴성이 눈에 거슬렸던 것이다.

"그러면 살인범이 아니라는 증거를 말해 보시오."

경옥이가 살인죄를 범하지 않은 것이 사실이라면 거기서 더 좋은 일이 없다. 구태여 경옥에게 살인죄를 뒤집어씌워야 할 하등의 이유가 없을 것이 아니겠는가? 그러나 한주는 살인범이 아니다는 증거를 댈 수 없으리라는 태도로 말했다.

"초심에 무죄가 된 것이 증명하지 않습니까?"

"초심에서는 무죄판결을 내리도록 유리한 증거를 설명했을 게 아니오. 그것을 한 번 더 설명해 보라는 겁니다."

"그걸 몰라서 물으시는 건가요?"

잘못하다가는 시비조로 변할 것 같았다. 한주는 대꾸를 않고 자기 태도에 불만을 품고 있는 경옥을 물끄러미 바라보다가,

"내가 경옥 씨에게 없는 죄를 씌우려는 것 같습니까? 무죄이기를 바라는 사람이 누구보다도 나일지 모릅니다. 그러나 나는 자기가 지은 죄보다도 좀 더 무거운 벌을 받고 싶어 하는 마음이 무엇보다도 귀하고 존중한 것이라 생각합니다. 그런 마음을 가진 사람이야만 벌도 무겁게 하지 않을 뿐 아니라 속죄를 할 수 있다고 생각합니다. 따라서 그런 사람만이 죽어도 사는 것이 되지 않을까 생각합니다. 자기를 속이고 목숨을 연명한다면 그 목숨이 무슨 값이 있겠습니까? 경옥 씨는 나를 적대시 하지 마십시오."
하고 무게 있게 말했다. 그 말을 하고 나니 자기는 정말 경옥을 사랑하는 것 같았다.

자기를 속임으로 헛된 목숨을 연장시키려는 경옥이가 아니라 자기의 죄보다도 더 무거운 벌을 받고 싶어하는 경옥이로 만들고 싶어 하는 것이 자기의 진심인 것 같았기 때문이었다.

그런 마음이 들자 한주는 경옥의 얼굴을 보는 일이 없어 서류만 들치며,

"피고인은 무엇 때문에 비산(砒酸)을 이경배에게 보내었소?"
하고 물을 수 있었다. 정말 담담한 마음으로 물은 것이었다.

"얼마를 먹으면 죽을 수 있는가 알아보기 위해서 보냈던 것입니다."
경옥이도 피고인으로 돌아가 질문에 공손히 대답했다.

"그것은 알아서 무엇 하게요?"

"내가 죽으려고 했습니다."

"왜 죽으려구 했지요?"

"그건 묻지 말아주십시오."

"묻지 말아달라는 말의 뜻을 알겠습니다. 그러나 그때는 이경배를 진심으로 사랑하고 있었을 텐데요?"

"사랑해도 소용이 없다는 것을 알았으니까요."

"그러면 얼마를 더 먹으면 죽을 수 있다는 것을 하필 이경배에게 물어봐야 할 이유는 어디 있지요?"

“………”

“죽겠다는 의사를 표시하고도 이경배로 하여금 그의 본처와 이혼하게 하려는 뜻이 아니었을까요?”

“그런 걸 생각해 본 일이 없습니다.”

“여기 있는 일기책에는 이경배 씨가 이혼을 안 하면 죽는 수밖에 없다는 말이 있는데 어째서 생각해 본 일이 없다구 대답을 하지요!”

한주는 증거품으로 와 있는 경옥의 일기책을 경옥에게 내 보였다.

“몸을 버리구 결혼을 못한다면 그럴 수밖에 없지 않아요.”

“그럼 이경배의 본처가 죽은 다음날 일기에는 왜 ‘성공을 했다. 이제는 성공을 했다.’는 말을 했소? 아무리 미운 사람이라 해도 죽었다는 말을 듣는 순간에는 죽은 사람에게 동정이 갈 것 같은데…….”

“사람 앞에서는 체면을 채려야 하지만 혼자 있을 때두 자기를 속일 수 있나요? 결혼하게 될 것 같으니까 그런 말을 썼지요.”

한주는 죽이려는 마음이 전혀 없었다면 그 사람이 죽었을 경우가 자기 혼자만이 보는 일기에나마 그런 말을 쓸 수는 없으리라고 생각했다.

그러나 그 대목의 추궁은 그것으로 중단하고,

“경찰서 조서에는 이경배가 저녁을 먹다가 본처가 숭늉을 뜨러 부엌에 나간 사이에 그 비산을 본처 국그릇에 넣어 먹였다구 했는데 피고와 공모는 아니었을망정 이경배가 고의로 본처를 죽인 것만은 사실이 아니오.”
하고 새 이야기를 꺼냈다.

“내가 그걸 어떻게 압니까?”

“그 뒤 만나서 이야기가 있었으리라구 생각하는데…….”

결혼에 대한 이야기는 했지만 본처 죽은 이야기는 한 일이 없습니다.”

결혼 이야기를 했다면 형식적으로나마 본처의 죽음을 한 마디라도 했을 것이 사실이다. 사람이 죽었다면 죽은 이유를 알고야 죽음을 확신하는 것이 인간의 본능이니까.

그런데도 불구하고 결혼 이야기만 하고 본처 죽음에 대해서는 일언반구도 말 안 했다는 것은 있을 수 없는 일이 아니겠는가. 더구나 초심 공판 때 이경배는 본처가 콩나물국을 먹은 지 한 시간도 안 되어 구토 설사를 하다가 다섯 시간 뒤에 죽었다고 말했다. 같은 콩나물국물을 가지고 먹었으나 자기는 아무렇지도 않았다는 것이었다. 그렇다면 죽이지는 않았다 해도 죽은 원인을 의심하고 걱정 비슷한 말이라도 했어야 할 것이 아니겠는가?

그러나 그보다도 더 중요한 것은 본처가 죽은 뒤에도 그들이 결혼을 안 했다는 것이었다. 이경배는 경옥이와 의논도 없이 다른 여자와 결혼을 했다.

"이경배가 피고인을 사랑했다고 했는데 본처가 죽은 뒤 피고와 결혼을 하지 않고 딴 여자와 결혼한 이유는 무엇인가?"

"제가 그걸 어떻게 압니까? 남자란 다 그런 것이 아녜요."

"이경배가 피고인과 결혼을 안 한 것은 이경배의 본처가 죽은 뒤로부터 그의 마음이 변한 까닭입니다. 이경배가 피고인을 사랑하다가 본처의 죽음으로 마음을 달리 먹을 이유가 어디 있을까요?"

"그러니까 저는 남자들을 전부 저주하고 싶습니다."

"저주하는 것은 자유겠지만 이경배의 마음이 변했다는 것은 부정 못할 것입니다. 그것은 양심의 가책 때문이었습니다. 사람이란 끝까지 악할 수가 없습니다. 피고인과 사랑을 하다가 본처를 죽였으니까 그 뒤 피고인과 결혼을 한다면 죽은 사람의 망령이 자기를 괴롭히리라고 생각했을 겝니다. 안 그럴까요?"

"나두 그 사람이 자기의 본처를 죽였다구 생각해 봤습니다."

한주는 그까지만 묻고 경옥을 돌려 보냈다.

돌려 보내고 나니 마음은 더욱 무거웠다. 공모해서 살인한 것이 분명하건만 그것을 끝까지 부정하려는 경옥. 그러한 경옥을 추궁하여 사실을 고백하게 만들고야 말려는 자기. 두 사람은 마치 서로가 승강이를 하는 것 같았다.

승강이는 아니었다. 지고 이기고가 문제되는 것이 아니기 때문에 승강이일 수는 없었다.

그러나 한주의 마음이 전처럼 흔들리지는 않았다. 경옥이를 살리느냐 죽이느냐 하는 문제가 자기 손에 있다고 굳게 생각되었기 때문이었다. 그리고 경옥이를 살리는 길은 오직 그를 올바르게 생각하도록 만드는 데 있다고 생각되었던 것이다.

한주는 퇴근을 하자 곧 집으로 돌아왔다. 현주가 걱정되었던 것이다. 그러나 돌아왔으면 하고 기다리던 현주는 보이지 않고 뜻하지 않은 종아만이 그를 기다리고 있었다.

한주는 종아를 보았지만,

"오셨습니까?"

정도의 인사만 하고 아내에게,

"현주는 안 들어왔소?"

하고 물었다.

그때였다. 아내가 미처 대답을 하기 전에 종아가,

"선생님."

하고 입을 열었다.

"현주가 어디 있는지 안단 말씀입니까?"

한주는 앞질러 물었다.

"네, 얼마 전까지 저의 집에 있었습니다. 곧 돌아오실 거예요."

현주가 곧 돌아온다는 말에 한주는 웃음과 같은 한숨을 길게 내뿜었다.

자기를 원망치 않고 돌아온다는 말에 안도감을 느끼는 동시 한주는 현주가 종아를 찾아갔다는 사실에 일종의 즐거움 같은 것을 느꼈다.

집안이 다 반대하는 것을 무릅쓰고 복희를 찾아다니던 현주가 결국은 종아에게로 돌아가고야 말았다는 것은 현주의 마음이 자기 마음과 접근해졌다는 것을 말해 주는 것 같았기 때문이었다.

"그래 현주가 뭐라구 그럽디까?"

한주가 현주의 심정을 구체적으로 알고 싶어 이렇게 물었을 때였다.

종아는 묻는 말에는 대답할 생각은 않고 답답한 듯이 자기 말만을 했다.

"그런 경우에는 무슨 죄를 받게 되나요?"

"대단한 죄는 아닐 겝니다. 기껏해야 폭행살인죄루 오 년 이하의 징역을 받겠지요. 그렇지 않으면 이 년 이하의 징역일 게구요. 그렇지만 정상을 참

작해서 기소유예가 될 수두 있구요. 어쨌든 현주가 뭐라고 그럽디까."

"자수를 하겠다구 그랬어요. 자기가 죽인 것은 아니지만 죽이구 싶은 마음을 먹었던 것만은 사실이니까 결국 죽인 것이나 마찬가지라구 그리며 내일쯤 경찰서루 가겠다구 그랬어요."

"잘 생각했군요. 그게 벌을 가볍게 받는 결과를 가져올 것입니다. 그런데 현주가 무슨 생각으루 종아 씨를 찾아가서 그런 말을 했을까요?"

"제가 제일 만만하니까 찾아왔겠지요."

"만만해서가 아니라 종아 씨의 순결에 자기 마음을 비쳐 보려구 한 것이 아니었을까요?"

"그렇지는 않았을 거예요. 복희 씨는 멀리 있구 그러니까 찾아갈 데가 없어서 저한테 왔겠지요. 찾아와서두 처음엔 아무 말을 안했습니다. 심상치 않은 얼굴을 보구 여러 가지루 물었지만 통 입을 열지 않았어요. 그래서 저는 복희 씨가 혹시 죽은 것이나 아닌가 하고 복희 씨의 병세를 물었어요. 그랬더니 한참 동안 저를 바라보고 있다가 무턱 잘못했다구 사과를 하지 않겠어요. 그래서 저한테는 사과할 일이 하나도 없을 것이라고 말했더니 현주 씨가 자기도 모르게 저를 찾아왔다면서 저를 찾아온 것이 잘못이었다고 그러질 않아요. 찾아와서는 안 될 사람에게 찾아왔다는 뜻이겠지요. 그리고는 또 한참동안 제 얼굴을 바라보다가 사람 죽인 이야기와 자수하겠다는 말을 했어요."

"잘 알겠습니다."

"자수만 하면 무죄가 될 수 있을까요?"

"법관의 견해에 따르겠지요."

종아는 긴 한숨을 내쉬었다. 그리고는 수건을 꺼내 눈을 가렸다.

그때였다. 대문 열리는 소리가 함께 현주의 발소리가 들려 왔다.

현주의 발소리에 방 안이 죽은 듯 고요해졌다. 모든 귀가 밖으로만 집중되었던 것이다.

현주의 방문이 열리는 소리가 들릴 때야 한주가 벌떡 일어나 문을 열고,

"종아 씨가 와 있다. 이리루 들어오너라."

하고 현주를 불렀다.

현주는 아무 말도 안 하고 고분고분 한주의 말을 들었다. 현주가 방 안에 들어와 앉을 때 한주는 창백해지기는 했으나 안정된 것 같은 현주의 얼굴을 보고,

"어딜 갔댔니?"

하고 부드럽게 물었다.

"네, 미아리 공동묘지에 좀 갔댔습니다."

현주는 아무 일도 아니라는 듯이 대답했다.

"공동묘지는 또 뭣 하러?"

"공연히 좀 갔다 왔어요."

현주는 공동묘지에 갔다 온 이유만은 말하지 않을 눈치였다. 말해야 소용없으리라고 생각한 모양이었다.

한주도 구태여 물으려 하지 않았다.

"자수를 하겠다지?"

종아에게서 들은 말만을 확인하려고 했다.

"네, 자수를 하겠습니다. 결심을 했습니다."

현주는 정말 굳은 결심을 한 모양이었다. 그리고 그 결심이란 반발적이고 일시적인 것이 아님이 분명했다.

"나를 원망한 나머지 그런 마음을 먹은 것이 아니겠지?"

"아닙니다. 처음에는 형님을 원망했을 뿐 아니라 저주까지 했습니다. 그러나 종아 씨를 찾아가 종아 씨의 얼굴을 보았을 때 저는 그러한 나를 부끄럽게 생각했습니다. 정말 부끄러웠습니다. 떳떳지 못한 구석이 있으니까 부끄러웠겠지요. 아마 그 부끄러움을 느끼게 하려구 누가 나를 종아 씨한테루 보냈던 것 같습니다. 더구나 공동묘지에 가서는 제 잘못을 철저하게 느꼈습니다. 자수를 하지 않는다면 저는 영원한 불안 속에서 살아야 한다는 말입니다."

그러면서도 현주는 혜련의 무덤 이야기를 안 했다. 그것만은 누구도 모르는 이야기다. 아무도 모르는 이야기이기 때문에 꺼내기가 싫은 것은 아니었

다. 혜련과 같이 자기도 죽으려 했던 것처럼 오해받기가 싫었던 때문이었다.

현주가 혜련의 무덤을 찾아갔던 것은 자기의 허물이 용서받지 못함을 알고, 죽은 혜련의 심정을 자기 마음속에 끌어다 넣어보려 함이었다. 죽기까지 할 만큼 자기의 죄를 미워하고 자기 죄를 원망한 혜련의 마음을 불러다가 자기 결심을 두텁게 하기 위함이었다.

혜련처럼 죽음으로써 자기의 불안과 죄에 대한 공포를 씻으려 함은 아니었다.

"나는 네가 나를 원망하는 줄만 알구 속으로 떨구 있었다. 역시 네가 나보다 단수가 높다. 아마 스포츠 스피릿이 좋은가 부다."

한주는 또 한 번 자기에게 확고한 신념이 부족함을 느꼈다. 현실에 부닥칠 때마다 망설이고 괴로워하는 자기의 약한 성격을 반성했던 것이다.

"스포츠는 꽤 했지요. 스포츠와 같은 전쟁, 전쟁과 같은 스포츠."

"전쟁이 민족성을 강하게 하는 이유도 그런 데 있지 않을까……."

이런 이야기를 하고 있을 때 종아가 아무 말도 없이 일어섰다. 일어서서 방문까지 가서야,

"내일 아침 또 오겠어요. 저두 경찰서에 같이 가두록 해 주세요."
하고 현주를 바라보았다.

다음날 아침 현주는 일찍부터 경찰서로 갈 준비를 했다. 과히 춥지는 않지만 내의를 두툼하니 입었고 양복을 허름한 것으로 골라 뒹굴어도 괜찮을 것을 입었다.

유치장 살림을 각오했던 것이다.

옷을 갈아입고 있을 때 한주가 출근을 하며,

"몇 시쯤 가겠니?"
하고 물었다.

그 말에 현주는 대답도 않고 벌떡 일어나 형의 뒤를 따랐다. 자기도 모르는 사이에 형을 의지하려는 마음이 생겼던 모양이었다. 경찰서까지는 아니라 해도 갈 수 있는 데까지 같이 갔으면 하는 심정이었다.

"같이 가자. 내가 경찰서장에게 잘 말해 줄 것이니……."

한주는 현주의 마음을 알았던지 청하지 않은 말까지 했다.

그 말을 듣자 현주는 갑자기 발을 멈추었다.

"먼저 가세요."

"왜?"

"종아 씨가 온다구 한 걸 잊었어요."

종아가 같이 가자고 하던 말을 잊고 있었던 것은 아니었다. 그러나 갑자기 종아 이야기를 꺼내고 발을 멈춘 것은 자수를 하러 떠나는 마당에서까지 형의 힘을 의지하려는 것이 마땅치 않다고 생각된 때문이었다. 그렇게 한다면 결국 면죄 될 것을 미리 생각하고 자수할 것을 나중에 생각한 것이 되고 만다.

"그래두 나하구 함께 가는 게 나을 게다 빨리 가자."

형의 독촉을 했다.

"먼저 가세요. 형님과 같이 가면 자수가 아니라 끌려가는 것이 되구 말테니까요."

"체포되기 전 제 발루 걸어가면 누구와 같이 가든 자수는 자수야. 염려말구 어서 가자. 나로서도 부끄러울 것이 없으니까 빨리 가."

"싫어요. 종아 씨 하구 가겠어요. 종아 씨 하구 가는 것이 마음 든든할 것 같아요."

한주는 굳이 같이 갈 것을 강요하지 않았다. 종아와 굳이 같이 가고 싶어하는 마음도 이해할 수 있었지만 같이 가지 않는다 해도 자기로서 취할 길이 있다고 생각되었기 때문이었다.

현주는 뒤돌아 방으로 돌아와서 종아를 기다렸다. 따지고 생각하면 종아를 기다릴 아무런 이유가 없었다. 자기가 종아를 사랑하는 것도 아니다. 따라서 종아의 친절을 받아들일 아무런 자격도 없다.

현주는 차라리 종아를 기다릴 것 없이 떠나 버리리라 생각했다. 마루로 나와 신발을 신었다.

그러나 어디선가 종아의 신발소리가 들려 오는 것 같았다. 동시에 벌을 받으러 가는 길에 자기 영혼과 더불어 함께해 줄 사람이 있다면 그것은 종아뿐이 아니겠는가 하는 생각이 들었다.

　다시 방 안으로 들어갔을 때였다. 숨을 헐떡이며 종아가 뛰어들어왔다.

　현주는 눈물이 뭉클 솟아오르려는 것을 느꼈다. 그러나 입으로는,

　"왜 늦었어?"

라고 못마땅하다는 듯이 말했다.

　"혼자 떠나셨을 줄 알구 막 뛰어왔어요."

　종아는 초점 잃은 대답을 하고 숨을 들이켜 쉬었다. 그리고는,

　"그럼 가셔야지."

하고 앞장을 섰다.

　대문 밖을 나와 걷기 시작할 때야 종아가,

　"절간에 가서 불공을 드리느라구 늦었어요."

하고 왜 늦었느냐는 말에 대답을 했다.

　"무죄 되두룩 해 달라구?"

　현주가 억지로 웃음을 지었다.

　"네, 그리구 선생님 마음이 약하게 되지 말두룩 해 달라구요."

　현주는 대꾸를 못했다, 종아의 진실에 감격을 하면서도 그 진실을 받아들일 수 없기 때문이었다. 그러면서도 자기가 복희를 사랑하는 것을 잘 아는 종아로서 왜 자기에게 진신을 기울일까 하는 것을 생각했다. 동시에 따라온다고 해서 종아와 같이 걷고 있는 자기가 체면 없는 것 같은 생각이 들었다.

　××경찰서 근처까지 왔을 때 현주는,

　"그만 돌아가시지요."

하고 그를 돌려보내려 했다.

　"내버려 두세요. 제가 하고 싶은 대루 하게……."

　종아는 돌아갈 생각을 하지 않았다. 경찰서 정문까지 이르렀을 때도,

　"일부러 불리한 이야기는 하지 마세요."

하며 돌아갈 눈치를 보이지 않았다.

　현주는 자수하러 온 것이기는 했으나 정문을 들어서려니 가슴이 떨려오기 시작했다, 그래서 종아에게 별반 이야기도 못하고 현관 안으로 들어섰다.

접수처에 가서 살인범 담당계(係)를 물어 수사계 주임 앞에 섰을 때 현주는 두근거리는 가슴 때문에 잠시 말을 못했다. 현주는 잠시 뒤에야 정신을 가다듬고 자수하려는 전말을 간단히 설명했다. 그랬더니 주임이,

"호출장은 냈는데 자수가 무슨 자수요?"

하고 자기들은 이미 법적 수속을 밟고 있음을 말했다.

"그런 걸 받지 못했는데요."

그때에야 주임은 고개를 갸웃하고 무엇을 생각하다가,

"어제 부쳤으니 아직은 들어가지 못했을지두 모르겠군. 그런데 무슨 이유로 자수를 하러 왔소?"

하고 자수하러 왔다는 사실을 의심하는 것처럼 말했다.

현주는 자수하지 않을 수 없는 자기 심정을 설명했다.

"불안한 마음으로는 살아 나갈 수가 없기 때문입니다. 내가 죽이려구 해서 죽인 것은 아니지만 나 때문으로 해서 그 여자가 죽은 것만은 사실이니까요."

바로 그때였다. 급사가 와서 주임을 서장실로 불러 갔다. 서장실에 다녀오자 주임이,

"바루 고한주 검사님의 동생이십니까?"

하고 물었다. 형이 서장에게 전화를 한 모양이었다.

"그렇습니다. 그렇지만 이 사건에는 형님이 아무런 관계가 없습니다."

현주는 주임에게 이야기를 전부 끝내기도 전에 형님으로부터 전화가 왔다는 사실을 조금도 유쾌하게 생각지 않았다. 형의 힘을 믿고 자수의 형식을 취했다는 인상을 줄 것 같기 때문이었다.

주임은 현주에게 물을 것을 다 물은 다음 현장에도 나가고 조서도 꾸미느라 종일 분주히 지냈다. 저녁때가 다 돼서야,

"불구속 송청을 할 테니까 아무데도 가지 말구 집에서 기다리시오."

하고 현주를 돌려보냈다. 현주는 어떻게 된 일인지도 모르고 경찰서 현관을 나와 큰길을 걷기 시작했다.

전차를 타려고 회모두리를 돌아설 때였다. 현주는 뜻밖에도 담뱃가게 옆

에 쪼그리고 앉아 있는 종아를 발견했다. 완전한 판결은 아니라 해도 구속하지를 않는다는 사실에 불안과 희망이 엇갈린 찌릿한 감정으로 자기를 수습하지 못하고 있는 때인 만큼 현주는 길에서 마주치는 사람의 얼굴도 가려 볼 여유가 없었다. 따라서 길가에 앉아 있는 사람에게까지 시선을 보낼 수는 도저히 없었다.

그런데도 멍하니 앉아 있는 종아의 얼굴을 발견했다는 것은 현주도 모를 일이었다. 현주는 종아를 보자 앞으로 가서,

"여태까지 여기 있었소?"

하고 자기가 경찰서에서 나온 사실을 알려 주었다. 그때였다. 종아는 그때까지도 현주를 보지 못했던지 깜짝 놀라며,

"이게 웬일이세요?"

하고 벌떡 일어나서는 현주의 손을 와락 붙잡았다.

"불구속 송청이라나요."

"뭐요?"

종아는 정말 의외라는 듯이 놀라는 표정이었다. 그리고는 불구속 송청이라면 무죄가 될 가능성이 많지 않으냐고 물었다.

현주는 그럴 가능성이 보이기는 하나 확실한 것은 모르겠다고 대답했다. 사실 불구속이라고 해도 송청은 송청이니까 검사의 태도에 따라 형을 받게 될지도 모른다.

"자수를 하신 게 참 잘 됐군요?"

"종아 씨가 불공드린 때문인지 모르죠."

"그럼 매일 불공을 드려야 하게요."

웃음 섞인 말이기는 하나 현주로서는 그 말의 대꾸를 할 수가 없었다. 불공을 드려달랄 수도 없고 그러지 말랄 수도 없었던 것이다. 그래서 화제를 돌리는 수밖에 없었다.

"오늘루 나오리라구는 생각지 못했을 텐데 왜 종일 집엔 가지 않았어요?"

"선생님을 멀리 떠나고 싶지 않아서요."

종아가 눈을 치켜뜨며 생긋 웃어 보였다. 까만 속눈섭이 유달리 길게 보였다.

현주는 그 말에 가슴이 뜨끔했다. 담담하게 하는 말이기는 했으나 가슴 속에서 우러나오는 말이기 때문이었다.

현주는 전차를 타고 돈암동에서 내릴 때까지 종시 입을 열지 못했다. 종아가 따라오며,

"걱정하실 것 없이 진지 많이 잡수시구 잠도 잘 주무세요."

할 때도 그저 '네' 소리만 했을 뿐이었다.

자기 집까지 바래다 준다고 할 때도,

"오빠가 기다리구 있을 테니까 빨리 돌아가세요."

하고 따라오는 것을 민망스럽게 생각했다.

"바래다 드리는 것까지 짐스럽게 생각지는 마세요. 아주 석방돼서 나오시는 것 같아 같이 가 드리는 거뿐이니까요."

현주는 그것도 마다할 수가 없었다. 종아가 하는 일이라면 무엇이나 반대할 수 없는 것 같은 심정이었다.

종아는 현주의 집 대문 앞에까지 와서 또 한 번,

"진지 많이 잡숫구 잠두 잘 주무세요."

하고는 발길을 돌렸다.

현주는 다만 고맙다는 한 마디로 종아를 돌려보냈지만 종아와 헤어지는 마음이 우수하기 짝이 없었다.

복희를 사랑하기 이전에 종아가 솔직한 말을 해 주었다면 하는 생각도 들었다.

자기를 멀리 떠나고 싶지 않아 경찰서 앞에서 해를 보냈다는 그런 말을 왜 진작 해 주지 않았을까 하고 종아를 나무래 보기도 하는 것이었다.

복희처럼 솔직하게 그리고 복희보다 먼저 사랑을 표시해 주었다면 자기는 복희를 사랑할 까닭이 없었을 것 같은 생각이 들었다.

그러나 종아로 말미암아 복희 생각을 하게 되는 순간 현주는 복희가 그 동안 죽지나 않았을까 하는 걱정을 안 할 수 없었다. 아버지에게 돌아오지

못하고 타향에서 완전한 고독 속에 죽었을 복희를 생각하니 가슴이 찌릿했다.

낙조(落照)처럼 마지막 빛이나마 강렬하게 화염을 토할 수 있는 것을 행복으로 생각하는 복희가 아니었던가? 그러한 복희의 죽음을 지켜 주지도 못한 자기가 또 하나의 죄를 진 것 같아 가슴 아팠다.

현주는 자수를 하기 전에 복희에게로 먼저 갔어야 했을 것을 하고 자기를 후회하기도 했다.

그러면서도 복희가 아직 죽지는 않았으니까 하고 자기 자신을 위안하면서 방 안으로 들어갔다.

그러나 자기 자신을 위안한 시간이란 극히 짧은 것이었다. 방 안으로 들어가자 말자 형수가 두 장의 편지를 가져다 주었다. 하나는 경찰서 호출장이요, 하나는 복희가 죽었다는 복희의 편지였다.

"복희 ×월 ×일 ×시 ×분 사망. 죄 많은 여인의 시체를 불로 태워 주십시오. 울지도 못하고 죽은 복희."

죽기 전에 써 두었던 편지 같았다. 그러기에 ×월 ×일이라고 쓴 남자의 글씨만은 복희 글씨가 아니었던 것이다. 현주는 울지 않을 수 없었다. 벽에 기대고 앉아서 그냥 울기만 했다. 불쌍한 복희란 생각이 가슴을 자꾸만 내려누르는 것 같아 암만 울어도 가슴이 시원해지지 않았다.

현주는 당장에라도 복희에게로 떠나고 싶었다. 그래서 형을 기다렸지만 매일처럼 일찍 들어오던 형이 이 날만은 좀체로 돌아오지 않았다.

상식적으로 생각해도 불구속이나마 송청된 몸이니 집을 떠날 수는 없을 것 같았다. 그러나 형에게 의논을 하면 무슨 편법이 있지 않을까 생각되었던 것이다.

돌아오지 않은 형을 눈이 빠지게 기다리고 있을 때 광윤이가 찾아왔다. 종아에게서 이야기를 듣고 불구속으로 나왔다는 반가움에 밤길을 찾아왔던 것이었다.

현주는 광윤이를 보자 기다리고 있었던 사람처럼 반갑게 악수를 했다. 그리고는 자기 대신 복회에게로 가서 그 시체를 화장해 가지고 와 달라는 부탁을 했다.

"복회 씨라니요?"

광윤이가 죽었다는 사람의 이름을 되씹어 물었다.

"내가 사랑하던 사람이오."

"그런 분이 있었던가요?"

광윤으로서는 처음 듣는 말이었기 때문에 놀라지 않을 수 없었다. 자기는 확실치는 않으나마 현주가 자기 동생 종아를 사랑하고 있는 것이려니 하고만 믿고 있었던 것이다.

"불쌍한 여인이었소. 그러나 내게만은 진정을 털어 주었던 여자였소."

현주는 다시 또 눈물이 솟구쳐올랐다. 현주의 뜨거운 눈물을 보자 광윤이는 아무 말도 못하고 언제 떠나야 하느냐는 말만을 물었다. 자기 누이동생이 불쌍하다는 생각보다도 현주의 슬퍼하는 마음이 더 보기 딱했는지 모른다.

"밤차루 가두 버스가 없을 테니 내일 아침 떠나 주십시오."

현주가 자수를 하며 경찰서로 간다고 할 때 한주는 현주를 경찰서까지 동반해 주고 싶었다. 그것은 경찰서에 도착할 때까지 현주의 마음이 흔들림 없도록 해 주고 싶었기 때문이었다. 그러나 현주가 자기와 같이 가는 것을 도리어 굴욕처럼 생각하는 것을 볼 때 한주는 현주가 한층 더 미더워 현주를 내버려 두었던 것이다.

그 대신 사무실에 이르자 곧 ××경찰서장에게 전화를 걸었다. 자기 동생인 현주가 과실치사를 하고 자수하러 갈 것이니 죄상을 잘 조사하여 정당하게 조서를 꾸며달라는 부탁이었다.

사실은 전화를 걸 때에도 그것이 정당성을 잃은 일이라고는 생각되지 않았으나 남의 일이 아니고 동생이 관계한 일인 만큼 전화통 들기가 주저스러웠다.

그러나 동생이라고 해서 꺼림칙하게 생각된다면 아예 교섭할 생각도 말아야 할 일이 아닌가 하고 자기를 돌이켜 보았다.

동생이 아니라고 해도 도와 줄 수 있는 문제가 아닌가? 군인으로 나가 오랫동안 전쟁을 하고 돌아온 정의감에 불타 온 젊은 사람이다. 악을 보고 그것을 거세하고 싶어한 것은 아름다운 마음의 소치다. 그러면서도 죄를 무서워하여 손을 대지는 못했다. 불행하게 노파가 죽기는 했으나 현주의 의사가 그 속에 들어 있는 것이 아니다. 그런데다가 현주는 노파의 죽음에 대하여 고통을 느끼고 자수까지 하려고 하니 이것은 법의 권위로 보나 그 교육적인 사명으로 보나 너그럽게 처리해야 할 문제임에 틀림없었다.

한주는 동료에게 부탁하여 전화를 걸도록 할까도 생각했다. 그렇게 하는 것이 도리어 비굴한 행동같이 생각되어 직접 전화를 걸었던 것이다.

전화를 걸고 난 뒤에도 한주는 현주의 죄가 기소유예로 끝날 수 있을 것이라 생각했다.

그래야 하는 것이 또한 법의 정당성이라고 믿기까지 했다.

그렇게 생각해서 그런지 현주의 문제는 그것으로 일단락을 짓는 것 같았다.

한주는 오늘의 일을 해야만 했다.

이어 심문하기로 예정했던 경옥의 정부, 이경배가 간수와 더불어 심문을 받으러 들어왔다.

한주는 이경배의 얼굴을 보자 적개심 같은 것이 가슴 속에서 살아 올라왔다.

경옥이를 꼬여 살인할 마음까지 일으키게 한 경배다

심문도 할 것 없이 사형을 집행해 버렸으면 했다. 그리고 실컷 침이나 뱉어 주고 싶었다.

"이놈만 아니었다면 경옥이가 죄를 지을 까닭이 없을 텐데……."

그러나 인정심문을 시작하여,

"이름을 말하시오!"

하고 다시 한 번 경배의 얼굴을 내려다볼 때는 한주의 적개심이 어디론가 사라져 버리고 말았다. 검사로서 자기 자리로 돌아온 것이었다.

이상스러웠다. 방금 침을 막 뱉어 주고 싶던 얼굴이 조금도 미워지지가 않았다. 명령에 복종할 따름이라는 듯한 그 무기력한 얼굴이 측은하게까지 보였다.

그러나 한주는 속으로,

"신이여! 저로 하여금 이 사람을 미워하지 않게 하옵소서!"

기도를 올렸다. 정말 미워해서는 안 될 것 같았다. 조금만이라도 미워한다면 자기는 신 앞에서 사람을 심판할 자격이 없어질 것만 같았다.

"이경배올시다."

"생년월일과 직업 주소를 말하세요."

한주는 침착한 어조로 묻기 시작했다. 그의 가슴 속에는 아무런 티도 있지 않았다.

경배가 묻는 말에 대답을 하자 한주는 엄격한 표정으로,

"거짓말에는 언제나 불합리한 것이 섞이게 되는 것이니까 불합리한 말로써 자기의 죄를 감추려는 어리석은 행동을 하지 마시오."

하고 전제를 한 다음 죄상을 묻기 시작했다. 그러나 경배는 자기가 본처를 살해하지 않았다는 태도를 고집했다.

"비상은 어데서 낫소?"

"민경옥이가 주었습니다."

"그걸 준 이유가 무엇인가?"

"제 본처를 죽이라고 주기는 했지만 저는 그것을 쓰지 않았습니다."

"그럼, 그 비상이 아직 있겠구먼?"

"찾아보면 있을 것입니다."

"경찰서에서 찾아보았지만 나오지가 않았다는데……."

"모르겠습니다."

"그러면 피고인의 본처는 콩나물을 먹기 전에 누구와 같이 있었는가?"

"빨래할 것이 밀려 옆집 아주머니를 데려다가 종일 빨래를 했습니다."

"식사할 때도 같이 있었던가?"

"같이 먹기를 시작했으나, 제가 들어가자 그는 일찍 끝내고 자기 집으로 갔습니다."

"말하자면 같은 콩나물을 먹었단 말이지?"

"네."

"그런데두 옆집 아주머니와 피고인은 배 아픈 일도 없었단 말인가?"

"네."

"피고인의 처가 갑자기 복통을 일으키고 구토 설사를 할 때 의사를 불러 왔던가?"

"부르러 갔지만 의사가 없었습니다."

"딴 데는 의사가 없었던가?"

"한 오리쯤 가면 있기는 해두 멀어서 못 갔습니다."

"본처가 죽자 그 날로 화장을 했다지?"

"네, 젊은 사람이 죽으면 오래 두는 것이 아니라구 해서 그 날루 화장을 했습니다."

"화장을 하더라도 삼일장쯤은 해야 할 것이 아닌가?"

"다들 빨리 치우라고해서 그랬습니다."

한주는 거짓말하는 피고인의 얼굴을 증오에 찬 눈으로 한 번 흘겨보았다. 아무리 미운 사람이라고 해도 죽은 사람의 시체를 그 날로 화장하는 법이 어데 있단 말인가! 그러나 금시 태도를 고쳐,

"민경옥을 사랑했나?"

"네."

"지금도 사랑하고 있어?"

"아니오."

"왜 마음이 변했어?"

"그저 싫어졌습니다."

"민경옥에게 보낸 편지에는 민경옥과 같이 못 살면 살아서 무엇 하리오 라는 구절이 있는데…….."

한주는 증거물 속에서 편지를 들추어냈다.

"한때는 그런 마음이 있었습니다."

"그러면 본처가 죽은 뒤 왜 민경옥이와 결혼을 안 했느냐 말이야?"

"싫어졌으니까 안 했습니다."

"본처가 죽은 지 얼마 만에 재혼을 했지?"

“두 달 만에 했습니다.”

“그 여자는 전부터 알던 자인가?”

“순전히 중매결혼입니다.”

한주는 잠시 동안 이경배의 얼굴만 내려다보았다. 그리다가 갑자기 언성을 높이고 책장을 두들겼다.

“이놈아. 거짓말을 말라구 그러지 않았어? 사랑하던 사람이 이유 없이 싫어지고 딴 여자와 결혼하는 법이 어디 있단 말이냐? 그래두 거짓말이 성립될 줄 아느냐?”

그 뒤에도 한주는 여러 가지 사실을 물어 보았으나 결국은 이경배가 민경옥이와 공모하여 이경배의 본처를 죽인 것이라 단정내리지 않을 수 없었다.

이경배의 심문을 끝내자 한주는 정말 술이라도 마시고 싶은 심정이었다. 끝내 거짓말을 하며 그래도 살아 보겠다고 발버둥치는 피고인들의 행상이 밉기도 했지만 살겠다고 발버둥치는 사람들을 끝내 벌주어야 하는 자기 마음도 유쾌한 것은 아니었기 때문이었다.

‘내게 잘못이 없었는지? 끝내 하늘에게 부끄럼이 없을는지.’

한주는 자기의 판단이 그릇되지 말아야 한다고 생각했다. 그러나 없다고 말하면 무슨 소용이 있으랴? 정말 지극히 공평한 소리가 있어 자기가 그릇되지 않음을 일러 주었으면 바랐다.

종일 딴 일을 못하고 시간을 보냈다. 저녁때였다.

며칠 동안 만난 일이 없는 노영애에게서 전화가 왔다. 나오는 길에 꼭 들려달라는 것이었다.

그렇지 않아도 누구에게나 의지하고 싶은 심정을 가졌던 때라 한주는 퇴근하기가 바쁘게 노영애를 찾아갔다.

노영애는 정성을 들여 만들어 놓은 안주와 술을 주었다. 전에 보지 못하던 술상이었다.

“오늘은 웬일이우?”

“피고하실 것 같아 술을 한잔 하시라구요.”

영애는 술을 따르는 얼굴에 수심을 띠웠다. 그러면서도 아무 내색을 않고 경옥의 심문 결과를 하나하나 묻기 시작했다. 한주는 다시 입 밖에도 내고 싶지 않은 일이었지만 마치 자기 판단의 결재를 받으려는 듯이 묻는 말 이상으로 긴 대답을 했다.

"괴로우시겠습니다. 그렇지만 경옥 씨를 사랑하는 마음이 더 두터워지셨겠지요?"

한주는 영애의 이런 질문에 무엇이라 대답해야 할지 몰랐다. 그런 것 같기도 했으나 그렇다고 딱히 말할 수도 없는 심정이었다.

"그러실 거예요. 경옥 씨가 죽는다구 해두 선생님 마음속에는 그가 더욱 크게 살 거예요."

영애의 말이 옳은 것 같았다. 또 그래야만 할 것 같았다. 그러나 또 대답을 못하고 있을 때 영애가

"저두 살림을 시작하기루 했어요."

하고 술을 따랐다.

한주는 놀라지 말아야 하는 자기를 생각했다. 영애가 누구와 살림을 하든 그것을 시기하거나 슬퍼할 수 없는 자기다.

"잘 했군. 어떤 사람인데."

"돈 있는 사람이죠. 제가 달리 어떤 사람을 바라겠어요."

이렇게 말하는 영애의 눈에는 뜨거운 눈물이 돌고 있었다

"제 마음속에 무엇을 살리려면 선생님 곁을 아주 떠나야겠어요."

이것은 눈물을 닦으며 혼자 뇌까리는 영애의 말이었다.

한주는 입이 있으되 말을 할 수 없었다. 술도 취하는 것 같지가 않았다. 그는 빨리 돌아갈 것만 생각했다. 그러나 영애가,

"마지막일지두 모르겠어요. 밤을 같이 세워 주세요."

하고 한주를 돌아가지 못하게 했다.

한주는 그것까지 마다고 말할 수가 없었다. 언젠가와 같이 영애와 거꾸로 누워 하룻밤을 세웠다.

괴롭기는 했으나 아무 일 없이 밤을 새우고 옷을 갈아입었을 때였다.

"역시 선생은 좋으셔."

영애의 마지막 말이었다.

이십여 일이 지났다. 그 동안 한주는 경옥과 경배를 몇 번이나 더 불러다가 심문을 했으며 경배의 고향에 있는 사람들을 증인으로 불러다가 참고증언까지 들었다.

그 결과 경배와 경옥이가 공모하여 살인했다는 것이 틀림없는 사실로 되어 버렸다.

경옥이도 나중에는 아무런 항거를 안 하고,

"사형을 내리셔도 달게 받겠습니다."

했다. 그것은 진심에서 우러나온 참회가 아니라 법률에 대한 굴복이었을지도 모른다. 한주의 사랑을 새로 발견한 것이 아니라 한주의 마음에 자기가 몰입된 무아(無我)의 현상일지도 모른다.

그러나 첫 공판이 열리는 날 수많은 방청객과 피고 앞에 나서 기소문을 낭독하는 한주의 목소리가 그렇게까지 떨릴 줄은 몰랐다. 자기 신념에서 쓴 기소문이었지만 적들의 총칼 앞에서 마지막으로 정의를 부르짖는 포로와 같이 그의 얼굴은 창백해지기까지 했다.

"사랑은 위대한 것입니다. 그러나 사랑의 위대한 빛이 사람의 가슴 속에서 뻗쳐나오는 것이지만 그것을 가로막는 육체라는 것에게 패배를 당한 사람들이 여기 앉아 있습니다."

한주는 글자 한 자 한 자에 힘을 주어가면 읽어나가기에 땀을 흘렸다.

"피고인들의 이상 공술에 의하여 범죄 사실이 충분하게 증명되었고 따라서 피고인 이경배 및 민경옥의 죄상은 형법 제 250조에 해당하고 그 소정형(所定刑) 가운데 무기징역을 선택하여 동 피고인들을 무기징역에 구형함."

기소문의 마지막 장을 낭독하고 앉을 때 한주의 이마에서는 구슬 같은 땀방울이 뺨을 스치고 기소문 위로 뚝뚝 떨어졌다. 그것은 눈물이었는지 모른다. 기소문을 낭독한 뒤 판사의 인정심문이 시작될 때 한주는 눈물이 고인 눈으로 자기를 빤히 쳐다보는 경옥에게 눈을 돌렸다. 그것은 자기를 원망하는 눈이 아니었다. 그리운 사람을 죽는 순간까지 바라보고 싶어하는 그러한 눈 같았다. 그러나 한주는 고개를 숙이고 말았다. 그리고 첫 회 공판이 끝나고 피고인들이 나가려고 할 때 한주는 앉았던 자리에서 법복(法服)을 벗어 곱게 개어놓았다. 법복과의 영원한 이별이었다.

한주가 법복을 벗어 놓는 그 시간 한주의 동생 현주는 망우리 공동묘지의 조그마한 무덤 앞에 서 있었다. 그의 옆에는 복희 아버지와 종아 그리고 종아의 오빠 광윤이도 침통한 얼굴로 서 있었다. 모두가 말이 없었다. 서로의 얼굴을 보는 일도 없었다. 그저,

'崔福姬之墓'

라고 씌어진 목패(木牌)만을 바라보고 있을 뿐이었다.

얼마 동안이라도 그냥 있을 모양이었다. 그러나 최 노인이,

"우리가 이렇게 와 있는 것을 복희가 내려다보구 있겠지. 이젠 그만들 내려갑시다."

할 때야 몸들을 움직이기 시작했다.

무덤 앞을 떠나 한참 동안 걸어올 때까지도 그들의 입은 떨어지지 않았다. 자동찻길로 거의 내려왔을 때야 현주가,

"기소유예가 아니라 이삼 년 징역을 받았어야 할 건데."

하고 혼자 중얼거렸다.

"용서받을 사람은 용서를 받는 것이 하느님의 섭리가 아닐까요? 그것이 인간의 희망이기두 하구요."

종아 또한 혼자 중얼거리듯 말했다. 그래서 현주가 종아를 보면서,

"종아 씨는 무엇 때문에 복희 씨 무덤까지 따라오신 겁니까?"

하고 미안하고도 이해할 수 없는 일이라는 듯 물었다.

"현주 씨의 슬픔은 무엇이나 저의 슬픔이니까요. 혼자만이 슬퍼하실 수는 없으실 겝니다."

현주는 남에게 보이지 않은 미소를 속으로 웃었다.

(원) 《동아일보》 1955. 10. 26~1956. 3. 26.

푸른 치마

창을 기대고 마주 앉은 두 사람의 시선이 부딪쳤다. 붐비는 기차 안에서 마주 앉은 사람끼리 서로 얼굴을 쳐다본다는 것쯤 얼마든지 있을 수 있는 일이지만 서울을 떠나 두 시간 이상이나 걸리는 동안 그러한 시선의 충돌이 있을 때마다 금희(錦姬)는 상대방 남자의 얼굴이 심상치 않음을 느꼈다. 그러나 시선이 마주칠 때마다 상대방의 얼굴이 약간 붉어진다고 해서 그것을 기지고 지기의 표정끼지 고칠 필요는 조금도 없었다.

이번에도 두 사람의 시선이 부딪치는 순간 남자는 고개를 이상스럽게 숙여 버렸다. 꼭 시선을 피하는 눈치였다.

그래도 금희는 못 본 척 시선을 창 밖으로 돌렸다. 플랫폼이 보이면서 기차가 멈추었다. 물장수 계란장수 참외장수 토마토장수들이 밀려들었다.

금희는 장사꾼들을 보자 이때까지 참아 오던 갈증을 멈추려고 창문에 머리를 뽑고 물장수 애를 찾았다. 그러나 물장수 애는 멀리서만 왔다갔다 할 뿐 금희 앞으로 오지를 않았다. 바로 그때였다. 맞은편에 앉았던 남자가 앞을 지나가는 사이다 장수를 불러 세우고 사이다 두 병을 사서 그 중 한 병을 금희에게 내밀었다.

"목마르실 텐데 이걸 잡수시지요."

금희는 잠시 망설였다. 젊은 남자에게서 그런 것을 받아도 좋을까 생각한 것이다. 그러나 금희는 사이다를 받고야 말았다. 그런 호의까지 거절할 필요가 없다고 생각하기 때문이었다.

"고맙습니다."

사이다를 받자 금희는 곧 핸드백을 열고 십 원짜리 석 장을 꺼내어 그 남자에게 주었다.

남자는 한사코 그것을 받지 않았다. 그러면서,

"천만의 말씀입니다."

소리만 연거푸 했다. 천만의 말씀이란 당치도 않은 말이었다. 돈을 받지 않는다는 것이 도리어 천만의 말씀이다. 생뚱한 남자한테서 공짜 사이다를 얻어먹을 수가 있는가?

"그런 법이 어디 있어요?"

금희는 항의하듯 말했다. 그래도 남자는 천만의 말씀입니다 하며 돈을 받지 않았다.

금희는 할 수 없이 남자 편 창문 언저리에 돈을 놓아 버렸다. 남자는 금희 편 창문 언저리로 돈을 밀어 보냈다. 금희는 다시 손가락으로 돈을 밀어 보냈다. 그러기를 세 번이나 거듭 했을 때 금희는 자기 옆에 와 있는 돈을 못 본 척 거기서 시선을 떼 버렸다. 애들 장난 같아 더 밀어 보낼 수도 없었으며 그렇다고 해서 그것을 도로 집어넣을 수도 없었기 때문이었다. 자기의 할 일을 다 했다는 듯이 사이다를 마시기 시작했을 때였다. 몇 모금 마시고 잠시 쉬고 있을 때 남자가 불쑥,

"저 실례지만 유금희 씨 아니십니까?"

하고 얼굴을 전보다 더 붉히며 말했다.

그때야 수상하다고 생각되는 것이 결국 어떤 연고가 있었기 때문이었구나 하는 생각이 들기는 했지만 자기의 이름을 집어내듯이 부르는 데 놀라지 않을 수 없었다.

"어떻게 아시지요?"

금희는 놀라는 얼굴로 물었다.

"네, 전 전부터 잘 알고 있습니다. ××여자 고등학교에 다니셨지요."

금희는 더욱 놀라지 않을 수 없었다.

"누구시지요?"

이렇게 묻는데도 남자는 자기의 정체를 말하는 대신 다음과 같은 말을 다시 물었다.

"××여학교를 나오시자 ××전문학교에 다니셨지요?"

금희는 점점 더 이상스런 생각이 들어,

"대체 누구신데 그렇게 아세요?"

하고 궁금하다는 듯이 물었다.

그때야 그 남자는 좀 거북하다는 듯이 창 밖으로 고개를 돌리고 자기를 설명하기 시작했다.

"저는 ○○중학교를 졸업했습니다. ××여학교 바루 옆이 아닙니까. 그래서 매일 아침 유 선생의 얼굴을 사 년 동안이나 계속해서 봤습니다. 이름까지 알아놓구두 인사를 드리지 못했죠."

그 말을 듣자 그때는 금희가 얼굴을 붉혔다. 사 년 아니 십 년 동안 자기 얼굴을 매일처럼 보았다기로니 자기가 부끄러울 아무것도 없다. 얼굴을 본 것만이 아니라 자기를 사랑했다 해도 자기 모르게 한 일에 대하여 달리 생각한 아무것이 없다 더구나 근 십 년이나 지난 일이고 따라서 자기는 지금 한 남편의 어여쁜 아내이다. 그 남자도 물론 결혼을 하여 아들딸을 낳고 살고 있을 것이 아닌가?

그래도 자기를 몇 해 동안이나 유심히 보았다는 사람이란 말을 들을 때 금희는 죄를 짓기나 한 듯이 얼굴을 붉히고야 말았다.

"고향이 서울 아니시던가요? 지금은 대구에 계시지요?"

남자가 이렇게 물을 때까지도 금희는 얼굴을 잘 들지 못했다. 그러나 자기의 태도에 부자연스러움이 있다고 한다면 상대편의 마음이 어떻게 움직일지 모른다. 차라리 대담하게 나가야 할 것 같았다. 그래서 금희는 태도를 고쳐,

"지나간 일이기는 하지만 저에게 그렇게까지 관심을 가지신 데 대해서 감사를 드립니다. 선생님 성함은 누구시죠?"

하고 대담하게 말을 건네었다.

"네, 배춘석입니다. 피난 내려갔다가 지금 대구 ××은행에서 일 보구 있습니다."

춘석은 묻지도 않는 자기의 직장까지 설명했다. 다시 만날 수 있는 기회를 열어 놓기 위함이었을지도 모른다.

금희는 그러한 눈치를 전혀 아는 척도 아니하고,

"이젠 서루 통성명까지 했으니까 이 돈은 받으세요. 앞으룬 서루 아는 사람으로 교제를 한다 치구 모를 때 일은 모르는 사람처럼 처리해야 하지 않아요."

하면서 삼십 환을 집어 다시 돌렸다.

춘석은 남보기가 민망한지,

"그럼 그럴까요."

하고 그 돈을 마지못해 받아 주머니에 넣었다.

기차가 대전역에 멎자 금희는 재빠르게 변또(도시락) 두 개를 사서 춘석에게 하나를 주었다. 그렇게 하지 않으면 춘석이가 먼저 살 것이 분명했기 때문에 금희는 춘석의 앞을 질렀던 것이다. 금희는 변또 하나라도 얻어먹는다는 것이 마음의 부담이 되고야 말 것을 알았기 때문이었다. 기가 질린 춘석은 그저 고맙단 말만을 하고 변또를 받아먹었다.

점심을 먹으면서 춘석이가,

"댁은 어디시죠."

하고 물을 때도 금희는,

"그건 아셔서 무엇 하죠? 가정부인을 방문하시려면 수속이 복잡하신 걸 모르시나요?"

하고 춘석을 아연케 해버렸다.

금희는 자기를 똑똑하게 나타내야만 한다고 생각했다. 듣기 좋게 하느라고 해서 지나가는 말 한 마디나마 흐리터분하게 한다면 그것이 자기는 물론 상대방에게까지 좋지 않은 결과를 만드는 원동력이 된다는 것을 금희는 잘 알고 있었던 것이다.

그렇기 때문에 금희는 기차가 대구에 도착한 때까지 자기의 집을 가르쳐 주지 않았다. 결혼생활 한다는 확증을 주기 위하여 남편이 인쇄공장을 경영하고 있다는 사실만은 말했지만 인쇄소의 이름과 장소까지도 알리지 않았다.

춘석이도 그만하면 더 미련을 가질 필요가 없다고 생각했는지 기차에서 내려 서로 헤어질 때,

"그럼 기회가 있으면 다시 뵙겠습니다."

하고 담담히 인사를 한 뒤 자기 갈 길을 걸어갔다.

여름이었다. 수박과 참외가 한창이었기 때문에 플랫폼에서 나온 금희는 우선 수박 가게로 걸어갔다. 친정아버지 생일잔치에 갔다 오는 길이라 떡과 과자는 가져온다 해도 남편이 무엇보다 좋아하는 수박을 사지 않을 수 없었던 것이다.

금희는 수박 한 개를 샀다. 그러나 남편이 좋아하는 것만을 사 놓고 보니 어린애들에게 미안한 생각이 들었다. 수박 한 개면 남편에게 주고도 나머지로 어린애들을 먹일 수가 있는 일이기는 하나 그래도 수박은 남편이 좋아하는 것이라 생각하고 산 것이기 때문에 어린애들 것은 따로 사야만 할 것 같았다. 그래서 그는 애들이 좋아하는 복숭아 몇 개를 더 샀다.

집이 멀지는 않으나 서울서 가지고 오는 보따리와 수박을 혼자서 전부 들 수가 없어서 지게꾼을 불러 짐들을 지워 놓고 나니 몸이 가벼워져 날아 갈 듯했다.

몇 해만에 처음으로 집을 떠나 여행을 했기 때문에 그런지는 모르지만 금희의 발걸음은 사실 조급할 대로 조급했다. 지난 일주일이 몇 해가 된 것처럼 오랜 것 같기도 했으며 또 그 동안 집안에 커다란 변동이 있을 것만 같이 생각되었다. 어머니가 그립다고 어린애들이 울고나 있지 않을까? 집이 텅 빈 것 같다고 남편이 외로워하지나 않을까? 예정보다는 하루를 당겨 돌아왔건만 그래도 늦었다고 야단을 할 것 같이만 생각되었다. 지게꾼만 아니라면 뛰어서라도 가고 싶었다. 그러나 지게꾼 뒤에서만 걸어야 하는 금희는 그렇게 무겁지도 않은 짐을 무거운 듯 천천히 걸어가는 지게꾼을 독촉하면

서 느릿느릿 따라갔다. 지게꾼과 발을 맞추어 걸어가고 있을 때였다. 금희는 자기 반대 방향으로 지나가는 키 큰 남자를 흘끗 보았다. 얼마 전 기차 안에서 만났던 바로 춘석이 같은 인상을 주는 남자였다.

금희는 가슴이 섬찍했으나 그리면서도 고개를 돌려 지나가는 사람의 뒷모습을 한 번 더 바라보았다. 확실히 춘석은 아니었다. 그러나 금희는 못 볼 것을 본 것처럼 미간을 찌푸렸다. 그리고는 늦기는 늦지만 예정대로 왔다면 좋았을 걸 혼자서 생각했다. 예정대로 오기만 했다면 춘석이를 만나지 않아도 좋았을 것이다. 춘석이를 만났다고 해서 죄 될 아무것도 없기는 하지만 그래도 마음이 꺼림칙한 것만은 숨길 수가 없었다.

몰라도 좋을 일을 어째서 알게 되고야 마는지 모를 일이었다.

금희는 집에 들어가자 남편에게 춘석에 대한 이야기를 전부 털어놓으리라 생각했다. 그래야만 께름칙한 마음이 씻겨질 것만 같았다.

남편에게 숨김없이 이야기를 하겠다고 생각만 해도 벌써 마음이 가벼워지는 것 같았다.

그러나 북성로 집안에 들어서자 금희의 다리는 엉덩이를 잡아 맨 듯 갑자기 무거워짐을 느꼈다. 뜰에 들어서자 금희의 눈에 들어온 것은 남편과 같이 마주앉아 수박을 먹고 있는 젊은 여자의 얼굴이었던 것이다.

일요일도 아니다. 그런데도 불구하고 날이 아직 저물기 전에 남편이 집에 들어와 있다는 것이 이상스러웠다. 더구나 자기가 없는 집안에 젊은 여자를 들이다니…….

금희는 발만이 무거울 뿐 아니라 온몸이 돌처럼 굳어지는 것 같았다. 가슴이 끓어올라 숨이 막히는 것 같기도 했다.

결혼한 지 육칠 년 만에 처음 당하는 일이었다.

금희는,

“설마…….”

하고 혼자 생각해 보았다. 동시에 방 안을 한 번 더 자세히 들여다보았다. 처음에는 젊은 여자로만 보이던 그 여성의 얼굴이 이번에는 똑똑하게 드러나 보였다.

참으로 이상스러웠다. 두 번째 볼 때에는 그것이 옥주(玉珠)임을 첫눈에도 알 수가 있었건만 어째서 처음에는 옥주로 보이지 않았을까? 질투의 본성이 옥주의 얼굴까지 보이지 않도록 만들었단 말인가?

금희는 그 젊은 여자가 옥주임을 알았을 때 한숨을 가볍게 내쉬었다.

"그렇겠지."

하고 생각과 더불어 순간적이나마 남편을 의심했던 자기의 경솔을 뉘우쳤다.

한 번도 그런 점에 의심을 주게 한 일이 없는 남편이다. 그러한 남편을 함부로 의심했다는 것은 결국 자기가 기차 안에서 춘석이란 남자를 만났다는 정신적 변동에서 온 것이 아니었을까 하고 생각했다.

자기의 마음이 흐릴수록 남에 대한 시기와 질투는 더 강해지는 모양이었다.

"여보."

금희는 남편이 자기를 발견하기 전에 남편을 불렀다.

남편은 깜짝 놀라는 듯이 얼굴을 쳐들어 금희를 바라본 뒤 벌떡 일어섰다.

동시에 마주 앉았던 옥주가 따라 일어서며,

"언니가 오네."

하고 마루를 내려섰다. 그리고는 고무신을 끼기가 바쁘게 금희에게로 달려와서,

"재미 많이 봤니?"

하고 손목을 덥석 쥐었다.

"응! 별일 없었지."

평온한 마음으로 돌아온 금희는 무사히 다녀왔다는 웃음을 웃으며 옥주의 손을 잡아 흔들었다. 금희의 마음은 정말 흡족했다.

집에 들어서자 남편의 얼굴을 볼 수 있으며 또 옥주를 만날 수 있다는 것이 그 이상 더 만족할 수 없는 일이다.

금희는 마루에 올라서자 남편에게 안겨 버리고 싶었다. 그러나 옥주 앞에서 차마 그럴 수가 없음을 느낄 때 그는 남편에게로 가서 큰절이라도 하고

싶었다. 한 주일 동안 그리던 마음을 어떻게서든지 쏟아내고만 싶었던 것이다. 그러나 그것도 차마 할 수가 없었다. 그래서 그는 짐을 내려놓고 짐을 풀면서 서울서 지낸 이야기만을 분주히 터트려 놓았다.

마음이 자꾸만 웅성거리는 것 같아 잠시나마 가만히 있을 수가 없었다. 잔치에 왔던 사람들! 그리고 잔치의 경과보고, 나중에는 자기가 본 서울 이야기까지 한참 동안이나 지껄였다. 서울 이야기를 일단 그치자 금희는 수박을 꺼내 들며 역전에서 얼마를 주고 사 왔노라 수다를 떨면서 그것을 쪼개려고 했다. 그때 남편이,

"방금 수박을 먹었는데 그만둬."

하고 수박을 가르지 못하게 했다. 한편 옥주는 이때까지 그것만 보고 있었는지,

"너는 서울 가면서두 옥색 치마를 입구 갔댔군? 정말 푸른 치마야 호호……."

하며 금희의 옥색모시 치마를 다시 노려보았다.

금희는 옷 타령을 본시부터 좋아하지 않는다. 자기 옷을 남에게 자랑한 일도 없고 남의 옷을 칭찬한 일도 없다. 옷감을 살 때 누구와 의논해 보고 산 일도 없다. 옷이란 결국 그 옷을 입는 자신이 좋다고 생각되면 그뿐이라고 생각했다. 여자들이 만나기만 하면 으레 옷감이 좋다느니 옷 빛깔이 좋다느니 하고 옷 이야기부터 하는 것을 싫어한다는 것은 그가 결정적으로 좋아하는 빛깔이 있기 때문인지도 모른다.

그는 누가 무엇이라 해도 치마만은 빛깔로 골랐다. 여름이고 겨울이고 할 것 없이 푸른 계통의 치마만을 입었다. 그것은 푸른 계통의 빛깔이 언제나 부드럽고 넓고 깊은 맛을 주는 것 같았기 때문이었다. 싫증도 나지 않았다. 그만큼 푸른 빛깔은 영원과 통하는 빛깔인지도 모른다.

그렇다고 해서 금희는 자기가 푸른 치마를 입는 그 이유를 남에게 말해 본 일이 없다. 남들이 입고 다니는 옷이 머지않아 싫증이 나는 빛깔이라고 비평해 본 일도 없다.

그러한 금희인 만큼 가장 친하다는 옥주에게서나마 옷에 대하여 무슨 이

야기를 들으면 옥주가 밉보이곤 했다. 특히 옥주는 지금 말할 수 없이 비참한 생활을 하고 있다. 옷 같은 것이 문제가 아니다. 그날 그날의 생활에 쪼들리고 있다. 그렇기 때문에 남의 옷에 더욱 관심을 가지게 될지도 모르기는 하지만 금희는 그것이 옳은 것이라 생각하지 않는다. 6·25 통에 남편까지 잃어버린 옥주는 지금 이를 악물고 살아 나가고 있다. 옷 같은 것에 관심을 가질 여유가 있을 수 없다.

옥주가 가끔 자기의 옷에 대해서 무어라 말해 왔지만 그때마다 금희는 그런 말을 못 들은 척해 왔다. 옷이 없는 옥주와 옷 이야기를 하는 것이 미안한 일이기도 했지만 무엇보다도 그런데 관심을 가지는 옥주가 비위에 맞지 않았기 때문이었다.

금희가 옥주를 제일 좋아하면서도 꺼리는 것이 있다면 이것뿐이었다.

옥양목 적삼에 값싼 유동치마 그것도 풀이 다 죽은 것을 입고 있는 옥주가 나일론 적삼에 잠자리 날개 같다는 모시 치마를 입은 금희 옷에 대하여 화제를 꺼냈으니 금희가 어찌 유쾌할 수 있을 것인가?

더구나 일부러 사 온 수박을 쪼개지도 말라고 한 남편의 심상치 않은 말이 있은 뒤라 '푸른 치마야' 하고 푸른 치마를 자기 별명처럼 말한 옥주의 말이 더욱 귀에 거슬리고 말았다.

"벗어 줄까!"

금희는 이런 말이 입 안에서 맴도는 것을 겨우 참았다. 설사 옥주가 정말 자기의 옷이 부러워서 그렇게 말했다 해도 정면으로 무안하게 해 줄 수는 없었든 것이다. 그 대신,

"복숭아라두 깎을까?"

하고 말해 버렸다. 차라리 옷에 대한 이야기는 무시해 버리는 것이 좋을 것 같았다.

"난 가야지!"

옥주는 금희가 복숭아를 집어들었는데도 일어서고 말았다.

"애, 그런 법이 어디 있니! 한 쪽이라두 먹구 가야지."

금희는 옥주를 끌어 앉히고야 말았다. 남편에게 수박을 권하다가 거절당

한 금희는 옥주에게 복숭아를 권하다가 다시 거절당하고 만 것이 속으로 언짢았다. 이때까지 한 번도 느껴 보지 못한 심정이었다. 과거에도 싫은 건 싫다고 꾸밈없이 말해 온 남편이요, 옥주였으련만 권하는 음식을 안 먹는다고 해서 권하던 자기가 거절당했다고 느껴 본 것은 이것이 정말 처음이었다. 남편은 할 수가 없다 해도 옥주에게만은 거절당하고 싶지가 않아 금희는 복숭아를 깎고야 말았다. 옥주는 복숭아 한 쪽을 먹자 다시 일어섰다. 그리고는,

"네가 왔나 해서 들렀댔어?"

하고 밖으로 나갔다.

금희는 한 쪽이라도 먹어 주었으니 가도 좋았다. 그러나 옥주를 따라 대문에까지 나가서,

"좀더 놀다 가문 어떠니?"

하고 일찍 돌아가는 것이 섭섭하다는 듯 말했다.

"가서 또 일을 봐야지."

옥주는 많이 놀고 가는 듯이 대답했다.

"참 요새는 장사가 어떠니?"

금희는 옥주의 생활에 대해서 걱정하는 얼굴로 물었다. 혼자서 장사하느라고 애쓰는 옥주를 만날 때마다 물어 보는 말이었다.

"그저 그래 그리 나쁘지두 않구……."

옥주는 생긋 웃으며 대답했다. 걱정하지 말라는 뜻이었으리라.

"간장이랑 된장이랑 좀 가져가렴."

"전번에 가져간 게 아직 남았어."

옥주는 돌아서서 쌀쌀하게 걷기를 시작했다. 금희는 걸어가고 있는 옥주를 보며,

"또 와!"

하고 인사를 했다.

"그래."

옥주는 뒤도 돌아보지 않으며 대답만을 했다. 옥주를 보내고 집 안으로 들어가자 놀러 나갔던 국민학교 1학년인 맏애가 돌아왔고 연달아 식모와 같

이 시장에 갔던 네살배기 둘째가 들어왔다.

모두들 엄마를 얼싸안고 야단들이었다. 네살배기는 얼마나 반가운지 눈물을 글썽거리기까지 했다.

금희는 어린애들을 주려고 사 온 복숭아 껍질을 벗기며,

"엄마가 보구 싶드냐?"

하고 일곱살배기 사내애에게 물었다. 그때 네살배기 계집애가,

"음!"

하고 자기 오빠에 앞질러 대답하며 고개를 끄덕 끄덕했다.

금희는 어린애 볼에 자기 뺨을 부비며,

"서울 할머니한테 얻어온 떡을 쪄 줄게."

하고 달래었다. 그때 큰애가,

"이젠 아무데라두 엄말 따라갈 테야."

하고 심술이 난 듯이 말했다.

"그래 다음엔 엄마두 널 데리구 갈게."

금희는 자기 없는 동안 혼자서 지냈을 어린것들이 애처로운 마음이 들어 정말 다음부터는 애들을 떼 놓고 혼자 가지 않으리라 마음먹었다.

어린애들에게 복숭아를 깎아 주자 금희는 부엌으로 나가면서,

"참 엄마 없는 동안 아주머닐 와 있으랠걸."

하고 잊었던 것을 생각해낸 듯이 말했다. 아주머니란 옥주를 말함이었다. 그랬더니 뜻밖에 큰애가,

"아주머닌 와두 아버지 하구만 노는걸, 뭐!"

하고 입을 삐죽했다. 그 말로 금희는 옥주가 자기 없는 새 오늘 말고도 또 놀러 왔었다는 것을 알 수 있었다. 그러나,

"아주머니 보구 누가 그런 말을 해!"

하고 금희는 어린애를 꾸중하듯 말하고 부엌으로 나갔다.

부엌으로 나가자 금희는 식모에게 그새 지난 이야기를 묻고 싶었다. 무엇보다도 옥주가 몇 번이나 왔으며 와서는 무슨 말을 했느냐고 묻고 싶었다.

대문 안에 들어서든 순간에 느낀 의혹이 어린애의 무심한 말에서 되살아

난 것이다. 수박을 자르려 할 때 남편의 무뚝뚝하던 표정 그리고 오래간만에 만나고도 그렇게 반가워함이 없이 돌아가고만 옥주의 태도들이 검은 구름처럼 금희의 마음을 어둡게 했던 것이다.

질투의 눈처럼 날카로운 것이 없는 모양이었다. 자기더러 푸른 치마라고 하던 옥주의 말과 그리고 간장이라도 가져가라는 말에 가져간 것이 아직 남아 있다고 쌀쌀하게 대답하던 옥주의 말들이 머릿속에서 사라지지 않는다는 것은 그 말 뒤에 다른 뜻이 숨어 있다는 것을 확신하기 때문이다.

어린애 말이기는 하지만 아무리 친한 사이라 해도 자기가 없는 새에 와서 남편하고만 이야기를 하고는 어린애들을 거들떠보지도 않았다는 것은 옥주의 마음을 의심케 하지 않을 수 없는 일이었다.

금희는 식모에게 옥주가 몇 번이나 왔댔느냐고 물으려 했다. 도시 궁금해서 견딜 수가 없었다. 그렇게 물으면 식모도 눈치를 채고 보고들은 것을 전부 발설할 것만 같았다.

"저."

금희는 식모를 불러 입을 열었다. 식모가,

"네."

하고 상냥스럽게 대답을 했다. 그러나 금희는 그 뒷말을 꺼내지 못하고 말았다. 식모까지도 알 만큼 친한 친구다. 학교 동창생 가운데서도 가장 친한 친구다. 6·25 때 남편을 잃고 부산으로 피난 갔다는 말을 듣자 자기 편에서 옥주를 대구까지 오도록 한 사이다. 대구로 불러다가는 최소한도의 생활비를 보조해 주었으며 장사 밑천까지도 대 주었다. 식모도 옥주만은 손님이 아니라 집안 식구처럼 대하고 있는 처지에 자기가 자기의 친구를 믿지 못해서 식모에게 고자질을 시키려고 한다면 우선 주인으로서 체면이 서지 않을 것이다.

그뿐만도 아니었다. 만약 자기가 옥주를 믿지 못하는 눈치를 보인다면 식모는 자기 남편을 어떻게 볼 것인가. 따라서 식모는 집안의 있는 흠 없는 흠을 동네 사람들에게 털어놓을 것이 분명하다.

금희는 말문을 아주 돌려서,

"아까 사 온 생선이 갈치인가요?"

하고 물었다. 식모가 갈치라는 대답을 하자 금희는 그 자리서 방 안을 향해,

"갈치를 굴까요? 지질까요?"

하고 큰 소리로 남편에게 물었다. 그것은 남편에게나 식모에게나 자기가 아무런 생각도 달리하고 있지 않다는 증거를 보이기 위함이었다.

금희가 그렇게 묻자 남편이 일부러 부엌에까지 나와,

"굽는 게 낫지 않아."

하고 금희를 바라보았다.

"굽는 게 아무래두 맛이 낫지요."

금희는 혼잣말처럼 하며 일에만 열중한 듯 분주히 서성거렸다. 그때 남편이,

"오래간만에 왔는데 맛있는 걸 좀 사다가 반찬을 만들지."

하고 자기도 금희를 얼마나 소중히 여기고 있는가를 증명하듯이 말했다.

남편 석이가 일부러 부엌까지 나왔다는 것은 아내 금희에 대하여 미안함을 느끼기 때문이었다. 아내가 서울로 떠난 뒤 석은 옥주와 맺어서는 안 될 관계를 맺고야 말았다. 만약 아내가 돌아오지 않았다면 이 날 밤에도 어떠한 일이 벌어졌을는지도 모른다.

옥주와 그러한 관계를 맺었다는 것을 석은 잘 한 일이라고 조금도 생각지 않고 있다. 특히 옥주와 마주 앉아 있는 것을 금희에게 발견되었을 때 석은 옥주와의 관계를 후회하는 동시에 금희를 볼 면목이 없다고 생각했다. 만약 아내가 그 사실을 안다면 어떻게 할까 하는 겁이 앞섰을지도 모른다.

자기를 원망하고 저주할 것만 같았다. 그래서 말도 변변히 못하고 있을 때 아내가 생선을 굴까 그렇지 않으면 찔까 하고 큰 소리로 물었기 때문에 석은 그저 고마운 생각이 앞서서 부엌으로 달려나갔던 것이다.

금희는 금희대로 자기를 위하여 맛있는 것을 사 오라는 남편의 말이 몹시도 고마웠다. 역시 자기의 남편이란 생각이 가슴을 꽉 차게 하고 말았다. 공연히 옥주를 가지고 혼자서 의심하려던 주변머리 없는 자기의 좁은 소견이 시원하게 씻겨 흘러가는 것 같기도 했다.

"아무거나 먹지요."

이렇게 대답한 금희는 정말 아무것을 먹어도 맛이 있을 것 같았다.

저녁을 먹고 어린애들을 재운 뒤 남편 옆에 누운 금희는 무엇보다도 기차 간에서 만난 춘석의 이야기를 꺼내지 않을 수 없었다.

(出典本 33페이지 빠짐.)

금희는 학창 시대에 자기를 흠모했다는 춘석의 이야기를 들은 대로 설명했다. 그리고 사이다를 주던 이야기와 자기가 신세를 안 지려고 변또를 사 주었다는 이야기까지 했다. 이야기를 듣고 난 남편이,

"뭣 하는 친군데?"

하고 자뭇 유쾌하다는 듯이 물었다.

"참 은행에 있다구 그러든데 어떤 은행이라든가……."

금희는 은행이란 것만은 확실한데 은행의 이름을 들은 것 같지가 않아 눈을 깜박이며 생각해 보았으나 좀체로 생각나지가 않았다.

"은행 이름을 말해두 찾아가지는 않을 테니 걱정 말어."

은행 이름을 대지 않는다고 해서 남편은 노여움이 난 모양이었다.

"정말 은행 이름은 듣지 못했어요."

금희는 한 번 변명을 했다. 그러나 남편이 쓴웃음을 지으며 대꾸를 안 하는 것을 보자 그는,

"불쾌하세요?"

하고 남편에게 물었다.

"아니, 그런 게 무슨……."

이렇게 말을 하고 났으나 역시 불쾌한 것만은 사실인 것 같았다. 시무룩해서 무엇을 생각하고 있는 얼굴이 불쾌하다는 것을 말해 주었다.

"참, 불쾌해 할 줄 알았드면 말두 말걸!"

금희는 남편의 손을 이불 속에서 끌어다가 꼭 쥐었다. 아무것도 아닌 것을 가지고 어린애처럼 불쾌한 얼굴을 짓는다는 것은 금희에게 도리어 유쾌

하지 않을 수 없었다.

그것은 남편이 자기를 얼마나 사랑하고 있는가를 말해 주는 것 같았기 때문이었다. 자기의 행동에 대해서 그렇게 예민하게 생각한다는 것은 남편 자신이 자기 행동에 그만큼 예민하다는 것을 말하는 것도 된다.

"날 좀 봐요."

금희는 천장을 향하고 있는 남편의 얼굴을 자기 편으로 돌려놓고 빤히 바라보았다. 목마른 사람이 물을 그리워하는 때의 그러한 표정을 짓고 말끔히 바라보았다.

그러한 금희를 말도 없이 물끄러미 보고 있던 남편은 한참 뒤에야 새 정신이 든 것처럼 온몸을 아내 편으로 돌리고 아내를 힘주어 포옹했다.

다음날 아침이었다. 조반을 먹고 옷을 갈아입은 남편에게 양복을 내려 주고 있을 때 넥타이를 매고 난 남편이 금희가 들고 있는 양복에 팔을 끼면서,

"참 오늘 옥주 씨한테 돈을 좀 갖다 줘. 이살 가야 하는 모양이던데."

하고 지나가는 이야기처럼 말했다.

그 말을 듣자 금희는 깜짝 놀랐다. 옥주가 이사를 가고 또 돈이 부족하다는 이야기 같으면 꽤 중요한 이야기에 속하지 않을 수 없다. 그만 못한 이야기를 가지고도 옥주의 일에 관해서만은 중요한 일처럼 이야기를 주고받아 왔다. 그러던 것이 이번에는 남편의 태도가 이해할 수 없을 만큼 범연했다. 전 같으면 둘이서 마주 앉기가 바쁘게 그것부터 의논했어야 할 이야기를 남편이 공장으로 나가는 시간에 임박해서야 지나가는 일처럼 이야기한다는 것은 이상스럽지 않을 수 없었다. 물론 남편이 옥주를 좋지 않게 생각하는 듯한 이야기가 조금만이라도 있었다면 아무렇지도 않을 일이지만 남편이 옥주에 대하여 마음이 변하지 않은 일은 이해할 수 없는 일이었다.

"그래요?"

금희는 어안이 벙벙해서 처음 듣는 말에 놀라는 표정만을 지었다. 그러면서도 남편에 대한 의혹을 그대로 나타낼 수가 없어서,

"얼마나 갖다 줄까요?"

하고 남편의 의사를 물었다.

“방 하나에 오천 환쯤 있어야 한다니까 그만큼만 주지.”

남편은 이 말 한 마디만 남겨 놓고 홀쩍 나가 버렸다.

금희는 남편의 뒤를 따라가며 시키는 대로 하겠다고 대답한 뒤 잘 다녀오라는 인사까지 하고 방 안으로 들어왔다.

방 안에 들어서자 금희는 몸이 녹아지는 것 같아 쓰러지듯 주저앉았다.

“남편이 나를 속이다니…….”

남편은 아무래도 자기에게 숨기는 것이 있는 것만 같았다. 술집에 가서 기생들과 농담을 하고 와서도 그것을 샅샅이 말해 주던 남편이 지금은 그렇지가 않다. 자기 없는 새 옥주가 몇 번이나 왔을 것이지만 밤새 옥주에 대한 이야기는 한 마디도 안 했다.

남편은 남편이라 해도 옥주 또한 알 수 없는 일이었다. 다급한 사정이 생기면 우선 자기에게 사정 이야기를 하던 옥주다. 그럴 수밖에 없는 것이 옥주는 금희를 통해서 금희의 남편을 알게 된 만큼 금희 남편의 동정이란 결국 금희 자신의 동정이 없고는 있을 수 없는 것이기 때문이다. 그런데도 불구하고 옥주는 자기를 만났을 때 남편에게 이야기했다고 해서 그랬는지는 모르나 이렇다 할 말 한 마디도 하지 않았다.

그렇다면 옥주와 자기 남편 사이에는 자기가 없어도 괜찮다는 말인가?

참으로 세상은 알다가도 모를 일이다. 금희는 결혼한 뒤 처음으로 슬픔을 느꼈다. 울고 싶을 만큼 슬픈 것 같았다. 금희는 방바닥에 누워 버렸다.

그때 식모가 들어와서 빨래 이야기를 하다가 금희의 심상치 않은 마음을 눈치챘는지,

“서방님이 밖에서 주무신 일이 있어요.”

하고 걱정투로 말했다.

“뭐?”

금희는 그만 소리를 지를 뻔했다.

“별일이야 없으시겠지만 그래두 첨 아니에요. 옥주란 여자가 좀 수상하기도 하더군요.”

금희는 식모의 설명을 더 듣지 않아도 좋았다.

남편과 옥주는 그새 자기에게 숨겨야 할 일을 저지르고 있는 것이 분명했다.

틀림없이 남편과 옥주는 보통 사이가 아닌 것이다.

금희는 하늘이 새까매지는 것을 느꼈다. 땅이 폭삭 가라앉는 것 같기도 했다.

결혼한 뒤 한 번도 마음 아프게 해 준 일이 없는 남편! 도리어 자기의 마음이 변할까 해서 하고 싶다는 것을 마음대로 시켜 주던 남편! 그러한 남편이 다른 여자가 아닌 자기의 유일한 친구와 불의의 정을 맺다니…….

그리고 친형제보다 더 극진하게 생각하는 옥주! 생명을 살려 주었다고 밤낮 치사의 말을 하고 있는 그 옥주가 바로 자기의 남편을 뺏으려고 하다니…….

금희는 자기도 모르게 눈물을 한참 동안이나 흘렸다. 울어도 시원치 않은 마음이었다.

가슴을 찢고 하늘에 호소를 해도 시원치가 않을 것 같았다.

금희는 문득 죽음을 생각했다. 이런 것 저런 것 볼 것 없이 죽어 버리는 것이 시원하지나 않을까 생각한 것이다.

정말 눈으로 보지 못할 일을 그래도 보아야 한다면 미리 죽어 버리는 것이 행복스러울 것 같았다.

금희는 신문에서 본 자살한 사람들의 이야기를 생각해 보았다. 안타깝고 안타까울 때 시원하게 죽은 그 사람들은 지금 아무런 걱정 없이 누워 있을 것 같았다. 죽으면 아무것도 남지 않는 것 그리고 아무때도 한 번은 죽고야 말 것! 그렇다면 못 볼 것을 안 보고 미리 죽어 버리는 것이 얼마나 편할 것인가?

금희는 죽는다면 어떻게 죽어야 할 것인가를 생각했다. 약을 먹는 것, 목을 매는 것, 물에 빠지는 것, 기차에 몸을 던지는 것, 칼로 동맥을 자르는 것 그 중에서 가장 간단히 또는 쉽게 죽을 수 있는 방법을 생각했다.

그러나 죽는데 간단하다거나 쉽다는 방법을 생각한다는 것이 우스운 일 같았다. 틀림없이 죽기만 한다면 아무렇게 죽으나마 한 가지일 것 같았다.

다만 죽은 뒤의 시체가 더럽지 않도록 하고 싶을 뿐이었다.

그렇게 생각하니 극약을 먹고 자는 듯 죽는 것이 제일 좋을 것 같았다. 그렇게 죽으면 남편도 시체 옆에서 뜨거운 눈물을 흘리며 울어 줄 것이다. 옥주도 자기를 용서해 달라고 가슴 아프게 울 것이다.

아무리 울고 후회를 해도 자기는 다시 깨어나지 않는다. 영영 죽어 버리고 마는 것이다.

이까지 생각을 하니 다시 눈물이 쏟아져 나왔다. 그러나 금시 눈물은 끊어지고 마음은 잠잠해졌다. 아무런 잡념도 어디로 갔는지 모른다. 남편 생각도 옥주 생각도 멀리 사라져 버렸다. 마음이 편안해지는 것 같았으니 가슴이 툭 터지는 것 같았다. 오직 죽음으로 향할 행동이 남은 것 같았다.

금희는 일어섰다. 그리고 옷을 갈아입고 약방으로 나가려 할 때 뜻밖에도 남편 석이가 앞을 막아섰다.

"어딜 가?"

남편이 무심히 물었다.

"금주한테 가요."

금희도 무심히 대답했다. 그때 남편은,

"갑자기 부산 갈 일이 생겼는데 내의를 좀 줘."

하고 옷을 벗기 시작했다.

금희는 아무 말도 물어 보지 않았다. 물어 볼 말도 없었다. 시키는 대로 의장을 열고 런닝과 아랫내의를 꺼내어 남편 앞에 놓았을 뿐이다.

남편은 입었던 내의들을 벗어 금희 앞에 던졌다. 금희는 그것을 받아 쥐었다. 그리고 의장 속에 넣으려고 할 때였다.

그만 금희는 소리를 내어 울음을 터트리고야 말았다. 남편의 살에 닿고 있던 그 내의를 만지자 그 내의에 옥주의 살이 닿았을 것이 문득 생각날 때 금희는 그만 참을 수 없는 슬픔이 복받쳐 올라왔던 것이다.

금희가 으악 소리를 내며 울자 뜻하지 않은 울음에 놀란 석은,

"왜 그래?"

하고 물었다. 영문을 모르는 울음이니 놀라지 않을 수 없었다. 더구나 죄를

지은 사람은 남보다 놀라기를 잘한다. 그는 가슴이 뜨끔했다. 그래서 남의 집 불을 바라보듯 놀라기는 하면서도 금희 옆엘 가지 못했다.

"왜 울어, 응?"

전 같으면 금희의 어깨를 잡고 뜻하지 않은 울음을 위로했을 것이지만 석이는 멍하니 앉아 대답 있기만을 기다렸다. 금희는 두 번씩이나 묻는 말에도 대답을 안 하고 더욱 슬프게 울었다.

아무리 생각해도 금희가 울 만한 이유는 없었다. 그렇다고 해서 어느새 옥주와의 이야기를 눈치챘으리라고도 생각되지 않았다. 그러나 옥주와의 사건이 아니고야 그렇게까지 울 일이 무엇일까? 석은 심상치 않은 울음에 가슴을 두근거리면서도 할 수 없이 금희 옆으로 다가앉아,

"말을 해야 알지 않아."

하고 어깨를 붙잡았다. 그래도 금희는 대답이 없었다.

"무슨 말을 들었어?"

마치 자기의 죄를 자백하겠다는 듯이 무슨 말을 들었느냐고 물을 때야,

"아니에요. 공연히 울구 싶었어요."

하고 금희는 눈물을 닦기 시작했다.

석은 차라리 시원하게 말해 주었으면 하고 바랐다. 그러면 자기도 모든 것을 고백하리라 마음먹었다.

"바른 대로 말해 봐. 이유 없이 그렇게 우는 법이 있어? 나두 할 말이 있으니까……."

이 말을 하자 금희는 다시 울기를 시작했다. 울면서 하는 말이,

"내가 나쁜 년이었어요. 요망된 생각을 한 내가 나뻐요."

하는 것이었다.

그것은 틀림없이 옥주와의 관계다. 석은 더 감출 수 없는 일이라 생각했다.

"그걸 어떻게 알았어?"

"당신의 내복을 만지니까 옥주의 냄새가 풍기는 것 같았어요."

금희는 눈물을 그쳤다. 그러나 그 대신 얼굴을 자기 무르팍에 파묻고 말

왔다.

"내가 먼저 이야길 하려 했소. 이야기를 한대서 죄가 씻겨지리라고는 생각되지 않지만 앞으로는 그런 일이 없을 것만 알아 주시오. 용서할 수 있겠소?"

석은 이야기를 길게 하지 못했다. 잘못했다는 뜻과 또 앞으로는 그런 일이 없으리라는 뜻만을 말해서 아내의 용서를 구하고 싶었던 것이다. 꺼내야 부끄럽기만한 이야기다. 변명으로 기울어진다면 구차한 이야기가 된다. 그러나 한 마디만은 더 해야 했다.

"절대루 옥주를 나쁘게 생각하지 말아 줘! 죄는 내게 있으니까……."

아내가 옥주를 미워하게 된다면 그것만은 안 될 것 같았다.

금희는 한참 동안 말을 안 했다. 마음을 진정할 수가 없는 모양이었다. 그러나 석이가,

"우정을 상해서는……."

하고 두 사람의 우정을 다시 걱정하며 말하려고 할 때 금희는,

"그만둬요! 더 이야기를 말아요."

하고 울음 섞인 목소리로 석의 말을 막으면서 석의 가슴에 쓰러지듯 안겼다. 그리고는,

"앞으로 그런 일이 다시없기만 한다면 말씀을 그만두세요. 정말 듣기가 싫어요. 옥주두 미워하지 않을 테니까 걱정을 말아요."

하고 가슴에 얼굴을 묻은 채 말했다.

"고맙소! 다시야 그런 일이 있을 수 있나……."

석은 금희의 등을 쓸어 주었다. 그저 고맙기만 했던 것이다.

금희는 남편의 입에서 그 구차스런 이야기가 오래 계속되지 않기를 진심으로 바랐다. 생각만 해도 소름이 끼치는 이야기를 남편의 입에서 나오게 한다는 것은 정말로 듣기 괴로운 일이었다.

남편이 잘못했다고 솔직하게 고백을 했고 앞으로는 두 번 거듭하지 않겠다고 맹세를 했으면 그뿐이었다. 언제부터 어떻게 두 사람의 관계가 맺어졌다는 이야기까지 들을 필요가 없을 것 같았다.

그래서 남편에게 아무런 걱정도 하지 말고 부산이나 갔다 오라고 말했다.

남편은 감격한 듯이 금희를 힘있게 안아 주고는 이삼 일만 다녀오겠다고 했다. 그러나 한 가지만은 그래도 안심이 안 된다는 듯이,

"옥주 씨와 다투지 말어, 될 수만 있으면 알은 척 안 하는 게 좋을 거야."
하고 말했다.

"걱정 마세요. 내가 한두 살 난 어린애라구."

금희는 남편을 안심시켜 떠나보냈다.

남편을 안심시키기 위해서 자기가 한두 살 난 어린애가 아니라고 말은 했지만 과연 옥주를 예사로 대할 수가 있을 것인가 의심스러웠다. 옥주가 어떠한 잘못을 저질렀다고 해도 그를 용서할 수 있을 것 같기는 했다.

그러나 자기의 남편을 유혹했다는 것을 알면서 옥주를 예사로 대한다는 것은 도저히 있을 수가 없는 일 같았다. 세상에는 천이면 천 모든 여자가 전부 그럴 수가 없을 것이다. 아무리 성스럽고 아무리 너그러운 여자라 해도 그것만은 관대할 수가 도저히 없을 것이다.

그런 일에 관대하다는 것은 결국 남편을 사랑하지 않는다는 것밖에 안 된다. 남편을 사랑한다면 남편의 애정을 뺏으려는 여자는 자기의 원수가 아닐 수 없다. 원수 가운데도 사랑을 뺏는 원수보다 더 악한 원수는 없을 것이 아닌가.

금희는 옥주를 만나지 않으려고 생각했다. 만나기만 한다면 미워하지 않을 수가 없다. 과거의 우정으로 보아 면전에서 미워하는 행동을 취하는 것보다는 차라리 만나지 않는 것이 나을 것 같았다. 그러는 편이 자기를 위해서도 마음 편할 것 같았다.

금희는 옷을 벗었다. 종일 아무데도 나가지 않으리라 마음먹었다.

그러나 한 시간도 못되어 금희는 가슴이 답답해서 견딜 수가 없었다. 마치 지옥에 들어가기나 한 것처럼 숨이 막히는 것 같고 가슴이 오므라드는 것 같았다. 그리고 그것은 오늘 하루에 한 한 것이 아니라 평생을 두고 계속될 일만 같았다. 옥주가 살아 있는 동안 아니 옥주에 대한 기억이 사라지지 않는 한 계속될 것만 같았다.

금희는 벽에 걸린 자기의 옥색 모시치마를 문득 바라보았다. 그리고는 곧 마루로 나와 여름의 푸른 하늘을 쳐다보았다. 구름 한 점 없는 하늘! 그것은 맑기만 했다. 언제나 젊은 것 같고 언제나 투명체처럼 깨끗한 하늘 그러기에 하늘에는 금 하나 가지 않았고 흠 자리 하나 보이지 않는다.

창공의 마음이 그리워졌다.

그러자 금희는 옥주를 만나야겠다는 생각을 했다. 옥주를 만나서 그를 욕하거나 자기가 울거나 어쨌든 만나고 나야만 자기도 마음의 자리를 잡을 수 있을 것 같았다. 만약 진심으로 잘못을 뉘우친다면 자기 역시 용서해 주어야 할 것 같았다. 자기 자신의 안정을 구하기 위해서라도…….

자기가 옥주를 원수처럼 생각하고 있으면 남편은 그만큼 또 괴로워 할 것이 분명하다. 나아가서는 그 괴로움의 반발로 더 무서운 일을 저지르는지도 모른다.

금희는 금시 옷을 갈아입고 옥주를 찾아 떠났다.

집을 떠날 때 금희는 남편이 가져다 주라던 오천 환을 잊지 않았다. 만약 자기의 감정대로 돈을 가져다 주지 않는다면 남편은 옥주에게 미안함을 느끼는 동시에 자기에게는 불만을 품을 것이 분명했다. 그렇게 된다면 그 오천 환이 반대 효과를 나타낼지도 모른다.

금희는 돈을 세어 흰 종이에 곱게 쌌다. 마지막일지도 모르는 돈이기 때문에 더욱 정성을 보이려 했던 것이다.

돈을 핸드백에 넣고 수동(壽洞) 옥주의 집에 들어설 때 금희는 자기의 얼굴이 확확 달아 오는 것을 느꼈다. 그러나 그는 어떠한 일이 있어도 흥분해서는 안 된다고 혼자서 마음을 다졌다. 먼저 흥분한다면 자기는 세련되지 못한 여자라는 것을 옥주에게 보이는 것이라 생각했다. 세련되지 못한 행동을 한다는 것은 자기가 옥주보다 불리한 입장에 있다는 것을 보이는 것도 된다. 경멸받지 않을 수 없다.

금희는 옥주에게 경멸까지는 받을 수 없다고 생각했다. 그렇게 된다면 차라리 죽어 버리는 것이 날 것이다.

이렇게 냉정해지려는 마음을 가지고 들어가기는 했으나 옥주가,

　　"웬일이야? 이렇게 일찌감치."

하고 맞이해 줄 때 금희는 자기도 모르게 얼굴을 붉혔다. 친한 사이에는 얼마든지 있을 수 있는 말이고 또 그들에게는 얼마든지 있을 말이었다. 그러나 금희에게는,

　　'왜 일찍부터 찾아오는 거야? 귀찮게.'

하는 소리로만 들렸다.

　　'왜 일찍 오면 안 돼? 캥기는 일이 있어?'

하는 말이 해 주고 싶었다. 그러나 금희는 냉정해야지 하는 말이 뒤에서 들려 오는 것만 같아,

　　"이살 간대면서 그래서 돈을 가지구 왔어!"

하고 핸드백을 열고 돈을 꺼내 놓았다.

　　틀림없이 돈이라는 것을 알자 그때는 옥주가 얼굴을 붉히며,

　　"미안해서 어떻게 해."

하고 돈을 받을 생각도 못했다. 옥주는 얼굴을 붉힐 수밖에 없었다. 금희에게는 한 마디도 말하지 않은 그 돈을 금희가 가지고 왔으니 우선 미안하지 않을 수 없었다.

　　"주인이 부산 출장을 간다구 나더러 갔다 주랬어."

　　"그래?"

　　옥주는 방을 주인이 써야겠다고 해서 곧 내줘야 하겠는데 나갈 곳이 없어서 금희 남편에게 걱정했다는 사실을 고백했다. 그러고 나서는 ,

　　"그래서 어제 너의 집을 갔던 거야."

하고 어제 금희 집에 왔던 이유까지 설명했다.

　　어제는 확실히,

　　"네가 왔나 해서 들려 봤어!"

라고 말한 것을 기억하고 있는데도 오늘은 이야기를 달리하는데 불쾌를 느꼈다. 거짓말이란 언제나 짝짝이 나는 것이기 때문에 으레 발각되는 것이란 생각도 들었다. 그래도 금희는,

　　"오천 환 가지구 방을 얻을 수 있을까?"

하고 도리어 걱정하는 투로 물었다.

"거문 되."

그러고 나서도 옥주에게 스스로 고백할 기회를 주려고 여러 가지로 화제를 꾸몄다. 서울 갔다 오니 남편이 좀 달라진 것 같다는 둥 요새 남자들은 가정을 가지고도 연애를 곧잘 한다는 둥 그런 데로 화제를 끌었으나 옥주는 끝내 자기와 상관없는 이야기처럼 흘려 보냈다. 가운데 절연체(絶緣體)를 끼워 놓고 이야기를 하는 것 같았다.

아무래도 옥주가 먼저 고백할 것 같지가 않아 금희는 할 수 없이,

"조금두 달리 생각하지 말어. 나두 아무렇게두 생각지 않으니까 좌우간 앞으론 우리 주인하구 자주 만나지 말아 줘."

그 말을 듣자 옥주의 얼굴이 붉어졌다가 파래지면서 입술을 파들파들 떨었다. 그러면서도,

"거 무슨 말이지."
하고 능청맞게 물었다.

금희는 옥주의 얼굴에다 침을 탁 뱉고 더러운 년 하고 욕설을 퍼붓고 싶었다. 그러나 흥분해서는 안 되었다. 흥분하는 것은 지고 마는 일이다.

"주인이 그새의 이야기를 다 했어. 솔직하게 말해 줘서 나는 되레 마음이 편하니까 조금두 걱정 말어."

그때야 옥주는 고개를 숙였다. 그리고는 손수건으로 얼굴을 가리고 한참 동안 울었다. 우는 것을 보자 금희는 마음이 언짢아졌다.

"울지 말어. 사람이란 실수하는 때두 있지 않아? 너두 일부러 그러지는 않았을 거야. 나쁜 줄 알면서두 정에 끌리는 때가 있으니까 진심으루 뉘우치면 길게 말할 것두 없어."

그때 옥주는 눈물을 닦으며 말했다.

"용서해. 내가 죽일 년이야. 나쁜 줄 알면서두 할 수가 없었어. 마음대루 해 줘. 네 속이 시원하두룩 마음대로 해. 어떠한 벌이라두 달게 받을게. 외로운 사람은 나니까 잘못은 내게만 있을 거야. 그러니까 네 남편을 나무래지 말구 나만 벌을 줘."

이렇게 말할 때 금희는 통쾌함을 느꼈다.

'역시 너두 인간이기는 하구나.'

하는 생각이 듦과 동시에,

'죄를 지었으니까 항복을 하는 수밖에……'

하는 생각이 들었다. 옥주는 자기와 동등한 인간이 아니라 자기 앞에서는 언제나 꿇어 엎드려 살아야 하는 인간처럼 생각되기도 했다.

그것은 확실히 승리감이었다. 원수를 포로로 한 뒤에 느끼는 그러한 승리감이었다. 그래서,

'흥, 벌을 받아야지. 죄를 졌으면 벌을 받아야 하는 거야.'

하고 저주를 해 주고 싶었다.

그러나 승리한 사람은 너그러워야 한다. 너그러울 수 있는 사람만이 완전한 승리를 맛볼 수 있다. 금희는 승리감을 느낌과 동시에 전투가 끝났다는 생각이 들어,

"알 걸 다 알았으니까 이젠 그만두자. 사실은 네가 내 남편과 그랬다는 말을 들었을 때 나는 죽어 버리려구 했어. 정말 죽구 싶었다. 세상에서 가장 믿던 사람들을 다 잃어버리구 무슨 맛으루 사니. 믿을 사람이 없다는 것은 결국 지옥이야. 그래두 지금은 잃었던 사람들을 도루 찾았으니 지난 이야긴 한 것두 없어."

하고 그 동안의 괴로움을 이야기했다.

"내가 미쳤댓나 봐. 나는 하늘이 부끄러워 어떻게 사니?"

옥주는 괴로운 모양이었다. 금희가 용서를 한다고 해도 자기의 괴로움만은 어떻게 할 수 없다는 듯이 말했다.

그 말에만은 금희도 대꾸를 안 했다. 응당 괴로워해야 할 일을 저질렀으니 혼자서 괴로워해야 할 것이 당연한 일처럼 생각되었다. 그러나 자기 입으로 옥주를 괴롭히고는 싶지 않았다.

"빨리 집이나 얻구 이사나 해."

"………"

"이사 가거든 집이나 알려."

“………”

금희는 그만 집으로 돌아왔다. 전처럼 다정스런 이야기가 나오지 않아 오래 앉아 있을 수가 없었다.

집으로 돌아와서는 남편과 옥주의 일을 될 수 있는 대로 생각지 않으려 했다.

그러나 출장 간 남편이 예정한 날에 돌아오지 않았고 옥주는 그 동안 얼굴 한 번 나타내지 않고 있는데 금희의 새로운 불안이 생기기 시작했다.

남편의 출장은 이전에도 가끔 있었다. 그러나 이번처럼 기다려진 때는 없었다. 남편이 그립기만 해서 기다린 것은 아니다. 남편이 옆에 있어야만 옛날처럼 믿고 살 수 있을 것 같았기 때문이었다.

그러나 약속한 날이 지나도 돌아오지 않을 때 금희는 남편에 대한 모든 믿음이 끊어지는 것만 같아 다시 슬프기 시작했다.

옥주도 혼자서 얼마나 괴로워하고 있는지 모르지만 한 번도 찾아오지 않는다는 것은 남편이 없기 때문에 안 오는 것만 같이 생각되어 금희는 남편과 옥주에게 속임을 당하고 있는 것이나 아닌가 의심을 했다.

그들은 둘이서 짜고 자기를 속이고 있는 것만 같았다.

그래서 금희는 옥주를 찾아갔다. 그새 이사를 갔으리라는 생각이 들면서도 옛집밖에 모르니까 옛집으로라도 찾아가야 했다. 과연 옥주는 이사를 가고 없었다. 집 주인에게 어디로 이사를 갔느냐고 물었으나 주인은 그런 걸 통 모른다고 대답했다.

금희는 옥주가 늘 나와 장사를 하는 극장 골목으로 갔다. 옥주는 거기서 달러 장사를 하고 있었다. 그러나 거기에도 옥주는 보이지 않았다. 같이 달러 장사를 하는 여자들에게 옥주의 소식을 물었으나 그들은 며칠 동안 옥주가 보이지 않는다고 꼭같이 대답했다.

자라를 보고 놀란 사람은 솥뚜껑을 보고도 놀란다고 금희는 옥주에게 연고가 있는 것이라고 생각하지 않을 수 없었다.

이사 간 집을 알려 주지 않는다는 것 그리고 장사도 안 한다는 것 그것은 확실히 자기 남편과의 관계를 말해 주는 것 같았다.

가슴이 떨리고 머리가 팽팽 도는 것 같았다. 금시 날려갈 듯한 폭풍을 맞으며 천길 낭떠러지 위에 선 듯 아찔아찔 했다.

이제부터는 혼자만이 느낀 괴로움도 아닐 것 같았다. 모든 사람에게 알려지고 모든 사람에게 손가락질까지 받아야 할 것 같았다.

금희는 집에도 들어가고 싶지 않았다. 식모가 감시하듯 자기를 바라볼 것도 싫었다. 그래서 문득 난수(蘭守)를 생각했다. 남편이 바람을 피워 속을 썩이다가 다방을 차려 놓고 나와 앉은 여자였다. 금희는 다방이라고 별로 다닌 일이 없지만 난수가 어떻게 사는가 보고 싶어 다방을 찾아갔다. 동류의식(同類意識)의 발동이었다.

다방은 이상스럽게 길게 되어 있었다. 한편 끝에서 한편 끝이 잘 보이지 않도록 사이사이에 커튼이 늘어져 있었다.

들어서자 레지에게 난수를 물었더니 잠깐 나갔다고 하며 곧 돌아올 것이라 대답했다.

금희는 입구에서 가까운 한편 끝에 자리를 잡았다. 못 올 곳도 아니지만 어쩐지 못 올 곳에 온 듯 얼굴이 확해졌다. 이상스러운 눈으로 보이던 그러한 여자들을 나무랄 수가 없는 것 같았다. 자기도 남들에게는 이상스런 눈으로 보여질 여자가 되고 만 것 같았다.

금희는 얼굴도 쳐들지 못하고 난수만을 기다렸다. 그러면서도 새로 들어오는 사람의 발자국 소리만 나면 시선이 저절로 그리로 갔다.

시선을 옮기고 또 옮길 때였다. 금희는 반대편 끝자리에 앉은 두 사람에게 시선이 닿았다. 커튼에 가려 잘 보이지 않았기 때문에 누군지를 알아볼 수 없어 몇 번씩 지나쳐 버렸지만 두 번 세 번 바라볼 때 그것이 틀림없는 자기의 남편과 옥주임을 알 수 있었다. 뒤를 향하고 앉아 있기 때문에 얼굴도 보이지 않았고 걸상에 가렸기 때문에 전신이 드러나지도 않고 있지만 가까이 대고 이야기하는 그 머리만으로서도 남편과 옥주임을 넉넉히 알아볼 수 있었다.

틀림없는 남편과 옥주이라 생각하면서도 금희는 자기의 눈을 의심하듯 몇 번이고 그들을 바라보았다.

괴로운 영상이기는 했으나 그들에게서 눈이 떨어지지가 않았다.

금희는 죽으려 하다가 만 자기가 어리석게 생각되었다. 남편과 옥주의 간단한 말을 그대로 믿고 앞으로는 그런 일이 정말 없을 줄 알았던 자기가 바보처럼만 생각되었다.

"속은 사람은 나뿐이었구나."

금희는 눈에서 횃불이 일어났다. 나란히 앉은 그들에게로 가서 등덜미를 잡고 행패를 하고 싶었다. 물고 뜯고 야단을 치고 싶었다. 그래야 심화가 풀릴 것 같았다.

그러나 금희는 그들 가까이로 가는 대신 다방을 나오고 말았다. 확증을 얻기 전에 그런 행동을 하는 것은 경솔한 짓인 것 같았기 때문이었다. 경솔한 행동을 피하고 신중을 기하기 위해서는 그들의 행동을 좀더 감시해야 할 것 같았다. 다방을 나온 금희는 다방 맞은편으로 가서 그들이 나와도 자기를 발견하지 못하도록 몸을 숨겼다.

몸을 숨기고는 삼십 분 동안이나 그들이 나오기를 기다렸다. 삼십 분 아니 하루 종일이라도 기다렸을 것이다. 삼십 분쯤 기다렸을 때 남편과 옥주가 나왔다. 나오자 그들은 인사를 한 뒤 제각기 반대 방향으로 헤어졌다.

금희는 옥주의 뒤를 따르기 시작했다. 옥주는 자기 뒤에 미행하는 사람이 있다는 것도 모르고 앞만을 보며 걸었다.

향촌동을 나와 한국은행에서 동쪽으로 동인동 큰길을 걷다가 시청을 지나 왼편 골목으로 들어가서는 바른쪽과 왼쪽으로 몇 번이나 꼬부라져 막다른 집으로 들어갔다.

옥주의 집을 알자 금희는 시청 앞 큰길까지 나와서 다시 몸을 숨겼다. 이제부터는 남편이 오는 것을 망보는 것이었다.

몇 시간이 지나도 남편은 나타나지 않았다.

그러나 금희는 밤이 깊을 때까지라도 기다리리라 마음먹었다. 남편이 오는 시간은 으레 늦을 것이라고 생각했기 때문이었다. 그리고 늦게라도 남편은 오고야 말 것 같은 생각이 머리에서 떠나지 않았다.

두세 시간을 기다리고 있어도 남편이 오지 않을 때 금희는 그제서야 기다리고 있는 장소가 부적당함을 깨달았다. 남편이 일 보고 있는 사무실로 가서 거기서 기다리는 것이 순서일 것 같았다. 혹시 남편이 옥주에게로 가지 않고 집으로 바로 간다면 자기는 공연한 헛수고만 할 것 같았던 것이다.

종로에 있는 사무실 근처까지 가자 금희는 사무실로 들어가서 자기 남편이 거기에 있는가를 우선 확인하고 싶었다.

그러나 들어갔다가 남편을 만난다면 도리어 일이 틀려 버릴 것 같아 먼발치에 서서 누가 나오기만을 기다렸다.

과연 사무원 한 명이 사무실에서 나와 이쪽으로 걸어왔다. 금희는 지나가다가 우연히 만난 것처럼 사무원을 불러 남편이 사무실에 있는가를 물어 보았다. 사무원은 공손히 대답했다.

"네, 계십니다. 손님두 없으십니다."

금희는 남편이 언제 부산서 돌아왔느냐고까지 물어 보고 싶었으나 그것은 도리어 의혹을 살 것 같아 사무원을 그대로 보내 버렸다.

남편이 사무실에 있다는 말을 듣자 금희는 이상스런 안도감이 들었다. 망을 보고 있는 것이 헛수고가 아닌 것 같은 생각이 들었던 것이다.

오후 다섯 시가 지나자 남편은 사무실을 나왔다. 사무실을 나오자 그는 집이 있는 북성로 쪽은 바라도 보지 않고 중앙통으로 해서 동인동 쪽으로 걷기를 시작했다.

금희는 남편의 뒤를 따르면서도 쾌재를 불렀다. 남편이 옥주를 찾아간다는 사실은 뼈저린 일이었으나 자기 생각이 들어맞았다는 데 일종의 쾌감을 느꼈던 것이다.

그것은 금희가 남편과 옥주에게 대한 복수의 칼날을 날카롭게 준비하고 있다는 것을 말한다. 복수의 계획이 강하면 강할수록 마음은 복수하는 데로만 쏠리는 것이다. 그러한 때 남편이 옥주에게 가지 않고 집으로 돌아간다면 금희는 도리어 실망을 느낄지도 모른다.

어떻게 복수할 것이란 생각은 없어도 어쨌든 이번만은 가만두지 않으려는 생각을 품었기 때문에 금희는 마음이 점점 더 당돌해졌다.

남편이 옥주의 집으로 들어가는 것까지 본 금희는 그래도 거기서 발길을 돌리지 않았다. 남편이 밤사이에 그 집을 나와 버린다면 자기 계획은 다 틀려지고 말 것 같았기 때문이었다.

금희는 아홉 시 사십 분까지 그 문 앞을 지켰다. 그 뒤에야 집으로 돌아왔다. 하기야 현장을 습격하고 싶은 생각도 없지는 않았지만 그것만은 차마 할 수가 없었다.

자기가 돌입했을 때 그들이 마주 앉아 이야기나 하고 있다면 그것은 자기의 실패로 돌아가고 만다. 경솔하고 무지한 여성의 천박한 행동이라고 해석해도 할 수 없는 일이다.

천박하다는 평을 받아야 하는 그러한 복수는 하고 싶지가 않았다.

그는 집으로 돌아오자 기다리고 있는 어린애들을 쓸어 주면서,

"미안하다. 울진 않았니……."

하고 어른을 대하듯 대했다. 무어라고 할 말이 없었기 때문이었다. 옷을 갈아입히고 자리에 눕힌 뒤에야 금희는 혼자서,

"애들의 좋은 어머니가 돼야겠는데……."

하고 중얼거렸다. 그러면서도 금희는 자기도 자리 속에 들어가고 말았다. 그것은 혹시 남편이 돌아온다 해도 그렇게 기다리지 않았다는 것을 보이기 위함이었다.

자리에 누웠다고 해서 잠이 올리는 만무했다. 도리어 남편의 발자국 소리가 나는 것 같기만 했다. 이미 통행금지 시간이 지났건만 그래도 남편은 돌아올 것만 같았다.

열한 시가 지나고 열두 시가 지나도 남편은 돌아오지 않았다.

금희는 남편과 옥주가 시시덕거리며 서로를 즐길 장면을 생각해 본다. 자기를 즐겁게 해 주던 그대로 옥주를 기쁘게 해 줄 가지가지의 장면을 눈앞에 그려 본다.

몸이 오싹오싹했다. 몸살이 났을 때 팔다리가 쑤시듯 팔다리를 그대로 놓아 둘 수가 없었다.

정말로 괴로운 밤이었다.

금희는 다시 죽어 버릴까 생각했다. 생각지도 말고 보지도 말고 죽어 버

리는 것이 차라리 편할 것 같았다. 이러쿵저러쿵 말썽을 일으키는 것도 귀찮았다.

그러나 금희는 죽음을 간단히 단념했다. 그것은 남편과 옥주에 대하여 복수를 하겠다는 생각에서였다. 죽어도 복수를 하고 죽어야 할 것 같았다. 그래서 복수를 어떻게 할 것인가를 생각했다.

차마 사람을 죽일 수는 없다. 죽일 수가 없을 뿐 아니라 남에게 악평을 받을 만한 행동으로 할 수가 없다. 신문사를 찾아가서 사실 이야기를 하여 만천하에 그것을 폭로하도록 한 뒤 법원에 고소를 제기하여 가지가지의 부끄럼을 주도록 할 것 그러고 나서는 두 사람 얼굴에 침을 뱉어 주고 자기는 자기 길을 갈 것——그의 복수란 이런 정도였다. 이런 궁리를 하며 밤을 새웠다. 날이 훤히 밝아도 금희는 일어나지를 않고 그대로 누워 있을 때였다.

대문 열라는 소리가 나고 식모의 신발 소리가 나더니 남편 석이가 터덜터덜 방 안으로 들어왔다.

남편이 방 안에 들어서자,

"일요일이라구 느림뱅일 부리누만."

하고 빙긋이 웃었다. 관대하고 너그러운 웃음 그대로였다.

금희는 남편의 말을 듣고 비로소 오늘이 일요일이라는 것을 알았지만 일요일이긴 일요일이 아니건 그것은 아무 상관이 없었다. 게으름 부린다고 나무람을 한다 해도 아무렇지 않을 것 같았다. 그래서 금희는 자리에 누운 채 일어나지도 않았다. 일어나기만 하면 남편의 옷을 받아 걸어야 한다는 것부터가 귀찮았다. 귀찮은 것이 아니라 싫었다. 무슨 잘난 일을 하고 온다고 옷을 받아 걸어 주기까지 해야 하는가? 그는 누운 채 지금에야 눈을 떴다는 듯이 선 하품을 하면서,

"지금 오시는 길이시우?"

하고 물었다.

"응, 지금 차에서 막 내린 길이야 일이 끝나지 않아 좀 늦었어."

남편은 피곤하다는 듯이 눈을 부비며 대답했다.

금희는 속으로 웃음이 나왔다. 그러나 남편의 거짓말이 어느 정도까지 꾸

며지는가가 보고 싶어 아무것도 모르는 척,

"세수도 못하셨겠군요?"

하고 물었다.

"세수가 다 뭐야 지금 막 내렸다니까!"

금희는 또 물었다.

"새벽차 타시느라구 피곤하셨겠군요."

"좀 피곤한데……."

이렇게 나가다가는 끝이 없을 것 같았다. 그래서,

"피곤하신 데 좀 누워 쉬시지요. 제 옆에서라두……."

하고 비꼬기를 시작했다.

"건 무슨 소리야?"

남편이 왈칵 달려들었다. 그리고는 금희의 뺨을 간지럽게 꼬집었다.

금희는 더 참을 수가 없었다. 자기를 어디까지나 속이려는 남편의 마음이 들여다보여서,

"어제 사무실로 찾아갔을 때는 부산서 돌아오셨다구 그러던데 사무원들이 거짓말을 했나요?"

하고 모든 것을 알고 있다는 눈치를 보였다.

"지금 차루 왔대는데 어제는 또 무슨 어제야."

남편은 어디까지나 속이려는 모양이었다.

처음에는 첫마디에 고백을 한 남편이 이번에는 끝까지 속이려 한다는 것은 절대로 심상한 일이 아니었다.

그래도 금희는 자기가 미행했다는 말만은 꺼내고 싶지가 않아,

"그럼 오늘 다시 가서 따져 봐야겠는데…… 나 보구 거짓말을 하다니……."

하고 이번만은 호락호락 넘어가지 않겠다는 의사를 표명했다.

"쓸데없는 소리를 하지두 말어!"

남편은 화제를 끊어 버리려고 금희를 버럭 안아 버렸다.

그러나 밤새 옥주를 품고 있었을 남편을 생각할 때 안아 주는 것도 싫었

다. 자기에게 애정을 보이려는 것은 옥주와의 관계를 컴플라지하려는 것으로밖에 해석되지 않았다. 그래서 금희는 자리에서 벌떡 일어나며,

"빨리 옥주한테루나 가세요. 나 같은 게 무슨 소용이 있소."

하고 날카롭게 말했다. 그리고는 어제 몇 시에 어떤 다방에서 둘이 만나 이야기하는 것을 보았다는 것과 몇 시에는 동인동 옥주의 집으로 들어가는 것을 보았다고 명확히 말했다.

"날 속이려구요? 속일 거 어디 있어요? 내가 나가면 그뿐인데."

금희는 옷을 갈아입으려고 문을 열었다. 그때 남편이 금희를 끌어다가 이불 속으로 눕히려 했으나 금희는 몸을 뿌리치며,

"놓지 못해요, 그 더러운 손을!"

하고 남편을 흘겼다.

"그러지 말구 이리 와."

남편은 금희를 놓지 않았다.

"그래두 날 속이려구요? 한 번 속았드니 끝내 속을 줄만 아시구? 놔요. 미안하지만 이젠 시간이 늦었어요. 당신 하구는 마지막이지만 옥주란 년이나 만나 담판이라두 해야겠어요."

금희는 다시 남편의 손을 뿌리쳤다. 그러나 남편은 금희의 손을 더 힘껏 잡아끌며,

"내 다 이야기할게 좀 앉기나 해."

하고 앉혔다.

이제는 눈물도 나지 않았다. 남은 것은 오직 악밖에 없었다.

"이야긴 무슨 이야기우? 당신은 날 속이려 하구 나는 속은 척하문 그뿐 아녀요?"

이야기도 듣고 싶지 않았다. 그러나 남편은 금희의 손을 잡은 채 말을 꺼냈다.

"사실은 어제 부산서 왔어. 그리구는 사무실에 나갔다가 집으루 올려 했는데 옥주가 찾아오질 않았어. 그래서 다방엘 갔던 거지. 다방에 가서 이야기를 하게 되니까 결국 또 가게 되지 않어. 결국은 만난 게 잘못이야. 다음

부터는 찾아오지 못하두룩 할 터이니까 걱정 말어!"

한 번 속았던 터라 그것이 정말이라 해도 액면대로 받아들일 리 만무했다.

"왜 옥주를 탓하시우? 옥주한테 책임을 씌운다구 말이 될 줄 아시우?"

"옥주에게 책임을 씌우는 건 아냐. 히지만 어떻게 해! 한 번만 더 속는 줄알구 참아 줘야 하지 않아."

사실 남편 석도 마음이 불안했다. 처음 금희의 소개로 옥주를 만났을 때그가 옥주를 사랑하리란 마음은 당초에 가지지도 않았다. 금희도 그러한 남편을 믿었기에 때로는 자기 대신 석을 옥주에게로 보내기도 했다. 때로는옥주를 데리고 가서 점심이라도 사 먹이라고 남편을 조르기까지 했다. 금희는 남편이 옥주에게 섭섭하게 해 줄까 해서 금희가 도리어 석과 옥주와의사이를 가깝게 해 주려고 했다. 그래서 자주 만나는 사이에 옥주의 외로움이 석에게 전염되었던지 어쨌든 자기 자신들이 모르는 사이에 서로가 사랑하게 되었다.

그러다가 금희가 서울 간 사이에 육체 관계까지 하게 되었지만 금희가 돌아오자 석은 정말 마음의 가책을 받고 옥주를 만나지 않으려 했다.

그래서 부산서 돌아오는 날 돈 받은 것과 이사 간 것을 보고하러 사무실로 찾아온 옥주를 끌고 다방으로 가서 다시는 만나지 말도록 하자고 최후의선언을 했다.

그때 옥주는 울었다. 서로 사랑은 안 한다고 해도 만나기까지 않는다면자기는 외로워 어떻게 사느냐는 것이었다.

그래도 어떻게 할 수가 없었다. 계속해서 만난다면 마음을 돌릴 수가 없을 것 같아 안 만나는 것이 좋을 것이라고 거듭 말했다. 그때 옥주는 좋다고했다. 평생 외롭게 살아갈 사람은 자기뿐이니까 자기만 불행하면 그만이라고 하면서 울었다.

그렇게까지 말하는 데야 만나지 말자는 말만을 계속할 수가 없었다. 도리어 위로의 말을 해 주어야 했다. 그때 옥주는 석이가 찾아와도 만나지 않겠다고 하며 그 대신 오늘만 마지막으로 자기 집에 와 달라고 말했다. 그새의 은혜를 감사하는 뜻으로 마지막 저녁을 짓겠다고 했다. 그것까지 거절할 수가 없어서 석은 옥주를 찾아갔던 것이지만 석은 방에서 단 둘이 앉아 식사를 하며 이야기를 하게 된 때 한 번 붙었던 불이 어찌 다시 소생하지 않을 수 있었을 것인가.

그러나 그런 사정을 전부 말할 수가 없었다.

“나두 사람이니까 생각이 있지 않을 거야. 한 번만 믿어 줘.”

하고 애원하는 수밖에 없었다. 그러나 금희는,

“당신이 너무 호인이 돼서 안 돼요. 옥주한테 따져야지!”

하고 끝내 일어나 옷을 갈아입었다.

그때 석이 금희를 붙잡으며,

“정말 나를 못 믿겠어?”

하고 얼굴을 붉혔다. 자기의 애원도 아는 척하지 않는데 화가 난 모양이었다.

“믿긴 어떻게 믿어요. 믿게 됐나 생각해 보구려!”

“그럼 나를 믿지 못하면서 옥주한테 가서는 뭣 해.”

“참 이상한데. 옥주한테 간다구 화낼 게 뭐유. 다시는 만나지두 않는다는 사람을 그렇게 애낄 필요가 어디 있어요.”

“어쨌든 내 말을 안 들을 테야?”

석은 옥주를 아껴서가 아니었다. 이미 만나지 않기로 한 사람에게 부끄럼을 주어 자기 체면까지 깎으려고 하는 아내의 행동을 막으려는 것뿐이었다. 그것도 그러려니와 자기를 믿지 않으려는 금희 그리고 자기의 말을 거역하려는 금희가 싫어졌던 것이다.

“흥! 내가 당신 말을 들어야 할 건 뭐유? 배은망덕 하는 옥주를 그대루 내버려 둘 수가 있어요.”

금희는 금희대로 고집을 부려야 했다. 미온적인 태도로 시키는 대로만 한다면 이번과 같은 일이 또다시 반복될 것이며 따라서 속는 것은 자기뿐이리라는 생각이 들었기 때문이었다.

금희가 기어이 옥주를 찾아가려고 할 때 석이,

　"집안 망신을 시켜야 속이 시원하겠니?"

하고 댓자로 금희 뺨을 후려갈겼다. 그리고는,

　"마음대루 해라. 마음대루 해. 그 대신 집에 다시는 들어올 생각은 못한다."

하고 소리를 질렀다.

　금희는 눈물이 핑 돌았다. 결혼 뒤 처음으로 맞는 매였다.

　"때리면 가지 않는답디까? 옥주란 년은 사람 때리는 법까지 가르친 모양이로군!"

　눈물도 나지 않았다. 그저 옥주에 대한 미움만이 가슴 속에서 치밀어 올랐다.

　그것은 확실히 적개심이었다. 남편과 옥주 두 사람의 행동을 꼭같이 미워해야 할 일이건만 금희의 경우 그의 적은 두 사람이 아니라 옥주 한 사람이었다. 남편에게 매를 맞고도 남편보다 옥주를 더 미워하게 되는 것은 오직 적개심 때문이었다.

　금희는 짐을 싸고 집을 나섰다. 어린것들이 매달리며 울었다. 식모가 따라나오며 눈물을 흘렸다.

　가슴이 터져 오는 것 같았다. 자식들을 다시 못 볼 것을 생각할 때 그만 그 자리에 고꾸라져 피를 토하고 죽었으면 하는 생각이 났다.

　그러나 한편 옥주에 대한 적개심이 인정을 굳어 버리게 했다. 아무것도 눈에 보이지가 않고 말았다. 옥주에 대한 복수심만이 불타올랐다.

　물어뜯고 살을 씹어 먹어도 시원치 않을 옥주의 얼굴만이 눈앞에 떠올랐다.

　잔잔한 물결에 돌을 던지어 파문을 일으키고도 모른 척 물결 속에 가라앉은 돌! 그 얄미운 돌을 파내기 위해서는 옷도 적시어야 했다. 숨 막히는 물 속으로 들어가기도 해야 했다.

　금희는 트렁크 하나를 들고 난수의 다방을 찾아갔다. 우선 짐을 맡겨 놓고 옥주를 찾아갈 생각이었다.

　짐을 들고 들어서는 금희를 보자 난수는 어디를 가느냐고 물었다.

“응!”

하고 대답은 했으나 자기보다 일찌감치 쓴맛을 맛보고 있는 난수라 얼굴만 보고도 다 알아낼 것 같은 생각에 금희는,

“나두 뛰어나오구 말았어.”

하고 난수와 같은 운명임을 말했다.

그 말을 듣자 난수는 미소를 띠며,

“밤낮 남편 자랑을 하더니 너두 맛을 보는구나.”

하고 사뭇 동정하듯이 말했다.

금희가 뛰쳐 나가자 석은 한참 동안 정신 나간 사람처럼 앉아 있었다. 홧김에 짐을 싸기는 했지만 설마 나가기까지야 하랴 생각했었다. 크게 다툰 일은 별로 없었지만 설마 다툰다 해도 간다 온다 말을 한 번도 해 본 일이 없는 금희다. 감정의 움직임으로 지성을 버리지 않으려는 여성이다.

언젠가 석이 홧김에 어린애를 때린 일이 있다. 그때 금희가 왜 어린애를 때리느냐고 항의를 했다. 석은 자식도 때리지 못하느냐고 화를 냈다. 그래서 싸움이 일어나 나중에는 석이 모두 보기 싫으니까 나가 버린다고 했다. 그때 금희가,

“여보시우, 나가시긴 쉬워두 돌아오실 때가 거북하시리다. 한 시간 뒷일을 생각하시구 나가십시오.”

해서 석은 그만 주저앉고 말았다.

그러한 금희인 만큼 어떤 일이 있어도 마무리를 잘 해서 일을 크게 만들지 않아 왔다.

이번에도 설마 나가려니 생각했다. 그러나 금희는 예전과 달리 타협할 여지도 남기지 않고 나가 버렸다. 나간 이상 호락호락 돌아올 것 같지도 않았다.

화나는 것을 생각하면 하는 대로 내버려 두고도 싶었다. 정말 돌아오지 않는다면 옥주와 살리라는 생각도 해 보았다. 옥주도 금희만 못한 여자는 아니었다. 도리어 새로운 정이 붙어 금희보다 아기자기한 맛이 더 있을지도 모른다.

금희가 자기를 사랑하지 않은 것은 아니지만 옥주는 금희보다도 더 자기를 위해 줄 것 같았으며 정말 살이라도 떼어 줄 것 같았다.

이렇게 생각하니 금희가 아주 돌아오지 않았으면 하는 생각도 들었다. 아무런 파문도 일으키지 않고 떠나 주기만 한다면 자기 생활은 아무 파동도 없이 잔잔하게 계속될 것 같았다. 오직 금희 대신 옥주가 자기 옆에서 바뀔 뿐이다.

정신 없이 앉아 이렇게 생각하고 있을 때였다. 어린것들이 달려와서 엄마가 어디 갔느냐 물었다. 싸우고 나간 엄마를 본 어린것들이라 안타까워하지 않을 수 없었다.

어린애들의 집중공격을 받자 석은 그만 눈물이 핑 돌았다. 그리고 갑자기 집안이 텅 빈 것 같음을 느꼈다.

큰놈이 글썽글썽 해서,

"엄마 이젠 안 오우?"

하고 물었다. 작은애는 그저 엄마만 부르며 울었다.

다른 때 같으면,

"듣기 싫다. 울지 말아."

하고 화도 낼 수 있었고,

"좀 다니러 갔어 이제 곧 와."

하고 달랠 수도 있었지만 석은 이럴 수도 저럴 수도 없었다.

"아버지가 가서 찾아올게."

석은 그만 자리에서 일어났다. 그리고는 옷을 갈아입고,

"울지 말구 있어 엄말 데리구 올게."

하고 애들에게 십 환짜리 한 장씩을 집어 주었다. 마음 같아서는 백 환짜리 아니라 천 환짜리라도 집어 주고 싶었다. 애들의 마음을 돈으로 달랠 수 있다면 돈이 아까울 것 같지 않았다. 돈으로 울음을 멈추려고 하면서도 돈으로 마음을 살려는 행동은 할 수가 없었다. 그 대신 식모에게 삼백 환을 주면서 아무것이나 사다 주라고 했다.

집을 나와서는 갈 만한 집을 전부 토팠다. 가깝고 먼 친척집을 전부 돌아

다녔다. 친척들이 이상한 눈으로 보았지만 그런 것을 가릴 여유가 없었다. 금희를 찾아내야만 했다.

그러나 어디를 가나 금희는 있지 않았다.

석은 금희의 친구들 집까지 방문했다. 거기도 없었다. 나중에는 난수란 여자 이름을 생각했다. 한 번도 만나 본 일이 없지만 어디서 다방 한다는 말만은 들은 일이 있다. 그러나 무슨 다방이란 말은 듣지 못했으니 찾을 길이 없었다.

석은 무턱대고 어떤 다방으로 들어갔다. 그리고 그 집 마담에게 난수란 여자가 경영하는 다방을 모르느냐고 물었다. 그때 마담은 향촌동에 있는 ××다방이 바로 그 집이라고 대뜸 가르쳐 주었다. 석은 의외로 쉽게 알아낸 데 도리어 허황함을 느꼈으나 그렇다고 머뭇거릴 수가 없었다.

석은 ××다방 앞까지 이르자 옥주와 같이 왔던 바로 그 다방임을 알았다. 마담이 자기 얼굴을 대번에 알아낼 것이 조금 안 되기는 했으나 또한 어쩔 수 없었다.

석은 다방에 들어가자 난수를 찾았다. 레지에 섰던 여자가 바로 자기가 난수라고 하며 무슨 일이냐 물었다.

석은 자리에 앉지도 않고,

"유금희런 여자를 이시지요."

하고 물었다.

"네, 잘 압니다."

여자는 사무적으로 대답했다.

"혹시 여기 오지 않았을까요?"

이렇게 묻자 난수는 속으로 웃음을 참는 듯한 얼굴로,

"누구신가요?"

하고 물었다. 벌써 다 알고 있다는 표정이었다.

석은 어색한 얼굴로,

"바루 금희의 남편입니다."

허리까지 굽혀 인사를 했다. 그때 난수는 냉소를 띠며,

“금희에게 무슨 일이 생겼나요?”

하고 물었다.

아무래도 알고 묻는 것만 같아 석은,

“네, 좀 다투었습니다. 그랬더니 나가 버리지 않아요.”

“금희가 밤낮 권 선생 칭찬만 했는데 그렇게 싸우실 때두 있습니까?”

“처음입니다. 좌우간 여기 오지 않았나요?”

“부부 쌈이야 보통 아녜요. 찾아다니시지 않아두 돌아갈 건데 아마 보통 쌈이 아니셨던가 보군요.”

“네, 보통 싸움이 아니었습니다. 좌우간 어디 있는지 좀 알려 주십시오.”

“전 남자들을 모르겠어요. 일은 자기네가 저질러 놓구두 책임을 전혀 안 질라구 그러거든요. 금희가 집을 나올 때야 예삿일이 아닐 게 분명하지 않습니까? 내버려 두세요. 찾아다닌다구 돌아가지두 않을 겁니다.”

“좌우간 여기 왔습니까? 안 왔습니까?”

“오기는 왔댔습니다. 그러나 지금은 있지 않습니다.”

“어디 갔을까요?”

“건 모르겠는데요?”

“그럼 다시 온다고 그랬습니까?”

“것두 모르겠는데요.”

금희가 와서 모든 것을 이야기한 것이 틀림없었다. 그리고 난수는 금희가 어디 갔는 것까지도 알고 있는 것 같았다. 다만 같은 여성이라고 해서 공동 전선을 취하고 있는 것이라 생각되었다.

“어디를 갔을까?”

석은 혼자서 생각했다. 그러나 생각할 사이도 없이 옥주와 싸우고 있는 금희의 얼굴이 눈앞에 떠올랐다. 틀림없이 거기 가 있을 것이었다. 알면서도 생각하고 싶지가 않았던 것이었을까. 사실 석은 금희를 그런 여자로 생각지 않았다. 혼자서 괴로워하거나 그렇지 않으면 죽음을 생각할 여자로만 알았다.

화가 나면 아무하고나 싸우는 그러한 여자하고는 어딘가 다르다고 생각했다. 더구나 가장 가까운 두 사람끼리 싸운다는 것을 생각만 해도 불쾌했다. 옥주에게 간다는 말을 금희가 했지만 그것이 정말이라고는 믿어지지가 않았던 것이다.

어쨌든 석은 이제야 금희의 행방을 알 수가 있었다.

불쌍한 옥주가 금희에게 시달리고 있는 광경이 눈앞에 나타나기도 했다. 그러나 그의 발길은 좀체로 옥주에게 향해지지 않았다. 자기를 가운데 놓고 싸우는 그 속에 들어갈 용기가 없었던 것이다.

석은 집으로 돌아왔다. 대문 안에 들어서자 금희가 자기보다 한 걸음 먼저 와 있을 것만 같은 생각에 갑자기 가슴이 두근거렸다. 꼭 와 있을 것만 같았다. 금희는 반드시 그럴 것만 같았다. 화가 풀리지는 않았다 해도 자기 일을 하기 위해서 돌아와 지금은 무슨 일이든 일은 하고 있을 것 같았다. 그래야만 자기가 생각하던 금희일 것 같기도 했다.

그러나 금희는 와 있지 않았다. 석은 낙심이 되었다. 자기가 금희에게 죄를 지었다고 해도 금희가 자기를 그렇게 쉽게 버리지는 않으리라 생각해 왔기 때문이었는지 석은 금희에게 배반을 당한 듯한 슬픔을 느끼지 않을 수 없었다.

이렇게 아주 나가 버리고 만다면 자기보다도 더 나쁜 사람은 금희일 것 같았다.

그것은 남자 본위의 도덕률일지도 모른다.

어쨌든 석은 설마 자기에게 죄가 있다 해도 그렇다고 해서 집을 나간다면 집을 나간 금희가 자기보다 몇 배나 악독한 인간일 것 같았다.

자기에게 대한 애정이나 의리는 둘째로 하고라도 어린애에게 대한 애정을 그렇게 쉽사리 버릴 수 있다면 그것은 여성으로서의 아름다움을 지니지 못한 여자의 소행이라 속단하고 싶었다.

모성애라는 것은 법률에 의해 생기는 것이 아니다. 남자가 강요해서 이루어지는 것은 더욱 아니다. 그러나 석은 모성애를 버린 금희가 윤리에 어그러지고 도덕에 배반한 것으로 생각하고 말았다.

"안 오문 말래지."

석은 금희에 대한 애정과 미련을 포기해도 좋을 것 같았다. 이때까지 그러한 여자라고 생각지 못했던 자기가 도리어 어리석었던 것처럼 생각되기도 했다.

될 대로 되라고 생각은 하면서도 그래도 마음 한편이 허젓해서 석은 안절부절못했다. 집이 텅 빈 것 같은 동시에 마음도 텅 빈 것 같았다.

방 안을 왔다갔다 하며 어떻게 해야 할지 몰라 하던 석은 그만 집을 다시 뛰어나오고야 말았다. 나중에야 어떻게 되든 금희가 있을 옥주의 집으로 가야 했다.

옥주에게로 걸어가는 동안 석은 마음을 달리 가져 본다. 즉 금희의 마음이 그만큼 아프기 때문이리라는 생각을 해 보는 것이다. 입장을 바꾸어 생각해도 능히 있음직한 일이 아닌가. 다른 여자와 그랬다고 해도 금희는 그렇게까지 마음이 아프지는 않을지 모른다.

그저 잘못은 자기 혼자뿐이다. 자기만 실수를 안 했다면 금희가 괴로워할 아무 이유도 없다. 그런데다가 자기는 금희를 때리기까지 했다.

그런 만큼 석은 금희에게 다시 사죄를 하고는 앞으로는 그러한 의심까지도 가지지 않게 하고 싶었다.

사실 석은 옥주를 사랑하면서도 금희와 이혼을 하고 옥주와 결혼하리라는 생각만 가져도 하나의 죄악일지 모르나 어쨌든 석은 옥주와의 애정에 책임을 느껴 보지 않았다. 책임을 느낄 만한 시간적 여유도 없기는 했지만.

그렇기 때문에 석은 옥주를 멀리 다른 곳으로 보내리라 마음먹었다. 불쌍한 여자이니까 생활비는 자기가 책임진다 해도 멀리 보내 버리면 문제가 다시 일어나지 않을 것 같았다.

이런 생각을 하면서 옥주의 집에 이르렀을 때 방 안이 이상스럽게 조용한데 석은 다시 놀라지 않을 수 없었다. 대문 밖에서 귀를 기울였으나 옥주의 방에서는 아무런 말도 나오지가 않았다. 석은 불길한 생각이 들어 뛰어들어갔다. 그러나 옥주가 혼자 앉아 울고 있는 것을 보자 불길한 예감만은 사라져 버렸다.

금희가 없다고 해도 집에까지 온 이상 방 안에 안 들어갈 수가 없었다.
방 안에 들어서자 석은 일어선 채,

"왜 우시우?"

하고 물었다. 금희가 왔다 간 것이라 생각되기는 했지만 또한 안 물어 볼 수
가 없었다.

"금희가 왔다 갔어요."

옥주가 고개를 떨어뜨린 채 대답했다.

"그래 뭐랍디까?"

석은 옥주 옆에 앉았다. 옥주는 적삼 고름으로 눈물을 닦으면서 대답했다.

"저더러 갈보라구 그러지 않아요. 제가 잘 했다구 한 마디나 했다면 그런
소릴 들어두 좋아요. 갈보란 너무 심해요. 아무리 내가 잘못했다 해두 저가
나더러 갈보란 말을 할 수가 있어요. 정말 분해서 못 견디겠어요. 그러구는
멀리 어디루 사라지라나요. 나두 그런 생각은 가지구 있었지만 나보구 가라
오라 할 건 또 뭐야요."

이 말을 듣자 석은 옥주의 어깨를 가볍게 잡으며,

"옥주 씨! 모든 것은 내 잘못이었습니다. 나를 용서해 주십시오."

하고 고민에 찬 목소리로 말을 계속했다.

"내가 앞길을 조금만 내다보았다면 이런 일을 생기지는 않았을 것입니다.
오직 내가 보았다면 옥주 씨도 금희도 나쁘지가 않습니다. 옥주 씨와 나와
의 사랑은 출발부터가 비극이었습니다. 지금 와서 이렇게 말하는 것은 비겁
한 일일지 모르지만 역시 어찌할 수도 없는 사랑이었다는 것이 사실입니다.
안 그런가요!"

"………"

"말씀해 보세요. 그리구 앞으룬 어떻게 해야 할지 그것두 좀 말씀해 보세
요."

"………"

"결국 도피적인 말일지 모르지만 우리의 애정은 우정으로 돌릴 수밖에
없다고 생각합니다. 옥주 씨에 대한 우정만은 언제까지나 계속하려는 것이

나의 결심입니다. 어떨까요?”

“전 모르겠어요.”

“그렇게 말할 게 아닙니다. 현실적 문제는 현실적으로 또한 해결져야 하지 않겠습니까?”

“좋두룩 하세요.”

“그렇게 말하면 내가 더 괴롭지 않습니까?”

“그럼 저더러 어떻게 하라는 겁니까? 하라는 대로 하겠어요.”

“그럼 내가 어떻게 말을 합니까?”

“좋두룩 하세요. 저는 이미 괴로운 운명을 밟기 시작했으니까 제 생각 같은 건 하실 필요두 없어요. 그리구 이런 일엔 여자가 손해를 보게 마련이니까요.”

“그렇게 말씀하시면 더욱 거북해지는데요.”

“정말 조금두 달리 생각을 마세요. 저는 권 선생님 시키는 대루 복종하겠어요. 죽으래면 죽기까지 하겠어요. 다만 금희를 다시 만나고 싶지 않다는 것만 말씀드리겠습니다.”

“그러실 겝니다. 모두 그렇게 생각했어요. 그래서 부산 같은데 가 계시면 제가 최소한도 생활비를 보내구 또 이따금 찾아가기두 하겠습니다.”

“돈두 그만두시구 찾아오시는 것두 그만두세요. 저는 저대루 살아가는 길을 발견하겠습니다.”

“그럼 우정두 싫으시단 말씀인가요?”

“………”

“내가 시키는 대루 하시겠다구 그러셨지요.”

옥주는 잠시 동안 말이 없다가 갑자기 방바닥에 쓰러지며,

“권 선생님은 하구 많은 여자 가운데 어째서 하필 금희하구 결혼을 했어요.”

하고 울기를 시작했다.

그것은 절망의 울음이었다. 자기 운명에 대한 저주의 울음이었다.

석의 마음은 다시 괴롭기 시작했다. 책임 문제를 생각지 않고 사랑했다

해도 사랑하던 사람의 절망적인 울음을 볼 때 사람의 마음은 돌처럼 굳은 대로 있을 수가 없다.

석은 옥주를 부둥켜 앉혔다. 그리고는 가슴에 품은 채,

"울지를 말아요. 우리가 살아 있는 동안 이 세상이 지옥이라 할지라두 우리는 서로를 추억하며 아름답게 살 수가 있지 않아요."

하고 위로를 하기 시작했다. 옥주는 다시 눈물을 닦으며,

"잘 알았어요. 지옥이래두 할 수 없으니까요."

하고 석이 몸에서 빠져 나갔다. 그리고는,

"내일루라두 부산엘 떠나겠어요."

하고 말했다.

"내일 아침 돈을 보내드리겠습니다. 그렇지만 내일루 떠나야 할 것은 없지 않아요."

"떠날 길은 떠나야지요. 저 한 사람 때문에 두 분까지 괴로워해서 되겠어요."

어떠한 마음에서 그런 말을 하는지 모르지만 석에게는 그 말이 고마웠다. 세 사람을 구원하는 길은 오직 그 방법 하나밖에 없다.

석은 그런 말이 나왔을 때 옥주를 떠나야 했다. 좀더 이야기를 계속하면 감정이 다시 또 어떻게 움직일지 모르기 때문이다.

"좌우간 내일 아침 들리겠습니다."

석은 집으로 돌아왔다.

집으로 돌아오면서도 이제는 금희가 와 있을 것이라고 생각했다.

더구나 옥주에게 먼 곳으로 가라는 말을 했다니 그것은 결국 금희가 자기에게로 돌아오겠다는 뜻을 표시한 것이 아닌가. 그렇다면 자기가 찾아가기를 기다릴 것 없이 혼자서라도 돌아올 것이 분명했다.

금희가 돌아오기만 했다면 아무 말도 아니하고 그냥 안아만 주리라 생각했다. 그러면 금희도 아무 말 없이 품에 안겨 행복된 눈물을 흘릴 것이다.

지나간 이야기를 되풀이할 필요도 없을 것 같았다. 옥주는 이미 대구를 떠나기로 했고…….

　그러나 금희는 아직까지 돌아오지 않았다. 그 대신 기운 없이 앉아 있던 어린것들만이 달려들며,

　"엄마 안 와요?"

하고 물었다.

　석은 눈물이 핑 돌아 입을 열 수가 없었다.

　자기는 옥주와의 관계를 깨끗이 끊고 돌아왔건만 금희는 어째서 돌아오지를 않는 것일까?

　"엄마 서울에 갔수?"

　어린것이 또 물었다. 그때야 석은,

　"서울 안 갔어 내일이문 돌아와."

하고 어린것들을 달래 놓았다. 오늘은 오지 않아도 내일에는 반드시 돌아올 것만 같았다. 그렇기 때문에 내일이면 돌아온다는 말이 어린애들만 달래는 말이 아니라 결국은 자기 자신을 달래는 말도 되었다.

　석은 자기 자신을 달래면서도 밤을 새웠으나 금희는 끝내 오지를 않았다.

　다음날 아침 석은 전보다도 일찍 사무실로 나갔다. 모두가 귀찮았던 것이다. 그러나 아무데를 가도 가슴은 답답하기만 했다. 석은 다시 옥주를 생각했다. 혼자 울고만 있을 옥주 —— 자기의 숙명을 저주하며 울고만 있을 옥주를 생각했다.

　그러나 옥주도 그리운 줄을 몰랐다. 안 볼 수만 있다면 안 보는 것이 편할 것 같았다. 그러면서도 석은 돈을 준비했다. 부산으로 보낸다는 약속을 이행하기 위하여 가지 않을 수도 없었던 것이다.

　석이 금희를 기다리는 동안 금희에게는 이런 일이 있었다.

　옥주에게 분풀이를 하자 금희는 난수에게 들러 짐을 찾아 가지고는 바로 돌아갈 작정이었다.

　신경질을 내고 집을 떠나기는 했지만 옥주에게 화를 풀고 또 옥주를 다른 데로 가도록 말을 해 놓고 나니 그 이상 남편과 떠나서 싸울 필요가 없을 것 같았다. 같이 살면서도 싸울 것은 넉넉히 싸울 수가 있을 것 같았다.

　그러나 난수를 만나자 남편이 다방에까지 찾아왔다는 말을 알게 되어 자

연 난수와의 이야기가 벌어져 버렸다.

"그래 와서 뭐라던가?"

금희는 궁금증에 우선 이렇게 물었다.

"뭐라긴 뭐래? 네가 오지 않았느냐구 묻지 그리구는 어델 갔느냐구 알으켜 달래지 않아. 약만 올려 주구 알으켜 주질 않았더니 그냥 돌아가구 말더라."

난수는 사뭇 통쾌하다는 듯이 설명했다. 그러고 나서는,

"그래 그 옥준가 뭔가 하는 여자에게 뭐라구 그랬어?"

하고 물었다.

금희는 옥주를 욕하구 대구를 떠나라고 했다는 이야기를 설명했다. 그리고는,

"얼굴에다 침을 탁 뱉어 줄려다가 그것만은 차마 못했어!"

하고 자기는 사뭇 만족한 듯이 말했다.

"못할 게 어디 있어. 그런 년에게는 침 아니라 똥을 퍼부어두 괜찮아."

난수는 혼자서 흥분했다.

"그래두 옛정을 봐서 그럴 수가 있어야지 언제 어디서 만날지두 모르는데."

"만나기는 뭣 때문에 만나니. 남편을 뺏는 건 목숨을 뺏는 거나 마찬가지야. 여자의 팔자는 어디서 변하는데 그런 년은 죽여두 시원치 않아."

"큰 소리 하지 말아 남들이 듣겠다."

금희는 이야기를 그쯤 하고 자기 트렁크를 도로 달라고 했다. 그때 난수가 큰 웃음을 웃으며,

"애두 무던히 극성스럽다. 뭣 땜에 부지런히 들어가니? 남편두 좀 속을 썩여 줘야 다음엔 그런 짓을 못하는 거야. 며칠 우리 집에서 놀다 가라."

하고 금희를 붙잡았다.

"그래두 가야지 우선 애들이 궁금해서 못 견디겠어!"

"참 하루 이틀 못 본다구 애들이 죽을 줄 아나? 남편이 있구 애두 있는 거야. 남자들이 애들을 구실 삼아 여자들을 얽매려는 것을 알아야 해."

"그래두 그럴 수가 있니!"

"애두 미쳤어. 왜 여자만 밑지니? 밑지며 살게 어디 있어. 자기가 오락을 하면 여자두 오락을 해야 해. 그래야 남자들이 정신을 채리는 거야. 그러지 말구 며칠만 눈 딱 감구 놀다 가라. 그새 우리 집에서 파티를 열 테니 파티 구경두 좀 하구 또 드라이브두 좀 하구."

금희는 이왕 나온 길이니 며칠 놀면서 마음을 진정시키고 싶은 생각도 없지는 않았다. 결혼 뒤 한 번도 놀러 나와 본 일이 없었다. 남들은 춤을 배워 파티에 다닌다고 하지만 자기는 춤 구경도 못했다. 파티가 어떤 것인지 구경만이라도 하고 싶었다. 사실 이번에 들어가면 다시 나올 기회라고는 좀체로 없을 것 같았다.

그러나 난수가 그렇다고 해서 그 꼬임을 받을 수는 없었다. 자기는 자기대로의 생활이 마련되어 있었다.

"놀아두 한 번 갔다 와서 놀아야 해."

금희는 다시 트렁크를 내 달라고 했다.

바로 그때였다. 어떤 남자가 금희 앞으로 와서 허리를 굽신 했다. 앉은 채로 남자를 쳐다보던 금희는 갑자기 귀밑이 달아오름을 느꼈다.

그런데서 춘석을 만나리라고는 꿈에도 생각지 못했었기 때문이었다.

"안녕하셨습니까?"

춘석이 인사를 했다.

"………"

금희는 가슴이 두근거리며 말문이 막혀 인사도 하지 못했다. 그때 옆에 앉았던 난수가 춘석에게,

"앉으시지요."

하고 앞에 자리를 권하고는 이상스런 웃음을 웃고 나서,

"너두 그런 줄 몰랐더니 보통이 아니로구나."

하고 귓속말을 했다.

금희는 못 들은 척하는 수밖에 없었다. 얼굴살 하나 찡그리기만 해도 춘석이가 난수의 귓속말을 알아들을 것 같았기 때문이었다.

참으로 이상스러웠다. 춘석을 만났다고 해서 귀밑이 달아오를 이유도 없고 인사를 못할 만큼 가슴이 두근거릴 하등의 이유도 없었다. 춘석에게는 마음의 부채가 하나도 없는 터였다.

그런데도 춘석에게 인사를 못했다는 것은 무슨 때문일까. 너무나 뜻밖에 만났기 때문일까 그렇지 않으면 금희 마음에 틈이 많이 생겼기 때문일까?

"지난번 기차간에서는 실례를 했습니다."

춘석이가 다시 말을 건네었다. 그 말에도 금희는 대답을 못했다. 무엇이라고 대답하고 싶기는 했으나 그런 때 항용 쓰는 천만의 말씀입니다라든가 제가 실례를 했어요 하든가 하는 말은 쓰고 싶지가 않았다. 그러한 말은 춘석의 마음에 이상스런 반향을 줄 것만 같았던 것이다. 자기를 방어하려는 마음의 무장이 싹트기 시작한 모양이었다.

그때 난수가 금희의 옆구리를 찌르며,

"얘두 이야기나 하렴, 뭘 그렇게 수줍어하니?"

하고는 다시 춘석을 보며,

"배 선생은 언제부터 금희를 아셨어요?"

하고 물었다.

"한 십 년 됩니다."

이 말에 난수는 놀라는 눈동자를 동그랗게 뜨고,

"그럼 보통 사이가 아니셨군요?"

하고 물었다.

"천만의 말씀입니다, 안 지는 오랬지만 만나기는 며칠 전에야 처음 만났습니다."

춘석은 변명에 바빴다.

"그만두세요, 비밀이라면 안 알아두 좋으니까요, 좌우간 오래간만에 금희를 만났으니까 집에서 파티나 하십시다. 시간이 계신지요."

난수가 생긋이 웃어 보였다.

"시간은 있습니다만 불청객이 뭘 가겠습니까?"

"주인인 제가 초대를 해서 가시자는 데 불청객은 왜 불청객입니까? 다른 사람두 몇 사람 불러야겠는데 누굴 부를까요?"

난수가 오늘밤 초대할 사람을 생각하고 있을 때 금희가 자리에서 일어
서며,

"아무래두 가야겠어. 다음에 또 놀러 올게."
했다.

난수는 그 자리에서 금희의 손을 잡아끌어 자리에 도로 앉히었다.

"몇 해만에 한 번 놀자구 일부러 파티를 꾸미는데 그래 간다는 말이 무슨
말야. 오늘만은 내 명령에 절대 복종해야 한다. 배 선생님은 우리 집 단골손
님의 한 분이야. 나 하군 아무 상관두 없으니까 걱정 말구 같이 가."

금희는 난수가 자기와 춘석과의 사이를 이상한 눈으로 보는 것이 싫었
다. 춘석이 어떠한 감정을 가지고 있었든, 자기만은 정말 처음 보는 남자
나 다름이 없다. 그런데도 말 마디 마디가 이상스럽게 돌아가는 것이 마음
에 걸려,

"배 선생님과 내가 무슨 상관이 있다구 그런 말을 하니."
하고 춘석이도 들을 수 있도록 큰 소리로 오해를 해서는 안 된다는 항의를
했다.

"그래 아무래두 좋으니까 우리 집에나 가."

난수는 금희와 춘석과의 관계를 추궁할 의사가 전혀 없다는 태도였다. 그
러나 금희는 난수의 그러한 태도가 싫었다. 묻지 않아도 다 알고 있으니까
물을 필요가 없다는 태도였기 때문이다.

그렇다고 해서 달리 변명하기도 싫어서 금희는 집에 가겠다는 말을 했
다. 정말 집에 가고 싶었다. 남편도 자기를 기다리고 있을 것 같았다. 더구
나 매를 맞고 뛰어나왔으니 남편은 손질한 자기를 얼마나 후회하고 있을
것인가?

자기도 매를 맞았기 때문에 분김에 뛰어나왔다는 생각만은 남편에게 주
고 싶지 않았다. 매를 맞았다는 것은 확실히 분한 일에 틀림이 없다. 평등한
인격으로 결합된 부부 사이에서 힘이 좀 세다고 힘으로써 한편을 누르려는
것은 확실히 인격 무시의 태도에서 나온 행동에 틀림없다.

그러나 그것은 자기의 남편만이 아니라 한국 남성 대부분이 범하고 있는 비굴한 풍속에 속한다. 반드시 시정해야 할 일이기는 하지만 금희는 그것을 가지고 자기가 뛰쳐 나온 구실로 삼기는 싫었다. 그 보다도 더 중요한 일이 매맞은 사실과 혼돈될까 근심스러웠던 것이다. 남편에게 매를 맞았기 때문에 집을 나왔다는 인상을 준다면 자기의 행동이 더구나 과소평가될 것이 사실이다.

이렇게 생각을 하니 한시가 바쁘게 돌아가고 싶었다. 그래서 안절부절하고 있을 때 가고 싶어하는 눈치를 챈 난수가,

"나 같으면 창피해서두 못 들어가겠다. 하루쯤 골려 주면 약이 되는 거야 알었어. 마음 턱 놓구 놀다 가."

하고 손목을 잡아 쥐었다. 움직이지 못하게 함이었다. 그리고는 레지를 불러 어디 어디 전화를 걸어 저녁때 자기 집으로 놀러 오도록 말하라는 부탁을 했다.

전화 걸러 나갔던 레지가 돌아오자 그때는 금희의 손목을 잡은 채 밖으로 끌고 나갔다. 나오자 난수는 지나가는 택시 한 대를 불렀다.

택시가 굴러와 그들 앞에 멎자 금희를 밀어 넣었다. 발버둥을 쳐도 할 수가 없었다. 그 다음에 춘석을 올라가게 했다.

"남자가 한 분이니까 가운데 타셔야지."

하고는 그 뒤에야 자기가 올라탔다.

어느덧 자동차가 움직이기 시작했다. 금희는 마음이 불안하기 짝이 없었으나 돌아간다는 말을 한 번만 더 한다면 난수가 자기의 입을 막기 위하여 어떠한 말을 꺼낼지가 몰라 그만 입도 열지 못했다.

알지도 못하는 남자 앞에서 자기의 부부 생활을 알린다면 그보다 더 한 창피가 없을 것 같았다.

금희는 가는 대로 따라가는 수밖에 없었다.

삼덕동 우체국 근처에서 자동차를 내리자 그때는 갈까 말까 망설임도 없이 난수의 집으로 걸어갔다.

할 수 없다는 생각이 들었던 것이다.

단념하는 수밖에 없었다. 생각하면 난수의 말은 아니지만 하루 밤쯤 안 들어가도 괜찮을 것 같았다. 옥주와의 관계를 만들었고 게다가 자기에게 손질까지 한 남편이 하루쯤 안 들어갔다고 야단치지는 못할 것 같았다. 도리어 하루쯤 안 들어가는 것이 장래를 위해서도 약이 될 것 같았다. 다만 문제는 남자들과 휩쓸려 논다고 하는 것이 마음 한편 꺼림칙했을 따름이었다. 그것도 자기의 마음만 열어 놓지 않는다면 문제가 없을 것 같았다.

그러나 한 시간쯤 지나 손님들이 모여들고 술병이 나오고 술안주가 벌어질 때 금희는 자기가 보아서는 안 될 것을 드디어 보고야 마는 듯 가슴이 두근거리기 시작했다. 더구나 축음기가 돌기 시작할 때 춘석이가 앞으로 와서 허리를 굽히고 손을 내미는 것을 보자 금희는 그만 졸도할 것 같이 머리가 핑 돌았다.

춤추는 여자들을 자기와 다른 세계에서 사는 사람이라 생각해 오던 금희다. 이제 자기도 댄스곡이 울려 나오는 방 안에 앉았고 알지도 못하는 남자에게 프로포즈를 당하고 있다. 다른 세계에서 사는 여자들과 다른 것이 무엇인가?

"전 춤출 줄을 몰라요……."

금희는 손을 내밀고 서 있는 춘석에게 똑똑한 말씨로 거절을 했다. 사실은 춤도 출 줄은 모른다. 학생 때 학교에서 스텝 정도는 배웠지만 그 뒤 한 번도 추어 보지를 않았다. 출 줄 알고 모르는 것도 문제 아니었다. 남자의 품에 안겨 춤을 추며 돌아간다고 하는 사실 자체가 자기에게는 있을 수 없는 일이었다.

금희가 분명하게 거절을 했으나 춘석은 움직이지를 않고,

"그러실 수가 있습니까?"

하며 손을 그대로 내밀었다.

이미 다른 패들은 빙빙 돌기를 시작했다.

"정말 출 줄 몰라요."

금희가 다시 거절을 할 때였다. 난수가 홀짝 뛰어와서,

"그런 실례가 어디 있니? 내 얼굴을 봐서두 정말 그러질 말아."

하고 금희의 몸을 춘석에게로 내밀었다.

“정말 모르는 걸 어떡하니.”

“여잔 따라만 가문 되는 거야. 누군 잘 춰서 추는 줄 알아. 학교에서 배운 거문 되지.”

난수는 금희의 손을 끌어다가 춘석의 어깨에까지 올려놓았다.

무슨 취민지를 몰랐다. 본인이 싫다는 것을 난수는 무엇 때문에 애가 타서 그러는 것일까? 할 수 없었다. 망신을 한다 해도 한 번쯤은 춘석의 파트너가 되지 않을 수 없었다.

음악은 트롯이었다. 탱고나 왈츠가 아닌 것이 다행하기는 했지만 춤의 종류가 문제 아니었다. 오랫동안 자기를 흠모하고 있었다는 춘석의 품에 안겨 남들 앞에서 부끄럼 없이 돌아간다는 것이 문제였다.

춘석의 손을 잡은 왼손과 춘석의 어깨에 올려 논 바른손이 모두가 자기 손 같지 않기만 했다. 자기를 리드하기 위하여 허리에 댄 춘석의 손이 살을 가볍게 누를 때마다 정신이 아찔해지는 것 같았다.

가슴을 통해서 들리는 춘석의 심장소리가 혈관을 통해서 자기 심장 속으로 기어들어오는 것도 같았다.

“빨리 음악이 멎지를 않나.”
하고 음악이 멎기만을 기다렸다.

창 밖에서 남편이 들여다보는 것도 같았다.

그러나 좀처럼 레코드는 끝나지가 않았다.

지루한 레코드가 끝나자 춘석은 금희에게 절을 하고 술상 있는 대로 갔다. 둘째 번 레코드가 돌아갈 때도 춘석만은 술상에서 떠나지 않았다. 다른 남자와 춤을 추고 있던 난수가 금희에게 웃음을 던졌다.

둘째 번 레코드가 끝나고 셋째 번 음악이 시작했다. 그때 춘석이 다시 와서 손을 내밀었다.

금희는 고개를 숙인 채 일어섰다. 그렇게 가슴이 두근거리는 것을 어쩌자고 일어섰는지 그것은 금희도 몰랐다. 춘석이 리드하는 대로 따라다녔다. 춤을 추면서,

“가끔 다방엔 나오십니까?”

하고 춘석의 입이 귀 옆에서 움직였다.

“오늘 처음 나왔어요.”

금희는 그렇게 불쾌한 어조가 아닌 말씨로 부드럽게 대답했다.

“가정에 무슨 일이 생기셨나요?”

하고 물을 때도 금희는,

“네, 조금.”

하고 춘석에게 항거하는 태도를 보이지 않았다. 자기도 모르게 마음이 조금씩 풀려 나가는 것 같았던 것이다.

세 번 네 번째에 춘석의 어깨 위에 올려놓은 자기의 손이 어쩐지 놓일 데 놓인 것 같기도 했다. 춘석의 스텝에 따라 움직이는 발도 그렇게 허청거리는 것 같지가 않았다.

밤이 익숙해 갈 때 춘석이 금희 귀에다 입을 대고,

“용서하십시오. 나는 오늘을 위해서 세상에 나온 것 같습니다.”

하고 말했다.

그때 금희는 자기도 모르게,

“고맙습니다.”

하고 말했다.

열 시가 거의 되어 마지막으로 춤을 출 때 춘석이,

“나는 매일 난수 씨 다방에 나갑니다. 틈 있으면 놀러 오십시오.”

하고 말했다.

“네, 나가지요.”

금희는 잘 알았다는 듯이 대답하고는,

“지난번 기차에서는 불쾌하게 해 드려 미안합니다.”

하고 새삼스럽게 지난 일까지 끄집어내었다.

“그래 나는 금희 씨가 너무나 달라진 것 같아 혼자서 비애를 느꼈습니다. 그래두 그것이 진정한 금희 씨라구는 생각되지 않았습니다. 그리구 언제건 다시 말날 때가 있을 것만 같았습니다.”

금희는 대답 대신에 고개를 떨어뜨리고 춘석 가슴에 이마를 가볍게 대었다.

바로 그때였다. 레코드가 멎고 춤추던 남녀들이 돌아갈 준비를 했다.

춘석도 다른 남자들과 같이 돌아갈 차비를 하고 나서 금희에게 떠나는 인사를 했다.

금희는 허리를 굽히고 정중하게,

"실례했습니다."

하고 답례를 했다. 그것은 부끄러움과 즐거움이 교차되었을 때 취하는 여자의 본능과 같은 행동이었다.

춘석은 다시 한 번 더 허리를 굽히고,

"안녕히 주무십시오."

하고 남자끼리라면 아버지의 친구 같은 사람에게나 하는 그런 태도로 인사를 했다. 그것은 감격과 존경심을 숨기지 않는 남자에게만 있는 보기 드문 행동이다.

이러한 인사들이 누구에게나 있는 것이 아님은 물론이다.

옆에서 보고 있던 난수가 생긋이 웃으며 금희에게,

"너 정말 안 가두 되니?"

하고 긱징하는 투로 물었다.

금희는 난수의 집에까지 올 때 오늘밤은 난수의 집에서 자고 가는 것이라 생각했었다. 그러는 수밖에 없다고 생각했던 것이다. 그래서 남들이 다 돌아가도 금희만은 주인처럼 손님을 보내고 있었다.

그러한 금희에게 난수가 돌아가지 않아도 좋으냐고 물을 때 금희는 난색하지 않을 수 없었다.

그러나 금희는 난수의 명령이 없어서 갈 생각을 못하고 있었던 것처럼,

"참, 가야지 기다릴 텐데……."

하고 즉시로 뒤를 따라나섰다.

그것은 남편이 기다리고 있으니 이제라도 가야겠다는 마음에서 아니었다. 난수가 걱정을 한다는 것은 자기를 귀찮게 여기는 것이란 생각에서도 아니

었다.

춘석이 가니 자기도 따라가야 할 것 같은 그러한 순간적 감정이었다.

"배 선생님더러 바래다 달라구 그래."

난수는 금희를 붙잡지 않았다. 그 대신 언니가 동생을 생각하는 듯한 마음을 보여 주며 금희를 배웅했다.

춘석과 금희는 난수에게 작별을 하고 거리로 나왔다. 길가에 나서자마자

"댁이 어디시지요?"

춘석이가 물었다.

"북성로예요."

금희도 서슴지 않고 대답했다.

캄캄한 밤길이 무척 넓어 보였다.

금희는 춘석이가 자기와의 거리를 단축시키려고 옆에서 떠나지 않는 것을 모른 척 내버려 두었다. 가끔 지나가는 자동차의 헤드라이트를 피하면서 길 한 옆으로 비켜서면 춘석이가 곧 뒤를 따라와서 손이 달락말락 위치를 확보했다. 어쩌다가 두 사람의 손이 서로 부닥치기도 했다. 순간적 감촉이기는 했지만 살이 스치는 감촉이 불쾌하지는 않았다. 체온이 피부를 통해 가슴 속으로 들어오는 듯한 감촉을 느낄 때 금희는 춘석의 손을 붙잡아 보고 싶은 충동까지 느꼈다.

그러나 춤출 때 여러 번 붙잡아 본 손이기는 하지만 길거리에서 손을 붙잡는다는 것이 있을 수 없는 일 같았다.

그러한 곳에서 손을 붙잡고 붙잡힌다는 것은 두 사람의 애정이 완전히 통했다는 것을 의미하는 것으로 생각되었다. 그러기에는 때가 아직 이른 것 같았다.

아무 말도 없이 두 사람이 중앙파출소 앞에 이르렀을 때 자기 집이 멀지 않았다고 생각한 금희가,

"선생님 댁은 어디시지요?"

하고 물었다. 방향이 다르다면 그만 돌아가라는 말을 하고 싶어서였다.

"정거장 근첩니다."

정거장 근처라면 집까지 바래다 주어도 별반 도는 것이 아니라는 생각이 들어 금희는 그냥 돌아가라는 말을 안 했다. 그러나 자기 집 앞에서 헤어진 다면 혹시 누가 보지나 않을까 하는 생각이 들었다. 그와 동시에 이 깊은 밤에 들어가서 이때까지 무엇을 했느냐고 남편이 물으면 어떻게 대답하나 하는 걱정이 들었다.

춘석과 춤을 추다가 춘석과 같이 집 앞까지 왔노라는 말은 차마 할 수가 없을 것 같았다.

따라서 그 날 밤 지난 일은 남편에게 모두가 속여야만 할 일뿐이란 생각이 들었다.

남편에게는 절대루 말할 수 없는 일들을 저지르고야 만 자신을 비로소 깨닫기도 했다.

금희는 발을 딱 멈추고 섰다. 그리고는,

"난수에게로 가서 자겠어요!"

몸을 오던 길로 돌려 버렸다.

"왜요?"

"집에 들어가기 싫어요."

"안 들어가면 도리어 오해하지 않을까요?"

"그래두 안 들어가겠어요. 미안하지만 그까지 바래다 주세요."

춘석은 어떻게 해석해야 할지가 난처한 모양이었다. 한참 동안 묵묵히 서 있다가,

"한참 가야 할 테니까 가까운 여관에서 주무시지요."

하고 금희의 눈치를 살폈다. 그것은 마치 여관에서 같이 유하고 싶다는 금희의 의사를 자기가 말로써 표현한다는 듯한 태도였다.

그러나 춘석은 자기의 말이 금희의 마음과 들어맞았다고 확신하고 있는 것 같지는 않았다. 그러기에 금희의 대답을 기다리며 머뭇거렸다.

"천만에요. 저는 그런 데서 못 자요."

금희는 단호히 거절했다. 꿈에도 생각할 수 없는 일이었다.

남편 모르게 다른 남자와 춤추었다는 사실만도 죄를 지은 것 같아 집에를

못 들어가는데 이제 남편 아닌 남자와 더불어 여관엘 들어가다니…….

금희는,

"안녕히 가세요."

하고는 달음질을 치기 시작했다. 춘석에게 따라오지 말라는 뜻이었다.

그러나 춘석이가 뒤에서 쫓아오는 것만 같아 금희는 있는 힘을 다해서 달렸다. 누가 볼 것도 겁내지 않고 줄곧 달려 난수 집 앞에 다다르자,

"난수야 문 좀 열어."

하고 고함을 칠 때야 비로소 안도의 한숨을 내쉬었다.

난수가 뛰어나와 대문을 열며,

"웬일이냐?"

하고 놀란 얼굴로 물었다. 이때까지는 장난이 아니며 연극을 꾸미는 것처럼만 보이던 난수가 이번만은 진심으로 놀란 듯한 표정이었다.

"그 사람이 글쎄 여관으루 가자지 않아!"

금희는 방 안으로 들어가면서 자기가 돌아온 이유를 설명했다. 그 말을 듣자 난수는 어이가 없다는 듯이,

"난 또 무슨 큰일이나 생겼다구?"

하면서 금희의 어깨를 탁 치고 소리를 내어 웃었다.

금희는 난수에게서 비웃음을 받아도 좋았다. 그것은 조금도 부끄럼이 될 것 같지 않았다. 그리고 춘석이 여관으로 가자고 말한 것은 춘석의 계획적 행동도 아니었지만,

"정말 혼났어."

하고 모든 죄를 춘석에게 돌렸다.

"애두 너 몇 살이지?"

난수는 기가 막혀 말도 잘 나오지 않는 모양이었다.

"백 살이면 어떻니?"

"너 같은 건 죽어야 해. 깨끗한 척하면 몇 해나 더 살 것 같으니? 죽으면 흙이 되구 마는 거야. 살았을 때 즐거움이니 행복이니 하는 거지. 죽어서 누가 그런 말을 하던? 남편이 바람을 피우는 데 예펜네만 깨끗한 척하문 누가

손해냐? 손해 볼 필요는 조금두 없어. 왜 손핼 보며 사니. 난 손해를 보는 것은 결국 어리석은 것이라구 생각해."

난수는 자기의 인생관을 토대로 설교하듯 말했으나 금희는 그 말이 조금도 귀에 들어오지 않았다. 만약 춘석이 한 말 대로 여관에 들어가기만 했다면 지금쯤 자기는 어떻게 되었을 것인가 하는 생각만이 그의 가슴을 두근거리게 했다.

참으로 잘 한 일이라 생각했다. 만약 그 순간에 자기가 자기를 이기지 못하였다면 자기의 운명은 급각도로 변해 버리고 말았을지도 모른다. 운명의 변화가 일어나지 않았다 해도 평생을 두고 괴로워해야 하고 부끄러워해야 하며 따라서 떳떳치 못한 일생을 보내고야 말게 될 것이다.

남편이 옳지 못한 일을 했다고 해서 자기마저 옳지 못한 일을 한다면 악을 악으로 갚는 것밖에 안 된다. 손해를 보지 않기 위하여 악을 악으로 갚는다면 인간에게는 서로가 멸망하는 길밖에 남는 것이 없지 않을까?

멸망 —— 금희는 인간의 멸망이란 것을 생각해 보았다. 아름다움이 없는 절망. 악이 선보다 우세하여 아름다움이 땅 속에 떨어진다면 그것이 결국 인간의 멸망이 아닌가 생각되었다.

금희는 빨리 날이 밝기를 기다렸다. 악에 젖지 않은 자기를 빨리 남편에게 보여 주고 싶었다. 악을 악으로 갚지 않은 자기의 아름다움을 자랑하고 싶었다.

그러나 날이 밝아 올 때 금희의 눈에는 춘석의 얼굴이 떠올랐다. 여관 이야기를 꺼내고도 엉거주춤하고 서서 자기의 눈치만 보던 춘석의 얼굴이었다. 악한 얼굴은 아니었다. 그리고는,

"오늘을 위해서 세상에 나온 것 같습니다."

하던 춘석의 목소리가 귀를 간지럽게 할 때 금희는 춘석이가 나쁜 사람이 아니라는 생각이 들었다. 따라서 춤을 출 때 춘석의 손을 잡았던 자기의 바른손을 왼손으로 만져 보기도 했다.

꿈으로 간직해 둘 수 있는 사람 같은 생각이 들었다.

날이 아주 밝아 버리자 금희는 꿈도 떨쳐 버리고 세수를 했다. 화장을 하

고 나서는 조반도 먹지 않고 난수의 집을 나왔다. 난수의 다방엘 들려 트렁크를 찾아 가지고는 부리나케 집으로 돌아갔다.

그러나 자기를 기다리고 있을 줄 생각했던 남편은 이미 나가고 없었다. 방금 나갔다는 것이었다.

금희는 반가워서 어쩔 줄 모르는 어린애들을 달래는 데 한참 동안이나 시간이 걸렸다. 하루 동안 보지 못한 어린애들이 그새 아주 달라진 것 같아 금희도 애들을 얼싸안고 한참 동안 울었다.

만약 모른 척하고 아주 나가 버렸다면 어린것들이 자기를 얼마나 원망할까 하는 생각도 들었다. 그러나 앞으로는 어린것들의 마음을 다시 아프게 해 주지 않아도 좋을 것이라 생각할 때 금희는 가슴이 시원했다. 만약 춘석과의 관계를 뗄 수 없는 지경에까지 이르도록 맺었다면 금희는 어린애들을 보기에도 면목이 없었을 것이다.

자식에게까지 떳떳치 못하면 그것은 어머니로서의 생명을 잃게 되는 것이다. 어머니로서의 생명을 잃으면 자식의 대(代)뿐 아니라 자식의 자식 대에 이르기까지 부끄럼이 전해 내려 갈 것이다.

금희는 어린것들의 뺨에 자기 뺨을 부볐다. 부끄럼이 없는 자연스런 행동이었다. 한 발자국만 더 나갔다면 어린것들이 부끄러워서도 감히 취할 수 없는 행동이다.

"다음엔 나가지 않을게."

금희는 어린것들을 달랬다. 그러나 그것은 어린것들을 달래는 말이 아니라 어린것들 앞에서 맹세하는 자기의 결심이기도 했다.

큰 애들 달래어 학교에 보내고 나자 금희는 식모에게 남편의 정황을 물었다.

애들이 불쌍해서 어쩔 줄 몰라 하더란 말과 밥도 얼마 먹지 못했다는 말을 하면서 식모는 사뭇 석을 동정하는 태도였다.

"무척 찾아다니신 것 같애요."

이렇게 끝을 맺는 식모 말에는 그렇게 애를 쓰며 찾아다녔는데 어딜 가서 숨어 있었느냐고 힐난하는 뜻이 있는 것 같았다.

같은 여성이면서 자기를 동정하지 않는 식모가 금회에게는 차라리 믿을 만한 사람으로 보였다. 아무리 여자라고 해도 남편이 없는 데서 남편의 흉을 보며 자기 편이 되려고 한다면 금회는 도리어 식모를 얕보았을지 모른다.

"화난 김에 며칠 안 들어올라구 생각했지만 하룻밤 지내 보니 못 견디겠어. 잘못했다구 비는 한이 있어두 들어왔지. 나갔던 게 잘못이었어."

금회는 식모에게라도 자기가 경솔했다는 것을 사과하고 싶어 이런 말을 했다.

그리고는 모든 것이 끝나고 말았다는 듯이,

"참 조반두 못 먹구 왔어. 조반을 좀 줘요."

하고 명쾌한 얼굴로 식모를 바라보았다. 사실 금회는 칼로 물을 벤 듯 싸움을 끝내고 원상을 회복한 것이라 생각하고 싶었고 또 그렇게 보이고 싶었다.

금회는 식모가 가져다 주는 조반을 먹자 자기 방에서 누웠다. 누워서는 남편을 찾아나갈 것을 생각했다. 남편이 돌아올 때까지 기다리고 있을 수가 없었던 것이다.

기다리기가 힘들 뿐 아니라 집안에 앉아서 남편을 기다리는 것보다는 자기가 찾아가서 만나는 것이 남편을 기쁘게 하는 일이고 또 원상을 회복하는 첩경일 것 같았다.

남편을 찾아가서는 무조건 사과하리라 마음먹었다. 그리고는 식당으로 가서 점심이나마 같이 먹으리라 했다.

금회는 화장도 전보다 짙게 했다. 옷도 나일론으로 제일 비싼 것을 꺼내 입었다.

그러나 사무실까지 갔을 때 남편은 어딜 나가고 자리에 있지 않았다. 언제 들어올지도 모른다고 했다.

또 옥주에게로 가지나 않았나 하는 생각이 들었지만 금회는 그럴 리가 없으리라고 생각했다. 그러면서도 그의 발은 옥주의 집으로 향하고 있었다.

옥주의 집으로 간다는 것은 옥주를 감시하기 위함이 아니었다. 남편이 가 있음에 틀림없으리라는 생각이 들어서도 아니었다. 그만큼 창피를 주고 다짐을 받은 이상 옥주가 다시 자기 남편과 관계를 계속하리라고 절대로 생각되지 않았다. 그리고 자기가 있는 동안 남편이 자기를 찾아 헤매었다는 말과 밥까지 먹지 않았다는 말을 들은 이상 옥주를 찾아갔으리라는 생각은 가질 수도 없었다.

일이 늦게나마 제대로 해결되었다면 옥주에게 격했던 자기의 행동을 변명함으로써 서로의 오해를 풀어놓아야 할 것만 같았던 것이다.

옥주를 원수처럼 만나지도 않고 지낼 수는 없을 것 같았다. 전처럼 친밀한 교제야 계속할 수 없을 것이지만 남들에게 비웃음을 사는 천박한 행동만은 계속적으로 취할 수가 없을 것 같았다. 그렇게 친하던 사이가 원수처럼 변해 버리면 남들은 반드시 손가락질을 하며 비웃을 것이다. 있는 말 없는 말 할 것 없이 온갖 풍설이 퍼질 것이며 그렇게 되기만 하면 남편의 사회생활에도 영향이 있을 것이다.

더구나 금희는 한 사람이나마 적을 만들고 싶지는 않았다. 음모와 모략이 심한 세상에 한 사람이나마 적을 두었다가는 언제 어떠한 봉변을 당할지도 모른다. 봉변을 당하지 않는다 해도 적이 있다는 불쾌한 감정을 가지고 산다는 것은 결국 불안 속에서 자기의 생명을 여위게 하는 일일 것 같았다. 흥분했을 때 금희는 옥주를 원수처럼 생각한 일이었다. 그리고 옥주를 말할 수 없는 경멸로써 대하기까지 했다. 그러나 그런 감정을 더 계속한다는 것은 결국 자기의 손해일 것 같았다.

그래서 옥주의 집을 향해 한국은행 앞까지 갔을 때였다. 큰길을 건너가려고 자동차들이 지나가는 것을 기다리고 있을 때 동인동 쪽에서 걸어오는 있는 남편을 만났다.

금희는 반가웠다.

"어딜 갔다 오세요?"

아무 일도 없었던 것처럼 살뜰히 물었다. 그러나 남편은 대답 대신에,

"어딜 가는 거야?"

하고 퉁명스럽게 물었다.

"당신을 찾아 사무실에 갔다가 거리루 나간 거예요."

"나를 찾아갔댔어. 그런 일두 있을 수 있어?"

남편은 화가 풀리지 않은 모양이었다.

노상에서나마 남편은 큰 소리까지 지를 것 같았다.

"아이스크림집에라두 들어가십시다. 사과를 드릴게요."

금희는 가까운 아이스크림집에 들어갔다. 들어가자마자,

"홧김에 난수의 집에서 하룻밤 잤어요. 경솔한 제 자신을 후회하구 오늘 아침 일찍 돌아왔더니 벌써 출근하셨더군요. 당신이 안 계신 집안이 쓸쓸해서 사무실루 나갔더니 또 안 계셔서. 부부는 아무래도 함께 있어야 하는 모양이에요."

하고 머리를 푹 수그렸다.

그때야 석이도 부풀러 올랐던 화가 가라앉는지,

"나갈려거든 아주 나가든가 그래 남 속태우지 말구."

하고는 아이스크림 두 접시를 청했다.

그러고 나자 석은 하루 동안 얼마나 속을 썼다는 것을 이야기했으면 금희 역시 불안하기 짝이 없는 하루였다고 난수에게 끌려갔던 이야기를 했다.

그러나 석은 지금 옥주에게 갔다 온다는 이야기를 생략했으며 금희 역시 춘석을 만났다는 이야기만은 완전히 빼어 놓았다. 모르는 비밀이 서로 위해서 좋다는 공통된 생각에서였다.

사실 석이 옥주를 만났고 만나서는 옥주를 금희 모르는 다른 곳으로 이사 갈 의논까지 했다는 사실을 금희가 안다면 그것은 모르는 것보다 얼마나 괴로운 일일지 모른다.

비밀을 비밀대로 가지고 있을 때 부부 사이는 전보다 더 다정해 보인다.

그래서 석과 금희는 다시 속을 썩이는 일이 없도록 하자고 하면서 식당으로 가서 점심까지 사 먹으며 웃는 얼굴을 지었다.

점심을 먹자 금희는 옥주에게 가서 화의를 하겠다고 말했다. 석은 그럴 필요가 없다고 반대를 했으나 금희는 자기 자신이 괴로워 견딜 수가 없다고 고집을 썼다. 석은 할 수가 없던지,

“마음대루 해. 그래두 다시 싸웠다가는 내가 죽어 버리구 말 테야.”
하고 위협을 했다.

“당신은 사람을 정말 못 믿으셔. 옥주하고 연앨 하드니 사람까지 나뻐진 모양이야.”

금희는 경쾌한 어조로 남편을 보내고는 옥주에게로 갔다.

옥주는 집에 있었다. 그러나 쓴 오이를 보듯 인사도 잘 하지 않았다. 금희는 응당 그러려니 하고 예상했던 일이기 때문에,

“옥주야, 내가 사과하러 왔다.”
라고 먼저 자기의 온 뜻부터 알렸다. 그래도 옥주는 말이 없었다.

“정말 내가 나뻤어. 너무 심했다는 것을 진심으루 후회했어. 용서해 주겠지. 여자가 경술하다는 것은 감정을 참는 힘이 부족하기 때문일 거야. 내가 남편을 아주 뺏겼다구 하기로서 그런 말을 할 수 있어. 더구나 나보다 몇 배나 불운한 환경 속에 살고 있는 너한테 말이야. 씻어 버린 듯이 잊어 줘, 응.”

그것이 어떤 복선을 두고 하는 말이 아님을 능히 알 수 있었다. 몇 시간 전 석과 더불어 금희를 배반할 계획을 세운 옥주라 해도 솔직한 금희의 말에 항거할 수가 없었다.

“용선 무슨 용서야 받을 죄를 받는데. 그땐 나두 섭섭하더라만 내가 잘못한 걸 어떡허니.”

옥주도 할 수 없이 이렇게 말을 했다.

“정말 내 남편을 아주 뺏어두 다시는 그러지 않을게. 나는 그새 생각했어. 네가 외로운 사람이란 걸 말야. 사람을 소개하지 못한 것이 후회돼. 너 같은 환경에서 친절하게 대해 주는 사람에게 애정을 느낀다는 것은 얼마든지 있을 수 있는 일이니까. 내 앞으루 좋은 사람을 소개해 줄게, 응.”

금희는 하루나마 춘석에게 호의를 가지게 되었던 자기를 생각했다. 따라서 자기의 경험으로 옥주를 능히 이해할 수 있는 것 같았다.

“정말 결혼을 해야 할 것 같아. 너를 안심시키기 위해서라도 그래야겠어. 아무라도 하나 소개해 줘.”

옥주도 금희를 안심시키기 위해서 이런 말을 했다. 거짓말이라도 그렇게 했다.

몇 시간 전에 석의 가슴에 안겼을 때는 금희가 석의 애정을 구십 퍼센트 점령하고 자기가 나머지 십 퍼센트만 점령해도 행복스러우리라 생각했었다. 그리고 그 십 퍼센트만이라도 점령을 해야만 살아갈 수 있을 것 같았다. 그 십 퍼센트 마저 포기한다면 금희에게 더욱 경멸을 받을 것 같았다. 그래서 부산으로 가려던 생각도 중지를 하고 금희 모르게 대구에서 살며 며칠에 한 번씩이라도 석을 만나리라 결심했던 것이다.

그러나 꾸밈없이 자기를 생각해 주는 듯한 금희 앞에서 의심을 줄 만한 말은 도저히 할 수가 없었다.

"그래두 아무 하구야 결혼을 할 수가 있니. 사람두 보구 나이두 보구 재산두 봐야지. 찾아보문 적합한 사람이 나설 거야."

"그럼 너만 믿을게."

이것도 사실은 거짓말이었다. 지금의 옥주로서 금희에게 자기 결혼까지 맡길 심정이 일어날 리가 만무하다. 다만 금희를 빨리 돌려 보내고 싶기만 했다.

금희도 할 말을 다했다는 듯이 그만 일어섰다. 화의는 했다 할 망정 전처럼 다정스러울 수가 없는 것만은 어쩔 수 없는 일이었다. 그래두 악의를 품고 있지 않다는 것만은 끝까지 보이고 싶어,

"사과하는 뜻으루 치맛감을 하나 프레젠트할 테니 받아 줘. 내가 좋아하는 푸른 빛깔루…… 응."
하고는 옥주의 눈치를 살폈다.

"그만둬. 그런 거 없어두 괜찮아. 그렇지 않아두 너무 신셀 져서 미안한데……."

옥주는 이렇게 듣기 좋게 거절했으나 속으로는 갖다 줘도 받지 않으리라 마음먹었다. 어떠한 마음으로 주는 것이든 금희에게서 물건이나 돈을 받는다는 것은 하나의 경멸이요. 치욕인 것처럼 생각되었던 것이다. 금희가 말로는 사과하는 뜻으로 프레젠트를 한다고 하지만 내심으로는 절대로 그럴

수가 없을 것 같았다. 어디까지나 자기를 조롱하고 자기를 희롱하는 행동일 것 같았다.

경멸과 조롱이 아니고 선과 같은 동정이라 해도 이제는 그것을 받을 수 없었다. 차라리 굶고 헐벗는 한이 있다 해도 금희의 동정을 받을 수가 없었다.

그러한 옥주의 마음은 금희와의 우정을 영원히 부정해 버린 증거이기도 하다. 금희와의 우정을 부정한다는 것은 결국 석과의 애정을 긍정하려는 마음도 된다.

사실 현재의 옥주에게 있어서는 금희와의 우정보다는 석과의 애정이 더욱 컸다. 설사 석과의 관계가 오래지 못하다 할지라도 옥주는 금희에 대한 의리보다 석에 대한 미련을 더 크게 가질 것이 숨길 수 없는 사실이다.

그만큼 옥주는 의리에 대하여 눈이 어두워졌는지도.

그러나 금희는 그렇지가 않았다. 옥주가 우정을 배반했다고 해서 흥분했던 자기를 진심으로 사과했다. 사과라는 뜻으로 프레젠트를 하겠다고 하는 말도 거짓으로 꾸민 말이 아니었다. 물론 우정을 회복하겠다는 마음속에는 옥주에게서 남편을 멀리하게 하겠다는 공리적 타산이 들어 있기는 했겠지만 그 이상 더 다른 잡념은 숨어 있지 않았다.

그렇기 때문에 금희는 옥주와 헤어지고 집으로 돌아올 때 마음이 한결 가벼웠다. 자기로서의 할 일을 다 한 듯 만족감도 느꼈다.

그러나 저녁 때 남편이 집으로 돌아와서 옥주에게 갔던 경과보고를 들은 다음,

"결국 옥주를 감시하러 갔던 거지? 똑바루 말해."

하고 자기의 진심을 의심할 때 금희는 섭섭하기 짝이 없었다.

"감신 무슨 감십니까. 전 그런 거 다 잊어버렸어요."

그래도 남편은,

"그만둬, 그러면 누가 성인(聖人)이랄 줄 알아 어림두 없는 소리 말아."

코웃음을 쳤다.

참으로 이상스러운 일이었다. 어째서 남편은 자기를 믿지 못할까. 그리고

옥주에게 갔던 것을 그렇게까지 불쾌하게 생각할까.

그래도 금희는 참았다. 남편에게 거슬리는 것은 결국 남편의 마음을 다시 공중에 떠오르게 하는 일이다. 따라서 옥주에게 돌아가게 하는 일이라 생각되었기 때문이었다. 정말 남편과 옥주와의 관계로 다시 마음 아픈 일이 있어서는 견뎌낼 것 같지 않았다. 그때는 정말 죽는 길밖에 없을 것 같았다. 설사 그런 일이 있다 해도 자기만은 모른 척해야 살아 나갈 것 같았다.

그러나 며칠이 지난 어떤 날이었다. 땀에 젖었던 노타이를 보고도 새 옷을 미리 꺼내지 않았다고 트집을 잡던 남편이 그렇게 거슬리는 대답을 안 했는데도 무조건 금희의 뺨을 후려갈겼다.

금희는 슬프지 않을 수 없었다.

금희는 남편의 앞가슴을 잡아뜯으며 항거하고 싶었다. 무엇 때문에 사람을 때리느냐고 발악을 하고 싶었다. 매를 맞는 것보다 더 마음을 격분시키는 일이 없다.

그러나 금희는 그것까지 참아 버렸다. 옥주와의 관계를 끊는 남편의 마음이 순탄치가 않으리라는 것을 생각했기 때문이었다. 순간적이나마 애정을 느꼈던 옥주를 단념하는 데는 역시 마음의 괴로움이 없지 않을 것이다. 괴로움이 아니라고 해도 편안치 않을 것만은 사실이다. 정들었던 개를 없애고도 마음이 언짢은 것이 인정이다. 그런 마음을 미리 어루만져 주지 못한 자기가 잘못인 것 같았다.

한 여름에도 노타이를 이틀씩은 입고야 벗는 남편이라고 해서 땀에 젖었던 옷을 갈아입도록 새것을 미리 내 놓지 못한 자기가 확실히 불찰이었다. 그런 말이 나왔을 때도 잔말을 말고 냉큼 새 옷을 내 놓아야 했을 것을 어제 갈아입었지요 하고 하루밖에 안 입었다는 것을 따지듯 말한 것도 또한 자기의 잘못이었다. 그래서 금희는 매를 맞고도 아무 말을 않고 새 옷을 꺼낸 뒤,

"제가 잘못했어요."

하고 남편에게 옷을 입혀까지 주었다.

남편이 나가자 금희는 남편이 벗어 놓은 노타이와 양말을 들고 우물가로

나갔다. 식모에게 시키고 싶지가 않았다. 남편의 옷은 자기가 빨아야 할 것 같았다.

옷을 물에 담그고 비누칠을 하려 할 때 금희는 자기도 모르게 눈물을 쭈르륵 떨어뜨렸다. 어째서 눈물이 내리는지 금희는 그 이유를 몰랐다. 그러나 내리는 눈물을 닦으려 하지도 않았다. 눈물을 닦지 않으면서도 세탁하는 팔은 여전히 움직이고 있었다.

빨래를 끝내고 세수를 하고 있을 때였다.

난수에게서 심부름 왔다면서 어린애가 찾아와 편지 한 장을 주었다. 그것은 일요일이고 하니 한 번 놀러 오라는 난수의 편지였다.

편지를 읽고 나서야 일요일인데도 남편이 전과 조금도 다름없게 집을 나갔다는 것이 머리에 떠올랐다. 바쁜 일이 있으면 어째서 그런 말을 한 마디도 안 했을까 하는 생각도 들었다. 따라서 남편이 가서 자기도 모르게 옥주를 만나는 것이나 아닌가 의심이 생겼다.

그러나 금희는 그 자리에서 자기의 오해를 지워 버렸다. 일요일이라도 나가 봐야겠다고 말을 하려고 했을 텐데 이 싸움 때문에 말할 수가 없었을 것이겠지 하고 스스로 남편의 변명을 했다. 남편을 오해한다면 그것은 결국 자기가 나쁜 사람이라는 것을 자기 자신에게 말해 주는 것 같이 생각 들었다. 정말 자기가 나쁜 여자가 되기는 싫었다.

그렇게 생각을 하고도 금희는 심부름 온 애에게 나간다고 대답을 해 보냈다.

어쩐지 바람이라도 쏘여야 할 것 같았다. 한 번 나갔다 오면 가슴이 좀 시원해질 것 같아 금희는 화장을 하고 옷을 갈아입었다. 옷을 갈아입고 난수의 다방으로 걸어갈 때 금희는 그 다방에 춘석이가 놀러 온 것이 아닐까 하고 생각해 보았다. 춘석이가 왔기 때문에 자기를 부른 것 같은 예감이 들었던 것이다.

그런 예감을 가지고도 다방에까지 갔다. 다방에 들어서자 금희는 난수보다도 춘석을 먼저 발견했다. 예감이 들어맞았다. 그러면서도 그는 주저함이 없이 춘석 앞으로 가서 앉았다.

　손님에게로 왔다갔다 하던 난수가 금회에게로 와서 인사를 했으나 앉아서 이야기를 하라고 하고는 앉지도 않고 다시 자기 일만 보았다. 금회는 난수의 속이 들여다보이는 것 같아 약간 불쾌하기는 했으나 그런 내색은 보이지 않았다.

　"전번에 실례했습니다."

　춘석이가 이야기를 꺼내기 시작했다.

　그러나 금회는 인사말에도 대답을 즉시로 하지 못했다. 그는 이제부터 자기가 취할 자기의 위치에 대해서 정확한 판단을 내려야겠기 때문이었다.

　잠시 뒤,

　"그럼 저두 실례했다는 말을 해야 하나요. 기억에서 사라졌기 때문에 전좀 생각을 해 봐야 인사를 드리겠는데요."

　금회는 명확한 발음과 조금도 흐림이 없는 눈초리로 춘석을 대했다.

　"그렇게 기억에두 남지 않으셨던가요?"

　춘석은 불만이란 듯이 금회를 바라보았다.

　"기억해서는 안 될 일이라면 일부러라도 잊어야 하지 않아요."

　"그건 상대를 모욕하는 말이 아닐까요?"

　"천만의 말씀입니다. 모욕했다고 생각하시는 것부터가 저를 과대평가하시는 게 아닐까요?"

　"과소평가해야 될 것두 없지 않을까요?"

　"과대평가니 과소평가니 할 것이 안 되지 않아요. 그대로 스쳐 버리고 말면 아무렇지도 않을 것을 과대한 관심으로 숙명적인 감정을 갖게 되는 데 비극을 창조하는 게 아니겠습니까?"

　"그렇다면 세상에는 비극이 하나두 있지 않게요."

　"반드시 비극은 있어야 하나요?"

　"없는 것이 좋을지두 모르지만 없지 않아 있는 것을 어떡합니까."

　금회는 대답을 안 했다. 그렇게 나가다가는 자기가 억지를 쓰게 되고야 말 것 같았다. 그것은 자기 말에 스스로가 자신을 느끼지 못함을 말하는 것도 되지만 자신 없는 말을 계속할 필요가 없다고 생각했기 때문이기도 했

다. 그래서,

"저의 독특한 생각일지는 모르지만 저는 비극을 만들어 낼 기력이 없습니다. 그것만은 알아 주십시오."

하고 자기의 생각만을 명확히 말했다.

"잘 알았습니다. 비극의 동반자로 생각하려던 나 자신을 후회합니다. 용서하십시오."

춘석은 얼굴을 붉혔다. 다시는 다른 생각을 절대로 안 가지겠다는 그러한 표정까지 보였다. 역시 선량한 사람이었다. 그러한 사람을 괴롭히는 것이 죄스러운 것 같아 금희는,

"솔직히 말씀드리지요. 선생님이 저에게 다른 마음을 가지신다면 결국 어데까지 가실 작정이십니까. 모르기는 모르지만 슬픔에서 끝나는 것이 아닐까요? 지금도 슬픈 환경에 있다고 하십시다. 그러나 앞으로 두 가지 슬픔을 가지게 된다면 더 큰 괴로움을 맛보는 것이 아니겠습니까?"

이것은 금희의 솔직한 고백이기도 했다.

"잘 알았다니까요. 이젠 그만해 두십시오."

춘석은 말하기도 괴로운 모양이었다.

그때 난수가 와서 앉았다.

"무슨 이야길 재미있게 하고 있어 내가 피할까?"

앉기도 전에 일어서려고 엉거주춤했다.

"이야긴 끝났어. 제일 재미없는 이야기지만 다 끝났으니까 걱정 말고 앉아 있어."

금희가 난수를 잡아당겼다.

"왜 하필 재미없는 이야길 했니."

난수는 재미없는 이야기란 말을 그 반대로 해석하고는 생긋이 웃었다.

"재미있다는 건 결국 재미없단 말과 같은 거니까!"

춘석도 한 수를 더 떴다.

"그런데 배 선생님은 왜 침울한 얼굴을 하고 계십니까? 아무래두 심상치가 않은데요. 오늘 밤 또 파티를 해 드릴까."

난수가 춘석을 놀리듯 말했다.

그때 금희가,

"참! 오늘은 내가 점심을 사지."

하고는 춘석을 바라보았다.

"배 선생님 제가 사는 점심이라두 잡수시겠어요."

그래도 춘석은 대답이 없었다. 그 대신 난수가,

"배 선생님 빨리 일어서십시다."

하고 먼저 일어섰다. 그때 금희는 일어나며,

"제가 산다구 불쾌하세요. 그래두 제가 사는 것이 맛있을 겁니다."

하고 웃었다.

그 말에 춘석이도 할 수 없이 움직이고야 말았다.

마지막이란 뜻으로 춘석에게 점심을 대접하고 나니 마음이 한결 가벼웠다. 금희에게 있어서 춘석이는 죽을 때까지 잊을 수 없는 사람일는지도 모른다. 그러면서도 다시는 만나지 않으리라 마음먹지 않을 수 없었다. 오로지 남편을 생각하는 자기를 위함에서였다.

그러나 남편의 태도는 점점 의심스럽게만 보였다. 외박을 하지는 않지만 날에 날마다 밤늦게야 돌아왔다. 돌아올 때마다 무엇이라 변명을 했다. 그 변명이 눈에 보이는 거짓말일 경우가 많았다. 그러나 금희는 의심을 품는 듯한 눈치를 보이지 않았다. 도리어 늦게까지 일을 보시느라고 얼마나 고달프냐 하면서 남편을 위로했다. 옥주가 어디 있으며 어떻게 살고 있는지 궁금하기는 했으나 옥주의 말만은 입에도 꺼내지 않았다.

금희는 남편이 옥주와 거래를 계속하고 있는 것이라 생각할 때마다 가슴이 터지는 것 같기는 했지만 그것을 깊이 파고 들어갈 생각을 안 했다. 괴로움이 돌처럼 몸을 억누를 때 금희는 춘석을 꿈처럼 생각하기는 했으나 그것도 생각에 가지를 치지 못하게 눌러 버렸다.

남편에 대한 의심을 품지 않으려는 노력과 춘석을 잊으려는 노력이 그의 마음을 평형으로 유지할 수 있게 했다.

그러는 것이 남편의 마음을 바로잡는 데보다도 자기 자신의 안정을 위해서 필요했다. 그렇게 노력해도 안 될 경우에는 숙명으로 돌릴 수밖에 없었다.

금희는 옥주에게 약속한 대로 푸른 빛깔의 나일론 쿠레바 치맛감을 한 감 떠서 보냈다. 그것도 자기 손으로 가져다 준 것이 아니라 남편을 통해서 보냈다. 자기가 간다면 또 감시하러 간다고 남편이 불쾌하게 생각할 것 같았으며 옥주도 유쾌하게 받을 것 같지 않았기 때문이었다.

어떤 날 시장에 나갔던 금희가 예쁜 브로치를 발견하고 그것을 두 개 사 가지고 와서는 한 개를 옥주에게 보내라고 남편에게 주었다. 그때 남편이 왜 직접 갖다 주지를 않느냐고 물으면서,

"아직 옥주와 만나는 줄 아는가 부지."

하고 불쾌한 얼굴을 했다.

"천만에요. 감시한다는 말을 안 들을려구 그래요. 사환이라두 시켜 보내문 되지 않아요."

이렇게 말하는 금희가 진심으로 옥주를 생각해서 그런 물건을 보내는 것이라 생각한 나머지 남편은 그럼 보내지 하고 브로치를 받아 주머니에 넣었다.

그 뒤 또 얼마가 지난 어떤 날 남편이 열이 난다고 하면서 자리에 누웠다. 몸살감기 같았다. 금희는 의사를 불러 온다, 약을 먹인다, 안마를 해 준다 하며 남편에게서 잠시도 떠나지 않았다. 그때,

"당신은 왜 나를 의심치 않소, 의심받을 일이 있는데두."

하고 말을 꺼냈다. 그러나 금희는,

"무엇 때문에 의심을 해요. 그런 말은 두었다가 다음에 하시구요. 어서 병이나 나세요."

하고 남편의 말을 막아 버렸다. 그런 이야기를 입 밖에도 꺼내지 않고 지나던 동안의 편안했던 마음을 어지럽히고 싶지가 않았던 것이다.

"아니야. 그 동안 나는 또 당신을 속여 왔어."

남편은 괴로운 듯이 눈을 감고 말았다.

"전 안 들어요. 그만두세요."

금희는 남편 옆에서 일어났다. 그때 남편이 벌떡 일어나 앉으며 금희의 팔을 붙잡았다.

"똑똑히 말해요. 내가 당신을 속여 온 동안 당신은 정말 그것을 몰랐소. 그렇지 않으면 알구두 모른 척했소."

"글쎄, 그런 건 알아서 무엇 해요. 빨리 병이나 낫두룩 하세요."

"아니야 당신은 알구두 모른 척했어. 그게 틀림없어."

금희는 대답을 안 했다. 그 대신 남편을 자리에 눕히고는 자기도 그 옆에 앉았다.

"왜 나를 미워하지 않았어. 왜 나를 좀더 나쁜 사람이 되도록 만들어 주지 않았어."

남편은 잠꼬대처럼 혼자 중얼거렸다.

석은 삼사 일 동안 꼼짝 못하고 누워 앓았다. 그 동안 남편의 병을 간호하기에 잠을 통 자지 못한 금희의 얼굴은 앓고 난 남편보다도 더 수척해 보였다. 그러나 처음으로 회사에 나갔던 남편이 일을 끝내고 돌아왔을 때 금희가 피곤한 얼굴을 하고 남편 앞에 꿇어앉았다. 양장을 한 여자가 손님 앞에서 다리를 내뻗칠 수 없어서 꿇어앉았을 때처럼 얌전하게 꿇어앉았다. 남편이 그 부자연스러운 모양을 보고 이상스러운 눈으로 바라볼 때,

"저 말씀드릴 게 있어요."

하고 금희는 남편이 자기와 마주 앉기를 기다렸다.

석도 심상치 않은 태도에 마주 앉지 않을 수 없었다.

"아모래두 제가 당신 곁을 떠나야겠어요."

금희가 입을 열기 시작했다. 그때 석은 침착한 어조로,

"내가 정말 싫어졌수."

하고 물었다.

"천만의 말씀입니다. 제가 면목이 없어서 그러지요."

"그건 무슨 말이오."

"옥주를 불행하게 하구야 말았습니다. 그것은 오직 저 때문입니다. 옥주가 불행해졌다면 당신이 저를 원망해야 하지 않아요."

"본시 불행한 여잔데 새삼스럽게 그게 무슨 말이오."

"오늘 온 편지를 읽어 드리지요. 생활이 곤란하고 또 불행한 사랑을 가졌을 때보다 불행한 여자가 되는지 모르겠어요. 세상에서 단념이란 것보다 더 슬픈 일이 있겠습니까?"

금희는 한참 뒤 손에 쥐었던 편지를 꺼내 읽기를 시작했다.

　"금희에게

　오랫동안 너를 괴롭혔다. 나는 끝까지 싸워 이기겠다는 앙칼진 생각을 가졌었다. 나에게는 악한 요소가 숨어 있었던 모양 같다. 그러나 이제는 그만두겠다. 나 한 사람 때문에 여러 사람이 불행에 빠질 것을 생각했다. 그렇다고 나를 불행하게 생각하지는 말아다고. 나는 내가 불행하지 않을 길을 여러 방면으로 찾아보았다. 결국은 그 길을 발견하고 말았다. 고아원으로 가서 불행스러운 고아들을 위해 일하므로 내 생활도 건지고 불행도 씻어 버리기로 했다. 나는 거기서 내가 외로운 사람이었다는 즐거움을 느낄 수 있으리라고 생각한다.

　푸른 치마와 브로치를 가지고 가려 한다. 거기서 내가 하늘처럼 깨끗한 마음을 가질 수 있을 때 나는 그것을 입으려 한다. 내 마음속에서 시기와 질투를 빼앗아 간 너의 위대성에 마지막으로 감사를 보낸다. 석 씨와 너의 행복을 빌며."

편지를 다 읽고 나자 금희는 다시,

"저를 면목 없는 인간으로 만들지 말구 보내 주세요."

하고 남편의 대답을 기다렸다.

"그럼 당신은 나를 용서하지 못하겠다는 말이지? 그리구 옥주 씨를 영원한 원수루 만들구?"

석은 근엄한 얼굴로 명상에 잠겼다.

"아닙니다. 당신을 용서한 것은 이미 옛날입니다. 옥주를 원수루 생각지 않은 것두……."

석은 한참 동안 말이 없었다. 명상 속에서 태양을 찾는 듯 눈을 섬찍섬찍
하던 석이가,

"인생의 코스에는 제각기의 코스가 있지 않을까? 당신은 그 코스를 다시
한 번 바꿔 보려는 거요."

하고 금희를 뚫어지게 바라보았다.

"그럼 당신두 나를 용서한다는 말씀입니까?"

금희는 더욱 고개를 떨어트렸다.

"당신이 용서를 받다니."

"무엇이나 다 용서를 받아야겠어요. 그렇지 않구는 옆에 있을 수가 없습
니다."

"구태여 그런 말이 필요하다면 그보다 더한 것이라두 하지."

석과 금희는 뜨거운 포옹을 했다.

(출)　　푸른 치마　　세문사, 4287.

열풍, 형관, 푸른 치마 – 만우 박영준전집 9/중 · 장편

2006년 4월 25일 인쇄
2006년 4월 30일 발행

지은이 · 박영준
펴낸이 · 백규서
펴낸곳 · 도서출판 동연
출판등록 · 1992년 6월 12일 제2-1383호
주소 · 서울시 마포구 망원동 385-2 2층
전화 · 335-2630 / 팩스 · 335-2640

값 20,000원

무단 전재와 복제를 금합니다.
ISBN 89-85467-48-4 04810
ISBN 89-85467-31-X (세트)